RÉAPPRIVOISER LA MORT

Patrice Van Eersel est né en 1949. Il a été l'un des journalistes fondateurs du magazine *Actuel*, dont les grands reportages à la recherche des « télescopages primitifs-futuristes » du monde contemporain — de l'Amérique à l'URSS en passant par l'Afrique — l'ont amené à consacrer une part croissante de son attention aux grands visionnaires de notre époque, particulièrement dans les domaines de la naissance et de la mort. Il est également rédacteur en chef de *Nouvelles Clés* (« le magazine de l'écologie intérieure »).
Patrice Van Eersel a publié : *Au parti des socialistes* (1975),
Voyage à l'intérieur de l'Eglise catholique (1976),
Sacrés Français ! (1977), *La Source Noire* (1986),
Le Cinquième rêve (1993) et *La Source blanche* (1996).

Paru dans Le Livre de Poche :

LA SOURCE NOIRE
LE CINQUIÈME RÊVE
LA SOURCE BLANCHE

PATRICE VAN EERSEL

Réapprivoiser la mort

Avènement des soins palliatifs et recherches sur les derniers instants en France, entre 1977 et 1999

Nouvelle édition

ALBIN MICHEL

à mon fils Till

aux médecins
de la Renaissance
en cours

AVANT-PROPOS

Le plus beau des paradoxes

Pour une raison qui me reste mystérieuse, ma prise de conscience de la mort date de mon arrivée en France, en 1966, alors que j'avais dix-sept ans. Je vivais jusque-là au Maroc, où la mort se présente sous un visage plus naturel qu'en Europe — même si cette spontanéité revêt souvent les masques de la grande tragédie humaine. Toute mon enfance, j'ai vu régulièrement passer, sur les chemins poussiéreux du bled marrakchi, de graves cohortes portant, sur une planche à hauteur d'épaule, la forme d'un corps enveloppé d'un linceul blanc : au milieu de chants sourds, on emmenait quelqu'un vers sa dernière demeure. En Afrique du Nord, la mort frappe beaucoup plus souvent que chez nous. Là-bas, quand vous demandez à une femme combien elle a d'enfants, elle vous donne toujours deux nombres : ceux qu'elle a eus, ceux qu'elle a perdus.

En arrivant en France — où la modernité a heureusement musclé l'espérance de vie —, l'angoisse de la mort m'est presque aussitôt tombée dessus. Peut-être à cause de la baisse de luminosité. Ou de la plus forte humidité. Ou parce qu'ici, en feignant de l'ignorer, en refusant d'en parler, les gens semblaient avoir gardé la mort très douloureusement coincée en travers de la poitrine.

Au Maroc, l'annonce du décès de quelqu'un s'accompagnait de cris terribles, de pleurs, de hurlements, de visages lacérés... Réactions humaines. En

France, le jeu était visiblement bloqué. On ne bronchait pas. D'un côté, l'idéologie matérialiste, hégémonique et arrogante (elle se présente généralement comme exclusive et définitive) vous obligeait à penser : « Eh bien oui, nous ne sommes jamais qu'un tas d'os plus ou moins absurde, animé d'une passagère illusion de liberté. Il faut bien que cela s'arrête un jour, on ne va pas en faire un drame ! » Mais, d'un autre côté, un sentiment de panique et d'indignation extrêmes vous faisait en permanence nier qu'une telle horreur soit possible. Et l'on voyait des esprits pourtant lucides (cf. les papiers de Cavanna dans *Charlie-hebdo,* dans les années soixante-dix, et ceux de *Sciences & Vie* très récemment encore) s'interroger « scientifiquement » sur l'éventuelle guérison — un jour, qui sait, peut-être, un vaccin, une reprogrammation cellulaire... — de la plus scandaleuse des maladies, de la « maladie des maladies », la mort.

Ce sentiment de toute-puissance infantile — « je contrôlerai ma vie jusqu'au-delà des âges » — aurait pu faire sourire s'il n'y avait eu derrière, à l'évidence, une immense souffrance cachée.

Je suis rapidement devenu comme cela, moi aussi : haussements d'épaules en public, peur panique en privé. Je me souviens d'un jour du printemps 1973 où un copain « maoïste » répondit à un « humaniste » (ce mot était alors utilisé de manière péjorative) qui venait d'évoquer le suicide d'un couple de charcutiers : « La mort ? Peuh ! Quel sujet misérable ! » La plupart des journalistes présents — cela se passait devant le comité de rédaction d'un tout récent « quotidien du peuple, par le peuple, pour le peuple » — avaient unanimement protesté : il n'y avait rien à dire sur la mort, sinon qu'il fallait mourir du bon côté de la barrière — par exemple du côté des résistants antinazis ou d'un quelconque front de libération — et souhaiter la mort d'un maximum de salauds. L'« humaniste » avait faiblement protesté : n'y aurait-il pas moyen, tout de même, d'enquêter sur la façon dont le peuple, les petites gens, les paysans en voie de prolétarisation, les commerçants chassés par les grandes surfaces, les ouvriers menacés par les ordinateurs... bref tous ceux qui comptaient pour mes camarades, appréhendaient *philosophiquement* leur propre mortalité, collective et individuelle ? Ce fut un joli tollé. Quant à moi, je restai muet. Incapable de me prononcer.

La mort, dont on ne pouvait plus parler en public — tabou que confirmaient historiens et anthropologues de la modernité —, commença à hanter mes nuits. En Afrique du Nord, j'avais connu, durant mon enfance, toutes sortes de peurs. Mais celle-là, je la découvrais en France. Elle surpassait toutes les autres. Et pouvait rendre fou. Car personne au monde n'aurait su vous en délivrer.

Rétrospectivement, il me semble que ces errements constituaient, constituent et constitueront longtemps encore une phase normale de l'initiation à cette scandaleuse et géniale invention de l'Occident, cette invention cosmique, ce fantastique grand-bond-en-avant dans l'évolution du monde : la liberté individuelle.

L'accès à la liberté se paie forcément cher. Tarif de base : tu te couperas les ailes, tu deviendras lourd, insensible, tu te sépareras du monde, dont tu penseras qu'il est absurde (du latin *surdus,* sourd). Et la mort te paraîtra la chose la plus scandaleuse du monde. Face à elle, tu te retrouveras seul, muet de terreur et d'impuissance. Et quand tes enfants te poseront des questions sur elle, tu ne sauras que leur répondre. Autrement dit : tu risqueras de perdre ta qualité d'humain. Car l'humain est cet animal étrange qui, ayant compris qu'il était mortel, sut un jour dialoguer avec la mort. L'apprivoiser.

Dialogue redoutable, mais apprivoisement possible. Cela fait partie du jeu de cartes que chaque humain reçoit à sa naissance. Règle de base : ne jamais perdre la mort complètement de vue, ne jamais oublier tout à fait que l'on va mourir un jour, toujours garder ce sentiment à l'intérieur de son champ de vision, ne pas le laisser s'enliser dans l'oubli de l'inconscient — et se trouver paradoxalement fortifié par cette vigilance.

Pendant des dizaines, des centaines de milliers d'années, l'homme a respecté cette règle de base et bu à cette incroyable source d'inspiration qu'est la vie au bord du gouffre d'évanouissement. Mais voilà qu'à partir du milieu du second millénaire de l'ère dite « chrétienne », grosso modo à partir d'une époque appelée *Renaissance* — et massivement à partir de la révolution industrielle —, les humains ont peu à peu oublié la règle, l'art fondateur, le dialogue avec la mort, c'est-à-dire avec les mourants.

Tel fut le prix à payer pour gagner la liberté de l'individu. Le théâtre de l'accompagnement est tombé en berne. Au XXe siècle, avec la sécularisation presque totale de la vie quotidienne en Occident, le dialogue avec les mourants a quasiment cessé. Et les modernes ont ainsi risqué de perdre leur qualité d'humains.

Il a fallu des circonstances terrifiantes, et des êtres — des femmes — exceptionnellement courageux, pour retrouver l'ancienne règle des vivants. Et le réapprivoisement.

J'ai raconté dans *La Source noire* de quelle façon, à mon avis, une partie de ces choses a pu se passer, et par quel hasard votre serviteur s'est laissé embarquer vers la zone terminale. L'essentiel de cette première enquête se déroulait aux États-Unis.

Douze ans plus tard, j'ai voulu savoir ce qui était arrivé chez moi, en France.

Rapide résumé des épisodes précédents...

En 1977-1978, l'équipe du magazine *Actuel* se reconstitua autour de quelques pôles d'intérêt forts, dont la science — physique, astrophysique, cybernétique, biologie, biochimie, neurochimie... La chimie du cerveau me passionna. Tous nos états de conscience, nos émotions, nos pensées, nos sentiments sont relayés par une pharmacopée intérieure, extraordinairement subtile (dont les plus fines technologies humaines ne sont que de grossières imitations). En 1981, suivant la piste des molécules qui aident notre conscience à s'incarner, je tombai, au cours d'un reportage aux États-Unis, presque par hasard, sur la découverte d'un champ incroyable — à la fois clinique, théorique, philosophique, mythique... —, un champ dont je n'aurais jamais soupçonné l'existence, alors que toutes nos existences y convergent ! Un champ très spécial : la zone terminale — au sens où le cinéaste russe Andreij Tarkovski utilisa le mot *zone* dans le film *Stalker.* Son exploration allait changer ma vie.

Tout avait démarré par un reportage sur une possible « overdose naturelle » que nous aurions tous, automatiquement, au moment de mourir : l'ensemble de nos drogues internes (neurotransmetteurs) serait alors libéré et nous quitterions la vie sur un magnifique « flash » de pure hallucination. D'où ces fameuses visions de tunnel et de lumière ineffable, rapportées par certains rescapés : la *Near Death Experience* (NDE) ou « expérience de mort imminente » (EMI).

Pourtant, une fois rendu à Los Angeles, auprès des scientifiques qui travaillaient sur l'hypothèse de cette « overdose », je me rendis vite compte qu'ils ne faisaient que repousser le problème : ce n'est pas parce que l'on isole une prétendue « molécule de l'amour » dans une éprouvette (le genre d'exploit que la presse scientifique salue régulièrement, à plus ou moins juste titre), que la question de l'Amour s'en trouve éclairée d'un photon. De la même façon, le fait de découvrir un éventuel « orage neurochimique » (la découverte reste à faire, mais cela viendra certainement) dans l'organisme d'une personne en train de vivre une expérience mystique, à l'extrême bord de la vie, ne dit rien, ou presque, de ladite expérience. Pour prendre une analogie simple, sans semi-conducteurs de la force électromagnétique, votre poste de télévision ne fonctionnerait pas ; mais vouloir réduire le sens d'une émission télévisée à ce qui se passe dans les transistors serait évidemment stupide.

En revanche, je m'aperçus que, contrairement à tout ce que j'aurais pu imaginer, la « zone terminale » de l'agonie constituait un moment crucial de la vie humaine et pouvait littéralement déborder d'énergie et de sens, à condition que des humains accompagnent les mourants jusqu'au bord du trépas, en y mettant leur plus grande sensibilité et leur plus grande écoute. Tout d'un coup, les choses n'étaient plus « scientifiques ». C'était beaucoup plus important que cela. Il s'agissait de la vie, avec le plus beau V qui se puisse concevoir, la vie sur laquelle la science ne fait jamais que jeter *un* regard, parmi des milliers d'autres regards possibles... Là, il ne s'agissait plus de regarder, mais de vivre.

Parti en Amérique pour enquêter sur la NDE, j'étais tombé au beau milieu du grand théâtre final, où toute la vie se trouve remise en jeu...

De quoi suis-je en train de parler, de quel « théâtre » ?

Tous les historiens, à commencer par Philippe Ariès, auteur d'un *Essai sur l'histoire de la mort en Occident,* s'accordaient jusqu'ici pour dire que la mort était devenue le grand tabou des temps modernes. On ne voit plus de corbillards passer dans les rues ; les parents ne répondent plus aux questions sur la mort posées par leurs enfants qui, eux, ne sont plus invités à dire adieu à leurs grands-parents mourants ; la médecine ultra-technologique nous fait vivre dans l'espoir permanent que l'on pourrait un jour « guérir de la mort »... bref, on élude.

Philippe Ariès écrivait :

> Il est surprenant que les sciences de l'homme, si loquaces quand il s'agissait de la famille, du travail, de la politique, des loisirs, de la religion, de la sexualité, aient été si discrètes sur la mort. Les savants se sont tus comme les hommes qu'ils étaient et comme les hommes qu'ils étudiaient. Leur silence n'est qu'une partie de ce grand silence qui s'est établi dans les mœurs au cours du XXe siècle. Si la littérature a continué son discours sur la mort, par exemple avec la mort sale de Sartre ou de

Genet, les hommes quelconques sont devenus muets. Ils se comportent comme si la mort n'existait plus [1].

Ou encore :

Aujourd'hui, les enfants sont initiés, dès le plus jeune âge, à la physiologie de l'amour et de la naissance, mais, quand ils ne voient plus leur grand-père et demandent pourquoi, on leur répond en France qu'il est parti en voyage et en Angleterre qu'il se repose dans un beau jardin où pousse le chèvrefeuille. Ce ne sont plus les enfants qui naissent dans les choux, mais les morts qui disparaissent parmi les fleurs. Les parents des morts sont donc contraints de feindre l'indifférence.

Eh bien, si Philippe Ariès vivait encore, il serait, je pense, obligé d'ajouter un chapitre à son fameux ouvrage. Sous la pression d'une nécessité vitale considérable, le tabou s'est en effet largement fissuré et cela constitue un phénomène majeur à l'échelle de notre civilisation — même si seule une minorité, ou une avant-garde, s'en est déjà concrètement rendu compte.

Le théâtre final redevient lucide !

Et moi, j'étais bien somnambuliquement entré dans ce théâtre... à reculons et par l'acte II.

Par la NDE.

L'expérience de mort imminente, la fameuse *Near Death Experience* rendue mondialement célèbre par le psychiatre américain Raymond Moody, était déjà connue bien avant l'Antiquité. Aussi loin que remonte la mémoire humaine, on rapporte des cas de personnes ayant frôlé la mort de si près qu'on les a vraiment crues mortes et qui, s'étant par chance ranimées, ont rapporté de leur « absence » le récit d'une expérience extraordinaire dont elles étaient sorties métamorphosées, ayant perdu toute peur de mourir. La grande nouveauté, en cette fin de millénaire, tient à la multiplication des cas. Jadis extrêmement rares, ils sont brusquement devenus plé-

1. Philippe Ariès, *Essai sur l'histoire de la mort en Occident*, Le Seuil, 1975.

thore grâce à l'amélioration spectaculaire des techniques de réanimation. Ce que l'on nomme parfois l'« acharnement thérapeutique », et dont le théâtre d'opérations principal est l'unité de soins intensifs des hôpitaux modernes (ou des ambulances du SAMU), permet de ramener à la vie, chaque jour de par le monde, des milliers de personnes qui, dans d'autres sociétés et à d'autres époques, seraient irrémédiablement mortes. Or, parmi ces rescapés (qui se comptent par millions à l'échelle de la planète), des chercheurs attentifs se sont aperçus qu'un pourcentage remarquable (entre 5 % et 30 % selon les études, fourchette qui en dit certes long sur l'état balbutiant de ces travaux) a bel et bien vécu une EMI, ou NDE, et que celle-ci a changé leur vie, bouleversant toute leur vision du monde et leur échelle des valeurs. Ce qui n'a pas manqué d'intéresser et même de passionner des chercheurs audacieux, psychiatres ou neurologues, mais aussi anthropologues, sociologues, philosophes, voire théologiens.

En 1981, je m'aperçus que, pour qui observait le phénomène avec un peu de recul, cette récente flambée de recherches sur la NDE constituait, en fait, l'acte II d'une sorte de vaste pièce de théâtre. Les informations spectaculaires sur la NDE — tendant généralement, avec une certaine innocence, à « prouver scientifiquement » qu'il existerait une « vie après la vie », c'est-à-dire que nous serions immortels — émanent pour la plupart de chercheurs masculins, des intellectuels, souvent des universitaires américains, volontiers enclins à la spéculation la plus débridée, mais aussi la plus audacieuse. Leurs travaux et leurs découvertes, passionnantes quoi que l'on puisse penser de leurs interprétations, qui se développent vers le milieu des années soixante-dix, n'auraient pas été possibles, à mon avis, du moins n'auraient jamais eu l'impact qu'elles ont actuellement sur nos contemporains, s'il n'y avait eu auparavant un acte I, colossal : la redécouverte de l'art d'accompagner les mourants.

Cet acte I, qui prend sa source pendant la Seconde

Guerre mondiale, aux endroits les plus sombres de celle-ci, est mené, pour l'essentiel, par des femmes. Celles-ci n'agissent pas dans des universités ni dans des laboratoires, mais sur le terrain, là où l'on meurt vraiment. Elles agissent non pas de manière intellectuelle et spéculative, mais par compassion, mues par une sorte de nécessité vitale. Un amour. Ces femmes, dont Elisabeth Kübler-Ross en Amérique, Cicely Saunders en Angleterre, Michèle Salamagne ou Marie de Hennezel en France, Mère Teresa en Inde, ont rouvert avec sagesse l'ancien grand théâtre de l'agonie, en y intégrant ce que les sciences humaines et la pratique clinique moderne nous ont appris sur nous-mêmes.

Pour ceux qui fréquentent cette « zone interdite » avec compassion, l'agonie peut se métamorphoser de la manière la plus paradoxale en une immense leçon de vie. Certes, le chemin qui mène à cette « zone » passe par une *vallée des larmes* que nul ne peut contourner. Il faut avoir longuement pleuré sur sa propre mort et sur celle de ses proches pour pouvoir accompagner autrui jusqu'au bord du grand mystère. Ceux qui ont su le faire dégagent une étonnante sérénité, qui devrait faire réfléchir nos dirigeants : une société où l'on vit ses deuils est une société où l'on se porte mieux. Une telle société écoute ses femmes.

Moi-même, comment aurais-je réussi à m'arracher à l'angoisse terrifiante de la mort, si je n'étais entré dans l'amour incomparable d'une femme ?

C'est alors, mais alors seulement, que l'acte II peut commencer, c'est-à-dire que certaines informations jusque-là inaudibles pour l'esprit moderne commencent à être entendues, provenant de cette zone taboue dont parlait Ariès, cette « agonie » devenue terrain vague, où l'on laissait se débrouiller seules les infirmières et les aides-soignantes (et aussi les fossoyeurs, les pompiers et les flics !).

Ainsi, ce n'est qu'après avoir clairement enquêté sur l'importance de la redécouverte de l'art très féminin d'accompagner les mourants dans l'Occident de la fin du XXe siècle que nous reprendrons le dossier de la NDE, cette expérience très ancienne qui rejaillit soudain, ruisselante de vie, au beau milieu de notre monde moderne.

Mais gardons-nous de trop généraliser. Chaque nation a sa manière d'aborder la vie et le monde. La redécouverte de l'art d'accompagner les mourants a suivi, en France, une voie spécifique. L'objet du présent ouvrage est de jeter quelques lueurs sur cette voie — et d'en profiter pour mettre à jour les dossiers de *La Source noire,* qui datent, dans le meilleur des cas, de douze bonnes années.

Saint-Maur, le 1er juin 1997

PROLOGUE

Les assoiffés

> Je meurs de soif auprès de la fontaine.
>
> François Villon

Ivan

Complètement par hasard, mon ami Émile est tombé sur un vieux pote à lui, qu'il n'avait pas revu depuis des années. Un photographe qu'entre intimes nous appelions Ivan. Un type rayonnant, à qui la chance souriait en tout. Ses reportages se vendaient tellement bien qu'il avait monté sa propre agence. En plus, il était beau ! Peu de destins nous paraissaient aussi enviables. Il vivait tout à 100 %. Un grand flambeur, dont on ne comptait plus les succès amoureux. Sûr, il ne s'ennuyait jamais, Ivan ! Pas dans le genre vulgaire, bien au contraire. Il avait approché — avec respect et même humilité — l'art du yoga tantrique. Le grand jeu. Quand il s'embarquait avec une femme, les copains lui prêtaient des expériences dont la seule évocation nous donnait la chair de poule. « Un béni des dieux... », pensions-nous. Nous étions certainement très sots, mais je ne suis toujours pas sûr de savoir en quoi.

Avec les années, Ivan avait accumulé tant d'expériences à travers le monde, comme reporter-photographe et comme pratiquant de diverses sortes de techniques de spiritualité, qu'il avait fini par acquérir, dans les réseaux qu'il fréquentait, la réputation d'un sage que l'on venait consulter. Il avait d'ailleurs publié plusieurs livres, dont un sur la voie tantrique. Un album, magnifiquement illustré par des photos d'amants sacrés, en *asanas ad hoc*.

Les années ont passé et voilà donc qu'un beau matin, mon vieil Émile tombe sur lui, stupéfait, car l'homme est méconnaissable. Hâve. Livide. Le poil brisé. Les joues creuses. Le dos voûté. Affreusement vieilli... Émile ne sait que dire. Il balbutie des mots idiots, pour dire sa joie. Mais tricher serait impossible et sa voix faussement enthousiaste déborde d'interrogations anxieuses. Ivan laisse à peine passer quelques secondes, avant de dire : « Je viens de traverser quelque chose de très difficile. »

Émile ne dit rien. Ses yeux fouillent le visage ravagé de son ami, qui murmure : « Tu avais connu Sylvie ? » Émile secoue la tête. Alors Ivan se met à parler. D'une voix sourde, cassée, et en même temps emplie d'une incompréhensible énergie...

« Moi qui avais connu tant de femmes, qui aurait pu me dire que je tomberais si éperdument amoureux à cinquante ans ? Du jour au lendemain, elle a occupé toute la place. Je l'ai épousée et je suis devenu le plus fidèle des hommes. Nous avons vécu trois années d'idylle. Elle était intelligente, drôle, douce... et tellement belle ! Nous pouvions rester des heures ensemble, en silence. Elle m'illuminait. Avec elle, j'ai su ce qu'était le paradis. Sylvie avait un petit garçon, d'un premier mari qui l'avait abandonnée. Cet enfant est devenu mon fils. À trois, nous avons vécu un bonheur incomparable... Jusqu'à l'été dernier, il y a maintenant dix mois. »

Dans l'atelier photographique où se déroule la conversation, Émile s'est accroupi contre un mur et regarde Ivan. Tout en parlant, celui-ci sort d'un portefeuille quelques photos qu'il tend d'un geste plein de dévotion : Émile découvre une jeune femme blonde, aux cheveux longs, au sourire radieux, aux yeux en amande, bleus, larges... Et un enfant de quatre ou cinq ans, tout brun. Une boule de miel de cyprès. Ivan est lancé. Il poursuit, comme un métronome :

« Insouciants, nous sommes partis en vacances. Au bord de la mer. J'ai eu la chance de l'avoir avec moi encore quelques jours...

— Et... ?

— Et je l'ai tuée.

— Tu... !?

— À bord d'un dériveur. Nous en avions fait tous les jours précédents, sans nous imaginer que cela pouvait devenir dangereux. Tu sais, un de ces mini-catamarans de plage qui vont si incroyablement vite. Nous nous amusions comme des fous. Je la revois, riant aux éclats, ses longs cheveux flottant comme une torche au milieu de l'écume qui nous éclaboussait. Tout d'un coup le dériveur s'est retourné. Le temps de reprendre mon souffle, je m'aperçois qu'elle n'est pas remontée à la surface. Je regarde sous l'eau et je la vois à quatre ou cinq mètres de fond : ses cheveux sont pris dans les filins du mât et elle se débat pour essayer de se dégager. Je plonge à son secours. Mais ses cheveux sont totalement emmêlés dans ces foutus cordages. Comme un fou je tire dessus, de toutes mes forces, pour tenter de les arracher. N'y parvenant pas, j'essaye de les couper avec les dents. Je n'y arrive pas. À bout de souffle, je dois remonter, pour aussitôt replonger. Une fois, deux fois, dix fois je suis redescendu... »

Émile se sent au bord des sanglots. La voix, elle, demeure sèche. Avec le temps, Ivan s'est vidé de toutes ses larmes :

« Si seulement j'avais eu un couteau, un bout de métal, n'importe quoi pour lui couper les cheveux ! Mais il n'y a rien eu à faire. Je tirais, je secouais, je déchirais, j'arrachais... En vain. Au bout d'un moment, elle a cessé de se débattre... »

Le ton d'Ivan baisse. Sa voix tremble. Mais il ne s'arrête pas. Il est parti et ne s'arrêtera pas. Émile est pétrifié. Il ne sait pas où le conduit son ami.

« Quand les secours sont arrivés et que l'on a retourné le bateau, le corps de Sylvie est resté suspendu à la mâture, pendant de longues minutes, à trois ou quatre mètres au-dessus du niveau de la mer... J'étais anéanti. Je ne le croyais pas. C'était impossible. Pendant des heures et des jours, je n'ai pas réussi à le croire. C'était un rêve. J'allais me réveiller. Le jour de l'enterrement, sa famille m'a traité d'assassin. Ils m'ont repris l'enfant, m'estimant indigne de lui. Je me suis retrouvé seul.

« Je voulais mourir, Émile ! Du jour au lendemain, j'ai tout arrêté. Je n'ai plus travaillé, plus mangé, plus bu, plus rien fait de mes mains. J'essayais de ne plus respirer ! Je ne souhaitais qu'une chose : mourir. »

Ivan se tait un instant. Il regarde Émile d'un air soudain presque tendre et dit :

« Tout cela s'est passé il y a un an, et voilà quelques semaines à peine, tu vois, que je me suis remis à manger, un peu. À donner quelques coups de fil, pour reprendre un tout petit peu le travail. Quelques semaines à peine que j'ai fini par me résoudre à vivre, malgré tout... À cesser de me laisser dépérir. *Mais si je le fais, c'est parce que c'est elle qui me le demande !* Oui, je commence tout juste à pouvoir en parler : en mourant, Sylvie est devenue mon enseignante. En mourant, elle m'a fait le plus beau des cadeaux.

— Que veux-tu dire ?

— Cela te paraîtra fou, Émile, mais, en mourant, Sylvie m'a sauvé. Je crois d'ailleurs qu'elle le savait, plus ou moins consciemment. Quelques jours avant sa mort, elle m'avait dit : "Je te sauverai !" Je n'avais pas compris. Mais c'est ce qu'elle a fait. Moi qui, depuis vingt ans, pratiquais toutes les techniques spirituelles possibles et imaginables, yoga, tantra, méditation..., je me suis soudain aperçu que les plus belles techniques de la terre ne m'avaient pas fait avancer, au fond, de plus de dix ou quinze centimètres ! Et encore ! En fait, j'errais bien loin de la vraie vie. Alors que cette femme, en mourant, m'a fait accomplir d'un seul coup un bond de trente kilomètres ! Sa disparition m'a réveillé. J'ai vu comment les paravents chics de mon désir de "spiritualité" avaient masqué ma vanité, mon immense prétention.

« Sylvie m'a sauvé en me faisant pleurer des jours et des nuits. Je suis mort avec elle. J'ai été anéanti. Et quand, peu à peu, à gouttes minuscules, la vie s'est remise à couler dans mes veines, sa voix a commencé à résonner en moi et le monde m'est apparu différent. J'ai découvert que seuls les détails sont importants. Je sais qu'on le dit beaucoup, mais c'est vrai. Un oiseau sur ma fenêtre, à qui je donne des miettes de pain, me nourrit pour des heures. Une vieille femme que j'aide à traverser la rue... Des cris d'enfants de l'autre côté d'un mur. De toutes petites choses, qui aujourd'hui me font pleurer de joie. La mort de Sylvie m'a fait renaître. Je suis re-né ! J'ai donc décidé de ne plus m'appeler Ivan, mais René. »

Il avale sa salive et reprend :

« Tu vas me croire cinglé, Émile, mais ce que je crains le plus au monde, aujourd'hui, c'est de perdre ma douleur. J'ai peur de me rendormir. Je sens que cela me guette. Certains soirs, je m'aperçois que je n'ai pas pleuré une seule fois de la journée. Pas tremblé. Pas été ému par le sourire d'une vieille dame, ou la peine d'un enfant, ou la joie d'un oiseau... Pour survivre, il a bien fallu que je me remette un peu à travailler. À circuler. À fréquenter les autres. Je sais maintenant que je pourrais bien m'y laisser piéger à nouveau. Je ne suis pas si vieux. Tout peut repartir. Dans le grand somnambulisme du succès, de l'action, du spectacle. C'est ce qui me fait le plus peur, aujourd'hui : l'oubli. L'oubli de l'essentiel. Et je prie Dieu qu'il ne m'enlève pas le plus étrange cadeau que la vie m'ait fait : la douleur de perdre Sylvie. »

Dominique

« Allô ! Émile ?
— Oui...
— C'est Dominique.

— ???

— Domi de Carcassonne.

— Ah ça ! Depuis le temps... Ça me fait bien plaisir ! Comment vas-tu ?

— Moi, ça peut aller, Émile. Mais je t'appelle pour une amie. Ma meilleure amie. À qui il arrive une histoire terrible.

— ???

— Son mari s'est planté en moto.

— Mort ?!

— Non, mais le pauvre est en morceaux.

— Aïe !

— Trois mois qu'il est à l'hôpital. Tu n'as pas idée ! Plus de vingt fractures, une jambe et un pied amputés, des hémorragies au cerveau, la mâchoire fracassée, le foie éclaté... ils lui ont enlevé la rate, l'estomac, un rein... Enfin, l'horreur !

— Il est dans le coma ?

— Non, mais il ne peut plus parler. Toute l'épreuve, pour lui, a été muette. Peut-être ne pourra-t-il d'ailleurs jamais plus... Pour sa femme, imagine ce que cela représente.

— Ils ont des enfants ?

— Deux filles. Trois et six ans.

— Pffff !

— L'enfer ! C'est pour ça que je t'appelle, Émile. Nous nous sommes dit que toi, tu connaîtrais peut-être un moyen, je veux dire une adresse, une association, tu vois, une solution...

— Pour...

— Pour arrêter le massacre.

— Pour arrêter le... tu veux dire pour le...

— On sait bien que ça existe, l'euthanasie ! Des tas de médecins pratiquent ça spontanément. Enfin, quand ça les arrange. Ici, ils refusent. Alors que franchement, ça n'a pas de sens, de continuer. C'est trop dur. Il souffre ! Et mon amie, elle, va devenir folle !

— Tu penses réellement qu'il ne faudrait pas prolonger la vie de cet homme ?

— Mais oui, Émile, c'est absurde ! Il ne pourra plus jamais fonctionner, tu comprends ? Com-plè-tement anéanti. Un débris. Un bloc de souffrance. Te rends-tu compte ?

— Et ton amie voudrait que je...

— Mais oui, bon sang, que tu lui dises comment tout arrêter. Donne-nous au moins l'adresse d'une association qui la soutiendrait dans sa démarche.

— Mais lui, il est lucide ?

— Lui ? Mon Dieu, oui. Enfin, je crois...

— Concrètement : est-il présent ? pense-t-il ? entend-il ?

— Oui, oui.

— Mais alors... est-il d'accord ?

— Pour ?

— Mais pour en finir !

— En fait, je n'en sais rien. Mais dans son état, de toute façon, tu vois, il ne peut pas vraiment s'exprimer. Il souffre tellement ! Non, il faut arrêter ça, c'est insupportable.

— Il faudrait quand même parvenir à le... contacter. Savoir où il en est.

— Mon amie est en train de *craquer,* Émile ! Tu ne comprends donc pas ? »

Philippe

Il y a quelques années de cela, le journaliste et écrivain Philippe Labro, patron de la chaîne radiophonique RTL, s'est retrouvé dans un quasi-coma, le larynx obstrué par une ancienne infection soudain devenue virulente. Hospitalisé d'urgence à l'hôpital Cochin, il fut placé en réanimation pendant dix jours. Là, se déroulèrent, autour de lui et en lui, des phénomènes extraordinaires, dont il fut le seul témoin — personne, dans son entourage, ne s'aperçut de rien — mais qui modifièrent de fond en comble sa façon de voir le monde et la vie. Voici quatre extraits de *La Traversée* [1], le livre qu'il rédigea, une fois rétabli, pour raconter son étonnante expérience :

1. Gallimard, 1996.

La maladie qui m'a conduit à la réa m'a emmené plus loin que la réa, bien au-delà du cap Horn, au-delà des quarantièmes rugissants et des cinquantièmes hurlants, dans ce que les Anglo-Saxons appellent une NDE — *Near Death Experience* — et qu'il convient de traduire ainsi : expérience de mort approchée. En français, cela donnerait comme initiales EMA, et cela fait non seulement plus français, mais je m'aperçois que c'est le mot « âme » à l'envers. Hasard...
Il est possible que ces expressions paraissent banales : « Aller de l'autre côté », quel cliché ! « Passer le cap Horn », quelle image facile ! Il faut se moquer de ces remarques. Si l'image paraît facile, c'est qu'elle est l'image vraie. Le problème n'est pas d'écrire : « L'autre côté », mais d'essayer de décrire à quoi cela ressemble. Et d'abord, d'affirmer ceci : il y a un autre côté.
En relisant certains passages dans Balzac, j'ai fait une petite découverte bien intéressante. À plusieurs reprises, lorsque l'écrivain ne veut pas ou plutôt ne peut pas expliquer ce qui est à l'origine de certaines actions ou de certains sentiments, il emploie le même terme : « Je ne sais quelle puissance ». (...) Cette expression me convient à moi aussi parfaitement, et [je l'ai rencontrée] à plusieurs reprises dans la chambre 29, troisième étage, à gauche dans le couloir : « Je ne sais quelle puissance. »
Les grandes personnes, et bien souvent les Français, croient qu'on peut tout expliquer en faisant appel à la Raison. J'ai appris à ne pas juger ainsi. En fait, j'ai appris à ne pas trop juger. Je tente seulement de comprendre. La vie est un mystère, le temps est un mystère, et chacun d'entre nous obéit à des lois différentes, et la Raison ne constitue pas la Loi. J'ai souvent quelque difficulté à dire ces choses-là devant ceux qui s'accrochent avec excès à la Raison, parce qu'ils me regardent alors avec, dans leurs yeux, ce vide qui traduit l'incompréhension, voire la condescendance, de qui se réfère exclusivement à son intelligence pour comprendre la vie et le monde. Je n'ai plus aujourd'hui aucun mal à établir la différence entre la Raison et le reste. Dans l'histoire qui m'est arrivée, ce n'est pas seulement la Raison ou l'intelligence qui ont joué un rôle, mais d'autres éléments bien plus forts : le cœur, la volonté, l'amour, l'imprévisible.

Une fois revenu à la vie, Philippe Labro resta convalescent de longs mois, physiquement et psychiquement groggy. L'expérience vécue pendant son coma se révéla difficile à intégrer. Écartelé entre le besoin de garder le silence sur une aventure résolument indicible et le désir de la raconter tout de même, il finit par opter pour le second. Ayant décidé de ne lire aucun ouvrage sur la notion de NDE — tout à fait nouvelle pour lui —, afin de conserver intact le sentiment inouï qu'elle avait fait naître, il s'isola à la campagne pendant trois mois et écrivit.

D'abord, il envisagea un roman, où réalité et fantasme se mêleraient à point pour alimenter cet impossible récit. Puis il se demanda s'il ne serait pas plus fort, et plus loyal vis-à-vis de l'expérience elle-même, de simplement dire la vérité, le plus humblement possible. Quitte à faire rire. La première leçon n'était-elle pas précisément de se défaire de la pression du regard des autres ?

Bien lui en prit : personne ne se moqua de *La Traversée* lorsqu'elle parut. Parmi les milliers de lettres que lui envoyèrent ses lecteurs, plusieurs émanaient de personnages de la communauté scientifique et de la médecine qui le félicitaient. Certains lui demandèrent même rendez-vous. Qu'un homme aussi crédible dise avoir vécu une NDE donnait à celle-ci une aura jusque-là interdite.

Après coup, Philippe se rendit compte que son expérience se rangeait dans le lot des plus brèves. Vu du dehors, chronomètre en main, l'épisode « surnaturel » n'avait pas dû s'étendre sur plus de quelques secondes — dans le livre, l'auteur ne lui accordait que trois ou quatre pages. Et pourtant, quelle châtaigne !

Labro n'a pas, comme certaines personnes de retour d'une NDE, changé de métier ni de femme. Mais il dit que quelque chose de fondamental a muté en lui. Dans son regard. Dans sa façon de s'interroger. L'une de ses premières interrogations a porté sur les souvenirs qui ont émergé durant son semi-coma. Pourquoi s'est-il rappelé tel moment de sa vie, tel personnage, tel reportage et pas tel ou tel autre ? Pourquoi le sommet d'une forêt américaine, contemplée du haut d'une falaise escarpée, quand il était encore adolescent, est-il sans cesse revenu, comme un leitmotiv ?

« À force d'y réfléchir, me dira-t-il plus tard, j'ai fini par réaliser que les moments qui m'étaient revenus en mémoire faisaient partie de ceux où, frôlant la mort de tout près — mais sans la craindre —, j'avais vécu plus pleinement que jamais. Notre peur de mourir et notre peur de vivre sont les deux faces d'un même problème. Voilà ce que mes souvenirs me disaient. Cette vérité première de la condition humaine, chacun doit la découvrir à sa manière. Moi, pour commencer à comprendre, il m'a fallu me retrouver dans un hôpital, en train d'étouffer, avec des tuyaux qui sortaient par tous les trous. »

Philippe m'assure que cette découverte a réellement changé sa vie. Quelque chose de fondamental s'y est affirmé : « Il y a un autre côté », a-t-il sobrement écrit. Pourtant, sa façon de présenter son expérience ne prétend l'*objectiver* en aucune manière. Étrange alchimie : à peu de lignes près, les éléments de *La Traversée*, lus un à un, pourraient figurer dans le rapport d'un psychiatre décrivant un délire : l'idée fixe de cette forêt américaine, ces bouts de reportages de guerre, ces défunts qui surgissent devant le lit du patient, ces femmes qui en deviennent d'autres — sans que le sujet ne sache plus distinguer le théâtre de sa tête de celui de sa chambre (d'où une mystérieuse infirmière asiatique finira par disparaître, corps, âme et esprit, après que Philippe eut l'impression qu'elle le soignait toutes les nuits...), bref, du pur délire.

Mais quel est ce « délire » dont l'auteur, une fois revenu à lui — un homme important et sensé, qui dirige l'une des plus importantes radios de France —, peut se permettre d'affirmer, en vous regardant calmement dans les yeux : « Cela a tout changé pour moi. Je sais désormais que la mort n'est pas la fin du grand jeu » ?

Est-ce notre notion du rêve qu'il faut revoir ?

De la vie ?
De l'esprit ?

Catherine

Catherine Lemaire était une survoltée, qui avait parcouru la planète entière, appareil-photo et magnétophone en bandoulière, à la recherche de preuves tangibles de l'existence du merveilleux. Pas une fille bidon : docteur ès sciences ! Spécialisée en primatologie. Et en psychologie clinique. Ça ne l'avait pas empêchée d'être très tôt fascinée par l'idée que le surnaturel puisse interférer avec notre monde physique, ni de demeurer fidèle à l'idée d'esprit, en dépit de tous les *anticorps* que la formation universitaire lui avait injectés dans les neurones. Mais comme elle était à la fois extrêmement rigoureuse et extrêmement fonceuse, Catherine voulait tout vérifier par elle-même, empiriquement, sur le terrain, quitte à prendre d'énormes risques personnels. Ainsi était-elle partie à la rencontre des guérisseurs philippins. Ainsi avait-elle accompli le pèlerinage de San Damiano, lieu où la Vierge apparaît parfois, en Italie. Ainsi avait-elle même pratiqué des rituels spirites destinés à vous faire entrer en communication avec les morts...

Pourquoi tout cela, au fond ? Derrière le merveilleux, ce dont Catherine cherchait explicitement la démonstration, c'était tout simplement — elle n'en convint que lorsque tout s'écroula — l'existence du paradis. Harmonie, amour et connaissance pour tous et pour l'éternité, SVP ! Du fait d'une éducation catholique mystique et plutôt doloriste — trait commun à beaucoup d'écoles tenues, à l'époque, par des religieuses —, sainte Thérèse d'Avila était devenue très tôt son modèle. Par procuration, les vertiges de la passion amoureuse de la grande mystique espagnole à l'égard de Jésus-Christ étaient aussi devenus ceux de Catherine.

Or voilà que la vie, les études l'amènent à rencontrer des personnes souffrant de troubles psychiatriques graves, et notamment de « délires mystiques » qui ressemblent étrangement à certaines des expériences de sainte Thérèse, sauf qu'il n'y est plus question ni d'extase ni de jouissance, mais de souffrances abominables. De même que les mystiques ont parfois la sensation de fusionner avec l'univers ou avec Dieu, certains malades *fusionnent* également, mais de façon atroce, comme happés par des sables mouvants intérieurs. Dans les deux cas, le sujet entre en résonance avec ce que la psychanalyste Piera Aulagnier appelle le *processus originaire,* par lequel notre psyché semble s'être, à ses débuts, « bouturée » à partir de celles de nos parents. Pour Catherine, cette découverte tombe comme une première chape de très lourde désillusion. Si les mystiques sont les cousins des fous, le paradis n'est-il qu'un asile psychiatrique ? Et les extases : une vaste imposture ?

À vingt-huit ans, alors qu'elle renonce à essayer de comprendre les mystiques, Catherine commence, bien involontairement, à faire des « sorties de corps ». Ce que l'on appelle des OBE, de l'anglais *Out of Body Experience.* Cela se produit souvent quand elle s'allonge, fatiguée, et qu'elle ferme les yeux. Elle se retrouve instantanément projetée dans des voyages incompréhensibles, tantôt réalistes — par exemple, dans le compartiment d'un train en pleine course —, tantôt fantastiques — le haut de son crâne peut s'ouvrir et, sortant d'elle-même d'un seul jet, Catherine devient l'« axe du monde ».

Nouvel investissement radical. Tenant un journal de ses OBE, la jeune femme s'envole pour des voyages de plus en plus riches, aux symboles de plus en plus complexes, et de nouveau... paradisiaques. Mais aussi, parfois, effrayants : il lui arrive de ne plus savoir si ce qu'elle a vécu s'est déroulé dans le monde physique ou dans l'une des réalités imaginaires où elle se retrouve.

La confusion la guette. Pourtant, dans la vie « normale », elle demeure calme et mène à bien ses recherches et une carrière de psychothérapeute au-dessus de tout soupçon. La jeune femme s'interroge néanmoins beaucoup, de la façon la plus scientifique possible, sur ce qui lui arrive. À quoi correspondent ses sorties de corps ? Ne semblent-elles pas plus réelles que le réel ? Un jour, elle tombe sur les NDE.

Ces *expériences de mort imminente* (ou de *mort approchée* comme dit Philippe Labro) la replongent dans l'ambiance des grands récits mystiques. Sauf que, cette fois, ce sont des hommes et des femmes ordinaires, de simples humains d'aujourd'hui, qui rapportent cette inimaginable « fusion avec le divin ». Pour ces gens-là, la mort n'est plus une fin, mais une sorte de rideau de fumée illusoire, qui nous séparerait de la « vraie vie ». De nouveau, Catherine ressent un immense désir de croire à ces récits et à ses visions...

Mais voilà que d'autres personnes, assez semblables aux dernières, rapportent aussi toutes sortes de récits de... kidnapping par des extraterrestres. Les témoins de ces aventures de science-fiction semblent tout aussi sincères et convaincus que ceux des NDE. Mais dans leur cas, pas de fusion avec le divin ! Plutôt un cauchemar techno.

Partagée entre des sentiments contradictoires, et elle-même toujours en proie à ses incroyables sorties de corps, Catherine se met à relire sainte Thérèse d'Avila. Aussitôt, plusieurs similarités la frappent : par exemple, quand Catherine voyage « hors de son corps », elle a toujours l'impression d'*exister corporellement,* tout comme sainte Thérèse. Mais alors, dans quel corps ? Pour tenter de le comprendre, la jeune femme multiplie les expériences. Ignorant encore beaucoup de choses sur les pouvoirs, les pièges et les impostures de l'esprit — que le *Livre tibétain des morts* résume si spectaculairement —, Catherine joue les casse-cou et, un peu à la manière d'un John Lilly trente ans plus tôt, se retrouve plusieurs fois... en enfer — elle comprend alors ce que voulait dire Jung, quand il écrivait : « Il est plus facile d'ouvrir les portes de l'inconscient que de les refermer. »

Toute cette quête, scandée et fiévreuse, est brutalement coupée net : un jour, l'homme de Catherine, l'amour de sa vie, meurt d'un cancer. Elle l'accompagne avec tendresse et assiduité jusqu'au bout. Il disparaît. Elle demeure abasourdie. Pendant une période, sa souffrance, ses désirs, ses peurs s'apaisent dans la conviction que le disparu existe toujours. Où ? Comment ? Ailleurs. Sous une forme inconcevable. Au fond d'elle, Catherine a la sensation qu'elle peut continuer à communiquer avec lui. À s'inspirer de lui. Et même, peut-être, à continuer à lui plaire. À évoluer en accord avec lui.

Qu'est-ce qui se passe après ? Que devient la belle harmonie ?

Les aveux mettent du temps à émerger. Lentement s'impose à Catherine la certitude que, depuis le début, elle se raconte des histoires. Ayant rencontré d'autres chercheurs de son genre, et notamment des *rêveurs lucides,* qui sont capables de se promener dans des songes qu'ils programment eux-mêmes et qui semblent aussi vrais que la réalité, Catherine commence à s'interroger sérieusement sur la nature des mondes où elle aime voyager, et sur le dialogue qu'elle entretient avec son *époux du ciel.*

Maintenant, il arrive que certains jours elle a l'impression de se réveiller d'une longue folie. En quoi a-t-elle donc cru, au juste ? Que l'on pourrait, de nos jours, scientifiquement prouver l'existence de l'âme ? de l'au-delà ? de l'immortalité ? Mais oui, elle y a cru ! « Et si je m'apercevais, se murmure-t-elle, que j'ai gobé les plus insanes bobards ? » Et plus elle s'interroge, plus l'évidence s'impose, immense, lugubre : si grande a été sa peur de disparaître, qu'elle a accepté de se monter à elle-même un incroyable scénario. Des aventures hors-corps ! Et puis quoi encore ?

Du coup, c'est *dans* le corps qu'elle veut savoir ce qui se passe. Catherine décide d'explorer à fond l'isolation sensorielle — en compagnie du neurologue Antoine Rémond, un grand ami de John Lilly... Bien sûr, l'hypnose l'intrigue énormément. Et le rêve ! Elle fait le tour de toute la gamme des états de conscience modifiée. La neuropsychologie est un monde si étonnant. Catherine retourne à ses études. Elle se plonge dans les dernières découvertes de la psychophysiologie des états de conscience limites. Elle apprend que l'on peut provoquer beaucoup d'expériences supposées « mystiques » en stimulant certaines parties du cerveau — jusqu'à engendrer volontairement des « sorties de corps » et peut-être même des « éveils de *kundalini* » !

Dans les creux et les bosses de lobes temporaux et dans la *scissure de Sylvius,* Catherine cesse définitivement de croire en la réalité de toutes les expériences étranges qu'elle a vécues depuis son enfance. De crédule, elle devient franchement sceptique et s'insurge maintenant contre cette promptitude de l'être humain à se saisir de n'importe quel message qui pourrait confirmer ses espérances, fussent-elles absurdes. Que d'illusions ! Que de mensonges ! Que de tromperies ! (Elle connaît plus d'un pseudo-chercheur dont les jeux de fantômes arrangent bien les affaires...)

Catherine devient une militante de la cause *désillusionniste.* Une iconoclaste. Elle se lance dans la rédaction d'un livre, *Rêves éveillés* [1] — dont le sous-titre, *L'âme sous le scalpel,* se réfère au fondateur de la physiologie moderne, Claude Bernard, qui disait qu'au cours de ses dissections, il n'avait « pas vu l'âme à la pointe de son scalpel ».

Finalement, Catherine retrouve un peu de sérénité autour de l'idée de rêve. Les plus fabuleuses hypothèses ne sont que des rêves. Les NDE ? Ce sont des rêves très particuliers.

Mais que savons-nous réellement du monde des rêves ?

Le livre *Rêves éveillés* s'achève sur ces mots :

1. Catherine Lemaire, *Rêves éveillés. L'âme sous le scalpel,* coll. Les empêcheurs de tourner en rond (dont l'une des animatrices est la philosophe belge Isabelle Stengers), éd. Synthélabo, 1993.

« Pour moi, le besoin de croire cède sa place à la liberté de penser : des désirs tout autant passionnés mais réfléchis, avec la même passion, dans une lumière "impressionniste". Ainsi, je commence à reconnaître mes rêves et à les diriger vers notre réalité, puisque je sais maintenant que c'est notre affectivité et notre imaginaire qui en font l'essentiel. Cette réalité n'est pas le réel. Mais de ce dernier, j'ignore presque tout. »

Lise

Au Québec, Lise Thouin est une actrice célèbre, que l'on a vue jouer dans plusieurs grandes séries télévisées. Les Français ont fait sa connaissance dans le film *La Grenouille et la Baleine,* où elle joue une scientifique amoureuse des cétacés, dont la fille de dix ans vit une grande aventure d'amour avec un dauphin et une baleine. Un jour, en 1985, au retour d'un voyage en Europe avec son mari metteur en scène et leurs deux enfants, Lise s'est retrouvée à l'hôpital, foudroyée par une infection intestinale qui l'a cisaillée à tel point qu'elle en est morte. Du moins l'a-t-on cru : pendant quelques instants, son cœur a cessé de battre...

Mais les médecins réanimateurs se sont tant acharnés que, finalement, le cœur est reparti. À l'instant où Lise est revenue à elle, elle a poussé un cri si puissant qu'on l'a entendu jusqu'à l'autre bout du grand hôpital. Des années plus tard, l'actrice racontera ce qui se passait de l'autre côté de ce cri.

Lorsque son cœur s'est arrêté, Lise a vécu une aventure ahurissante. Elle s'est retrouvée « ailleurs ». Hors du monde. Hors de son corps. Dans un état de bonheur incompréhensible et indescriptible. Une NDE. Une expérience dont elle ne parle d'ailleurs jamais, sinon pour dire que le retour en fut terrifiant. Se réveiller à nouveau à l'intérieur de son corps exigea d'abord qu'elle s'y *fonde,* « comme du métal en fusion ». Un passage atrocement douloureux, qu'elle mit des années, ensuite, à intégrer. Mais pour Lise, plus rien ne fut pareil après sa réanimation du 24 juillet 1985.

D'abord, elle se demanda comment oser avouer au monde ce qu'elle avait vécu et crut ne jamais pouvoir y parvenir. Ce furent des enfants qui la firent renaître. Des enfants leucémiques, qu'elle se mit à « accompagner » dans leur dernier voyage terrestre.

Depuis dix ans, les histoires de Lise et des petits malades de l'hôpital Sainte-Justine de Montréal font pleurer tous ceux, hommes, femmes et enfants, qui entendent la belle actrice les raconter. Et il y en a, des histoires ! La plus connue est peut-être celle de la petite Audrey qui avait alors six ans et demi, le crâne nu et les yeux terriblement cernés.

Un soir, pour que la maman d'Audrey puisse aller se reposer un bref instant — elle qui depuis tant de semaines veillait jour et nuit sur son enfant mortellement atteinte —, Lise s'est mise à raconter une histoire à Audrey. Une histoire qu'elle inventait au fur et à mesure, en se demandant à chaque phrase ce qui viendrait après. C'était l'histoire d'un petit dauphin qui se sentait pousser des ailes et dont la maman pleurait parce qu'il allait devoir quitter l'océan et s'envoler vers une planète merveilleuse... où elle le rejoindrait un jour. Audrey écouta de toutes ses forces, puis s'endormit, plus calme qu'elle ne l'avait été depuis des mois.

Les enfants très malades sont souvent des maîtres de sagesse. En inspirant à Lise l'histoire de Boule de Rêve (c'est le nom du petit dauphin), Audrey avait fait, avant de mourir (quelques jours plus tard, dans les bras de sa mère), un cadeau à des milliers d'enfants. L'histoire devint en effet un livre, que les Québéquois utilisent avec subtilité, partout où des enfants sont atteints d'une maladie mortelle.

Il y eut bien d'autres rencontres entre Lise et les enfants leucémiques, Geneviève, David, Martine, Isabelle, Didier, Sophie... Chaque rencontre a donné lieu à un échange exceptionnel. Échange parfois spectaculaire, comme quand Marc, un garçon de treize ans, a lu devant le Dalaï Lama et tout un congrès de thérapeutes un texte qui commençait ainsi : « Je m'appelle Marc Beaulieu et je voudrais vous dire en mon nom et au nom de tous les enfants pour qui les médecins se déclarent impuissants devant leur maladie, que la maladie n'est pas une barrière et que, pour tenir le coup, nous avons simplement besoin d'un très bon soutien moral et de beaucoup d'amour. »

Affirmation de gamin magnifique. Ou échange très discret, caresses, étreintes et sanglots... Certains accompagnements d'enfants mourants ressemblent à des jaillissements de souffrance pure. Avec des cris. Face à l'absurde. À la peur. Mais il est bien rare que la présence de Lise n'apaise pas, à la longue, les chagrins les plus profondément ancrés dans les petits ventres. Et dans les grands. Mais il n'arrive quasiment jamais qu'un petit sur le départ ne s'avère en fin de compte beaucoup plus fort que les adultes qui l'entourent et ne laisse derrière lui le signe d'une immense compréhension des choses [1].

Vahé

Ce polytechnicien pas comme les autres semble avoir abandonné toute idée de carrière dans l'univers des grandes entreprises ou de l'État, pour se consacrer entièrement à une recherche métaphysique et spirituelle. En 1994, Vahé Zartarian a publié, en collaboration avec son amie Martine Castello, elle-même transfuge de l'establishment (elle fonda jadis le service « Sciences » de *Libération,* qu'elle quitta pour une vie plus avant-gardiste d'exploratrice de l'âme), un ouvrage savant et singulier intitulé *Nos pensées créent le monde* [2]. S'appuyant d'une part sur

1. Lise Thouin a raconté son histoire : *De l'autre côté des choses,* Les Presses de la Renaissance, 1997.
2. Vahé Zartarian et Martine Castello, *Nos pensées créent le monde,* coll. Nouvelles Énigmes, Robert Laffont, 1994.

les conclusions philosophiques des grandes révolutions scientifiques du XXe siècle, d'autre part sur toutes sortes d'expériences intimes, Vahé et Martine débouchaient sur une nouvelle métaphysique, une sorte d'idéal platonicien que serait venu dynamiser et responsabiliser le pragmatisme britannique d'un Rupert Sheldrake — le savant qui dit : « Nos pensées et nos actions sont des formes qui, répétées un grand nombre de fois, peuvent agir non seulement sur la matière mais sur l'idéal absolu lui-même. »

Trois ans après ce premier livre, Vahé en publie un second, *Le Jeu de la création* [1], plus accessible aux non-spécialistes, où il donne l'une des principales clés de l'accomplissement humain : nous sommes faits, dit-il, pour jouer.

Encore faut-il savoir ce que ce mot signifie...

Vahé aime se référer aux *Dialogues avec l'Ange* [2], où il est dit : « L'enfant joue. L'adulte crée. »

Et quand vient l'heure de mourir ? Que devient le jeu ?

> Il y a plein de bonnes raisons de mourir, écrit Vahé Zartarian. L'une et non des moindres est que ça permet d'oublier. Pas tout bien sûr, juste le superflu ! Vous souvenez-vous quelle était la couleur du livre avec lequel vous avez appris à lire ? Vous souvenez-vous, sans qu'on vous l'ait raconté, des premières difficultés que vous avez éprouvées lors de l'apprentissage de la lecture ? Personnellement, je n'en ai pas la moindre idée, et je trouve cela très bien. Tout ce qui compte aujourd'hui, c'est le fait que je sache lire, pas que je me souvienne d'innombrables détails sans importance. Oublier permet de se recentrer sur l'essentiel, sur le sens.
> Une incarnation, c'est aussi un apprentissage. Nous apprenons qui nous sommes et ce que nous voulons être. Et comme souvent, c'est en faisant des erreurs que l'on apprend le mieux. Or ces erreurs laissent des traces dans la matière, qui est une fabuleuse mémoire. Nos peurs, nos colères, nos angoisses, nos tristesses,

1. Vahé Zartarian, *Le Jeu de la création,* Éd. des Trois Monts, 1997.
2. *Dialogues avec l'Ange,* version intégrale, Aubier, 1990.

prennent littéralement corps. Des automatismes très difficiles à enlever se mettent en place. Telles situations, tels gens, tels aliments suscitent toujours les mêmes réactions. À l'extrême, la simple évocation d'un champ en fleurs suffit à déclencher une crise allergique! L'inépuisable et exubérante force créatrice qui nous anime ne peut plus s'exprimer correctement dans une chair entravée par la mémoire de toutes ces tensions accumulées. Mourir est une manière de s'en libérer.

Mourir est un désir tout à fait naturel. Mais attention à ne pas confondre la reconnaissance que tout est accompli et que le moment est venu d'exprimer son potentiel créateur dans d'autres dimensions de la réalité... avec une aspiration à l'autodestruction pour échapper à sa tâche et à sa responsabilité. D'une manière ou d'une autre, d'un côté du miroir ou de l'autre, il faut y faire face. Alors, autant que ce soit là où il y a le plus de possibilités et où les chances de réussite sont les plus grandes, c'est-à-dire sur Terre.

L'oubli est essentiel à la vie. Mais si la mort n'avait que cette fonction d'oubli pour mieux nous relancer dans la vie, nous n'aurions pas une telle obsession à son égard. Et ce n'est pas la crainte qu'oubli signifie perte d'identité qui est à l'origine de cette obsession, puisque sans cesse au cours de notre existence nous oublions, tout en restant nous-mêmes. Alors, qu'est-ce qui se cache derrière la mort?

Oui, qu'est-ce qui se cache?

La pratique, la pratique, la pratique !

Par la théorie, la mort ne vous dit rien.

Freud s'évanouissait dès qu'on évoquait sa mort.

Les psy ont de ce fait longtemps déserté un théâtre d'opérations que leur métier aurait dû les amener à fréquenter.

La pratique : à l'hôpital, direz-vous, on ne connaît que ça ! Mais n'importe quelle pratique ne fait pas l'affaire : vous pouvez vous activer auprès de milliers d'agonies et ne pas être *dans la pratique* de l'accompagnement des mourants.

De quelle pratique s'agit-il donc ?

Telle est la question sur laquelle se rouvrent les rideaux du Grand Théâtre final.

ACTE I

Naissance des soins palliatifs en France

(1977-1999)

> La mort d'autrefois était une tragédie — souvent comique — où on jouait à celui qui va mourir; la mort aujourd'hui est une comédie — toujours dramatique — où on joue a celui qui ne sait pas qu'il va mourir.
>
> Philippe Ariès

SCÈNE 1

Vous avez dit : « Changer la mort » ?

> Voilà un premier point sur lequel on ne peut pas ne pas s'accorder : la souffrance est hideuse et puisque les moyens existent de l'apaiser, il faut en user sans hésiter. Ce qui veut dire : même si les jours du mourant risquent de s'en trouver quelque peu abrégés.
>
> L. Schwarzenberg et P. Viansson-Ponté

En France, les trois coups ouvrant le premier acte de la redécouverte de l'*ars moriendi*, sont frappés en 1977, quand paraît à Paris un livre provocateur, bien que fort sérieux, qui va ébranler l'inconscient profond de tout le pays : *Changer la mort* [1]. Les Français vivent alors dans une sorte de *no man's land* idéologique. Un temps s'achève : l'hégémonie des grands enthousiasmes révolutionnaires du XXe siècle, souvent marxisants, pousse son cri d'agonie avec la découverte de l'ultime horreur jacobine et léniniste : les Khmers rouges, dont la dénonciation quasi unanime symbolise bien l'écroulement d'un certain idéal. Les visions matérialistes ultérieures se situeront dans une sphère beaucoup plus humble, plus intime...

1. Albin Michel.

Sous ce titre de *Changer la mort,* deux auteurs se sont ligués pour rédiger une sorte de manifeste, à la fois :

— cri de révolte contre la loi du silence qui entoure la souffrance des grands malades, ceux que l'on s'acharne à faire survivre, biologiquement du moins, envers et contre tout, avec force tuyaux et sondes à travers le corps ;

— appel à une attitude, sinon à une législation, radicalement nouvelle, qui autoriserait l'euthanasie.

À l'origine de ce qui est alors vécu par beaucoup comme un scandale, deux hommes : Léon Schwarzenberg et Pierre Viansson-Ponté. Le premier est un cancérologue déjà fameux, le second fait partie de la direction du journal *Le Monde.* Leurs implications sont complémentaires. Le médecin lutte tous les jours, depuis des années, avec obstination, contre la maladie qui frappe les autres ; son horreur est à la mesure de sa longue expérience. L'éditorialiste politique, quant à lui, a choisi d'entrer dans une arène plus émotionnelle mais aussi plus philosophique et, au fond, véritablement *politique :* sur quelle attitude une communauté d'humains modernes doit-elle s'accorder face aux insupportables souffrances de beaucoup d'agonies ? Ce que Pierre Viansson-Ponté ne sait pas, quand il rédige ce livre, c'est qu'il est alors lui-même atteint d'un cancer et que ce livre sera son dernier.

Deux acteurs tragiques : l'un se meurt, sans le savoir, alors qu'il écrit sur la mort ; l'autre tente, partout où il le peut, de ralentir l'irrémédiable. Tous deux jettent sur ce drame un regard à la fois lucide, révolté et, d'un commun aveu, *débordant de peur.*

Dans sa première mouture, le livre commençait par douze petits portraits. Douze morts du cancer. Hommes, femmes, enfants, fauchés par le chaos de leurs cellules. Douze drames racontés par le médecin. Ce début avait paru trop dur au journaliste. La médecine serait-elle à ce point inefficace ?! L'introduction définitive de *Changer la mort* allait finalement s'agrandir de quatre histoires de guérison.

Guérisons... ou rémissions? Mais quelle différence, après tout : ne sommes-nous pas inéluctablement voués à nous fondre un jour ou l'autre dans le néant? Telle est la conviction des deux auteurs. Ils ne l'affirment pas d'emblée explicitement, mais ce credo sourd de toutes les pages : en dehors du monde terrestre, il n'existe rien. Rien en tout cas qui nous concerne. De toute façon, qu'importe : croyants ou athées, tous sont condamnés aux mêmes conditions finales. Léon Schwarzenberg le sait bien, lui qui a vu mourir des milliers d'humains : quand la souffrance devient affolante, quand l'organisme se délabre, quand s'écroule tout ce qui faisait de vous un humain, quand vous n'êtes plus qu'un organisme en déroute transpercé de technologie médicale, vos croyances ne pèsent plus guère, il l'a trop souvent constaté.

Même s'ils ne parlent qu'avec le plus grand respect des croyances des autres — notamment lorsque intervient un acteur religieux dans le théâtre de l'agonie —, Léon Schwarzenberg et Pierre Viansson-Ponté ne laissent guère planer de doute sur la certitude centrale de leur propre « foi » :

> Le monde n'a pas de sens et il n'a pas de but puisque tout sens est en lui et que s'il y avait un sens en dehors de lui, c'est que Dieu existerait et laisserait alors une antithèse en dehors du monde.

Parce que cet athéisme essentiel sous-tend l'ensemble de leur démarche, le cancérologue et le journaliste attendent du lecteur croyant ou incroyant ce qu'ils considèrent comme une honnêteté élémentaire : qu'il reconnaisse dans la plupart des fins de vie un naufrage insupportable. Face à cette abjection infiniment scandaleuse, mais à laquelle il faut se résigner, les deux auteurs réclament la liberté de choisir le moindre mal. La « bonne mort » (c'est-à-dire la moins mauvaise). En grec : *euthanatos*. L'euthanasie.

Pratique qui laisse l'individu libre de décider — ce luxe-là, au moins ! — du moment et de l'endroit où il tirera sa révérence et se fondra dans le néant.

Cette revendication choque considérablement, dans un monde où, mine de rien, les idéologies religieuses continuent d'influencer opinions et comportements. Pour la quasi-totalité des religions, l'euthanasie est une forme de suicide, et le suicide un mélange de désertion et d'assassinat. En conséquence, tous deux sont rédhibitoirement condamnés. En exigeant le droit à l'euthanasie, le cancérologue et le journaliste ont le sentiment de poursuivre le très ancien combat pour la conquête de la liberté individuelle, qui est aussi celle de la solidarité et de la fraternité. Car l'euthanasie suppose deux partenaires : celui qui s'en va, et celui qui « aide » l'autre à s'en aller.

Comme chez les samouraïs ?

Dans *Changer la mort,* Léon Schwarzenberg l'avoue sans ambiguïté : il a lui-même, chaque fois que cela lui a semblé légitime, accepté d'« aider » les grands malades à bout de forces à en finir.

Oh, cela n'a jamais été de gaieté de cœur !

Il ose se raconter. Crûment.

> Françoise a trente ans et un cancer du sein qui a récidivé. Élégante, sportive, elle est mère d'un enfant de trois ans. Elle voudrait pouvoir l'élever au moins jusqu'à l'âge de douze ans...

La jeune femme, que le médecin admire, lutte, ne se laisse pas ensevelir par la peur, ni gommer par la douleur; elle joue le jeu de la médecine de choc. Mais au bout de huit ans — huit ans de bravoure —, malgré les chimio- et radiothérapies, le cancer se généralise. Elle lance un jour au médecin : « Promettez-moi au moins qu'à la fin, vous ne me laisserez pas devenir une loque.

— Promis. »

« Cette promesse, écrira-t-il plus tard, allait coûter cher. »

Trois ans encore et, après une rémission spectaculaire mais de courte durée, la fin s'annonce pour de bon. Un dialogue qu'un grand dramaturge devrait mettre en vers se déroule alors entre la patiente et le professeur en cancérologie :

« Mon fils a eu douze ans il y a deux mois. On a tenu parole tous les deux. Alors ?
— Alors, vous voulez mourir maintenant ?
— Oui.
— Où ?
— Pas chez moi, pas devant mon fils et mon mari.
— Ici, à l'hôpital ?
— Si vous voulez bien. »
Mais avant, on essaie de tenir encore un peu. C'est bientôt les vacances de Pâques, le petit part. Mais elle téléphone bientôt angoissée : « Ça ne va plus, je veux en finir tout de suite.
— Et votre fils ? Vous ne le reverrez plus.
— Tant pis. »

Le cancérologue ne peut accepter cela sans argumenter :

Qu'elle essaye d'attendre encore dix jours. Pour qu'elle tienne, elle est mise à de très fortes doses de cortisone. Le vendredi d'avant la rentrée, elle demande : « Vous voulez toujours bien ?
— Oui. Quand ? Lundi ?
— Non, mardi, que je puisse profiter de mon fils vingt-quatre heures de plus. »
Le mardi à 5 heures, elle vient avec sa valise, accompagnée de son mari. Elle trouve dans sa chambre un merveilleux bouquet de fleurs des champs, envoyé par sa sœur. Elle se met au lit dans une jolie chemise de nuit blanche, maquillée, les ongles qui terminent de longs doigts effilés manucurés. Elle est satisfaite.

Dans son entourage, personne n'est au courant. Pas même le mari. Elle va accomplir le grand saut avec la seule complicité de son médecin. Une sorte d'adultère sacré...

Elle demande de ne pas avertir son mari, qui doit partir en voyage d'affaires le lendemain matin. Il apprend donc qu'on va essayer un nouveau traitement, mais sans grande chance de réussite. Il va lui dire au revoir dans sa chambre. Lorsqu'il en sort, elle craque. Des pleurs. Le médecin, bête, coupe le silence.
« Voulez-vous un peu de whisky ?
— Oui, bonne idée.

— Vous ne préférez pas du champagne ?
— Si, j'adore. »

Ainsi se passera la dernière soirée de la vie de cette dame. À sabler le champagne avec son médecin... et une infirmière, aide indispensable au grand décollage final et témoin dont l'histoire ne dit pas ce qu'elle en pense. Le champagne, en tout cas, plaît à la patiente :

« Il est merveilleux, dit-elle, le meilleur que j'aie jamais bu et je m'y connais, je suis champenoise. À propos, docteur, quand voulez-vous que je dorme ? Je ne veux pas vous déranger. »
Il fait encore jour. « Tout à l'heure, madame. J'ai un malade à voir, je reviendrai. »

Quand il fait bien nuit, la dame écrit une lettre à son mari et à son fils. Et puis...

Le médecin revient vers minuit, la trouve en train de reposer, calme. Il lui demande : « Maintenant ?
— Si vous voulez bien. »
L'infirmière prépare la solution qui permettra au médecin de tenir la promesse faite trois ans plus tôt. Il reste seul dans la chambre avec la malade, et quand il aura piqué la veine du bras gauche : « Bonsoir madame, bonne nuit.
— Bonsoir docteur, merci... »
Elle s'est endormie. La petite infirmière a emporté chez elle la bouteille de champagne vide.

Schwarzenberg l'écorché vif, le romantique tragique, a apparemment connu et assumé cette situation un grand nombre de fois.

Vingt ans après *Changer la mort,* dans un livre intitulé *Face à la détresse*[1], désireux de rappeler les racines de son engagement humaniste, Schwarzenberg racontera la mort de deux de ses jeunes frères, pendant la guerre, dans un bagne nazi...

Cela se passait dans une carrière, où les hommes transformés en esclaves devaient tailler des blocs de pierre, à flanc de falaise. Les SS, pour s'amuser, pro-

1. Fayard.

voquaient des duels mortels entre leurs prisonniers. Plutôt que de se battre à mort l'un contre l'autre, comme voulaient les y contraindre les bourreaux qui leur avaient donné des couteaux et les pressaient de leurs fusils, les deux frères s'enlacèrent et se jetèrent dans le vide.

Voilà un homme de *volonté,* pour qui l'expression « lâcher-prise » ne présente sans doute aucune grandeur et sur qui la compromission n'a pas prise. Il le paiera cher lorsque, appelé à la tête du ministère de la Santé par François Mitterrand, en 1988, il sera contraint de démissionner au bout de quelques jours, ayant préféré attaquer bille en tête l'establishment plutôt que de respecter la raison d'État. Schwarzenberg le juvénile, l'angoissé, le gauchiste, est l'un des hommes les plus populaires de France, presque autant que le commandant Cousteau si l'on en croit les sondages. Dans *Changer la mort,* déjà, il mettait rageusement en cause l'égoïsme général, n'hésitant pas à fustiger de toutes ses forces la médecine officielle de ses pairs :

> Son Église se nomme l'Ordre (...) L'Ordre ! Avec un mot pareil, on comprend bien qu'il ne s'agit nullement ici des malades.

Avec lui, les pontes de la recherche médicale vacillent sur leur piédestal — une bonne partie du livre leur est consacrée :

> Il faut imaginer que toute découverte fondamentale et considérable en cancérologie risque d'être d'abord assez mal accueillie — avec irritation et mépris — par nombre de « cancérologues ». C'est déplorable, mais c'est ainsi. Sans aller jusqu'à prétendre méchamment, comme l'avaient écrit les internes de Villejuif sur le mur de leur salle de garde, que « le cancer fait vivre davantage de gens qu'il n'en tue », il est sûr que la rivalité entre chercheurs et médecins n'a pas que des côtés constructifs [...]

Même le prestigieux Prix Nobel en sort éreinté :

> Il y a un mythe de la recherche qui peut trop souvent s'exprimer ainsi : elle est essentielle, à la condition que

ce soit moi qui trouve. Qui dira le mal de cette récompense annuelle créée par l'inventeur de la dynamite, à qui les Suédois ont refusé l'autorisation de léguer sa fortune, comme il le souhaitait, à la création des fours crématoires : le prix Nobel n'est à l'origine d'aucune découverte, mais il est souvent la cause de la rivalité voire de l'hostilité entre équipes de recherche.

Or la recherche est pour Schwarzenberg, comme pour Viansson-Ponté, la seule bouée de secours imaginable, sur l'océan en furie de l'absurdité cosmique. Petite bouée magnifique et dérisoire : comment empêcher, se demandent-ils avec angoisse, qu'aucun des « soixante-quinze milliards de petits ordinateurs » que constituent nos cellules ne tombe en panne de façon maligne et ne développe un cancer ? Certes, nous en savons plus que nos ancêtres sur les mécanismes profonds de la vie, sur les gènes, sur ces merveilles enroulées dans l'incroyable double hélice de notre ADN... Mais plus nous avançons, plus nous apparaît aussi l'ampleur de ce que nous ne comprenons pas. C'est Sisyphe ! Nul doute : nous ne nous en sortirons jamais. La camarde aura toujours le dernier mot. C'est à vous glacer les os ! Et l'on ne compte pas le nombre de fois où, pour parler de la mort, nos deux auteurs utilisent des mots comme « effroi », « terreur », « malheur », ou « abomination », « monstre » ou « pire ennemi ».

> Le malheur n'est pas grand, la tristesse n'est pas noble et la mort n'est pas belle. Le malheur, c'est la pourriture. La mort, c'est la pourriture. Et la tristesse, c'est un poison. Ceux qui aiment la mort aiment la merde.

Mais le pire leur semble encore la résignation. Telle est la grandeur humaine : face à l'absurde, continuer à lutter envers et contre tout, même si l'on sait bien que toujours la mort ignoble remportera le match. La science — la vraie, celle qui avance par hasard, par ricochets imprévisibles et par générosité —, lentement, fait reculer le groin immonde et grimaçant de la mort. Reculer de plus en plus loin.

Contrairement à ce qui se dit en général, les deux

révoltés ne pensent pas que nos ancêtres aient été plus courageux que nous :

> Est-on sûr que les hommes et les femmes d'aujourd'hui ne finissent pas par regarder la mort, leur mort, en face, de façon plutôt plus ferme et déterminée que ce ne fut le cas dans le passé ?

Certes, il y avait, aux temps religieux, une pratique ostentatoire autour du mourant, mais que signifiait au fond l'ensemble de ces rituels ?

> (...) pour le mourant, qu'étaient-ils d'autre qu'une sorte de ballet destiné à le distraire de l'événement, qu'une incitation à accepter l'inacceptable et à respecter, jusqu'en cette occasion suprême, en faisant comme on disait une « bonne mort », les traditions, les usages et les règles de politesse, d'hypocrisie au fond, dans lesquels il avait vécu ?

Aujourd'hui, quand vient la fin, le théâtre est plus sobre. Moins hypocrite. On ne prétend plus, avancent Léon Schwarzenberg et Pierre Viansson-Ponté, que celui qui a passé toute sa vie dans le mensonge puisse, au dernier moment, jouer le grand jeu de la vérité. Les deux auteurs trouvent cette dernière idée sympathique, mais, dans la pratique, grotesque.

> Tout à coup, au moment de la mort, il faudrait que les gens deviennent « vrais » alors que tant d'entre eux ont vécu toute leur vie dans le mensonge et dans l'hypocrisie. Il faudrait qu'ils deviennent sereins alors que beaucoup ont vécu toute leur vie dans la peur et l'angoisse (...) Jouer le jeu de la vérité alors qu'on ne l'a joué dans la vie que pour s'amuser, un ou deux soirs entre amis. Le jouer juste au dernier moment, le jeu de la vérité de la mort, alors qu'on n'a jamais su ni osé jouer le jeu de la vérité de la vie ? Un jour, plus tard, beaucoup plus tard, lorsque l'humanité aura atteint sa majorité et que les sociétés seront sorties de cet état qu'on est bien obligé d'appeler de soumission, alors, peut-être... Mais ce jour-là, ce jour lointain, le cancer sera sans doute guéri ! En attendant, que faire ?

Oui, concrètement, que faire ? À la fin de la cinquième partie du livre, intitulée « La vérité », une toute petite porte s'ouvre...

> [C]ertains médecins, et notamment le Dr [Ginette] Raimbault, proposent d'encourager les soignants à se préoccuper, non seulement du corps, mais de l'état d'esprit de celui qui va mourir. Ils pourraient ainsi, argumentent-ils, acquérir peu à peu une meilleure expérience, doubler en quelque sorte leur compétence professionnelle sur les données physiques, matérielles, de la maladie d'un savoir-faire d'ordre psychologique et moral, en d'autres termes devenir plus habiles pour aider les malades condamnés à assumer leur mort. Chacune de ces morts, soutiennent-ils encore, ne serait plus un échec, mais une étape vers une meilleure connaissance, une meilleure pratique de ces moments cruciaux, un enrichissement et non plus un appauvrissement.

Mais cette porte se referme aussitôt car, si Viansson-Ponté et le professeur Schwarzenberg comprennent bien ce que veulent dire Ginette Raimbault et ses semblables, ils sont bien obligés de s'inscrire en faux :

> Suggestion séduisante à première vue, mais qu'en est-il réellement ? L'attitude, les réactions d'un malade peuvent-elles servir à mieux en comprendre un autre ? L'expérience du malheur aide-t-elle à faire face à un malheur ultérieur ? Devant la mort, certains, et d'emblée, se conduisent bien, aidés par l'expérience et l'acquis de leur vie tout entière. Qu'y ajouterait l'expérience des autres ? D'autres s'effondrent ou se détournent d'instinct : croit-on qu'il suffit de les contraindre à regarder dix fois, vingt fois, la mort en face pour changer leur caractère ?

Contraindre le mourant à regarder la mort en face. Cette phrase est importante : voilà donc comment les deux auteurs se représentent le travail de ceux, très rares à l'époque, qui « accompagnent les mourants », pratiquant ce que l'on appellera plus tard les *soins palliatifs*.

Dire ou ne pas dire. La regarder ou ne pas la regarder. Sans cesse, les deux auteurs reviennent avec angoisse sur ce qui, pour eux, constitue la question axiale : quand faut-il « dire la vérité au malade » ? Quand faut-il la lui cacher ?

Ils ne généralisent pas. Chaque cas, ils l'admettent,

est différent. Mais on sent bien où va leur préférence, leur idéal, la mort qu'eux-mêmes aimeraient vivre.

D'abord, avoir le courage d'entendre la « vérité ». La force de recevoir ce choc.

Quant à l'agonie, ils la voient comme soulevant une double question de tolérance et de dignité : quand la souffrance, physique et morale, aura atteint un point insupportable, d'une part ; quand la dignité de la personne qu'ils ont tenté d'être pendant toute leur vie sera menacée de s'effondrer, d'autre part ; alors, oui, il se pourrait bien qu'ils aient le désir d'en finir et fassent éventuellement appel à autrui pour cela. C'est ce qu'ils nomment, dans l'ultime chapitre de *Changer la mort* : « Tuer par amour ».

Je t'aime.

Je te tue.

Adieu !

Un événement : après des décades de tabou, deux pontes français osent dire qu'il faut regarder la mort en face. Et ils se lancent dans l'escalade par la face abrupte de l'euthanasie.

Comme des samouraïs !

J'aurais bien sûr aimé parler de tout cela avec Léon Schwarzenberg. Mais quand je lui en fis la demande, après de multiples tentatives et une conversation chaleureuse au téléphone, l'éminent professeur me renvoya à ses cinq livres destinés au grand public : « J'y ai dit tout ce que j'avais à dire sur le sujet. Lisez-les. »

J'aurais aimé parler, entre autres, de la fin de Viansson-Ponté...

Tragédie dans la tragédie.

Changer la mort n'était pas paru depuis longtemps quand le grand éditorialiste, atteint de maux de dos de plus en plus insupportables, rendit visite à son ami Schwarzenberg, mais cette fois pour une consultation. On dit que le médecin ne fut pas long à diagnostiquer un terrible cancer des os. Une de ces maladies qui vous emportent à coup sûr et vite. Persuadé que son ami ne tolérerait pas qu'il lui mente une seule seconde, Léon Schwarzenberg avoua tout à Pierre Viansson-Ponté. On dit que ce dernier ne le supporta pas. Il s'en alla vite consulter d'autres patrons, et se fâcha avec son ami qui, hélas, avait raison. Pierre Viansson-Ponté mourut peu de temps après, sans s'être réconcilié avec son co-auteur.

Très rude est la voie du samouraï.

Peu de temps après la parution de *Changer la mort*, des hommes et des femmes conduits par le citoyen Michel Landa fondent à Paris l'Association pour le droit de mourir dans la dignité, en résonance étroite avec les idées présentées par Pierre Viansson-Ponté et Léon Schwarzenberg. Appelée à devenir célèbre, l'ADMD se présente ainsi :

> Nous voulons poursuivre et achever notre vie dans la dignité.
> Pour vivre au mieux les dernières années de notre existence, nous éprouvons le profond besoin d'être rassurés, autant que possible, sur la façon dont celle-ci s'achèvera. Notre fin de vie sera-t-elle livrée au hasard ? À la décision d'autrui ? Serons-nous prolongés contre notre volonté jusqu'au délabrement ? N'aurons-nous donc pas le droit de décider de nos derniers instants avant quiconque : famille, amis ou médecins ?
> Vous vous êtes déjà posé ces questions ?
> Nous aussi. C'est notre raison d'être.

Pour mieux faire valoir ce « droit à la dignité » et ce désir de rester jusqu'au bout maîtres de leur destin, certains membres de l'ADMD n'hésitent pas à réclamer, pour tout citoyen officiellement atteint d'une maladie grave, le droit de porter sur lui le moyen d'en finir en un clin d'œil : seringue contenant un élixir lytique, comprimé de cyanure, à la limite revolver...

Cette dernière revendication, même si elle n'est au fond que symbolique, frappe énormément l'imagination du public. Après le choc de la parution de *Changer la mort*, pour bon nombre d'observateurs français, de journalistes, c'est un nouveau coup de tonnerre. La presse se rue sur le sujet. Revendiquer le droit imprescriptible d'en finir quand on n'en peut plus, brandir une seringue remplie de poison quand on est atteint d'un cancer généralisé, voilà un scoop ! « Enfin, s'écrient certains, il se passe quelque chose ! » On entend des journalistes expliquer : « La seringue dans le sac à main est une vision un peu rude, mais à l'image de la vie. Contre le tabou de la mort moderne, que l'on disait inabordable, l'*omerta,* la loi du silence est enfin brisée. »

Voilà où l'on en est, à la fin des années soixante-dix, en France, sur le front visible des hôpitaux et dans l'opinion publique. Et cette situation fait frémir ceux pour qui, très pragmatiquement, l'art d'aider le mourant commence justement là où la seringue euthanasique voudrait arrêter le Grand Jeu.

Tout se passe comme si les médecins, journalistes et observateurs évoqués ci-dessus n'avaient jamais eux-mêmes travaillé sur leur propre peur de mourir. *Et n'avaient donc jamais véritablement accompagné qui que ce soit jusqu'au trépas.*

Chez tous ceux, au contraire, pour qui cet accompagnement constitue, déjà dans les années soixante-dix, une mission rodée et quotidienne, la révolte le dispute à la consternation. N'y aurait-il donc rien à faire pour empêcher nos contemporains de vouloir mourir somnambules ?

Se déroule alors un affrontement crucial. Après des décades de mortelle immobilité, le rideau du grand théâtre final semble soudain parcouru d'un frémissement. Va-t-il se lever à nouveau ? Sur quel genre de pièce ?

SCÈNE 2

La leçon venue d'Angleterre

> *You matter, because you are, and you matter to the last moment of your life.*
> (Vous avez de l'importance parce que vous êtes, et vous êtes important jusqu'au dernier moment de votre vie.)
>
> Cicely Saunders

Il est certes facile, vingt ans plus tard, après que l'on a vu se mettre en place les soins palliatifs et découvert que l'on peut « avoir vécu comme un chien et mourir comme un ange [1] », de constater l'incroyable manque d'expérience (au sens de non-ressenti, non-vécu, non-expérimenté) que révèlent les propos de Léon Schwarzenberg et de Pierre Viansson-Ponté dans *Changer la mort.* Étonnante constatation : ainsi donc, il serait possible d'avoir soigné des centaines, peut-être même des milliers de cancéreux, de les avoir vus mourir, depuis le bord de leur lit, dans la détresse, le déchirement, et de n'avoir rien senti du fondement même de l'*accompagnement* ? Celui-ci consiste précisément à ne jamais *contraindre quiconque à regarder la mort en face,* mais à se mettre en situation d'*écouter* celui qui part, d'établir avec lui un type de relation que, peut-être

1. Paroles d'un mourant dans une interview du Dr Blandine Beth, *Actuel,* mai 1986.

en effet, le mourant va connaître pour la première fois de sa vie.

La question n'est pas de savoir s'il faut dire ou ne pas « dire la vérité » au malade. L'accompagnateur est-il lui-même au clair avec sa propre crainte ? L'a-t-il suffisamment sondée, aidé par des professionnels de cet art-là, pour pouvoir entrer sereinement dans la chambre du mourant et être capable d'entendre ce qu'il a peut-être à dire ? Si la réponse est non, il ne faut pas prétendre pouvoir *accompagner*.

C'est un travail considérable. Une vie entière. Une vocation. Fréquenter les arcanes de la psyché humaine quand s'approche la mort, cela ne s'improvise pas. Il s'agit là d'un territoire immense, complexe, riche en terreurs et en souffrances, mais aussi en surprises et en lumières qui peuvent métamorphoser de la manière la plus inattendue le sentiment basique de celui qui part et de ceux qui restent derrière lui. Un territoire immense que les partisans de l'euthanasie, sans le savoir, voudraient tout simplement gommer.

L'étonnement des soignants qui pratiquent l'accompagnement est d'autant plus grand, lorsqu'ils lisent *Changer la mort* en cette fin d'années soixante-dix, que le nom d'Élisabeth Kübler-Ross y apparaît (page 212). L'éminent professeur en cancérologie et le grand journaliste avaient donc déjà — à cette époque, en France, c'est rare — entendu parler de cette femme-médecin qui, de l'autre côté de l'Atlantique, a pratiquement fini de redécouvrir, ou de réinventer le grand art humain qui consiste à s'accompagner les uns les autres dans les derniers instants !

Sans bien préciser qu'elle en a été l'auteur, Schwarzenberg et Viansson-Ponté citent d'ailleurs, assez en détail, le fameux profil du parcours final selon Kübler-Ross. L'agonie « type » passe schématiquement par cinq étapes. Cinq phases que chacun d'entre nous devrait franchir à son rythme, jusqu'au bout — ce qui est, hélas, à peu près impossible si l'on n'est pas humainement accompagné, si bien que nous restons trop souvent coincés quelque part, à un stade intermédiaire :

— 1re étape : le refus — « Moi, atteint d'un mal mortel ? C'est impossible, ce médecin est fou ! »

— 2e étape : la colère — « Qui m'a fait ça ? Quel fils de salaud ! ? Dieu, peut-être, ce sadique ! »

— 3e étape : le marchandage — « Docteur, je tiendrai jusqu'au mariage de ma fille, hein, dites... ? » (et une fois ce but atteint, on voudra attendre la naissance du premier petit-enfant).

— 4e étape : la dépression — au cours de laquelle le mourant vit son propre deuil et où il peut sembler déjà quasiment éteint.

— 5e étape : l'acceptation — qui, par la formidable libération d'énergie qu'elle peut provoquer, quand par « miracle » elle survient, transforme le mourant en véritable « professeur de vie » et conduit même parfois à une véritable et très paradoxale rémission.

Dans le modèle que citent Léon Schwarzenberg et Pierre Viansson-Ponté, une sixième phase de « griefs et d'agressivité vis-à-vis de l'entourage » vient s'interposer entre la dépression et l'acceptation, mais cela ne change rien, car, dans la pratique, les phases de ce modèle ont de toute façon tendance à se chevaucher. La carte n'est pas le territoire... mais elle peut être fort utile pour s'y retrouver. Tous ceux qui, dans les faits, ont eu à assumer l'accompagnement des mourants — en particulier les infirmières — ont accueilli avec empressement la carte proposée par Élisabeth Kübler-Ross pour baliser le territoire de la « zone interdite » de l'agonie — et y ont découvert tout un paysage : l'agonie est un monde. D'une certaine façon, toute l'existence de la personne qui meurt peut être autorisée à s'y rejouer...

Que disent l'éditorialiste Viansson-Ponté et le professeur Schwarzenberg de cette cartographie et de l'accompagnement qu'elle autorise — et dont ils admettent volontiers qu'elle est fondée sur une pratique hospitalière réelle ? Ils pensent qu'il s'agit là d'idées américaines, bonnes sans doute outre-Atlantique, mais inapplicables chez nous. Pourquoi cela ?

Première explication :

La différence [entre les États-Unis et l'Europe] tient à

l'idée admise par les Américains et rejetée par les Européens qu'un jour l'homme pourra accepter de mourir, ce qui correspondrait aux vues de certaines peuplades dites primitives (« Quand je serai mort, toi tu prendras mon pied ou ma main, toi ma tête »).

Le propos n'est pas des plus limpides. Alors vient une seconde explication :

Pour les Américains il n'existe pas de problèmes posés à l'homme qui ne puissent un jour être résolus. Ils pensent que s'il peut aller dans la Lune, connaître l'espace, l'homme parviendra un jour à accepter de mourir. Et supposant le problème résolu comme il doit l'être plus tard, pourquoi ne pas sauter les étapes et le résoudre maintenant ?
En Europe, à l'opposé, on pense que certains problèmes sont si complexes et douloureux qu'ils ont peu de chances de recevoir une solution et qu'en attendant, il vaut mieux les nier.

Peut-être est-ce ici leur propre portrait que tracent nos deux auteurs, et qu'ils généralisent à tous les habitants du vieux continent, tombant ainsi dans le travers qu'ils dénoncent par ailleurs inlassablement : parler dans l'abstrait...

Ah, qu'il eût été intéressant que l'excellent Vianson-Ponté, atteint de sa terrible maladie, aille faire un *reportage vécu* sur l'atelier « Life, death and transition » qu'Élisabeth Kübler-Ross inventait au même moment — pour des Américains sans doute, mais aussi pour tous les modernes du monde [1] ! Qu'il lui eût été bénéfique que le professeur Schwarzenberg fasse un stage conséquent au Saint Christopher's Hospice, le berceau du mouvement des soins palliatifs, à Londres !

Pourquoi ? Sachez que, lorsqu'ils entendent dire que, face à la douleur et à la souffrance morale des grands malades en phase terminale, l'euthanasie serait la meilleure, pour ne pas dire la seule solution contemporaine, un certain nombre de soignants tombent des nues. Comment est-il possible qu'en ces

1. Cf. le premier chapitre de *La Source noire*.

années 1975-1980, soit deux décennies après le début du travail de Cicely Saunders dans les hospices londoniens, l'élite française en soit encore là ?

Étranges décalages nationaux... parfois plus puissants que les différences ethniques, religieuses ou sociales.

Évoquant rapidement les travaux « américains » d'Élisabeth Kübler-Ross et son fameux séminaire avec les mourants du Billings Hospital de Chicago, le professeur Schwarzenberg faisait valoir qu'il s'agissait là d'une culture très différente de la nôtre. Admettons l'argument, même si Élisabeth elle-même est suisse. Sans doute le professeur formulera-t-il la même remarque à propos de Cicely Saunders, qui œuvre dans la vieille Angleterre. Il est vrai que les Anglo-Saxons ont en commun de développer fortement chez l'individu la notion d'autonomie, y compris vis-à-vis du médecin traitant, convié à réellement tenir compte de l'avis de son patient. On sait qu'il n'en va pas de même chez les Latins, nettement plus paternalistes, notamment en matière médicale, souvent à la demande des patients eux-mêmes, d'ailleurs...

Mais qu'importe : les travaux de Cicely Saunders dépassent largement ces différences de tempérament. Tout comme ceux d'Élisabeth Kübler-Ross, ils intéressent la communauté humaine tout entière.

La motivation de cette grande dame anglaise — la fondatrice, pourrait-on dire, du mouvement des soins palliatifs — n'est sans doute pas fondamentalement différente, au départ, de celle de Léon Schwarzenberg : il s'agit de soulager les souffrances d'autrui, contre vents et marées. Notons que, pour les deux personnages, la Seconde Guerre mondiale et le drame des camps ont joué un rôle décisif [1].

Leur différence ? Peut-être celle-ci : le professeur a orienté toute sa vie dans le sens d'une lutte totale contre le cancer, dans le but de guérir, et la mort lui apparaît, à chaque fois, comme un échec. Cicely

1. Voir scène 4.

Saunders, elle, n'a pas cherché à guérir : dès le départ, la vie l'a amenée à ne s'occuper que de ceux dont la grande médecine avait déjà dit qu'ils étaient condamnés.

Autrement dit, le travail de Cicely commence là où celui de Léon s'achève. Finalement, ils sont donc complémentaires.

Suivons les grandes étapes de la carrière de cette femme encore trop méconnue chez nous, telle que nous la présente le *Manuel de soins palliatifs* publié par la Fondation de France en 1993.

Dame Cicely Saunders a commencé à fréquenter les hospices londoniens dans les années quarante, en tant qu'assistante sociale encore étudiante et bénévole. À l'hôpital Saint Luke, spécialisé dans l'accueil des cancéreux et des tuberculeux, la jeune fille a fini par remarquer une chose étonnante : les soins infirmiers qu'on y prodigue semblent soulager les souffrances des malades nettement mieux qu'ailleurs. Comment ? Grâce, en particulier, à l'utilisation, par voie orale et à intervalles réguliers, de doses optimales d'analgésiques opiacés — concrètement : morphine —, *administrées avant même que le malade ne se plaigne*. Contrairement à ce qu'elle aurait pu penser, soignants et malades de Saint Luke lui démontrent que ce traitement n'entame nullement la lucidité du patient.

Devenue infirmière, puis travailleuse sociale, Cicely Saunders décide de consacrer sa vie à ceux pour qui il n'y a, médicalement, « plus rien à faire ». Elle a découvert que, même dans ces cas, même quand l'espoir de guérison a disparu, *il y a toujours beaucoup à faire* pour les soignants : soulager les douleurs, traiter les symptômes, tendre l'oreille aux peurs, aux questions, aux frustrations morales, intellectuelles, spirituelles de ceux qui partent... Tout un ensemble d'interventions qui seront bientôt regroupées par le professeur Balfour Mount sous le terme de soins palliatifs — *palliative care*.

Finalement, en 1952, à trente-trois ans, Cicely Saunders décide de se lancer dans des études de médecine pour devenir patron, suivant les conseils d'un de ses supérieurs, le chirurgien Barrett, qui lui avait dit : « Il y a encore beaucoup à apprendre concernant le contrôle de la douleur. Comme infirmière, vous serez frustrée si vous ne pouvez le faire correctement et si les médecins ne vous écoutent pas. »

Et elle réussit.

Sitôt médecin, Cicely fait tout pour promouvoir les méthodes « palliatives » de l'hôpital Saint Luke — notamment à l'hospice Saint Joseph, situé dans un quartier populaire de Londres. Très vite, elle se heurte à deux obstacles : d'une part, la douleur est considérée, sinon comme moralement salvatrice (on n'ose plus le prétendre), du moins comme un bon baromètre de l'état de la maladie ; d'autre part, la rumeur veut que l'usage d'opiacés se solde forcément par une accoutumance. Sur ces deux fronts, Cicely Saunders va marquer des points décisifs, prouvant notamment par des observations médicalement significatives, que la demande d'augmentation des doses par le patient cancéreux est le signe, non pas d'une augmentation de la dépendance, mais de la progression de la tumeur. Comme l'écrira quarante ans plus tard la cancérologue française Geneviève Laroque :

> [Cicely] découvrait aussi à quel point le contrôle de la douleur était central dans la prise en charge des cancéreux en phase terminale. Délivrés de leurs symptômes douloureux, les patients devenaient capables d'exprimer leurs émotions, d'évoquer leurs problèmes familiaux et personnels.
>
> Faisant le bilan après coup de ces années passées à Saint Joseph, Cicely Saunders mentionne sa prise de conscience du caractère global de la douleur. Une vieille dame qu'elle interrogeait lui répondit un jour : « La douleur ? Mais tout est douleur ! » À partir de cette réaction et de celles d'autres patients, Cicely forgea le concept — tout à fait central dans le Mouvement des soins palliatifs — de « douleur totale ». La douleur, en effet, n'est pas

seulement physique. Expérience globale et bouleversante, elle intègre des éléments physiques, psychiques, sociaux et spirituels.

Partant du traitement de la douleur, le Dr Saunders débouche peu à peu sur la découverte d'un véritable « monde de l'agonie ».

En continuant à travailler auprès de mourants, Cicely fit le constat, à plusieurs reprises, qu'il était possible de vivre intensément lorsque les jours sont comptés. Lorsque le patient est soulagé, donc libre d'être lui-même, il arrive que les derniers jours soient humainement très riches. Ils peuvent être un temps de réconciliation envers soi-même, envers les autres et la vie que l'on a vécue, réconciliation qui rend la mort paisible pour celui qui s'en va et le deuil supportable pour les survivants [1].

Tout ce qu'Élisabeth Kübler-Ross va découvrir vingt ans plus tard, dans les années soixante, par le biais de la psychiatrie, Cicely Saunders le met au jour dès la fin des années quarante, par le biais de la lutte contre la douleur. L'une comme l'autre aboutissent à ce même formidable paradoxe : quand l'accompagnement est mené avec une réelle compassion, c'est-à-dire de manière sincère et centrée sur le sujet, par quelqu'un qui a *travaillé sur sa propre mortalité,* le mourant peut se transformer en professeur de vie.

La plupart des cultures humaines l'ont su. La nôtre, qui l'avait oublié, peut le redécouvrir et, ainsi, réapprivoiser la mort.

[Cicely] apprit aussi que le don de soi fait à ceux que l'on « accompagne » est à double sens. Elle le souligne dans la préface de son livre *Living with Dying* [2]. Dans ce combat contre la souffrance, les patients eux-mêmes

1. *Manuel de soins palliatifs,* Fondation de France, 1993.
2. C. Saunders et M. Baines, *La vie est dans la mort, Thérapeutiques antalgiques et soins palliatifs en phase terminale,* traduit par Michèle Salamagne et Marie-Christine Hallépée et Marie-Rose Gilles, préface de Patrick Vespieren, Paris, MEDSI, 1986.

sont acteurs. Ils le sont avec courage et bon sens. À ceux qui les soulagent physiquement, ils accordent quelquefois le privilège d'aller plus loin avec eux, de partager leurs angoisses. Tout ceci est difficile à vivre pour les soignants, mais source d'une telle humanité !

Autrement dit, à partir du moment où l'on parvient à soulager les douleurs physiques du grand malade (et les méthodes rudimentaires de l'hôpital Saint Luke ne cesseront de se perfectionner, jusqu'à nos jours, dans les différentes institutions où Cicely œuvrera), il devient possible de transformer cette phase de destruction, l'agonie, en la plus inattendue des oasis : une source d'humanité.

Bien sûr rien n'est simple et des personnages comme Cicely Saunders ne peuvent fonctionner sans un solide soutien intérieur. En ce qui la concerne : la foi chrétienne. Projection idéaliste ?

> Je commençais à prendre conscience, en écoutant mes malades, que je percevais quelque chose de leur capacité à faire de cette partie de leur vie une réussite. La pénétration de mes intuitions religieuses — concernant l'importance de chaque individu, le mystère de sa personnalité unique, la valeur qu'il avait pour Dieu aussi bien que pour l'ensemble de ses proches — s'accrut en même temps que s'accroissaient mes aptitudes à contrôler la détresse physique [1].

Forte de cette conviction, elle se sent apte à accueillir toutes sortes de ruades. Comme le feront remarquer trente ans plus tard Léon Schwarzenberg et Pierre Viansson-Ponté, nos réactions quand nous sommes mortellement malades sont totalement imprévisibles : certains d'entre nous semblent incapables d'affronter l'idée même de la mort; ils se révoltent furieusement, ou se murent dans un silence qui ressemble, déjà, à un linceul, laissant le médecin « moderne » totalement désarmé. Que survienne de surcroît une douleur insupportable et ledit

1. « L'hospice, un lieu de rencontre pour la science et la religion », in *Le Savant et la Foi. Des scientifiques s'expriment*, Flammarion, 1989.

médecin s'avoue bientôt prêt à tout : si le malade, désespéré et à bout de souffrances, le regarde alors droit dans les yeux et le supplie : « Par pitié pour un frère humain, achevez-moi ! », le médecin s'exécutera — par (ce qu'il pense être de la) « compassion ». Or c'est là, précisément, que commence le travail palliatif.

Il existe des malades qui, à peine arrivés, demandent qu'on ne les « prolonge » pas à la prochaine crise, mais qu'on les achève, la vie n'ayant plus aucun sens pour eux. Pourtant, une fois soignés de manière « palliative », c'est-à-dire maternés (soulagés, touchés, massés, caressés, coiffés, maquillés...) et écoutés d'une oreille attentive, par des gens dont c'est la profession, ces mêmes malades peuvent radicalement changer d'attitude. Dans l'endroit le plus improbable du monde — le mouroir ! — s'instaure une relation humaine d'un genre singulièrement inédit... qui fera dire à certains accompagnateurs : « Il existe, dans les derniers instants de la vie, une possibilité d'achever la tâche que l'on n'a pas réussi à accomplir pendant toute son existence. »

Contre toute attente, l'agonie aurait une fonction : permettre de régler ce que Kübler-Ross a appelé l'*unfinished business*. Résoudre *in extremis* sa névrose, dirait-on en termes psychanalytiques, pour connaître enfin, ne serait-ce qu'un instant, la dissolution des nœuds psychologiques où le commun de nos vies se trouve ordinairement empêtré [1].

Pour aider des mourants à accomplir un pareil travail, il faut un personnel motivé, expérimenté et en effectif suffisant. Tel fut précisément le sens du combat de Cicely Saunders : tout au long des années cinquante et soixante, elle rêva de créer un centre où les soins palliatifs seraient pratiqués grâce à des moyens financiers suffisants, avec professionnalisme et un sens aigu de l'intérêt commun. Aidée par

1. Ce thème majeur se trouve amplement développé dans *La Source noire*, ouvrage auquel je me permets de renvoyer le lecteur.

de nombreux amis privés, en particulier David Tasma, elle réussit enfin à atteindre son but en 1967, à Londres, en inaugurant le Saint Christopher's Hospice, qui allait vite devenir *la* référence mondiale en matière de soins palliatifs.

Le système officiel de l'establishment médical mit, lui, des années à assimiler ce qui se passait là, à ses marges extrêmes. Pourtant, tout comme Élisabeth Kübler-Ross à partir des années 1966-1967, Cicely Saunders a vite découvert que son approche n'était pas bénéfique qu'aux mourants. Les voir s'éteindre, sinon toujours sereinement — ne rêvons pas —, du moins après une *évolution* psychologique et spirituelle manifeste, soulage aussi leurs proches. Ceux-ci vivent ensuite plus facilement leur deuil — ce qui se solde par une attitude générale plus harmonieuse, plus saine. Ils tombent moins malades, s'absentent moins de leur travail...

Redonnons la parole au Dr Geneviève Laroque :

> La vie et l'œuvre de Cicely Saunders nous apparaissent comme ayant une triple signification : celle d'une *protestation*, celle d'une *attestation* et celle d'une *invitation*.
>
> Une *protestation :* toute l'activité de Cicely proteste contre le fait que l'on s'intéresse si peu à ceux qui vont bientôt mourir et — notamment — que l'on fasse si peu pour soulager leurs douleurs et leurs souffrances. Par ses propres recherches et celles de ses collaborateurs, Cicely Saunders a contribué à lever les difficultés techniques et les obstacles psychologiques qui retardent une prise en charge correcte de la douleur.
>
> Une *attestation :* Cicely fit elle-même l'expérience de la richesse affective et morale de certaines fins de vie. Mais ceci exige une double condition : que les symptômes pénibles soient pris en charge et qu'existe une éthique de la communication. Lorsque la douleur est soulagée par des traitements appropriés, ce peut être le temps pour les malades, leur famille et leurs proches de s'enrichir mutuellement et peut-être de se réconcilier. Mais les progrès des uns et des autres ne sont possibles que là où patient et famille trouvent en face d'eux des interlocuteurs capables d'entendre leurs questions, leurs cris de révolte et de peur. Des interlocuteurs qui ne se dérobent pas, qui n'essaient pas de leur fermer la

bouche. C'est alors que l'hospice devient un lieu d'enrichissement intérieur pour les patients et leur famille, mais aussi pour les membres de l'équipe soignante. Il est très important de remarquer qu'une telle expérience, faite à de nombreuses reprises, constitue désormais l'argument principal que Cicely Saunders et, avec elle, tout le mouvement des hospices opposent fermement à toute proposition de légaliser l'« euthanasie active ». Enfin, la manière dont Cicely Saunders a conçu et organisé le Saint Christopher's Hospice est porteuse d'une *invitation* à élargir notre conception des soins. Elle avait constaté que douleurs physiques et souffrances psychologiques sont en étroite interférence. Ainsi est-il bien difficile d'apporter un soulagement psychique à celui qui est comme enfermé dans une douleur chronique sévère. Inversement, lorsque de graves préoccupations inquiètent le patient, des traitements — même bien adaptés — peuvent se révéler inopérants. C'est pour exprimer cette découverte que Cicely Saunders forgea le concept de « douleur totale ». Elle comprit encore qu'à cette souffrance aux multiples aspects, seule une équipe pouvait apporter une réponse. Les divers professionnels de la santé (médecins, infirmières, aides-soignantes, kinésithérapeutes, diététiciens, travailleurs sociaux), mais aussi les agents de pastorales et les bénévoles furent donc invités à travailler entre eux de manière interdisciplinaire pour le bien du patient. Ils découvrent ainsi une nouvelle manière d'approcher le patient et ses proches : les prendre en compte dans la globalité de leurs besoins et leurs désirs.

On comprendra ainsi que même dans une perspective de rationalisation des choix budgétaires, comme on dit à l'Assemblée nationale, la société moderne aurait tout intérêt à ce que les soins palliatifs se développent, quel que soit le système de croyance des citoyens et des gouvernants.

Mais nous vivons dans un système immature, dont les élites ressemblent quelquefois à ces adolescents surdoués, capables d'inventer des ordinateurs surpuissants tenant dans des têtes d'épingles, ou des clones de zèbres-pingouins, mais qui ont perdu le chemin du sens et tournent absurdement en rond dès qu'il est question de l'essentiel. Notre société est prête à dépenser des milliards pour améliorer l'espérance d'une vie dont l'establishment intellectuel et scientifique prétend par ailleurs qu'elle est absurde et ne mène nulle part. « Telle est justement la grandeur de l'homme, vous dira-t-on, il lutte pour vivre mieux et plus longtemps, alors même que cela n'a, dans l'absolu, pas la moindre signification. »

Pourtant, quand la fin approche et que l'absurde menace précisément de tendre vers l'infini, se révèle une étonnante « réserve » de vie. Une zone de sens non prévue par le programme de l'absurdité. Encore faut-il savoir accéder à cette zone, guidé par des mains amies. Tout seul, cela s'avère, pour le commun des mortels, radicalement impossible.

Revenons en France, à la fin des années soixante-dix, au moment où paraît le livre de Léon Schwarzenberg et de Pierre Viansson-Ponté et où se crée l'Association pour le droit de mourir dans la dignité, dont le cheval de bataille est l'euthanasie — sujet facilement médiatisable.

Quelques soignants, disions-nous, s'étonnent, partagés entre la tristesse et l'indignation : que l'euthanasie ait ses défenseurs, pourquoi pas — surtout s'il s'agit d'euthanasie passive, c'est-à-dire de résistance à un *acharnement thérapeutique* particulièrement insensé lorsqu'il s'agit de prolonger indéfiniment des vieillards en fin de course. Mais que l'euthanasie soit présentée comme la seule réponse — en particulier dans les médias — aux questions souvent angoissées de la population, alors qu'elle n'en est que la plus rapide, voilà qui leur semble intolérable. Certains de ceux-là connaissent le Saint Christopher's Hospice depuis avant sa fondation, quand il n'était encore qu'un rêve dans l'esprit de Cicely Saunders. Ils savent qu'en France, pour des raisons qui restent à élucider, les questions touchant à l'agonie sont à aborder avec prudence. Nous sommes, en ce domaine, extrêmement en retard par rapport aux Anglo-Saxons.

Dans le traitement de la douleur notamment. Et, sur ce plan, la situation française n'évoluera que lentement. Ce n'est que vingt ans plus tard, en 1996, malgré toutes sortes de déclarations d'intention sur le sujet, que les responsables de la Santé se verront contraints d'admettre que les études de médecine ne comportent toujours rien de sérieux sur le traitement de la douleur (quelques heures de cours au total). La France, première consommatrice mondiale d'anxiolytiques, se traînait récemment encore au quarantième rang pour l'utilisation de médicaments vraiment efficaces contre la douleur ! Comme si, chez nous, rôdait toujours, plus ou moins avouée, l'idée que tout malade est un paresseux et un tricheur en puissance, et qu'il convient avant tout de relativiser ses dires, notamment quand il se plaint de souffrir — sans compter qu'à trop user de morphine, il pourrait devenir dépendant ! Crainte franchement ubuesque quand le malade se trouve à l'article de la mort. Cruauté sans nom quand il s'agit d'enfants. Il faut vraiment avoir souffert longtemps pour pouvoir enfin *mériter* le traitement anti-douleur. Les Britanniques — et l'on ne peut qualifier cette nation de douillette ! — ont pour principe depuis les années cinquante qu'il faut, au contraire, administrer ce traitement *avant* que la douleur n'apparaisse.

À ces étrangetés nationales vient s'ajouter la grande difficulté qu'éprouvent presque toutes les élites modernes à aborder la question du sens — si grande est leur terreur de nous voir engloutis dans ce que Freud appelait « la boue noirâtre de la spiritualité ». La crainte de voir la superstition resurgir se mêle ici à la panique de perdre le contrôle — au profit d'allez savoir quelle dimension transcendante ! (Le père de la psychanalyse n'avouait-il pas, dans un tout autre domaine : « Ne pas pouvoir saisir par où la musique produit de l'effet m'enlève toute jouissance » ?)

Mais qu'importent ces coquettes démangeaisons, pensent les indignés, il est urgent que nos compatriotes sachent qu'un immense travail a déjà été accompli outre-Manche et outre-Atlantique pour aider les mourants — sans qu'il soit nécessairement besoin d'accélérer volontairement leur mort.

Réunis autour de médecins comme Michèle Salamagne ou Renée Sebag-Lanoé, de professeurs comme Goldenberg ou Zittoun, de religieux comme le père Vespieren, ou de philosophes comme Emmanuel Hirsch, un petit groupe se met à œuvrer dans une grande discrétion, à l'hôpital de l'Hôtel-Dieu, à Paris.

SCÈNE 3

La France s'est lentement éveillée

> Les Unités de soins palliatifs doivent relever un véritable défi culturel, mieux : conceptuel. Elles sont à certains égards « inconcevables » tant leur réalité même implique nécessairement dans une pensée, une conception de la mort aujourd'hui.
>
> Emmanuel Hirsch [1]

Après avoir critiqué la France, reconnaissons l'ampleur de sa tâche. Depuis 1789, notre nation se sent le devoir, dès qu'elle aborde un problème de fond, d'inventer, au niveau collectif supérieur, une solution au moins à la mesure de la Déclaration des droits de l'homme. Ainsi en va-t-il de l'accompagnement des mourants.

En surface rien ne semblait se passer. Pourtant bien des choses se tramaient depuis des années. Déjà sous la présidence de Georges Pompidou, un premier groupe d'experts avait été réuni par le ministère de la Santé pour réfléchir à ce que l'on considérait alors comme une question « extrêmement délicate ». Si délicate que le rapport final de ces experts avait fini par se perdre dans les tiroirs secrets de la haute administration.

1. In *Les Soins palliatifs*, *op. cit.*

Peu après, en 1974 et 1975, deux publications médicales françaises, la *Revue de gérontologie* et la *Revue Laennec*, avaient traduit des extraits du premier livre d'Élisabeth Kübler-Ross, *On Death and Dying* [1], publié en 1969 aux États-Unis. La seconde de ces revues avait aussi fait paraître un numéro intitulé « Thérapeutiques et souffrances terminales », où l'on évoquait, pour la première fois officiellement en France, l'existence de Cicely Saunders et l'expérience du Saint Christopher's Hospice. À la même époque, commençaient à arriver en France des *invitations* du Royal Victoria Hospice et de l'hôpital Notre-Dame de Montréal...

Les premières initiatives partent dans les années qui suivent. Parfois individuelles : le Dr Monique Tavernier développe par exemple l'accompagnement à domicile; le Dr Anne du Pontavice ouvre, seule, une mini-unité de soins palliatifs à l'hôpital Cognacq-Jay. Mais les projets essentiels sont collectifs. Remarquons deux créations majeures, en 1983 : celle de l'Association pour la promotion des soins palliatifs (ASP), intéressée dès l'origine par la formation de bénévoles à l'hôpital militaire de Percy; et celle du réseau Jusqu'à la mort accompagner la vie (JALMALV), lancé par un groupe de soignants grenoblois, autour du Pr René Schaerer. Il est également beaucoup question, cette même année 1983, de l'ouverture du Centre Sèvres...

Il faut cependant attendre 1985 pour que le ministère de la Santé, cette fois sous la présidence de François Mitterrand, se laisse convaincre par des *accompagnateurs* déjà actifs de l'importance de s'attaquer à la question de l'accompagnement et des soins palliatifs. Cette initiative débouche un an plus tard sur un rapport décisif, publié sous la direction d'une femme haut-fonctionnaire Geneviève Laroque.

Il est vrai que les pouvoirs publics auraient difficilement pu différer plus longtemps un « dossier » devenu brûlant...

1. Traduit *Les Derniers Instants de la vie* par Michel Philibert, 1975, Éd. Labor et Fides, Genève.

Au début des années quatre-vingt en effet, l'accompagnement des mourants devient l'objet d'initiatives tonitruantes et de polémiques très vives. L'année 1984 est particulièrement chaude. Plusieurs appels avaient paru notamment dans *Le Monde.* L'un d'eux, signé par Michèle Salamagne et Renée Sebag-Lanoé — deux médecins travaillant, la première comme chef anesthésiste à l'hôpital de la Croix-Saint-Simon (Paris), la seconde comme chef de service de long et moyen séjour (spécialisée dans le soin aux personnes âgées) à l'hôpital Paul-Brousse (Villejuif) — et publié le 9 février 1984, invite les Français à faire connaissance avec l'art d'« accompagner le mourant ». Quelques mois plus tard, le 20 septembre, un appel d'un autre genre a fait beaucoup de bruit : il s'agit d'un « Manifeste » signé par plusieurs médecins qui osent déclarer publiquement, au risque de se retrouver en prison, avoir « aidé certains de leurs patients à mourir » — entendez par là qu'ils ont, soit « passivement » (en débranchant ou en ne rebranchant pas tel ou tel tuyau), soit « activement » (en faisant une injection), accéléré la fin de ces derniers.

Ce même 20 septembre 1984, s'ouvre à Nice le Ve Congrès international de la Fédération mondiale des associations pour le droit de mourir dans la dignité. Thème : « Choisir sa vie, choisir sa mort. » Les signataires du « Manifeste » publié dans *Le Monde* représentent en quelque sorte la tendance *dure* du congrès. Certains des signataires vont jusqu'à assumer la mise en pratique de ce qu'ils appellent ouvertement un « suicide assisté ».

Membre de cette tendance radicale, le médecin allemand Hackental occupe la vedette en vendant aux chaînes de télévision une vidéo où il s'est fait filmer en conversation avec une patiente cancéreuse bien décidée à en finir : quelques heures après les dernières images, nous apprend une voix *off,* la dame que l'on a vue, grimaçante de douleur, dans la clinique du Dr Hackental, s'est enfoncée dans son dernier sommeil. La télévision, on le sait bien, adore ce genre de document.

Quelques participants au congrès osent désapprouver haut et fort cette dérive spectaculaire. N'est-on pas un peu à côté de la plaque ? Pourtant, un sondage publié par la revue *Tonus* vient tout juste de révéler qu'un quart des généralistes français (24 % exactement) sont favorables à une forme d'euthanasie active par injection mortelle. En réaction contre le mensonge et le silence qui, lentement, se sont abattus sur l'agonie et la mort, c'est tout le pays qui, en fin de compte, semble tenté par le « courage » euthanasique.

L'opposition à l'euthanasie — du moins à sa version active — s'organise néanmoins, de manière informelle et sans recherche d'un affrontement : dans ce domaine, un face-à-face manichéen serait dérisoire.

Au mois de janvier 1984, la revue *Etudes*, organe des jésuites, publie un article du père Vespieren intitulé « Sur la pente de l'euthanasie », où l'auteur dénonce l'utilisation de cocktails lytiques dans certains services hospitaliers. Certes, à mesure que les techniques de réanimation se perfectionnent, l'acharnement thérapeutique a abouti à des excès graves ; au point que l'on maintient en vie, parfois pendant des mois, des êtres que l'esprit a depuis longtemps désertés. Ou qui souffrent tant que, comme disent Léon Schwarzenberg et Pierre Viansson-Ponté, les prolonger artificiellement relève finalement du sadisme. Mais administrer des substances lytiques, autrement dit tuer directement les grands malades, les achever, c'est renvoyer le balancier trop loin dans l'autre sens, affirme le prêtre Vespieren, à qui, entre ces deux extrêmes, les soins palliatifs apparaissent comme la voie du juste milieu. Le père Vespieren fait partie, disions-nous, de ce petit groupe de soignants, de psychologues et de chercheurs en humanité qui se réunissent autour du professeur Robert Zittoun, à l'hôpital de l'Hôtel-Dieu, à Paris, sur le thème « Fonction soignante et accompagnement »...

Un an plus tard donc, en 1985, le secrétaire d'État

chargé de la Santé, Edmond Hervé, accepte de confier à une commission baptisée « Aide aux mourants » et composée de médecins de diverses spécialités, d'infirmiers, de travailleurs sociaux, de psychologues, de représentants des communautés religieuses, et d'associations dont le mouvement pour le « droit de mourir dans la dignité » (ADMD), la tâche de proposer à la communauté nationale les lignes directrices d'une politique de l'accompagnement des personnes en fin de vie. Un an de discussions, souvent passionnées, et même franchement houleuses. Comment se mettre d'accord, ne serait-ce que sur la définition des *soins palliatifs* ? Et comment encourager le développement concret de ces soins, sans pour autant susciter la création d'un réseau de *thanatoriums* où, désormais, tous les citoyens s'en iraient automatiquement mourir, aggravant le tabou qu'on cherchait à lever? Rétrospectivement, la commission « Aide aux mourants » dira avoir d'autant mieux travaillé que ses délibérations « se sont dans l'ensemble effectuées à l'abri de la presse » — c'est un journaliste qui regrette de le constater; tout se passe comme si, dans certains domaines, l'« empressement à informer » et la recherche obligée du spectacle venaient sérieusement perturber l'évolution harmonieuse de la réflexion.

Lorsqu'un an plus tard, la commission, présidée par Geneviève Laroque, rend son rapport « Soigner et accompagner jusqu'au bout », la droite est au pouvoir et c'est Michèle Barzach qui dirige le ministère de la Santé. Mais la continuité se révèle parfaite. De ce rapport sera tirée une circulaire, officiellement publiée le 26 août 1986. Que contient cette circulaire ? Voici ce qu'en dira Geneviève Laroque, sa première signataire :

> On y a inscrit ce qui paraissait à peu près convenable pour l'accompagnement des malades en phase terminale. Il était rappelé que le traitement de la douleur

constituait le degré zéro d'une prise en charge globale ; notre pays est en retard, par rapport à nombre de ses voisins, dans ce domaine : information, sensibilisation, formation pour une utilisation hardie et compétente des moyens de soulager la ou les douleurs, ne sont pas encore suffisantes. Il était également dit que l'atténuation de la souffrance existentielle mettait en jeu d'autres approches, d'autres techniques qui devaient s'adresser aussi bien au malade qu'à son entourage : la plupart des gens ne sont, heureusement, pas « seuls au monde », et la problématique des « soins palliatifs », autre manière de « prendre soin », dépasse la seule personne du malade ou du mourant. Elle concerne également l'accueil de son entourage, l'accueil de l'endeuillé.

Il faut avouer que cet accompagnement terminal — indispensable — n'était qu'une partie de notre ambition « folle » (*n'est-il pas réconfortant, parfois, de constater que l'Administration peut exprimer d'une façon apparemment rationnelle les sentiments les plus profondément irrationnels de la société ? — NDLR*). Il fallait repartir de la pire des situations pour faire progressivement « remonter » cette façon humaine et globale de traiter les malades et leur souffrance, sans attendre forcément la phase terminale. Nous n'y sommes toujours pas encore complètement parvenus, mais cela avancera...

Nous avons aussi proposé la définition d'unités dites de soins palliatifs, en nous gardant bien de proposer des normes types, de manière à laisser libre cours à la diversité et aux initiatives, pour ne pas obliger, dans un domaine aussi grave, les gens à suivre un chemin obligatoire et unique.

L'existence de ces unités est un mal nécessaire. Il ne semble pas, en effet, que l'installation systématique des personnes en fin de vie (et cette phase peut durer parfois longtemps) dans des lieux spécialisés, rapidement perçus comme mouroirs effrayants, soit souhaitable.

Ces unités sont nécessaires et elles perdureront probablement longtemps. Il faut disposer de points de réflexion, de points de concentration de formation, de points d'où émergent, d'où jaillissent des méthodes nouvelles, des projets nouveaux, de manière à faire progresser les connaissances et les méthodes d'action. Des situations particulièrement difficiles requièrent une organisation particulière [1].

1. In *Les Soins palliatifs, op. cit.*

Quant à l'euthanasie ?

Le problème n'est pas directement évoqué dans la circulaire. D'une part, au moment de sa création, nous avons craint que sa simple évocation n'occulte indûment les questions fondamentales traitées, qui étaient de promouvoir les moyens d'aider les gens à vivre leur vie jusqu'au bout et non de l'écourter délibérément. D'autre part, l'accord n'était pas unanime sur ce point. L'Association pour le droit de mourir dans la dignité, aussi favorable que les autres membres du groupe sur toute la problématique des soins dits palliatifs, maintenait son souhait de voir, sous conditions strictes, dépénaliser l'euthanasie.

L'opinion intime de la plupart des membres de la commission concernant l'euthanasie était qu'on ne saurait légiférer sur un sujet aussi délicat — chacun admettant en fait implicitement qu'il existe des cas de souffrances intolérables, où nul ne saurait prévoir au juste comment il réagirait s'il se trouvait à la place du médecin traitant.

Treize ans plus tard, où en sommes-nous ?

Certes, un mouvement considérable a traversé le pays.

En 1986, TF1 diffuse *Voyage au bout de la vie,* quatre films de Bernard Martino et Marc Horowitz. Que le réalisateur de la célèbre série *Le bébé est une personne* ait senti qu'il lui fallait transporter ses caméras à l'autre extrémité de l'existence est significatif. La France s'éveille pour de bon ! Les quatre épisodes de Martino se décomposent ainsi : une heure sur le mouvement des hospices, notamment au Saint Christopher's de Londres et au Royal Victoria de Montréal ; une heure sur les enfants mortellement atteints, notamment au centre Marie Curie, à Paris ; une heure sur le mouvement américain, où l'on retrouve pêle-mêle Élisabeth Kübler-Ross, Raymond Moody, Stanislas Grof, etc. ; une heure enfin, plus française, à la fois psychanalytique et sensuelle, où une certaine Marie, que la caméra filme toujours dans l'ombre, nous raconte la façon étrange, très belle et un peu cannibale, dont elle a accompagné les derniers jours de sa grand-mère.

Un an plus tard, s'ouvre la première Unité de soins palliatifs (USP) française, à l'hôpital universitaire de Paris, sous la direction du Dr Abiven, avec comme psychologue une certaine Marie de Hennezel, que le grand public ne connaît pas encore...

D'autres USP suivront : à Saint-Malo, Le Croisic, Versailles, Villejuif... Cette même année 1987, se crée la Fédération des associations JALMALV (Jusqu'à la mort accompagner la vie) — c'est par dizaines que ces associations ont fleuri dans les villes de France, à la demande des soignants, en particulier des infirmières, mais aussi du public, désireux d'une formation à l'accompagnement en tant que bénévoles. De son côté, l'ASP (Association pour la promotion des soins palliatifs) compte désormais elle aussi des dizaines d'implantations locales... Encore trois ans, et l'ensemble du mouvement qui traverse le pays a pris une ampleur telle qu'il devient nécessaire de fonder une Société française d'accompagnement et de soins palliatifs, pour fédérer l'ensemble des associations concernées par le sujet — la seconde présidence de cette société (fondée par le Pr Abiven) sera confiée au Dr Michèle Salamagne.

Symbole significatif de l'éveil de notre pays à l'art extrême de la zone terminale : la création, en 1992, d'une association Élisabeth Kübler-Ross France, destinée à intervenir à plusieurs niveaux : soutenir les personnes en deuil, organiser des ateliers « Vie, mort et transition », contribuer à la formation d'accompagnateurs... En 1992, au symposium sur « Le corps énergétique de l'homme » du Dr Bercot, puis, plus officiellement, en avril 1994, à la Mutualité, surmontant un vieux blocage vis-à-vis des Français [1], Élisabeth Kübler-Ross vient saluer ses jeunes émules parisiens, conduits par le Dr Hervé Mignot (que nous retrouverons à la scène 10 de ce même acte). Le ministère de la Santé la reçoit avec empres-

1. Cf. *La Source noire, op. cit.*

sement. Les soins palliatifs font désormais partie, de manière irréversible, du paysage médical et moral de la France, comme de tout pays moderne.

Et pourtant, il reste tant à faire !

En mars-avril 1991, un sondage mené par l'IFOP à la demande de l'ASP/Santé révèle que 12 % seulement des Français connaissent les soins palliatifs de façon précise. Pour les 88 % restants, accompagnement des mourants, euthanasie, extrême-onction et pompes funèbres se mêlent confusément. Autrement dit les quelque cinq cent cinquante mille Français qui meurent chaque année risquent fort de trépasser dans les conditions habituelles et tragiques que l'on sait : seuls. Abominablement seuls. Dans la souffrance et la peur. Ou entourés de tellement de non-dit et d'absence de savoir-faire, de la part des soignants et des familles, que leurs derniers instants ressembleront sans doute à un naufrage catastrophique.

Cinq cent cinquante mille catastrophes annuelles ?

Dans un livre qui, ces dernières années, est devenu l'un de mes compagnons de lecture, *Dialogues avec l'Ange,* il est question de deux sortes de mort. La première est celle dont nous parlons communément pour désigner le moment où notre corps retourne à l'humus. La seconde survient chaque fois que l'état d'*humanité* s'évanouit en nous, alors même que nous sommes supposés encore vivre sur cette terre. Seule la seconde mort est véritablement à craindre.

En cessant de nous accompagner les uns les autres dans la première mort, nous avons tous risqué de subir la seconde et de nous anéantir collectivement. Parce qu'alors, nous avons aussi cessé d'interroger le Ciel et la Terre. De les questionner sur ce qui nous dépasse infiniment — et qui pourtant réside en nous. Il ne faut jamais cesser d'interroger le Ciel et la Terre. Ne jamais s'imaginer que l'on *sait.* Face à la mort, la nôtre ou celle des autres, que savons-nous au juste ? L'*humain* s'interroge indéfiniment. Il cherche le sens caché du monde. Il écoute ceux qui partent, jusqu'à la dernière seconde. Ou alors il redeviendrait animal... mais cela n'est pas possible. Qu'il ne s'imagine pas non plus savoir *contrôler* l'origine et la fin, qui le dépassent de trop de têtes. Ce serait aussi mortel que de ne plus s'interroger.

Courage ! Nous revenons de tellement loin...

En 1999, nous verrons que le mouvement de prise de conscience atteindra la représentation nationale française dans son entier — quand l'Assemblée Nationale votera, à l'unanimité, la loi défendue par le ministre Bernard Kouchner en faveur du soulagement de la douleur et des soins palliatifs [1]. Mais en attendant, commençons par rendre hommage aux pionnières qui nous ont arrachés du sentier de la déshumanisation !

1. *Cf.* pages 179 et 180.

SCÈNE 4

Tout est venu d'infirmières issues de la guerre

> Sortez de ce monde comme vous y estes entrés. Le même passage que vous fîtes de la mort à la vie, refaites-le de la vie à la mort.
>
> Michel de Montaigne

Telle est la grandeur de la modernité : elle exige que chacun s'autonomise au maximum, tente de s'arracher à toute dépendance. Les religions, qui servent, ou prétendent servir, d'intermédiaires entre le sujet et le Sens, sont vite apparues comme une insupportable aliénation à l'homme moderne qui, évidemment, a eu tendance à les jeter par-dessus bord. Seulement, avec le temps, les religions s'étaient très naturellement arrogé le monopole du questionnement sur la mort et du dialogue avec les mourants. Étourdi, le jeune homme moderne jeta avec l'eau du bain religieux ce dialogue ancestral et le savoir pratique qu'il nécessite, et se retrouva fort dépourvu quand la faucheuse lui fit soudain face.

Nous sommes ou avons tous été ce jeune homme. Pour échapper à la lente glissade vers la *seconde mort,* qui guette les sociétés lorsqu'elles renoncent à l'humanisante quête du Sens, il a fallu un électrochoc de taille.

S'il est permis à un simple journaliste de proposer une hypothèse historique, je dirais ceci : il me semble que l'électrochoc en question a été la Seconde Guerre mondiale.

Chaque fois qu'étudiant l'histoire des pionniers et plus précisément des pionnières qui ont redécouvert l'art d'accompagner les mourants et inventé ce qu'on nomme aujourd'hui du terme un peu froid de soins palliatifs, j'ai remonté l'une de leurs trajectoires, je suis parvenu, en amont, à la guerre de 39-45. Avec au centre, d'une manière ou d'une autre, la Shoah.

Deux exemples frappants :

— Élisabeth Kübler-Ross reçut son « initiation » de 1945 à 1947 en Pologne, aux portes du camp d'extermination de Maïdanek, comme secouriste dans l'infirmerie de fortune installé par les Américains pour tenter de soigner les rescapés de l'enfer, dont certains irradiaient une incompréhensible lumière. Beaucoup étaient atteints du typhus — mal qu'Élisabeth finit par attraper elle-même et qui faillit l'emporter ;

— Cicely Saunders, élève-infirmière active pendant toute la guerre, fit après la Libération une rencontre qui allait se révéler décisive : celle de David Tasma, rescapé du ghetto de Varsovie, mourant d'un cancer dans un hôpital londonien où la jeune femme travaillait comme apprentie. Pendant huit semaines, le mourant et l'élève-infirmière furent follement amoureux. David était un juif agnostique, et Cicely brûlait d'une toute récente conversion à la foi protestante. Leurs discussions passionnées les amenèrent à imaginer un lieu où des malades tels que David trouveraient meilleur accueil que dans un hôpital. Avant de mourir, il lui légua tout son bien — cinq cents livres sterling, la première mise de fond destinée au futur Saint Christopher's Hospice —, en lui disant : « Je serai une fenêtre dans votre foyer. »

Remarquons que Cicely Saunders et Élisabeth Kübler-Ross ont toutes deux démarré leur itinéraire comme aides-soignantes. Au plus bas de la hiérarchie hospitalière. Voilà l'autre facteur essentiel de la redécouverte de l'accompagnement des mourants : le mouvement est mené par les femmes de la base, les ouvrières du médical et du médico-social. Sans leur pression constante, poussées qu'elles étaient par l'impérieuse nécessité de trouver des solutions à leurs problèmes quotidiens avec des mourants, que personne n'assumait plus, le vaste mouvement dont nous parlons dans ce livre n'aurait jamais existé.

Il existe des infirmières dans la plupart des familles, directement ou par cousinage. La mienne ne fait pas exception. Il est peu de métiers plus proches de l'intimité de nos vies, de l'intimité enfantine tapie au fond même du plus rude des adultes. Peu de métiers plus maternels. Et pourtant, il m'a fallu le hasard d'une série de reportages sur les confins de la mort pour me rendre compte à quel point ces femmes jouaient, objectivement, un rôle capital dans notre société et dans nos vies. Souvent à notre insu, parfois au leur.

Les trois quarts d'entre nous mourront à l'hôpital, dans un hospice ou dans une institution spécialisée où travaille, trois cent soixante-cinq jours par an, une armée de l'ombre : les infirmières — et une ombre de l'ombre, les aides-soignantes. Si la société moderne a pu si aisément escamoter la mort, c'est que nous mourons isolés, plutôt la nuit, ou à l'aube, quand les médecins eux-mêmes sont loin. Nous mourons souvent sous la seule surveillance des infirmières et des aides-soignantes. C'est sur ces femmes que notre société a fini par se débarrasser du fardeau de la mort et de l'agonie. Sans conscience de la cinglante désinvolture et de l'incroyable irresponsabilité, à la limite de l'extrême lâcheté, dont elle faisait ainsi preuve.

Une communauté humaine s'est ainsi déchargée de son plus lourd tabou sur des femmes, parfois très jeunes, obligées de puiser en elles-mêmes des ressources, dépourvues de tout appui technique ou conceptuel.

À vrai dire, le scénario est facile à saisir. Jadis, les infirmières étaient des religieuses — dans les films traitant de la Seconde Guerre mondiale, on les voit souvent encore en cornettes. Elles avaient reçu les armes pour faire face à toutes les situations, de vie comme de mort. Elles constituaient un vestige, en marge des écoles de médecine modernes, où ne se disent « que les choses organiques et objectives ». Mais quand quelqu'un agonisait, ne pouvait plus parler, sombrait dans le coma, les sœurs avaient spontanément recours à ce langage non verbal, venu de la nuit des temps, que l'on appelait *prière*.

Mais les choses ont changé ; nous nous sommes, pour la plupart, coupés de nos traditions religieuses ; et les infirmières laïques se sont retrouvées seules. D'elles, on a continué d'exiger le même travail. J'en ai vu beaucoup pour qui la rencontre avec la mort avait été un choc très rude.

J'ai suivi l'un des séminaires de formation d'Élisabeth Kübler-Ross, aux États-Unis, l'atelier « Life, death and transition ». Une bonne moitié des participants étaient des gens directement confrontés à la mort (la leur ou celle d'un proche) : parmi les autres, un tiers était des infirmières. Deux découvertes m'ont frappé au cours de cette retraite tout à fait unique.

D'abord, le paradoxe insensé de la « vallée des larmes ». Il faut certes, à tout prix, essayer d'éviter de souffrir et de faire souffrir, physiquement et moralement. Pourtant, celui qui n'aurait jamais souffert ne comprendrait rien de l'autre. Mystère que l'hédonisme de rigueur aujourd'hui (notre « jouissivement correct » par ailleurs bien légitime après tant de siècles de dolorisme) a bien sûr grand mal à intégrer : les grandes souffrances raboteuses d'ego, une fois revécues dans la lumière consciente de la compassion, se transforment en trésors au fond de nos entrailles.

La seconde découverte fut les infirmières. L'incroyable hauteur de vue de ces femmes, qui demandaient essentiellement :

— une formation sur les nouvelles techniques qui soulagent la douleur (j'étais stupéfait d'apprendre que nombre de ces techniques n'étaient pas encore utilisées en France [1]);

— le droit d'apprendre à négocier avec leur propre peur de mourir;

— celui de pouvoir s'asseoir sereinement à côté de leurs « malades terminaux » pour les écouter parler, de la vie, de la mort, ou, quand la chose n'était pas possible, leur tenir simplement la main et communiquer avec eux de façon non verbale. Certaines disaient « prier », d'autres, agnostiques ou athées, n'utilisaient pas ce mot.

Après la mort du malade, elles revendiquaient aussi :

— le droit de garder la chambre vide quelque temps;

— le droit de ne pas expédier le corps immédiatement à la morgue et d'aider les familles à observer un rituel de deuil de plusieurs heures, voire plusieurs jours — cette dernière requête sonnait évidemment incongrue dans la pure logique techno-médicale.

En bref, ces femmes demandaient simplement qu'on les aide à faire resurgir des profondeurs de notre amnésie collective, à notre dernière heure, l'immensité mystérieuse de notre condition humaine, actuellement en plein naufrage : une société qui s'avère incapable de négocier, les yeux dans les yeux, avec la mort, entre en décadence à brève échéance.

1. Rapportant l'agonie terrible d'un ami atteint du sida, Michel-Antoine Burnier, ancien rédacteur en chef d'*Actuel* et de *L'Express*, raconte le marathon épuisant que fut la quête de morphine, dans l'un des meilleurs hôpitaux de Paris. Même après qu'un grand professeur eut accepté de doubler les doses, ce fut toute une histoire de trouver la clé du coffre secret contenant le produit! Visiblement, tous les médecins français (et latins, contrairement aux anglo-saxons et nordiques) se méfient des drogues calmantes, au point de craindre qu'un mourant (ou un nouveau-né que l'on opère) devienne toxicomane! Or, même en quintuplant la dose de morphine que l'on donne à un mourant dans un hôpital français, on n'atteint pas le dixième de ce que s'injecte un toxicomane!

Dans le contexte où tout cela se passait, les acteurs mouraient pour de bon et les spectateurs pleuraient toutes les larmes de leur corps — cette revendication essentielle prenait une dimension extraordinaire.

Jamais révolte ne m'avait paru si juste, jamais femmes si porteuses d'avenir. Elles voulaient tout simplement réapprivoiser la mort.

De retour en France, j'ai raconté ce séminaire dans *La Source noire*. Je m'attendais à être cloué au pilori par tous les professionnels de la santé, infirmières incluses : comment un néophyte pouvait-il oser, sans pratique personnelle, prendre la parole sur ce type de sujet? Ce fut une immense surprise : j'obtins l'exact opposé. On m'invita à donner des conférences! Des écoles d'infirmières me demandèrent de venir parler de ce que j'avais vécu aux États-Unis. Thème le plus demandé : les cinq étapes de l'agonie selon Élisabeth Kübler-Ross. Ou le B-A-BA du premier cours de soins palliatifs, pour élèves de première année (que la collectivité des infirmières françaises connaissait déjà fort bien, puisque *La Revue de l'infirmière* en avait parlé dès 1977 [1]).

Je retrouve quelques notes d'un exposé devant des élèves infirmières, en 1987...

> Élisabeth Kübler-Ross nous fait découvrir que, loin de s'éteindre, la psyché du mourant connaît une vie intense. Ses conflits non résolus sont tous là, tapis dans l'ombre, et le rôle le plus noble d'un accompagnant est d'aider à les dissoudre, avant le grand départ.
>
> Les mêmes nœuds qui nous ont empêchés de vivre nous empêchent aussi de mourir. Untel n'a plus revu son fils depuis qu'ils se sont disputés. Unetelle pense que son mari ne l'a jamais aimée. Un autre n'a jamais accepté l'homosexualité de son enfant... Et leurs agonies s'éternisent affreusement. La véritable euthanasie (puisque étymologiquement ce mot signifie *aide à la mort douce*) ne consiste pas à injecter 50 cc d'un liquide foudroyant, mais à aider la résolution des conflits intérieurs, en faisant vivre à la personne en « phase terminale » une ultime et décisive psychothérapie — l'accompagnateur

1. *Revue de l'infirmière*, 1977, 5, 371-374.

Stanislas Grof ira jusqu'à faire revivre aux mourants leur naissance (par LSD, ou par respiration holotropique interposés) [1].
Alors surgit du brouillard tout un itinéraire. Les cinq étapes énoncées par Élisabeth Kübler-Ross dans les années soixante...

Il est essentiel de rappeler qu'il s'agit là d'un schéma théorique. Comme le fait remarquer l'accompagnatrice Garance Denaux, qui a travaillé avec Élisabeth Kübler-Ross, « ces cinq phases peuvent se chevaucher, s'intervertir et même se reproduire, selon la durée et la gravité de la crise, et selon la personnalité de chacun [2] ».

Le Dr Renée Sebag-Lanoé, l'un des premiers médecins français à avoir mis ces idées en pratique, remarque : « L'idée n'est pas nouvelle puisque d'après la médecine grecque l'agonisant passait par dix stades successifs. Ces étapes n'en constituent pas moins une connaissance extrêmement précieuse pour tout soignant confronté à des mourants. Elles permettent en effet de mieux comprendre [leurs] réactions parfois agressives et aident le soignant à se repérer dans ces situations émotionnelles souvent difficiles [3]. »

Connaissant l'existence de ce processus, les infirmières et tous ceux qui ont à s'occuper de mourants (potentiellement, cela peut être n'importe lequel d'entre nous) disposent d'une sorte de balisage, de cartographie de l'agonie qui permet d'être moins perdu lorsque se lève la tempête des souffrances finales.

Sur le fond, il semblerait normal que n'importe quel humaniste soit remué jusqu'au fond des tripes à

1. Stanislas Grof, *La Rencontre de l'homme avec la mort*, Éd. du Rocher, 1982.

2. Garance Denaux, *La Mort accompagnée* (avec des exemples très clairs de « chevauchements de phases »), Presses-Pocket, 1993.

3. « Le dialogue jusqu'à la mort : un accompagnement par la prescription de soi-même », in *Médecine et hygiène*, 1982, 40, 3218-3222.

la simple idée qu'il puisse y avoir, au dernier moment, ne serait-ce qu'une *possibilité d'élégance.* Et pas seulement pour le traître de cinéma qui, à la dernière seconde, rachète une vie de bassesses par un sacrifice sublime. Nous sommes tous concernés. La « cinquième phase » du schéma présenté par Élisabeth Kübler-Ross, celle où l'humain accepte sa mort toute proche, celle que nous aimerions tous connaître un jour, flotte au-delà du bien et du mal, dans l'existentiel pur...

Mais redescendons sur terre, dans la pratique concrète d'une unité de soins palliatifs, en France, en 1995.

Nous sommes dans la banlieue sud de Paris, à Villejuif, dans l'enceinte de l'hôpital Paul-Brousse. Le Dr Renée Sebag-Lanoé, que je viens de citer, dirige ici depuis la fin des années soixante-dix un service de long et moyen séjour — c'est-à-dire qu'elle s'occupe essentiellement de personnes âgées. En 1986, elle a publié un livre remarquable, *Mourir accompagné,* où elle décrit de manière très concrète de quelle façon elle s'est nourrie des enseignements de Cicely Saunders et d'Élisabeth Kübler-Ross, pour mener à bien une tâche dont la faculté de médecine ne lui avait quasiment rien dit : s'occuper de personnes en fin de vie.

> Il ne s'agit plus de fuir mais de s'asseoir. Il ne s'agit plus de parler mais d'écouter. Il ne s'agit plus de faire, forcément, à tout prix, mais d'être !
> Être là. Simplement. En tant qu'homme ou femme. Même si aucun geste technique ne s'avère nécessaire.
> Parler. Se taire. Communiquer, même brièvement ; par la parole, par le regard, par le sourire, par le simple contact manuel.
> Savoir écouter le langage du mourant. Langue parfois nouvelle. Il faut apprendre à comprendre le sens caché des périphrases, les images, les symboles, le silence. Il faut savoir répondre aux questions posées. Honnêtement, mais sans anticiper les demandes et sans briser l'espoir. En tentant de cerner ce que le patient peut entendre, ce que le patient veut entendre. Il faut savoir se préoccuper des besoins, même simples, des désirs du mourant, en sachant que jusqu'au bout, il demeure un

être vivant, capable de besoins et de désirs. Vérité de M. de La Palice ? Hélas, non ! Certaines évidences ne sont pas toujours prises en compte !
Il y a toujours quelque chose à faire quand « il n'y a plus rien à faire ». Voilà ce qu'apporte la lecture des travaux d'Élisabeth Kübler-Ross. Ceci constitue en fait une véritable révolution. Le mourant qui était devenu objet redevient sujet. Le soignant qui était condamné à guérir ou à échouer, à vivre le succès ou la culpabilité, découvre dans le dialogue avec le mourant une autre philosophie du soin et un autre sens à sa fonction. Il apprend « à se prescrire lui-même », suivant la belle expression de Guex, paraphrasant Balint. Il apprend à apporter sa présence, à être disponible et à l'écoute. Il découvre ou redécouvre, il apprend ou réapprend. Une partie de la médecine qui était un peu oubliée et même, disons-le, méprisée, en ces années de progrès technologiques considérables. N'ai-je pas ricané sous cape en écoutant, jeune externe, l'aphorisme célèbre : « Guérir parfois, soulager souvent, consoler toujours », prononcé par un de mes patrons [1] !

Au début des années quatre-vingt, Renée Sebag-Lanoé a fait la connaissance de Michèle Salamagne, l'anesthésiste en chef de l'hôpital de la Croix-Saint-Simon, qui participe à Fonction soignante et accompagnement, le groupe de réflexion sur les soins palliatifs réuni autour du Pr Robert Zittoun, à l'Hôtel-Dieu. En février 1984, les deux femmes ont cosigné une tribune-libre dans *Le Monde,* intitulée « Accompagner le mourant [2] ». Depuis, leurs itinéraires se suivent. Ensemble, elles vont concevoir l'Unité de soins palliatifs de l'hôpital Paul-Brousse, qui ouvrira ses portes en février 1990, dirigée par Michèle Salamagne. C'est vers cette femme, l'une des premières en France à avoir consacré son énergie et son talent à éveiller la société moderne au grand art de réapprivoiser la mort, que nous nous tournons à présent.

1. *Mourir accompagné,* Desclée de Brouwer, 1986.
2. *Le Monde,* 9 février 1984.

SCÈNE 5

Une femme à la tête des soins palliatifs de France

> Il m'arrive, quand je suis au chevet d'un malade très dégradé physiquement ou mentalement, d'imaginer qu'il a été un enfant, un jeune homme ou une jeune femme plein de vie. Amoureux par exemple, père ou mère de famille. Je trouve que ça donne un autre regard et un autre sens à ce que l'on fait. De même que la personne a plusieurs dimensions dans le temps, elle en a aussi plusieurs dans l'instant qu'elle vit. Et je crois profondément que nous existons à travers les liens que nous avons avec les autres.
>
> Pr René Schaerer

La carrure de personnages comme Élisabeth Kübler-Ross ou Cicely Saunders, forgées au feu de la guerre, pourrait nous faire oublier l'essentiel de leur message : l'accompagnement des mourants devrait devenir, ou redevenir, une tâche humaine aussi basique que l'enfantement. Comme pour mieux nous le faire comprendre, une femme admirablement simple œuvre à la tête de l'actuel mouvement des soins palliatifs français : Michèle Salamagne.

Pendant des années, elle a été médecin-anesthésiste, en particulier à l'hôpital de la Croix-Saint-Simon, à Paris, maniant des seringues et des médicaments qui endormaient les patients pour de longues heures. De se trouver ainsi, jour après jour, année après année, confrontée à des corps inanimés et muets, fit naître en elle un irrépressible désir inverse : aider les malades à parler, à communiquer — fondement de sa vocation ultérieure à la tête de la Société française d'accompagnement et de soins palliatifs et, quotidiennement depuis 1990, à la direction de l'Unité de soins palliatifs de l'hôpital Paul-Brousse.

À écouter Michèle Salamagne, il y aurait deux niveaux dans l'art d'accompagner les malades en « phase terminale ». D'abord, bien sûr, soulager leurs douleurs. Mais cette tâche permettrait surtout de découvrir, derrière cette sollicitude purement physique, un paysage et un projet bien plus vastes, touchant ni plus ni moins à l'accomplissement de la personne humaine. Deux niveaux qui, poussés à l'extrême, pourraient conduire, selon elle, à des définitions différentes et même contradictoires des soins palliatifs :

> [On peut] tout d'abord être là pour accompagner les derniers jours difficiles en fin de vie; et puis d'autre part *construire de la vie* à partir du moment où la guérison n'a plus de sens, ce qui procède d'approches à bien des égards différentes. Je souscris de toute évidence à la seconde option. Mon rôle de médecin en soins palliatifs est lié à des stades de vie bien plus amples que le seul suivi des ultimes instants de l'existence [1].

Il n'empêche : ce qui a poussé Michèle Salamagne vers les soins palliatifs, c'est bien d'abord de voir souffrir les patients opérés qui se réveillaient et de vouloir les soulager. Elle est donc entrée dans le monde de l'accompagnement des mourants par le biais du traitement de la douleur. Aurait-elle entrepris toute cette démarche, avec la ténacité qu'on lui connaît, si elle n'avait pas elle-même connu la douleur de terriblement près? La compassion commence par la mise en résonance en nous d'une souf-

1. In *Accompagner — Jusqu'au bout de la vie*, livre d'entretiens entre le Dr Michèle Salamagne et Emmanuel Hirsch, Éd. du Cerf, 1992.

france que nous reconnaissons. Il se trouve que Michèle Salamagne a, bien malgré elle, accumulé une grande expérience en la matière; du fait de plusieurs maladies, dont l'une à l'âge de quatorze ans, qui l'obligea à rester intégralement couchée pendant des mois. « Je sais, dira-t-elle un jour à un ami, ce que signifie se tordre de douleur, ne plus être autre chose que de la douleur, ne plus avoir de parole pour l'exprimer. »

En fait, les deux « options » qu'elle distingue à l'intérieur du monde de l'accompagnement sont complémentaires. Plus tard, toute sa quête est revenue à chercher comment rendre la parole à celui qui souffre, à celui qui a si mal, physiquement, que son identité se trouve comme évanouie, gommée, effacée. Et elle admet volontiers que, pour faire réémerger une nature humaine dans ce qui, sinon, ne ressemblerait plus qu'à un enchevêtrement de symptômes insupportables, il s'agit d'abord de soulager la douleur.

Euthanasier le malade en fin de vie, comme on achève un cheval aux jambes brisées? Quand, à la fin des années soixante-dix, Michèle Salamagne rejoint quelques confrères et des chercheurs en sciences humaines pour fonder le groupe Fonction soignante et accompagnement à l'Hôtel-Dieu, une question au moins fait aussitôt l'unanimité : à de rarissimes exceptions près, l'euthanasie ne répond pas à la demande qu'ils ressentent sur le terrain. La relative popularité du « suicide assisté », au moins dans les médias, les gêne d'autant plus que les médecins qui le prônent — notamment au nom d'une compassion vis-à-vis de celui qui souffre — ne font que rarement allusion au retard pourtant considérable de la France en matière de traitement de la douleur. Michèle Salamagne en sait quelque chose : elle a fait un stage au Saint Christopher's Hospice de Londres et traduit un petit livre pratique de Cicely Saunders, intitulé en français *La vie est dans la mort — la vie aidant la mort* (jeu de mots emprunté à Prévert), où la fondatrice du mouvement des hospices résume à grands traits les résultats de trente ans de lutte très efficace contre la douleur.

Le refus, plus ou moins conscient, du corps médical français d'intégrer ces découvertes, essentiellement anglo-saxonnes, fait longuement s'interroger les membres du groupe Fonction soignante et accompagnement. Est-ce notre culture catholique qui est à mettre en cause ? Parmi ces chercheurs, des catholiques comme le père Vespieren ou Michèle Salamagne, des protestants comme le Pr René Schaerer, des juifs comme les Prs Zittoun ou Goldenberg... Tous ne sont pas croyants et leur démarche commune demeure strictement laïque et humaniste — ce qui ne signifie pas qu'ils refusent a priori de reconnaître un sens, éventuellement transcendantal, à la vie, et donc aussi à l'agonie. Bien qu'encore débutante, leur pratique des soins palliatifs les oblige à admettre que celle-ci comporte toutes sortes d'épisodes, de paysages et même parfois de richesses, qu'une rationalité mécanique ne saurait concevoir.

Certes, pour pouvoir se révéler, ces *richesses* exigent de la part de celui ou celle qui accompagne le mourant beaucoup d'abnégation, un mélange de résistance et de subtilité... et une formation spéciale, au cours de laquelle chacun, qu'il soit médecin, infirmier, aide-soignant ou volontaire bénévole, aura travaillé sur lui-même aussi bien que sur son rapport aux autres.

Entre ces belles idées et la pratique s'ouvre, on l'imagine sans peine, un fossé assez large pour engloutir une armada de volontaristes naïfs... Michèle Salamagne et son équipe l'apprendront durement, au cours des premières années de fonctionnement de leur unité de soins palliatifs.

Dès l'idée initiale du Dr Renée Sebag-Lanoé, qui dirigeait déjà à l'hôpital Paul-Brousse un service consacré aux personnes âgées, le projet porte la marque de la « maison mère », le Saint Christopher's Hospice : même désir de créer un lieu convivial, conçu en son architecture même — une structure très lumineuse, sur pilotis — pour accueillir les familles des patients, avec un endroit où dormir, un salon, une cuisine, une salle de jeu pour les enfants, un maximum de verdure...

> EMMANUEL HIRSCH : Quand on pénètre dans l'unité de soins palliatifs en venant du jardin qui la borde, on a l'impression de monter sur un navire avec ce plan incliné semblable à un pont en bois.
> MICHELE SALAMAGNE : Encore est-il nécessaire de se demander si nos malades peuvent franchir ce pont quand bon leur semble... Le jardin avec ses fleurs adoucit la rudesse du béton et du bois. On a plaisir à pouvoir accompagner ceux qui y descendent soit dans leur lit, soit en fauteuil roulant [1].

Le choix de l'équipe de soignants, dirigée par Marie-Jeanne Dien, une ancienne surveillante de Renée Sebag-Lanoé, a fait l'objet de beaucoup de précautions. Éthique et attitude personnelle devant la mort ont compté autant, dans l'embauche, que l'expérience professionnelle, au sens classique... Composition de l'équipe : un médecin à plein temps, quatre attachés, un interne, un cadre supérieur infirmier, treize infirmiers et infirmières, huit aides-soignantes, un psychologue, une assistante sociale, une secrétaire médicale, un kinésithérapeute, un psychanalyste, une diététicienne, une femme-aumônier, et une vingtaine de bénévoles dont une coordinatrice.

D'emblée, infirmiers, infirmières et aides-soignantes vont s'avérer les mieux préparés au travail palliatif, qui les décontenance bien moins que les médecins. Faire la toilette des malades, soulager leurs douleurs, panser leurs plaies, nettoyer leurs escarres, les aider à manger ou à se lever, tout cela fait partie du travail normal d'une infirmière ou d'un aide-soignant. En soins palliatifs, ces tâches jusque-là secondaires deviennent soudain centrales — au moins dans la première phase des soins, celle que Kübler-Ross appelle le « quart physique », véri-

1. *Ibid.*

table porte d'entrée dans la relation d'accompagnement de la personne en fin de vie. Contexte franchement nouveau : ici, l'interdiction classique de toucher le malade, de lui tenir la main, de rester à ses côtés pendant de longues heures sans apparemment « rien faire », interdiction que beaucoup d'infirmières en charge de mourants ressentent avec frustration, se trouve ici non seulement levée mais inversée : à l'USP (unité de soins palliatifs), embrasser le malade, au besoin le masser, rester à son côté en silence, même s'il semble comateux... tout cela fait précisément partie du travail.

Difficile de décrire une journée type à l'USP. Tant qu'ils en ont la capacité, les pensionnaires du lieu décident eux-mêmes d'une partie de leur emploi du temps. Ainsi peuvent-ils choisir de se réveiller plus ou moins tard, de prendre leur bain le soir plutôt que le matin, leurs repas à telle ou telle heure... Responsabilisation et sollicitude : « Quand on se trouve à la lisière de la vie, dit Michèle Salamagne, il est tellement important de ressentir que l'on est encore aimé ! Ce temps consacré à ce qui peut apparaître comme expression des derniers caprices répond selon moi à un sursaut de vie, de désir. Cela vaut bien quelques milligrammes de morphine ! »

Généralement, les malades qui débarquent sont extrêmement étonnés de ce luxe d'attentions. Jusque-là, on s'est surtout occupé de leur très grave maladie, pas tellement d'eux-mêmes en tant que personnes. Ils arrivent donc à l'USP les cheveux mal lavés, les ongles abîmés, le corps entier souvent négligé depuis des mois, et terriblement endolori. Mais voilà qu'on les chouchoute, qu'on les cajole, qu'on s'escrime à calmer leurs douleurs, à leur rendre chaque instant le moins désagréable possible et même parfois agréable ! Du coup, ils revivent. Paradoxe désormais connu du soin palliatif : c'est au moment où, à bout d'arguments, la médecine « supérieure » renonce à user de thérapies curatives que le corps, dans ce contexte soudain différent, reprend vie (ne serait-ce qu'un laps de temps), parce que la personne se retrouve, se réapproprie son corps...

Les familles sont très présentes et jouent un rôle crucial dans l'USP. Au début, on leur permet surtout de souffler. Pendant des mois, le conjoint, les enfants, les parents, parfois les amis du cher malade se sont éreintés à l'accompagner tout au long du parcours du combattant médical... qui a mené à l'échec. Maintenant, ils n'en peuvent plus et menacent de craquer. L'équipe de l'USP les rassure : ils ne sont plus seuls. Ils vont pouvoir se confier, s'épancher, dire leur désespoir — surtout avec les équipes de nuit — et puis dormir. On va les aider, prendre leur relais au chevet du patient, jusque dans son intimité, de jour comme de nuit.

Ainsi les familles vont-elles pouvoir reprendre des forces et, peu à peu, s'approprier le lieu, y trouver leurs habitudes — on peut manger sur place, y dormir parfois, y lire, écouter de la musique... Certains jours, l'unité reçoit même des musiciens, qui jouent dans les couloirs, au seuil des chambres. « Ici, dit Michèle Salamagne, les vies ne s'achèvent ni dans la banalité, ni dans l'enfouissement, ni dans l'abandon. » On n'a plus vraiment l'impression d'être à l'hôpital.

En démédicalisant le plus possible la mort, l'USP contribue à réhumaniser la vie. Et cela vaut jusqu'après le décès. Ici en effet, quand un patient meurt, sa chambre reste vide pendant au moins deux jours — davantage s'il s'agit d'une personne qui est restée longtemps dans l'unité : « On lui doit cette attention, dit Michèle Salamagne, cette reconnaissance ou considération, mais aussi ce deuil. »

Belles visions. Admirable pratique. Qui redonnent fierté d'appartenir à une communauté humaine. Cela dit, il convient d'être attentif...

Quelles que soient la force de caractère des membres de l'équipe, la profondeur de leurs motivations, la subtilité de leur savoir-faire, le fonctionnement d'un tel lieu ne va pas de soi. Parlant, des années après, des débuts de leur unité de soins palliatifs, Michèle Salamagne et son équipe font réémerger des souvenirs cuisants et douloureux. Grandes sont les difficultés d'une telle entreprise !

La première préoccupation, disions-nous, concerne la douleur et les corps. Mais les corps des moribonds sont terribles. Corps d'araignée au ventre gonflé et aux membres grêles. Corps qui ne contrôlent plus leurs sphincters. Corps troués d'escarres, percés de drains, rongés de tumeurs aux odeurs pestilentielles...

Vivre tous les jours en pareille compagnie n'est pas évident. « La mort n'est jamais *douce*, dit le philosophe Emmanuel Hirsch. Seul l'accompagnement aimant contribue à cet apaisement d'une existence finissante que vous refusez de laisser déchoir à l'état d'abandon et de solitude. »

Mais justement, comment *aimer* en de pareilles conditions ?

Le plus difficile, pour accompagner de façon « aimante » celui qui meurt, n'est peut-être pas le pourrissement physique mais le caractère imprévisible de beaucoup d'agonies. Il y a bien sûr tous les précédents qui servent de références, les fameuses cinq phases de l'agonie décrites par Kübler-Ross notamment, qui servent de guide. On n'avance pas tout à fait dans le noir. Mais rien n'est sûr. Les « chevauchements de phases » vous prennent sans cesse au dépourvu. Tel malade que l'on croyait enfin apaisé le matin explose à nouveau de colère dans l'après-midi. Rien n'est jamais acquis. On croyait cette vieille dame en train de s'éteindre tranquillement et voilà qu'un imprévisible regain d'énergie la fait s'accrocher derechef à cette garce de vie — et elle réclame à manger... La vigilance des accompagnants ne saurait être inconstante. Il leur faut demeurer calmes sentinelles jour et nuit. Leur endurance doit pouvoir faire face aux très longues agonies, en particulier de ces mourants ultra-tenaces dont on ne comprend plus, à la fin, à quoi ils peuvent encore s'accrocher. Après des années de pratique, Michèle Salamagne s'interroge toujours :

Que fait-on à rester avec [un tel] malade ? Je me demande en fait si je n'ai pas envie de comprendre un mystère que je suis pourtant convaincue de ne jamais pouvoir appréhender, si ce n'est le jour de ma propre mort...
Je me dis aussi que si cette femme ou si cet homme a décidé de poursuivre l'agonie si longtemps, c'est que ce dernier cap doit constituer un passage très compliqué. Que je peux lui apporter un peu de cette chaleur qu'il ou elle attend peut-être encore de la vie. Tout cela reste une énigme, une fois de plus. Il n'y a rien de rassurant. On ne peut qu'offrir notre présence, sans être certain de sa signification [1].

Ce questionnement prend-il une forme spécifique quand le mourant est un vieillard ? La réponse, en principe, intéresse la plupart d'entre nous. Occidentaux de l'an 2000, nous sommes pour la plupart assurés de mourir à un âge avancé. Michèle Salamagne me répond :

« Plus je vais, plus je me dis que la gérontologie n'est qu'une façon d'aborder le problème beaucoup plus vaste de la dépendance. Cette dépendance existe dès que vous êtes sérieusement malade, que ce soit du sida, du cancer ou de tout autre maladie grave. Bien sûr, la dépendance est d'autant moins tolérée que l'on a les cheveux blancs et que l'on est ridé, mais tout cela pose bien davantage la question de la place du dépendant dans notre société que celle de l'âge. Être vieux, cela ne fait pas mourir. La dépendance, elle, peut durer des années, que vous soyez jeune ou vieux. D'ailleurs, à quarante ans, le sida peut vous donner des cheveux blancs, vous faire paraître soixante-dix ans et vous rendre dément.

« Donc la vraie question est : y a-t-il une place pour les dépendants dans notre société ? Y a-t-il une place pour l'enfant trisomique, pour l'innocent, pour le débile ou le semi-débile, mais aussi pour le malade génétique dont le mal se révèle peu à peu et entraîne une dépendance de plus en plus grande — myopa-

1. *Ibid.*

thie, mucoviscidose... ? Malheureusement, je crois que la réponse est qu'il y a de moins en moins de place pour ces gens-là dans notre monde.

— Pourquoi ?

— L'une des choses qui me terrifient le plus dans la société actuelle est la dictature du beau. Des top-models époustouflants (ces bombes sexuelles qui parlent cinq langues !) aux stars de la télévision, on nous impose une sorte de norme esthétique que je trouve écrasante. Quelle place dans un monde aussi *smart* pour le moribond dément ? Aucune. Il devient évident qu'il faut le supprimer. Et l'euthanasie, sans forcément s'en rendre compte, déploie ici tout l'arsenal idéologique nécessaire. Cela me fait penser à une victoire posthume de l'eugénisme, et même du nazisme.

— La question devient : comment mourir dans la société du spectacle ?

— Oui, et cela m'interpelle furieusement ! Quand je vois toute cette pression médiatique qui constitue la mode, je me demande : "Et l'*autre* là-dedans, l'autre dans sa simplicité nue, dans sa pauvre médiocrité quotidienne, l'autre dans sa difficulté d'être, où est-il ?" Alors oui, bien sûr, la télé nous montre l'*autre* en Bosnie, en Tchétchénie, dans toutes sortes d'ailleurs — qui nous concernent aussi, là n'est pas la question — mais le dépendant qui gît juste là, chez nous, couché devant notre porte, comment nous le montre-t-on, quelle place lui fait-on ? »

La question est restée en suspens. Michèle Salamagne, pour une fois, n'a pas les yeux pétillants et drôles.

En discutant avec cette femme à la voix douce et flûtée et au visage déterminé, je sens que l'on n'en finit pas de se poser des questions de fond, quand on a choisi de passer sa vie à accompagner les mourants jusqu'à leur dernier souffle.

Le psychanalyste Hugues Liborel-Pochot a reçu la charge — indispensable, vitale — d'animer le « groupe de parole » de l'USP de l'hôpital Paul-Brousse. Dans ce groupe, accompagnateurs et accompagnatrices, médecins, infirmiers, aides-soignantes, psychologues, assistantes sociales, etc., échangent une fois par semaine leurs points de vue sur les patients de l'unité. Un jour, faisant le bilan des cinq premières années de fonctionnement de l'unité devant ce groupe, Michèle Salamagne a dit : « En arrivant ici, j'étais transportée par un enthousiasme sans bornes. Depuis, je me suis cognée à la réalité de la souffrance des uns toujours vivants, des autres déjà morts, qu'ils aient été soignés ou soignants. Je me suis fait très mal, au point de ne plus savoir où était ma place de médecin, de responsable, d'être vivant... » Puis elle a ajouté : « La tempête est passée. Elle reviendra certainement. »

À écouter le groupe de travail mené par Hugues Liborel-Pochot, l'USP est déjà passée par quatre étapes, depuis sa fondation en 1990 :

— la première fut celle du *plaire*, où il s'agissait inconsciemment de séduire tout le monde, soignants et soignés, pour montrer qu'ici on savait résoudre les problèmes généralement considérés comme insolubles, assécher les marécages où les « autres » s'enlisaient lamentablement dès qu'il n'y avait, médicalement, « plus rien à faire » pour les malades;

— puis est venue la crise : devant la difficulté énorme de la tâche, certains accompagnateurs ont craqué, quelques-uns ont fui, la plupart sont restés, mais en perdant tous leurs repères, et ont dû faire leur deuil de l'accompagnement idéal, de l'accompagnateur idéal, du mourant idéal qu'ils s'étaient imaginés;

— alors a commencé la troisième étape, celle de l'isolation, où chacun des survivants de la crise a essayé de cultiver un petit espace autour de lui, pragmatiquement, en acceptant ses limites et en essayant de panser ses plaies;

— à l'heure où ce bilan est tiré (1995), l'équipe en est à se rechercher une identité, en tentant d'assembler les différents petits espaces individuels à la manière d'un puzzle. Et là, le rôle du dirigeant de l'unité s'avère crucial.

En fait, la nature exacte de sa tâche n'est apparue à Michèle Salamagne que peu à peu. « La vie de l'unité, dit-elle, peut se dégrader très rapidement... On est aux prises avec des situations d'une telle intensité qu'elles peuvent aussi nous détruire ! Il importe donc d'être attentif à réparer chaque fois, sans quoi la violence deviendrait insupportable. » Désormais Michèle vit sa propre tâche comme celle d'une animatrice, chargée de donner une cohérence à l'ensemble de l'Unité, de faire que s'en dégage un sens.

Lutter contre la douleur ? Elle a le sentiment d'avoir en grande partie réussi sur ce plan, strictement médical. Quelle est alors sa nouvelle tâche ?

« Mon engagement actuel repose davantage sur la notion de service. C'est totalement différent. D'une certaine manière, j'évoquerais une démarche de foi face au sacré de la vie.

— Comment faire ?

— Il faut être très pur dans ses rapports avec l'autre. Il n'y a que ça qui puisse nous faire avancer dans notre pratique. Être plus au clair avec l'accompagnement dans le sens de la prise en charge. Par exemple, que le journaliste m'excuse, il ne faut pas trop en parler. Il vaudrait même mieux se taire complètement. Il faut y être, faire, pratiquer, accompagner, mais pas de discours et surtout pas de discours de séduction là-dessus. Surtout pas de discours destinés à rassembler des foules, surtout pas de grandes conférences devant des centaines de gens... qui vont repartir chez eux avec quoi ? Avec quel discours édulcoré ? Là, ce serait faire œuvre de falsificateur.

« Évidemment tout dépend du contexte. S'il s'agit de faire un cours devant des étudiants en médecine, pour les faire s'interroger, là oui, bien sûr, il est possible de parler. En 1994-1995, j'ai donné un cours à des seconde année de médecine, c'est-à-dire à des jeunes qui n'ont pas encore connu l'hôpital. Ils posaient des questions très justes. J'ai même eu à m'adresser à des première année qui, malgré la pression du concours à préparer, ont été d'accord pour réfléchir. D'autres sont venus me voir après le cours pour m'interroger : ils préparaient un mémoire sur le thème "Faut-il médicaliser la mort ?" et désiraient une aide. Là oui, il est possible de parler ; quand il y a l'espoir d'allumer une petite flamme chez des gens qui, un jour, exerceront le pouvoir médical, je leur dis où nous en sommes, ce qui me semble juste, à quelles bibliographies se référer... Ça les fait forcément mûrir. Mais donner une conférence — comme nous l'avons d'ailleurs fait l'autre jour, vous et moi, dans une ville de province —, devant quelques centaines de personnes dont nous ne savions rien, des gens aux motivations forcément hétérogènes — de la simple curiosité à la souffrance extrême —, je ne pense pas que cela soit bon. On court même le grand risque de mettre ces gens-là en péril...

— Autrement dit, oui à l'accompagnement pour professionnels, mais non quand il s'agit du public tout-venant ?

— Je sais, cela n'est pas simple. Tout le monde est mortel, tout le monde est donc intéressé par l'accompagnement des mourants. Comment apporter au grand public quelques notions de base, qui puissent donner une idée concrète de ce que représentent les soins palliatifs ? C'est très compliqué...

— Pourtant, en dix ans, la situation générale a bougé, non ?

— Énormément, bien sûr ! Certaines infirmières ont connu une véritable révolution, et il y a énormément de demandes de bénévolat... »

Quittant Michèle Salamagne, d'autres questions me viennent.

Qu'en est-il, justement, de ceux qu'on appelle, sans toujours beaucoup de respect, les « bénévoles », eux qui, en somme, nous représentent, nous les citoyens de base, dans cette incroyable histoire ? S'il est vrai que l'agonie n'est pas un problème médical mais humain, s'il faut absolument « démédicaliser la mort », comment alors pouvons-nous, tous autant que nous sommes, nous inscrire dans ce processus complexe, autrement qu'en jouant la comédie du spectateur *new-age* plus ou moins hystérique, que redoute la présidente de la Société française des soins palliatifs ? En devenant *bénévole ?*

Derrière ce mot simple se cache une réalité complexe, que les grands réseaux d'aide aux personnes en fin de vie — en France, essentiellement JALMALV et l'ASP — ont analysée sous tous les angles, s'appuyant sur une bonne dizaine d'années de pratique.

Sans bénévoles, tout le monde est d'accord, l'accompagnement des mourants n'existerait pas ou aurait eu grand mal à se développer. Aujourd'hui, toute unité de soins palliatifs compte, à côté de son équipe professionnelle et articulée à elle, une équipe de bénévoles. Ces derniers représentent en quelque sorte la société, le monde que la personne en fin de vie s'apprête à quitter. Tâche des plus nobles. Mais quand il s'agit de définir concrètement le rôle des bénévoles et que l'on plonge dans la réalité, les choses deviennent un peu plus compliquées.

Voici quatre interventions *ex abrupto* sur le sujet :

— Pr P. Leclerc (médecin au service de pneumologie et oncologie thoracique du centre hospitalier de Saint-Germain-en-Laye, cité par l'ASP) : « Entrer en contact avec un malade en fin de vie, c'est s'exposer à être choisi comme le confident des derniers instants, c'est s'engager à ne jamais rompre la relation quelles qu'en soient les contraintes, c'est accepter d'être le lien avec la famille, conscient de toutes les pressions émotionnelles qu'induit une mort prochaine, c'est enfin être le survivant d'un deuil. Cette charge que le bénévole va porter avec l'équipe soignante explique les difficultés de recrutement que l'on rencontre habituellement. Je n'ai eu qu'un seul bénévole pour nous aider pendant des années, et beaucoup de trop bonnes volontés qui n'ont pas tenu une semaine [1]. »

1. *Liaisons* (bulletin de l'ASP/UNASP), avril 1994.

— Dr M. Salamagne (chef de l'Unité de soins palliatifs de l'hôpital Paul-Brousse, Villejuif) : « Il faut commencer par bien analyser les motivations des personnes qui veulent faire du bénévolat. Ne les expose-t-on pas gravement en les mettant en contact avec les patients ? La bonne volonté est une chose, le professionnalisme en est une autre. Un bénévole en soins palliatifs est forcément quelqu'un qui a suivi une formation. Il sait ce qu'il faut dire et ne pas dire. Il connaît la psychologie du malade mourant. Il faut beaucoup de doigté. Je ne dis pas qu'il faille obligatoirement avoir un niveau très sophistiqué, mais il faut comprendre les choses avec nuance, savoir décoder rapidement ce qui se passe. Avoir l'intelligence du cœur. Et aussi le temps et la disponibilité nécessaires pour comprendre ce qui se vit avec le patient. Accepter d'en discuter au groupe de parole... Bref, c'est du bénévolat, mais certainement pas de l'amateurisme.

« Cela dit, les bénévoles ont une véritable importance dans le monde des soins palliatifs. Ils sont le regard de la société à l'intérieur de l'Unité de soins palliatifs, les témoins qui, une fois de retour dans le monde "normal", pourront transmettre aux autres ce qu'ils ont vu et vécu. Encore faut-il qu'ils fassent une expérience qui tienne la route, et non une espèce de parcours romantique. Or ça n'est pas évident ! Il faut pouvoir écouter un malade qui se met tout le temps en colère. Pouvoir écouter une famille qui n'en peut plus. Savoir respecter une équipe soignante qui se demande si elle ne s'est pas trompée. Savoir rester aux côtés d'un patient qui ne sent pas bon. Éventuellement, dans certains cas, quand un patient sent trop mauvais, un accompagnateur compétent doit d'ailleurs aussi être capable de dire qu'il n'y arrive pas. Je n'ai jamais été bénévole moi-même. Je pense que c'est très difficile. »

— Un bénévole (ASP, groupe d'Oméga-Lille) : « Ma réflexion m'amène à constater que pour tout bénévole, il existe une terrible différence concernant les personnes qu'il est amené à accompagner. D'une part, nous nous trouvons en présence de personnes qui vont mourir mais qui voudraient tellement vivre... Et dans les CSPA [Centre de soins pour personnes âgées], nous sommes en présence de personnes qui vivent encore mais qui, si souvent, voudraient mourir. (...) Entre les deux, il doit exister une démarche différente. (...) La science et la pharmacopée du cancérologue sont sensiblement différentes de celles du gériatre, mais les deux se rejoignent face à la douleur et à la phase finale. Le bénévole, lui, ne peut que dispenser la charité, la bonté, le souci de la dignité [1]. »

— Marie-Annick Dejean de la Bâtie (bénévole de JALMALV au Centre pluridisciplinaire de gérontologie de Grenoble) : « Aucune prestation professionnelle ne peut avoir la prétention de remplacer la présence des proches ; or, c'est bien au groupe de ceux-ci qu'appartiennent les bénévoles, avec la "gratuité" de leur présence sans projet professionnel à l'égard de la personne malade, sans responsabilité autre que celle de médiateur avec la vie du dehors. Les bénévoles ne sont en aucun cas des "bouche-trous" nécessaires à cause d'une carence en nombre ou en qualité des professionnels. Ils sont seulement le témoignage que celui qui est encerclé par l'isolement demeure précieux pour sa communauté humaine qui tient à demeurer ainsi auprès de lui. (...)

« Plus le bénévolat sera représentatif des amis ou des relations que se serait choisi, au temps de sa bonne santé, celui à qui ils viennent à faire défaut, mieux il jouera son rôle de réseau naturel. Or les bénévoles sont de loin les plus nombreux dans la catégorie suivante : des femmes de cinquante à soixante-dix ans, hors du monde du travail et appartenant aux classes sociales dites moyennes ou de cadres. (...)

« Enfin, la question de la compétence des bénévoles, indispensable notamment dans le domaine

1. *Ibid.*

relationnel qui est sa raison d'être, va rencontrer de sérieuses difficultés, car elle repose sur un paradoxe : nous ne demandons pas de "compétences relationnelles" à nos familiers, qui nous apportent pourtant ce qu'il y a de plus précieux dans nos vies, mais on sent bien qu'il en faut une pour ce réseau de substitution de ces familiers. Le bénévolat d'accompagnement navigue entre deux écueils : manquer de compétence par un défaut de formation ou passer par des formations dont l'exigence en décourage beaucoup, parmi les meilleurs, et qui transforment les bénévoles formés en "para-professionnels" ou "professionnels de la relation", ce qui est la négation même de sa fonction de réseau naturel [1]. »

Autrement dit, le bénévolat n'est ni une évidence, ni une sinécure. Mais quand la « fonction naturelle » de leur accompagnement est véritablement remplie, il arrive que les bénévoles se mettent à jouer un rôle déterminant. Dans certaines unités d'accompagnement, on vous racontera comment les derniers jours d'un malade ont été métamorphosés par la sollicitude et la finesse d'observation d'un bénévole particulièrement attentif à la souffrance de l'être qui partait et que les soignants, écrasés par le labeur, avaient renoncé à comprendre. De tels exemples ne manquent pas et laissent entrevoir, derrière les efforts, la perspective d'un engagement humanitaire exaltant.

Au Québec, l'actrice Lise Thouin, qui a partiellement renoncé à sa carrière pour se consacrer à l'accompagnement bénévole d'enfants leucémiques, a suscité par sa seule intervention un véritable mouvement [2]. Quand on y regarde de près, l'acte I de la grande pièce de théâtre final déborde de tels exemples.

1. Bulletin de la fédération JALMALV, n° 43, décembre 1995.
2. Voir *De l'autre côté des choses, op. cit.*

Plus inquiétante en revanche me semble une autre perspective évoquée par Michèle Salamagne...

Se pourrait-il que la solution euthanasique — pourtant si immature, comparée à l'aide qu'apportent les soins palliatifs —, se pourrait-il que cette forme de « fuite gagnante », comme aurait dit Henri Laborit, ait un avenir dans nos sociétés ?

Compte tenu de l'évolution des choses depuis le milieu des années quatre-vingt, j'avais tendance, dix ans plus tard, à penser que le débat était clos, la cause entendue et définitive la réémergence de l'accompagnement des mourants dans notre société, aux dépens de la solution euthanasique.

Je me trompais.

SCÈNE 6

Contrôler sa mort ?

> Quand notre peur rencontre la souffrance des autres, c'est la pitié qui s'éveille.
> Quand c'est notre amour qui rencontre cette souffrance, il devient compassion.
>
> Stephen Levine

C'est un grand classique. On l'imagine le plus souvent sous la forme d'une sourde tirade, prononcée par un père ou une mère — ou par un époux, une amante — ou encore, et de plus en plus, par un patient s'adressant à son médecin : « Le jour où la vie me sera devenue insupportable et où je n'en pourrai vraiment plus, promets-moi de m'aider à en finir. »

On pense tout de suite à la souffrance physique, bien sûr. Mais la question s'étend vite au-delà, embrassant tout le champ de la personnalité physique, intellectuelle, morale... Et presque à chaque fois surgit un mot : « dignité ».

« Lorsque je serai défiguré, que je ne pourrai plus me regarder dans la glace ; lorsque je sentirai mauvais parce que j'aurai commencé à pourrir ; lorsque ma vie n'aura plus aucun sens, jure-moi que tu m'aideras à conserver ma dignité... » Sous-entendu (car la phrase s'interrompt généralement avec pudeur) : « En me tuant. »

Le citoyen moderne, humaniste mais généralement ignorant de toute pratique sur ces frontières extrêmes, a tendance à trouver la proposition lucide et courageuse. « Voilà, pense-t-il, l'attitude des hommes vrais. » Sans percevoir l'aliénation qui risque de se cacher derrière et d'emprisonner le mourant dans le jeu des images où beaucoup de vies modernes se perdent — « J'ai honte, je ne suis plus présentable »... « De quoi ai-je l'air ? »... « J'ai perdu ma dignité »... —, jeu narcissique qui cherche à se prolonger jusqu'au souffle ultime et dont l'*agonie accompagnée* pourrait justement, peut-être, enfin, le délivrer.

Il faut l'avoir vécu pour le croire, mais c'est parfois au moment où tout est perdu et où les apparences se retournent avec abomination contre le sujet, que celui-ci peut — à condition d'être accompagné jusqu'au bout c'est-à-dire notamment, soulagé de sa douleur — se révéler dans toute sa mystérieuse grandeur d'humain. Au sens le plus profond : sa dignité. Mais tout le monde n'entend pas ce mot de « dignité » de la même façon.

Ainsi dans quelques scènes vues à la télévision...

La première avait été filmée, si j'ai bonne mémoire, par le réalisateur Patrick Benquet, dans les années quatre-vingt. Une famille. Les parents n'ont pas soixante ans, le fils et la fille sont adolescents. Le père est atteint d'un cancer généralisé. Il peut encore se déplacer et agir, mais il a décidé d'en finir avant de devenir honteusement impotent, et de trop souffrir. Cela fait des mois qu'il prépare sa femme et ses enfants à cette idée. À la manière antique. Et voilà qu'arrive le dernier soir.

La caméra a été autorisée à filmer le dîner d'adieu (terrible et émouvant désir de bien faire). Ils sont là, tous les quatre à table, livides, cela se comprend. Après le dessert, le père s'en ira s'allonger dans sa chambre et n'en ressortira plus. Malgré des efforts surhumains, la conversation des quatre malheureux ne parvient pas à se hisser à une hauteur vraiment socratique...

Je n'en crois pas mes yeux. Ils vont jusqu'au bout,

ils le font ! Cette scène a-t-elle été réellement vécue, filmée ? Je n'y sens personnellement que tension, volonté de contrôle, non-dit... Et quelle souffrance, bon sang !

La seconde scène date des années quatre-vingt-dix. L'un des dirigeants de l'Association pour le droit de mourir dans la dignité raconte à la journaliste Mireille Dumas, sur le plateau de l'émission « Bas les masques », comment il a achevé son père, lui-même militant actif de l'ADMD (Association pour le droit de mourir dans la dignité), après des années de conversation commune sur le sujet. Des lettrés, visiblement. Férus de références littéraires et philosophiques. Ils avaient atteint, dit l'homme à l'écran, une grande transparence, une grande confiance mutuelle.

Un soir, le père (qui se sait condamné à court terme), la mère et le fils (déjà largement adulte) prennent, eux aussi, leur dernier dîner. Puis le père fait ses adieux et se retire dans sa chambre pour absorber je ne sais quelle substance mortelle. Malheureusement, la dose n'est pas suffisante. Quand, dans la nuit, la mère et le fils viennent vérifier que le père est bien *parti*, ils le trouvent en train de se débattre dans des râles — en lui, l'animal ne veut pas mourir ! Alors, les jambes tremblantes, mère et fils font ce qu'ils ont solennellement promis au père : usant d'une dose massive du produit en question, ils l'achèvent.

C'est incontestablement une forme d'accompagnement. Une forme limite. Quand un noble Japonais décide de se faire *seppuku* (hara-kiri), il lui faut trouver un ami très sûr, qui accepte de lui trancher la tête dès qu'il aura commencé à s'enfoncer la lame du poignard dans le ventre...

J'ai écouté avec grande émotion le récit de l'homme qui parlait sur le plateau de « Bas les masques ». Les faits remontaient à plusieurs années. Il jurait ne rien regretter, disait même se sentir prêt à affronter les juges et la prison dès la sortie de l'émission, pour que d'autres aient un jour le droit d'imiter légalement son geste — ce qui est déjà le cas en Hollande. Mais son visage était pâle et tout ce qu'il disait, d'une voix contenue, me criait qu'il n'avait pas digéré la formidable angoisse de cette nuit-là.

Je projette peut-être.

Je projette certainement.

Mais à quoi nous fier, dans cette zone limite, sinon à notre instinct viscéral? Aucune des histoires d'*accompagnement euthanasique* [1] dont j'ai entendu parler ne respirait, pour moi, la sagesse que leurs auteurs prétendaient y voir ou y mettre. Malgré l'utilisation de références antiques et philosophiques — généralement liées au suicide, qui est un problème légèrement différent, sur lequel il faudra revenir —, on sentait toujours : soit une démarche très mentalisée, généralement mince abri devant la peur; soit une farouche volonté de contrôle (ce qui revient au même), là où le grand jeu consiste justement à lâcher prise.

Très vieux réflexe : éliminer le problème, la souffrance, le mal, les cris qu'on ne supporte plus, la démence, la vieillesse... en supprimant, en tuant. Chez certains de nos ancêtres, on achevait les vieux édentés en les expédiant dans le blizzard hivernal, ou en les faisant monter au cocotier que l'on secouait vigoureusement... Nous sommes devenus des « doux » : nous proposons d'achever ceux qui souffrent trop en leur injectant « doucement » quelques centimètres cubes d'un produit qui les endormira pour toujours, sans douleur... Mais n'est-ce pas, trop souvent, nier d'un seul coup de seringue toute la complexité de la nature humaine?

1. Le mot « euthanasie » aurait été utilisé la première fois par le philosophe et homme politique Francis Bacon qui, en 1623, évoquait dans son traité *Instauratio magna* la nécessité pour le médecin de « n'épargner aucun soin pour aider les agonisants à sortir de ce monde avec le plus de douceur et de facilité » — ce qu'il nommait « euthanasie extérieure », à mettre en parallèle avec « l'euthanasie intérieure, qui a pour objet la préparation de l'âme » (in *Une éthique pour la mort*, de Maurice Abiven, Desclée de Brouwer, 1995).

Comme le dit le Dr Claude Jasmin : « On peut se demander alors ce que signifie "mourir dans la dignité", comme certains slogans actuels le revendiquent. Est-ce mourir sans avoir maigri, avec ses cheveux, avec sa clarté d'esprit, sans douleur, en préservant son autonomie ? Qui va juger de la dignité ? Le médecin ou les proches ? Ce que jugent les autres comme étant la dignité est pourtant relatif et difficile à cerner. Je n'ai pas de définition de la dignité. Ma perception des situations évolue chaque jour et s'affine. Je pense que rien n'est universalisable lorsqu'il s'agit d'une expérience humaine individuelle, souvent solitaire [1]. »

Il y a vingt ans, avant que nous n'entendions parler de l'art d'accompagner les mourants, l'euthanasie m'apparaissait personnellement comme une éventualité plausible, courageuse et d'une certaine façon comme la seule envisageable. Cette inclination « spontanée » de l'humain moderne n'est pas près de se renverser : la mythologie dans laquelle les générations d'après-guerre ont grandi (voir une mort virtuelle toutes les trois secondes sur le petit écran, mais ne plus jamais assumer de deuil réel dans la vie physique) se prête plutôt bien à la solution euthanasique. S'y révèle cependant, à l'expérience, une incontestable immaturité.

Qu'on ne se leurre pas : dans le monde où nous vivons, le réflexe euthanasique s'inscrit dans l'ordre *naturel* des choses. Pour peu que nos tendances socioculturelles lourdes — matérialisme, consumérisme, réductionnisme... — conservent leur élan actuel, et le fait d'achever les grands malades pourrait bien devenir une routine. Une évidence. Un geste normal et ordinaire. D'une certaine manière, la pensée euthanasique règne *déjà* sur notre société. Vous souvenez-vous du film *Soleil vert* ?

Pourtant, si elle semble rationnelle aux esprits

1. In *Accompagner — Jusqu'au bout de la vie*, livre d'entretiens entre le Dr Michèle Salamagne et Emmanuel Hirsch, *op. cit.*

légitimement affolés par la peur et la douleur, cette pensée s'avère étonnamment dénuée d'imagination. Le surprenant, le nouveau ne nous arrive pas d'elle, mais des soins palliatifs qui, contre toute attente, révèlent en l'humain un trésor caché. De la vie ardente jaillit là où on s'y attendrait le moins ! Il peut arriver que l'individu en agonie ne bouge pratiquement plus, qu'il communique à peine, que son corps pourrisse déjà par endroits... et que quelque chose d'ineffable passe pourtant de lui aux humains qui lui survivent — la vie ultérieure de ces derniers constituant la meilleure preuve de toute la démonstration. Qu'une telle possibilité existe, échappant radicalement à la logique ordinaire, devrait suffire à légitimer toute la pratique palliative.

Revenons brièvement à l'Unité de soins palliatifs animée par Michèle Salamagne.

Dans un endroit comme celui-ci, provoquer la fin d'autrui, quelle qu'en soit la raison, est explicitement interdit. Cela fait partie de la charte éthique de l'USP de l'hôpital Paul-Brousse. Un membre de l'équipe qui s'aviserait, par exemple, d'injecter un cocktail lytique à un patient, même jugé dans un état « désespéré », commettrait une erreur professionnelle grave et serait immédiatement exclu. « Il m'incombait de fixer cette barrière ultime », explique Michèle Salamagne, qui ajoute aussitôt : « Même si j'admets que dans un service différent un soignant puisse un jour transgresser cette règle, ne serait-ce que par impossibilité de partager avec l'équipe ce qu'il éprouve, d'aller plus avant dans la compréhension de ces situations tellement provocantes et même accablantes. »

Rappel important : en soins palliatifs, par définition, l'acharnement thérapeutique n'existe pas [1]. Si

1. Il est essentiel de distinguer « euthanasie active » et « euthanasie passive ». Les progrès de la réanimation ont été tels en quelques décennies (drogues inotropes pour maintenir la pression artérielle, hémodialyse, ventilation, etc.), qu'il est possible aujourd'hui de garder artificiellement en vie un comateux pendant des mois. Par opposition, il est de plus en plus courant que la mort soit « provoquée » — en réalité

l'on se refuse à achever un malade très atteint, ici, à l'inverse, on ne prolonge pas artificiellement une personne en train de mourir. Sauf cas exceptionnel, les patients de l'USP n'ont pas des tuyaux qui leur sortent par tous les trous. Les techniques de réanimation ne sont envisageables que pour soulager les souffrances : cela aussi fait partie de la charte de l'Unité, dont les patients arrivés en pleine possession de leurs moyens mentaux — ce qui est généralement le cas — prennent tout de suite connaissance. Ici, malgré le cadre administratif et les titres professionnels, on se situe clairement au-delà du médical. Les techniques ne doivent servir qu'à soulager la douleur. L'essentiel se joue sur un autre théâtre. Celui de la vie, de la mort, de l'amour...

Théâtre gravissime, que nul ne peut animer sans une rigoureuse préparation. L'étourdi qui s'amuserait à improviser en ce domaine risquerait, nous l'avons dit, de s'y abîmer. Puisque, d'une certaine façon, tous les problèmes non réglés d'un individu remontent massivement à la surface au moment de son agonie, parfois avec violence, soudaineté et désarroi, l'accompagnateur doit être capable d'absorber des chocs très rudes et de comprendre, en lui-même, la nature de ces problèmes fort complexes, pour pouvoir aider le mourant à s'en libérer enfin. Certes, l'agonie elle-même s'avère une redoutable alliée, elle que certains sages appelèrent la « raboteuse d'ego ». Mais l'accompagnateur n'en est pas dispensé pour autant d'un travail permanent sur lui-même.

À ces conditions, et malgré les difficultés évoquées

« acceptée » — par l'arrêt de l'acharnement thérapeutique. Lors du colloque « Soins palliatifs et euthanasie », organisé par le ministère de la Santé (Paris, 25 mars 1999), le Pr François Lemaire faisait état d'une étude statistique récente, menée par le Dr Edouard Ferrand dans plus de cent services de réanimation français, d'où il ressort qu'aujourd'hui, sur 100 patients décédés dans ces services, 42 sont morts parce que l'on a arrêté les soins et 29 parce que leur usage a semblé si inutile (« futile » dit le jargon) qu'on y a d'emblée renoncé.

au chapitre précédent, les soins palliatifs ont un effet patent, quasiment mesurable. Et Michèle Salamagne, que l'on ne peut soupçonner d'esprit de complaisance, s'en étonne elle-même : « Ici, avant que le malade ne meure, on observe pratiquement tout le temps une phase d'acceptation et de calme. »

En cinq ans de pratique, un seul patient a clairement refusé la règle des soins palliatifs présentée ci-dessus. Un seul échec. Atteint d'un cancer de la gorge et ayant subi une trachéotomie, cet homme refusait farouchement la mort qui venait et, repoussant des soins exclusivement destinés à le soulager, réclamait des soins curatifs lourds, que l'on ne pouvait lui fournir sur place. Il décida donc de quitter au plus vite l'USP pour retourner dans un service de cancérologie... où il mourut quinze jours plus tard, achevé par un cocktail lytique que lui injectèrent les soignants, tant sa douleur était devenue intolérable.

Un tel cas de refus pur est rare. Plus fréquent en revanche est celui du patient qui, tout juste arrivé à l'USP, s'informe sur la possibilité d'abréger ses souffrances si, par malheur, celles-ci devenaient insupportables. La manière dont une bonne unité de soins palliatifs gère cette « demande d'euthanasie » en dit long sur son degré de maturité et sur la vraie nature des enjeux.

Paradoxe du destin : le premier patient qui débarqua dans l'unité toute neuve de Michèle Salamagne, le 12 février 1990, était justement un chaud partisan de la « mort douce provoquée ». Atteint du sida, cet homme encore jeune redoutait terriblement la dégradation physique et ne jurait que par l'euthanasie active.

On l'écouta. On prit soin de lui. On remarqua qu'il était très attentif à sa santé, réclamant par exemple que l'on ferme la fenêtre, par crainte d'un rhume. On remarqua aussi, fait frappant, que la demande d'euthanasie venait au moins autant de sa famille que du patient lui-même — au point qu'un jour, un membre de cette famille apostropha le Dr Salamagne en lui lançant : « Si vous ne le tuez pas, c'est que vous ne savez pas le faire ! »

Ce que Michèle Salamagne a appris à faire en tout cas, c'est à parler de cette demande, mais directement avec les intéressés. La phrase « Vous voudriez que je vous tue ? » fait généralement sursauter même le patient qui aimait jouer avec l'idée et croyait s'y être fait. « J'emploie volontairement le mot "tuer", dit-elle. Parce que j'entends *euthanasie* comme un mot masqué, un mot refuge, prétexte. »

Il ne s'agit pourtant pas de choquer, ni de refuser d'entendre la demande. On écoute. On discute... « À quoi bon continuer de vivre dans des conditions si lamentables ? » est une vraie question dont personne, en soins palliatifs, ne songerait à nier la pertinence acérée. Quand l'accompagnateur est sincère, approfondir cette question peut aider à la libération...

Michèle Salamagne ne s'en retrouve que davantage responsabilisée :

> Je suis profondément convaincue que nous induisons par nos attitudes ou nos renoncements une façon de demander les choses. Dès lors que le malade m'adresse ces questions qui relèvent de préoccupations auxquelles nous consacrons toute notre attention, il pressent la nature de ma réponse. Je dirais mieux : il attend de ma part une parole susceptible de le soutenir, de l'accompagner effectivement dans son interrogation, de l'ouvrir à des perspectives de devenir, d'accomplissement. Il s'agit là encore d'un lent et parfois délicat travail d'élaboration (...) J'oserais dire que ce que le malade attend de moi, c'est que je ne le tuerai pas. Que je l'accueille dans un havre de paix : ne pas avoir mal, pouvoir se faire entendre quoi qu'il dise, être aimé, permettre à ceux qu'il aime d'être là [1].

L'homme atteint du sida, qui croyait désirer qu'on l'achève, entama à l'USP de l'hôpital Paul-Brousse une conversation qui le fit changer. Finalement, il refusa de quitter l'Unité, comme sa famille l'aurait pourtant voulu, et choisit de s'éteindre doucement, dans les bras de ses accompagnateurs.

1. *Ibid.*

L'enquête nous apprend que cette réaction est de loin la plus courante. La grande majorité des malades qui réclament une solution euthanasique quand ils arrivent en soins palliatifs — après des mois, voire des années de traitements durs, traumatisants et malheureusement inefficaces dans leur cas — changent radicalement d'avis quand ils découvrent, non seulement qu'il est possible d'atténuer leurs douleurs, mais qu'en plus quelqu'un les écoute et leur permet d'exprimer des choses essentielles qui, contre toute attente, leur redonnent le sentiment d'exister, alors qu'ils pensaient n'être plus rien.

Cette métamorphose se trouve bien exprimée dans le premier épisode de la série télévisée de Bernard Martino *Voyage au bout de la vie* (TF1, 1986), qui a filmé des accompagnateurs de l'unité de soins palliatifs de l'hôpital Royal Victoria de Montréal.

Un infirmier le dit grosso modo ainsi : « Bien sûr que ça arrive, un nouveau patient qui nous annonce : "Attention, j'ai une seringue dans mon sac et je vous préviens : quand je n'en pourrai plus, j'exige de pouvoir l'utiliser !" Nous lui répondons : "Pas de problème, mon gars, c'est OK." Eh bien, au bout de quelques jours dans notre service, ça ne rate pas : il n'y en a quasiment pas un seul qui conserve cette volonté d'en finir avec une seringue. Parce qu'en fait, derrière cette demande-là, se cachait autre chose. Et toute la question, c'est de deviner quoi. »

Accompagner ne signifie pas conduire, ni contrôler, ni achever. Mais soulager, écouter... et quelquefois deviner.

Parlant avec son ami le philosophe Emmanuel Hirsch, Michèle Salamagne dira un jour : « Faire du soin palliatif, ce n'est pas être dans un lieu privilégié. C'est regarder le malade avec un œil différent, mais surtout en étant persuadé qu'il a une raison de vivre jusqu'au bout. Ce regard peut être porté quel que soit le lieu où l'on se trouve. »

Et Hirsch de commenter : « Ceux qui n'ont jamais fréquenté une unité de soins palliatifs — ils sont nombreux, car en France de tels lieux sont encore rares — éprouvent une extrême difficulté à s'imaginer ce qui s'y passe réellement. [Cela] explique en grande partie que pour beaucoup de personnes, y compris parmi les médecins, le recours à l'euthanasie semble le seul choix possible, en fin de vie. C'est là où nous devons aller plus avant et préciser ce que représente notre engagement. (...) Être en mesure d'envisager avec la personne le stade du franchissement, du dépassement de la souffrance. S'y substituer même et comme la porter avec précaution et attention vers la rive où tout peut à nouveau s'apaiser [1]. »

Porter avec précaution vers la rive où tout peut à nouveau s'apaiser. Dans cette phrase, tout me semble dit — et il est possible de l'entendre même si l'on croit que la mort marque un effacement définitif de toute conscience personnelle.

En fin de compte, le professeur Léon Schwarzenberg lui-même n'est peut-être pas si sûr que l'euthanasie soit la solution. Dans la conclusion de *Changer la mort*, intitulée « Tuer par amour », il écrivait qu'il ne fallait pas légaliser l'euthanasie, réclamant simplement l'indulgence de la justice pour qui, officiellement, l'euthanasie doit encore être jugée comme un crime.

Que dit d'autre Geneviève Laroque, qui dirigea la rédaction du rapport *Soigner et accompagner jusqu'au bout*, publié en 1986 ? Quatre ans plus tard, elle écrivait dans *Le Monde* :

> Toutes les équipes l'affirment fermement : là où il y a préoccupation majeure du confort matériel et psychologique du malade et de son entourage, et où il y a compétence dans la réponse, la demande d'euthanasie devient infime. Subsisteront malheureusement toujours des situations insoutenables. Elles ne peuvent pas, ne doivent pas être réglementées : on ne bureaucratise pas la mort.
>
> Elles restent de ce ressort singulier, intime, dangereux,

1. *Ibid.*

du dialogue ultime entre le médecin (même s'il a pris l'avis de son équipe) et le malade (même s'il a pu s'exprimer avec les siens).
Hors d'un champ juridique propre, l'euthanasie reste, en droit français, un crime, comme elle reste, en morale, une transgression.
La liberté finale est aussi de transgresser dans la douleur, la clarté, le risque, quand il n'est plus possible de respecter les lois, mais seulement de respecter les consciences.

Peut-on aimer quelqu'un et le tuer? Sans nul doute. L'effrayant dans la démarche euthanasique tient à ce que, une fois le diagnostic mortel posé, elle n'envisage plus la moindre possibilité de progression dans la vie intérieure du condamné. Comme si tout s'arrêtait. Comme s'il n'y avait plus d'évolution envisageable, sinon dans l'accroissement de la souffrance. Or, les soins palliatifs nous prouvent que cette vision est fausse, aveuglée. Hantée, quoi qu'on dise, par une ultime volonté de contrôle.

Dans son livre *L'Amour assassin* [1], le jeune médecin québécois Clément Olivier raconte plusieurs itinéraires de patients, tous victimes du sida. Je l'ai rencontré lors de son passage à Paris en 1995. Il me semble que sa vision des choses conclue bien ce chapitre sur l'euthanasie.

« Quand j'ai commencé à exercer, dit-il, un bon médecin était avant tout un excellent technicien. Le sida a tout changé. Cette maladie m'a forcé à admettre deux choses : l'impuissance quasi totale de la médecine quand la fin approche et la non moins grande vulnérabilité du médecin face à la souffrance pour laquelle il n'existe aucun remède.

« Au Québec, 75 % des gens réclament le droit d'être assistés s'ils désiraient éventuellement se suicider. Mais il faut bien voir une chose : ce sont les bien-portants qui réclament ce droit, pas les mourants. Au Québec, certains projets de loi prévoient que la décision d'euthanasie soit confiée à un méde-

1. Aux éditions de l'Homme, 1995.

cin, qui demanderait l'avis d'un autre médecin. J'y suis opposé. Je ne crois pas qu'une telle décision doive revenir au pouvoir médical. Imaginez qu'en tant que médecin, je juge que les populations marginales touchées par le sida (homosexuels, toxicomanes, etc.) sont inutiles à la société : quelle sera mon attitude devant une demande de suicide assisté ? Cela peut conduire à des abus terrifiants.

« Il y aura toujours des gens qui réclameront jusqu'au bout l'assistance au suicide. Et quelquefois avec raison. Le plus souvent cependant, le simple fait de permettre aux gens d'exprimer ouvertement une pareille demande — en particulier à leur médecin — débloque la situation. Le premier cas d'euthanasie auquel j'ai été confronté m'a bouleversé pour longtemps. En même temps, cette expérience m'a obligé par la suite à poser la question à mes patients dès nos premières entrevues : “Qu'est-ce que vous attendez de la mort ?” Habituellement, on n'ose pas parler de cela. On attend le dernier moment et l'on se fige dans le non-dit. Ou bien on attend que la personne soit entrée dans le coma pour décider à sa place. Pourtant, les gens ont une idée très précise de ce qu'ils veulent comme mort. Il est donc important d'aborder le sujet avec des patients atteints d'un mal mortel, dès le départ.

« En ce qui me concerne, les demandes de suicide assisté ont carrément chuté à partir du moment où j'ai accepté de parler de la mort avec mes patients. En sept ans, j'ai suivi plus d'un millier de séropositifs. Parmi eux, j'en ai connu certains qui, même quand leur corps les abandonnait, ont vécu des cheminements spirituels très intenses. J'ai vu des gens mourir très en harmonie avec eux-mêmes, avec ce qu'ils étaient devenus. J'ai pu me rendre compte de ce qui avait changé en eux.

« Pour moi, la spiritualité fait partie de la vie, je n'utilise pas ce mot de façon religieuse, mais dans le sens où nous sommes des êtres qui pensons, qui avons des émotions, des sentiments. »

Des humains mortellement atteints, notamment par le sida, et dont la vie spirituelle s'éveille soudain, nous en avons rencontré. Le cas qui m'a le plus touché est celui d'une femme. Une ancienne rebelle qui levait le poing contre le ciel avec une rage que ni le rêve révolutionnaire, ni le féminisme radical, ni le monde du spectacle, ni les drogues dures, ni même le cancer n'avaient réussi à épuiser. C'est elle que je vous propose d'écouter maintenant.

SCÈNE 7

« La séropositivité a éveillé mon âme »

> Nouveau chant, nouvelle vibration, nouveau rythme, qui crée ici-bas de nouvelles oreilles, de nouveaux cœurs, de nouvelles mains, des yeux qui voient.
>
> *Dialogues avec l'Ange*

Le 5 octobre 1994, appelée au téléphone par des voisins affolés, Élisabeth Kübler-Ross rentre d'urgence chez elle, dans la bourgade de Headwaters (Virginie, États-Unis), et découvre avec consternation que sa ferme n'est plus qu'un tas de cendres. Plusieurs de ses animaux domestiques, en particulier deux lamas, ont été abattus.

Ses adversaires l'avaient prévenue : ils n'hésiteraient devant aucun moyen pour l'empêcher de continuer à accueillir chez elle des enfants atteints du sida. Plusieurs fois déjà, Élisabeth Kübler-Ross avait été agressée. Des inconnus avaient systématiquement cassé les carreaux de sa maison — et allumé des croix du Ku Klux Klan dans son jardin.

L'ignoble attaque — bubon concentré de toutes les peurs et de toutes les lâchetés contemporaines — touche Élisabeth en ses deux points les plus sensibles : les enfants et le sida. Si elle continue à aider les mourants de tous âges et de toutes conditions — notamment au sein de ses ateliers « Vie, mort et transition » —, depuis les années soixante-dix, la grande dame de l'accompagnement tend à se consacrer de plus en plus aux enfants mortellement atteints, dont elle dit très clairement qu'ils ont été ses plus grands professeurs de vie. Les enfants mourants, dit-elle, sont capables de traverser l'agonie avec une force étonnante, lumineuse, à condition que leurs parents ne se tétanisent pas de souffrance à leur chevet — ce qui n'est pas évident...

L'autre domaine auquel Élisabeth se voue corps et âme, depuis le début des années quatre-vingt, c'est le sida. Selon elle, le terrible mal de cette fin de siècle est en même temps une porte. Une ouverture. Une possibilité de s'élever dans l'humanité et dans la conscience. En 1988, Élisabeth a même publié un livre [1] où elle a écrit que le sida n'était pas arrivé par hasard, mais qu'il remplissait la fonction d'un accélérateur collectif : une force qui nous obligerait à changer de fond en comble, physiquement, psychiquement, spirituellement...

Ce livre a choqué des intellectuels, qui ont écrit des articles la traitant de folle. Mais quand Élisabeth a annoncé qu'elle allait transformer sa ferme de Virginie en foyer d'accueil pour les orphelins sidéens, ce sont cette fois les prolétaires et les petits bourgeois de la campagne américaine qui se sont offusqués. Et ceux-là ne se sont pas contentés de mots. Au bout du compte, ils ont incendié sa maison... et stoppé net un itinéraire d'un demi-siècle au service de l'humanité. Quelques mois après l'incendie d'octobre 1994, la grande Élisabeth Kübler-Ross, ayant effectué une dernière et harassante tournée européenne, a en effet décidé de prendre sa retraite en Arizona, affreusement triste et abattue.

Avec tous ses amis et supporters, j'espère évidemment qu'Élisabeth sortira de cette épreuve, qu'elle ne laissera pas la lenteur de l'éveil humain rendre amère sa vieillesse. En attendant, je m'interroge : ses dernières prises de position, notamment sur le sida, tiennent-elles la route ? Comment peut-on dire que le

1. Élisabeth Kübler-Ross, *Le Sida, un défi à la société*, Interéditions, 1988.

sida a constitué un accélérateur de notre humanisation? Est-ce là pure provocation, monstrueux humour noir, ou se pourrait-il qu'il y ait une cohérence derrière ces propos? Telles sont les dernières questions que cette diablesse de femme m'a obligé à me poser...

L'accélérateur sida!

Concrètement, vous êtes-vous déjà imaginé la scène? Peut-être l'avez-vous vécue... Vous vous trouvez dans la petite cabine du médecin de garde du service de dépistage de la séropositivité d'un grand hôpital. Il ferme la porte, vous dit de vous asseoir et commence: « Bon euh, alors voilà, il semble que vous ayez été, euh... disons, d'une manière ou d'une autre... en contact avec le virus HIV. » Ensuite, il peut prendre les précautions qu'il veut, donner toutes les explications du monde, dire qu'on va d'abord refaire le test, parce qu'on n'est jamais sûr, qu'on peut toujours se tromper et que... c'est trop tard. C'est fait. Vous êtes tombé dedans. Dans l'état de grande solitude [1].

Brusquement, c'est comme si soixante millions de doigts vous désignaient: « Ton compte est bon! » Dans certaines tribus aborigènes, on tue le condamné simplement en le désignant, en pleine nuit, avec un petit os. Ailleurs, en Afrique, on peut tuer quelqu'un en détournant simplement le regard — plus personne n'a le droit de vous regarder et vous en mourez. Nous tous, bourrés de bonnes intentions, nous tuons les séropositifs par la certitude commisérante que nous posons sur eux. Pression sociale. Bête de l'apocalypse. Simone Weil disait « la grosse bête » — elle l'avait vue de près, la somnambule entité qui peut devenir si cruelle.

Les séropositifs aussi la voient de près, la *bête*, c'est souvent d'elle qu'ils meurent, spirituellement. Et c'est de la vaincre — tous ses voiles noirs une fois traversés, déchirés, dissipés comme un brouillard — qu'ils ressuscitent. Depuis 1996, il semblerait que les

1. Cette situation s'est heureusement améliorée, dans les pays riches, où l'on bénéficie d'une formidable pharmacopée, globalement regroupée sous l'expression « trithérapie ».

nouvelles thérapies (en particulier ce qu'on appelle la « trithérapie ») aient atteint un degré d'efficacité tel que, pour la première fois depuis quinze ans, la perspective d'une réelle guérison quitte le champ de la pure utopie. C'est fabuleux. Mais, pour qui a fréquenté de près des personnes atteintes du sida, d'autres victoires cruciales ont déjà été emportées bien avant cela, par ces personnes elles-mêmes, simples humains démunis face à la verticale de la mort.

D'abord, certains ont réussi à vaincre la pression sociale qui les condamnait et, accédant au statut de « survivants à long terme », ont en quelque sorte décuplé leur liberté — une liberté d'autant plus réelle qu'elle se doublait généralement d'un sens également décuplé de la responsabilité. Mais il y a eu des victoires plus grandes encore quand, venant de personnes souvent incandescentes de désirs et fauchées en plein élan, le désespoir s'est métamorphosé en sentiment d'éternité.

Sentiment de présence, pesant de joie par tous les kilos du corps pourtant transpercé mais rayonnant tout autour... Certains séropositifs nous ont donné une énorme leçon. Dans les tourbillons qui emportent le monde de plus en plus effrayé en ce tournant de millénaire, ils se sont imposés comme professeurs de vie.

Pour moi, ce fut une de ces rencontres dont on sait qu'on ne les oubliera jamais. À quarante-quatre ans, Martine avait exercé sa rage de mille manières contre les injustices du monde. Ancienne militante maoïste — tendance dure —, devenue féministe MLF radicale, puis boute-feu situationniste, cette actrice rousse aux yeux verts était aussi enragée qu'elle était belle. Sa beauté ne la pacifiait en rien ; la séduction qu'elle exerçait sur son entourage ne la rendait que plus critique, voire haineuse à l'égard de toutes les formes de dépendance, de soumission, d'exploitation. Pourtant, pour calmer son feu intérieur, elle-même n'avait trouvé comme maître qu'une dépendance extrême, un esclavage : l'héroïne. Pendant vingt-trois ans, elle avait lentement descendu les marches infernales de la plus dure des drogues. Mais sa rage de vivre était telle qu'elle avait tenu bon — au point de traverser indemne un cancer !

Mais un autre maître l'attendait. Un matin, elle apprit qu'elle était séropositive. Alors, pour la première fois de sa vie, tout se mit à basculer. À s'inverser. D'abord, elle voulut garder le contrôle. Se suicider. S'euthanasier vite fait bien fait... Trois ans plus tard, elle me raconta comment, lentement, après tant de chemin parcouru dans un désert spirituel, tout un univers s'était éveillé en elle, qui illuminait désormais sa vie et, par contagion, celle de tout son voisinage.

« Comment avez-vous appris que vous étiez séropositive ?

— Après des examens, à l'hôpital. On m'a dit : "Il y a une bonne et une mauvaise nouvelle : votre cancer, c'est fini, mais par contre vous êtes séropositive."

— Vous avez demandé à voir la psychologue de service ?

— Non. Je me suis immédiatement retrouvée dans un état où je n'étais plus capable d'entendre des choses raisonnables. J'étais anesthésiée. Une voix intérieure me hurlait : "Voilà, tu as perdu la guerre !", et une image s'est imposée : je me suis vue guerrière, à cheval, soudain désarçonnée et jetée au sol, mais avec un pied coincé dans l'étrier, mortellement entraînée par ma monture devenue incontrôlable. C'était ultraviolent et très net, puisque le *cheval,* chez les toxicomanes, c'est l'héroïne. Je n'ai plus du tout contrôlé mon histoire. Je venais d'apprendre que se déroulait au fond de ma chair une partie que je venais de perdre. Sur le coup, je n'avais même pas peur de mourir. Mais j'étais atrocement humiliée. J'ai dormi, prostrée. Et dès mon réveil, je me suis dit : "Finissons-en, je vais m'achever." Par overdose. C'était un vieux fantasme d'adolescence. Le suicide. Garder le contrôle. En réalité, je n'ai jamais été suicidaire, sinon je serais morte depuis longtemps. N'empêche, j'ai salement replongé. Moi qui, à l'époque, avait réussi à arrêter de me piquer, moi qui retravaillais... de me savoir séropositive m'a fait replonger à pic. Pendant trois mois, je me suis re-shootée, à mort. Vertigineusement.

« La poudre, c'est l'état de foetus. On est dans une protection totale. Plus rien ne peut nous arriver. On est anesthésié émotionnellement. C'est l'amant ultime. Celui qui tue. Mais c'est vraiment l'antispiritualité. La spirale descendante. On va dans le noir et soutenu par tout un romantisme de poètes maudits. Tout le mouvement *destroy*... que je revendiquais politiquement avec, en arrière-fond, une velléité esthétique. Les flics débarquaient, ils n'avaient qu'à regarder mes fringues dans le placard pour tout savoir de moi. C'était toute une carte sociale que je jouais. Les loubards, leur apparence sociale, c'est la violence délinquante, ils y tiennent comme à la prunelle de leurs yeux. Pour moi, ça passait par un romantisme forcené. Ce que j'ai eu le plus de mal à lâcher, c'est le romantisme. Ce romantisme, c'est vraiment de la merde. La fermeture totale. Il n'y a plus que soi et *Dieu. Dieu* étant la poudre. Osmose et autarcie absolues.

« Le moment où j'ai été le plus en danger dans ma vie, ce n'est pas quand j'ai touché le fond de l'enfer, couchée par terre dans la rue, les bras en sang, ne me lavant plus, aspirant l'eau des chiottes dans ma seringue. J'avais toujours, au fond de moi, une espèce de flamme, quelque chose de fondamental qui me poussait à me dire que rien de tout cela n'avait d'importance, qu'il fallait continuer. Quelque chose de lumineux, quasiment inconscient, me poussait à continuer, coûte que coûte, à travers tous ces rôles que je m'ingéniais à jouer sans arrêt (d'autant plus emprisonnée que j'étais actrice et que j'avais appris à me glisser à fond dans des personnages, sans parler de toute la frime du show-bizz, que je méprisais mais qui me tenait bien). Or, à la fin, cette flamme intérieure s'est quasiment éteinte. Je ne prenais pourtant plus qu'un quart de gramme par jour, mais je ne pouvais strictement plus communiquer.

J'étais emmurée vivante. Dans l'antichambre de la mort. Mais de la vraie mort. La néantisation! Je débranchais le téléphone, je pleurais tous les soirs en pensant à la mort de mon chat.

— Qu'est-ce qui vous a arrachée de là?

— Une rencontre. Par hasard. Mais il n'y a pas de hasard, évidemment. C'étaient des toxicos qui avaient réussi à arrêter pour de bon. Grâce à une association, Narcotiques anonymes (NA), qui comprend des groupes thérapeutiques exclusivement composés d'anciens toxicomanes. Il faut tout de suite préciser que, pour nous, chez les NA, nous ne sommes pas toxicomanes, mais *dépendants*.

— Quelle différence?

— La dépendance est un comportement lié à l'autodestruction, à la fuite de la réalité, à l'ego. Je peux supprimer la drogue, il me restera le même comportement dans tous les domaines de ma vie — l'affectif, le sexe, le travail, l'argent... Tout le monde est dépendant de quelque chose. Et les toxicomanes qui s'en sortent ouvrent une voie pour tout le monde. Au début je n'ai pas compris. Je ne voyais pas le rapport entre la drogue et ce que l'on me disait dans ces groupes. Je les ai entendus parler de différentes "étapes" : la première, c'était l'acceptation; la seconde, la confiance; la troisième, l'ouverture sur l'éveil spirituel...

— Quel effet vous faisaient ces mots?

— D'abord je me suis dit : "Une secte, sauve qui peut, ils vont me laver le cerveau!" L'horreur. L'idée d'admettre mon impuissance me donnait carrément la nausée. Le mot "spiritualité" m'était insupportable. Mais au fond de moi, c'était déjà inscrit. Pendant des semaines et des semaines, je suis retournée les voir. Pour les arroser de critiques. Une critique radicale, ultramentale, que j'avais tellement pratiquée, tellement aimée. Je leur ai démontré, point par point, qu'ils n'étaient que des réactionnaires et des fascistes, avec leur programme de lâcher-prise et d'acceptation d'impuissance. Je les ai emmerdés pendant des semaines. Ils ne bronchaient pas. Mais un jour, l'un d'eux m'a dit : "Tu as certainement raison, mais moi je suis *clean*, j'ai tout arrêté, et toi non." Ce fut une claque. Dix ans avant, coincée de la sorte, je me serais tiré une balle dans la tête, pour sauver l'honneur. Alors que maintenant...

— Maintenant ?

— C'est fou. Je dis merci ! J'ai l'impression d'avoir quinze ans, d'être une enfant ! À la limite, je remercie le sida ! C'est fou, je dirais presque que je ne regrette pas ce qui m'arrive. Je devais sans doute en passer par là pour comprendre, enfin, pour ouvrir les yeux. Je suis une enfant sur le chemin de la spiritualité.

— C'est quoi, la spiritualité ?

— Attention, je me méfie encore atrocement de Dieu. Parce que "Dieu"... cela pourrait me détourner de ma propre expérience. Pour moi, la spiritualité représente quelque chose de personnel. Une quête. Des expériences. C'est vécu. Pas comme leurs religions mortes. La foi, ça se cherche. Le jour où je la trouve, je m'arrête. Ce qui est curieux, c'est que je n'ai pas la foi en quelque chose ou en quelqu'un. J'ai la foi tout court. C'est devenu un verbe intransitif. J'ai la foi, et ça me fait renaître, ça me réapprend à vivre.

— Comment cela s'est-il passé ?

— À partir du moment où j'ai accepté ma mort, j'ai accepté ma vie, c'est-à-dire accepté le sens. J'ai retrouvé le sens. Maintenant, je vis chaque moment de ma vie comme une expérience. Il peut encore m'arriver de me trouver très mal, mais j'ai appris à ne pas tenter de contrôler l'incontrôlable. Accepter ce qu'on est, se le pardonner, c'est vraiment la première base spirituelle. Je crois que je me suis pardonné. Mais c'est un chemin où l'on est souvent seul, avec un ennemi mortel : le mental. La gamberge, les projections mentales, c'est tout le contraire de la liberté. C'est ma prison. J'ai compris que le mental était exclusivement au service de mon ego.

— Pourquoi, au fond, cette haine du religieux ?

— J'ai été élevée chez les sœurs. Elles m'ont inspiré une haine profonde. Aujourd'hui, je me dis que seule la spiritualité vécue est intéressante. Or, je ne vois pas ça dans les religions.

« Mais je détestais aussi la nature. La montagne me terrifiait. La terre, l'herbe, les arbres me faisaient vomir. Il y avait tout un tas de choses là-dessous, que je ne supportais littéralement pas. Ça me rappelait directement la mort. Si des copains m'emmenaient un week-end à la campagne, c'était l'angoisse. En ville, au moins, on était dans le leurre parfait, c'était très bien. Le néon, le béton, les boîtes, les manifs, les réunions intellectuelles, les délires sophistiqués, tout ça m'allait très bien. C'étaient mes repères. Il y avait une seule exception : la mer. Peut-être parce qu'elle contient une charge spirituelle telle, que ça me rassurait.

— Aviez-vous essayé la psychanalyse ?

— J'avais tenté. Mais je ne pouvais me soumettre. Quitte à m'explorer moi-même, j'étais plutôt tentée par les drogues hallucinogènes. Ça m'avait emmenée dans d'autres royaumes, très sécurisants, où ma vie ne se jouait pas. Ce que je découvre aujourd'hui existe de manière tellement plus... Comment dire ? En fait, je ne peux vraiment en parler qu'à un autre séropositif.

— Pourquoi ?

— Bien sûr, la voie directe vers l'Infini, sans une once de rituel, la voie abrupte, verticale, est la plus difficile, mais aussi la plus efficace, la plus réelle. Cela dit, tout seul, on n'y arriverait pas. Repousser l'ego, s'ouvrir l'esprit, cela passe déjà très simplement par la communication avec les autres. Or, les plus proches de moi, ce sont les autres *séros* (séropositifs). Beaucoup d'entre eux vont très mal. Ils sont en train de mourir d'une autre maladie que le sida, d'une maladie mentale. La seule issue pour un séropositif, c'est d'accepter une fois pour toutes qu'il est mortel et essayer d'apprivoiser cette idée. Or la médecine, dans l'ensemble, ne nous y aide pas du tout. Il faut voir le brave toubib en train de consulter votre dossier : il vous tue d'emblée, même quand il se croit constructif : "Oh là là, ces T4 qui baissent, j'aime pas ça, j'aime pas ça! Allons, mon petit, il faut vous reprendre, il faut vous battre!" Nous sommes bombardés du matin au soir par une réalité qui n'est pas la nôtre. Qu'est-ce qu'on en a à faire, normalement, des "T4"? Un jour, je suis ressortie complètement abattue de l'Institut Pasteur, parce qu'on m'y avait trafiqué les T4 qui étaient "gravement descendus". Le médecin m'avait dit: "Ça chute, vous serez bientôt à l'AZT." Je suis rentrée chez moi, j'ai eu de la fièvre pendant deux jours.

« Même chose avec les émissions de télé. Nous ne les regardons jamais. Elles nous font trop mal. Parfois, dans le groupe des séropositifs des Narcotiques anonymes, il y en a un qui arrive, défait: "Je n'ai pas pu m'empêcher de me faire du mal, j'ai regardé l'émission sur le sida." Il va mettre des jours à s'en remettre. Alors que, tout seul dans son coin, on se découvre des ressorts secrets, tellement plus fins, plus simples. Comme certaines cassettes de relaxation — "La Fontaine des lumières" par exemple — que beaucoup de *séros* utilisent quand ils vont mal, par exemple quand ils sortent de la consultation. Ça vous branche sur l'inspiration et sur l'expiration. On entend un bruit de pompe. On se remplit d'eau et on expire. La voix dit: "L'eau que vous prenez, c'est la source, votre mère qui vient de très loin. Remplissez-vous de cette eau et expirez. L'eau, c'est votre sang, et vous vous lavez le sang, l'eau emportant tous les miasmes, vous la rejetez dehors par un jet extrêmement violent, qui est purifié par le soleil et retombe sur vous en gouttelettes d'eau pure." Et vous arrivez à le sentir, c'est extraordinaire! C'est vraiment de l'eau spirituelle. Cela dit, heureusement, de plus en plus de médecins comprennent cela. Des toubibs qui soignent gratuitement et parviennent à maintenir en forme des personnes qui, officiellement, devraient être mortes. Les médecins officiels les appellent des charlatans. Mais eux, avec leur AZT, que font-ils, sinon conforter leur impuissance?

« Pourtant, ça bouge. Même à Pasteur, Montagnier a dit que le sida avait changé le rapport du médecin au malade, que c'était un virus qui avait amené une notion de spiritualité dans la maladie. Mon médecin me dit : "Martine, je ne peux pas te guérir, mais je peux te soigner." Quand on me parle comme ça, j'ai confiance. Et il peut alors se passer des choses incroyables. Comment dire ? Entre nous, dans le groupe séro, nous disons que nous avons "quelque chose de plus" que les autres. Qu'est-ce qu'on rigole ! Vous ne pouvez pas imaginer.

« Avec aussi, parfois, des accès de rage ! Comme la fois où on m'avait demandé de participer à un débat à la radio. J'étais en train d'expliquer tout ce que je vous raconte (les séropositifs ont tellement besoin d'informations positives, spirituelles, c'est comme un baume invisible, le mental compte beaucoup dans les défenses immunitaires), et tout d'un coup une autre participante au débat me coupe net la parole, une hystérique, médecin, qui balance : "Nous compatissons tous, et je compatis à l'énorme détresse de Martine." Sciée, je veux reprendre la parole, pour demander à cette femme où est son problème et si elle ne veut pas que je lui indique l'adresse d'un bon psychiatre pour soigner la sienne, de détresse... Ils ne m'ont pas rendu la parole. Je n'ai rien pu répondre à cette cinglée ! Je m'en étranglais de fureur. Ça oui, ça tue. Alors on rentre dans la résistance : "Les séros parlent aux séros." Entre nous, on peut vraiment rire. C'est essentiel. Tout seul, on ne s'en sort pas. Être un séropositif isolé, en province, ça peut être très, très dur. Il faut briser cet isolement, oser aller parler. Il y a des gens en train de mourir parce qu'ils n'osent dire à personne qu'ils sont malades, même pas à leur médecin, parce que c'est celui de leur famille et que ça...

— Pouvez-vous en dire plus sur les Narcotiques anonymes ?

— Dans cette association, bâtie sur les mêmes principes que celle des Alcooliques anonymes, on se retrouve porté par un incroyable réseau de solidarité. J'y suis depuis plus de deux ans et j'ai encore quatre correspondants qui m'appellent au téléphone tous les jours !

Le fonctionnement repose sur l'identification d'une personne qui veut arrêter de se shooter à une autre personne qui a déjà réussi à s'arrêter. Avant cela, j'avais tout essayé : les électrodes, changer d'amant, me faire enfermer un mois quelque part... ça n'avait jamais marché. Aux NA, nous disons : "Vous êtes atteints d'une maladie mortelle, la seule démarche que vous puissiez entreprendre, c'est d'abord de vous en remettre à quelque chose de plus fort que vous." C'est en s'avouant impuissant et seul que le cercle vicieux se brise. Et cela passe évidemment par les relations aux autres. Les pleurs, les aveux, le rire, la dérision... Tout cela est extrêmement chaleureux. Il y a dans ces groupes une énergie spirituelle que je ne peux pas expliquer rationnellement. Quand on dit qu'il s'agit d'un programme d'*amour inconditionnel,* c'est vrai. Pourtant, croyez-moi, quand j'ai débarqué là-dedans et que j'ai entendu ces mots, je me suis cabrée ! Les mots "amour inconditionnel" me dégoûtaient, je les trouvais franchement gluants. Maintenant j'en suis sûre, on ne fait pas un trajet spirituel impunément. À partir d'un certain moment, on se trouve pris dans une démarche à long terme, qu'on est obligé d'accepter. Il y a des rechutes graves, chaque fois que vous n'acceptez pas une épreuve.

— C'est-à-dire ?

— Nous suivons un parcours en douze étapes. Au début surtout, pendant les trois premières années, il y a des épreuves très difficiles pour le toxicomane qui décroche. J'ai déjà mentionné les quatre premières. Permettez-moi de vous lire les intitulés de ces douze étapes :

« 1. *Nous avons admis que nous étions impuissants devant notre maladie et que nous perdons la maîtrise de notre vie.*

« 2. *Nous en sommes venus à croire qu'une puissance supérieure à nous-mêmes pouvait nous rendre la raison.*

« 3. *Nous avons décidé de confier notre vie aux soins de Dieu, tel que nous le concevons* — ça peut être la musique, la beauté, l'harmonie, l'amour, ce que tu veux.

« 4. *Nous avons courageusement procédé à un inventaire moral minutieux de nous-mêmes.*

« 5. *Nous avons avoué à Dieu tel que nous le concevons, à nous-mêmes et à un autre être humain, la nature exacte de nos torts...*

« Pour la cinquième, on s'en remet encore au groupe, mais la sixième étape est extrêmement dure :

« 6. *Nous avons pleinement consenti à ce que Dieu, tel que nous le concevons, élimine tous nos défauts de caractère...*

« Or là, on s'aperçoit vite que tous ces "défauts", c'est ce qui cuirasse notre ego. C'est la peur, c'est l'orgueil, c'est la jalousie... Quand on arrête de se droguer, qu'on quitte l'état foetal, on se retrouve dans la rue comme un bébé de deux ans, on a peur de tout. On préférerait qu'on nous enferme. C'est là que l'association nous dit : "Non, c'est normal, ouvre-toi, parle, partage ta peur, qu'est-ce qui te fait peur ?" Et ça marche incroyablement, c'est la magie de la parole, du lien.

« 7. *Nous lui avons humblement demandé de faire disparaître nos déficiences.*

« Les sixième et septième étapes sont impressionnantes. Actuellement, j'en suis là moi-même. À la septième. Les cinq étapes suivantes disent :

« 8. *Nous avons dressé une liste de toutes les personnes que nous avions lésées et consenti à leur faire amende honorable.* Il s'agit de s'avouer toutes les grosses culpabilités qu'on se traîne, les haines, tous ces poisons dont il faut se défaire avant de pouvoir entrer dans la compassion.

« 9. *Nous avons réparé nos torts directement envers ces personnes partout où c'était possible, sauf lorsque, ce faisant, nous pouvions leur nuire ou faire du tort à autrui.*

« 10. *Nous avons poursuivi notre inventaire personnel et promptement admis nos torts dès que nous nous en sommes aperçus.*

« 11. *Nous avons cherché par la prière et la méditation à améliorer notre contact conscient avec Dieu tel que nous le concevons, lui demandant seulement de nous faire connaître sa volonté à notre égard et de nous donner la force de l'exécuter.*

« Enfin, la douzième, qui consiste à transmettre :

« 12. *Ayant connu un éveil spirituel comme résultat de ces étapes, nous avons alors essayé de transmettre ce message aux autres (dépendants) et de mettre en pratique ces principes dans tous les domaines de notre vie.*

— À partir de quand avez-vous pu prononcer sans malaise des mots comme "Dieu", "spiritualité", "prière" ?

— On entre dans le processus à son insu. C'est une forme d'initiation. La règle d'or porte sur la peur : oser en parler. Et sur le parrainage : ne jamais se retrouver seul. Apprendre à accepter de demander de l'aide. Vous êtes en liaison avec des dizaines, des centaines de gens, des gens qui vous plaisent, d'autres qui ne vous plaisent pas. La spiritualité, on accepte d'en prendre conscience quand l'abandon du contrôle commence à s'avérer efficace. On a une liberté terrible, quand on abandonne le contrôle. En fait, j'avais déjà eu des expériences spirituelles, par exemple quand ma mère est morte — j'avais vingt ans —, mais c'était resté à part, je n'avais pas intégré cette expérience à ma vie.

« Aujourd'hui, mon existence a complètement changé. J'ai toujours peur de la dégradation physique, mais plus du tout de la mort. Du coup, je suis beaucoup plus présente, j'ouvre les yeux, je découvre des rues, des maisons, des visages devant lesquels j'étais passée des milliers de fois sans les voir... Je serais passée à côté de Bouddha lui-même ! C'est aussi pour cette raison que j'ai l'impression de renaître. Si l'on me disait que j'ai aujourd'hui quatre ans d'âge, je le croirais. C'est génial. Que sommes-nous sur terre ? Rien, des petits trucs éphémères. Et c'est quand on l'admet enfin qu'une incroyable énergie se met à circuler en nous.

« Je vais peut-être passer pour une folle, mais maintenant, je crois que nous manipulons tous, à tout instant, du spirituel. Tous les jours, nous envoyons et nous recevons de la spiritualité. Cela fonctionne comme un écho, un boomerang émotionnel. On envoie "Je t'aime", on reçoit "Je t'aime". On envoie "Je te hais", on reçoit "Je te hais". Il n'y a rien d'aléatoire, de gratuit. Les hommes politiques qui manipulent d'énormes énergies négatives peuvent recevoir en écho la guerre. Le processus est observable dans le positif comme dans le négatif — c'est pourquoi nous, séropositifs, devons faire tellement attention.

« À la fin, on devient très humble, très simple. À l'époque où j'étais une intellectuelle marxiste-léniniste-maoïste-situationniste, j'édifiais de grandes théories, mais dès qu'on me mettait dans un groupe, je me sentais mal. La sophistication intellectuelle est au moins aussi grave que la gabegie consumériste. Le Christ a dit : "Heureux les simples d'esprit." Il ne l'entendait pas dans le sens d'idiot, de simple, juste dans le sens de *simple.* C'est bon quand chaque mot retrouve son sens. Ça fait ressentir ce qu'il y a d'immortel au fond de nous. »

Depuis l'époque où cet entretien a eu lieu [1], je suis devenu ami avec Martine et j'ai pu maintes fois vérifier qu'elle ne s'était pas payée de mots en me parlant ainsi de sa propre évolution intérieure. Souvent, en pensant à elle, je me suis dit que la volonté et le lâcher-prise formaient décidément un bien étrange alliage dans le cœur humain. Je connais peu de personnes dont le caractère soit aussi fort que celui de Martine. Pourtant, quand elle a voulu me faire comprendre avec le plus de justesse ce qu'elle ressentait, depuis que son cheminement spirituel avait commencé à métamorphoser sa vie, elle m'a montré

1. L'essentiel de ce chapitre est paru dans le numéro de janvier 1993 du magazine *Nouvelles clés*.

une peinture intitulée *Appel au grand Esprit,* de l'Américain Fraser (1925) : on y voit un jeune guerrier sioux, quasiment nu sur son cheval, les mains et le visage ouverts vers le ciel, dans un geste de totale reddition, de totale confiance.

Avoir la certitude que, quand nous aborderons la dernière ligne droite, nous pourrons nous abandonner de la sorte dans les bras de quelqu'un, voilà une question essentielle. Certains accompagnateurs y travaillent expressément. Par exemple en utilisant l'haptonomie, une technique surtout connue pour aider les mères à accoucher et les bébés à naître, et dont une Française a su voir qu'elle pouvait magnifiquement aider au premier aspect de l'accompagnement des personnes en fin de vie : la prise en charge du corps souffrant.

SCÈNE 8

L'haptothérapeute et le président

> Jamais peut-être le rapport à la mort n'a été si pauvre qu'en ces temps de sécheresse spirituelle où les hommes, pressés d'exister, paraissent éluder le mystère. Ils ignorent qu'ils tarissent ainsi le goût de vivre d'une source essentielle.
>
> François Mitterrand

Depuis la parution, à l'automne 1995, de son second livre, *La Mort intime* [1], préfacé par François Mitterrand, Marie de Hennezel est devenue l'accompagnatrice la plus célèbre de France. Il est vrai que cette femme a apporté une dimension supplémentaire aux soins palliatifs, en y introduisant, notamment, cette « science du contact affectif » que le médecin hollandais Frans Veldman a baptisée haptonomie — qui, à l'évidence, renforce l'accompagnement des mourants dans ses fondements maternels. Il est vrai aussi qu'en impliquant le chef de l'État français dans le questionnement sur l'agonie et la mort, Marie de Hennezel a contribué à élargir considérablement le cercle (encore petit, quoi qu'on en pense) de ceux de nos contemporains dont le

1. Publié dans la collection « Aider la Vie », que Robert Laffont dirige lui-même, tel un vieux sage contemplant désormais le monde avec, comme il dit, « une légère perplexité ».

regard sur la mort, et donc sur la vie, connaît ces temps-ci une radicale métamorphose.

Je me rappelle notre première rencontre, il y a une dizaine d'années, à l'invitation de Marc Horowitz, coauteur avec Bernard Martino de la série documentaire *Voyage au bout de la vie.* On ne pouvait qu'être frappé par la douceur, à la fois transparente et langoureuse, de cette femme qui semblait droit sortie d'une Toscane ou d'une Flandre Renaissance. Avec elle, allait se préciser d'une manière très pragmatique ce que l'on pourrait appeler l'humanisme charnel de l'accompagnement des mourants.

Bien avant elle, toutes les pionnières des soins palliatifs, de Cicely Saunders à Élisabeth Kübler-Ross, avaient certes insisté sur la nécessité, pour le mourant, d'être d'abord et avant tout accompagné sur le plan physique — soulagement de la douleur, toilette, contact de peau à peau, massage... L'une des originalités de Marie de Hennezel est d'avoir fait la jonction entre ce besoin reconnu et la science la plus à même de le satisfaire : l'haptonomie.

À l'époque, Marie de Hennezel, par ailleurs psychanalyste jungienne, venait de quitter un poste de thérapeute auprès de grands psychotiques, dans un hôpital de la banlieue parisienne (Villejuif). De cette première expérience en psychiatrie publique, elle ne conservait qu'un souvenir tragique, comme elle me le raconta quelques années plus tard :

« J'ai vécu pendant trois ans dans le monde infernal de la rigidité institutionnelle des hôpitaux psychiatriques, là où rien ne bouge. Les malades y sont visiblement enfermés pour protéger la société ; mais, derrière les murs, je n'ai vu pratiquer aucune thérapie autre que chimique, c'est-à-dire à base de neuroleptiques. L'inertie des médecins et des psychiatres m'a terrifiée. J'étais bien plus dans la morbidité à cette époque, dans ce service de psychiatrie, qu'aujourd'hui, dans l'unité de soins palliatifs où je ne fréquente pourtant que des mourants. »

Pour tenter de compenser l'atmosphère mortifère de l'hôpital où elle passait ses journées, Marie de

Hennezel avait ressenti le besoin de se « ressourcer spirituellement », notamment par des lectures nouvelles. C'est ainsi qu'elle était tombée, entre autres, sur les travaux d'Élisabeth Kübler-Ross et de Cicely Saunders et, ce qui fut sans doute plus important pour elle, sur les écrits du psychanalyste Michel de M'uzan, qui allait la pousser à chercher sa vocation du côté des agonisants.

« Michel de M'uzan avait participé au fameux congrès de Nice, en 1984, où partisans et adversaires de l'euthanasie s'étaient affrontés. Cela avait provoqué chez lui un grand malaise et l'avait fait beaucoup réfléchir. Rationnellement, sa pensée lui disait que, lorsque l'on souffre et que l'on est défiguré, délabré, s'interroger sur la qualité du temps qu'il reste à vivre n'a pas grand sens. Pourtant, simultanément, la violence des mouvements émotionnels qu'éprouvent les mourants évoquait pour lui le combat vital qui caractérise la problématique narcissique. De M'uzan s'est alors mis à lire des textes inconnus en France, de psychothérapeutes américains qui avaient assisté à cet étonnant regain d'énergie que les mourants peuvent manifester lorsqu'ils ont clairement compris et accepté qu'ils allaient mourir. Il y a là une expansion libidinale (ce sont ses mots), une vitalité au service d'une dernière tâche à accomplir qui est — j'aime beaucoup cette expression — une ultime “tentative de se mettre complètement au monde avant de disparaître”. Jusqu'à la dernière seconde, il y a quelque chose à faire naître, donc à créer. Jusqu'au bout, nous sommes traversés par une force créatrice — qui agit à l'intérieur et reste invisible du monde de l'image. Pour bien mourir, il s'agit justement de savoir franchir ces murs d'images dans lesquels nous sommes tous pris, hypnotisés. Mais pour cela, l'écrasante majorité des humains a besoin d'être aidée : seuls, nous ne savons pas voir les choses autrement... »

Cette révision exige une sorte de retour au truchement maternel... Dans *Le Travail du trépas*, de M'uzan évoque, très explicitement, une sorte de fonction maternelle de l'accompagnement :

> Le plus souvent, la présence d'une personne réelle est indispensable au travail du trépas. Que celle-ci soit un proche, un médecin ou un analyste, il faut qu'elle soit réellement disponible, sûre aux yeux du patient, et capable de combler ses besoins élémentaires. Ce qui signifie profondément qu'elle accepte qu'une part d'elle-même soit incluse dans l'orbite funèbre du mourant.

Et le psychanalyste d'expliquer de quelle façon, à mesure que l'agonie avance, le mourant, dans un processus de transfert, se trouve souvent amené à concentrer toute son attention sur une seule personne, qui n'est pas nécessairement quelqu'un de son entourage.

> L'important, en effet, c'est que l'objet élu soit capable de s'exposer sans angoisse excessive au large mouvement captatif qui tend à l'envelopper entièrement (...) Le mourant forme ainsi avec son objet ce que j'appellerais sa dernière dyade par une allusion à la mère dont [cet] objet pourrait bien être une dernière incarnation. Le cri de l'homme appelant sa mère, juste avant d'expirer, qu'il soit appel au secours, ou annonce de prochaines retrouvailles, n'est que l'exemple le plus frappant de cette synonymie de la mère et de la mort, qui devient patente lorsque certaines limites de la lutte pour la vie sont dépassées (le thème des trois coffrets de Freud illustre admirablement cette notion [1]). De toute façon, le mourant et son objet clé constituent une sorte d'organisme, presque un corps indépendant qui, pour pouvoir se construire, exige un contact physique entre ces éléments. Je crains qu'on ne mesure jamais assez l'importance de ce contact élémentaire, fût-il limité à deux mains qui se tiennent lorsque l'échange verbal est devenu impossible. Il y a là quelque chose de comparable à l'organisme formé par la mère et son nouveau-né [2]...

Nécessité d'un contact physique, de peau à peau, de corps à corps. Nécessité de toucher l'autre. Pour beaucoup d'accompagnateurs, surtout autodidactes, quoi de plus naturel ? Mais qu'un psychanalyste sug-

1. Cf. *Essais de psychanalyse appliquée,* Gallimard.
2. Michel de M'uzan, *De l'art à la mort,* Gallimard, 1983.

gère de toucher un patient constitue en soi un bouleversement. Dans l'école occidentale classique, même un simple psychologue ne *touche* jamais. Au début de sa carrière, Sigmund Freud touchait certes ses patients et l'on connaît au moins une scène où il dit avoir posé sa main sur le front d'une femme en cure, en lui disant de laisser venir ses pensées. « Jusqu'au jour, rappelle Marie de Hennezel, où Freud est tombé sur une hystérique qui s'est mise à hurler : "Ne me touchez pas ! Ne me touchez pas !" Ce jour-là, il décida que la règle psychanalytique serait désormais qu'on ne touche en aucun cas un patient. »

Cet interdit est devenu un dogme — même si l'ami de Freud, le Dr Fliess, continua, lui, à *toucher* ses patients jusqu'au bout. Mais voilà qu'un petit siècle plus tard, la nécessité de regarder la mort en face et d'assumer l'agonie oblige psychologues et psychanalystes à casser ce dogme.

« Freud, poursuit Marie de Hennezel, semble ne pas avoir réfléchi jusqu'au bout à ce que *toucher* signifiait. Tout dépend de *comment* on touche. On peut certes toucher par désir de séduction ou de possession, et il est exact qu'il vaut toujours mieux ne pas toucher que mal toucher... » Mais tous ceux qui s'aventurent au chevet des mourants confirment le propos du psychanalyste de M'uzan : les personnes en fin de vie éprouvent une immense soif de rencontre affective.

Y a-t-il un érotisme masqué derrière cette soif ? On pourrait se poser la question en écoutant la jeune femme anonyme de la quatrième heure du *Voyage au bout de la vie* de Martino et Horowitz, qui raconte avoir passé des heures collée contre sa grand-mère agonisante — celle-ci éprouvant, pour mieux mourir, un véritable « désir de chair fraîche ». Jusqu'à l'ultime extrémité de nos vies, nous demeurons des êtres de désir. De la pratique des soins palliatifs, se dégage une demande si urgente qu'elle en devient palpable : la plupart des mourants voudraient qu'on les touche, qu'on les masse, qu'on les embrasse, qu'on les enlace... Or, cela ne va pas de soi.

Au cours de ses recherches en quête d'une réponse à l'angoisse qui l'étreignait chaque fois qu'elle retournait à l'hôpital psychiatrique, Marie de Hennezel a rencontré, au début des années quatre-vingt, un groupe de « pratique spirituelle », qui utilise une forme de toucher thérapeutique, baptisé *harmonisation.* D'esprit curieux, la psychologue s'est laissé initier à cette méthode qui emprunte plus ou moins directement à la tradition yogique certaines connaissances sur l'énergie vitale et les chakras.

« Mais je n'ai jamais accroché à l'aspect ésotérique de ce travail, dit-elle aujourd'hui. C'était un peu amateur. Ce qui m'intéressait, c'était que l'on puisse apaiser quelqu'un en le touchant. Cette harmonisation était incontestablement, déjà, de l'ordre du travail sur la présence, mais sa mise en pratique se faisait de manière implicite et confuse. Si bien que, quand j'ai découvert, lors d'une conférence donnée à l'Institut Jung par le Dr Catherine Dolto-Tollitch et le psychanalyste Bernard This, qu'il existait une “science de la présence”, forte d'une théorie et d'une pratique élaborées, je n'ai pas hésité. Je venais de découvrir l'haptonomie. »

On ne pouvait rêver un meilleur passage de relais pour introduire le toucher dans l'accompagnement des mourants, l'haptonomie convenait apparemment mieux que l'harmonisation.

Désormais, Marie de Hennezel ne travaille plus à l'hôpital psychiatrique de Villejuif, mais dans la toute nouvelle « unité de soins palliatifs » que le ministère de la Santé vient d'ouvrir, au printemps 1987, à l'hôpital universitaire de Paris, boulevard Jourdan. Deux années après la publication du fameux rapport Laroque — même si l'initiative demeure modeste : accueillir une vingtaine de personnes tout au plus —, les autorités françaises ont en effet franchi un pas significatif vers la reconnaissance de l'accompagnement : on en est à tester une unité pilote, confiée au Dr Maurice Abiven. Et Marie de Hennezel se retrouve intégrée au service... grâce à l'aide d'un homme, dont elle a fait la connaissance quelques années plus tôt et qui est devenu son ami : François Mitterrand.

On a beaucoup écrit sur l'intérêt du président pour les questions métaphysiques vers la fin de sa vie. Une chose est sûre : la conversation régulière qu'il entretint sur ces sujets avec Marie de Hennezel s'enracinait dans une pratique. Le fait qu'il ait assez cavalièrement imposé son amie au Dr Abiven comme psychologue de l'USP relève évidemment du fait du prince. Mais il y allait aussi pour lui de la nécessité de mettre en pratique un discours qu'il suivait avec attention et qui le préoccupait de plus en plus.

Ce fut une révélation. En quelques mois, et malgré la terrible froideur de l'accueil qu'on lui fit d'abord, Marie se découvrit une véritable vocation. Huit ans plus tard, elle écrivait :

> Je ne savais pas, en faisant ce choix, combien la proximité de la souffrance et de la mort des autres allait m'apprendre à vivre autrement, plus consciemment, plus intensément. Je ne savais pas qu'un lieu fait pour accueillir des mourants peut être tout l'inverse d'un mouroir, un lieu où la vie se manifeste dans toute sa force. Je ne savais pas que j'allais y découvrir ma propre humanité, que j'allais en quelque sorte plonger au cœur de l'humain [1].

L'endroit où s'opère cette « plongée » se présente sous un jour inattendu pour le visiteur novice. Ainsi, voici quelle fut la première impression de l'écrivain Gilles Farcet, lorsqu'il arriva pour la première fois à l'unité de soins palliatifs, pour y effectuer un stage d'accompagnateur bénévole :

« À peine ai-je franchi le seuil de l'unité qu'il me semble avoir mis le pied dans un environnement tout différent de l'univers hospitalier tel que nous le connaissons. Cette sensation d'étrangeté s'explique tout d'abord par le décor, l'architecture même du lieu tranche singulièrement avec l'esthétique carcérale que l'on retrouve, triomphante, à deux couloirs de là. Lumières tamisées, couleurs douces [d'un rose vénitien], et un plafond en voûte confèrent à l'endroit des allures de cloître... Nous sommes loin

1. Extrait de *La Mort intime, op. cit.*

des inévitables néons et autres ampoules blafardes dardant leur lueur sur un corridor aussi guilleret qu'une morgue [1]. »

Dans ce théâtre paradoxalement serein, se confirme, chez Marie de Hennezel, une qualité que François Mitterrand apprécie peut-être plus que tout : *sa présence.* Il lui a vite avoué combien il aimait la sentir à ses côtés, même immobile et silencieuse, lorsqu'il travaille seul dans son grand bureau de l'Élysée. Cette présence le calme, l'apaise. Du coup, Marie vient le voir souvent...

Les salons parisiens cancanent. Le président aime tant les femmes ! Mais cette fois, il y a clairement autre chose en jeu. Cette qualité de présence, sans doute... Où se manifeste le caractère propre d'une personne, un instinct singulier. Une culture, une conversation — autant qu'une capacité à demeurer silencieuse, tandis qu'il travaille à sa table. Mais aussi une dimension que l'haptonomie lui a appris à cultiver.

Qu'est-ce donc que l'haptonomie ?

Pour le médecin et neurologue hollandais Frans Veldman, fondateur de cette « science du contact affectif », si nous voulons que s'accomplisse l'aventure humaine, il nous faut réhabiliter l'affectif en commençant par son incarnation première, la plus primitive : le toucher. Par ce biais, nous pouvons « confirmer l'autre dans sa présence au monde ». Pas question de traiter ici en quelques lignes une démarche pratique et théorique fort dense. Signalons simplement qu'en un quart de siècle d'existence, l'haptonomie a pris une place privilégiée dans des domaines aussi divers que la préparation à l'accouchement (application la plus courante et la plus connue), mais aussi l'entraînement sportif (une équipe de football ou de volley peut se vivre comme un seul être), ou tout simplement ce qu'on pourrait

1. *Nouvelles Clés,* n° 26.

appeler la « sécurisation thérapeutique de base » du névrosé lambda.

Concrètement, l'haptonomie se traduit notamment par un *extensus affectus* où le thérapeute, entrant en contact de peau à peau avec son patient, invite celui-ci à « se prolonger en lui ». Une pratique qui s'effectue essentiellement les mains grandes ouvertes et qui, contrairement à ce que pourraient suggérer certaines expressions comme le « prolongement affectif dans l'autre », se situe aux antipodes de l'érotisme. Le Dr Veldman l'explique fort bien : même quand il se fait pénétrant, Eros joue toujours avec des surfaces, des images — fussent-elles tactiles. Le contact haptonomique désamorce le jeu de séduction. Il met en relation la mère et l'enfant qu'elle porte en elle, et inclut le père, qui peut prendre contact lui aussi, par ses mains, à travers le ventre de sa femme, avec le futur humain. (À deux conditions, qu'analysera Catherine Dolto-Tollitch : que le père se mette en résonance avec la voix de son cœur et que la mère autorise le contact.)

Si l'on se risque à suivre du regard le sens de sa vaste ambition, l'haptonomie embrasse toute l'évolution humaine. De quelle façon le monde et nous-mêmes sommes en relation ? Les élèves en haptonomie apprennent à se ressentir les uns les autres, puis à « ressentir leur environnement » : les murs de la pièce, les montagnes environnantes (cela sauva Marie, un jour qu'en pleine ascension elle fut prise de vertige sur une paroi), ou autrui.

Lors du premier congrès international d'haptonomie, en octobre 1990, devant un bon millier de personnes réunies dans le grand auditorium de l'Unesco, à Paris, Frans Veldman se livra à une démonstration impressionnante de son art, montrant au public, avec l'aide d'une jeune femme non avertie, les différentes façons de *toucher* l'autre : le toucher « objectivant » provoque illico un tonus de défense rétractée (c'est la réaction neuromusculaire type, par exemple quand un inconnu se colle contre vous dans le métro) ; le contact haptonomique, par la seule présence du soignant entraîné, met le sujet dans une confiance telle que son sentiment de vivre s'en trouve heureusement transformé.

Deux interventions m'ont frappé particulièrement, lors de ce congrès [1] :

— celle d'un accoucheur madrilène, le Dr Alvaro Aguirre de Carcer, venu expliquer comment, par des moyens tant objectifs (taux de neurotransmetteurs dans le sang) que subjectifs (impression de douleur), les haptothérapeutes espagnols étaient parvenus à mesurer l'effet sur une femme en train d'accoucher de la simple présence (même passive) de telle ou telle personne dans la chambre. Résultat troublant : la présence d'un médecin classique dans la « salle de travail » augmente de façon significative la douleur de la parturiente; alors que, si le médecin a pris conscience de l'importance de sa présence dans un espace-temps donné et s'il s'est entraîné à vivre cette présence de manière lucide et à en jouer, la douleur de l'enfantement peut au contraire fortement baisser. Autrement dit, nous sommes, pour la plupart, totalement inconscients des influences que nous exerçons les uns sur les autres et il existe des moyens pour que cela change;

— l'intervention de Marie de Hennezel : alors que la majorité des orateurs avaient plutôt parlé de grossesse et de bébés, elle fut la seule à évoquer le fameux contact de peau à peau et de corps à corps sur la scène diamétralement opposée : l'agonie.

> Si la peur de la mort en tant que telle se rencontre rarement, l'angoisse qui va, selon Françoise Dolto, avec la jouissance devant l'inconnu de mourir, semble être un passage obligé qu'il s'agit non pas de masquer ou de faire disparaître, mais de contenir, grâce à une présence affective, afin d'en permettre l'élaboration et le dépassement.
> Que peut-on donner à un être aux prises avec l'angoisse

1. Les actes du premier colloque international d'haptonomie constituent le numéro 2 de la revue *Présence haptonomique*.

de mourir, sinon la profondeur de notre présence, et notre confiance absolue dans sa capacité à assumer jusqu'au bout son chemin? Certaines personnes s'accrochent alors à nous, dans une étreinte serrée de la main ou du corps. Il semble bien qu'en accueillant ce contact désespéré, en acceptant d'entrer dans ce que de M'uzan décrit comme « l'orbite » du mourant, sans peur de s'y perdre parce que l'on est bien soi-même dans sa sécurité de base, on ouvre au mourant le chemin vers sa sécurité intérieure, infiniment mieux que ne le ferait n'importe quel discours. Une femme que j'avais tenue contre moi, dans un moment d'affreux désespoir, car elle venait de réaliser qu'elle allait mourir, m'avait exprimé après coup la façon dont elle avait vécu ce contact: « J'avais l'impression que vous me portiez comme un bon navire à travers la nuit sombre. » Je me souviens aussi d'un malade angoissé qui luttait contre le sommeil, gardant les yeux ouverts nuit et jour, s'accrochant à votre regard quand vous veniez près de lui. Peut-être y cherchait-il « l'avenir de son âme » ? On comprend l'importance dans ces moments de grande détresse d'être porté, par le contact, par le regard, le temps d'une traversée difficile. La confirmation affective qui s'y découvre est parfois une révélation: c'est ce que l'on cherchait depuis toujours!

Ayant suivi, toute la formation haptonomique, Marie de Hennezel a commencé alors, vers 1990, à introduire cette nouvelle science dans l'unité de soins palliatifs où elle travaillait.

« C'était prendre un risque, dit-elle, mais ma recherche se faisait avec la bénédiction du chef de service. J'ai ainsi entraîné à ma suite une aide-soignante, une infirmière de nuit, la surveillante de l'époque, et même un médecin, qui se sont engagés dans la formation. Pendant deux ans, j'ai en outre animé un groupe de soignants sur l'approche et le contact tactiles. C'est contagieux, l'haptonomie! Les autres membres de l'équipe ont bien senti ce qui se passait. Cette dimension du contact est devenue très importante dans le service, et de manière tout à fait intégrée.

— C'est-à-dire?

— Vous savez, entrer en relation avec un mourant, c'est lui tenir la main ou le prendre dans ses bras, bien sûr, mais ce sont aussi toutes les occasions de contact corporel que représentent les soins, les pansements, la toilette... Autant de possibilités de faire passer un message, de faire sentir qu'il s'agit d'une rencontre de personne à personne. On ne souffre pas de la même manière si l'on est reconnu comme une personne. C'est extrêmement important, ça va beaucoup plus loin que le physique. Jusqu'au plan spirituel.

— Comme si le corps et l'âme ne formaient qu'un tout ?

— C'est vrai que, face à quelqu'un qui meurt, la dimension spirituelle passe par votre façon d'être physiquement dans la pièce, de vous asseoir, d'être là, d'accueillir ce qui vient. Dans un service de soins palliatifs, on est confronté à pas mal d'impuissance, on ne peut pas grand-chose, à part traiter les symptômes, la douleur. Il ne vous reste donc que cela : offrir votre présence. Une présence qui, au fond, est "contenante".

« Je vois un rapport entre l'haptonomie et la théorie du psychiatre anglais Bion, qui parle de l'angoisse des nouveau-nés et de la rêverie maternelle. Quand la mère se trouve auprès de son nourrisson angoissé et qu'elle "rêve" tout le bien et tout le calme qu'elle lui souhaite, quand elle parvient à se tenir dans ce désir de calme en même temps qu'elle tient le nourrisson dans ses bras, elle devient capable d'absorber l'angoisse, de la filtrer, pour la restituer désintoxiquée à son enfant. Eh bien, j'ai ressenti exactement la même chose auprès de mourants angoissés. Si l'on peut se placer dans une présence calme, si l'on est habité par cette pensée de calme, il se passe comme une absorption de l'angoisse, qui revient désintoxiquée vers la personne mourante, et celle-ci s'apaise. On devient un peu comme un transformateur d'angoisses.

— Pourquoi utilisiez-vous le mot "contenant" ?

— En haptonomie on le sent bien : notre présence ne se limite pas à notre corps. Elle va au-delà, dans l'espace, dans la pièce où l'on se trouve. Elle intègre l'autre. Notre présence entoure le monde, le contient. Elle joue le rôle d'une seconde peau qui, dans le cas de l'accompagnement que j'évoque, entoure la personne aux prises avec son angoisse, si bien que cette angoisse ne déborde pas, elle est contenue. Notre présence joue alors un double rôle : elle transforme et contient à la fois.

« À cela, il faut ajouter que, plus on se trouve en fin de vie, plus la perception sensorielle change. Quand tout l'univers finit par se réduire à une chambre, des tas de petites choses deviennent très importantes, de minuscules détails, un sourire, une façon autre d'être touché... L'acuité sensorielle s'avive à l'extrême. On voit des gens qui, pendant toute leur vie ont paru insensibles, se mettre soudain à distinguer des nuances très fines dans le climat, dans l'intériorité des autres, devenir capables de se rendre compte si, derrière les apparences, les personnes censées les aider sont angoissées ou pas. Et il se passe alors des phénomènes étonnants. On constate, par exemple, que si telle infirmière est là, il peut se produire chez un patient telle sensation, tel échange, telle évolution qui seraient impensables si elle n'était pas là...

— L'une de ces évolutions pouvant être une rémission du mal pour lequel le « mourant« était arrivé dans l'unité ?

— Cela s'est vu, même si c'est exceptionnel. Malheureusement, lorsque vous essayez de parler de tout cela aux médecins ou même aux infirmières, la plupart estiment que vous parlez chinois. Essayez seulement de les convaincre que la qualité de leur présence compte, qu'elle a un impact sur les patients !

— L'irruption de l'accompagnement des mourants dans le monde hospitalier moderne n'a-t-elle pas justement changé la donne ?

— Même dans le milieu des soins palliatifs, les résistances sont encore énormes. Aujourd'hui, je ne crois absolument plus que la situation à l'hôpital puisse changer par le sommet, à partir de la prise de conscience des médecins. Les choses changeront si le public change dans son approche de la mort, si les gens deviennent plus conscients et donc aussi plus exigeants, plus responsables, si un autre regard s'installe dans la société, si des réflexes de solidarité se mettent en place.

— La prise de conscience de beaucoup d'infirmières est pourtant frappante.

— Oui, mais cet éveil se trouve trop souvent paralysé, barré par un chef de service ou une surveillante. Vous savez, il suffit dans la hiérarchie hospitalière d'une seule personne pour que tout se bloque. Alors que si une famille débarque dans votre service, autour d'une personne en fin de vie, et se comporte de manière éclairée, responsable, si elle exige de réfléchir, qu'elle exprime sa peine et l'assume, au lieu de débouler totalement ahurie dans la scène de mort, comme cela se voit encore trop souvent à l'hôpital, eh bien tout de suite, croyez-moi, les choses bougent ! Je pense donc que c'est le public — vous, moi, nous tous — qui va désormais faire évoluer la "scène" de l'agonie. Voilà pourquoi je n'ai pas été réellement blessée quand de grands esprits ont dit qu'avec mon second ouvrage, j'avais écrit "un livre pour les concierges". C'est exact : *La Mort intime* a été rédigé à l'intention du grand public. À l'intention aussi des concierges. »

Le premier livre de Marie de Hennezel, *L'Amour ultime*, écrit en collaboration avec l'accompagnatrice québécoise Johanne de Montigny, était une contribution plus théorique, plus intellectuelle, d'une psychologue en soins palliatifs [1] — que le second livre,

1. *L'Amour ultime*, de Marie de Hennezel et Johanne de Montigny, édité par Catherine Dolto-Tollitch aux éditions Hatier en 1990. Ce livre comprend une série de magnifiques photos, prises par Anne Winckler dans l'unité de soins palliatifs de l'hôpital universitaire de Paris et dans d'autres lieux parisiens où les grands malades, adultes ou enfants, viennent finir leur vie terrestre, entourés de la compassion d'accompa-

La Mort intime, a cherché à vulgariser en rassemblant toutes sortes d'expériences personnelles, vécues sur le terrain.

Ce second livre, dont toute la France a parlé, a connu en quelque sorte deux lancements. Le premier a eu lieu en septembre 1995, quand les éditions Laffont ont publié l'ouvrage. Cette publication a été saluée par la presse d'autant plus vivement que la préface était signée François Mitterrand — fait rarissime : entouré d'écrivains, ce dernier avait décidé une fois pour toutes qu'il n'entrerait pas dans le jeu complexe de l'acceptation et du refus de préfacer ses collaborateurs. Marie de Hennezel avait la chance d'être l'exception. Mais voilà que, peu de mois plus tard, le président meurt. Brusquement les ventes de *La Mort intime* s'emballent (plusieurs centaines de milliers d'exemplaires). Une vraie ruée. Qui provoque aussitôt suspicion, voire hargne mondaine et médiatique. Mais, au-delà de l'engouement pour le sensationnel, *La Mort intime* coïncide, à mon sens, avec un tournant décisif dans l'histoire du rapport des Français à la mort.

D'abord, bien sûr, à cause de la préface.

À la fin de la rédaction de *La Source noire*, fin 1985, je me demandais combien de temps prendrait la France pour s'éveiller. Allions-nous longtemps continuer à « mourir idiots » ? Pour qui se penchait un tant soit peu sur la question, la lenteur de nos compatriotes à redécouvrir l'art d'accompagner les mourants était surprenante, irritante. J'étais impatient. Trop, sans doute. Le changement, finalement, est venu vite. Voilà que le chef de l'État lui-même reconnaissait l'étonnant processus et ne pouvait s'empêcher de s'émerveiller :

> Jamais ne s'effacera le souvenir de la visite que je fis à l'unité de soins palliatifs où [Marie de Hennezel] déployait alors sa généreuse énergie. Je connaissais sa

gnants tels que ceux dont il est question dans ces pages. De la même photographe, voir aussi *La Mort si proche*, aux éditions du Centurion (avec une présentation de Robert Solé).

tâche et m'en entretenais de temps à autre avec elle. D'emblée m'avaient frappé la force, la douceur qui émanaient de ses paroles. Je les retrouvai chez les médecins et les infirmières qui m'accueillirent dans son service. Ils me dirent leur passion, leurs efforts, les retards de la France, les résistances à vaincre. Puis ils m'accompagnèrent au chevet des mourants. Quel était le secret de leur sérénité ? Où puisaient-ils la paix de leurs regards ? Chaque visage a marqué ma mémoire de son empreinte comme le visage même de l'éternité.

Certes, il a fallu tout le charme et la douceur d'une femme pour faire passer le message à ce président sans illusion qu'on appelait « le Florentin »... Mais l'accompagnement des mourants est de toute façon une fonction menée d'abord et avant tout par des femmes, quels que soient les hommes qu'elles ont en face d'eux. C'est un fait. Écoutant son instinct autant que le discours du psychanalyste Michel de M'uzan, Marie de Hennezel n'a fait que pousser cette logique féminine et maternelle à son terme, en venant s'en entretenir, onze ans durant, avec le premier des Français. Tout cela, François Mitterrand avait bien dû le comprendre... même si son interrogation était demeurée en suspens jusqu'au bout. Parlant du « courage des gestes tendres pour ces corps altérés », il questionne :

Souvent, nous avons parlé ensemble de tout cela. J'interrogeais [Marie de Hennezel] sur les sources de ce pouvoir d'effacer l'angoisse, d'instaurer la paix, sur la transformation profonde qu'elle observait chez certains êtres à la veille de mourir.

Et il finit par admettre, à son tour, l'étonnante métamorphose qui peut avoir lieu, si la compassion l'accompagne, « au bord de l'infini » :

Au moment de plus grande solitude, le corps rompu au bord de l'infini, un autre temps s'établit hors des mesures communes. En quelques jours parfois, à travers le secours d'une présence qui permet au désespoir et à la douleur de se dire, les malades saisissent leur vie, se l'approprient, en délivrent la vérité. Ils découvrent la liberté d'adhérer à soi. Comme si, alors que tout s'achève, tout se dénouait enfin du fatras des peines et

> des illusions qui empêchent de s'appartenir. Le mystère d'exister et de mourir n'est point élucidé mais il est vécu pleinement (...)

Le président aboutit finalement à l'ancien savoir, que les modernes avaient oublié :

> La mort peut faire qu'un être devienne ce qu'il était appelé à devenir ; elle peut être, au plein sens du terme, un *accomplissement.*

Quant au livre de Marie de Hennezel, *La Mort intime*, il récapitule bien sûr l'essentiel de l'enseignement sur l'accompagnement des mourants que les pionnières — Kübler-Ross, Saunders et tant d'autres — ont dégagé depuis une quarantaine d'années. On y retrouve tous les grands cas, racontés avec délicatesse et émotion.

Le cas de la vieille femme qui n'en finit pas de se tordre d'angoisse et de douleur, parce que sa fille, qui veille à ses côtés, lui interdit littéralement de dire qu'elle va mourir — et l'on mesure toute la chaleur, toute la douceur, toute la sollicitude nécessaires aux accompagnatrices, et notamment ici à Simone, l'aide-soignante de service, pour écarter du lit, dans un premier temps, la fille trop angoissée ; écouter la vieille mère dire son désir d'accomplir ses dernières tâches et de rassembler tous les siens autour d'elle (« Je vais mourir, dit-elle. — Nous serons là pour vous accompagner jusqu'au bout », répond Simone) ; faire ensuite revenir la fille auprès de sa mère, leur permettant enfin de pleurer ensemble, cœur à cœur, et de se préparer au grand départ.

Ou bien le cas de la belle jeune femme qu'un cancer dévore et qui n'a pas encore saisi qu'elle ne se relèverait sans doute jamais : à celle-ci, c'est Marie qui, en la prenant dans ses bras, apporte une aide décisive pour qu'elle puisse passer le cap, sans qu'on lui assène une « vérité médicale » toujours incertaine, mais sans que l'on nie non plus la gravité du moment ni la nécessité de regarder en face le temps qui reste et le voyage intérieur à accomplir. « Je veux vivre ! crie Patricia, je ne veux pas mourir, pas maintenant, je ne veux pas que Dieu me prenne alors que je ne suis pas prête. » Et Marie lui répond : « Vous aurez le temps dont vous avez besoin, le temps qu'il vous reste à vivre vous appartient. C'est un secret entre votre âme et Dieu. »

Ou encore toutes ces personnes qui s'imaginent, en arrivant, qu'elles aimeraient « en finir au plus vite » et qui, une fois reconnues, avec une sincérité qui ne saurait être feinte, comme des êtres à part entière, même au bout du pourrissement physique, connaissent contre toute attente une expérience de conscience stupéfiante.

À ce savoir d'accompagnement, qui commence à être connu, Marie de Hennezel ajoute — comme on le comprend tout au long de son livre — sa façon propre d'aborder les êtres. Cette façon si physiquement féminine et maternelle. Ainsi, parlant de Bernard Dutant, un jeune homme en train de mourir du sida, qui ne peut pratiquement plus parler et qui va jouer un grand rôle dans son évolution, elle écrit :

> L'échange continue, mais à un autre niveau. Il est difficile d'exprimer quelque chose de cette joie intime et secrète. Car vu de l'extérieur cela peut sembler triste, et déprimant, cette veille sans échange apparent, si lente, si longue. Tout est si subtil, si fin. Et je le sens tellement présent.
>
> Hier, par exemple, nous lui avons donné un bain. Oui, une heure de bien-être pour ce corps engourdi, raidi par l'immobilité, si maigre, si décharné. Une heure d'affection et de tendresse partagée avec Michèle, l'infirmière, et Simone, l'aide-soignante. Avec quelle infinie douceur nous avons entouré ce corps enfin abandonné avec confiance dans la chaleur du bain ! Trois femmes aimantes occupées à cette tâche sacrée entre toutes qu'est le soin donné au corps d'un mourant. Car il est une façon de « prendre soin » du corps qui fait qu'on oublie précisément qu'il s'agit d'un corps abîmé, parce que c'est la personne tout entière qui est enveloppée de tendresse. Il y a une façon de prendre soin d'un mourant qui lui permet de se sentir une âme vivante jusqu'au bout [1].

1. *La Mort intime, op. cit.*

Après la mort de ce jeune homme et par fidélité à sa mémoire, Marie de Hennezel a fondé, avec le psychothérapeute Jean-Louis Terrangle, l'Association Bernard Dutant/Sida et Ressourcement, dont l'objectif est d'« aider toute personne concernée par le VIH à trouver en elle-même la force de vivre sa situation ». Cette association n'a ni le dessein ni les moyens de drainer le flot quotidien des demandes émanant de séropositifs. Elle constitue plutôt un lieu de recherche, d'expérimentation, où de petits groupes de personnes atteintes par le sida peuvent effectuer des stages de ressourcement, dans un monastère français ou dans le désert saharien, parfois en compagnie de guides tels que le prêtre orthodoxe Jean-Yves Leloup, ou l'ex-abbé de Bocquen Bernard Besret, ou encore le lama tibétain Sogyal Rinpoché, avec qui Marie de Hennezel organise par ailleurs, à intervalles plus ou moins réguliers, des séminaires de réflexion.

Quand François Mitterrand est mort, des millions de Français ont su — ou ont eu la possibilité de savoir — que le « premier » d'entre eux s'était longuement préparé à ce départ et qu'il existait donc un art de mourir. Un *ars moriendi* moderne, qui ne consiste pas forcément, comme jadis, à « faire venir un prêtre ». Un art compatible avec le doute métaphysique et pourtant ouvert aux plus grandes hypothèses.

Depuis la publication de *La Mort intime*, Marie de Hennezel a reçu des milliers de lettres de lecteurs. La plupart bouleversées. Ce livre a donc joué pour les Français, le rôle d'un accélérateur dans la prise de conscience du rôle essentiel de la fin de la vie.

Certaines lettres arrivaient de l'étranger. Par exemple de Hollande, où la traduction du livre a remporté un beau succès. Il faut dire que la Hollande est l'un des rares pays du monde où l'euthanasie a été considérée très tôt comme la meilleure réponse possible sur la scène de l'agonie. De ce fait, les soins palliatifs sont là-bas moins développés qu'ailleurs en Europe.

Il arrive qu'à force de se croire en avance, on se retrouve en retard ! Et vice versa : le retard français en ces matières est peut-être sur le point d'être dépassé. L'un des terrains où ce dépassement a lieu, en ce moment même, m'a été indiqué par Marie de Hennezel, pour qui il s'agit d'un signe avant-coureur, d'une bonne étoile au-devant de nous.

L'une des aspirations les plus fortes que recouvre l'idée de « mort démédicalisée », de « mort naturelle », de « mort accompagnée » est bien sûr celle d'une mort à la maison. Que l'on soit bénévole ou professionnel, en bonne santé ou gravement malade, dans la plupart des cas, on se dit que l'on préférerait s'éteindre chez soi, entouré par sa famille, plutôt que dans un hôpital anonyme. On sait bien que la vie moderne, avec d'un côté l'éclatement de la famille et le manque de disponibilité générale, de l'autre l'obligation morale d'user d'une médecine ultrasophistiquée, rend quasi inaccessible le rêve du dernier soupir à la maison. Alors on imagine des solutions nouvelles...

« Je rêve, m'a dit un jour le Dr Hervé Mignot, fondateur de l'Association Kübler-Ross-France, d'une maison où pourraient venir tranquillement finir leurs jours ceux qu'on ne peut pas garder chez eux, mais qui ne voudraient pas non plus rester à l'hôpital. Cette maison échapperait à la logique hospitalière *stricto sensu*. Elle serait en liaison avec les gens du village, à deux pas de l'école, pas loin du marché... Et les familles pourraient réellement venir y habiter. Je pense que de tels lieux vont naître maintenant. Eux seuls autoriseront un accompagnement vraiment humain, sans manipulation ni tabou. Ce seront les unités d'accompagnement de la deuxième génération. »

J'ai été très heureux de pouvoir dire au docteur Mignot qu'un tel endroit existait déjà et qu'il s'appelait vraiment La Maison ! Il en avait entendu parler mais n'y était encore jamais allé...

Cela se passe tout près de Marseille. À Gardanne. Marie de Hennezel, qui a activement participé à la formation de l'équipe de départ, en 1993-1994, n'a pas de mots trop élogieux pour en parler :

« C'est un endroit pour l'instant unique. L'équipe de La Maison, qui dépend pourtant classiquement de l'Assistance publique, s'est constituée dès le départ sur une entente de personne à personne, intégrant sans embarras une dimension, non pas religieuse, mais spirituelle. Cette équipe, dont la moyenne d'âge ne doit pas dépasser les trente ans, a ainsi mis en place des sortes de rituels... Avant une réunion, il peut leur arriver de se prendre les mains, chose impensable dans la fonction hospitalière. Ils chantent beaucoup, par exemple des *negro spirituals*, et font de grandes fêtes.

« Comme dans beaucoup d'unités de soins palliatifs, on respecte le mort et son entourage, en lui laissant la chambre pendant deux pleines journées, mais à Gardanne, lors de la levée de corps, chacun exprime en plus ce qu'il a vécu pendant l'accompagnement de la personne qui vient de mourir, et exprime un souhait. C'est vraiment une expérience de pointe. Je n'en connais pas d'autre qui aille si loin aujourd'hui. »

Il me fallait absolument voir de mes yeux un tel endroit.

Je n'allais pas être déçu.

SCÈNE 9

Rêver ensemble à une Maison

> Qu'est-ce que la vie ?
> C'est l'éclat d'une luciole dans la nuit.
> C'est le souffle d'un bison en hiver.
> C'est la petite ombre qui court dans l'herbe
> et se perd au coucher du soleil.
>
> Crowfoot, chef blackfeet (1821-1890)
> (carte de vœu de La Maison)

Gardanne, à quelques lieues de Marseille. Prenez la route de Nice. Presque tout de suite, vous verrez un chemin qui monte sur la gauche. Là, sous de grands pins, se dresse une imposante villa ocre, aux volets bleus. Ce fut autrefois une maternité. Est-ce pour cela qu'on s'y sent immédiatement en confiance ? D'où vient cette tranquillité ? Je cherche une sonnette, n'en trouve pas, pousse la porte d'un jardin d'hiver... Une musique en sourdine se mêle à des chuchotements. L'entrée pourrait être celle d'une maison privée. Personne ne m'a vu entrer. Il est encore tôt. Le jour se lève à peine. J'ai un peu l'impression d'être un voleur. Un petit salon. Sur une table, le livre d'or. Je m'assieds, feuillette, frissonne...

> Accueilli avec bonté et compréhension,
> Soigné avec amour et dévouement,
> Aidé et écouté avec attention,
> Mon cher mari, mon bien-aimé C.
> A terminé son voyage terrestre ici-bas
> Dans cette « maison » sereine et paisible

> Qui a permis que je sois présente
> Jusqu'à son dernier souffle,
> Où chacune et chacun donne aux autres
> Le meilleur de lui-même
> Nous avons trouvé, C. et moi,
> Chaleur, fraternité, soutien et respect.
> Que le Dieu de l'espérance soit avec vous tous.

L'écriture est appliquée. On sent toute l'émotion de la personne qui a tracé ces mots, du mieux qu'elle a pu. Plus loin, quelqu'un d'autre s'épanche :

> Vous êtes comme le soleil d'octobre qui réchauffe et aide à se préparer pour l'hiver. Maison d'accueil, lieu de vie pour ceux qui attendent...
> Merci pour votre amour et abnégation. C'est tellement rare de nos jours.
> Continuez votre œuvre malgré les obstacles ou l'hostilité des égoïstes ; nous avons besoin de vos sourires...

Toujours personne en vue. Je n'ai pas envie de me signaler. Plutôt devenir invisible et tranquillement observer comment La Maison s'éveille. Je poursuis ma lecture. Des dizaines de témoignages remplissent le livre d'or. Souvent lyriques.

> Bénis soient les vents favorables qui, au plus fort de la tourmente, font parfois se croiser des chemins ! Doux et merveilleux amis, j'aimerais vous redire la confiance totale avec laquelle nous vous avons confié notre petite Maman : elle était (et sera à jamais) notre inestimable trésor ; vous avez été le précieux écrin qui l'a accueillie avec une infinie tendresse.

Certains témoignages débordent sur plusieurs pages, dithyrambiques, quand chacun des membres d'une famille tient à exprimer sa gratitude, après le décès d'une mère, d'un frère, d'une petite sœur... Où ai-je débarqué ? En quoi ce lieu sort-il de l'ordinaire ? La plupart des unités de soins palliatifs que j'ai visitées jusqu'ici m'ont impressionné par la sérénité de leur atmosphère, en grand contraste avec le reste de l'hôpital où elles sont nichées. Mais, justement : sans exception, elles se trouvaient à l'intérieur d'une enceinte hospitalière. Ici, rien de tel. On se croirait dans une pension de famille.

Une pension de luxe. Avec une élégante salle à manger dans la véranda et un vrai chef pour diriger la cuisine (adaptant les plats à chacun). À La Maison, je vais l'apprendre, chacune des douze chambres des patients (j'allais écrire des « pensionnaires ») est peinte et meublée de manière différente — ce que l'on doit parfois deviner, sous l'exubérance des affaires personnelles : ici, en effet, chacun décore sa chambre comme il l'entend, s'il en a encore la force. L'aspect médical a été entièrement camouflé : pas de tuyaux d'oxygène à la tête des lits, pas de matériel en inox ou peint en blanc dans tous les coins, pas de « porte-perf » dans les couloirs... Une vraie maison, et cela se sent. Avec un très confortable pavillon pour les familles, derrière les grands pins, un peu plus haut. N'allez pas croire qu'il s'agisse d'un lieu réservé aux riches. L'établissement est conventionné et le prix d'une journée n'y revient pas plus cher que dans une unité de soins palliatifs classique.

Poursuivant mon « repérage », je tombe sur une brochure intitulée *La Maison — Bilan 1995*. J'apprends que, cette année-là, soixante-dix-sept personnes sont venues habiter ici et que cinquante-six y ont poussé leur dernier souffle. Les autres ? Sept sont toujours dans ces murs. Très peu ont dû (ou voulu) être hospitalisées dans un établissement médical disposant de matériel lourd. Treize sont retournées dans leurs familles (la plupart sont ensuite revenues, ou sont décédées à l'hôpital).

De quoi souffraient les personnes accueillies ici en 1995 ? Soixante-quatre avaient le sida et onze un cancer. Les deux autres étaient atteintes, la première de la maladie de Hodgkin, la seconde de troubles cardio-vasculaires. La durée moyenne du séjour dans cette « maison » aura été de quarante et un jours...

À côté de ces statistiques et d'une foule d'informations extrêmement précises et techniques (notamment sur les médicaments utilisés pour soulager la douleur, pathologie par pathologie), la brochure que j'ai sous les yeux contient toutes sortes de notes inattendues, touchantes de sollicitude. Comme ce patchwork des prénoms de tous les pensionnaires et des quelques proches qui fréquentèrent ce lieu. Ou comme ce chapitre intitulé « Quelques traces », où je retrouve l'émotion du livre d'or, écrit cette fois par les accompagnateurs...

> J.P. — Un artiste plein de projets pour sa prochaine exposition, un bonnet sur la tête, le sourire aux lèvres, très mobile dans La Maison, allant voir les uns, les autres, et puis l'accident brutal, couché, ne parlant plus... La décision de l'envoyer à l'hôpital pour examens... Son décès 48 heures après nous a mis à mal, sentiment d'échec et d'interrogations devant les décisions à prendre... Sa famille, sa compagne l'ont accompagné et cela a compensé notre malaise. Souvenir d'un lutin malicieux.

Je sens une recherche, non exempte de fièvre. Sérénité ne veut pas dire certitude bétonnée. Pourtant, c'est le calme qui domine.

> P. — Le beau motard envahi par une LEMP et sa jolie femme. Le chemin parcouru par celle-ci pour retrouver cet homme immobilisé, aveugle, avec lequel il fallait réinventer la communication autrement... L'émotion partagée lorsque P. nous prenait la main pour la poser sur sa joue ou son cœur. Sans mots, sans regards... un amour infini.... La visite de G., petit garçon de cinq ans, venu lui dire qu'il l'aimait. La grandeur, la douceur tranquille de cet enfant nous a bouleversés, appris un peu plus l'humilité et confirmé qu'il ne faut pas laisser les enfants à l'écart de la fin de leurs proches.

En quelques mots, des vies entières défilent sous mes yeux. Pleines de beauté et de drame.

> M. — Se sentir seule, parce qu'on oublie la visite des gens qu'on aime immédiatement, met dans un désarroi profond. Cela nous a demandé beaucoup de présence auprès de cette femme, et de réflexion pour lui trouver des repères et la soutenir dans le moment présent... Souvenir heureux, le repas en chansons d'Édith Piaf, où elle a entraîné toute la tablée... Souvenir douloureux, la confrontation à la demande insistante d'euthanasie de son entourage (promesse ancienne) alors qu'elle ne le

souhaitait pas. M. a résolu ce conflit en partant ce jour-là plutôt qu'un autre.

Certains témoignages me tirent des larmes. D'autres me font un mal sec, tant leurs « dernières traces » sont imbibées de tristesse et d'inaccomplissement. La plupart pourtant semblent indiquer que les derniers jours des personnes venues mourir à La Maison ont vu se nouer un dialogue, en dépit des barrières et des incompréhensions.

B. — Cet homme du désert tunisien, arrivé craintif, ayant perdu son autonomie, que l'on a vu reprendre confiance peu à peu, venir en salle à manger, nous a gratifiés de sourires inoubliables. La venue tant attendue de son père et leur face-à-face dans les prières ont été apaisantes pour lui, pour nous. Son départ s'est passé main dans la main avec une aide-soignante, au long d'une nuit où elle essaya de lui apporter toute la tendresse de sa famille au loin, accompagnée de musique de son pays.

Parfois un rayon de soleil...

P. — Quel beau couple que ces deux garçons : ils ont cheminé dans l'amour jusqu'à la fin. Amateur de bonne cuisine, son ami lui apportait champagne, langouste et plats de son pays. P. avait une telle délicatesse envers nous... L'élégance de l'Être dépasse de loin celle du corps.

Et de grandes zones d'ombre, juste entraperçues...

D. — D. et C. son compagnon, indissociables, sont arrivés, restés, repartis ensemble... La Maison a permis à C. de percevoir les qualités de cette jeune femme, malgré la drogue persistante. Il faut mourir pour mieux renaître, lui disait-elle... Il lui a promis de vite la rejoindre. Mystère des vies et de ce qu'on en fait !

Je suis absorbé par ma lecture quand, finalement, une infirmière me repère et m'invite à la suivre auprès de la coordinatrice du lieu, Chantal Bertheloot, avec qui j'ai rendez-vous.

Tout est parti de cette femme, assistante sociale de

formation, et d'un médecin, le Dr Jean-Marc La Piana...

Cela faisait des années qu'ils travaillaient, à Marseille, avec des malades du sida. Lui plutôt à l'hôpital. Elle à l'association Aides, où elle avait mis en place un service de maintien à domicile. Le VIH a accéléré bien des prises de conscience et les leçons des pionniers de l'accompagnement ont été d'autant plus vite assimilées. Mais Jean-Marc La Piana et Chantal Bertheloot demeuraient insatisfaits, frustrés. Souvent, ils rêvaient à voix haute d'un lieu idéal où les gens pourraient finir tranquillement leurs jours : ni à leur domicile, souvent trop petit, ni à l'hôpital, trop interventionniste, trop matérialiste. Avec des amis soignants, médecins, infirmiers, psychologues de même sensibilité qu'eux, ils s'étaient mis à imaginer ce lieu idéal...

On y disposerait de toute la technologie médicale palliative — afin de soulager autant que possible les souffrances et de rendre la fin de la vie la plus transparente et harmonieuse possible — sans être pour autant assujetti à l'idéologie médicale. Un lieu où l'agonie pourrait se passer dans le calme. Un endroit chaleureux et beau... Besoin d'une évidence et d'une urgence criantes que seule notre terrible angoisse collective nous a jusqu'ici empêchés de satisfaire. Un jour, pensaient-ils, cela ferait partie des droits imprescriptibles de l'être humain : le droit de mourir entouré de beauté, de chaleur, d'humanité...

Des utopies de ce genre restent souvent au stade du projet. Il faut une telle énergie, un tel aplomb pour convaincre l'État de créer un établissement d'utilité publique d'un genre radicalement inédit !

« Mais nous sommes assez volontaires tous les deux, raconte Chantal Bertheloot, un magnifique sourire dans les yeux, et nous nous entendons très bien. En novembre 1992, nous avons décidé de nous y mettre. Six mois plus tard, la DASS avait notre projet rédigé de À à Z sur son bureau et nous étions déjà en train de mettre en place la formation d'une équipe d'une dizaine de personnes... Des gens avec qui nous avions déjà travaillé et avec qui nous nous sentions en phase.

— Vous voulez dire que, pour réussir ce genre d'entreprise, il faut aller très vite et ne pas attendre les autorisations ?

— La bureaucratie peut facilement vous engloutir ! Si vous avancez sagement au rythme qu'elle vous dicte, vous avez peu de chances d'aboutir. Bien avant que les pouvoirs publics ne nous aient répondu positivement, nous avions déjà déniché trois endroits qui nous convenaient, demandé des devis de rénovation aux artisans et établi un plan de financement pour trouver l'argent nécessaire au lancement.

« Il est vrai qu'en 1992, les vents nous étaient favorables : en l'absence de toute perspective de guérison, le sida provoquait une panique générale. Cela a joué, même si nous n'envisagions nullement de nous spécialiser dans l'accueil des malades atteints du VIH. Ensuite, la presse nous a souvent présentés comme "la maison du sida"... En réalité, nous nous en rendons bien compte, quatre ans plus tard (maintenant que, grâce à la trithérapie, la demande est moins forte, côté sida), La Maison peut accueillir des personnes en fin de vie de toutes les sortes.

— Après l'idéal de départ, beaucoup d'unités de soins palliatifs passent par une phase de désillusion si forte qu'elles manquent y laisser leur peau...

— Nous avons connu des étonnements, peut-être, mais pas de désillusions. Bien sûr, il arrive qu'au début certains accompagnants (surtout chez les bénévoles) séparent artificiellement la relation et le soin, et vous disent : "Une telle exige tellement de soins que je n'ai pas le temps d'entamer une relation avec elle", sans comprendre que c'est précisément *dans le soin* que se fait la relation. Et puis, la gestion d'une équipe, quel travail ! Mais deux ans après l'ouverture, je crois pouvoir dire que tout va bien. Cela tient, je crois, à la façon dont nous avons recruté nos collaborateurs. Nous tenions à ce que tout le monde soit d'emblée impliqué personnellement, et nous refusions d'embaucher ceux qui ne parvenaient pas, lors des entretiens préliminaires, à établir de lien entre leur vie personnelle et le travail qu'ils seraient amenés à faire ici. Cela risquait de donner des gens qui, ensuite, s'impliqueraient beaucoup trop — et se retrouveraient par exemple écrasés de fatigue, sans pour autant travailler plus que les autres. La Maison est un lieu extrêmement confrontant, qui vous oblige sans arrêt à bouger, à évoluer, à réajuster les liens entre votre vie personnelle et votre travail. Cela serait impossible, à vrai dire, sans la très forte solidarité qui lie l'équipe et son projet. »

L'équipe. Trente-deux personnes en tout — dont huit infirmiers(mières), huit aides-soignant(e)s, un médecin-directeur à plein temps et deux autres médecins à quart de temps, sans oublier les cuisiniers, agents d'entretien, secrétaires, comptable, etc. Des fonctions classiques, mais ici nul n'est seul à porter sa charge. Chacun est invité à observer avec attention ce que font les autres et à leur prêter éventuellement main-forte. Ainsi, quand une famille arrive, n'importe qui peut l'accueillir et l'inviter à prendre le thé. Disponible cinq minutes, la directrice adjointe va aider à faire un lit, ou même à changer un malade. Pour les plus anciens, cela n'a pas été évident à admettre. Les infirmières surtout ont eu du mal à oser faire appel aux autres. Cela aurait signifié qu'elles étaient des incapables. Vouloir montrer qu'on sait se débrouiller tout seul est une réaction normale. Mais ici ce genre de réflexe doit s'inverser. « Nettoyer une tumeur purulente sur un agonisant peut vraiment constituer une épreuve, dit Chantal Bertheloot ; à plusieurs, cela change tout. Au nom de quoi faudrait-il s'exposer tout seul ? »

Plusieurs membres de l'équipe savent ce que signifie travailler seul. Ils ont pratiqué jadis les soins palliatifs à domicile, en libéral, donc en solitaire. Ainsi Jean-Louis Guigues, infirmier, responsable des soins et de toute la partie matérielle de La Maison :

« La solitude de celui qui accompagne les mourants tout seul, et va de domicile en domicile, est souvent immense. Vous arrivez dans des maisons écrasées de désespoir... — il peut arriver aussi que l'entourage soit réceptif, dynamique, motivé, mais c'est rare. Vous restez deux, trois heures, à essayer de faire évoluer les choses, et vous devez déjà repartir, en sachant que tout risque de retomber... »

Quand le Dr Jean-Marc La Piana, avec qui il avait déjà travaillé, lui a proposé de faire partie de l'équipe de La Maison, Jean-Louis Guigues n'a pas hésité longtemps. Il est rarissime, dans un vieux pays comme la France, que des « travailleurs » puissent monter de toutes pièces leur entreprise, de surcroît dans un domaine de grande innovation !

« À vrai dire, se souvient Jean-Louis, au début, nous rêvions d'une innovation extrêmement intime. Quand nous parlions de La Maison, nous avions en tête une toute petite maison, bien douillette, bien calfeutrée, où nous pourrions accueillir quelques personnes, dans des conditions vraiment humaines...

— Douze lits, ce n'est pas énorme...

— Mais nous ne nous rendions pas compte de ce que signifiait concrètement une prise en charge complète de douze personnes disposant chacune d'une belle chambre, avec des salles de bains adaptées, des couloirs assez larges pour faire circuler des brancards, des chaises roulantes, le restaurant, auquel nous tenions beaucoup, et suffisamment de place pour accueillir les familles ! »

Ils y sont parvenus quand même, et n'en semblent pas mécontents.

Une fois l'accord de la DASS obtenu, le chantier a duré un an. Tandis que la maternité abandonnée de Gardanne se transformait en un centre destiné à un autre genre de passage, l'équipe réunie autour des deux fondateurs démarrait un cycle de formation spécialisée. Avec Marie de Hennezel.

« J'avais déjà travaillé avec Marie, dit Chantal Bertheloot, et cela m'avait parlé. Ce qui me plaisait surtout, chez cette femme, c'était son regard de tendresse. Et de respect. Cette façon d'aborder les choses avec le cœur. À l'époque, nous n'avions pas encore ouvert. La formation pouvait donc s'étaler dans le temps et nous occuper tous ensemble. Tout s'est joué au cours de cette formation. Là, nous avons senti que nous mettions en place un lieu d'un genre nouveau, qui tiendrait le coup, même par gros temps. Les membres de l'équipe qui n'étaient pas avec nous à l'époque et qui ont été embauchés depuis le sentent bien — même s'ils ont pris le train en marche avec facilité, ils réclament à leur tour une session de formation. Marie de Hennezel va donc revenir nous voir, au printemps prochain.

— En quoi consiste cette formation ?

— On commence par se poser et par chercher ce que l'on a en soi... qui pourrait s'ouvrir. L'ouverture du cœur. Concrètement, cela prend toutes sortes de formes. On travaille par exemple sur des inversions de situation : chacun se met à la place du malade et tente de découvrir comment il voit le monde de là, et comment il pourra, ensuite, aborder le malade de la façon la plus ronde, la plus... tendre — c'est le mot qui me vient spontanément, et je sais qu'il convient aux autres membres de l'équipe. La tendresse, voilà l'état d'esprit que cette formation nous a insufflé.

« Marie nous a également appris une forme de massage très léger, que nous appelons "massage réunifiant" parce qu'il englobe toute la personne et l'aide à se situer en tant que personne, à reprendre contact avec les différentes parties de son corps... »

De cette réunification, ils vous parlent tous. Lien entre les parties d'un humain disloqué qu'il faut absolument aider à se rassembler avant le trépas. Jean-Louis Guigues :

« Sur le terrain, nous le savons depuis toujours. Que réclamaient les infirmières, lors des derniers mouvements de contestation ? Que l'on tienne compte du fait qu'elles doivent, par fonction, prendre en charge un individu *global* et non plus fractionné en mille morceaux purement techniques.

Les médecins n'en sont peut-être pas encore à revendiquer leur rôle (pourtant indispensable) de psychologue, mais ça viendra ! »

Pendant le déjeuner (au restaurant de la véranda, où toute l'équipe déjeune ensemble en compagnie des résidents qui ont encore la force de se déplacer), je rencontre Mireille Vigneron, la psychologue de l'équipe. Elle aussi insiste beaucoup sur cette *réunification* :

« Dans un lieu comme La Maison, où tout est très fragmentaire, constitué de minuscules petits bouts de vie, d'événements, d'émotions, de perspectives on ne peut plus limitées dans l'espace et dans le temps (aussi bien pour les résidents que pour leurs familles), vous ressentez vite la nécessité de faire le lien, d'abord en vous-même, puis avec les autres. C'est une condition de survie pure et simple. »

Cette idée, belle mais un peu abstraite, du *rassemblement de la personne* deviendra, pour moi, tragique de limpidité et d'urgence lors de la réunion de routine, où toute l'équipe se réunit autour du Dr La Piana pour passer en revue l'état des douze résidents. Extraits de mon carnet de notes :

MÉDECIN — R. a été hospitalisé. Son état s'est aggravé, mais il aimerait rentrer à La Maison. Le Dr T. veut pourtant le garder encore un peu...

BÉNÉVOLE — Quand il rentrera, attention : s'il ne retrouve pas son fauteuil, ça va lui faire un choc !

INFIRMIÈRE — Il ne pourra malheureusement plus s'en servir, je crains...

MÉDECIN — Quand il reviendra, il faudra quand même lui remettre le fauteuil dans sa chambre.

INFIRMIÈRE — Il sait qu'il ne rentrera pas chez lui. Il est très tendu. Il voulait quelqu'un avec lui en permanence les derniers temps.

MÉDECIN — À l'hôpital, il n'a pas eu droit à une nouvelle chimio, ça l'a révolté.

CHEF DES SOINS — Il n'accepte plus rien. Il craque. L'idéal serait quand même qu'il revienne mourir ici avec nous...

MÉDECIN — Et G. ?

INFIRMIÈRE — Ce matin, il s'est un peu décontracté, mais il n'a pas dormi et il pleure beaucoup.
MÉDECIN — Il peut de nouveau bouger ?
AIDE-SOIGNANTE — Il a même tenu à se lever et à faire de grands gestes avec les bras, pour nous montrer qu'il était en forme !
CHEF DES SOINS — Il y voyait quelque chose ?
INFIRMIÈRE — Non. Et il a toujours ses hallus ! Mais les gavages par sonde, je crois qu'on peut faire une croix dessus.
MÉDECIN (*m'explique*) — G. est arrivé de l'hôpital avec une sonde... Mais lui ne veut plus manger. Nous respectons ça.
CHEF DES SOINS — Franchement, quelle importance qu'il meure plus gros ou moins gros de cinq cents grammes !

INFIRMIÈRE — I. n'a plus mangé depuis plusieurs jours et elle vomit beaucoup de bile.
BÉNÉVOLE — Ce matin, elle m'a dit : « I., elle est foutue. »
AIDE-SOIGNANTE — Elle a toujours ses angoisses et aimerait surtout dormir. La présence de son mari la gonfle.
MÉDECIN — Je ne veux pas l'endormir pour l'endormir. Hier, elle a pris plus de somnifères et aujourd'hui elle était dans les choux.
CHEF DES SOINS — Son mari est très affligé, surtout du fait qu'elle ne se souvienne de rien.
BÉNÉVOLE — Il se sent très gêné de demander de l'aide. Mais il parle volontiers. Et il pleure beaucoup. Il est gêné de tout. Mais il a vraiment besoin de pleurer.
INFIRMIÈRE — Un père et quatre fils !

AIDE-SOIGNANTE — E. a repris des forces. Hier, elle a voulu embarquer la plante verte de G. Le malheureux a failli se laisser faire !
CHEF DES SOINS (*m'explique*) — E. a transformé sa chambre en serre : on ne la distingue pratiquement plus tellement il y a de plantes chez elle ! Mais ça ne lui suffit pas, il faut en plus qu'elle aille « emprunter » les plantes des autres résidents.
INFIRMIÈRE — Du coup, elle était triste, ce matin...

INFIRMIÈRE — P. a mal au dos. Nous lui avons fait un massage et augmenté sa dose de morphine. La nuit s'est bien passée, mais au matin les douleurs sont revenues. Il

ne peut presque plus soulever son pied et il crache du sang.
MÉDECIN (*m'explique*) — P. est atteint à la fois d'une pneumopathie, d'une hépatite, d'une LEMP, d'affections neurologiques et peut-être d'une encéphalite à VIH...
BÉNÉVOLE — Il a dit à C. : « Je vais bientôt faire médecine » !
AIDE-SOIGNANTE — À moi, il a dit : « Ici, c'est vraiment sympa, ça aide à guérir. » Je suis restée trois heures avec lui, hier.
INFIRMIÈRE — Il dit à tout le monde qu'il va épouser A. !
AIDE-SOIGNANTE — Chic, un nouveau mariage ! Je parie que c'est B. qui lui sert de messager.
MÉDECIN — Il fait partie de quelle secte déjà ?
CHEF DES SOINS — Non, l'Assemblée de Dieu, ce sont juste des protestants.

MÉDECIN — Et L., il change de chambre, finalement ?
INFIRMIÈRE — Non, je m'étais trompée. Cette nuit, il n'a rien dit. Je me demandais s'il était toujours là...
CHEF DES SOINS — Il faut le stimuler, ça lui fait du bien.
MÉDECIN — Il donne toujours l'impression d'être absent et tout d'un coup, on s'aperçoit qu'il a suivi toute la conversation ! Son encéphalite à VIH dure depuis un an et demi, c'est très lent...
COORDINATRICE (*vient d'arriver*) — Je me demande ce qu'il vit...
MÉDECIN — On le croirait végétatif et puis hop ! il est là. Ça a toujours été ça, avec L. Quand il est arrivé de l'hôpital, la première fois, il était grabataire et on ne lui aurait pas donné huit jours... Et ses parents ?
COORDINATRICE — On ne voit plus son père...
INFIRMIÈRE — On l'a passé à 100 mg de morphine...

COORDINATRICE — Vous avez vu que D. est revenu nous voir, comme promis. Il a tenu sa parole.
CHEF DES SOINS — À Avignon, il a quand même certainement dû retrouver ses amis toxicos...
COORDINATRICE — Oui, mais pas à l'appartement-relais. Apparemment, il a donc réussi à garder cet endroit-là protégé. Il dispose maintenant de deux endroits protégés : chez nous et Avignon.
INFIRMIÈRE — Quand même, j'ai trouvé que son état s'était dégradé...
COORDINATRICE — C'est vrai... Il a maigri et ses problèmes de reins ont repris.

INFIRMIÈRE — Tu crois qu'il reviendra nous voir?
COORDINATRICE — Je pense que oui... J'espère. Je me pose la question.

CHEF DES SOINS — M. est déchaînée, elle dit qu'elle est guérie, qu'elle veut rentrer chez ses parents.
MÉDECIN — C'est quand même incroyable : hier, elle était à la dernière extrémité, et aujourd'hui...
AIDE-SOIGNANTE — Elle aurait entendu que J. disait d'elle qu'elle était naze. Et ce matin, elle nous a montré à tous que c'était faux.
CHEF DES SOINS — Cet après-midi, elle a mobilisé M. pour qu'il l'emmène en ville. Elle veut passer prendre de l'argent à la banque...
COORDINATRICE — Comment expliquer ce changement d'état si rapide?
MÉDECIN — Il faut tenir compte du fait qu'elle est passée à la scopolamine... Entre les deux médicaments, il y a toujours ces 24 h de manque.
INFIRMIÈRE — En tout cas, elle a l'air de vraiment vouloir repartir ce week-end avec ses parents...

COORDINATRICE — La levée de corps de J. aura lieu jeudi. Il sera finalement enterré à Marseille, comme indigent. Sa famille s'en fout totalement. J'irai avec B.
MÉDECIN (*m'explique*) — Son herpès à la moelle nous aura posé de sérieux problèmes de traitement de la douleur...
CHEF DES SOINS — Peut-être que si nous avions multiplié la morphine par dix...
COORDINATRICE (*m'explique*) — Il était resté très immature. Très confus. Il avait trente-sept ans, on lui en aurait donné dix de moins.
INFIRMIÈRE — Il faisait et refaisait tout le temps son cartable.
COORDINATRICE — Face à la maladie, il s'en remettait entièrement à nous. Il était dans l'attente, mais pas de la guérison. Il avait plutôt tendance à fuir.
BÉNÉVOLE — Faut dire qu'il était entouré d'un sacré panier de crabes!
COORDINATRICE — Ses proches ont été jusqu'à lui voler ses derniers 2 500 francs dans sa robe de chambre! Lui, il affichait une certaine spiritualité...
INFIRMIÈRE — Tous ces objets religieux, dans sa chambre!
COORDINATRICE — Mais il n'en parlait jamais. Il se conten-

tait de répondre le plus brièvement possible à nos questions.

Je suis à la fois ému par cette sollicitude collective (fort mal retranscrite par mes notes télégraphiques) et perplexe devant l'ampleur de la tâche — *rassembler* tant de fragments de vies éclatées, pour tenter d'atteindre une éventuelle *unité personnelle* qui prenne sens... mais quel travail ! Après la réunion, je demande à Mireille Vigneron, la psychologue : « Vous me parliez de "faire le lien" entre les fragments de vie. Concrètement, comment peut-on s'y prendre ?

— En parvenant à *rêver ensemble.*

— À rêver... ?

— Ensemble ! C'est indispensable. Ça repose forcément sur une idéalisation très forte. Il y a beaucoup d'idéalisation autour de la fin de vie. De temps en temps, on se rend compte qu'on idéalise trop et on prend du recul. Mais la construction d'un rêve collectif est en quelque sorte la seule issue. Nous nous situons dans une zone où il n'est plus question, pour le psychothérapeute, de prendre des rendez-vous de manière classique. On est loin de l'université, loin du cabinet du psychologue. Le travail se fait globalement. Comme une enveloppe... Souvent, ça me fait penser à l'environnement que l'on crée autour d'un enfant, pour qu'il grandisse dans de bonnes conditions. Autour des résidents, il nous faut déployer une enveloppe de soins et d'écoute, pour tenter d'apaiser — de contenir — leur angoisse. À quoi s'ajoute un accompagnement proprement psychothérapeutique avec tel ou tel, mais le plus souvent, c'est spontané, instantané. Et quand ça marche, quand quelque chose se passe, vous sentez bien que vous êtes dans l'ordre de la rêverie : on tente de rêver quelque chose ensemble... Notre présupposé, en créant La Maison, était : la fin de vie peut se dérouler dans la sérénité. C'est le désir sous-jacent à tout ce que nous faisons : qu'une dimension spirituelle soit là.

— Mais cela change quoi, pour celui qui meurt ?

— Oh... malheureusement beaucoup meurent d'épuisement, ayant perdu toute appétence pour la vie. Ils s'éteignent sans paraître avoir eu la moindre perception de ce qu'on aimerait tant qu'ils transcendent ! C'est tellement difficile de continuer à espérer que quelque chose puisse éclore à ce moment-là et d'accepter finalement que chacun meure à sa façon ! Cela n'est ni bien ni mal. C'est comme ça. Certains s'éteindront doucement. D'autres hurleront. Certains seront sereins. D'autres très angoissés. Et l'on finit par comprendre que nous pouvons certes nous accompagner les uns les autres, mais jusqu'à un certain point seulement. Récemment, un monsieur nous l'a fait comprendre avec une grande finesse. C'était un homme très cultivé, qui avait beaucoup de monde autour de lui, et beaucoup d'images et de références à l'intérieur de lui, beaucoup de pensées, un grand champ. Il aimait s'exprimer par métaphores frappantes et, jusque dans sa confusion d'homme malade, parvenait à demeurer éclairant pour tous. Il était très entouré. Sa femme, ses enfants se relayaient à son chevet nuit après nuit. Et, le jour, c'étaient d'incessants mouvements, un débordement de vie autour de son lit. Tout cela faisait plaisir à voir. On aimerait tant que ça se passe plus souvent ainsi. Et pourtant, vers la fin, il a commencé à se plaindre : "Vous m'avez laissé seul. J'ai erré seul toute la nuit dans la forêt !" Sa femme n'en revenait pas. Elle tentait de lui répondre : "C'est impossible, voyons, nous étions tous là, à te tenir la main !" Mais lui n'en démordait pas. Et plus le temps passait, plus il se trouvait seul...

« Nous pouvons nous accompagner jusqu'à un certain point. Puis s'impose la solitude inhérente à notre condition. Accompagner vraiment *jusqu'au bout* est impossible. Toute la famille du vieux monsieur était là, à l'orée de la forêt. Mais *dans* la forêt, il y est entré seul. Entendre un mourant vous dire, alors qu'il le peut encore : "Je vois la lumière !", c'est rarissime... Le reconnaître fait partie de notre travail de désidéalisation. Idéalisation, désidéalisation...

Mais, jusqu'au bout, on peut rester dans une relation qui est de l'ordre du sacré. »

Un sacré infiniment respectueux de l'autre. Sans jugement. Un sacré comme désamorcé de la violence originelle qu'on lui trouve encore dans tant de religions. Un sacré auquel s'ouvrirait en échange la gamme infinie des sentiments humains. Avec Chantal Bertheloot et Mireille Vigneron, nous avons feuilleté les albums de photos de La Maison. Une autre façon de faire la connaissance d'un endroit. De nouveau, je suis passé de témoignage en témoignage : visages, groupes, cérémonies, spectacles, fêtes... Oui, fêtes ! Jamais je n'aurais imaginé que l'on puisse à ce point s'amuser dans une unité de soins palliatifs !

Fête de l'inauguration — après qu'une pétition de voisins grincheux a été repoussée et que quasiment toute la ville de Gardanne s'est déclarée fière qu'une pareille Maison se soit installée chez eux (« Qu'on ne vienne plus me dire que les gens sont égoïstes, s'exclame Chantal Bertheloot, jamais je ne me serais attendue à tant de générosité ! »).

Noces, quand l'un des résidents, qui ne se levait plus depuis un mois, tant il était au bout du rouleau, a trouvé la force miraculeuse de mettre son costume et sa cravate pour aller épouser la femme de sa vie, dans la grande salle de la véranda, au milieu de la liesse générale — et des larmes, car tout le monde se doutait bien qu'il s'agissait de sa dernière fête (un mois plus tard, il était parti).

Grand ballet au festival d'Aix, offert par Patrick Dupont et quelques danseurs de son niveau qui, auparavant, étaient venus déjeuner avec les résidents et leurs accompagnants et avaient quitté les lieux, bouleversés, métamorphosés (le ballet a rapporté de quoi payer le quart des travaux d'installation). De cette visite, plusieurs résidents ont gardé un souvenir ébloui, notamment celui à qui une danseuse étoile a offert ses chaussons...

Spectacle de music-hall joué cette fois par toute l'équipe de La Maison, avec l'aide des professionnels du Festival d'Aix, pour remercier les généreux donateurs.

Pique-nique au bord de la mer organisé, ce printemps-là, par un petit groupe de résidents particulièrement dynamique (mené par une jeune femme aveugle !).

Fêtes de Noël, jour de l'an, anniversaires, Mardi-Gras... Sans exagérer, à feuilleter les albums photos des deux premières années, il a souvent régné dans La Maison une ambiance de carnaval !

Ce contraste, présenté aussi brutalement, peut choquer. Ou plutôt susciter des doutes, des jugements lapidaires — « On compense comme on peut ! » Chantal Bertheloot ne m'a pas caché qu'il était très important, pour l'équipe, « de montrer que l'on peut travailler avec des personnes en fin de vie et demeurer joyeux et vivant ». Mais le rôle de ces fêtes, ce qu'elles révèlent de l'atmosphère et des intentions de La Maison, va clairement plus loin qu'un simple défoulement. J'y ai senti beaucoup de lumière et de sérénité. Sans artifices. D'ailleurs, qui pourrait se permettre de feindre, dans cette zone-là ?

Pendant ma visite, j'ai eu l'occasion de discuter avec deux résidents. La luminosité de leurs regards, leur humour même, concernant la façon dont l'équipe de La Maison s'y prend pour tenter de faire des derniers jours de leur vie une fête de l'esprit — une fête sacrée bien qu'authentiquement laïque ! —, m'ont rempli d'un grand calme. J'ai quitté Gardanne avec du soleil dans le cœur.

L'endroit est devenu une référence. La Maison est aujourd'hui au centre de tout un réseau, médical, paramédical et non médical. Les liens avec les familles, et avec les médecins personnels des résidents, sont cultivés avec soin, bien après que ces derniers ont disparu. Dans la région de Marseille, élèves infirmières, futures assistantes sociales, étudiants en psychologie et d'une manière générale tous ceux qui s'apprêtent à travailler avec des personnes en fin de vie y font presque obligatoirement un stage, ne serait-ce que d'une demi-journée. Mais la rareté d'une telle expérience a forcément étendu son rayonnement bien au-delà de la Provence. Lors du dernier colloque des maisons de soins palliatifs (francophones), à Namur, les représentants de La Maison étaient quasiment les seuls Français (avec ceux de la petite Maison de Lumière de Pontoise et les courageux de la Péniche de Montpellier, que la DASS locale refuse obstinément d'aider). Les « maisons » importantes sont belges (Maison Saint-François) ou suisses (Maison du Soleil Levant, Fondation Riveneuve, Maison de Genève).

L'avenir dépend sans doute beaucoup de la capacité de l'équipe à garder son cap spirituel, dans un paysage dont tout le monde (y compris à Gardanne) s'accorde pour dire qu'il sera de plus en plus médical, au sens réducteur du mot. C'est-à-dire centré sur le traitement des symptômes, y compris dans la fin de vie. Il n'existe que des cas individuels, jusque dans les boucles neuro-immuno-endocriniennes : le comprendre et savoir l'assumer constitue l'enjeu de la médecine du XXIe siècle.

Mais les gens de La Maison se sentent forts, malgré tout. Leur atout ? Il ne peut être que collectif : « Notre démarche, disent-ils, se situe avant tout dans le respect, la dignité et la confiance que nous avons en nos capacités à vivre cela tous ensemble. » Moyennant quoi, cela marche !

En France, nous n'avons pas été, loin s'en faut, des avant-gardistes en matière de soins palliatifs et d'accompagnement des mourants. Des initiatives comme celle de La Maison changent la donne. La situation serait-elle en train de s'inverser ? Quand on en arrive à de telles expériences, qui montrent « combien, loin de toute morbidité, c'est la joie de vivre qui nourrit ces choix et ces actes » (F. Mitterrand), ne sommes-nous pas en droit de considérer que nous appartenons, non plus à une culture en plein déclin, mais déjà à une civilisation qui sort de son adolescence ?

Le sens avait déserté les problématiques légitimées par notre société. Il y revient en force, notamment par la tendresse échangée entre ceux qui vont mourir et ceux qui vont survivre. Par le dialogue jusqu'au dernier souffle avec les agonisants. Par le deuil assumé des êtres aimés. Tout cela a été autorisé par la médecine. Et tout cela risque d'être menacé par elle à présent. Elle si puissante, si matériellement attachée à toutes sortes d'intérêts économiques, si prompte, comme disait Jean-Louis Guigues, à confondre la personne et le symptôme — à prétendre être *au soin* de la personne quand c'est le symptôme qu'elle sert.

Je n'oublie pas l'avertissement de Marie de Hennezel qui, parlant de l'irrépressible conservatisme des grands hôpitaux, me disait :

« Les choses changeront si le public change dans son approche de la mort. Je pense que c'est le public, vous, moi, nous tous, qui avons désormais la responsabilité de faire évoluer la situation. Comment ? Pour les plus entreprenants, en devenant, peut-être, accompagnateurs bénévoles ; mais pour tous, en exigeant que la fin de la vie humaine ne nous soit pas confisquée. Laisser la "scène" de l'agonie aux seules professions médicales serait un contresens lourd de conséquences. »

Je sens bien que, pour elle comme pour l'équipe de La Maison qu'elle m'a fait découvrir, ce contresens constitue désormais le plus grand danger. Les choses vont si vite. Au milieu des années quatre-vingt, nous en étions à souhaiter, osant à peine y croire, qu'un mouvement d'accompagnement des mourants puisse germer dans nos pays modernes. Ce mouvement a pris. S'est emballé. Fabuleux ! Un retour en arrière semble désormais impensable. Seulement voilà : les citoyens de base, les non-professionnels, qu'ils soient accompagnateurs bénévoles, parents, amis, ou mourants, bref, nous tous qui constituons « le peuple », avons-nous réellement quelque chose à dire et à faire dans ce mouvement ?

Après une encourageante première prise de

conscience, les soins palliatifs et l'accompagnement des mourants traversent actuellement une phase critique. Ce mouvement que nous souhaitions tant voir entrer dans le monde hospitalier et médical — parce que c'est là que nous mourons aujourd'hui — a réussi à franchir cette première étape. Mais notre vigilance ne doit pas se relâcher pour autant... Après avoir purement et simplement nié tout un pan essentiel de l'expérience humaine — l'agonie —, l'institution médicale risque à présent de vouloir se l'approprier. L'institution médicale, sous son jour le plus abrupt.

On a déjà vu un phénomène semblable se développer à l'autre extrémité de l'existence. Parce que la naissance et l'accouchement constituent un passage très délicat, susceptible de tuer ou de handicaper gravement la mère et l'enfant, l'institution médicale, en un élan d'abord légitime et magnifique, s'est autorisée à s'emparer de tout le début de la vie — au point qu'il paraît quasiment insensé aujourd'hui qu'une femme accouche sans être entourée de médecins et de machines.

Rarissimes sont les humains qui parviennent à s'éteindre tranquillement et... en bonne santé ! Il se trouve qu'au moment de mourir, la plupart d'entre nous gisent entre les mains des médecins — aux gestes heureusement apaisants, voire provisoirement salvateurs. Cela ne signifie pas pour autant que la fin de notre existence soit, *en elle-même,* un moment médical. Il s'agirait là d'un glissement aliénant et réducteur, une grave dégénérescence mettant en cause le statut même de notre humanité.

Cela dit, les Occidentaux savent aussi parfois évoluer avec subtilité, y compris quand ils sont médecins — et même hommes politiques ! Au printemps 1999, alors que nous corrigeons ces pages pour la version destinée au Livre de Poche, la prise de conscience de l'importance de l'accompagnement des mourants, de la compassion et de l'écoute dans les derniers instants, se manifeste plus clairement que jamais au niveau de l'État français. Sur ce terrain, nous l'avons déjà dit, le clivage gauche/droite ne fonctionne pas. Il y va de l'intérêt supérieur, non de la nation, mais de l'humanité, et les responsables politiques sont de plus en plus nombreux à s'en rendre compte. En 1986, Michèle Barzach, ministre de la Santé de droite, avait entériné et prolongé les travaux de son homologue socialiste Edmond Hervé. En 1999, prenant le relais de l'action menée deux ans plus tôt par le ministre de centre-droit Philippe Douste-Blazy, le secrétaire d'État à la Santé Bernard Kouchner, proche des socialistes, donne un coup d'accélérateur à la généralisation des soins palliatifs en France, notamment en faveur du traitement de la douleur (dont il avoue cependant publiquement qu'il éprouve le plus grand mal, malgré ses pouvoirs de ministre, à faire changer l'approche dans le monde hospitalier universitaire [1]). Une véritable campagne est lancée, favorisée notamment par les efforts incessants du député Lucien Neuwirth, avec une proposition de loi que l'Assemblée Nationale approuve, chose rare, à *l'unanimité*. Deux cents millions de francs sont votés pour soutenir le développement des Unités de Soins Palliatifs — dont le nombre devrait passer de cinquante, en 1997, à quatre-vingt-dix-neuf, en 2000, avec priorité aux petites structures à taille humaine — et assurer une puissante promotion aux équipes d'accompagnement mobile — leur chiffre passerait, lui, de cinquante-cinq à cent

1. Lors du colloque « Soins palliatifs et euthanasie » (*cf.* page 114), le secrétaire d'État à la Santé Bernard Kouchner déclarait : « Je suis surpris de voir combien les médecins sont désarmés devant des situations pour lesquelles ils n'ont pas été formés (...) Sur la question de la douleur, trois médecins répondent : « Je n'ai pas été formé. » À quoi servent alors tant d'années d'étude ? Vraiment, quand on en arrive là, je pense qu'il faut tout changer. (...) Quand même, pour un médecin, traiter la douleur, cela n'exige pas une réflexion métaphysique extravagante et l'attirail des soins reste assez élémentaire. Eh bien non ! Il faut former. Nous formerons. Pour cela, il faut m'aider à changer de fond en comble l'organisation des études médicales. Croyez-moi, vous aurez affaire à forte partie. Moi, cela fait deux ans que j'essaye. »

soixante-dix-sept, une minorité croissante de personnes en fin de vie revendiquant en effet le droit de mourir chez elles, entourées des leurs.

Même si les craintes des acteurs *réellement au travail* sur le terrain de l'accompagnement — tels Marie de Hennezel ou le Dr Hervé Mignot, que nous rencontrerons au chapitre suivant — quant à la surmédicalisation potentielle de la fin de vie, ont malheureusement toutes les chances de s'avérer fondées, notons que la loi votée par le parlement français en 1999 insiste particulièrement sur l'importance des bénévoles. Le recrutement et la formation des volontaires devraient être intensifiés. Quant aux familles, qu'il est si essentiel et si difficile de faire entrer dans la zone des derniers instants à titre actif et non passif et assisté, la loi leur fait également une place privilégiée, puisqu'elle prévoit un « congé d'accompagnement » de plusieurs semaines, que les proches de la personne en partance pourront se partager.

Dans la lancée, certains parlementaires proposent que les droits de la personne malade et de la personne en fin de vie fassent l'objet d'un Livre préliminaire du code de la santé publique.

Les derniers instants de la vie appartiennent de manière inaliénable à chaque citoyen. Voilà qui devrait même figurer dans la Déclaration des droits de l'homme.

C'est dans cet esprit que commence la dernière scène de cet acte I.

Menée par un médecin. Rebelle. Un élève de Kübler-Ross.

SCÈNE 10

Où les citoyens entrent en scène

> C'est dans le face-à-face avec la mort que nos vies s'accomplissent et prennent leur sens.
>
> Hiroyuki Aoki

C'est un homme qui clôt cet acte I éminemment féminin. Considérons-le comme un chevalier servant, un gardien du seuil. En dix scènes, vingt ans se sont écoulés. Qui ont métamorphosé les perspectives de la fin de vie, en France, à l'aube du XXIe siècle.

C'est alors que survient le peuple. D'abord paradoxalement représenté par un grand bourgeois.

Héritier d'une dynastie de professeurs de l'illustre faculté de médecine de Lyon, Hervé Mignot est destiné, lui aussi, à devenir un grand patron du système médical français. Ce destin ne lui déplaît pas. Ses aînés, par ailleurs fervents catholiques, lui montrent une noble voie. Il s'y lance avec passion — après avoir abandonné l'idée de devenir moine.

Mais voilà qu'un accident de parcours lui fait rater l'internat. Le coup est si rude — contraint de renoncer au professorat, il rompt de manière quasi sacrilège la chaîne ancestrale — que le jeune homme se suicide. Ayant avalé vingt fois la dose létale d'un barbiturique puissant, il va s'endormir pour toujours dans les bois proches de l'abbaye bénédictine où il avait envisagé d'entrer dans les ordres — espérant peut-être atténuer ainsi la gravité de son acte.

Par chance, les moines, venus préparer le chemin de croix — on est, par pur hasard, le Jeudi saint —, découvrent Hervé et peuvent alerter le SAMU à temps. Quand il sort du coma, on fête le dimanche de Pâques et rien n'a plus le même goût.

Convalescent, tant sur le plan physique que spirituel, le jeune médecin accepte avec reconnaissance la proposition des bons pères d'aller travailler dans leurs missions d'Afrique. Pendant deux ans, il fait ses classes au Sénégal et au Mali. Puis, ayant croisé sur sa route les fameux *french doctors,* il quitte les dispensaires catholiques et s'embarque avec Médecins du Monde, vers le Tchad, l'Afghanistan et l'Afrique du Sud.

Sa soif de vivre a heureusement resurgi de l'abîme. Pourtant, chaque fois qu'il rentre en France, entre deux missions et plus tard à la Mission France, où il s'occupe de SDF, Hervé Mignot se demande à quelle vie il est destiné. Il ne se voit pas courir éternellement d'urgence en urgence, dans le vaste réseau, magnifique mais volatile, de l'« humanitaire ». Attiré par la naissance et l'accouchement, il se spécialise en obstétrique, mais sans pouvoir s'imaginer non plus ouvrir un cabinet privé de gynécologie. L'hôpital ? Il y voit à présent trop de peurs, de blocages et de non-dits...

Il se retrouve rédacteur en chef adjoint d'un grand quotidien médical. C'est à ce poste qu'en 1988 il entend pour la première fois parler de l'accompagnement des personnes en fin de vie et d'une certaine Élisabeth Kübler-Ross, qui va bouleverser sa vie.

La toute première unité de soins palliatifs française vient de s'ouvrir, à l'hôpital universitaire de Paris, sous la direction de Maurice Abiven, par ailleurs dirigeant du Comité des médecins catholiques. Consulté, ce dernier donne un simple conseil à Hervé Mignot : « Commencez donc par faire un peu de bénévolat, et tentez d'appréhender la question sans à-priori. »

C'est ainsi que le jeune homme jadis promis aux plus hautes fonctions de la corporation médicale se retrouve dans la peau d'un simple bénévole au chevet des mourants, à l'hôpital Jeanne Garnier où, pendant deux ans, personne ne se doutera un seul instant qu'il est médecin.

« Ce fut une immense leçon, se rappelle aujourd'hui celui qui allait devenir le fondateur de l'Association Kübler-Ross-France. Tout d'un coup, je n'étais plus le "docteur Mignot", mais simplement "Hervé", comme l'indiquait l'étiquette que je portais sur ma veste. Ma veste ! Jamais, je n'aurais imaginé à quel point le fait d'entrer dans la chambre d'un malade en tenue de ville, sans blouse ni stéthoscope, allait révolutionner ma façon de voir la médecine. Moi qui dirigeais, le reste du temps, la rédaction d'un quotidien médical, je me retrouvais, de manière presque irréelle, deux fois par semaine, à préparer le goûter des malades, avec pour seule fonction de dire à ces gens : "Bonjour, je m'appelle Hervé et si vous voulez, je peux être avec vous." Ce fut pour moi une expérience cruciale, qui allait m'enseigner une médecine dont la faculté ne m'avait jamais dit un mot. Une médecine d'où émergeait d'abord la notion de disponibilité, d'humanité et, n'ayons pas peur des mots, d'amour. Ce qui allait me placer un peu... [il rit] en marge de mes confrères ! »

En deux ans de bénévolat bihebdomadaire (ce qui lui prend, entre autres, tous ses week-ends), Hervé Mignot sent qu'il a enfin trouvé sa vocation. Ayant lié connaissance avec Michèle Salamagne, il assiste celle-ci dans la préparation du premier Congrès européen de soins palliatifs, en 1990, à Paris. Bientôt, il fait partie de la toute nouvelle unité de soins palliatifs qui se met en place à l'hôpital Paul-Brousse...

Pour compléter sa formation, le jeune médecin français décide de faire un tour au Canada, chez de grands vétérans de l'accompagnement. Il y passe quatre mois, successivement chez Pearl Berg (une religieuse qui a fondé l'association Albatros à Trois-Rivières), chez John Scott de l'unité régionale de soins palliatifs du Centre Élisabeth Bruyère, à

Ottawa, et dans les deux célèbres hôpitaux de Montréal, Royal Victoria et Notre-Dame. Tout ce qu'il vit là-bas le confirme dans ses premières intuitions : c'est dans cette branche qu'il va jouer la partie professionnelle de son existence.

Avant de rentrer en France, il fait un crochet par les États-Unis, pour aller voir Élisabeth Kübler-Ross. Pour lui, il s'agit d'un pèlerinage. Il n'a jamais rencontré cette femme, mais ses livres ont changé sa vie. Ce qu'il a lu de la grande pionnière de l'accompagnement fait écho à ce qu'il ressent au plus profond de lui-même, sans qu'il puisse toujours trouver les mots pour l'exprimer — il en éprouve un besoin d'autant plus vif de la rencontrer, pour l'interroger et la remercier.

Dans l'avion qui l'emporte vers la Virginie, il imagine l'entrevue. Un moment court et solennel : un nouvel élève vient saluer un vieux maître plutôt austère. Il la sait très occupée. Heureux sera-t-il si elle lui accorde une heure...

Surprise : quand il parvient enfin dans le village perdu où elle a installé sa ferme, le Français, assailli par une horde d'animaux, se voit d'abord proposer un bon repas, qu'Élisabeth cuisine en chantant, avant même de lui avoir demandé ce qui l'a poussé à faire un si long voyage !

Venu pour un entretien d'une heure, Hervé Mignot reste huit jours chez la vieille dame. Quand il la quitte, ayant subi une véritable initiation, il a devant lui un programme tout tracé : il va revenir aux États-Unis, pour vivre l'expérience de l'atelier « Life, death and transition », puis il suivra toute la formation Kübler-Ross en Grande-Bretagne, puis...

À vrai dire, la première stupeur passée, le jeune médecin est d'abord franchement agacé. Le volontarisme incroyable d'Élisabeth Kübler-Ross le bouscule désagréablement. Toutes sortes de rumeurs lui reviennent en tête. En France, les bien-pensants ne prétendent-ils pas qu'elle est depuis longtemps folle à lier ? Quand elle se met à lui parler de ses « guides » et de ses expériences mystiques, le

Dr Mignot n'est pas loin de rejoindre les bien-pensants. À partir de quand la spiritualité devient-elle psychose ?

Mais les jours passent et l'avis du jeune audacieux change. Folle, Élisabeth ? « Non elle serait folle si elle était inadaptée au monde. Or, ce n'est nullement le cas. » Bien au contraire : des camps de réfugiés de la Seconde Guerre mondiale à la grande épidémie du sida, en passant par le traitement de la folie dans les hôpitaux psychiatriques modernes ou par la guerre du Viêtnam, Élisabeth s'est toujours retrouvée sur le front de la réalité matérielle la plus dure, la plus tangible. Avec plus de sagesse et de raison que certains membres d'aréopages « raisonnables ». Elle a décidé de doubler son message scientifique d'un message spirituel — et s'est ainsi coupée de bien des gloires et de bien des richesses —, mais au nom de quoi irait-on le lui reprocher ?

Dans les mois qui suivent, tout en poursuivant son travail à l'USP de l'hôpital Paul-Brousse, Hervé Mignot traverse donc toute la formation Kübler-Ross, qui comporte un aspect médical et psychologique, mais aussi une plongée explicitement spirituelle.

Métamorphose.

Les dimensions de la personnalité du jeune médecin, jusqu'alors soigneusement clivées — vie physique, vie émotionnelle, vie intellectuelle, vie spirituelle, vécues comme autant de fragments d'une grenade éclatée (au nom de quel dogme, peur ou tabou ?) — se rassemblent, offrant soudain à sa vie une harmonie exaltante et inattendue.

Créer l'Association Kübler-Ross-France devient à ses yeux une véritable mission. Il en rêve. En proie à de longues insomnies, il connaît par deux fois une sorte de révélation ! Accomplir ce travail, telle devient sa *légende personnelle,* comme dirait Paulo Coelho.

Il va lui falloir beaucoup de détermination pour parvenir à ses fins. Autant l'idée de soins palliatifs entre peu à peu dans les mœurs françaises, autant la perspective de les aborder sous l'angle d'une spiritualité explicitement formulée fait émerger de fortes résistances, y compris chez les confrères et consœurs avec qui Hervé Mignot travaille à l'hôpital Paul-Brousse. En fait, il sait de quoi ils ont peur :

« Si je m'étais entendu parler comme je le fais à présent, il y a cinq ou six ans, je me serais fait enfermer !

— Et que s'est-il passé depuis ?

— J'ai personnellement évolué. Mais je pense aussi que nous en sommes à une nouvelle étape. J'ai énormément apprécié le mouvement des soins palliatifs tant qu'il se trouvait dans sa phase d'agitation subversive, où chacun cherchait, réfléchissait, remettait en cause tous les tabous de la société concernant la fin de la vie. Et le mouvement n'était pas uniquement médical. C'était aussi un mouvement de bénévoles très divers, un mouvement philosophique, anthropologique, historique, social... où tout se mêlait. J'ai vu ce mouvement s'étendre avec enthousiasme, mais aussi, de façon concomitante, s'installer, s'embourgeoiser, établir ses relations de pouvoir, de concurrence, voire de rivalité entre médecins, entre associations... En octobre 1990, au premier Congrès européen de soins palliatifs, chacun écoutait encore avec respect ce que les autres avaient à dire. Depuis, les positions se sont figées. Aujourd'hui, le mouvement s'est complètement médicalisé.

— Vous exagérez !

— Je crains que non. L'accompagnement des personnes en fin de vie est entré à l'hôpital — c'est ce que nous souhaitions. Mais il s'y est fait phagocyter. Les médecins ont pris la totalité du pouvoir avec tout ce que cela signifie. Vous n'imaginez pas à quel point, ces derniers temps, le discours scientifique est redevenu la langue officielle de l'accompagnement des mourants, et combien toute approche différente est désormais considérée comme suspecte, surtout si elle fait appel à d'autres dimensions ! Or, de quoi pensez-vous qu'ait essentiellement besoin celui qui approche la fin de sa vie terrestre ? De la visite, matin et soir, d'une escouade de blouses blanches ? Au début du mouvement, tout le monde était d'accord pour dire que l'essentiel, en soins palliatifs, se jouait dans l'échange, le dialogue, et donc qu'il fallait limiter les prescriptions. On en est complètement revenu. Les médicaments de toutes sortes font un retour en force, avec notamment beaucoup de psychotropes et, en fait, de moins en moins de présence. Certes, toute expérience de soins palliatifs qui démarre suscite des illusions, en particulier sur la capacité des accompagnants à remplir leur mission "avant tout avec amour". Mais la vitesse de croisière que l'on a atteint aujourd'hui fait ressortir, j'en suis désolé, de très vieux réflexes de confort intellectuel, très normalement humains peut-être, mais qui disqualifient d'emblée toute référence à la spiritualité. Les soins palliatifs sont entrés dans la phase où il leur faut montrer patte blanche, se ranger, se faire reconnaître, à l'université, à l'hôpital auprès des grandes institutions de la République. On espère bientôt inaugurer la première chaire de soins palliatifs.

— Tant mieux !

— Ce que l'on gagne d'un côté, on le perd de l'autre. Désormais, pour beaucoup de responsables français des soins palliatifs, la vraie grande question est : qui dirigera la Société française des soins palliatifs ? »

Derrière sa voix très douce et son impressionnant calme d'athlète, on sent bouillonner la révolte. J'essaie de comprendre. Depuis quelque temps, on sent effectivement se renforcer la tendance qu'il dénonce. Au printemps 1996, plusieurs plaintes me sont arrivées, au journal, venant de bénévoles et de non-soignants impliqués dans l'accompagnement, qui s'étaient tout simplement vu refuser l'accès au dernier congrès de ladite Société, à Toulouse. Mais faut-il en tirer des conclusions aussi alarmistes qu'Hervé Mignot ? Je tente de me rassurer :

« Si l'on observe ces vingt dernières années, le

sourd conflit entre euthanasie et soins palliatifs semble en tout cas avoir été remporté par les partisans de l'accompagnement.

— Détrompez-vous ! L'accompagnement des personnes en fin de vie se médicalisant de plus en plus, on commence à y voir apparaître des gens favorables à l'euthanasie active — y compris parmi les responsables, et pas seulement en Hollande : en France et au Canada aussi. À vrai dire, je trouve cela normal : à partir du moment où les soins palliatifs deviennent purement techniques et gomment peureusement les "autres dimensions", les équipes en viennent facilement à la question : "Et quand ça ne marche pas, qu'est-ce que l'on fait ?" Eh bien, dans ce cas-là, on arrête, et bye bye ! L'espace consacré au véritable accompagnement se rétrécit de plus en plus. »

Le Dr Mignot exagère peut-être. Malgré l'adversité à laquelle il est réellement confronté — et qui le rend si pessimiste —, il a réussi à lancer Kübler-Ross-France. Forte d'environ six cents membres à la fin de 1996, quatre ans après sa fondation, cette association propose, un peu partout à travers le pays, la plupart des services qu'Élisabeth Kübler-Ross a « inventés » aux États-Unis :

— des conférences et des séminaires occasionnels, qui constituent le cercle le plus large, ouvert à tout public ;

— plus restreints et se réunissant plus régulièrement, des *groupes de soutien mutuel* qui se consacrent à l'aide aux endeuillés. Nous sommes tous en deuil de quelqu'un ou de quelque chose, Élisabeth Kübler-Ross a toujours tenu à ce que ces groupes rassemblent des personnes vivant des deuils les plus divers possibles — alors que la tendance majoritaire aux États-Unis serait de regrouper les personnes par symptômes ou par catégories : les parents qui ont perdu un enfant, les veufs ou les veuves, les personnes souffrant de telle ou telle maladie, etc. ;

— les stages de formation à l'accompagnement, qui intéressent autant les professionnels que les bénévoles ;

— une lettre trimestrielle ;
— des antennes, des groupes de proximité... ;
— enfin, essentiel, le séminaire, « Naître, vivre et mourir », qui reprend la méthode de l'atelier « Life, death and transition ». Cette expérience m'avait fortement marqué à l'époque de *La Source noire*. Il s'agit d'un stage de cinq jours au cours duquel, en groupe et à l'abri de l'agitation du monde, chacun, qu'il soit malade en fin de vie, soignant, accompagnant bénévole ou simple terrien névrosé, peut descendre dans la vallée basse de tous ses deuils non ou mal vécus, pour finalement — deuil suprême — tenter de pénétrer le mystère de sa propre mortalité.

Entièrement voué à sa mission d'« accompagnant », Hervé Mignot multiplie les initiatives. Il a ouvert un cabinet privé de soins palliatifs à domicile, dans le seizième arrondissement de Paris, et amplement contribué à une initiative étonnante, en Seine-Saint-Denis, que j'aimerais évoquer un peu plus longuement ici, car elle marque à mon sens un tournant. L'aventure d'Aurore montre que, par-delà les risques de mainmise médicale, le « grand théâtre du passage » est en train de rouvrir ses rideaux jusque dans les profondeurs de notre pays.

Cela se passe à Rosny-sous-Bois, banlieue ouvrière du nord-est parisien. Le directeur du Centre de santé municipal, le Dr Patrick Florentin, qui déplore l'absence de tout soin palliatif sur sa commune et la méconnaissance générale de ses concitoyens sur tout ce qui se joue à la fin de l'existence, a entendu parler du Dr Hervé Mignot et décide de s'adresser à lui. Que faire pour susciter un début de prise de conscience chez les habitants de sa commune ?

Hervé Mignot, très occupé, n'a guère de temps disponible. Il commence par conseiller à son confrère de passer le diplôme de soins palliatifs et d'accompagnement, qu'il supervise avec Michèle Salamagne à l'Université Paris XI (Kremlin-Bicêtre)... Ce que le Dr Florentin met illico à exécution, avant de revenir à la charge, diplôme en poche. Le responsable de Kübler-Ross-France se sent alors obligé de faire un effort. Il accepte de rencontrer l'adjoint municipal à la Santé, puis le maire de Rosny-sous-Bois. Télescopage politique et social : le grand bourgeois entre pour la première fois dans cette banlieue communiste, dont il connaissait à peine le nom. Il explique avec fougue les fondements médicaux et anthropologiques de l'accompagnement des mourants. Le courant passe. « Que pouvons-nous faire au niveau municipal ? » demande bientôt l'adjoint à la Santé. Hervé Mignot, qui n'a jamais réfléchi à la question sous cet angle, improvise :

« Il faudrait d'abord que vous sachiez *grosso modo* qui meurt dans votre ville, et de quelle façon. Puis dégager quels sont les besoins les plus urgents.

— Comment ?

— Le plus simple serait sans doute de commencer par consulter toutes les professions impliquées. Tenez, allez donc interroger les médecins, les infirmières, les psychologues et les assistantes sociales de chez vous, mais aussi — pourquoi pas ? — les fossoyeurs et... qui sais-je encore ? les pompiers ! les gardiens de la paix ! et pourquoi pas les employés d'état civil ? Une sorte d'étude de marché, quoi !

— Très bonne idée, mais qui va faire cette étude ?

— Eh bien...

— Vous ?

— C'est-à-dire...

— Formidable. Topez là ! »

Et c'est ainsi que le Dr Hervé Mignot se retrouve projeté dans une enquête inédite et complètement innovante à Rosny-sous-Bois. Délaissant régulièrement les quartiers ouest pour une banlieue laborieuse à l'autre bout de la capitale, il se met au travail avec une passion qui l'étonne lui-même. Personne n'était jamais venu interroger les fossoyeurs, les employés de l'état civil, les pompiers, les policiers de Rosny-sous-Bois (sans compter les médecins, les infirmières et les psychologues) sur leur rapport à la mort. Ni à Rosny-sous-Bois, ni ailleurs en France. Jamais, semble-t-il, un tel travail n'avait même été envisagé.

Cela lui prend un an. Certaines rencontres le frappent de stupeur et d'émotion. Celle avec les fossoyeurs, notamment. Ils le prennent d'abord pour un flic en civil et, méfiants, lui demandent ses papiers. Une fois qu'ils sont rassurés, il n'y a plus moyen de les faire taire. En quarante ans pour les plus vieux, c'est la première fois que l'on se préoccupe d'eux face à la mort, aux cadavres, aux endeuillés de toutes sortes.

Le commissaire principal, lui, une fois éclairé sur la qualité et les motivations de l'enquêteur, lui demande de fermer la porte de son bureau. Puis il se met à lui confesser des histoires humaines et tragiques : « Le plus dur, dit-il, c'est pour nos jeunes recrues. Nous sommes classés “zone sensible”, je reçois des gars qui sortent tout juste de l'école, vous comprenez : des gamins ! Qui doivent se coltiner le sang, les os et la mort sans y avoir été le moins du monde préparés. Croyez-moi, docteur, j'en ai vu chialer plus d'un ! »

Chez les pompiers, toujours en première ligne pour aller décrocher les pendus ou repêcher les noyés — « et parfois les morts sont des enfants... » —, Hervé Mignot entend un chef murmurer : « Vous savez, chez nous, on n'a pas le droit de pleurer. Et pourtant, des fois, je vous jure... » Et l'homme ne peut achever sa phrase.

Les employés municipaux de l'état civil donnent des frissons à l'enquêteur. Ils lui racontent comment, à l'annonce de certains décès, tout le service peut se retrouver paralysé des heures, devant les larmes d'une femme ou d'un homme venu annoncer le décès d'un parent, d'un enfant, d'un conjoint...

À l'automne 1993, le médecin rend son rapport aux responsables de la mairie de Rosny, qui organisent alors avec lui un « colloque interprofessionnel municipal » intitulé : « Des soins palliatifs à Rosny-sous-Bois ? »

« Nous attendions une cinquantaine de personnes,

se souvient Hervé Mignot, ils furent plus de deux cent cinquante ! Il y avait là, assis sur le même banc, le maire, le rabbin, le curé, le médecin généraliste, l'infirmière, le fossoyeur... chacun parlant à l'autre et l'écoutant. C'était incroyable ! »

L'événement est salué par toute la presse et *Libération* titre : « Le maire de Rosny se veut aussi celui des morts ». Un immense tabou a commencé à se fissurer ce jour-là dans une banlieue du nord-est parisien.

De ce colloque va naître un groupe de travail, et de celui-ci une association, Aurore, dont l'ambition se veut multiple :

— modifier le discours ambiant sur la valeur de la fin de la vie ;

— ouvrir au public un groupe de réflexion où les gens peuvent venir parler de *la* mort, et plus précisément de *leur* mort ;

— assurer des formations élémentaires, en particulier pour toutes les professions citées ci-dessus.

L'association Aurore est encore jeune, mais déjà des missions municipales venues des quatre coins de France la consultent sur sa méthodologie, ses résultats, ses projets... Élargie à l'échelle du pays, l'expérience menée à Rosny ouvre des perspectives étonnantes. Quel corps social, même activement impliqué, pourrait se prétendre aujourd'hui suffisamment préparé pour aider les autres — et soi-même — à vivre la fin de la vie ?

Quête jamais achevée, pleine d'amour et de pièges. Comment, notamment, concilier foi religieuse et laïcité ?

Les accompagnants sensibles à la dimension spirituelle, pour qui la mort n'est qu'un passage vers un *ailleurs*, peuvent trouver leur tâche malaisée dans les services hospitaliers. J'entends la protestation d'Hervé Mignot : « Depuis Freud, le tabou de la mort avait remplacé celui du sexe. Avec le mouvement des soins palliatifs, ce tabou à son tour a commencé à s'écrouler. Mais depuis que le mouvement est devenu la chasse gardée des professions médicales, un nouveau tabou s'est substitué à celui de la mort : le tabou de la spiritualité. »

La Vie transcenderait toute forme de finitude et de mort ? Adhérer à ce credo — le vivre — change évidemment tout.

Comment en parler ?

L'affaire n'est pas simple.

Prenez quelqu'un comme Michèle Salamagne, auprès de qui le Dr Mignot s'est véritablement affirmé professionnel de l'accompagnement des personnes en fin de vie. Cette femme représente aujourd'hui une sorte d'idéal officiel en matière de soins palliatifs. Dire qu'elle est insensible à la dimension spirituelle serait faux. Mais elle reconnaît volontiers : « J'éprouve beaucoup de satisfaction à évoluer dans un milieu dont la vocation première est le soin et non le soutien spirituel.

— Pourquoi ? » lui demande son ami Emmanuel Hirsch.

Elle tente de s'en expliquer dans ce passage de leur livre d'entretien :

> E. H. — La qualité de parole à laquelle tu t'efforces de parvenir avec certaines personnes en fin d'existence atteint-elle parfois une dimension de spiritualité ?
> M. S. — C'est parfois le cas, mais nous nous gardons bien de provoquer un tel échange. Si nous y parvenons, c'est qu'il s'est imposé. Nous faisons tout, dès lors, pour être respectueux de cette attente, de cette exigence. Mais les malades n'adoptent pas tous un même discours en fin de vie. Leur histoire personnelle comme leur sensibilité les rendent infiniment différents les uns des autres. Notre approche se doit d'être toujours spécifique. Elle est faite de tant d'inattendus[1] !

Certains mourants, par exemple, se cantonneront jusqu'à leur dernier souffle à ce qu'Élisabeth Kübler-Ross appelle le « premier quadrant » : ils se plaindront de leurs douleurs, de leurs problèmes phy-

1. In *Accompagner — Jusqu'au bout de la vie, op. cit.*

siques, ne voudront rien entendre d'autre — et, pour eux, la spiritualité ne pourra passer que par là. Question : comment atteindre à la spiritualité en s'interdisant de passer par les mots ? par l'esprit pur ? par le corps cru ? Paradoxe de l'Occident, méfiant tout à la fois vis-à-vis de l'esprit et du corps ! Profonde est l'interrogation de Michèle Salamagne...

> Je me demande parfois si l'on peut véritablement réaliser notre projet d'unité de soins palliatifs sans que cette préoccupation de la part spirituelle des uns et des autres soit prise en compte. Mais dès lors, comment la mettre en œuvre, la rendre possible, l'actualiser dans un contexte qui doit être avant toute chose attentif à la sensibilité de chacun [1] ?

Et, plus loin :

> Nous constituons un lieu où s'effectue un travail spirituel : pour les familles, pour les malades, pour les soignants. Comment peut-on le prendre en compte, le faire croître ? Est-ce encore du domaine de notre vocation hospitalière ?

Ces questions ne sont pas vaines. Toute la modernité se les pose face à l'appel spirituel. Les infirmières d'autrefois, que l'on appelait « ma sœur », ne s'interrogeaient pas. Elles prenaient les mains des mourants dans leur chapelet et priaient, éventuellement. Ces temps sont révolus : l'humanité a atteint l'orée de la liberté individuelle et désormais, comme le dit Michèle Salamagne, chacun de nous aborde la question métaphysique fondamentale de manière tout à fait personnelle. Dès lors, comment ne pas risquer d'abuser celui qui se meurt, en lui imposant une spiritualité qui ne serait pas la sienne ?

Au nom d'un impératif de spiritualité, Hervé Mignot dénonçait la mainmise progressive de la corporation médicale sur la fin de la vie. Au nom d'un impératif de liberté, Michèle Salamagne craint un abus de pouvoir sur les mourants, exercé par des accompagnateurs trop enclins à la « spiritualité ».

1. *Ibid.*

Les deux ont probablement raison.

La solution est complexe. Je l'ai vue mise en pratique avec luminosité à La Maison de Gardanne : par le dialogue.

Dialogue entre celui qui s'en va et celui qui reste. Dialogue entre l'expert du soin et l'humain citoyen. Dialogue entre l'assoiffé de spiritualité et l'assoiffé de liberté — y a-t-il d'ailleurs une réelle différence entre les deux ? Dialogue qui n'est pas une coexistence pacifique, lourde de non-dits et de compromis.

L'éditeur Jean Mouttapa, responsable avec Marc de Smedt des livres de spiritualités d'Albin Michel, me disait récemment, citant le philosophe juif Éric Weil : « Il y a violence et non-dialogue dès lors que je me refuse à faire participer l'autre à l'élaboration de mon propre discours. C'est pourquoi la coexistence pacifique est, au fond, violente, d'une violence rentrée, frustrée... Lévinas disait cela autrement : il y a violence dès lors que je parle ou agis comme si j'étais seul au monde. C'est-à-dire que je fais violence au monde ou à l'autre par la non-reconnaissance. Mais inversement, et Lévinas le disait aussi : il y a violence dès lors que je reconnais une dimension qui ne me fait pas participer, avec la totalité de mon être, à elle [1]. »

En ce sens, il y aurait violence à l'égard d'un mourant que l'on refuserait d'aider à élaborer un discours sur la fin de sa vie, ou à fortiori à qui l'on imposerait une fin de vie réduite à son aspect médical. Mais il y aurait également violence à l'obliger à se situer par rapport à une dimension transcendentale dénuée de sens pour lui.

L'acte I de la redécouverte du grand passage pourrait se prolonger sur plusieurs scènes encore...

Au soir de nos vies, tout peut à nouveau se rejouer. Ainsi l'humanité moderne se trouve-t-elle désormais, comme les humanités plus anciennes, en prise directe, à la fois pragmatique et philosophique, avec

1. Cf. *Nouvelles clés*, n° 12, hiver 1996-1997.

sa mortalité. Ainsi s'autorise-t-elle à nouveau l'accès au Grand Jeu.

Alors, mais alors seulement, deviennent audibles certaines informations qui, depuis l'aube des temps, parviennent aux humains depuis la zone d'agonie.

Une fois le tabou estompé et la mort réinvestie d'un sens, les visions de certains voyageurs des confins de la mort prennent une tout autre dimension.

Mireille Vigneron, la psychologue de La Maison de Gardanne, nous parlait de ce vieil homme qui racontait chaque matin qu'il avait erré toute la nuit dans une forêt... à la grande surprise de son entourage qui l'avait veillé heure après heure, la main dans la main.

Je me rappelle ma propre grand-mère maternelle, à l'extrême fin de sa vie, nous appelant sans cesse pour l'aider à « chasser ces femmes pleines d'insolence » qui venaient, « les bras chargés de fleurs », pour décorer sa chambre ! Les visions disparaissaient sitôt que nous arrivions.

Un ami me racontait récemment que sa belle-mère, malade, se voyait systématiquement entourée de rennes — symbole des postes et télécommunications, en Israël, son pays.

Et Philippe Labro, dans *La Traversée,* rapporte comment son père et plusieurs amis décédés lui sont plusieurs fois apparus, alors qu'il se trouvait à l'hôpital, entre la vie et la mort :

> Ils sont debout, en un seul rang serré, en ligne droite, le long du mur blanc (ou bien est-il jaune clair) et ils sourient tous. Leurs regards, leurs gestes, leurs visages expriment un drôle de sourire, comme une invitation. Tout, dans leur attitude bienveillante, semble vouloir dire :
> — Viens !
> D'ailleurs, l'un d'entre eux, le plus âgé, finit par ouvrir la bouche et il prononce précisément cette parole que je croyais deviner :
> — Viens !
> Puis il ajoute :
> — Viens nous rejoindre. Nous t'attendons.

Comme s'il s'agissait d'une évidence, une chose acquise [1].

Délires ? Hallucinations ? Visions troublantes en tout cas. Marie de Hennezel me racontait un jour qu'un homme soigné à l'hôpital psychiatrique lui racontait chaque lundi matin ce qu'elle avait vécu pendant le week-end. « À chaque fois, disait-elle, j'étais complètement fascinée : l'inconscient de cet homme lisait en moi à livre ouvert ! »

La plupart des accompagnants et des professionnels des soins palliatifs demeurent extrêmement pudiques et prudents sur les *expériences de l'extrême limite.*

Ainsi Michèle Salamagne déclare-t-elle : « Selon les jours et selon notre état psychologique, on réagit différemment. On s'interroge sur le résumé de cette vie qui nous quitte et que la personne emporte avec elle. C'est tout le mystère de ce qu'elle a fait ou voulu accomplir, créer, de ses espoirs, de ses amours. C'est un être qui s'est confié à nous dans ses derniers moments et qui demeurera un mystère. Je pense à tout le mystère de l'après. Vers où part-elle ? Ces questions sont sans réponse [2]. »

Pourtant, nul ne peut stopper le flot de plus en plus tumultueux des informations venues de *l'extrême limite.* Et nul ne peut empêcher quiconque de vouloir les comprendre !

Ici prend fin l'acte I de la redécouverte d'un nouvel *ars moriendi,* en France, entre 1977 et 1997.

Ici se calme l'indispensable sursaut.

Ici les femmes laissent entrer en scène les hommes. L'énergie masculine, curieuse, intellectuelle, toujours prête à jouer...

Puissent-ils, comme elles l'ont fait, respecter la règle du Grand Jeu.

1. Philippe Labro, *op. cit.*
2. *Accompagner — Jusqu'au bout de la Vie, op. cit.*

INTERMEZZO

Dans la première partie de ce livre, nous avons parlé de la préface écrite par François Mitterrand pour Marie de Hennezel. Les préfaces jouent parfois un rôle d'articulation dans l'existence des êtres ou des communautés. Je revois la scène où, en 1975, aux États-Unis, un interne en psychiatrie, un certain Raymond Moody, par ailleurs professeur de philosophie, s'approche d'Élisabeth Kübler-Ross, dans les coulisses d'un auditorium où elle vient d'achever une conférence sur l'accompagnement des personnes en fin de vie. Il est tard et la dame est fatiguée, mais elle accepte de parcourir le manuscrit que le jeune inconnu lui tend. C'est un texte étonnant, recueil de témoignages sur un état de conscience particulier, qui a radicalement changé la vie de ceux qui l'ont connu. Un point commun entre ces personnes : un élan de vie décisif a jailli en elles alors qu'elles se trouvaient aux portes de la mort. Depuis, elles vivent. Mieux. C'est une histoire très simple. Qui a un rapport avec le fait de savoir aimer.

L'interne Raymond Moody a baptisé cette expérience *Near Death Experience,* NDE — ou expérience de mort imminente. Il se demande comment la célèbre Élisabeth Kübler-Ross va réagir. Accepterait-elle de préfacer son livre ?

Après dix minutes de lecture en diagonale, elle lève les yeux vers l'étudiant et lui lance : « Ça m'a l'air correct, jeune homme. Je pense que je vous écrirai une présentation.

— Vraiment ? Vous ne trouvez pas ces histoires trop folles ?

— Pfff ! rigole la dame, j'en connais de bien plus folles.

Des témoignages comme ceux-là, on en ramasse à la pelle quand on aide les gens à mourir avec le cœur ouvert.

— Et vous... n'en avez jamais parlé ?

— Voyons, mon ami, je ne dispose que de vingt-quatre heures par jour pour aider les gens à mourir. Où trouverais-je le temps d'aller, en plus, rapporter les histoires qu'ils me racontent ? Mais je suis ravie d'apprendre que quelqu'un d'autre s'en charge. Certaines de ces histoires sont tellement magnifiques ! Racontez-les, c'est votre job, je vous en félicite.

Cela se passait en 1975, dans une petite ville de Georgie, dans le Sud-Est des États-Unis. Élisabeth Kübler-Ross venait de passer le relais à Raymond Moody pour qu'il frappe les trois coups de l'acte II du théâtre de l'agonie.

ACTE II

Irruption d'un mythe sauvage en pleine modernité

Quelle est donc la nécessité pour nos sociétés de faire resurgir un tel modèle ? Le sacré est-il le régulateur indispensable des systèmes sociaux ? Est-il le seul lien valide, parce que transcendant, propre à fonder l'indispensable solidarité humaine ?

Evelyne-Sarah Mercier

SCÈNE 1

Vouloir crier l'indicible par-dessus les toits

> L'autre nuit, je me suis mis à tousser au point que cela m'effrayait. Alors je me suis posé la question : « Qui tousse ? » Le mental avait toute une série de réponses, mais lorsque je me suis concentré sur la sensation de la toux, j'ai réalisé que c'était une expérience que faisait mon corps et que, d'une certaine manière, mon corps était une expérience que faisait mon esprit.
>
> Stephen Levine

Un pavillon plutôt chic, dans une banlieue ouvrière. L'homme qui m'a donné rendez-vous est un psychiatre. Un militant. Psychanalyste longtemps de tendance lacanienne. Avec lui, au moins, je ne cours pas le risque de glisser dans le New Age californien. C'est à sa demande que je viens le voir. Il a lu ma première enquête et tient à me parler. J'ai cru comprendre au téléphone qu'il a lui-même connu une NDE.

Il fait nuit quand j'arrive. Pierre Renaud vient m'ouvrir, l'air courtois mais voilé d'un embarras qui ne fera que croître durant notre entretien — pour disparaître au cours du dîner que sa femme nous servira plus tard. Sitôt expédiés les salamalecs de présentation, un silence lourd s'installe en effet entre nous. Pendant une heure, l'homme se contente de balbutier : « Mais que voulez-vous que je vous dise ? Mais que voulez-vous que je vous dise ? »

Moi ? Je ne veux rien. Lui, en revanche, aimerait tellement parler ! Seulement, mon interlocuteur le sait par expérience professionnelle : les mots peuvent être d'un usage si délicat qu'il vaut peut-être mieux s'abstenir. Il tient à ne se prononcer qu'à bon escient. Or l'histoire qu'il aimerait me confier ce soir est irracontable.

Il ne semble pas éprouver de difficultés particulières à exprimer les nuances de ce qu'il a ressenti. Il ne craint pas non plus de se dévoiler devant un inconnu. Non : l'expérience qu'il a traversée se situe simplement dans un registre d'une force et d'une nature inexprimables. Tout au plus pourra-t-il finalement balbutier — aux confins du formulable et en se faisant violence : « Alors ce serait cela, l'inconscient ? »

Vous connaissez certainement les grandes lignes du scénario : certaines personnes qui ont frôlé — ou cru frôler — la mort en sont revenues avec l'impression d'être « sorties de leur corps », d'avoir « voyagé dans un tunnel infiniment grand », tout au bout duquel brillait une « lumière absolument extraordinaire », dont ils disent avoir su avec certitude qu'il s'agissait de l'« Amour inconditionnel » et de la « Connaissance absolue ». Plus tard, ces mêmes personnes ont constaté que l'expérience les avait transformées. Leurs valeurs avaient changé, elles se sentaient davantage concernées par les autres, leur peur de vivre et leur peur de mourir avaient disparu. *Un peu comme si une psychanalyse fulgurante avait dissous tous leurs conflits intérieurs et provoqué en eux un puissant éveil spirituel.*

Reprenant le dossier, douze ans après ma première enquête, il me semble avoir, à l'époque, négligé une donnée importante dans les récits des *expérienceurs* (anglicisme utilisé par les chercheurs français pour désigner celles et ceux qui ont vécu une NDE). Donnée que toutes les enquêtes mentionnent pourtant, y compris la mienne, mais généralement sans en tirer de conclusion logique : la plupart de ceux qui ont vécu une NDE commencent par affirmer : « Il n'y a strictement aucun mot humain pour dire ce que j'ai vécu. »

Moyennant quoi, ils devraient donc se taire.

Certains insistent même longuement : « J'utilise ici le mot *vitesse* mais c'est faute de mieux, car en réalité, la vitesse dont il est ici question est sans commune mesure avec ce que nous appelons ainsi d'ordinaire. J'allais *infiniment* vite, comprenez-vous, et pourtant je n'éprouvais aucun vertige. »

Ou bien : « Je dis que ce tunnel était *noir,* mais même la nuit la plus noire au fond d'une grotte absolument noire ne peut donner la moindre idée du "noir" que j'ai traversé à ce moment-là. Comment dire ? Je suis entré dans l'essence même du noir et c'est... Ah ! vous ne pouvez pas comprendre, c'est tellement autre chose. »

Ou encore : « Cette *lumière* ne correspondait à rien de ce que nous connaissons dans le monde physique. Pour la décrire, j'ai envie de dire qu'elle était puissante comme des millions de soleils. Mais en même temps elle était infiniment douce, alors... ça pose un problème. »

Ou enfin : « Je vais utiliser des mots pour essayer de vous dire ce que j'ai ressenti alors — par exemple les mots *amour inconditionnel* — et pourtant, tout de suite, je le regrette. Parce que même en rassemblant toutes les plus belles expériences d'amour de votre vie — amour érotique autant qu'amour filial ou parental ! — et même en imaginant que vous viviez tout cela à la fois, ramassé en un seul instant, de manière totale et sans condition, eh bien cela n'arriverait pas à la cheville de ce que j'ai éprouvé alors. »

Bref, l'inexprimable majeur, le totalement ineffable, l'indicible absolu. C'est le propre de beaucoup d'expériences aux limites de la conscience, en particulier des expériences mystiques. Mais, au lieu de se taire, les rescapés d'une NDE éprouvent un besoin irrépressible d'en parler.

Et, après des décades de silence forcé, désormais ils parlent !

On ne compte plus les conférences, les films, les émissions de télévision, les livres de témoignages sur les NDE — dont le dernier en date, en France, au moment où j'écris, est signé du journaliste Philippe Labro [1], que nous avons déjà rencontré. Beaucoup de ceux qui ont vécu une telle expérience se sentent littéralement investis d'une mission. Ils ont échappé à la mort, pensent-ils, pour porter témoignage et aider le genre humain à évoluer. Certains préféreraient mourir sur-le-champ plutôt que de se taire !

Certes, le contexte joue. Si l'entourage ne veut pas entendre un témoignage jugé délirant, la personne rescapée peut se taire pendant toute une vie — parfois au point de risquer, cela s'est vu, de véritables crises de schizoïdie. Si l'entourage accepte d'écouter, les *expérienceurs* se font volontiers prolixes. Ils peuvent alors passer, sans transition, de la fameuse phrase : « Il n'y a strictement aucun mot humain pour exprimer ce que j'ai vécu » à : « Au fond de ce tunnel où j'avais eu tant de plaisir à revoir mon père et ma grand-mère, morts depuis des années, s'est mis à briller un soleil magnifique, qui formait une sorte de citadelle de lumière vers laquelle je me suis alors dirigé par un petit chemin et... »

Entre ces deux phrases, les mots ont changé de statut. Ils sont devenus métaphoriques, symboliques. Les rescapés de la mort ne semblent pas souvent s'en rendre compte. Et même ceux qui saisissent le glissement sémantique passent outre. Ils ont vécu un rêve *plus réel que le réel.* Un rêve dont les effets se prolongent en eux de manière indélébile, vivace, pendant des décennies, avec des répercussions profondes. Après une NDE, un grand nombre d'*expérienceurs* divorcent, changent de ville, de milieu, de profession... Le psychanalyste évoqué plus haut venait de décider de changer de métier et de vendre sa maison.

1. *La Traversée, op. cit.*

Qu'ont donc vécu ces gens ?

Hallucination, rêve, délire mystique ?

Ce qui me frapperait plutôt, dix ans après que m'ont tant passionné l'homogénéité des milliers d'expériences recensées [1], le « profil type » qui s'en dégageait, c'est au contraire leur singularité. Chacune des *Near Death Experiences* est fondamentalement singulière.

À dire vrai, cela n'est qu'apparemment contradictoire. Nous sommes constamment invités à observer et à participer au jeu simultané de l'unique et de l'identique.

Ce jeu croisé de l'un et du multiple, voilà ce que je sens se dégager, lorsque je lis aujourd'hui les dix récits de NDE qui suivent. Dix récits bruts, que je n'ai volontairement cherché ni à ordonner, ni à homogénéiser.

1. Menées depuis la fin des années quatre-vingt, les études européennes, généralement plus timides que leurs équivalents américains, du fait d'un moindre tonus des chercheurs mais surtout d'un plus grand conservatisme des institutions, n'ont malheureusement pas fait avancer la question statistique. On en reste donc à la fourchette, ridiculement large, qui fait varier entre 5 % et 30 % la probabilité pour qu'une mort clinique ou un arrêt cardiaque se soldent par le souvenir d'une NDE.

SCÈNE 2

Dix expériences singulières

(écrit en collaboration avec Jean-Pierre Moreau)

> L'espace-temps de la mort est une occasion inoubliable d'intimité.
>
> Marie de Hennezel

Les NDE rapportées ici n'ont fait l'objet d'aucune sélection. Ce sont les dix premières expériences qui me sont parvenues lorsque je me suis mis en quête. Elles sont très différentes les unes des autres et font voler en éclats les images d'Épinal de la NDE. Plus de « profil type », finie la NDE idéale en cinq étapes, envolé le système qui, déjà, se figeait dans ma tête. Non qu'il faille brûler ce que l'on a adoré. L'essentiel est sauf. Les chercheurs américains de l'acte II — de Moody à Greyson, en passant par Ring ou Sabom — n'ont pas travaillé en vain. Nous sommes juste invités par l'évolution normale des choses à sans cesse renouveler notre vision et à refuser de croire que nos filets verbaux auraient réussi à *capturer l'indicible* comme un gros poisson !

Bien sûr, ces NDE ont quelque chose en commun. Un goût, une lumière, une musique, une présence... L'essentiel ! Deux d'entre elles (celles de Michel et de Dovan) ont été recueillies par mon amie Marie Haumont, qui a fondé la section belge de l'IANDS [1].

1. Quant à la section française de l'IANDS, fondée par Evelyne-Sarah Mercier en 1988 et reprise en main par Marc-Alain Descamps en 1996, elle a fait une belle moisson de NDE, dont

Toutes les autres viennent des quatre coins de la France et nous ont été racontées, à Jean-Pierre Moreau, grand aventurier devant l'Éternel, et à moi-même. Une seule exception : celle de Jean-Yves Leloup. Le célèbre prêtre-écrivain a décrit la NDE que nous rapportons dans un très beau livre intitulé *L'Absurde et la Grâce.* C'est d'ailleurs par son récit que s'ouvre notre arc-en-ciel d'extases aux portes de la mort.

1. Jean-Yves [1]

Arrivé à Istanbul, je tombai gravement malade. On m'a dit par la suite que j'avais dû être empoisonné mais je ne trouve personne à accuser sinon moi-même, qui dans mon indifférence pouvais manger ce qui restait dans les rues après un marché et boire des eaux qui ne coulaient pas toutes de source. Je mangeais si peu qu'à mon avis, c'est dans les eaux sales du Bosphore qu'il faut chercher le microbe fatal. On me trouva dans la rue sans connaissance. Voyant que j'étais européen, on me conduisit dans un hôpital où vivaient encore des médecins et des infirmières français. Après les examens d'usage, dont un électro-encéphalogramme, on me déclara « mort ». Je n'étais pas le premier de ces jeunes Européens qu'on retrouvait ainsi. Drogue, misère, empoisonnement, peu importe, on les déclarait vite morts, et s'ils n'avaient pas de papiers, ce qui était mon cas, on ne tardait pas à les enterrer, ce qui allait être mon cas. On décida néanmoins d'attendre un peu et de m'installer dans une chambre fraîche, à l'écart.

Raconter ce que je vivais alors me semble bien difficile, d'abord parce qu'avec un électro-encéphalo-

quelques-unes des plus belles sont racontées dans *Le Voyage interdit* (Belfond, 1995). Une lecture fort intéressante qui, à mon sens, vous confirmera dans le sens que j'évoque ici.

1. Extrait du livre de Jean-Yves Leloup, *L'Absurde et la Grâce,* Albin Michel, 1990.

gramme plat on ne pense plus, ensuite parce que mon expérience n'a rien de très original lorsqu'on connaît les nombreux récits de *Near Death Experience* dont on parle aujourd'hui. Je suis toujours étonné de l'abondance d'images et de lumière dont témoignent ces rescapés de la mort. Pour moi ce fut plutôt le vide. Rien, mais j'avoue n'avoir jamais connu un état de plénitude semblable à ce vide, à ce rien. Je vais essayer d'être le plus honnête possible et de décrire avec des mots ce que je sais hors d'atteinte des mots. Les concepts en effet appartiennent à l'espace-temps, et font toujours référence à un « quelque-chose » ou au monde. Or cette expérience ne s'est pas vécue dans notre espace-temps et demeure donc hors d'atteinte des instruments qui y sont forgés.

D'abord — fait étrange après tout ce que je viens d'écrire — je ne voulais pas mourir. J'avais souhaité la mort, je m'y étais préparé de toutes sortes de façons, conscientes et inconscientes, et, au moment où « cela » arrivait, je disais non. J'ai peur, et plus je dis non, plus je souffre... quelque chose d'intolérable, une révolte de tout mon corps, de tout mon psychisme, non ! Puis, devant l'inéluctable, l'intolérable surtout de la souffrance physique, quelque chose en moi craque, sombre, et en même temps acquiesce. À quoi bon lutter ? Oui. J'accepte — je meurs.

À l'instant même de ce oui, toute douleur s'évanouit. Je ne sentais plus rien ou quelque chose de très léger. Je comprenais le symbole de l'oiseau dont on se sert pour représenter l'âme. J'étais toujours dans ma petite boîte ou dans ma cage, mais l'oiseau déjà étendait ses ailes, prenait son vol. Sensation d'espace, « horizon non empêché », mais toujours conscience extrêmement vive, lumineuse, que je percevais à la fois dans mon corps et hors de mon corps. Puis, pour reprendre l'image (inadéquate), l'oiseau sortit de sa cage, sortit du corps et du monde qui l'entourait, l'oiseau avait sa conscience d'oiseau, autonome par rapport à sa cage. L'âme existe bien en dehors du corps qu'elle informe ou qu'elle anime, cela a été rapporté par d'autres témoins. Puis, comment dire ? comme si le vol sortait de l'oiseau, un vol qui continue sans l'oiseau et qui s'unit à l'espace. Il n'y eut plus de conscience, plus de « conscience de quelque chose », corps, âme ou oiseau : rien, mais rien, ce *no-thing* (pas une chose, disent mieux les Anglais), c'était l'espace qui contenait le vol, la cage et l'oiseau, cette vastitude contenait la conscience, l'âme et le corps, ce n'était rien de particulier, de déterminé, d'informe. Cela n'est rien, cela est, c'est tout ce que je peux dire.

Pendant ce « temps-là », ou plutôt pendant cette « sortie de temps-là », on préparait mon enterrement. Que s'est-il passé ? Je me souviens seulement d'un homme qui a crié en français : « Il n'est pas mort », et on entreprit alors des choses désagréables pour me réanimer. Le vol revint dans l'oiseau, l'oiseau redescendit dans sa cage, l'oiseau suffoquait, il n'arrivait pas à respirer, on lui mit dans les poumons un air qui n'était pas le sien, on transfusa dans les veines toutes sortes de liquides qui n'étaient pas son sang.

Quand il commença à gémir, tout le monde fut rassuré : « Il sort du coma ! »

Mon rétablissement fut rapide, personne ne s'en étonna, personne ne me posa de questions. On me demanda quand même qui allait « payer pour ça », est-ce que j'avais une famille, quel était mon pays, pour qu'on prévienne l'ambassade. Je fis le muet (pour le sourd, c'était trop tard, mes yeux avaient répondu...). « Il est muet ! » Cela ne surprit personne.

« Mais comme tu n'es pas sourd, me dit en début d'après-midi un médecin, je vais t'indiquer par où tu trouveras la porte de sortie. »

Je me retrouvai ainsi dans la chaleur d'Istanbul, plutôt bien, je n'ose pas dire « ressuscité », mais c'est là un mot qui par la suite aura pour moi du sens.

2. Astrid

Je suis née au milieu de la Seconde Guerre mondiale. Condamné à mort comme collaborateur, mon père fut gracié par de Gaulle et sa peine commuée en prison à vie. J'ai été élevée par les sœurs de Saint-Vincent-de-Paul. Très jeune, j'ai été habitée par un vif sentiment de révolte. En même temps, j'avais tendance à beaucoup prendre sur moi, à m'auto-accuser pour des fautes que je n'avais pas commises. J'ai vécu un temps chez ma mère. Une femme très distante, qui s'était remariée avec un homme peu sympathique. Ils avaient des employés arabes et se comportaient en racistes. Un jour, un ouvrier fut retrouvé mort. Cela m'a profondément choquée et je me suis retrouvée militante de la cause algérienne...

En Mai 68, j'ai été violée, avec d'autres filles, par des CRS qui nous firent subir des outrages innommables. Le 14 juillet 1969, j'étais de la bande qui incendia un commissariat, à Paris... Mon mari (un jeune cinéaste, qui a fait son chemin depuis) déclara que j'étais folle et s'arrangea pour me faire déchoir de mes droits de mère. Je suis restée huit mois en prison et n'ai revu mes deux enfants que dix ans plus tard. Je suis partie en Israël, pour passer des armes aux Palestiniens, mais je me suis fait prendre et, à nouveau, me suis retrouvée en prison. Quand je suis rentrée en France, on m'a demandé d'entrer dans la police. Mon expérience et ma réflexion depuis 1968 m'ont poussée à accepter, avec l'idée de faire changer la police de l'intérieur. Je suis entrée à la brigade des mineurs, sur le secteur Halles-Beaubourg.

Parallèlement, je suivais une analyse avec Lacan...

Pas simple, mon histoire. Comment débrouiller le vrai du faux dans ce que je savais de la vie?

Durant les années quatre-vingt, j'ai traversé toutes sortes de problèmes de santé. Cancer à répétition, ovaires, poitrine, ablation d'un sein, puis d'un rein après des folies de shooteuse... Toujours suicidaire, je me suis ratée plusieurs fois. Mais finalement, une transfusion m'a fait attraper le VIH. Si je vous dis qu'en plus, je suis diabétique, vous imaginez le tableau!

C'est après une tentative de suicide, au cours d'un coma profond, que j'ai vécu une NDE.

Je suis arrivée dans un monde absolument extraordinaire, où j'ai rencontré ma grand-mère. Je savais qu'elle était morte et je me suis souvenue que j'avais souvent désiré la voir, petite. Elle avait été résistante et vendue aux Allemands, qui l'avaient assassinée. C'était devenu un personnage de légende. Longtemps, j'avais cherché sa tombe...

À présent, je me trouvais dans un couloir, un peu comme la rue de Lappe, derrière la Bastille. Il y avait de la lumière, plein de lumière, comme si le soleil était partout à la fois. Pas une ombre. Le silence. Un calme incroyable. Tout au bout, je suis arrivée dans une prairie. Il y avait là des gens que je connaissais, qui étaient morts. J'ai parlé avec un moine tibétain, jadis rencontré en Inde. Il m'a dit que j'avais une maladie très grave — à l'époque j'ignorais encore ma séropositivité. Il m'a dit que j'allais pourtant vivre jusqu'à soixante-dix-sept ans et qu'il fallait que je consacre le temps qu'il me restait aux autres — dans le bonheur ou dans la souffrance, peu importait. Je fus très impressionnée. Plus loin, au cours de ce voyage, j'ai dû me battre contre une armée de rats. Ce fut horrible!

J'ai énormément changé depuis cette expérience. Je ne vois plus les choses de la même façon. Je suis plus tranquille. J'aborde la mort différemment. Je pratique l'accompagnement de mourants comme bénévole. Je le faisais déjà auparavant, à cause du sida, mais maintenant je ne leur raconte plus de bobards en prétendant que « ça va aller mieux demain ». Non, je leur dis la vérité. Qu'il faut qu'ils se préparent. Même s'ils n'ont vécu que vingt ou trente ans, c'est le temps qu'il leur aura fallu pour accomplir ce qu'ils avaient à faire.

J'ai aussi appris à être tolérante, à gommer mon idéologie. Un matin, après une opération, les infirmières m'ont raconté ce que j'avais dit pendant mon coma. Je ne voulais pas que ce soit ce chirurgien qui m'opère, sous prétexte que c'était un juif. Je me débattais : « Il va me tuer, ce salaud. C'est un sioniste ! etc. » Cet homme m'a sauvé la vie. Mon « ennemi » m'a aimée au point de me sauver. Lentement, j'évolue.

3. Jean

Je suis né au début de la Première Guerre mondiale, à Mulhouse, alors territoire allemand. J'ai peu de souvenirs de cette époque : l'enterrement d'une de mes tantes quand j'avais trois ans, la venue de mon père en permission — il m'avait emmené sur un terrain d'aviation et fait monter dans un avion militaire, un officier allemand m'avait alors dit : « Voilà nos futurs vainqueurs ! » Ma mère est morte lorsque j'avais dix ans. J'en avais quinze quand mon père, qui était sellier-garnisseur, m'a demandé de venir travailler avec lui. Ma mère n'aurait certainement pas accepté, son rêve était de me voir faire des études et devenir pasteur adventiste. Mon père aussi était un adventiste. C'étaient des pratiquants fervents. Par exemple, ils refusaient de m'envoyer à l'école le samedi, pour respecter le sabbat. Du coup, à l'école, beaucoup me prenaient pour un juif et me crachaient dessus.

Jusqu'à mon service militaire, j'ai travaillé gratuitement pour mon père. C'est à ce moment-là que j'ai rencontré ma femme, nous nous sommes tout de suite mariés et avons quitté l'Alsace pour Dijon, où j'ai été embauché chez Renault, toujours comme sellier-garnisseur. Pendant la guerre de 39-45, les officiers allemands m'ont demandé de leur servir de réceptionniste-interprète. C'était un poste délicat, il fallait être diplomate avec chacun. Mais quand les Allemands ont parlé de m'envoyer au STO, je me suis enfui à Toulouse où j'ai ensuite participé à la libération de la ville. Puis je suis retourné à Mulhouse, pour prendre en main l'atelier de mon père.

Je travaillais beaucoup, mais le paternel voulait que nous partagions l'argent gagné en deux. Je trouvais cela injuste. Nous avons marchandé. Il a fini par me proposer 60/40 %. Je n'étais pas d'accord et avec ma femme, nous avons décidé d'émigrer à Aix-en-Provence... où je me suis fait immédiatement plumer : j'ai cru acheter un commerce, alors qu'on ne m'avait vendu que du vent, un fonds sans marchandise ni clients ! J'en ai fait une dépression. Ce furent des années difficiles. Avec le peu d'argent que j'avais, il nous fallut vivre dans un camping.

En 1958, mon fils s'est mis à me donner beaucoup de soucis. Il dépensait bien plus qu'il ne gagnait. On aurait dit qu'il ne se rendait pas compte et courait droit à la catastrophe. Mais je laissais faire, j'avalais. Le soir du 15 octobre, je ne me suis pas senti bien. J'étais nerveux. Je suis allé à la clinique Saint-Thomas.

C'étaient des gens que je connaissais, j'avais refait beaucoup de leurs fauteuils. J'ai dit à l'infirmière de garde : « Ma sœur, je ne me sens pas bien, est-ce que je peux avoir une chambre ? » Elle m'a répondu : « Avec plaisir, si c'est un médecin qui me le demande pour vous. » J'ai insisté. La sœur a appelé le SAMU... qui m'a ramené chez moi et là, j'ai commencé à flancher. Ma femme a appelé le médecin de garde. Je me souviens : c'était un Noir, j'étais bête, ça m'a fait rire.

J'aurais voulu pouvoir m'entretenir tranquillement avec lui, mais pendant qu'il m'auscultait, mon fils ne pouvait s'empêcher d'ouvrir la porte toutes les deux minutes, pour écouter la conversation. Alors une bouffée de colère m'a envahi. J'ai poussé un cri et je me suis évanoui.

La suite, on me l'a racontée.

Ma femme et mon fils m'ont emmené aux urgences en voiture. Je ne me souviens de rien. Pourtant, j'étais toujours conscient, mais ailleurs. Je me suis senti comme soulevé et transporté instantanément dans une sorte de tunnel. J'allais extrêmement vite. Le vent de la vitesse me sifflait aux oreilles. Au bout de ce tunnel, je voyais une petite lumière et j'ai entendu ma propre voix, avec mon accent alsacien, qui me disait : « C'est bon de mourir. »

Je me suis retrouvé dans la lumière. Ah, j'étais au septième ciel ! Le septième ciel, on sait ce que ça veut dire quand on fait l'amour. Cela faisait cinquante et un ans que j'étais marié et bien marié ! Mais je n'avais jamais rien vécu de tel. On me croyait couché sur un lit d'hôpital à Aix, mais moi je n'étais pas là, j'étais dans la lumière de... dans l'Amour absolu ! *(Il pleure.)*

En me réveillant, j'ai arraché tous les tuyaux qui m'encombraient, puis j'ai demandé ce que je faisais là. Une infirmière est venue, elle m'a embrassé. Devant mon lit, j'ai alors constaté qu'il y avait un tableau représentant un berger et son troupeau. Je me suis souvenu avoir parcouru ce paysage pendant mon « voyage ».

En rentrant à la maison, presque sans réfléchir, j'ai demandé à ma femme d'ouvrir la Bible à la page du psaume 23. Je n'avais que ce texte en tête après mon retour. J'avais déjà annoté ce passage bien des années avant (je lis toujours la Bible un crayon à la main). Bien sûr, j'ai parlé de mon histoire à mon retour. Ma femme ne m'a pas cru. En revanche, l'infirmière qui m'avait embrassé m'avait écouté avec beaucoup d'attention. Elle n'était pas étonnée par mes propos ; je pense que je n'étais pas la première personne à lui parler de ce genre d'expérience.

C'était il y a trente ans.

Depuis ce jour, je me sens plus serein, plus lucide, plus tolérant aussi. Je crois à l'Esprit Saint bien davantage. Je m'intéresse aussi beaucoup à l'anthroposophie de Rudolph Steiner. J'y retrouve des forces et des espoirs pour l'avenir. Et c'est formidable, maintenant je fais des rêves en couleurs — en plus ce sont des histoires complètes !

4. Michel

Ce matin-là, en me rendant comme chaque semaine au bassin communal, je ne me doutais pas qu'un événement tout à fait imprévisible ferait exploser les barrières ordinaires de ma perception et modifierait, bien des années après, ma vision du monde et la trajectoire de ma vie, de manière radicale et irréversible, un peu comme une bombe à retardement.

Je me jetai rapidement à l'eau et entamai un crawl vigoureux. Comme tous les adolescents de mon âge (j'avais alors quatorze ans), j'aimais me dépenser physiquement, mais je ne mesurais pas mes limites. C'est ainsi que je proposai au copain qui m'accompagnait de calculer le temps que je mettrais pour franchir, sous l'eau, les deux largeurs du bassin ; je me sentais en forme, bien que n'ayant rien avalé au petit déjeuner.

Je pris une profonde respiration et plongeai. J'avançais vite ; la première largeur fut allégrement franchie. Mais au tiers de la seconde traversée, le doute s'insinua en moi. L'air emprisonné dans ma poitrine s'échappait trop vite. Ma course ralentit brusquement. Je m'obstinai cependant à continuer. Alors, d'un seul coup, mes poumons se mirent à hurler ; je pris peur. Il fallait que je remonte immédiatement. Je voulus donner un violent coup de reins, mais quelque chose n'allait pas... rien ne se passait ; mon corps refusait d'obéir aux injonctions jetées par mon cerveau. Une onde de panique me submergea. La surface de l'eau était pourtant proche. Je lançai de nouveaux ordres, me battis désespérément... mais le combat ne se déroulait déjà plus que dans les limites trop étroites de ma tête. Mon corps avait déserté le champ de bataille ; il s'était enfui.

Je me rappelle qu'alors une immense tristesse m'envahit. Je criai en silence : « Maman ! Papa ! » Curieusement aussi, je me murmurai à moi-même quelque chose comme : « Merci. Je t'aimais. » Pourtant, je m'accrochais encore et refusais de partir. Je m'entendis alors clairement prononcer dans ma tête : « C'est la fin, il n'y a rien à faire ! » À la seconde même, je lâchai totalement prise et je me laissai aller, renonçant à mon existence.

Alors le temps s'arrêta ! Je me souviens de l'ordre d'apparition de certains des événements qui se succédèrent, mais non de leur durée.

D'abord, je perçus un bourdonnement étrange. Je n'avais jamais entendu cela de ma vie. Un son bas, continu, une vibration qui venait de toutes les directions de l'espace. Rétrospectivement, cela me fait penser à la sonnerie d'un réveil ; comme si quelqu'un ou quelque chose avait voulu attirer mon attention. J'étais entièrement immergé dans ce son. J'« étais » ce son ! Au même moment ou juste après, j'ai ressenti comme une pulsion fantastique et spontanée : JE SUIS ! JE SUIS !

Je ne pensais nullement ces mots ; ils jaillissaient spontanément, naturellement, comme un flot ininterrompu. Ce sentiment d'identité était profond, ultime, un cri à l'extrême limite de tout ce que j'ai connu à ce jour. Brusquement, le bourdonnement cessa. Un silence total, surprenant, lui succéda. Dès cet instant, ma vigilance s'amplifia de manière extraordinaire. Pourtant je ne voyais strictement rien. Non pas que je me fusse trouvé dans un espace dépourvu de lumière, non, j'étais plutôt comme absorbé en moi-même. J'étais donc conscient ? Graduellement, je me rendis compte que j'étais seul, totalement seul. Dans ma stupéfaction, une angoisse profonde, comme un manteau de glace, m'enveloppa. Je me disais : « Tu es seul, ce n'est pas possible, tu es mort et il n'y a plus que toi ! » De ma vie je n'ai ressenti pareille solitude, ni pareille détresse. Il s'agissait d'une solitude centrale, première, originelle. C'est comme si vous vous réveilliez d'un long sommeil et que vous vous rendiez soudain compte que vos rêves étaient certes peuplés de compagnons et d'êtres chers, mais qu'en réalité il n'y avait que vous au monde et que tous vos congénères n'avaient *jamais* existé !

J'étais concentré sur cet état effrayant, toujours aveugle, mais dans une totale attention à moi-même. Aucun souvenir de mon passé, aucune image de ma vie ordinaire ne traversaient ma conscience. Cet oubli de moi-même allait longtemps m'intriguer par la suite. Mes pensées étaient littéralement arrêtées et toute émotion semblait absente. Je ne me souvenais plus de moi-même et pourtant j'étais intensément là ! Ma sensation d'exister ne m'avait quitté à aucun moment, mais à ce moment précis, elle ressortait avec une acuité extraordinaire au milieu du silence. C'est alors que je me rendis compte que « j'étais » tout simplement. J'étais non pas quelque chose ou quelqu'un : j'étais, sans attribut ! Ce fut un choc stupéfiant. Progressivement, je découvris que cette solitude était réelle, mais que d'elle tout pouvait surgir : l'autre, moi... et jusqu'à la négation de la solitude ! J'étais bel et bien seul, mais il ne dépendait que de moi de ne plus l'être. Tout pouvait surgir de moi-même !

Alors, j'ai commencé à me sentir « chez moi ». J'ignorais pourtant tout à fait où je me trouvais. Mais j'étais infiniment bien. Apaisé. Ce fut une révélation fantastique. Comment cela avait-il pu m'échapper si longtemps ?

En même temps, bizarrement, cet état extraordinaire m'était très familier. C'était comme s'il s'agissait d'un savoir ancien, que j'avais très bien connu, puis oublié. Mon angoisse disparut d'un seul coup. À ce moment précis, je me suis en quelque sorte stabilisé dans la paix intérieure. J'étais complètement détaché de moi-même, sans plus aucune angoisse, libre de toute contrainte ou préoccupation ; mais je n'étais pas indifférent non plus ; je ressentais une joie profonde, une joie silencieuse, la joie d'ÊTRE.

Alors... et alors seulement, j'ai VU ! Ce fut un nouveau choc, le plus spectaculaire, si j'ose dire. Je ne pense pourtant pas avoir ouvert les yeux. Mais j'ai vu... l'eau du bassin tout simplement, comme je vous vois. C'était prodigieux. Ma stabilisation dans cet état de joie et ma vision furent quasi simultanées, bien que je garde l'impression d'un certain intervalle entre les deux...

Il y avait cependant des sensations et perceptions radicalement différentes de mes états de conscience ou de rêve habituels. D'abord, je n'avais plus aucune sensation corporelle. C'était comme si je planais au milieu de l'eau du bassin, mais dans un espace (était-ce un espace ?) étranger à l'élément liquide. Par exemple, je n'eus, à aucun moment, de perception visuelle de mon corps. Ma vision était plutôt panoramique, comme si je m'étais trouvé accoudé à un balcon, en train de regarder, à la fois tranquille et stupéfait, un spectacle insolite sous mes yeux, là-bas en-bas.

Le silence était total, majestueux, nullement inquiétant. Je n'avais aucune impression d'extériorité ou d'intériorité par rapport à un point quelconque de l'espace. En fait, il n'y avait plus aucun point de repère spatial auquel je puisse me référer, j'étais incapable de me localiser moi-même. La sensation d'espace me semblait infinie, bien que mon champ de vision fût toujours limité. *J'étais espace :* un espace conscient, dirais-je, ou encore un vide plein d'une présence. Mais je pourrais aussi bien dire que tout ce que je voyais était moi, bien que j'eusse été incapable de me définir ou de me reconnaître en quelque forme que ce fût.

Le temps ne s'écoulait plus. C'était un présent immobile sans plus aucune succession de perceptions ni de sensations enregistrables. J'avais l'impression d'avoir rejoint un centre ou, plutôt, d'être un point de conscience. Ce centre était doté d'une homogénéité, d'une cohérence, d'une densité exceptionnelles. Il était familier, indestructible, toujours présent. Jamais il ne s'éloignait de moi, mais en même temps ce centre se déplaçait. Il me semblait doué d'une mobilité, d'une fluidité, d'une liberté totales par rapport à lui-même. J'étais à la fois immobile et en mouvement !

Je me sentais dans un état de relâchement total, comme quelqu'un qui, plongé dans un sommeil profond, serait cependant dans un état d'extrême présence à soi-même et, simultanément, dans un état de totale attention à son champ de vision. Comme si j'étais le champ de ma propre vision. J'éprouvais un sentiment extraordinaire d'unité ; je n'avais plus besoin de rien.

Puis mon attention fut captée par l'existence d'une zone sombre qui semblait flotter légèrement au-dessus de moi. Je regardai vers le haut. Cela couvrait tout mon horizon visuel et l'espace sombre s'approfondissait à l'infini ! Cette pénombre ne m'inquiétait nullement. Elle m'attirait plutôt. Mais c'était aussi un océan de noirceur insondable.

L'INCONNU !

Paradoxalement, je demeurais dans un état de totale ignorance de moi-même. En fait, je ne savais plus rien. Je dois dire que ce sentiment-là ne m'a plus jamais quitté depuis — et je sais que jamais je ne percerai ce mystère. Je connus l'envie de me fondre dans cette profondeur, dans cette immensité. Je n'avais pas peur, bien qu'ignorant totalement ce qui aurait pu m'arriver la seconde suivante...

Puis je perdis conscience.

Le contact fut rompu brutalement, sans transition. Je me souviens de deux mains qui m'agrippaient, de voix lointaines, étouffées. Mes yeux, d'après les nombreux témoins, étaient révulsés. On pratiqua sur moi une réanimation pulmonaire d'abord, des massages cardiaques ensuite. Mes yeux se rouvrirent enfin sur le visage d'un homme qui me souriait ; ma poitrine se souleva...

Ce jour-là, je n'ai pas rencontré un Dieu étranger, séparé de moi — ce concept que l'on m'avait inculqué dès mon enfance. Mais j'ai été touché par une immense *Présence.* Cette Présence était mienne bien qu'elle me débordât infiniment. Je n'ai pas rencontré non plus cette merveilleuse *Lumière* que m'ont décrite, plus tard, certains autres rescapés. Ma seule lumière fut celle inattendue, miraculeuse, tellement familière de ce bassin ; ma révélation fut de « découvrir » que « j'étais », sans attribut !

Depuis ce jour, une brèche s'est ouverte en moi et je sais qu'elle ne se refermera jamais. Je sais aussi qu'il y a un message central, commun à toutes les révélations religieuses et à toutes les expériences « grandioses » relatées par de nombreux témoins, attestées par de nombreux écrits à travers toutes les époques. Ces témoignages, ces textes sacrés, ces révélations parlent de la même VÉRITÉ.

Intuitivement, je sais que l'état stupéfiant que j'ai connu est là, depuis toujours et à jamais antérieur à ma psyché et à la formation de mon corps, antérieur à toute psyché et à toute matière. C'est un état spontané, acausal, incompréhensible à jamais à l'intelligence, mais accessible cependant, à portée de ma main, de votre main, infiniment proche et familier. Cet état est une Présence. Cette Présence est le cœur de toute chose. Elle est UNE. Elle est lumière de sa propre révélation. Elle se révèle et s'illumine Elle-même !

Mais, par je ne sais quel mécanisme déformant ou quel processus hallucinatoire incompréhensible, je ne La connais plus aujourd'hui. Je suis coupé du Sentiment de cette Présence. Mais qu'importe ! Je sais dans quelle direction il faudra que je continue à chercher. Je retrouverai cet état, quel qu'il soit. Cette Présence se révélera à nouveau un jour, inattendue, improbable à moi et à chacun d'entre les hommes. Tout le monde LA connaîtra, car c'est la seule Réalité, une, infinie... Comment pourrait-il d'ailleurs en être autrement ? Nous sommes cette PRÉSENCE.

Comment pourrions-nous ignorer toujours notre propre nature ?

5. Zé

Nous roulions en moto. Il faisait nuit. Mon copain Frank conduisait. Moi, derrière, j'appuyais ma tête contre son dos. Je l'ai entendu dire : « Jamais il va s'arrêter, ce putain de camion ? » Je voyais des phares en face. Je savais qu'il y avait un carrefour un peu plus loin. Une ligne droite avec un pont. Le camion n'a pas respecté la priorité, j'ai levé la tête et, tout d'un coup, j'ai vu que le camion était là, tout près, son phare droit à moins d'un mètre de la moto... Le choc. Il y a eu un trou noir. Je me suis senti soulevé, tournoyant en l'air. J'ai vu les étoiles. C'était une nuit parfaite. Je savais que je volais, une calme lucidité. Puis j'ai senti la tête de Frank me toucher le genou. Un sacré vol plané. Je me suis rappelé d'autres plongeons, dans les buts du terrain de foot.

Je suis né au Maroc, de parents algériens, qui sont ensuite venus vivre en France. J'ai passé toute mon enfance dans la région de Nîmes. Mes parents ont divorcé, sans que j'en souffre. Je suis resté avec ma mère, dans la petite ville d'Aramont, où je suis devenu le gardien de but de l'équipe de foot. Comme je me défendais bien, j'ai pu entrer dans la filière sports-études. Le Nîmes Olympique me faisait des propositions. J'étais reconnu et heureux. Jusqu'à cet accident, le 24 mai 1987.

Je me suis retrouvé par terre. Curieusement, ma première réaction fut de dire à mon pote : « Tu ne bouges pas ! » J'ai regardé ma montre. La trotteuse tournait. À ce moment-là, tout d'un coup, mon bras s'est effondré. Je ne pouvais plus le lever. J'ai pensé : « Ça y est, la douleur va arriver. » Là-dessus, j'entends Frank qui se met à ronfler. J'ai suivi des cours de secourisme, je sais qu'il est en train d'avaler sa langue. Je m'affole. Je veux me lever pour le voir, pour l'aider, mais la douleur est trop forte. Je ne peux plus bouger. Je pense au chauffeur du camion, et juste à ce moment-là il arrive, en faisant des bonds : « J'vous avais pas vus, putain, c'est vrai, j'vous avais pas vus ! » Je lui dis : « Ferme ta gueule et va voir mon copain. Ouvre-lui la bouche, attrape-lui la langue et tire dessus, fais n'importe quoi pour pas qu'il s'étouffe ! »

Mon copain a eu de la chance. Dès que sa tête s'est redressée, la langue est sortie — je l'ai entendu tousser. Le chauffeur du camion est allé chercher des couvertures et nous en a recouverts. J'ai vu une voiture arriver, je me suis dit qu'on allait s'en sortir. Le type au volant a hésité. Il a regardé la femme à côté de lui, nous a regardés, et puis, au lieu de se garer, il a accéléré et il est reparti. Là, j'ai cru que j'allais mourir. Je me suis laissé aller. Il y a eu un trou noir.

Tout d'un coup, j'éprouve une impression bizarre, impossible à préciser : je suis l'herbe au bord de la route !

J'ai encore vu les gendarmes arriver. Un gendarme m'a demandé : « Ça va ? » J'ai répondu : « Ça va. » J'ai entendu un pompier demander : « Par où on va commencer ? » Les pompiers m'ont retiré mon casque, l'ont envoyé rouler et j'ai vu qu'il était fendu en deux. Une drôle d'impression.

L'impression se poursuit : je suis le gravier...

L'un des gendarmes, que je connaissais et qui m'aimait bien, est allé vers la moto, pour mettre l'aiguille du compteur à zéro. Comme elle se remettait toute seule sur 120, il l'a arrachée, pour que nous n'ayons pas d'ennui. Plus d'une fois cet homme-là était venu dire à mon père qu'il fallait que je roule moins vite à la sortie du village.

Ce qui est étonnant, c'est que je tournais physiquement le dos à cette scène. Pourtant je voyais tout et, à ce moment précis, j'ai senti une espèce de masse venir sur moi. Elle est arrivée par vagues, et m'a submergé. Et alors j'ai commencé à vivre des choses vraiment étonnantes. D'abord, ne me demandez pas pourquoi, j'ai eu la certitude d'être en présence d'une baleine. Pour moi c'était évident. Elle était là et me parlait en rythmes. Ce n'était pas une langue et pourtant je la comprenais. Elle me disait de venir avec elle, qu'elle allait m'expliquer l'histoire de l'univers... Je lui ai répondu : « OK, je viens. » Je me suis donné à elle, et elle était en moi.

Je ne suis rien, je suis tout. Comment dire ? Je suis une baleine grande comme l'univers !

C'était fort, il y avait un point dans l'univers et j'étais ce point. Pourtant, en même temps, je ne perdais pas conscience de l'accident. Quand l'ambulance est arrivée, j'en étais tout à fait conscient.

Pendant que nous roulions, une autre certitude s'est imposée : celle d'avoir été un arbre en Amérique du Sud. J'avais beaucoup souffert pendant cette existence végétale, à cause de plusieurs incendies. J'ai revécu ma vie de graine, j'ai passé toutes les couches de la terre pour arriver à naître à la lumière. C'était extraordinaire, cette lumière, lorsque je suis sorti de terre. Je n'ai pas vécu l'histoire du tunnel, ni la grande lumière blanche dont ils parlent tous. J'ai juste vécu la vie d'un arbre, et c'était beau.

Et, par-dessus tout ça, il y avait toujours cette masse, cette baleine, qui me portait en elle. Depuis, pour m'endormir, ou quand ça va mal, il me suffit de repenser à cette masse : aussitôt je me sens bien, tranquille, rassuré ; je m'endors dans ses bras, je m'abandonne en elle ; et lorsque je me réveille, le lendemain, vous pouvez être sûr que j'ai fait un grand rêve.

Pendant ce temps, ma vie superficielle continuait, dans l'ambulance. J'étais conscient, je parlais avec le pompier. Mais je parlais à la troisième personne !

Et je continue à être tout à la fois : je suis l'ambulance, je suis le pompier...

Sur mon lit d'hôpital, bien après, un interne m'a posé des questions mais je n'ai pas voulu lui répondre. Plus tard encore, il m'a donné un bouquin qui parlait de NDE. Je l'ai lu et j'en ai parlé avec lui. Ça m'a fait du bien. Je me suis dit que je n'étais pas tout seul.

Ma vie a complètement changé.

D'abord, en négatif : j'ai dû renoncer à devenir footballeur professionnel. J'avais quand même eu tout le côté gauche enfoncé : la hanche, la jambe, l'avant-bras, la face ! Mais plus en profondeur, demandez aux gens qui m'ont connu avant : je ne suis plus le même. En sortant de l'hôpital, j'ai éprouvé le besoin d'aller voir mes parents, ma famille, et de leur dire à tous que je les aimais. Jamais je n'aurais eu une idée pareille avant. Mon père et ma mère vous diront à quel point c'est incroyable. Moi-même, certains jours, je me dis que je suis peut-être vraiment mort et que c'est un autre qui s'est mis à ma place ! Du jour au lendemain, la frime, l'esbroufe, le côté macho, tout ça a fondu. Je n'ai plus voulu revoir les anciens copains. Ils étaient attachés à quelqu'un qui n'existait plus.

Et tout ça, depuis cette rencontre avec la baleine ! Elle m'a filé une sacrée pêche, et aussi une clé qui ouvre toutes les serrures. À moi de savoir m'en servir. En fait, j'ai le sentiment que cette clé me sert tout le temps désormais. Dès que j'ai un problème, je pense à elle et hop ! c'est fini.

Maintenant, quand il y a des embrouilles entre copains, c'est moi qu'ils viennent voir pour me demander conseil. Désormais, *je sais* que je vais faire des choses bien dans ma vie. J'ai quitté le monde du foot. Je fais de la musique. J'aime ça et je me débrouille pas mal. Les rythmes africains me rappellent ceux de la baleine. Il faut vivre dans la simplicité. La baleine m'a fait comprendre qu'il fallait rattraper le temps perdu. J'ai une mission sur cette terre, je suis là pour faire du bien. La proximité de la mort m'a mis sur le chemin de la conscience.

Et en même temps, lorsque je vous parle, j'ai l'impression de salir ce que j'ai appris, de n'être pas digne du message que j'ai reçu.

6. *Nicole*

Quand mon mari m'a dit qu'il voulait divorcer, je me suis retrouvée avec deux enfants en bas âge, sans argent, couverte de dettes, sans travail. Mes parents refusaient de m'aider — ils sont contre le divorce. J'ai placé tout ce que j'avais au mont-de-piété et j'ai retroussé mes manches. À trente-cinq ans, j'ai entamé une vie professionnelle en intérim.

Un jour, j'ai rencontré un gars, que j'ai passionnément aimé. L'été 1983, je suis allée le retrouver en vacances. J'étais surmenée et faisais souvent des crises de spasmophilie. Deux jours de rêve. Le troisième jour, il repart voir sa femme (il était marié avec une schizophrène, hospitalisée). Ce qui m'a mise en colère, c'est de l'apprendre par des amis. Il n'avait pas osé me le dire. On s'est disputés au téléphone. Je suis rentrée à la maison en pleurant.

Le lendemain, je sors avec une amie pour acheter un médicament. À peine arrivée à la pharmacie, je fais une crise de tachycardie. J'étouffe, je sors dans la rue pour respirer. À cet instant précis, je vois passer mon amoureux. Du coup, mon cœur s'affole définitivement. Lui, me voit. Je l'entends dire : « Merde ! » Il fait demi-tour et s'en va. Je tombe. Sans ressentir la moindre douleur.

Mon amie Michèle me rapportera plus tard que je lui ai soufflé : « Vite, appelle un toubib, je suis en train de mourir ! » Je ne m'en souviens pas. Je me suis écroulée sur le trottoir. Une sensation de vide, de coton. D'abord comme dans un rêve. Je ne savais plus qui j'étais, mais je me sentais légère, aérienne, baignant dans une lumière extraordinairement douce, palpitante, dense, moelleuse... Je me rappelle m'être dit : « On peut donc vivre dans un univers d'amour parfait !? » Dans mon rêve, je riais et j'avais l'impression que ce rire était une sorte de musique qui me nourrissait. Et là, j'ai vu arriver ma marraine.

Elle n'avait pas le visage qu'elle avait quand elle est morte, à cinquante et un ans dans un accident d'auto, mais plutôt celui qu'elle devait avoir vingt-cinq ans plus tôt, quand elle avait rencontré mon oncle Marcel, l'amour de sa vie. En la voyant, mon rire s'est intensifié. Je lui ai dit : « Je savais bien, tu n'étais pas morte, maman m'a menti ! »

Elle a ri aussi, très doucement, m'a prise dans ses bras — une véritable étreinte, ferme, électrique, dense — et m'a répondu : « Maman ne t'a pas menti, je suis vraiment morte. Et toi aussi. »

Curieusement, mon euphorie n'a fait qu'augmenter. Elle a ajouté : « Il n'y a rien d'affolant à ça. Tiens, regarde d'où tu viens ! » J'ai regardé. Ça m'a semblé très haut, mais pas comme d'un avion. C'est difficile à expliquer. Mon attention s'est brusquement focalisée sur le lieu de l'accident. J'ai vu un corps, couché sur le côté, qui était le mien. Les gendarmes sont arrivés. Moi, je regardais ce corps que je n'avais jamais aimé — on a des complexes — et je me suis dit : « Je n'étais pas si mal que ça ! » Là-dessus, je vois un gendarme prendre mon pouls : plus de pouls ! Il a fallu m'ouvrir la bouche de force pour me faire la respiration artificielle. J'entendais le gendarme penser : « Il va falloir que je lui casse les dents... Si elle s'en sort, elle va m'en vouloir... »

Moi je riais, j'entendais les pensées des gens autour de mon corps. Il n'y avait pas de curiosité malsaine. Au contraire, une grande compassion. J'entendais : « Que c'est bête, elle est si jeune », « Qui est-ce ? », « A-t-elle des enfants ? » J'ai été étonnée. Je me suis dit que les gens n'étaient pas aussi pourris qu'on le disait, que la terre n'était pas fichue, ni les humains finis.

Ensuite, j'ai quitté le lieu de l'accident et j'ai vu mon père. Il était couché, il venait d'avoir un accident et était alité (cela s'est révélé exact par la suite). Puis ma vie entière a défilé dans ma mémoire, jusqu'à ma naissance, et même avant. J'ai compris que j'avais choisi ce père et cette mère pour vivre une certaine expérience. La terre est une école. On vient y apprendre à construire l'ego du mental, puis à le dépasser pour retrouver l'être. Ça m'a semblé évident. Et j'ai pardonné à ma mère, qui avait été si souvent impossible avec moi. Finalement, je me suis retrouvée au-dessus de ma maison, où j'ai vu mes garçons, qui avaient alors huit et dix ans.

On ne peut pas dire que l'on *pense* lorsque l'on est de l'autre côté, mais les images défilaient. J'étais toujours avec ma marraine, quand j'ai vu mes deux petits. Immédiatement, j'ai ressenti un impératif : « Mes enfants n'iront pas à l'orphelinat ! Il faut que j'y retourne ! » Ma marraine m'a dit : « Ce n'est pas donné à tout le monde, mais tu peux repartir. On peut aider à faire repartir ce corps. Tu ne seras plus la même, tu témoigneras, tu aideras. »

Je suis restée dans le coma trois jours, pendant lesquels j'ai vécu des choses extraordinaires, des voyages dans la lumière, des irradiations, comme si l'on me réparait. Une chirurgie cosmique. Je me suis vue, douchée de lumière, entourée d'êtres de lumière. Ma marraine était omniprésente. Il y a une hiérarchie dans la lumière, comme chez les hommes, des niveaux de conscience très différents. Je garde le souvenir de sortes de champs électriques, mais il m'est difficile de l'expliquer, je n'ai jamais pu.

Au quatrième jour de coma, j'ai commencé à remuer un doigt, une paupière. Je n'avais pas encore ouvert les yeux, que le bruit des humains est venu m'agresser. Une vraie cacophonie. J'entendais penser les gens : je croyais qu'ils parlaient à voix haute ! C'est incroyable le bruit que peut faire un hôpital. On a l'impression que la tête va exploser.

J'ai ouvert les yeux comme une poupée de porcelaine, d'un seul coup. L'infirmière a crié : « C'est pas possible ? » J'ai demandé : « Où sont mes enfants ? » L'infirmière est partie en courant. Elle est revenue avec deux médecins, qui m'ont demandé si je me souvenais de mon identité. J'ai éclaté de rire. J'étais tout à fait consciente et j'ai eu de la peine à les croire lorsqu'ils m'ont dit que l'on avait commencé par m'emmener à la morgue...

Longtemps, je n'ai parlé à personne de ce que j'avais vécu de l'autre côté. Cela ressemblait à un rêve, mais au fond de moi je savais que ce n'était pas le cas. Quand j'ai ouvert les yeux, j'étais habitée par une joie, une force de vie colossales, une envie de dire à tout le monde : « Mais arrêtez de vous lamenter, ça ne fonctionne pas du tout comme vous croyez ! »

Ensuite, je me suis mise à remarquer toutes sortes de choses que je ne voyais pas auparavant. Tout captait mon attention. Plus que tout, j'adorais regarder grandir mes enfants. Pour moi, leurs respirations étaient devenues une chanson.

Au bout de quatre mois, j'ai repris mon travail. C'est à ce moment-là qu'ont commencé à se déclencher des phénomènes très particuliers. Par exemple, un jour, le téléphone sonne juste avant que j'aille déjeuner (c'est le moment où l'on a une chute du taux de sucre; or l'hypoglycémie est un état où l'on se dédouble facilement). C'est une personne que je n'ai jamais vue auparavant. Sans réfléchir, je lui dis : « Qu'est-ce que j'aime votre robe rouge ! » Elle est étonnée : « Comment le savez-vous ? » J'ai aussitôt changé de conversation, moi-même assez inquiète. Comment expliquer ce don de voyance ? Je me suis mise à avoir des états de clairvoyance de plus en plus souvent, à n'importe quel moment, dans le métro, dans la rue. Je souffrais le martyre, je n'arrivais plus à dormir. Finalement j'en ai eu marre et je suis allée voir un psychiatre. Après m'avoir examinée, il m'a dit que je n'étais pas folle. Ça m'a un peu rassurée. Le problème, c'est que plus je refusais ces visions, plus j'en avais. Je ne voulais pas devenir Madame Irma !

Un jour, je suis allée voir un kinésithérapeute, pour mon dos. J'ignorais que c'était aussi un médium. Sans que je lui dise quoi que ce soit, il m'a fait comprendre que ce que j'avais vécu n'était pas un rêve, mais une réalité tangible, et qu'il fallait que je me mette à travailler sérieusement. En sortant de chez lui, je ne voyais plus les gens en transparence. Le fait d'en avoir parlé m'avait fait accepter mes nouveaux talents. Mon angoisse s'est calmée.

Un soir, j'étais chez moi, dans la salle de bains, lorsque j'ai eu l'impression qu'une chape de plomb me tombait sur les épaules. J'ai pris le crayon gras pour les yeux, je me suis mise dans un coin et j'ai écrit, sous la dictée, sur un bout de papier. Au fil des mois, puis des années, j'ai transcrit ainsi des milliers de messages en écriture automatique. Des messages le plus souvent éblouissants de joie.

Ma vie a complètement changé. J'ai ouvert une école de comédie musicale tout à fait unique en son genre en Europe — grâce, je dois dire, à un nombre incroyable de « miracles ». Quant à mon travail spirituel, c'est désormais d'aider les gens à lâcher prise, pour passer dans un sens ou dans un autre. Il faut aider les mourants à traverser le rideau de la peur et des attachements, mais il faut aussi dialoguer avec les morts, avec respect. Eux aussi, nous pouvons les aider.

7. *Xavier*

J'étais alors détective privé dans un port breton. Détective : mon rêve d'enfance ! J'étais amoureux de ma femme. Nous étions parfaitement heureux. Mes problèmes ont commencé quand, au cours d'une filaturc, je suis tombé sur une affaire très délicate. Très sale. Une grosse histoire de pédophilie qui impliquait des notables de la ville. On m'a vite fait comprendre que je n'avais qu'une possibilité : me taire, m'écraser. J'étais très naïf. En quelques jours, toutes mes valeurs se sont écroulées. J'ai voulu me suicider. Je me suis raté. Hospitalisé sous surveillance, j'ai réussi à m'échapper et j'ai tenté de me tuer une seconde fois. Cette fois, je suis resté dans le coma plusieurs jours. J'en suis ressorti complètement paranoïaque, persuadé que des entités me poursuivaient. Il m'a fallu une psychothérapie (eriksonienne) bien menée pour finalement m'en sortir et transformer mon mal... en trésor. Je m'explique : au cours de cette thérapie, un jour, je me suis brusquement rappelé ce que j'avais vécu pendant mon coma. Comme si, jusque-là, ma mémoire était restée avec la touche « pause » coincée et qu'on venait de la débloquer. Ce fut extraordinaire.

Une boule tournait sur elle-même, de la taille d'un ballon, moitié dans, moitié hors de moi, à la hauteur de ma poitrine. Une boule bleu nuit. Je ne sais par quel prodige, cela me permettait à la fois d'être moi et me voir du dehors — de me voir doublement : du dessus et en coupe, au ras de la peau.

Peu à peu, une substance de la même somptueuse couleur sombre s'est mise à tournoyer dans l'espace, comme une galaxie en spirale, et a tout envahi. Je me suis retrouvé dans un noir sidéral indescriptible. Alors, très très loin, j'ai vu un minuscule point de lumière.

Ce point s'est mis à grandir, à grandir, jusqu'à occuper l'espace entier. J'ai eu la sensation d'être en contact direct avec tout l'univers. Je *suis devenu* tout l'univers ! Et en même temps, j'étais toujours moi. Cette sensation grandiose n'était pas violente mais au contraire d'une immense douceur. Je baignais dans un océan d'amour. Un océan ! Je ne peux pas vous expliquer cela. Jamais personne ne pourra ressentir pareil sentiment sur terre, même en vivant mille ans.

Puis cette lumière comment dire ? Ce n'est pas qu'elle m'ait parlé, je n'ai pas entendu de voix, mais cette lumière m'a fait entendre une question. Elle disait : « Qu'as-tu à me faire voir ? » D'un seul coup, j'ai revu ma vie entière. Dans les moindres détails... Jusqu'à ma seconde tentative de suicide, que j'ai pu revivre, mais cette fois de l'extérieur. Je me trouvais là, dans la salle de réanimation, je voyais mon corps inerte sous le scialytique. Tout d'un coup, l'infirmière s'est écriée : « Ça y est, on le tient ! » En moi, une voix a dit : « Allez, hop ! il faut y retourner, pas le choix ! » Je suis revenu dans mon corps... Et brusquement, je me suis retrouvé dans le cabinet du psychothérapeute qui m'avait permis de revivre tout ça.

Je me suis redressé sur la couchette où j'étais allongé, ivre de joie. Je criais : « Ah, quel pied ! Ah, mais quel pied ! » Je faisais des bonds dans la pièce, comme si l'on m'avait branché sur une centrale nucléaire ! Pour moi, la surprise était absolue, totale. Je n'avais jamais entendu parler de ce genre de chose. J'étais simplement venu suivre ma séance de relaxation thérapeutique, en espérant juste aller un peu moins mal. Et voilà que le soleil m'était rentré sous la peau !

En peu de temps, j'ai liquidé mon cabinet de détective. J'ai cherché ma nouvelle voie. L'Église ? J'ai hésité, mais il était trop tard. J'ai préféré me tourner vers le bouddhisme. Et quel métier choisir ? Je me suis rappelé qu'à douze ans j'avais désiré devenir médecin. Mais pour ça aussi, malheureusement, il était un peu tard. Alors je me suis inscrit dans une école d'infirmiers. Je suis actuellement en troisième année...

Je ne voudrais pas vous faire croire, cependant, que ma « conversion » s'est passée sans problème. Je suis plusieurs fois encore retombé très bas. Comme j'avais connu l'incroyable éblouissement en cours d'une relaxation, je n'ai plus juré, pendant un temps, que par la relaxation. Mais le miracle ne s'est pas reproduit. Au bout de quelque temps, je me suis donc mis à déprimer. En proie à une nostalgie, et même parfois au doute. Est-ce que j'avais vraiment vécu ça ? Est-ce que ça avait le moindre sens ? J'ai décidé de tenir un journal. Mais je tournais en rond. J'écrivais à longueur de pages : « Qu'est-ce que je fais ici ? Qu'est-ce que je fais ici ? » J'avais l'impression d'être « d'ailleurs » !

Je n'ai pu me stabiliser que grâce à une lecture. Une amie infirmière m'a donné à lire *La Vie après la vie* de Raymond Moody. D'apprendre que des milliers d'autres gens avaient connu la même grande lumière que moi m'a fait un bien incommensurable. Ce fut une libération étonnante. J'ai pleuré pendant des heures. Du coup, ma foi s'est affermie. J'ai pu tout doucement commencer à intégrer les données de mon expérience à ma vie quotidienne. À mes études.

Bien sûr, chacun donne son interprétation, chacun a son credo. J'essaye de faire la part des choses. Mais le fond de toute cette aventure est indéniable. Aujourd'hui, je n'ai aucune hésitation à affirmer : cette expérience est vraie, aussi vraie que j'existe. Et demandez à mes amis, ils vous diront : « Heureusement qu'il a gardé la même tête, sinon nous jurerions que c'est quelqu'un d'autre. Il a tellement changé ! » Un pareil changement, des émotions aussi bouleversantes, ça n'est évidemment pas facile à gérer.

8. Geneviève

J'étais une petite fille juive. Du jour où l'on m'a obligée à porter l'étoile jaune, le regard des gens dans les rues de Paris a tellement changé que je n'ai plus voulu sortir. Plus du tout. J'avais tellement peur que j'ai fait une paralysie. Mon corps s'est affaissé du dedans. J'ai attrapé la poliomyélite. Et je suis morte.

Un essaim d'abeilles venu du fond de la terre m'est remonté du bas de la colonne jusqu'au crâne et s'est échappé vers le ciel. Un jaillissement. Des images de mer. De volcan. Le bleu du ciel. J'étais bien.

Et puis je me suis retrouvée au plafond de la clinique où l'on m'avait transportée. J'ai vu mon corps sanglé de cuir contre des sacs de sable qu'on avait utilisés pour tenter d'équilibrer mes muscles atrophiés. Toute ma famille se tenait là, autour de moi — qu'ils croyaient morte. J'entendais les pensées et les émotions de chacun. Ce fut terrible. Mon père ne songeait déjà plus qu'à m'enterrer, ce qui me mit en grande colère. Ma mère s'agrippait désespérément à moi. Cela pouvait passer pour de l'amour, mais je le ressentais plutôt comme un filet qui désirait m'empêcher de m'envoler. Ma sœur, elle, se réjouissait carrément (lui pardonner allait constituer, plus tard, toute une épreuve dans ma vie). Quant au médecin, il s'escrimait encore à essayer de me faire revivre, mais dans une sorte d'esprit de compétition. En fait, seul le contact avec mon chien, resté dehors, m'a réconfortée : j'ai eu la sensation qu'il me percevait et qu'il m'invitait à monter, à monter, à m'élever le plus haut possible. Ce que j'ai fait.

Je me suis retrouvée dans un tunnel bleu nuit, fréquenté par toutes sortes de présences que je n'identifiais pas. J'ai vu plusieurs lumières, avant de voir LA lumière.

Une lumière infiniment claire, d'une blancheur absolue.

Ce fut comme si j'entrais à l'intérieur d'une bulle d'amour et de musique. Une bulle que je ne peux vous décrire que comme une « superconscience » : j'avais en effet la réponse instantanée à absolument toutes mes questions. J'ai compris entre autres que tout était vivant, que tout était conscient (même les pierres !), que tout était relié. J'ai vu des fleurs pousser à mes pieds. J'ai su qu'une prière pouvait faire pousser une fleur.

Puis j'ai vu arriver un ange, dont j'ai immédiatement su que c'était Azraël, l'ange de la mort. Il m'a fait reculer et, en sa présence, je me suis retrouvée flottant au plafond de ma chambre de clinique. J'ai dit à l'ange : « Je veux bien revivre, mais pas dans ce corps ! » Il m'a répondu : « C'est toi qui as voulu être malade. Tu peux te relever. Ce sera dur, mais tu le peux. »

Le retour dans mon corps fut une terrible souffrance. Surmontant ma douleur, il me fallait me signaler aux autres pour ne pas être enterrée vivante, or j'étais paralysée par la maladie. Comment faire ?

C'est la voix du docteur qui m'a guidée. Je l'ai entendu qui me disait : « Si tu le peux, bouge un orteil. » J'ai fait un effort démesuré, titanesque, mais j'y suis parvenue : j'ai bougé un orteil !

Ce fut le début d'une longue route, terriblement difficile, au bout de laquelle j'allais me retrouver dans un corps normal, complètement guérie.

À partir de cette NDE, j'ai pu sortir de mon corps à volonté. J'ai fait des voyages incroyables et visité toute la planète. Au retour cependant, mon corps me faisait mal.

Pendant cinquante ans, j'ai gardé cette histoire enfouie au fond de moi. J'en avais parlé à ma mère, qui m'avait formellement interdit d'en dire un mot à quiconque. J'avais obéi. Le fait de pouvoir enfin partager cette expérience avec d'autres m'a fait un bien inouï. Je ne me suis vraiment bien réincarnée que ce jour-là.

9. *Dovan*

C'était une période où j'étais complètement épuisé, aussi bien physiquement que mentalement. Malgré l'immense respect que je nourrissais à l'égard de la vie et du passage de la mort depuis ma première NDE, survenue quelque sept ans plus tôt, lors d'une pneumonie, j'ai eu envie de mourir. À vrai dire, j'avais aussi une sorte de nostalgie ; j'étais tenaillé par le désir de retrouver cette atmosphère de paix que l'on ressent après la mort. Il me semblait ne pas avoir d'autre issue que de mettre fin à mes jours. J'étais spirituellement à ce point malade que tous mes choix de vie me paraissaient soudain insupportablement lourds.

Avec un très grand calme, je me suis procuré les barbituriques adéquats et les ai avalés tout en demandant aux entités invisibles de me guider dans ce nouveau passage.

Mon premier souvenir est celui du bruit de la sirène de l'ambulance. Dans celle-ci se trouvaient, en dehors de l'ambulancier, deux amies qui m'avaient découvert inanimé. J'entendais dire : « Plus vite, plus vite, il me file entre les doigts ! » Je me rendais compte que l'ambulance roulait très vite, c'est par miracle qu'elle réussit à éviter un camion qui venait de brûler un feu rouge.

À la clinique, on me fit un lavage d'estomac et l'on me mit en réanimation. Comme la première fois, je contemplais la scène d'en dehors de moi. Quelqu'un a dit : « Cela n'a plus de sens, c'est trop tard ! »

Pendant ce temps, trois entités m'apparurent : l'oncle qui m'avait élevé depuis mes dix ans, mon père véritable — dont je parlerai après — et mon jeune frère, celui-là même qui m'avait déjà accompagné lors de mon premier passage. Il me fut dit que l'on prendrait soin de mon corps jusqu'à ce que j'aie pu faire un choix (je ne compris pas immédiatement cette remarque). Avec la rapidité de la pensée (le temps et l'espace disparaissent dans ce monde), je me retrouvai soudain dans un grand espace. Celui-ci avait quelque chose d'indescriptible, il était à la fois limité et pourtant comparable à un horizon qui recule sans cesse. Il régnait là une lumière légèrement teintée de vert, tamisée, mais ni porte ni fenêtre, ni la moindre ouverture. Tout respirait pourtant une atmosphère de calme, de paix et, surtout, de parfait amour. Mes sens ne formaient plus qu'un. Je ne peux mieux décrire cela qu'en parlant d'un *être total* (du verbe *être*).

Soudain, je ressentis de l'angoisse. Mon frère me dit : « Ne crains rien, sois sans angoisse. » Je répondis : « Bien, je n'ai plus d'angoisse. » À quoi il me fut répondu : « Ici, il n'y a pas de masques derrière lesquels t'abriter, nous connaissons toutes tes pensées, tes états d'âme, tes sentiments. »

En fait, nous ne prononcions aucun mot et communiquions exclusivement par télépathie. Il m'était également transmis qu'ici on ne jugeait ni ne condamnait ; le seul qui jugeait, c'était moi-même. Personne ne fait notre évolution à notre place, ni ne nous oblige à quoi que ce soit. C'est une évolution qui progresse de soi-même, en conformité logique avec notre cheminement personnel, selon des lois cosmiques de cause et d'effet.

L'espace était rempli d'autres entités, qui me semblaient toutes asexuées et qui suivaient des sortes de cours, par petits groupes. Je compris que si l'on pouvait assimiler cet enseignement, il était possible de ne pas subir d'autres incarnations. La question n'était pas, comme j'aurais pu le croire, de « s'affranchir de la matière » ; habiter ou non, à nouveau, un corps physique ne relevait pas d'un système de « mieux » ou de « meilleur », mais concernait uniquement l'évolution propre à chacun.

Du peu de souvenirs exprimables qu'il me reste, je dirais qu'il existe une hiérarchie de *sphères* (de niveaux de connaissance), à l'intérieur de laquelle les entités inférieures ne peuvent pas entrer en contact avec les entités supérieures, mais où le contraire est possible. À comparer avec l'enseignement scolaire : un enfant de petite classe ne sait rien faire dans une grande classe, mais le contraire n'est pas vrai.

Lentement je fus conduit en un endroit, tout autour duquel tournaient des entités. Au milieu de celles-ci s'en trouvaient trois dont je ressentis qu'elles devaient être très sages. On m'interrogea sur différentes choses. Par exemple, on me demanda si je pensais déjà en quatre dimensions ; ou si je connaissais le monde de la couleur et des sons ; ou bien si je savais s'il existait des mondes dans les mondes ; et encore d'autres questions qui dépassaient mon entendement.

L'atmosphère était paisible : respect pour ce que tu es, compréhension pour les petitesses humaines ; ni jugements ni condamnations.

Je vis que l'on doit passer par tous les stades pour atteindre le but final : la perfection, le divin, la communion avec... comment dire ? l'énergie primaire ? C'est difficile à nommer, je ne trouve pas les mots. À moi, il fut donné le choix de terminer cette incarnation ou de poursuivre, c'est-à-dire de mourir avant de connaître une nouvelle incarnation. Il me fut donné de comprendre qu'en raison de mon suicide, cette réincarnation serait plus lourde. Aucune pression n'était exercée sur moi. C'était comme ça. Je passai en revue mes vies antérieures qui m'étaient montrées par flashes et je sus celles qui allaient suivre.

Si je décidais de revenir tout de suite sur le plan physique, j'avais la mission de raconter aux gens ce que j'avais vécu, de témoigner. Le problème, c'est que j'avais reçu la même mission lors de ma première NDE, sept ans plus tôt, et que cela n'avait rien donné. Il me fut dit : « Sois patient. Aie confiance en toi. »

J'eus confiance. Je compris qu'il était indispensable, pour atteindre le but, de ne pas sauter les étapes. Tout doit être compris et chaque étape intégrée en son temps, pour que puisse se révéler la vision de la totalité.

Le sentiment d'amour qui se dégageait de toute l'expérience était si grand, qu'il est hors de question de l'exprimer par des mots.

Ensuite, je me suis retrouvé dans un espace plus exigu que le précédent. La lumière y était encore plus paisible. Je sentais que j'aspirais de l'énergie positive. Soudain, j'éprouvai une sensation de soif.

Celle-ci fut immédiatement assouvie. Je pouvais créer par la seule force de ma pensée !

Puis je fus avec mon frère dans une prairie couverte de fleurs magnifiques aux coloris sans équivalents terrestres. L'air que je respirais était extraordinairement pur. Tout vibrait d'énergie positive. C'est alors qu'arriva mon père véritable.

Je ne l'avais jamais vu auparavant, mais je savais qu'il était mon père. Dans un flash, je vis une image : ma mère quand elle avait vingt-cinq ans, dans un camp de concentration, en Pologne. Une rencontre unique et fugitive avec un juif russe, déporté comme elle... je suis le fruit de cette rencontre.

Je n'ai pas vécu cela comme un choc, mais comme autant de réponses à des questions non résolues. J'avais toujours eu l'impression que mon père n'était pas mon père véritable. On ne m'avait rien dit. Voilà un an à peine que j'ai reçu la confirmation, par ma mère, de la justesse de la chose. Ensuite, j'ai eu avec mon frère de longues conversations. Ce qui est étrange, c'est que je n'en ai gardé aucun souvenir, comme un enregistrement volontairement effacé.

Finalement, on m'a fait comprendre que j'allais mener cette vie jusqu'au bout, et qu'il ne fallait pas briser le lien qui me reliait à mon corps : une espèce de corde imaginaire, bleu argenté. Lorsqu'on décède, on brise cette corde, séparant ainsi l'esprit du corps. Ce n'est qu'à ce moment-là qu'on est vraiment mort.

On me reconduisit donc vers mon corps. Ce fut très pénible. Les médecins m'avaient relié à un tas d'appareils et je ne pouvais pas me réintégrer par la voie normale, à savoir le plexus solaire ou le sommet du crâne. Je dus le faire via le coccyx.

Je ne savais pas comment m'y prendre. Il faut préciser que, sitôt que je m'approchais de mon corps, je ressentais une douleur intense qui me faisait m'en écarter vivement !

Quand enfin je réussis à réintégrer mon corps, les appareils médicaux le signalèrent à la seconde. Les réanimateurs entrèrent illico en action. J'entendis : « Il a une légère réaction. Avertissez le cardiologue ! »

Cela faisait trois jours que j'étais dans le coma. Je n'en suis réellement sorti que trois jours plus tard. Six jours d'absence.

Pendant tout ce temps, ma mère m'avait veillé dans la chambre où j'entendais absolument tout ce qui se disait. J'insiste : on peut entendre chaque mot, quand on se trouve dans le coma. C'est une situation qui peut être terrible : vous appelez, vous criez, mais nul ne s'en aperçoit. Comme dans le pire des cauchemars.

Juste avant l'instant où j'ai rouvert les yeux pour la première fois, ma mère est venue et m'a dit : « Tu es de retour. Je suis contente que tu aies décidé de rester ici. » Je lui ai reparlé de cette phrase plus tard, elle ne s'en souvenait pas.

Après deux opérations pulmonaires graves, j'ai encore passé six semaines en soins intensifs, suivies d'encore six semaines dans un autre service, avant de pouvoir quitter la clinique. Il m'a fallu plusieurs mois supplémentaires pour retrouver un état physique normal.

J'ai rapporté mon expérience à plusieurs reprises aux médecins et aux infirmières. J'ai décrit les appareils présents dans la salle de réanimation, minutieusement répété tout ce qui y avait été dit. Ils écoutaient mon histoire puis cherchaient à me faire comprendre que c'était « une réaction normale » aux médicaments reçus, aux fièvres intenses et prolongées et aussi à l'état comateux. Bref, ils ne m'entendaient pas. J'ai pu discuter de cette question avec une religieuse de nuit. Elle me déclara : « Ne fais pas d'effort inutile. Ni la formation des médecins, ni celle des infirmières n'est orientée vers cela. »

Du fait de mon travail de psychothérapeute, j'ai eu la possibilité de parler avec d'autres gens qui ont connu une NDE. J'ai pu ainsi plus facilement intégrer mes propres expériences et me dégager du fardeau du silence.

Les personnes qui n'ont pas eu la possibilité de relater leur expérience et qui sont traitées de folles par leurs familles ont besoin d'être accueillies.

Heureusement, nous avons maintenant, ici en Belgique, une structure d'accueil et des journées d'information, organisées par IANDS.

10. Jacqueline

Je suis née en 1942, à Maubeuge. J'ai passé ma petite enfance dans les abris. Je me souviens très bien d'une petite fille qui tenait dans ses bras une poupée que je lorgnais avec envie. Mon père avait été réquisitionné pour travailler à la centrale qui produisait l'électricité de la ville. Ma mère restait à la maison. La guerre m'a beaucoup marquée, j'ai été prise dans des trucs pas drôles. Être mitraillé sur les routes, obligé de s'arrêter chez des inconnus pour se réfugier dans leurs caves inondées, s'entasser dans les escaliers...

Par la suite, je n'ai pas eu une enfance très amusante non plus. Nous habitions dans un coron du Nord. Mes parents étaient toujours malades. La seule personne positive que je me rappelle, c'était l'infirmière qui venait les soigner. Cette femme avait un charisme extraordinaire. Elle venait en moto. Elle avait une voix chaleureuse. Pour moi, c'était l'image de la femme moderne idéale.

Ma mère a toujours accouché à la maison, mais à la naissance de mon dernier petit frère, elle a dû partir à l'hôpital, à Paris. Nous avons été dispersés et j'ai été recueillie par le patron de mon père. Un bon chrétien, qui acceptait de s'occuper de la fille de son ouvrier. J'avais quatre ans. Grâce à ces gens, j'ai pu faire des études, m'arracher à mon milieu.

Pendant mon adolescence, j'ai traversé une période très difficile, au cours de laquelle j'ai tenté de me trancher les veines. On m'a découverte à temps. À vingt-trois ans, j'ai rencontré l'homme qui allait devenir mon mari et je suis partie avec lui, dans le cadre de la coopération, en Algérie puis au Togo. Nous ne pouvions pas avoir d'enfant. Lors de nos venues en France, nous nous faisions soigner dans un service d'endocrinologie et, finalement, je me suis retrouvée enceinte. Mais le traitement aux hormones a provoqué la formation d'un fibrome. J'ai dû être opérée à sept semaines de grossesse. Comme je tenais beaucoup à garder cet enfant, les médecins ont tenté une expérience inédite à l'époque : ils ont épargné le foetus tout en opérant mon utérus; mais comme celui-ci se contractait trop, ils ont retiré le fibrome à la pointe de feu. Ma NDE s'est déroulée pendant ce travail.

J'étais sous anesthésie, quand tout d'un coup j'ai entendu quelqu'un parler. Je me suis dit : « Tiens, tu n'es pas endormie. » J'ai d'abord eu très peur d'avoir mal, et puis j'ai commencé à comprendre qu'il y avait de l'affolement autour de moi. Quelqu'un a dit : « Elle est cyanosée, dépêchez-vous ! » Je me demandais ce que ça voulait dire, n'ayant jamais entendu ce terme. J'ai vu une jeune infirmière regarder attentivement mes ongles : ils étaient violacés, presque noirs. Le chirurgien a demandé : « Vérifie si ça n'est pas du vernis à ongles. » L'infirmière a répondu : « Non, elle est réellement cyanosée ! » D'un seul coup, ce fut le branle-bas. On est allé chercher de grandes bouteilles sur roulettes, plus tard j'ai appris que c'était de l'oxygène. Moi, je voyais la scène, mais sans réaliser d'où. Puis j'ai eu froid, un froid intense, au plus profond de mon corps. J'ai ressenti l'impression étrange, douloureuse, de trembler intérieurement, comme si en moi quelque chose se rétrécissait et se détachait du bout de mes membres pour venir se rassembler dans ma poitrine au niveau du cœur. C'était très désagréable. J'étouffais. Tout mon intérieur semblait vouloir sortir par mon plexus. Le centre de ma poitrine me donnait l'impression d'enfler démesurément.

Pendant ce temps, j'avais conscience que l'on me fourrait des tuyaux dans le nez et dans la bouche. La souffrance ne fit que s'accroître. Je ne pouvais plus respirer, ça se durcissait. Je pensais : « C'est trop petit là-dedans, je ne peux plus tenir, il faut que j'éclate ! » Une souffrance atroce. J'allais vraiment crever. Il fallait que je respire, que je respire... Et brusquement j'ai explosé.

Plus tard, on m'a dit que la mort pouvait se comparer à un orgasme. Pour moi, ce ne fut pas le cas ! J'ai rendu l'âme en sortant par mon cœur, dans une douleur inimaginable. Heureusement, c'est allé vite. Et, tout d'un coup, je me suis retrouvée à deux mètres du sol. Je me voyais du dehors. Quel choc ! J'ai mis un bon moment avant de comprendre que c'était bien moi qui me trouvais là, étendue. Alors ce fut la félicité.

Comme si j'étais passée par un endroit très étroit qu'il m'aurait fallu déchirer pour pouvoir me retrouver de l'autre côté et là, enfin, voluptueusement m'étaler. Le mouvement inverse de la naissance. Je ne souffrais plus. Je pensais : « Je respire, je respire ! » Pourtant, curieusement, je continuais à sentir les tuyaux qu'on m'enfonçait dans le corps. Mais je ne souffrais plus, ce n'était plus lourd et oppressant comme quand j'étais à l'intérieur. Je sentais juste que leur truc s'accrochait dans mes narines, déchirant probablement des chairs. Je me souviens de m'être dit : « Quand même, quelle boucherie ! Ils pourraient faire attention, ils sont en train de m'écrabouiller une muqueuse ! »

Pendant un long moment, je suis restée dans l'expectative. Je n'avais pas l'impression d'être morte, je m'intéressais à ce qui se passait. J'étais fascinée par le fait de pouvoir me contempler d'en dehors de moi-même. Je me posais des tas de questions.

Le chirurgien, un type assez jeune, était complètement catastrophé. Il a dit : « Elle nous claque entre les doigts. » Puis carrément : « Mais elle est morte ! » J'ai pensé : « C'est donc ça, la mort ?!? » Et à la seconde, j'y ai tout à fait cru. C'était évident. Le pauvre chirurgien était dans tous ses états. Il disait : « Mais elle est jeune, elle est trop jeune, on ne peut pas la laisser comme ça. Dépêchez-vous ! » J'ai vu qu'on me plaçait quelque chose au niveau du cœur — plus tard, j'ai su que c'était un stimulateur cardiaque. Toute l'équipe prenait mon cas très au sérieux.

Alors je me suis désintéressée du spectacle de mon corps, pour aller les consoler. Je ressentais leur peine, leurs pensées. C'est un drôle d'état : on est à la fois dans les gens et à l'extérieur d'eux. On a une conscience parfaitement nette de leurs états d'être. Je sentais qu'ils avaient réellement de la peine. Je leur disais : « Ne soyez pas tristes, je vous assure que je vais bien. Si c'est ça, la mort, il ne faut pas s'en faire ! Et d'ailleurs... je ne suis pas morte ! » Mais ils ne m'entendaient pas. J'ai tout essayé. En vain.

À un certain moment, je suis passée à travers le corps de quelqu'un et me suis retrouvée de l'autre côté ! Ce fut une impression inoubliable. J'ai poussé l'expérience plus loin : je suis passée à travers le mur, puis je suis revenue et j'ai traversé le plafond.

Là, j'ai commencé à changer d'état. Ma conscience percevait toutes sortes de données d'une manière que je ne saurais vous expliquer. Mes mots expriment beaucoup trop mal ce que je ressentais. J'ai compris que je ne pouvais intervenir ni sur les gens ni sur mon corps.

Alors, je suis partie.

Très vite, je me suis retrouvée dans l'espace. J'avais du « vent » dans les oreilles et j'ai vu les étoiles défiler... enfin, c'est la traduction que j'en fais. Il faudrait des mots spéciaux pour exprimer, par exemple, l'impression simultanée de vitesse et d'immobilité. J'avais une conscience aiguë et totale de ce que je vivais. Je suis passée dans une autre dimension. J'ai eu l'impression de traverser le cosmos entier. Un bleu profond.

Un point s'est présenté qui, à mesure que je m'en approchais, s'est transformé en une cible de couleur — comme au tir à l'arc. À la vitesse où je me déplaçais, cette cible s'est allongée. J'ai eu l'impression de la pénétrer par le centre, tandis qu'elle se mettait à vibrer d'une drôle de manière, les ronds colorés de la cible formant maintenant un tunnel en arc-en-ciel.

Je suis alors devenue tout cela à la fois : *j'étais* le

son, les couleurs, le tunnel, la vitesse, l'immobilité. Plus je ressentais cet état, plus il prenait de la consistance.

Des années après, il m'a semblé reconnaître le son que j'entendais pendant mon expérience : c'était tout simplement le « om », dans différentes tonalités. Quant aux couleurs, au début elles étaient plutôt sombres, comme si je traversais des zones denses ; puis j'ai eu l'impression d'une matière qui s'allégeait de plus en plus. Plus je m'enfonçais dans ces couleurs et ces sons, plus tout s'éclaircissait, s'allégeait. Je passais d'un arc-en-ciel à un autre arc-en-ciel, et j'ai alors vu des couleurs que je ne connaissais pas. Les sons sont devenus de plus en plus cristallins...

Bientôt, j'ai vu que je me dirigeais vers une source de vibrations lumineuses considérables, tout au bout de ce tunnel mouvant. Il y a eu une accélération dans ce drôle d'espace-temps, qui était aussi un non-espace et un non-temps... C'est une dimension intraduisible ! Jusqu'au moment où je suis entrée dans cette source de lumière.

Ça a fait comme un *splatch !* Je me suis fondue dedans.

D'un seul coup, je me suis sentie immense. Je vivais une sorte de réconciliation entre l'immense et le tout petit. Du macrocosme au microcosme, la réunification totale. Plus rien et tout. Une conscience à la fois universelle et particulière.

Enfin, je me suis réveillée.

Il m'a fallu un bon bout de temps pour comprendre que j'étais revenue dans mon corps, avec la sensation de me retrouver dans un corps trop petit pour moi. C'était très désagréable. Je me suis pincée, tellement j'avais maintenant l'impression de rêver. J'étais dans le noir total, mais j'ai entendu ma mère qui disait : « Ah, tu te réveilles ! J'ai cru que tu étais morte ! » J'ai reconnu sa voix et cette voix m'a tirée vers la vie.

Quand j'ai commencé à pouvoir un peu parler, parce que j'étais extrêmement faible, j'ai demandé aux infirmières et au médecin ce que voulait dire

« cyanosé ». Ils se sont regardés et ne m'ont pas répondu. J'ai demandé : « Et c'était quoi, les grandes bouteilles à roulettes que vous avez amenées ? » Ils se sont à nouveau regardés et m'ont alors dit : « Mais non, allons, n'y pensez plus, on n'en parle plus, d'accord ? » Ils évitaient le sujet, éludaient la chose. Je les perturbais, je les gênais. Quelqu'un a dit : « Vous savez, il arrive que les opérés ne soient pas tout à fait endormis. » J'ai compris que je ne pourrais pas parler de ce que je venais de vivre. Le pire fut que mon mari lui-même refusait catégoriquement de me croire. J'allais devoir progressivement divorcer de toute mon ancienne vie, y compris de lui !

Cela s'était passé en septembre 1973. Ensuite, je n'ai plus du tout abordé la vie de la même manière. Durant toute la suite de ma grossesse, j'ai merveilleusement communiqué avec ma fille. Je l'ai souvent vue en rêve, avant qu'elle ne naisse. Puis nous sommes retournés au Togo. C'est là que j'ai réalisé à quel point ma manière de vivre s'était transformée. J'appréciais chaque instant — cela n'a pas changé depuis. Je me disais tout le temps : « Demain, je serai peut-être morte, c'est donc maintenant qu'il faut vivre à fond. » Cela m'a fait développer une attitude beaucoup plus ouverte et tonique par rapport à la vie. Je n'étais plus comme avant, toujours réfugiée dans le passé ou dans l'avenir. En revanche, mon mari, lui, continuait à passer son temps dans ses souvenirs ou dans ses projets, il n'était jamais *présent*. En voyant grandir ma fille, je me rendais compte à quel point, par contre, un enfant vit complètement dans le présent.

Je me suis beaucoup interrogée. J'ai relu les contes de mon enfance, puis Freud, Jung, la nouvelle psychiatrie, Laing, Cooper, l'école de Palo-Alto... J'ai énormément cherché pour tenter de situer cette expérience que je ne comprenais pas mais que je ne pouvais pourtant pas nier.

Mon mari et moi avons fini par nous séparer. J'ai passé des concours pour devenir professeur de lettres et, nommée à Rouen, j'ai enseigné en LEP.

En réalité, je n'allais pas bien du tout — je ne parvenais pas à intégrer mes expériences à ma vie — et cela faisait que ma fille allait mal également. J'ai donc entamé une démarche psychothérapeutique. C'est là que j'ai parlé de ma NDE pour la première fois — j'ignorais bien sûr ce mot, ne sachant pas qu'il s'agissait d'une expérience partagée par d'autres et connue.

Lorsque le thérapeute m'a entendue, il a eu cette réaction : « Ce que vous dites est extraordinaire, il faut que vous l'écriviez. En fait, vous parlez de la vie. » Je me souviens que je lui ai répondu : « Pour moi, la vie est devenue une œuvre d'art. Ce n'est que sous cet angle que je peux entrer en relation avec moi-même, avec les autres, avec les animaux, avec la nature. »

Ma thérapie m'a évidemment amenée à travailler sur l'affectif. Je me suis mise à la sophrologie. Un jour, en relaxation profonde, j'ai vécu une sortie du corps. Ma première réaction fut de m'agripper. J'avais peur, je ne voulais pas partir. Heureusement, la voix de la sophrologue m'accompagnait, comme un fil auquel je pouvais m'accrocher. Je n'étais pas toute seule. J'ai donc finalement pu vivre l'expérience. Là encore, j'ai connu cette impression de m'éloigner de la terre et d'aller vers le soleil... Une fois revenue, j'ai enfin pu parler franchement et tout raconter. J'ai pleuré ! J'étais très secouée.

La sophrologue m'a dit : « Cela s'appelle une NDE », et elle m'a indiqué des livres traitant de ces expériences. Pour la petite histoire, peu de temps après, j'ai fait un rêve où coulait une source noire, dans laquelle je me glissais sans rien y comprendre. Quelques jours plus tard, les pseudo-hasards de la vie m'ont amenée à une conférence de Patrice van Eersel, dont je ne savais rien et dont je découvris qu'il avait écrit un ouvrage intitulé *La Source noire,* précisément sur les NDE !

Autrement dit, un fil conducteur se dessinait peu à peu dans mon existence. La vie allait m'aider à connecter la dimension infinie que j'avais découverte au cours de mon expérience, dans le fini momentané qu'est la matière. Je commençais à intégrer le fait qu'il n'y a pas de mort, que c'est toujours de la vie qu'il est question.

Ce n'est pas une croyance venue de l'extérieur, mais de l'intérieur. Je ne cesse à aucun moment d'être quelqu'un de rationnel, mais j'ai vécu une dimension infinie qu'il serait précisément irrationnel de vouloir nier, oublier, refouler.

Le concept le plus simple auquel j'aboutis est d'abord celui d'énergie. J'ai *vécu* le fait que tout, y compris la matière la plus dense, est une condensation d'énergies. Notre père et notre mère à tous, c'est l'énergie. Les hommes l'ont appelée Dieu. Je ne me sens pas spécialement religieuse, mais je me sens reliée à l'énergie universelle. Je comprends de l'intérieur ce que dit saint François d'Assise lorsqu'il s'adresse à son « frère le soleil », à sa « sœur la nature » ou à son « frère le vent ».

Peu à peu, certains souvenirs d'enfance me sont aussi revenus. Lorsque j'étais petite, je suis certaine que j'avais la possibilité de sortir de mon corps — je dirais « comme une tornade blanche ». Par exemple, lorsque ma mère descendait l'escalier après m'avoir couchée, je savais la suivre sans quitter mon lit, pour écouter tout ce qu'elle et mon père se disaient. Le lendemain, je le leur répétais et ils s'étonnaient : « Mais comment fait cette petite coquine pour savoir tout cela ? »

Les enfants « voient » des choses extraordinaires. Je me souviens que, plus tard, alors que nous habitions dans une ferme, il y avait un vide sous le poste de radio, où j'ai plusieurs fois vu une espèce de mongolien, bâillonné et ficelé. À chaque fois que je m'approchais de lui, il disparaissait. J'avais une peur bleue de rester seule dans la cuisine ! Dans l'ombre d'une porte, il m'arrivait également de voir un chef indien, habillé en costume de cérémonie, qui me faisait signe de venir le voir. J'en parlais à ma mère qui, bien sûr, me rassurait en disant que cela n'existait pas...

Peu à peu, j'ai donc réussi à intégrer mes expériences et ma vie a complètement changé. J'ai quitté l'enseignement, où je me sentais trop gênée aux entournures pour pouvoir vraiment écouter et aider les autres, ce qui constitue désormais ma raison de vivre. Avec mon nouveau compagnon, nous nous sommes partiellement spécialisés dans l'étude des rêves et nous organisons des séjours de ressourcement à la campagne, basés sur une conversation méditative et sur une alimentation saine (notamment à base de graines germées). Rendre service est devenu pour nous une tâche sacrée.

SCÈNE 3

Irruption d'un mythe ?

> O noble fils, reconnais que tous les phénomènes que tu constates, toutes les impressions effrayantes sont tes propres projections. Reconnais que la claire lumière est ta propre connaissance, ta propre irradiation.
>
> *Bardo Thödol*

Les rescapés des NDE rapportent une expérience qui transcende les mots. À l'aide de symboles, ils se décrivent dans un monde virtuel qui, pour eux, a pris force de réalité et de loi. La part invisible du réel, celle qui échappe tant aux mots qu'aux lois du monde, est devenue aussi importante à leurs yeux, sinon plus, que sa part physique. Ils ont basculé de l'autre côté du miroir. Ils vivent *dans* la métaphore.

Pour notre société, qui demeure à l'âge classique de la séparation aristotélicienne et cartésienne, il existe un terme pour désigner pareil ensemble d'expériences et la vision qui s'en dégage : cela s'appelle un *mythe*.

La NDE serait donc un mythe. En l'occurrence un très ancien mythe, qui rejaillit soudain au beau milieu de notre monde moderne.

Certains de mes amis se sont offusqués lorsque je leur ai soumis l'hypothèse. « Un mythe ? Ainsi, tu ne croyais pas à tout ce que tu nous racontais jusqu'à présent ! » Je ne caricature que légèrement leurs réactions.

Le mot « mythe » a beaucoup de sens. Il peut vouloir dire une chose et son contraire. Le mythe peut être fondateur, pont central entre la terre et le ciel. Il peut aussi désigner l'illusion, voire l'imposture. Dans la troisième partie de ce livre, j'évoquerai l'avertissement d'amis scientifiques ouverts à la transcendance, qui m'inviteront à pousser plus loin la recherche rationnelle et m'exhorteront à ne pas céder à l'« appel du mythe » — entendant par là une glissade vers un néopaganisme douteux... Lorsque je dis « mythe », je n'évoque rien de délirant, ni de fumeux, ni même d'irréel. Seulement ceci : *une dimension radicalement indicible dont, pourtant, les humains tiennent absolument à parler.*

« Le mythe, écrit Fernando Pessoa, est le rien qui est tout. »

Et l'écrivain portugais ajoute : « Je désire devenir un créateur de mythes, c'est le mystère le plus haut qui soit permis à une œuvre humaine. »

Comment traduire ce qui se joue dans le vide central à toute chose, dans le moyeu de tout mouvement, sinon en usant de symboles et d'allégories ?

Un exemple : la plupart des *expérienceurs* assurent s'être retrouvés dans l'« au-delà », « après la mort », dans une dimension hors de l'espace et du temps où, comme dans une sorte de rêve lucide fulgurant, les époques et les lieux se télescopaient au rythme de leurs pensées et de leurs désirs. Mais s'il n'y avait ni espace ni temps, on ne peut donc pas parler d'une expérience *après* la mort, puisque le mot « après » s'inscrit dans le temps, ni d'une expérience dans un quelconque « au-delà », puisque ce mot s'inscrit dans l'espace. La plupart des ouvrages sur la NDE ne font qu'évoquer ces paradoxes sans rien en conclure, comme si finalement les récits en question nous fournissaient des données empiriques simples.

Certains auteurs préfèrent d'autres mots que mythe, qui ressemble trop à *mystification,* précisant par exemple : « Un mythe est une ancienne vérité morte. »

Il faut s'entendre sur l'essentiel. Avec la NDE, nous assistons, me semble-t-il, à l'irruption d'un grand mythe *vivant,* devant lequel nous nous trouvons tous, grands et petits, idiots et savants, strictement assis sur le même banc. Un grand mythe vivant, cela vous remue jusqu'au tréfonds des tripes et vous pousse, très pragmatiquement, à réorienter votre existence. Mais chacun est libre de l'interpréter comme il veut, cela peut même remettre en cause toute votre science. Avec la NDE, nous avons très paradoxalement affaire à un surgissement mythique *engendré par la science,* au beau milieu des services médicaux les plus technologiques qui soient.

Beaucoup d'expériences de mort imminente se déroulent en effet dans un décor ultramoderne, les fameuses unités de soins intensifs de nos grands hôpitaux, dont chacun connaît quelques éléments clés : le défibrillateur (pour secouer électriquement le cœur), le bloc cœur-poumon artificiel, l'écran vert de l'électrocardiogramme, avec son tracé sinueux et ce mince *bip-bip* qui nous rattache à la vie, sans oublier bien sûr les équipes de professionnels au visage masqué s'affairant autour du corps inanimé.

Prouesse inimaginable pour nos ancêtres : nous savons désormais ressusciter des gens offrant toutes les apparences de la mort, à commencer par un cœur qui ne bat plus ! Dans des milliers d'hôpitaux et de centres de réanimation dans le monde, c'est aujourd'hui devenu un non-événement, une évidence — du moins pour les somnambules que nous sommes. Année après année, la technologie médicale moderne parvient ainsi à ramener sur les rives de la vie terrestre des millions de personnes qui, « normalement », auraient dû être emportées dans le grand fleuve mystérieux et ne jamais se réveiller.

Et voilà que, parmi ces millions de rescapés qui doivent leur survie au progrès d'une science médicale ultrasophistiquée, il s'en trouve un certain nombre qui, une fois ranimés et en état de parler, vous racontent l'histoire la plus irrationnelle et la plus magique qui soit : la NDE. Humour superbe d'un retournement que nul n'aurait pu prévoir : plus la science avance, plus la médecine est conduite à ranimer des hommes et des femmes qui portent, gravé dans leur chair, le souvenir de cette plongée foncièrement mystique.

Comme un volcan faisant sauvagement irruption au beau milieu d'un jardin à la française.

À quoi servent les mythes ?

L'utilisation de ce terme par les Occidentaux modernes sert plutôt à qualifier les systèmes de croyances des autres peuples, ou des autres âges considérés comme plus primitifs. Comme si nous-mêmes vivions hors du champ mythique. Bien sûr, il est très difficile de parler du mythe dans lequel on vit soi-même, puisque celui-ci tapisse tout l'arrière-fond de nos croyances, de nos pensées et de nos fantasmes, depuis la naissance. Notre chance, aujourd'hui, tient peut-être paradoxalement à ce qu'en raison des brassages et des secousses considérables de ce siècle, nous soyons confrontés à des mythes encore vivants venus de toutes sortes de cultures. Mieux : nous assistons aujourd'hui à l'ébranlement de notre propre mythe central : la science. Tout au bout de la science — censée à la fois nous éclairer, nous prolonger et nous sauver —, nous voyons émerger, sous de nouveaux visages, beaucoup de grands mythes anciens, que nous pensions naïvement avoir liquidés.

Prenons l'exemple du Big Bang. Selon cette théorie, l'ensemble de l'univers serait un continuum espace-temps en expansion qui, à l'origine, il y a quinze ou seize milliards d'années, aurait été « contenu » dans un point sans dimension appelé *singularité*. Autrement dit, les milliards de milliards de galaxies et toute la quantité faramineuse de matière/énergie cosmique auraient été contenues dans un « machin » inconcevable, plus petit qu'une tête d'épingle, puisque *infiniment petit*, et portant le joli nom de *singularité*. Voilà l'hypothèse, mathématiquement plausible, à laquelle nous sommes actuellement invités à croire, concernant l'origine du monde...

Face à une pareille vision, ne sommes-nous pas tel un enfant devant un conte de fées, ou tel un primitif à qui l'on raconte le mythe fondateur de sa tribu ? *Un jour, la grande femelle Okapi a laissé tomber une goutte de lait sur un rocher qui flottait au milieu de la nuit éternelle; la goutte a rebondi en sept fois sept gouttelettes plus petites, et le monde est né.* Ou bien : *Un jour, une singularité a connu une fluctuation chaotique, et l'espace-temps-matière-énergie a commencé son expansion dans l'hétérogénéité, d'abord sous la forme d'une force unique qui a duré un milliardième de milliardième de milliardième de milliardième de dix millionième de seconde* (10^{-43} *s*)*; ensuite sont venues les grandes brisures de symétrie et le monde est né.*

« La théorie du Big Bang, dit le conteur Henri Gougaud [1], est notre mythe actuel de création du monde. Mais c'est un petit mythe, très jeune. Il reste à voir combien de temps il va durer — un siècle, deux siècles ? La Genèse, ça vous a une autre allure, avec ses trois millénaires d'existence comme vérité sur la création du monde ! Le Big Bang est peut-être un germe de mythe. Sans vouloir polémiquer, je crois d'ailleurs que l'on peut trouver beaucoup de similitudes entre le fonctionnement de l'esprit religieux et celui de l'esprit scientifique. Tous deux ont cette même façon de dire : “J'ai la vérité, je vais vous la donner”, alors que chacun ne possède qu'un bout de vérité sur une totalité fondamentalement inconnaissable. Cette relativité, scientifiques et religieux la reconnaissent d'ailleurs tous, les premiers en prévoyant que leurs théories seront forcément dépassées un jour, les seconds en s'admettant par essence dépassés par la transcendance qu'ils transmettent. Mais ce qui fonde le mythe, c'est qu'il a été proféré par des *distributeurs de vérité* reconnus par la société. Le Big Bang ne fonctionnerait évidemment pas comme mythe s'il n'avait été formulé par de grands astrophysiciens. »

1. L'entretien avec Henri Gougaud est paru dans le numéro 8 du magazine *Nouvelles Clés*.

Le mythe de la NDE, lui, me semble tirer sa légitimité de ce qu'il est partagé par des millions de personnes dont il a, partiellement ou totalement, changé la vision du monde — ce qui, à l'époque de la démocratie par sondages d'opinion, équivaut à une *distribution de vérité* hautement significative.

Par ailleurs, des scientifiques dont les disciplines vont de la biologie moléculaire à la psychophysiologie, se penchent sur le phénomène NDE, pour tenter d'en tirer les informations nécessaires à comprendre deux énigmes majeures, toujours béantes dans nos certitudes modernes : qu'est-ce que la conscience (et la mémoire) ? qu'est-ce que la vie (et la non-vie) ?

Dans *La Source noire,* plusieurs chapitres étaient consacrés aux approches scientifiques de la NDE [1]. De plus en plus de savants osent s'interroger sur les états de conscience « extrêmes » et cherchent à les confronter aux plus récentes connaissances en matière de neuropsychologie (le modèle holographique de Karl Pribram), aussi bien que de physique (les intuitions du physicien David Bohm), à fouiller la question des formes (voir les audaces du biologiste Rupert Sheldrake), à recenser les études statistiques permettant d'étayer des corrélations entre expériences mystiques d'une part et populations, biographies, symptômes d'autre part.

Cette quête scientifique se poursuit. Nous allons rencontrer, dans la troisième partie de ce livre, des éléments nouveaux, venus de la physique, de la neuropsychologie, de l'anthropologie et de la psychanalyse. Néanmoins, je m'interroge : l'essentiel se joue-t-il vraiment dans la recherche d'explications scientifiques de ces phénomènes et de ces états ? Peut-on articuler pensée mythique et pensée scientifique ?

Au début des années quatre-vingt, le psychosociologue Kenneth Ring était l'un des principaux chercheurs spécialisés dans l'étude des NDE. Après les NDE, il s'est intéressé aux OVNI ! Le mouvement

1. Notamment les « cinq stades » de Kenneth Ring ; cf. *En route vers Oméga,* Robert Laffont.

ufologique américain est énorme. L'*abduction syndrom* frappe fort : ils sont des millions, aux États-Unis, à dire qu'ils ont été enlevés par des extraterrestres... !

Pour toutes sortes de raisons — irraisonnées ou raisonnables —, ce sujet suscite en moi une gigantesque méfiance. Je connais pourtant des gens crédibles qui travaillent sur ces questions. Je vous conseille par exemple de lire la magnifique enquête que Marie-Thérèse de Brosses a effectuée aux États-Unis [1]. Très impressionnée par ce qu'elle a découvert outre-Atlantique, l'ancienne responsable des « Grands Documents » de *Paris-Match* est convaincue d'être tombée sur la source fantastique d'où ont jailli, au fil des millénaires, toutes les histoires de génies, de fées, de djinns et de dévas, auxquels nos ancêtres croyaient fermement. Rétrospectivement, certaines interrogations confèrent une forme de matérialité à ces croyances magiques : si ces entités étaient fondamentalement *irréelles,* comment expliquer, entre autres faits troublants, qu'elles puissent laisser des cicatrices bien physiques sur les corps de milliers de personnes saines d'esprit, par ailleurs persuadées d'avoir été « enlevées par des extraterrestres » ? Phénomène apparenté à l'hypnose ? La piste vaut d'être remontée. Qu'est-ce que l'hypnose ? Dans la troisième partie de cette enquête, nous aborderons le sujet, en évoquant ce que la psychanalyste Piera Aulagnier a appelé le « processus originaire ». Question délicate, que les chercheurs de l'avenir auront à explorer...

Une chose semble sûre : simplement nier le phénomène E.T. ne le fera pas disparaître. Certains grands penseurs se sont penchés sur la question. Carl Gustav Jung en particulier, dont l'une des dernières œuvres, *Un mythe moderne* [2], rédigé dans les années

1. Marie-Thérèse de Brosses, *Enquête sur les enlèvements extraterrestres,* Plon, 1995.

2. Carl Gustav Jung, *Un mythe moderne,* coll. Idées, Gallimard.

cinquante, analyse avec intelligence les histoires de soucoupes volantes. Pour Jung, elles constituent l'un des nouveaux visages de l'imaginaire collectif. Le travail d'enquête mené par Marie-Thérèse de Brosses prolonge celui entamé par Jung il y a quarante ans. « Il s'agit d'un mythe, c'est-à-dire d'un phantasme collectif », suggérait l'ex-dauphin de Freud, qui n'ignorait pas que les grands mythes vivants peuvent être des animaux redoutables, aussi musclés que le Minotaure, prêts à vous déchirer les chairs de leurs griffes acérées, et y laissant des traces dûment observables par la faculté de médecine. Preuves d'une maladie grave de l'esprit... ? Quelles sont les limites du pouvoir de l'inconscient ? Comment percevons-nous collectivement ce qu'un compromis consensuel nous fait appeler « le réel » ?

Voilà, me semble-t-il, les questions pertinentes à se poser à propos des OVNI. J'en ai souvent parlé avec mon ami l'astrophysicien Jean-Pierre Petit, qui ne comprend pas que l'on puisse préférer les hypothèses « tellement sophistiquées » de C. G. Jung ou de Jacques Vallée à son propre scénario « ummite », mathématiquement cohérent et d'une simplicité si élégante. Les extraterrestres kidnappeurs existeraient dans notre univers physique et, observant nos délires avec un mélange de curiosité et de consternation, seraient sur le point d'intervenir pour nous empêcher de détruire la biosphère terrestre...

Il est incontestable que les vrais mythes sont très forts et qu'ils peuvent nous gouverner à notre insu !

Question : notre vision scientifique constitue-t-elle purement et simplement le plus grand des « mythes modernes » ?

Quelle que soit la réponse, et malgré la puissance du modèle technoscientifique sur notre temps, le regard de la science sur le monde peut-il être autre que partiel ? Après tout, il ne s'agit que d'*un* regard, parmi tant d'autres possibles. Sur la NDE, comme sur tout phénomène, humain ou non-humain, vous pouvez jeter un regard scientifique... ou un regard ludique, ou un regard alimentaire, ou un regard érotique, ou un regard guerrier, ou un regard économique... Aucun de ces regards n'est réductible aux autres. Aucun n'épuise le réel. Pour le comprendre, peut-être faut-il, comme disait Nabokov, « l'enthousiasme de la science et la précision de la poésie ».

Nous sommes souvent dominés par le totalitarisme idéologique d'un certain regard scientifique, mais c'est nous qui le suscitons en réclamant sans cesse que les faits et les visions soient « scientifiquement prouvés ». Aujourd'hui, tout doit être « scientifiquement prouvé ».

Et si nous devenions un peu plus réalistes ? Et si nous osions penser qu'une démonstration ou une théorie est juste parce que *poétiquement prouvée ?*

Peut-être me rétorquerez-vous alors que l'idée même de *mythe* ne sonne pas réaliste du tout et qu'il nous faut justement, à tout prix, comme le réclamaient ces grands champions en lucidité que furent, par exemple, Simone Weil, René Daumal, Roger Gilbert-Lecomte ou Albert Camus — et comme me le réclameront bientôt mes amis scientifiques du « paradigme de l'incomplétude » —, enfin nous « arracher au mythe ».

Certes, mais...

Le monde est étrange : n'est-ce pas aussi en nous raccordant au monde du rêve mythique, comme le rappelle la tradition aborigène et chamanique, que nous autres, modernes, pourrions parvenir à nous éveiller réellement de notre somnambulisme urbain ? Les éveilleurs ne sont-ils pas de grands rêveurs, ainsi que le rappelle à plusieurs reprises la voix intérieure des *Dialogues avec l'Ange ?* Les modernes ne s'asphyxient-ils pas sous leurs productions chimiques et mentales, parce qu'ils ne se donnent plus l'espace d'entendre leur propre inspiration onirique ?

Le mythe comme instrument de vie pratique.

Pour ma part, j'ai expérimenté cette possibilité dans ma communication avec le monde animal.

D'abord attiré par des artistes qui jouaient de la musique avec des baleines sauvages, j'avais ensuite été frappé et même fasciné par le regard scientifique sur ces êtres luxuriants que sont les cétacés (leur cerveau, leur mode de reproduction, leur façon de communiquer, etc.). Pourtant ce qui, finalement, est venu le mieux répondre aux questions de fond que les « concerts avec les orques » avaient suscitées en moi — sur la conscience, sur le langage, sur la vie des cétacés et surtout sur leur mystérieux rapport avec nous —, c'est un mythe amérindien. La légende du Cinquième Rêve est arrivée juste à temps pour étancher ma soif d'une manière très pragmatique, en m'obligeant à descendre du perchoir mental où je me tenais juché, pour me demander (d'un point de vue dont la pertinence m'a stupéfié) : comment manges-tu ? comment respires-tu ? comment bouges-tu ? comment enfantes-tu, toi, l'Occidental ? Il ne s'agissait pas d'interrogations abstraites, ni arbitraires, mais, me semble-t-il, des véritables questions auxquelles l'humanité moderne devra répondre si elle ne veut pas disparaître.

D'une manière quelque peu similaire, le « mythe NDE » peut s'entendre d'un point de vue pragmatique. Ce qu'il nous offre ? Tous les éléments d'une éthique, anthropologique et hominisante, inspirée d'au-delà du bien et du mal.

C'est à cette éthique que j'aboutirai personnellement, lorsque les circonstances m'obligeront à faire le point sur les leçons de la NDE, quinze ans après mes premières enquêtes sur le sujet. Mais avant d'en arriver là, j'aimerais revenir sur deux prises de conscience, qui constituent les étapes d'un parcours qui va de la jubilation (devant le mythe) à l'humilité (devant l'éthique qui s'en dégage) :

— les récits qui nous parviennent des frontières de la mort nous renvoient au mystère de la vie, au point même que l'on devrait plutôt parler de *Near Life Experience* — d'expérience de vie imminente !

— le débat sur la nature exacte de la NDE est, en

fait, aussi ancien que la théologie et suscite, sitôt évoqué dans une enceinte religieuse, des débats passionnés — notamment entre chrétiens.

Commençons par le mystère de la vie.

SCÈNE 4

Near Life Experience ?

> Une nuit, j'ai rêvé que je me réveillais dans un palais où tout le monde s'embrassait en chantant parmi les fontaines. Mes anciens amis me souriaient. Les enfants riaient en courant. Je me suis avancé vers eux, quand soudain... je me suis rendormi.
>
> Mélik Nguédar

À la lecture des dix témoignages de la scène 2, quelques points très simples s'imposent.

Uno, l'allusion à l'indicibilité de l'expérience revient sans cesse.

Secundo, elle est enfouie dans un récit par ailleurs tellement exubérant, que l'on ne prête pas attention à ce qui n'est pas dit (ou est à peine suggéré) et pourrait pourtant être essentiel.

Tertio, chaque récit semble tout à fait singulier, chaque témoin raconte nettement sa « légende personnelle », pour reprendre une belle expression à la mode.

Quarto, une impression d'ensemble se dégage certes de manière presque lancinante. Mais, plus qu'un profil type (en cinq, sept ou trente-six étapes), c'est plutôt une atmosphère à la troublante homogénéité qui relie ces NDE entre elles. L'une des caractéristiques principales de cette atmosphère est sa joie, sa liesse pourrait-on dire — même si celle-ci n'est pas toujours exempte d'appréhension, voire d'angoisse, et ne devient sereine qu'après un travail d'assimilation qui peut prendre des années.

Si chaque expérience est singulière et propre à l'individu concerné — à son système nerveux, à sa biographie, à sa lignée, à sa culture —, toutes les NDE dont on nous a fait part sont globalement positives. Elles pourraient alimenter une vision paradisiaque de l'« après-vie ». Quels que soient le contexte (souvent dur) où elles ont été vécues et la façon dont elles ont été assimilées, ces expériences sont considérées par ceux qui les ont vécues comme :

— un contact avec la vraie nature de la mort, désormais assimilée à un passage ;

— la *chance de leur vie* : depuis, ils ne sont plus les mêmes, vivent mieux, n'ont plus peur de mourir.

Cette première vision positive du phénomène se trouve mise en interrogation par deux exceptions : d'une part, les NDE négatives ; d'autre part les « NDE sans D », c'est-à-dire celles où l'on retrouve la même expérience, avec la même indicibilité et la même intensité, sans que le sujet ait été en état de mort clinique, dans le coma, évanoui, ou même en situation dangereuse.

Intégrer ces exceptions au schéma d'ensemble du phénomène est indispensable. Nous allons vraisemblablement en ressortir avec une vision transformée. À l'inverse, l'une des rares catégories de NDE présentée comme exceptionnelle par les premières recherches de l'IANDS-USA, celle des suicidés, se révèle finalement plutôt classique, si ce mot a un sens ici. Reprenons donc ces différentes sortes d'exceptions.

Les NDE négatives

Il y a douze ans, un concours de circonstances plein d'humour noir m'avait fait mettre le doigt sur quelques cas de NDE totalement négatives. Le premier de ces cas n'était autre que celui de la directrice administrative de l'Association internationale pour l'étude des états proches de la mort (IANDS), Nancy Bush, recrutée par hasard par une organisation dont elle ignorait tout. La pauvre femme reçut un choc violent lorsqu'elle apprit la vraie nature de la recherche de ses nouveaux employeurs : ils travaillaient, avec enthousiasme, sur un état de conscience qu'elle avait connu et qui était, pour elle, synonyme de cauchemar ! Vingt ans plus tard, elle tremblait encore à la simple évocation de ce qu'elle avait vécu alors que, toute jeune encore, elle accouchait de son second enfant et qu'une brusque chute de tension avait menacé ses jours. Curieusement, son récit frappait l'auditeur par sa sobre beauté ; elle-même n'y semblait malheureusement pas sensible.

Flottant dans une calme obscurité, Nancy s'était soudain retrouvée entourée de symboles yin-yang — symbole dont cette jeune Yankee du Middle-West des années cinquante n'avait jamais entendu parler et dont elle ignorait le nom et le sens. Ces cercles clignotaient : le noir devenait blanc et le blanc noir, le yin se transformant en yang et vice-versa. Cette apparition jeta la jeune femme dans un état de panique indescriptible. Toutes ses valeurs s'effondrèrent d'un coup. Du clignotement des cercles yin-yang se dégageait en effet une épouvantable ironie, qui semblait lui dire : « Tout est vrai, tout est faux. Tu n'es toi-même qu'une illusion. » Elle repensa avec horreur aux écrivains existentialistes français (véridique !), contre lesquels on l'avait tant mise en garde au collège. Pendant ce qui lui sembla une éternité, Nancy lutta contre son cauchemar. Lorsqu'on réussit à la ranimer, la terreur ne l'avait pas quittée. Elle en devint une dépressive chronique, et tremblait encore de peur quand je la rencontrai, alors que la fille née le jour de cette mésaventure avait elle-même déjà enfanté.

Plusieurs aspects me frappèrent, dans l'expérience de Nancy Bush, que je retrouvai ensuite dans trois autres NDE négatives. En cours d'expérience, il était chaque fois question d'une lutte acharnée pour

« garder le contrôle » contre une « cruelle ironie » — qui se manifestait, dans trois des quatre cas, par une symbolique abstraite et géométrique : cercles yin-yang, sphères contre cubes, grand huit couché dans le vide [1]. De l'expérience, deux des quatre rescapés étaient ressortis avec une peur accrue de la mort et une propension à déprimer. Il leur semblait ne pouvoir survivre qu'à condition de refouler l'affreuse aventure.

En revanche, deux autres NDE négatives s'étaient finalement soldées de manière positive, quand les sujets s'étaient rendu compte que c'était leur propre peur et leur entêtement à vouloir contrôler l'incontrôlable qui étaient à l'origine du cauchemar. Une fois qu'ils avaient enfin *lâché prise,* l'ironie du monde inconnu où ils se trouvaient s'était brusquement métamorphosée en humour tendre et chaleureux ; et le voyage mystique avait pu se poursuivre.

Malgré la demande pressante de Nancy Bush, en 1984, je n'ai pas mené d'enquête approfondie sur les NDE négatives. La directrice d'IANDS-USA était persuadée qu'il devait y en avoir des milliers, voire des millions (au moins autant que de NDE positives) et que ces gens-là (qu'elle imaginait désormais claquemurés derrière leur peur de mourir) avaient forcément le plus grand besoin d'aide. L'enquête à mener serait — elle en convenait volontiers — d'autant plus difficile que, par définition, les rescapés en question refusent catégoriquement de parler de leur expérience et ne sont donc pas repérables de prime abord. Il est fort possible que certains d'entre eux, les plus fragiles, se trouvent en hôpital psychiatrique.

Deux fois seulement, ces dernières années, je suis tombé, sans l'avoir cherché, sur de nouveaux cas de NDE négatives. Ils n'ont fait que confirmer les quelques idées présentées à ce sujet dans *La Source noire.*

Le premier cas, tragique, est celui d'un homme français d'une soixantaine d'années qui, peu de

1. Cf. *La Source noire, op. cit.*

temps avant de mourir, avait fait un premier arrêt cardiaque, à la suite duquel il avait dit à sa femme : « Je viens de traverser l'enfer, ça existe ! » Le peu qu'il lui avait communiqué alors évoquait une « force magnétique terrifiante » qui s'était jouée de lui en riant. Quand j'interrogeai la veuve sur les circonstances et les détails de la NDE de son mari (la dame s'était signalée à moi après une conférence), elle ne fut pas en mesure de m'en dire beaucoup plus, sinon que, jusqu'au bout, elle avait vu son pauvre mari lutter tel un taureau contre un adversaire invisible infiniment plus puissant que lui.

Le second cas est celui d'une femme marocaine qui, elle aussi, éprouvait les plus grandes difficultés à raconter une expérience cauchemardesque, vécue des années plus tôt lors d'un accouchement (je note, pour les femmes, la très forte corrélation entre NDE négative et enfantement). Je n'ai pu connaître ce cas que par le truchement d'une psychologue qui, persuadée que cela lui ferait du bien, avait réussi à convaincre l'intéressée de venir raconter sa NDE en public après l'une de mes conférences. Là encore, le « cauchemar » se réduisait à une figure très simple : la jeune femme s'était retrouvée « hors de son corps », aspirée vers le haut dans une gigantesque spirale, contre laquelle elle s'était débattue jusqu'au bout. Quand je lui demandai de caractériser l'ambiance qui émanait de cette spirale, la rescapée utilisa les mots « méchante », « cruelle », « moqueuse » et « ricanante ».

Six cas ne suffisent certes pas à constituer une statistique. Une direction semble néanmoins se confirmer : nous aurions grand intérêt, de notre vivant, à pratiquer le *lâcher-prise* — je sais que ce mot peut être terriblement agaçant quand on nous l'assène en pleine épreuve, mais c'est précisément dans les moments difficiles qu'il faut savoir le mettre en pratique. Cela dit, il est également conseillé de savoir lâcher prise quand tout va très bien et ne pas penser : « Cette mariée est trop belle pour moi » — un certain nombre de malheureux ne savent pas non plus lâcher prise dans le plaisir !

La première grande question est peut-être de savoir faire la différence entre *lâcher-prise* et *laisser-aller*. Un malade qui mobilise toute sa volonté pour guérir, au lieu de sombrer dans le défaitisme, doit être vivement encouragé. Les distinctions entre ces différents mouvements de l'être sont subtiles. Elles nous renvoient directement à l'art d'accompagner les mourants, dont il a été question dans l'acte I de la grande pièce finale.

La fausse exception des NDE de suicidés

Lors de mon enquête sur ces questions, dans les années quatre-vingt, les chercheurs de IANDS-USA m'avaient certifié que l'une des rares corrélations observables sur les NDE concernait le suicide. On le sait, tout scientifique étudiant un phénomène nouveau cherche à établir des corrélations. Ici, il s'agissait de savoir si la NDE était davantage susceptible de se produire chez un homme ou chez une femme, chez un croyant ou un incroyant, une personne cultivée ou inculte, accidentée ou malade, etc. Il se trouve que la NDE ne pouvait se correler à rien. Elle semblait aléatoirement répartie sur l'ensemble de la population et nous nous amusions à en conclure que les nouvelles extases mystiques étaient donc extrêmement démocratiques (ce qui reste à démontrer depuis zéro, mais il s'agit là d'une « science politique » hors de ma portée). Sur un seul point, les chercheurs travaillant avec Kenneth Ring et Raymond Moody semblaient faire une exception : le suicide.

« Les rares cas de NDE de suicidés dont nous disposons, m'avait dit Ring, s'arrêtent toujours au premier stade — le flottement calme hors du corps — et s'achèvent dans une sorte de brouillard, où l'on retrouve plusieurs fois la présence d'une voix de femme, rassurante et maternelle, qui fait prendre conscience au suicidaire qu'il a fait fausse route. »

Par la suite, ce schéma simpliste allait nettement

se complexifier. La plupart des suicides ou des tentatives de suicide sont bien évidemment des appels désespérés à la vie et aux vivants. On conçoit sans problème qu'une personne suicidaire, se trouvant soudain emportée par le flot de vie considérable que décrivent les *expérienceurs,* se retrouve à la fois comblée et décidée à ne pas recommencer[1]. Il me semble cependant que l'« unique corrélation » jadis décrite par Ring et les autres devait être idéologiquement biaisée. Le suicide reste tabou. C'est facile à comprendre. Je n'ai, pour ma part, rencontré que peu de cas de NDE de suicidés. Au chapitre précédent ont été rapportés les témoignages d'Astrid, de Xavier et de Dovan. Si leur message final s'élève clairement contre le suicide — et s'il leur semble impossible de prétendre pouvoir volontairement *provoquer* une NDE, comme dans le film américain *L'Expérience interdite* —, leurs propres expériences ne semblent nullement se distinguer du bouquet de récits présentés et ne sont, en aucun cas, bloquées au premier stade de l'expérience.

NDE sans mort ni danger

Et voici l'exception décisive. Celle qui fit basculer, dans les années quatre-vingt, toute la vision naïve de la NDE, l'image que nos intelligences linéaires avaient eu trop facilement tendance à figer, phagocytant une foule d'informations supposées venir d'« ailleurs », sans les assimiler.

Je connaissais bien cette prétendue « exception », et pourtant, une fois de plus retombé dans mon somnambulisme quotidien, je l'avais presque oubliée. Mais voilà qu'un après-midi, débarque chez moi un jeune homme extrêmement enthousiaste. Il ne tient

1. Ce que corrobora l'enquête de Moody publiée en 1978 sous le titre de *Reflections on Life after Life,* qu'il avait menée à grand train, soudain effrayé par l'idée que son premier livre puisse pousser des gens malheureux au suicide.

pas en place. Une sorte d'allégresse incontrôlable le fait rayonner et vibrer en permanence.

J'apprends qu'il s'appelle Emmanuel, qu'il est en train d'achever une année de « math spé » mais qu'il n'est plus du tout sûr de vouloir faire Centrale ou Polytechnique, comme initialement prévu. Emmanuel s'interroge, non sans fébrilité. Il vient en effet de vivre une histoire hors du commun, un bouleversement l'oblige à reconsidérer toute sa façon de voir la vie.

Emmanuel vient de vivre une NDE.

Je suis curieux d'en savoir davantage. Qu'est-ce qu'un garçon intellectuellement « bien outillé », comme celui-ci semble l'être, peut avoir à dire de la fameuse expérience ? Et d'abord, dans quelles circonstances cela lui est-il arrivé ? À l'hôpital ? Lors d'un accident de la route ? Une chute en montagne ?... Le jeune homme arrête net ma rêverie. Ni accident ni maladie : il a vécu sa NDE alors qu'il était tranquillement assis sur un banc, dans un square. Et les personnes présentes autour de lui ne se sont rendu compte de rien, car il s'est porté comme un charme avant, pendant et après l'expérience.

Une NDE sans D : *expérience d'imminence de mort* sans mort !

Plutôt une NLE, *Near Life Experience,* expérience de VIE imminente !

Ou encore et plus exactement : une expérience d'*éveil* imminent, une *Near Awakening Experience.*

Je mentirais si je disais que c'était la première fois que l'on me racontait... que l'on me racontait quoi ? Un *satori,* tout simplement. Ou un *samadhi,* si vous préférez le dire en sanscrit. Ou une « extase mystique », pour parler comme les commentateurs d'Ibn Arabi ou de sainte Thérèse d'Avila. Ou, plus simple encore : un éveil.

Qu'est-ce qui me frappait donc tant dans le récit d'Emmanuel ?

D'abord, on peut avoir lu mille livres sur la question, le contact direct, physique, avec un « extasié », un « ravi » (« Ne me rends pas à moi-même, ô toi qui m'as ravi à moi-même ! » chante El Hallaj), constitue toujours, en soi, une expérience jubilatoire unique. Emmanuel semblait à jamais ravi. Et, par empathie, j'étais un peu ravi aussi. Il m'avoua qu'à la suite de son illumination, il allait se mettre à la littérature et perfectionner sa pratique du piano, me parla de télépathie et de rêves prémonitoires, évoqua Hermann Hesse, Hugo Pratt, Paul Claudel, Henry Miller, tenta enfin de me décrire le mécanisme par lequel, en quelques fractions de seconde, il s'était retrouvé, contre toute attente, directement plongé au cœur de la grande « Lumière d'Amour inconditionnel et de Connaissance absolue » dont parlent tous ceux qui ont vécu cette expérience.

« J'ai compris, me déclara-t-il, que la substance chimique d'un neurotransmetteur avait dû spontanément et instantanément se diffuser dans tout mon corps. L'extase m'a envahi à la vitesse où l'adrénaline nous submerge, sous l'effet d'une peur ou d'un choc. Mais dire cela, comprenez-vous, n'explique rien, au fond, de mon expérience. Pas davantage que vous ne pourriez réduire l'état amoureux à la partie chimiquement visible de sa magie. »

Puis il me raconta comment, depuis le jour de son illumination, il parvenait à se « ressourcer » en s'adossant régulièrement à un gros arbre.

Pourquoi Emmanuel était-il venu me voir ? Pour m'informer, disait-il, de la possibilité que nous avions tous de vivre, à tout instant, « une NDE sans D », c'est-à-dire une extase, cosmique ou mystique, situation d'où se trouverait évacuée toute ambiguïté quant à la vraie nature du réel. « La Vie éternelle, s'écriait le jeune homme, est présente en permanence en chacun d'entre nous ! Elle est là, juste là, derrière un voile infiniment fin et subtil. Et la mort, qui joue tant de ce voile, n'a finalement pas grande importance dans l'aventure. Peut-être est-ce là la suite de votre premier livre ? »

Je songeai alors que j'avais dû mal préciser certaines choses dans *La Source noire,* puisque l'idée d'une NDE sans mort s'y trouvait déjà clairement exprimée, en particulier par Kenneth Ring, qui avait été si étonné le jour où une dame lui avait minutieusement décrit une « NDE du cinquième stade »... survenue alors qu'elle cueillait des fleurs dans un champ!

> Mais voilà qu'un jour, dans son courrier, notre savant reçoit une lettre qui va tout changer. Une femme raconte, sur une vingtaine de feuillets, son expérience. À première vue, ça ressemble à s'y méprendre à une NDE du cinquième stade. Ring lit avec attention, mais sans surprise. Les transformations profondes consécutives à l'expérience sont typiques : 1) la rescapée a une meilleure image d'elle-même; 2) elle n'a plus peur de la mort (de souffrir, si, mais c'est autre chose); 3) désormais, la simple vue d'un arbre ou d'une grenouille peut l'émerveiller pendant des heures; 4) elle qui se disait agnostique et vivait en athée a découvert la spiritualité (qu'elle distingue bien de la religion); 5) une soif de savoir insatiable l'habite nuit et jour; 6) son nouveau but dans la vie est d'entrer en relation avec les autres et de les aider; 7) elle n'arrête plus de faire des rêves prémonitoires...
> Or la lettre s'achève sur un aveu qui laisse Ring pantois : la dame n'a jamais failli mourir. Son expérience s'est déroulée en quelques secondes, par un après-midi d'été, alors qu'elle cueillait des fleurs dans un champ (des amis présents à ses côtés ne se sont rendu compte de rien). Qu'est-ce à dire?
> Passons sur différentes péripéties. Brusquement, tout l'édifice des chercheurs de l'IANDS se retrouve catapulté hors de son cadre d'origine. Si l'on peut vivre un NDE du cinquième stade en cueillant tranquillement des fleurs dans un champ, serait-ce donc que la NDE n'a, au fond, aucun rapport avec la mort elle-même? Ring va se retrouver contraint de réorienter toute sa démarche. Le voilà qui se met à fouiller les dossiers de l'IANDS en diagonale. Il découvre plusieurs documents signalant des recherches étrangement parallèles aux siennes, bien que non liées à la mort.

Et l'on voyait alors Ring, le fameux psychosociologue de l'Université du Connecticut — aujourd'hui installé en Californie —, entrer en relation avec des chercheurs venus d'autres horizons, en particulier du yoga, et découvrir ce que la civilisation indienne appelle *kundalini* et la civilisation chinoise *chi* — *ki* en japonais — et que notre langage occidental traduirait peut-être par « énergie vitale » — mauvaise traduction, dans la mesure notamment où il s'agit sans doute d'une réalité en amont de la dualité forme/énergie...

Douze ans plus tard, discutant avec le jeune Emmanuel, je me rendis compte qu'en fait je continuais moi-même à me comporter comme si la NDE était essentiellement liée à la mort. Et je m'étais même laissé piéger dans le jeu médiatique du « Croyez-vous à une vie *après* la mort ? ». Alors qu'il s'agit de la vie tout court !

La différence est radicalement incompréhensible tant que l'on s'en tient, pourrait-on dire, à la vision « plate » du modèle mécaniciste. Un être à deux dimensions, vivant exclusivement dans les surfaces, ne pourrait rien comprendre au discours d'un témoin revenant d'un monde à trois dimensions, et racontant des histoires en relief. Et ce dernier ne comprendrait rien non plus à un récit relatif à la quatrième dimension...

« Il n'y a rien après la mort, me déclara solennellement Emmanuel, parce que, d'où je viens, le mot *après* n'existe pas. C'est un niveau de réalité plus réel que ce monde-ci, et tout y est *présent tout le temps !* »

Une vie, des éveils

Je repensais alors à ce que m'avait dit Gitta Mallasz, un jour que nous évoquions l'hypothèse de la réincarnation. « Cette hypothèse, suggérait celle qui se disait la *scribe* des *Dialogues avec l'Ange,* est une illusion d'optique. Vu depuis l'hors-temps, nous n'avons évidemment qu'UNE vie — même si celle-ci fait plusieurs bosses, plusieurs vagues, à travers le tissu temporel [1]. » Reformulée par Gitta, l'inspiration créatrice (appelée « voix de l'ange ») disait ceci :

1. In *La Source blanche,* Patrice van Eersel, Grasset, 1996.

« Au moment de votre naissance, un écran vient fausser votre vue. C'est l'écran du temps. Si vous élevez votre vue au-dessus de cet écran, vous verrez que votre Vie est une et indivisible. Ce n'est que votre petite vue à courte distance qui dit : une vie, plusieurs vies. Mais c'est une illusion. » Mais cela, la messagère des *Dialogues* ne pensait pas que notre logique mentale puisse le comprendre, « car, disait-elle, le mental est inexorablement attaché au temporel ».

Connaître une seule fraction de seconde d'éveil véritable suffirait donc à nous faire traverser le voile temporel et pourrait nous faire basculer dans un monde d'« amour inconditionnel et de connaissance absolue »... Ce que certains appellent l'Éveil, avec une majuscule, supposant par là que nous sommes tous, même en pleine activité, complètement endormis.

Deux ans plus tôt, Marc de Smedt et moi-même avions consacré tout un numéro de notre magazine *Nouvelles clés* à ces instants qui nous apparaissent à la fois magiques et « plus réels que le réel » [1]. Avec Emmanuel, nous feuilletâmes ce numéro, intitulé « Et vous, est-ce que ÇA vous est déjà arrivé ? ». Émerveillement chaque fois renouvelé du plongeon dans la source limpide de cette *présence au monde* que rapportent tant de témoins, chacun à sa manière.

Curieusement, quand, avec la rédaction du journal, nous avions posé cette question autour de nous, personne ne nous avait demandé de quoi diable nous voulions parler. Cela coulait de source. Sans doute parce que, par définition, les lecteurs de *Nouvelles clés* s'intéressent à l'Éveil. Peut-être aussi en raison du ton de notre interrogation... Toujours est-il qu'à peine la question posée, chacun partait aussi sec dans le récit des circonstances, dramatiques ou bienheureuses, anodines ou spectaculaires de... de quoi, en fait ?

D'une... prise de conscience, d'un éveil, d'une

1. *Nouvelles clés,* n° 25, première série (septembre 1992).

extase, d'un *satori*? Les mots sont faibles pour parler de ces moments fugitifs, où brusquement tout se relie et s'autorise à prendre sens, au point que nous avons soudain l'impression de nous *réveiller* d'un long sommeil — où baigneraient la plupart de nos jours. Instants redoutés, quand l'appel à l'éveil se produit à l'occasion d'un choc, d'une ruine, d'une mutilation, d'une perte, d'un deuil... qui nous remettent gravement en cause. Instants bénis, quand, dans la grisaille du somnambulisme éternel et sans but, l'appel nous ouvre soudain une voie de lumière. Instants que les sages de beaucoup de traditions disent impossibles à atteindre volontairement, même s'il faut en être assoiffé en permanence — comme si, par définition, ils ne pouvaient que nous être offerts, lorsque nous nous abandonnons au flux de la vie.

Il existe toutes sortes d'éveil. De gigantesques — la plupart des NDE semblent en être. Et de minuscules — que nous ne soupçonnons même pas. Certains ont besoin de circonstances exceptionnelles. D'autres se déclenchent alors que vous êtes assis à contempler le soleil jouant dans les arbres d'un jardin public. Mais les circonstances et les formes, le « comment » de notre question, importent finalement peu. L'essentiel tient à l'essence intime de ce qui se passe — au « ÇA » qui nous est arrivé. Si nous sommes attentifs, nous nous apercevons que « ÇA » nous est arrivé à tous, à un moment ou à un autre, au moins aux premiers âges de la vie. Qu'est-ce donc que ce « ÇA » qui nous est arrivé?

Chaque expérience d'éveil est différente, mais toutes ont quelque chose d'essentiel en commun, qui échappe aux mots et peut modifier la totalité de notre vision du monde, nous reliant à tout ce — et tous ceux — dont nous nous sentions jusqu'alors coupés... J'ai retenu ici trois des témoignages publiés en 1992 dans *Nouvelles clés*. Trois « ÇA » très simples, qui n'ont apparemment aucun rapport avec la NDE, et où l'on retrouve pourtant de façon troublante l'essence intime de cette expérience.

Le premier témoignage, le plus simple mais peut-être le plus troublant parce que l'extase s'y faufile « mine de rien », est celui de Martine Castello. La quête de cette femme, d'abord classiquement scientifique (brillante journaliste, c'est elle qui créa le service « Sciences » de *Libération*), passa par une phase de bouillonnement métaphysique (il en résulta un livre ambitieux et abrupt, *Nos pensées créent le monde,* rédigé avec le polytechnicien Vahé Zartarian [1]), pour finalement déboucher sur une vision franchement mystique de la réalité — sans qu'elle cesse pour autant de se passionner pour la science. Ce jour-là, Martine découvrit que c'est en passant par la nature, bien incarnée, que l'on peut accéder à l'hors-monde :

> Assise sur le perron de la maison, mon petit garçon dans les bras, je regarde la campagne devant nous et dans le ciel, jouant avec quelques gros nuages d'été, des dizaines d'hirondelles qui valsent. En fond sonore, du Mozart, je crois. Dans ce décor, mon mental se met, comme il se doit, à divaguer, style « beauté de la nature, écologie et harmonie des mondes ». Et soudain tout bascule.
> Difficile à décrire. J'ai cessé de penser. Tout d'un coup, je suis à la fois la musique, les nuages, l'hirondelle. Le petit dans mes bras, tout est à sa place, parfait, harmonieux, serein. Je ne le pense pas, je le vis. Pendant ces quelques instants, je sais ce que peut être le bonheur, comme un sourire de paix et de joie.
> Puis le téléphone a sonné, et le tableau s'est déchiré, petits morceaux se séparant les uns des autres. Le vieux monde était de retour. Est-ce cela l'illumination ? Je ne crois pas. Tout juste un petit flash, un cadeau que je n'attendais pas. Mais grâce à lui, je sais maintenant que je ne me trompe pas. La quête que j'ai entreprise il y a trois ans déjà n'est pas vaine. Derrière le consensus de la conscience humaine, il y a bien quelque chose d'autre qui a toujours été et qui sera toujours, quelle que soit la forme avec laquelle il s'exprime. C'est drôle de dire cela aujourd'hui. Moi qui, pendant vingt ans, ne me suis intéressée qu'à la science pure et dure, qui crachais sur tous

1. Martine Castello et Vahé Zartarian, *Nos pensées créent le monde, op. cit.*

les rêveurs sentant le soufre, moi qui refusais de penser par moi-même... Aujourd'hui, beaucoup d'entre nous vivent les mêmes bouleversements. J'espère que nous serons de plus en plus nombreux. C'est en changeant notre vision du monde que nous changeons le monde et cela, depuis toujours.

Le second témoignage est celui de Loïc Dury. Avant de devenir l'un des piliers de Radio Nova, la plus avant-gardiste des FM musicales de Paris, DJ célèbre chez les amateurs de *rave-parties* et de nuits musicales non-stop, cet homme a vécu toutes sortes d'aventures. À l'issue de l'une d'elles, il se retrouva en prison. C'est là, dans le désespoir de l'ombre, qu'il connut une grande expérience... à partir de son corps assommé. Comme si c'était décidément par l'incarnation et l'éveil des sens que pouvait s'éveiller le Sens.

Le jour de mon jugement, cela faisait quatre mois que j'étais en taule, et j'espérais bien en sortir rapidement. Quand le juge me condamna à trois ans fermes, tout s'écroula autour de moi. On me ramena à ma cellule, anéanti. Je m'allongeai sur ma couchette. Plus rien n'existait. Je flottais dans un vide effrayant. Il n'y avait même plus une pensée en moi. Un trou noir absolu, dans lequel je tombais, je tombais, je tombais. C'est rétrospectivement que j'utilise ces mots, sur le moment, il n'y avait plus rien.

Et voilà que, du fond de cette sorte de monstrueuse panique calme, je me suis mis à entendre des bruits. Des bruits d'eau. Comme un torrent. Et puis, montant du fond de la terre, de plus en plus fort, une espèce de *boum-boum, boum-boum.* Dans le vide où j'étais, c'était le seul repère qui s'offrait. Et brusquement je me suis rendu compte que c'était mon cœur, les battements de mon cœur !

Stupéfait, j'ai senti monter en moi une bouffée fabuleuse. Une force incroyable habitait donc en moi ! Et ce *boum-boum* se fichait totalement de la taule, de mon verdict, de mes misères, rien ne pouvait l'altérer. Alors, je fus envahi par une énorme sensation de nature. Le torrent, c'était mon sang. Et mon corps était une montagne. À partir de cet instant, une pêche d'acier m'envahit. J'avais l'impression d'abriter un trésor au fond de moi. On aurait pu m'arracher le cerveau, ça n'y aurait rien changé.

Je suis resté encore un an en prison, comme propulsé par cet instant magique où, pour la première fois de ma vie, j'avais vraiment pris conscience que j'existais.

Quelques années après, j'ai revécu quasiment la même expérience, en mer. Cela faisait quelques mois que je naviguais dans les Caraïbes. Il faisait nuit. Les étoiles. Le vent. La force incroyable de la nature. Et puis brusquement, la tempête. Je suis à la barre. Vais-je paniquer? Non, voilà que le grand vide me reprend. Mais cette fois, le sentiment d'indestructibilité m'habite d'emblée. Je fais corps avec le bateau. Nous ne sommes plus qu'un. Mon intérieur conduit son extérieur. Une grande euphorie calme nous emporte dans la montagne de vagues. Un bien-être total, étrangement mêlé à la conscience aiguë qu'au moindre faux geste, nous sombrons. Mais il n'y a pas de faux geste. Tout est complètement fondu en un seul mouvement.

Quant à Jacques Deperne, notre troisième témoin, notable éclairé de la bonne ville de Lille, il y a longtemps qu'il connaissait les mots *satori, nirvâna, éveil, illumination, libération...* et tous les pièges et illusions qui se cachent derrière. Jacques Deperne, qui a roulé sa bosse dans plusieurs grandes voies, sait que le Tao qui se traduit par des mots n'est pas le véritable Tao et que l'Éveil qui se traduit par des mots n'est pas le véritable Éveil. Pourtant, Jacques accepta avec simplicité de nous apporter, lui aussi, le témoignage d'une expérience d'éveil, vécue un jour qu'il contemplait Paris du haut de Notre-Dame.

Il y a peut-être vingt ans, à Paris, un vieil ami, un peu alchimiste, écrivain, journaliste, très versé dans l'hermétisme, historien de Notre-Dame, m'avait convié à une visite de la cathédrale par un escalier rarement ouvert au public. L'entrée est située en bordure de la façade sud, à proximité du logement du gardien qui nous avait confié les clés. Nous étions trois. Mon ami Lucien ouvrait la marche, accompagné d'un compagnon charpentier, auteur d'ouvrages célèbres sur ces livres de pierre aux tours inachevées que sont les cathédrales gothiques. L'ascension conduisait à la forêt, à la charpente du grand vaisseau de bois renversé. Lucien et son ami ne prononcèrent pas sept mots! Ils étaient très troublés et très émus. Je suivais leurs regards, et, comme eux, religieusement, je caressais le bois et les signes ésotériques gravés dans les poutres. Nous étions dans un sanctuaire, sur le sanctuaire, au-dessus du chœur de Notre-Dame, lorsque discrètement, un peu à l'écart, j'ai entrouvert une petite lucarne qui donnait sur la nef, dans l'axe orient-occident. Que s'est-il réellement passé, immédiatement, à cet instant précis ? Certes le spectacle était grandiose, sublime, mais je n'ai pas seulement vécu une forte impression de perception directe, sans analyse, sous la lumière spectrale et polychrome des hautes verrières. L'émerveillement dépassait le champ de ma conscience, et sûrement, un instant, s'est produite cette fusion qui pourrait faire penser à quelque chose, qui peut-être — qui sait ? — ressemblerait, de loin, à une forme d'éveil. C'est en tout cas ce que j'ai encore aujourd'hui la faiblesse, et peut-être la naïveté, de croire, au point d'oser le rapporter, sans faire rougir ma plume.

Pour parfaire cette ronde de témoignages d'éveils, tous survenus en dehors du moindre danger de mort et qui tous, pourtant, nous rappellent étonnamment, d'une manière ou d'une autre, la NDE, nous avions cité Claude Roy [1]. L'écrivain avait alors dix ans, quand...

Le jour où me visite Dieu que je n'attendais plus, et ne nomme plus Dieu, c'était au soleil d'août, au bord de la Charente. L'odeur en gloire des foins.
J'attends Gautherau et le petit Barraud au bord de la rivière. Nous irons d'abord à la chasse aux « sautereaux » et ensuite pêcher au moulin. Ils sont en retard. Je me couche sur l'herbe, à la frange du foin qui sèche au soleil, et puis comme l'herbe pique et n'est pas plane, je m'étends sur une jonchée de foin. M'ennuie. Ferme les yeux. Le ciel à travers la peau des paupières passe du bleu pommelé de cumulus à ce rose-lumière, piqueté de poussières blanches... Puis :
Corps déposé laissé en dépôt sur la planète foin.
Les bras les jambes déposés sur une table au soleil.
C'est amusant de s'habiter (mais) (en même temps) (et) de se survoler avec une ironie enjouée. (...)

1. Il s'agit des mémoires de Claude Roy, intitulées *Moi je*, Folio, 1966.

Je ne dors pas Je pèse
À force de peser je m'allège
Je gis Je suis Je vole
Léger de tout mon poids.

Comme s'il fallait se rendre tout au bout de l'incarnation pour pouvoir, éventuellement, la contempler du dehors ! Et accéder à la véritable paix, qui se joue de tous les mots :

Rien ne peut m'arriver qui soit menace, angoisse, danger ou peine.
Je ne suis pas immortel : celui-là l'est, qui sait qu'on meurt.

Pareille à une NDE, la pacifique et si imprévisible extase de l'enfant Roy demeurera à jamais gravée dans sa mémoire profonde — et deviendra la boussole de toute son existence, à jamais métamorphosée :

Ce suspens, cet arrachement sans angoisse, cette immersion soudaine (inattendue, impréparée, imméritée) dont je garde comme l'empreinte en creux, la présence absente, le souvenir non mémorable, depuis le lointain jour d'été, de foins en fête, d'enfance ouverte (béante), ce dévoilement abrupt qui va revenir dans ma vie, à intervalles réguliers, toujours à l'improviste, avec des espacements énormes de durée, puis des rafales d'extase, précipitées (et de nouveau le désert de vivre, seulement vivre)
Cet éclair d'être
que je reconnaisse ou non, c'est devenu la mesure de tout, l'étalon de poids sur qui je règle les balances, les vacillants fléaux de mon passage en vie.

Événement capital donc dans la vie de l'écrivain qui pourtant renoncera vite à l'exprimer en termes positifs, contraint de se contenter, tels les mystiques, d'évoquer la présence par l'absence...

Depuis le premier jour d'involontaire, d'incherché accès à l'orifice, j'essaie de ne pas extrapoler, interpoler, extravaguer, surévaluer.
Il m'arrive de voler. Pas de quoi se monter la tête. L'expérience fugitive d'une certaine sensation de plein laisse, tout le reste du temps, la persistance d'une certaine sensation de creux.

Seule la poésie, en fin de compte, réussit là où la science s'escrimerait en vain à poser ses jalons.

Une
fois je
fus cela qui est
sans aucune fissure ni séparation
la perle au cœur de l'œuf l'œuf au cœur de la sphère
la sphère au cœur du feu le feu au cœur du tout le tout
au cœur de soi sans nul écart ni désunion
innumérable intemporel
paisible dilaté plein
sans lieu ni temps
simple
comme
Un

Quand ils sont poètes, les rescapés des NDE ne disent pas autre chose. Comme si la vérité des vérités — la vie ! — palpitait là, en nous, à une épaisseur de papier à cigarettes de notre conscience endormie. À un millième de millimètre d'elle-même. Comme s'il suffisait que celle-ci s'éveille un millième de seconde pour que tout puisse éventuellement se métamorphoser. Comme si ce millionième de seconde pouvait se produire à tout instant. Comme si, à notre époque d'expansion de la liberté individuelle, cet instant avait tendance à se multiplier à la bordure extrême de la vie — ou à l'orée de la mort, ce qui revient au même — , quand le sujet se trouve suffisamment ébranlé pour qu'au fond de lui s'allume la question des questions : « L'existence a-t-elle un sens ? »

Mais finalement, une NDE, qu'est-ce que cela pourrait bien prouver ?

À *Nouvelles clés,* à la suite du numéro sur l'Éveil, nous en avions publié un autre, sur le thème « NDE et traditions », titré « Entrer vivant dans la mort ». Le numéro déboucha sur une journée de discussion entre représentants des principaux courants religieux et quelques chercheurs d'avant-garde en sciences humaines [1]. C'est dans ce cadre que nous

1. Se trouvaient là notamment un assistant du cheikh Ben

assistâmes à une joute fort éclairante entre deux écoles de pensée, ou plutôt deux modes existentiels, se réclamant tous deux du christianisme.

Où je me rendis compte à quel point nos interrogations contemporaines en prolongent d'autres, qui remontent à bien des siècles avant nous...

Tounès, enseignant soufi, Evelyne-Sarah Mercier, fondatrice de l'IANDS-France, le Dr Marie Haumont, son homologue belge, Albert Palma, artiste martial venu du shintaïdo, Didier Dumas, psychanalyste, Louis Chamming's, philosophe thomiste, Daniel Giraud, écrivain taoïste, le Dr Pierre Renaud, psychiatre. Albert Ben Guigui, grand rabbin de Bruxelles, nous avait par ailleurs adressé un message par l'intermédiaire du Dr Marie Haumont.

SCÈNE 5

Un débat entre croyants

> Notre vie,
> à quoi la comparer ?
> À la goutte de rosée
> secouée du bec de l'oiseau aquatique
> où se mire le reflet de la lune.
>
> Maître Dogen

Le texte que vous allez lire à présent est un montage. Il est constitué de propos recueillis à des moments différents : au cours d'interviews particulières, puis au cours d'un colloque. J'ai utilisé ces éléments pour reconstruire un débat qui n'a existé que virtuellement tel quel, mais que ses auteurs ont relu, corrigé et approuvé.

Le débat dure depuis plusieurs heures déjà. Les différents intervenants, thérapeutes, philosophes ou religieux, se sont exprimés sur la plus ou moins grande indicibilité de l'expérience mystique, quand Philippe, haut fonctionnaire auteur de plusieurs ouvrages philosophiques sur le langage — que sa fonction contraint à demeurer anonyme —, entreprend de raconter sa propre NDE, vécue une quinzaine d'années plus tôt, alors qu'il en avait vingt-cinq. En l'occurrence une « NDE sans D », qui lui est soudain tombée dessus, tandis qu'il se reposait tranquillement chez lui.

« J'ai commencé par sentir monter en moi une énergie incroyablement tumultueuse, dont j'ai aussitôt eu le sentiment qu'il me fallait la canaliser si je ne voulais pas qu'elle me fasse exploser. Le seul moyen d'y parvenir était de rester calme. Comment faire ? J'ai d'abord essayé d'expulser cette énergie de moi, en m'agitant musculairement. J'ai été pris de tremblements... Puis je suis "sorti de mon corps". Et tout est devenu infiniment calme. Mon véhicule physique a continué à tressauter pendant un moment, mais, vu du dehors, cela ne m'a plus inquiété. Et je suis parti.

« Je suis sorti de la pièce où je me trouvais, sorti du temps. J'ai survolé le monde. Était-ce le monde physique ? Quand j'y repense, je me dis parfois que c'était plutôt un monde métaphysique. Je sais que j'ai pensé à la *noosphère* de Teilhard de Chardin, à la vision que ce grand chercheur avait eue, d'une sphère d'intelligence et de conscience. Très vite, j'ai eu l'impression que j'aurais pu me promener où bon me semblait dans l'espace-temps — en Chine il y a trois mille ans, aussi bien que dans les temps préhistoriques. Mais il y avait bien mieux à faire : passer à un degré d'*être* supérieur, à partir duquel on comprend tout. Un état certainement indescriptible, mais dont je suis sûr de ne pas me tromper en disant qu'il est *intelligence et amour infinis.*

« Cet état a surgi dans ce que j'ai ressenti comme un mouvement à la fois vers le haut, vers la lumière et vers la chaleur. Un mouvement souvent décrit comme un passage dans un tunnel où la vitesse devient incommensurable. J'ai ressenti cela comme une énorme pulsation, qui a progressivement élargi mon champ de conscience, pour finalement aboutir à une fusion avec la voûte céleste. Je suis *devenu* tout l'univers !

« La suite échappe franchement aux mots. J'ai passé les dix-sept ans qui ont suivi à réfléchir à la question de l'indicibilité. Il y a deux problèmes. Le premier est intérieur : quelle est la nature de ce que j'ai vécu ? Le second est extérieur : comment en parler aux autres ? Je ne sais comment traiter le second problème, mais j'ai (provisoirement ?) résolu le premier : je suis absolument certain d'avoir connu la vérité pure et rencontré le divin. C'est de l'ordre de l'intime conviction. Bien sûr, on peut débattre cent ans de la possibilité que j'aie été la proie d'illusions, mais, étant donné que jamais de toute mon existence je n'ai à ce point senti vibrer la fine pointe de mon intelligence et de mon âme, admettre que ceci ait été une illusion reviendrait, pour moi, à dire que rien n'a de sens et que le monde n'existe littéralement pas.

« Il faut ajouter que si une telle expérience échappe aux mots, elle échappe aussi à la mémoire. Ceci très explicitement : *on sait que l'on va devoir tout oublier.* J'ai pourtant essayé, par la suite, de retrouver des bribes de ce que j'avais vécu et de les classer. Comme tous les chercheurs, j'ai abouti à un certain nombre de stades. L'un d'eux fait penser à un concert d'anges — j'ai souvenir d'une sensation musicale prodigieuse. Un autre stade correspond à la fameuse "plongée dans le soleil d'amour pur", dont parlent beaucoup de ceux qui ont vécu une NDE... Cette *boule d'amour pur* peut être considérée comme *un endroit dans lequel* on plonge, et en même temps elle vous renvoie à ce que vous êtes vous-même. La dernière étape demeure limpide : c'est celle du choix. Physiquement, rien ne semblait menacer ma vie et pourtant, j'ai bien eu l'impression, à ce moment-là, de pouvoir choisir : soit mourir du monde terrestre — avant d'y revenir, aspiré par le ventre d'une femme, que j'ai vu et dont je garde un souvenir très flou —, soit poursuivre l'itinéraire commencé. Il s'agit d'un acte de pure liberté, mais où il faut trancher très vite, parce que le processus se déroule sous une pression considérable... J'ai envie de dire : "Il faut des nerfs d'acier pour faire face à cette pression", et le plus étonnant, c'est qu'on les a ! »

Philippe arrête là son récit. On demande son avis à Louis Chamming's, un philosophe chrétien qui s'est beaucoup interrogé sur l'expérience mystique et sur les états de conscience modifiée. Philippe et Louis sont amis. Ils ont souvent discuté de la nature de la NDE, sans jamais parvenir à se mettre d'accord. Chamming's aime rappeler qu'il a été formé à l'école de Jacques Maritain, philosophe thomiste du xxe siècle. La pensée de saint Thomas d'Aquin, nourrie de philosophie aristotélicienne, est avant tout désireuse de clairement distinguer les différentes catégories d'êtres et de phénomènes. Cela se sent tout de suite :

« L'expérience mystique, dit Louis Chamming's, consiste à rencontrer l'absolu, mais n'y a-t-il qu'une seule sorte d'absolu, que les uns appelleraient *Dieu,* d'autres *le Soi,* d'autres *Atman,* d'autres encore *Brahman,* ou le *Vide,* ou *Sunyata,* etc. ? La réponse, du point de vue chrétien, est : non. Il n'y a pas qu'un absolu, il y en a au moins deux. Le premier est l'Absolu, avec un grand A, qu'on appelle la Cause transcendante, ou Dieu, et qui est hors de nos prises. Le second est un absolu avec un petit a, que dans la philosophie thomiste on appelle l'*acte d'exister* : ce qu'il y a de plus fondamental en moi, ce n'est pas que je sois de telle ou telle nature, mais que j'existe. Cet absolu que constitue mon propre acte d'exister, c'est le Soi. À priori, le Soi n'est pas Dieu et doit être distingué de lui. Ça rejoint par contre l'intuition du zen, pour lequel la *saisie expérimentale et non conceptuelle de l'acte d'exister,* c'est-à-dire l'expérience du Soi, est fondatrice du *satori.*

« Autrement dit : ne mélangeons pas tout ! Quand on analyse les expériences mystiques, on s'aperçoit que, derrière des phénoménologies semblables, se cachent des réalités de natures très variées. J'ai, pendant un temps, pratiqué le yoga tibétain. Puis le zazen. J'ai essayé de comprendre de quoi il était question, lorsqu'on évoquait des notions comme le *samadhi* ou le *satori.* J'en suis arrivé à la conclusion que ces mots renvoyaient tous à l'expérience du Soi, c'est-à-dire à une dimension non pas transcendante, mais immanente — où il n'est nullement question d'intervention divine.

« Analyser en profondeur la nature des deux types

d'expérience nous prendrait des heures. Mircea Éliade appelle l'expérience mystique du Soi une *enstase* — au cours de laquelle la personne découvre une profondeur à l'intérieur d'elle-même —, pour la distinguer de l'*extase* qui, par l'amour, fait s'unir l'âme à Dieu. Distinguer l'extase de l'enstase me paraît capital. Dans l'expérience du Soi, je tourne volontairement ma faculté de connaissance vers l'intérieur de moi-même, jusqu'à saisir non pas tel ou tel concept (qui me ferait dire « je suis ceci ou cela ») mais simplement le fait que j'existe. Et cela m'illumine. En revanche, si l'on peut atteindre l'Absolu, que les chrétiens appellent Dieu, c'est uniquement parce que l'Absolu veut bien se donner à nous. De nous-mêmes, nous ne pouvons y accéder, — nous ne pouvons que nous ouvrir et espérer qu'advienne ce que j'appellerais l'expérience mystique surnaturelle, c'est-à-dire absolument au-delà des capacités de la nature. L'expérience du Soi s'effectue à « contre-pente » de la nature. Cela ne veut pas dire qu'elle est « surnaturelle » au sens que la théologie chrétienne donne à ce mot.

« Alors, comment se fait-il que l'on puisse si facilement se tromper, et prendre une expérience du Soi pour une expérience de Dieu ? Eh bien c'est que, pour expérimenter cet *acte d'exister,* donc pour atteindre ce que les Japonais appellent le *satori,* il faut, par définition, renoncer à toute conceptualisation, renoncer aux noms, renoncer aux formes, etc. Pour entrer sur un *dojo* zen ou dans une école de yoga, il faut laisser son appareil critique au vestiaire ! Donc, si jamais l'illumination se produit, vous vous trouvez face à un absolu mais, sans instrument de qualification, vous ne pouvez plus dire de quoi il s'agit. Voilà pourquoi le Vedanta dit : "Atman est Brahman", c'est-à-dire : "Le Soi est Dieu." Et voilà pourquoi le Bouddha a soigneusement évité la métaphysique : il s'était privé des outils qui l'y auraient autorisé. Les Orientaux ont identifié le petit et le grand absolu, parce que leur méthode d'approche du Soi les prive à priori de l'équipement conceptuel requis pour opérer les différenciations nécessaires — travail que les philosophes thomistes pratiquent par contre intensément.

« Venons-en maintenant à notre fameuse NDE. À mon avis, cette expérience, ou plutôt les discours qu'elle suscite, sont fortement influencés par tout l'orientalisme de notre temps. Certains aspects de la NDE se rapportent visiblement à la découverte du Soi. Ceux qui l'ont vécue en sortent avec, souvent, des niveaux de conscience et de sérénité supérieurs à la moyenne ; ils n'ont plus peur de mourir ; ils ont vu défiler toute leur vie en un instant, et leur échelle de valeurs s'en est trouvée transformée, etc. Tout cela relève typiquement de l'expérience du Soi. Ils se sont, au moins partiellement, "éveillés à leur propre nature".

« Certes, la NDE comporte d'autres aspects, comme par exemple celui des connaissances acquises par des voies supranaturelles ; une femme est dans le coma et voit les personnes dans la salle d'attente, à côté ; un homme sans culture, après un accident, se met à parler de physique théorique. Selon moi, tout cela pourrait s'expliquer par un contact avec d'autres niveaux de réalité. Des niveaux non physiques, correspondant aux esprits de personnes décédées, ou à ce que la théologie thomiste appelle *anges*. Saint Thomas lui-même disait que des données intelligibles, ou imaginatives, pouvaient se communiquer d'esprit à esprit, dans la mesure où ces esprits étaient suffisamment détachés de tout corps. Mais là non plus, nul besoin de faire appel à la transcendance pour disposer d'un modèle plausible.

« Enfin, on ne peut évidemment pas exclure que, dans certains cas, la NDE corresponde à une expérience véritablement surnaturelle... Mais tout cela me semble terriblement mêlé et il faut faire preuve de la plus grande prudence. »

Le philosophe n'a pas qualifié de fantasme la conviction de son ami Philippe d'avoir « voyagé dans la pure lumière divine ». Il lui accorde le bénéfice du doute. Mais il laisse entendre qu'à son avis, il a plutôt découvert le Soi, c'est-à-dire son propre acte d'exister et l'univers spirituel qui lui est lié — expérience tout à fait enviable, mais qu'il faut bien se garder de confondre avec *l'union d'amour transformante à Dieu* dont parlent les grands mystiques.

Brouhaha dans le colloque, tant dans la salle que parmi les intervenants. Pour beaucoup de gens, ces distinctions ne correspondent à rien. « Cessons de couper les cheveux en quatre, s'écrie quelqu'un, Dieu est partout et en rencontrant le Soi, je le rencontre évidemment aussi ! » Habitué aux arguments de Louis Chamming's, Philippe reprend plus calmement :

« Je comprends que l'on soit préoccupé par le risque de confusion qui nous menace dès que l'on aborde ces questions. Quant à moi, je n'ai pourtant nulle crainte : au cours de mon expérience, j'ai fort bien distingué *l'expérience du Soi* de *l'expérience du Tout Autre,* pour user d'un mot aussi incapable que tous les autres de cerner l'innommable. Cela n'a rien à voir ! Pour celui qui l'a vécue, cette distinction est si abrupte que la peur des théologiens thomistes paraît vaine et même risible. Comprenez bien : cette expérience a radicalement changé ma vie ! Depuis dix-sept ans, elle constitue, comme dit le psaume, "mon Rocher". C'est à la fois la base inébranlable sur laquelle je sais que je pourrai toujours m'appuyer, et un trésor très lourd à porter.

« En réalité, pour moi, le problème n'est pas de qualifier la NDE. Pour raccourcir de longs débats, il me semble que les textes de saint Jean de la Croix décrivant ses expériences mystiques ont dit, mille fois mieux que nous ne saurions le faire, la réalité de ce qui est vécu là. Le problème est ailleurs : c'est celui du retour dans la réalité terrestre. Vivre une NDE est une chose, savoir comment l'on va s'en servir ensuite en est une autre. Nous avons beaucoup évoqué la difficulté d'en parler, mais je puis vous dire que la difficulté de la traduire en actes est pire encore. Si je m'intéresse à ce qu'ont pu en dire philosophes et théologiens, c'est dans l'espoir d'y trouver les clés d'une action adéquate à ce qui m'a été donné de vivre il y a quinze ans.

« Je dis "donné" parce qu'il m'est évident que seule une grâce divine inexplicable peut expliquer que j'aie rencontré la Grande Lumière. Depuis, je suis certain de deux ou trois choses très simples : Dieu existe, il est Amour, sa puissance est infinie et moi, toute petite âme devant cette immensité, je suis libre. Oui, libre ! Et aussi fou que cela puisse paraître, ma liberté, infime gouttelette, est telle qu'elle peut empêcher le Dieu Infini d'entrer en moi. L'empêcher de me faire fléchir. Je peux refuser, si je le décide, jusqu'à l'anéantissement. »

On dit que les grandes joutes oratoires entre moines chrétiens du Moyen Age pouvaient durer plusieurs jours et plusieurs nuits d'affilée. Imaginez ce que cela devait être dans la grande Andalousie arabe, entre mystiques et lettrés juifs, chrétiens et musulmans ! Ou encore, à la cour de Charles IV, roi très éclairé de Bohême, à Prague, au XIVe siècle... La discussion entre Philippe et Louis sur la vraie nature de la NDE aurait pu occuper tout le colloque. Les autres orateurs firent qu'il n'en soit pas ainsi. Écoutons pourtant un peu plus avant l'échange entre ces deux croyants. La parole est au philosophe aristotélicien :

« Philippe faisait allusion à saint Jean de la Croix. Mais bien des mystiques chrétiens se sont, à mon sens, fourvoyés. Un exemple de confusion fameuse est celui de maître Eckhart, que l'on présente souvent aujourd'hui comme le grand exemple du mystique qui aurait su concilier le cœur et la tête, l'Orient et l'Occident. Or Eckhart ne fut pas à l'abri de la confusion. Il semblerait qu'il ait fait une formidable expérience... du Soi, précisément, c'est-à-dire une expérience différente de celle que les mystiques chrétiens étaient habitués à exprimer. Mais, ne disposant pas du langage adéquat, il en aurait parlé comme s'il s'agissait de l'expérience de l'union mystique surnaturelle, d'où la coloration "hérétique" de ses propos. »

Brouhaha dans la salle. Mais Chamming's poursuit :

« L'autre exemple, très semblable et beaucoup plus proche de nous, est celui de Henri Le Saux, ce moine chrétien devenu *sannyasin,* c'est-à-dire moine hindou, et qui termina sa vie tragiquement déchiré entre deux théologies hétérogènes. C'était un homme remarquable. Mais vouloir en faire un modèle repose, à mon sens, sur une méprise. Je ne dis évidemment pas que les Orientaux ne puissent pas faire l'expérience de Dieu ! Mais je pense que les mystiques orientales — aux yeux desquelles il est hors de doute qu'une belle NDE vous amène au moins aux portes du divin — ne proposent en fait qu'une voie d'accès au Soi, c'est-à-dire l'ultime éveil de la personne. Et cela peut s'expliquer sans grande difficulté. Ce qui est très important, en Asie, en effet, où les structures sociales ne prévoient pas le droit à la personne, c'est cette ultime possibilité de s'individuer. Vous remarquerez que les gurus de ces régions ont de très fortes personnalités, ce sont des êtres souvent athlétiques, qui irradient. Mais je pense que, souvent, ils ne renvoient qu'à eux-mêmes. Alors que dans l'Occident judéo-chrétien, on pourrait presque dire l'inverse : notre civilisation est entièrement bâtie sur la notion de personne, alors que nos mystiques, nos saints, sont souvent des êtres faibles, humbles, parfois même des infirmes, dont la personnalité a fondu, “ravie à elle-même” par l'Esprit divin. L'Orient a besoin d'exalter la personne. L'Occident a besoin de retrouver le *tout.* Je ne pense pas inutile de rappeler ces notions de base, pour éclairer nos contemporains, aux prises avec un raz-de-marée d'idées souvent confuses !

— Les arguments de Louis ne manquent pas de logique, reprend Philippe, et pourtant, ils demeurent entachés d'un handicap : la réalité que l'on vit au cours d'une expérience mystique, c'est *tout ça à la fois.* Je ne pense pas qu'une catégorisation mentale puisse jamais m'expliquer par quel miracle je pouvais, au cours de ma NDE, être à la fois le tout et la partie, à la fois tout l'univers et précisément moi-même — un "moi" débarrassé de tous ses oripeaux psychologiques et sociaux —, comment je pouvais être à la fois moi et l'autre !

— Certes, rétorque Louis, il n'empêche que, si proches Dieu et moi puissions être, nous serons toujours distincts. Et si proches que nous soyons du Divin, nous ne le connaîtrons jamais... tout en le connaissant. Comme disait saint Thomas d'Aquin : "Dieu est bien connu quand il est connu comme inconnu." »

On demande à Philippe de conclure. Sa NDE, rappelle-t-il, s'est achevée du fait d'une décision qu'il a eu le sentiment de prendre librement...

« Ce fut comme une bifurcation. Une phrase de Pessoa m'est revenue : "Les morts naissent et ne meurent pas." Brusquement, j'ai su que j'avais eu droit à un cadeau exceptionnel. Et aussi que je ne pourrais pas en parler. Que j'oublierais l'essentiel. Et qu'il faudrait me rappeler que cet oubli était nécessaire ! Ce n'est pas : "Je ne sais rien", mais : "Je sais que je ne sais plus rien." Après ça, plus rien n'a été pareil. J'ai connu le désir passionné de décrypter les images. De voir ce qu'elles cachaient. Il se trouve que ma formation m'avait préparé à une expertise dans la machinerie technologique de ces questions. Mon expertise m'a permis d'assouvir une curiosité passionnée vis-à-vis du langage, de ses limites, et vis-à-vis des univers que l'on dit *virtuels*. Quand on a vu Dieu, ce que la société a l'habitude d'appeler *réel* devient virtuel. La seule chose vraiment réelle, c'est l'âme. Le reste s'efface. Il suffit d'un vrai choc et l'on s'en rend bien compte : des tas d'apparences cessent instantanément d'avoir de l'importance. Des tas d'illusions. La fine pointe de l'âme, cela seul ne meurt jamais ! »

Il était bien question d'images. De l'image que nous nous faisons du monde, de nous-mêmes, et de Dieu, cause de toute chose ! Archi ancien débat entre iconoclastes et fabriquants d'icônes. Il arriva que les premiers, intellectuels au pouvoir à Byzance, terrorisent les seconds, peuple facilement idolâtre. Mais nous vivons une période où les fabricants d'icônes *sont* le pouvoir. La sagesse serait donc de rejoindre les rangs iconoclastes. Même si c'est impopulaire. À l'heure de la société du spectacle télévisuel, cela n'est certes pas évident. Il m'est arrivé d'en faire la dure expérience.

SCÈNE 6

Une éthique pour le XXIe siècle

> La mort est ce qui a été donné de plus précieux à l'homme. C'est pourquoi l'impiété suprême est d'en mal user.
>
> Simone Weil

Il y a treize ans, dans sa partie la plus spéculative, la plus métaphysique et, pourrait-on dire, la plus « science-fiction », *La Source noire* s'achevait sur les hypothèses de Kenneth Ring concernant un éventuel « éveil collectif de la *kundalini* », c'est-à-dire un brusque et puissant éveil des consciences, touchant non seulement quelques personnes, mais le genre humain tout entier. Le psychosociologue américain se demandait si la multiplication des NDE ne serait pas le signe d'une accélération du processus d'hominisation, dans la mesure où les rescapés de la mort ayant connu une NDE présentaient, presque systématiquement, un certain éveil des qualités requises pour traverser la grande crise humaine actuelle.

À l'échelle de l'individu, la mutation provoquée par la NDE peut aller jusqu'à l'apparition de qualités extra-ordinaires : don de voyance, de guérison, etc. Cependant, pour le Pr Ring et ses collègues, le plus important se jouait dans l'ordinaire : une sorte de convivialité fondamentale semblait avoir pris chair chez ces rescapés. Comme si l'humain possédait en puissance, dans ses profondeurs secrètes, la possibilité de transcender enfin l'ego infantile qui l'empêche de surmonter le mensonge, la cupidité, la brutalité, la myopie fondamentale... et que ces potentialités avaient besoin d'un choc pour se réveiller.

Considérant la multiplication des cas de NDE, le fondateur de l'IANDS se demandait donc si, frôlant actuellement de près la mort de notre espèce elle-même (par famine, pollution, surpopulation, surarmement, ethnocide, etc.), nous ne nous apprêtions pas à vivre une sorte de gigantesque « NDE collective », d'où l'humanité, franchissant un saut évolutif, sortirait à jamais métamorphosée : amoureuse, intelligente, conviviale, coopérante, drôle, humble, incarnée, érotique, dansante, ivre d'aventure cosmique...

Depuis douze ans, qu'ai-je trouvé de neuf pour infirmer ou confirmer ces faramineuses hypothèses ?

Rien. Et pourtant...

En dépit des horreurs humaines, sourd l'idée que notre mystérieuse hominisation — ou humanisation — pousse dans le sens de cette vision apparemment utopique, et qu'il s'agit là d'un processus qui se vit à la fois à l'échelle géologique, sur des millions d'années, et à l'échelle individuelle, le temps d'une simple existence humaine. Quelle lumière les NDE sont-elles venues projeter sur cette vision ? En y réfléchissant, je me rends compte que, finalement, ce qui compte pour moi, dans l'épais dossier des NDE, tient plus à l'action qu'à la connaissance : la NDE — qui devrait plutôt s'appeler la EEI, l'*Expérience d'Éveil Imminent,* ou la NLE, *Near Life Experience* — ouvre la voie à une éthique capable d'affronter le XXIe siècle.

L'un des moments clés est la fameuse « revue de vie ». Les témoins qui ont eu la chance de traverser cet épisode — où, en un éclair, toute leur existence leur est revenue en mémoire — disent qu'ils ont alors fait une immense découverte, comme si un voile se déchirait devant leurs yeux jusque-là atteints de cataracte spirituelle : ce qu'ils avaient cru important dans leur vie, voire essentiel, en bien ou en mal, ne l'était en réalité que peu. Leurs grands motifs de fierté ou de honte ne comptaient guère. La plupart de ces « grands événements » s'étaient joués en dehors d'eux — déterminés par leur société, leur classe, leur généalogie, leur enfance, le hasard des rencontres... Par contre, essentiels leur étaient apparus les détails, apparemment insignifiants, de la vie quotidienne — jusqu'à un sourire, donné ou refusé, un matin, au coin d'une rue, à un inconnu. Là, leur liberté avait été totale — mais de cela, ils s'étaient, la plupart du temps, contrefichus, en parfaits somnambules.

Ils le regrettent à présent, bien décidés à réformer leur vie dans le sens d'une acceptation sereine de ce qu'il est impossible de changer et d'un désir d'action décuplé sur les détails qui constituent les véritables chemins de la liberté.

Voir défiler toute sa vie à la lumière de cette remise en cause fondamentale métamorphose l'échelle des valeurs de la plupart de ceux qui vivent une NDE. Dire qu'ils réussissent ensuite toujours à intégrer ces nouvelles valeurs serait une grave exagération — mais il y a bien une avancée, dont le sens est clair, sans ambiguïté.

L'erreur serait d'en déduire que toute action d'envergure, en particulier toute action politique serait vaine et qu'il faudrait accepter, telles des caricatures orientales, les grandes fatalités du monde, pour ne prêter attention qu'aux fourmis que nous risquerions d'écraser sur notre route. Peut-être les engagements les plus grandioses se jouent-ils, eux aussi, sur des « détails » ? Les grands hommes politiques ne donnent-ils pas, parfois, l'impression de n'être que les jouets des événements — leur essentiel se jouant ailleurs, là où leur responsabilité rencontre le pouvoir de leur véritable liberté ?

L'autre leçon éthique qui se dégage de la « revue de vie » fait penser au déchirement d'un autre voile : l'existence de la personne s'y rejoue dans une absolue compassion, sans jugement. Certains témoins rapportent en effet qu'ils n'ont pas seulement revu défiler leur vie, mais qu'ils l'ont revécue, telle qu'ils l'avaient eux-mêmes une première fois vécue, mais aussi telle que l'avaient vécue tous ceux qu'ils avaient influencés. De cette compassion, ils étaient ressortis plus disponibles à la vie et à de véritables relations avec les autres.

Cette vision simple de la façon dont nous pourrions être amenés à nous jauger/juger nous-mêmes avant le grand saut, me nourrit personnellement à satiété. Sur une telle perspective, il est possible de bâtir une morale solide et transmissible. Nous y retrouvons les principes écologiques horizontaux que l'humanité moderne a oubliés — ce que tu fais aux autres, aux animaux, aux plantes, aux rivières, c'est à toi-même que tu le fais. Absolue nécessité de la relation aux autres : celui qui n'aurait jamais interagi avec quiconque ne ressentirait rien, et serait en quelque sorte poussé vers le néant. Celui qui a beaucoup interagi ressentira une galaxie d'émotions et de sentiments, de qualités extrêmement variées...

De cela, nous avions beaucoup parlé avec Gitta Mallasz, à qui j'avais fait part des raisons de mon vertige. Sa réponse avait fusé :

> « Quelqu'un de tiède, qui aurait très peu agi durant sa vie et n'aurait donc exercé qu'une faible influence sur les autres, ne ressentirait que peu de chose au moment de mourir. Celui-là serait menacé de vraie mort !
> — Et voilà pourquoi on dirait "Malheur aux tièdes" ? À tout prendre, il vaudrait mieux même la violence d'un criminel vivant fortement ses relations avec le monde, qu'un tiède coupé d'autrui ?
> — Tu l'as dit ! C'est le mensonge qui néantise. Pas la violence.
> — Tiens-tu pour vraie l'idée qu'au moment de s'éveiller — ou de mourir — nous revivrions tous les effets de notre vie sur le monde et sur les autres — au-delà du bien et du mal ? Peu importeraient les mots et la morale : j'ai causé ceci ou cela, eh bien, je ressens ceci ou cela, tel que l'autre l'a ressenti à l'époque des faits... À jouer avec cette idée je suis pris d'un vertige insupportable.
> — On le serait pour moins.
> — Oui mais à cause de la violence, malgré tout. Et à cause de la souffrance. Comment oser croire en quoi que ce soit après tout ce que l'on sait de notre engeance, depuis les massacres antiques jusqu'à Auschwitz, en

passant par le génocide des Amérindiens ou le goulag ? Le monde demeure rempli de salopards qui massacrent de mille manières, et si je prends les plus néfastes, les Hitler visibles et invisibles de notre belle humanité, je ne puis concevoir comment ces gens-là sauraient ressentir — RESSENTIR ! —, de quelque manière que ce soit, au moment de mourir, l'intégralité des effets qu'ils ont eus sur les autres. Je... Écoute, il faudrait être Dieu Lui-Même pour supporter de ressentir personnellement tant de souffrance ! Qu'est-ce qu'ont pu ressentir Hitler ou Staline au moment de mourir ? »

La vieille dame me regarda avec sollicitude :

« Mon vieux, je vais te donner un conseil : laisse tomber. Mauvaise piste. L'ange a dit : *"La lumière ne naît pas des ténèbres, mais les ténèbres meurent de la lumière."* Ne t'intéresse pas à l'âme d'Hitler. Il y a beaucoup plus simple et urgent à comprendre et à faire. Fuis l'ombre. Ne cherche que la lumière. La réalité est bien plus folle que tu ne l'imagines [1]. »

Sans doute ma fréquentation de Gitta et des *Dialogues avec l'Ange* n'a-t-elle fait qu'accentuer une tendance déjà latente : je me sens désormais bien moins intéressé par les démonstrations — scientifiques ou métaphysiques — permises par le phénomène NDE, que par les leçons humaines que l'on peut en tirer. Cela me semble à la fois légitime et inexorable, modeste et sans surprise. Le renoncement me guette. Cultivons nos jardins de sollicitude d'amour, d'amitié — et basta !

Ce livre pourrait s'arrêter ici. S'il continue néanmoins — et pour un joli tour de piste ! — c'est que, dans notre monde moderne, renoncer à toute preuve scientifique n'est pas forcément raisonnable. Je m'en suis rendu compte avec acuité un soir, sur un plateau de télévision...

Il s'agissait de la première émission d'une série intitulée « J'y crois, j'y crois pas », sur la première chaîne française de télévision, où j'étais invité à

1. *La Source blanche, op. cit.*

venir m'exprimer sur la question des NDE. D'abord plutôt embarrassé par le titre de l'émission, que je trouvais trop manichéen, j'avais été rassuré par quelques femmes de la rédaction, avec qui j'avais discuté une matinée entière des nuances à apporter, si l'on désirait sincèrement faire avancer la compréhension du phénomène NDE.

Naïf ! Sur une chaîne grand public, à une heure de grande écoute... Le titre de l'émission était pourtant assez parlant : ce qu'on voulait, c'était un match, furieux et mordant, avec ceux qui « croyaient à une vie après la mort » et ceux qui n'y croyaient pas. Dans le camp des incrédules, quatre experts médicaux classiques représentaient l'establishment avec un calme d'autant plus incroyable, qu'ils n'avaient, de leur propre aveu, pas consacré une seule heure de leur vie à étudier le sujet proprement dit : les NDE — qu'ils considéraient évidemment comme des hallucinations sans intérêt. Je me retrouvais tout aussi évidemment dans le camp des « crédules », aux côtés d'Evelyne-Sarah Mercier (la fondatrice d'IANDS-France), du père Brune (théologien chrétien jovial, brillant et parfois téméraire, grand amateur de *transcommunication,* c'est-à-dire de dialogue avec les esprits des défunts), sans oublier un quatrième larron, originaire de Marseille, qui avait personnellement vécu une NDE.

On me demanda d'ouvrir le feu. « Ainsi donc, me dit Tina Kiefer l'animatrice, vous avez écrit un livre qui prouve scientifiquement qu'il existe une vie après la mort. »

Je sursautai : « Absolument pas ! C'est bien plus important que cela... Pourquoi voulez-vous que la vie, la mort, l'amour... soient *scientifiquement prouvés ?* Ne saisissez-vous pas à quel point nous nous piégeons nous-mêmes de cette façon ? Ce serait largement aussi fort si la vie, la mort, l'amour étaient *poétiquement,* ou *culinairement prouvés,* non ? »

Je sentis une onde glacée parcourir mon « camp ». Étais-je devenu fou ? Tina Kiefer fronça les sourcils : « Mais enfin, vous avez bien mené une grande enquête auprès de scientifiques américains, et notamment du psychiatre Raymond Moody, qui a scientifiquement prouvé qu'il existait une vie après la mort ! »

Moody ! La dernière fois que nous nous étions vus, à Paris, après la parution de son livre sur le *psychomanteïon* grec et sur ses incroyables tentatives de restaurer cet oracle des morts de l'Antiquité [1], il m'avait dit en riant, une chope de bière à la main : « J'en ai plein le dos d'être assimilé à un savant dérangé, qui chercherait absolument à "scientifiquement prouver l'existence d'un au-delà". Connaissez-vous vraiment le monde des scientifiques ? Franchement, la plupart de ces gens ne sont pas très drôles. Infréquentables même ! La vie est tellement plus belle et plus forte que leurs ratiocinations. À mesure que le temps passe, je me sens de plus en plus proche des artistes, et de moins en moins de la science et des savants. La notion de "preuve scientifique" en matière spirituelle, quelle dérision ! »

Je lui avais demandé avec quel art il se sentait le plus d'affinité. « Avec le théâtre, m'avait-il répondu, et cela couvre l'immense éventail qui va des amphithéâtres de la Grèce antique au music-hall moderne, en passant par les Mystères du Moyen Age. Tout a été dit et tout s'est joué sur ces scènes-là, avec infiniment plus de force que dans la plus puissante démonstration mathématique. Je vais vous faire un aveu : aujourd'hui, je me sens même plus proche des clowns et du cirque que des scientifiques et de leurs labos ! »

Nous avions ri. Je le comprenais. La science est belle tant qu'elle reste à la place du serviteur. À notre

1. Intitulé *Rencontres,* ce livre qui raconte l'« histoire fantastique des contacts avec les morts, de l'Antiquité aux plus récentes expériences » (Laffont, 1994) est en fait la mouture complètement réécrite, sous la pression de l'éditeur américain (désireux d'appâter un large public), d'un ouvrage à l'origine fort intéressant sur les croyances et les pratiques des Grecs antiques, concernant le rapport aux ancêtres. Quant à la restauration de certaines de ces pratiques, dans l'Amérique contemporaine, j'y reviens à la fin de ce livre.

époque, elle se prend pour le maître. Pas seulement en raison de ses formidables inventions technologiques, mais aussi parce que nous la sollicitons à tout bout de champ, même quand son intervention n'a plus la moindre légitimité.

Cette conversation avec Moody me revint en mémoire, là, sur le plateau de l'émission « J'y crois, j'y crois pas ». Et je répondis donc : « Les preuves scientifiques de Raymond Moody ? Mais il s'en fiche ! D'ailleurs, il ne travaille pas du tout comme un scientifique : c'est un artiste, et même un clown ! »

Cette fois, mes propos jetèrent la consternation. Dans le camp des « j'y crois », mes alliés me jetèrent des regards ahuris et furieux. Tina Kiefer furieuse, ne m'adressa plus la parole. Et le camp des « j'y crois pas », un instant troublé par mes élucubrations, put tranquillement déployer son impitoyable logique réductionniste, tant rudimentaire sur le plan neurochimique et psychiatrique, qu'ignare sur le plan philosophique et symbolique.

À la sortie, j'eus l'impression d'avoir perdu plusieurs amis.

« Qu'est-ce qui vous a pris ? me demanda-t-on, vous aviez avalé du LSD ? » Quelqu'un grommela : « Vous avez osé dire que le Dr Moody était un clown. Il en sera informé ! » Et une autre voix trancha : « Votre *Source noire* avait bien fait avancer les choses, vous venez de faire reculer le dossier de dix ans. »

Je me sentais mal. J'avais été incapable de me faire comprendre. Et pourtant... Prétendre que la NDE permet de prouver scientifiquement l'immortalité de l'âme me semblait une torsion spirituelle inacceptable. Malgré tout, j'admettais que mes amis déçus avaient raison aussi : pour 99 % des téléspectateurs, j'avais dû être parfaitement incompréhensible. Par ma faute, plusieurs d'entre eux se trouvaient peut-être, à présent, en pleine confusion. L'esprit d'escalier se mit en branle. Toute la nuit, je refis l'émission — brillamment bien sûr ! Grande est parfois la vanité de celui qui passe à la télévision et s'imagine avoir influencé le monde ! En réalité, cette affaire était plutôt comique. Mais rentrant chez moi cette nuit-là, je m'interrogeais gravement.

Le lendemain, Jean Staune, un ami, épistémologue, éditeur et organisateur de colloques sur les « nouvelles sciences » au sein de l'Université Transdisciplinaire de Paris, m'appela au téléphone et me lança d'une voix, non pas fâchée mais alertée : « Dis donc, je t'ai vu à la télévision, hier soir... Tu as tort. Sans la science, tous tes efforts pour essayer de faire passer un quelconque message au monde sur les NDE seront parfaitement vains. Passe me voir. Je crois que nous avons des choses à nous dire. »

C'était fraternellement proposé. Je ne pus décliner l'invitation. Elle allait m'arracher à un renoncement prématuré à toute démonstration scientifique.

Quinze ans après ma première rencontre avec le psychosociologue Kenneth Ring et mon engouement pour les travaux des savants américains de l'International Association for Near Death Studies, c'est tout un nouveau volet de la recherche rationnelle sur la vie, la conscience et l'incarnation que j'allais devoir essayer de comprendre et d'intégrer.

Cette fois, les recherches n'avaient pas lieu dans la lointaine Amérique, mais ici même, en France. J'avais cru pouvoir me dispenser d'interroger la science. Entraîné par la logique de l'enquête, il me fallait y revenir. Certains chercheurs de pointe allaient me prouver qu'ils étaient en train de faire avancer à grands pas le débat sur la vraie nature du monde et de la conscience, *notamment en observant la réalité depuis les vertigineuses limites de la science...*

Douze ans plus tard, les amorces de piste évoquées dans *La Source noire* allaient s'en trouver confirmées et approfondies.

Ici commence donc la troisième partie, initialement non prévue, de ce livre. La partie scientifique. Si elle comporte — pardon, cher lecteur — des aspects parfois un peu didactiques, il me semble que l'essentiel de ce qu'y apportent les savants d'avant-garde que j'ai eu la chance de rencontrer, vaut le risque d'une légère indigestion !

Bonne traversée, donc, et rendez-vous plus loin, au commencement de l'acte III du Grand Jeu final.

INTERMEZZO

Rentrant d'Amérique en 1984, un voyageur pouvait se croire autorisé à prédire que c'était en Europe que la recherche sur les grandes questions noétiques [1] posées par l'agonie allait désormais s'approfondir, philosophiquement et scientifiquement. La fondation, en 1988, d'une « section française » de l'IANDS (International Association for Near Death Studies) — deux ans après que le Dr David Lorimer eut créé la section anglaise et un an avant que le Dr Marie Haumont ne lance la section belge — suscitait de grands espoirs. Malheureusement, les réticences tant des scientifiques que des philosophes ont empêché que soit menée à travers la France une vaste enquête statistique (comme celle conduite par l'Institut Gallup aux États-Unis, en 1982), qui aurait permis de dénombrer avec rigueur les NDE survenues chez nous et d'entendre avec une réelle attention les personnes ayant vécu cette expérience. De la même façon, aucune *unité de soins intensifs* n'a accepté que soient menées les indispensables recherches sur les éventuelles « sorties de corps » des personnes en réanimation.

Blocages.

Saluons d'autant plus vivement les médecins, psychologues, psychanalystes, anthropologues ou biologistes qui ont répondu à l'appel d'Evelyne-Sarah Mercier et de Louis-Vincent Thomas, quand ceux-ci ont fondé IANDS-France. Leurs thèses respectives ouvrent des pistes fort intéressantes, dont le livre collectif *La Mort transfigurée,* publié en 1992, présente quinze recherches frappantes, conduites

1. Relatives à la conscience.

par (dans l'ordre alphabétique) : le physicochimiste Pierre Bacelon (NDE et quatrième dimension spatiale), le prêtre François Brune (NDE et mysticisme), le psychanalyste Didier Dumas (NDE, ange et fantôme), le médecin et physicien Régis Dutheil (NDE et monde superlumineux), le psychiatre Bruce Greyson (NDE et suicide), le médecin Jean-Pierre Jourdan (NDE et éveil de la *kundalini*), le médecin Hubert Larcher (NDE et lumière psychique et spirituelle), la psychologue clinicienne Nicole Le Blond (la NDE vue à partir du cas de sainte Thérèse d'Avila), le psychologue clinicien Pascal Le Malefan (approche structurale et différentielle du phénomène NDE), l'économiste et anthropologue Evelyne-Sarah Mercier (coordinatrice, elle intervient sur tous les sujets, notamment d'un point de vue épistémologique), le sociologue Edgar Morin (sa préface rappelle qu'il cherche depuis quarante ans sur le sujet, sans avoir trouvé de solution simple ni explicite), le psychosociologue Kenneth Ring (NDE et psychologie transpersonnelle), la psychologue et psychanalyste Djohar Si Ahmed (sur l'intégration du matériau NDE après l'expérience), le docteur ès sciences Jean-Louis Siémons (NDE et théosophie), l'anthropologue Louis-Vincent Thomas (épistémologie et anthropologie de la NDE) et le docteur ès sciences Louis-Marie Vincent (NDE et résurrection du corps).

Ces quinze pistes s'inscrivent dans un vaste mouvement qui se confirme chaque année davantage, et dans toutes les disciplines : nous sommes en train de vivre l'émergence d'une nouvelle science. Mieux : d'un nouveau paradigme scientifique. Émergence aussi importante que le fut en son temps l'avènement du paradigme copernicien.

La troisième partie du présent ouvrage présente à son tour quatre pistes de recherche sur la NDE.

Deux des auteurs, Régis Dutheil et Didier Dumas, figurent déjà dans la liste d'IANDS-France.

Deux autres sont nouveaux : l'anthropologue et épistémologue Jean Staune, le psychophysiologiste Jean-François Lambert.

Quatre entretiens qui donnent une idée du *front de taille* de la recherche actuelle sur les états de conscience à la limite entre le connu et l'inconnu, entre la vie et la mort.

QUATRE ENTRETIENS

La science s'arrête au seuil du Nirvâna

> La physique moderne en arrive ainsi à construire un univers fascinant, doué de propriétés difficilement descriptibles, qui n'est pas sans évoquer l'éternité d'un Leibniz ou d'un Spinoza, ou les *nirvâna* des religions de l'Inde.
>
> Régis et Brigitte Dutheil

PREMIER ENTRETIEN

Le paradigme de l'incomplétude

Manifeste enthousiaste d'un jeune épistémologue platonicien

> À l'instant de la mort, l'âme accède aux grands mystères.
>
> Plutarque

Le philosophe Wittgenstein rappelait volontiers qu'il valait mieux ne pas tenter de nommer l'Innommable. Tel est l'état d'esprit du nouveau paradigme scientifique — qui sera décisif au XXIe siècle, quand la majorité des savants aura compris ce que les pionniers ont découvert dès les années vingt et trente du XXe siècle : la science ne peut pas épuiser le réel. Celui-ci lui échappera en fin de compte toujours. Non par manque de données, mais par définition même. C'est pourquoi certains appellent le nouveau paradigme « paradigme de l'incomplétude ».

Tel est aussi l'état d'esprit de la troisième partie de ce livre, qu'un chercheur nommé Jean Staune m'a invité à rédiger.

Qui est ce chercheur ? Un jeune surdoué, bardé de diplômes qui, dans les années quatre-vingt, était bien parti pour devenir un *golden boy*. Une prise de conscience l'arracha à sa logique initiale, pour le catapulter sur une *voie*. La voie de Jean Staune n'est ni le zazen, ni le yoga, ni le monachisme orthodoxe : cet homme travaille désormais à accompagner et à consolider l'émergence de ce qu'épistémologues et historiens des sciences appellent le « nouveau paradigme scientifique ». Vaste question. Dont dépend l'avenir de nos visions. C'est-à-dire notre avenir tout court. Et qui mérite donc un brin de dialectique. En toute sérénité.

Thèse : la révolution quantique a rendu la science subtile

Du point de vue de la logique la plus stricte, la grande révolution de notre vision scientifique du monde — celle de la mécanique quantique, qui date de la fin des années vingt — est, jusqu'à présent, passée inaperçue du grand public, mais aussi de la plupart des philosophes, des responsables politiques, voire des scientifiques. Depuis les années vingt, et plus précisément depuis l'année 1927, la science occidentale a officiellement admis ce que le physicien Bernard d'Espagnat appelle une incroyable « dématérialisation de la matière », et cela change de fond en comble le regard que nous posons sur le monde.. À cette époque, en effet, a eu lieu ce que nous pourrions appeler la première « grande inversion tout au bout de la science », quand l'École de Copenhague, réunie autour de Niels Bohr, Erwin Schrödinger, Wolfgang Pauli, Werner Heisenberg, Paul Dirac et d'une poignée d'autres physiciens, accoucha d'un nouveau modèle de représentation : la mécanique quantique. Il s'agit d'une représentation de l'énergie qui pulvérise notre vision du monde, puisque la matière n'y est plus objet, mais relation probable, intégrant observateur et observé dans un même jeu, et qu'elle se comporte comme si elle était l'expression d'un « autre ordre », hors de l'espace et du temps et fondamentalement non représentable. Depuis 1927, se trouve à nouveau autorisée, et par une voie royale, la possibilité d'une transcendance qui ne contredit pas la science. L'éventualité de l'existence d'un « ailleurs » d'un autre ordre que le monde — bien que ce dernier dépende de lui — est redevenue légitime et plausible.

Blaise Pascal serait content : parier pour l'existence d'une transcendance est devenu l'attitude la plus logique pour expliquer l'ombilic du monde.

Rien, affirme un dicton révolutionnaire, ne saurait arrêter une idée dont l'heure est venue. Mais le physicien Max Planck faisait également remarquer, il y a un siècle, qu'il fallait parfois attendre la mort des thuriféraires de l'ancienne vision du monde pour qu'une nouvelle puisse s'imposer. Or tout se passe comme si le matérialisme réductionniste triomphait (« Vous dites avoir rencontré Dieu ? Mais, cher ami, ce ne sont que les récepteurs à sérotonine de votre système lymbique qui débloquent ! » — cette caricature continue, quoi qu'on en pense, à imposer son hégémonie). Pourtant, au cœur de ce qui a fait la force de la modernité — la physique de Descartes, Newton, Laplace — a émergé, il y a trois quarts de siècle, une découverte très dérangeante : derrière le voile des apparences, se cache une réalité qui n'obéit à *aucune* des lois que nous connaissons. En amont de toutes les autres sciences, la physique a trouvé là une limite absolue.

Sans doute en va-t-il en ces domaines comme du voyage de la lumière à travers l'espace-temps : longtemps après que l'étoile a disparu, vous la voyez encore. Bien après Copernic et Galilée, des humains ont continué à penser et à se comporter comme si la terre était plate. Soixante-dix ans après l'avènement de la mécanique quantique — dont le cercle des génies fondateurs s'est retrouvé en fin de compte mystique ou hanté par d'immenses interrogations métaphysiques —, notre monde technoscientifique fait comme si de rien n'était. Comme si, au centre de notre vision, de notre modèle, de notre paradigme régnait toujours une tranquille et palpable objectivité, gentiment réductible à un complexe d'énergie et d'information. L'objectivité, l'objectif, l'objectal, les objets continuent à obnubiler nos esprits. Comme si, au centre de tout, ne s'était pas ouverte une trappe vers un « ailleurs » radicalement insaisissable, un manque, une soif, un vide peuplé d'un incommensurable... quoi ?

Pouvoir ?
Intelligence ?
Relation ?
Amour ?

La société de consommation et de pseudo-communication nourrit en nous des ombres si épaisses, qu'elle nous endort, nous englue, laissant les maîtres du savoir sans cesse reporter *sine die* la grande mise à jour, la grande réforme, le bouleversement des fondements mêmes de notre conception du monde.

Question : combien de temps faudra-t-il pour que la science intègre à son paradigme les conclusions de ces recherches physiques fondamentales et que les philosophes en tiennent compte ? Foin de paranoïa : cet ajournement est aussi, souvent, une simple question de routine et de vile paresse intellectuelle. On comprend la consternation des physiciens Bernard d'Espagnat et Étienne Klein devant l'ignorance de beaucoup de philosophes en matière scientifique. Ils en parlent dans *Regards sur la matière,* un livre dont on ne saurait trop recommander la lecture [1].

> « Comment se fait-il donc, demande l'aîné, Bernard d'Espagnat, à son jeune collègue Étienne Klein, que, hormis les chercheurs et les ingénieurs, les gens, même cultivés, soient d'une ignorance aussi crasse en ce qui concerne les sciences, y compris leurs bases les plus élémentaires ? »

Quelques éléments de la réponse de Klein :

> « On se moquerait férocement de tout individu socialement intégré qui ne connaîtrait de nom ni Molière, ni Mozart, ni Modigliani (s'il en existe ?), tandis qu'il demeure de très bon ton, dans certains cercles mondains, de pouvoir avouer "qu'on a toujours été très nul en maths" — le comble de cette forme de snobisme étant de cultiver, avec une léthargique ferveur, son ignorance scientifique dans l'espoir qu'elle devienne symbole revendicatif de... culture ! S'il fallait caricaturer la situation, je dirais qu'on en arrive à l'idée, qui eût désespéré Blaise Pascal, et qui vous désespère aussi sans doute,

1. Fayard, 1993.

que l'esprit de finesse est le refus ou le déni, voire l'*éviction* de l'esprit de géométrie. Mais je veux croire que cet état d'esprit demeure très marginal (...)
« Songez [pourtant] qu'un philosophe comme Sartre — qui a fortement marqué ma génération, puisqu'il était, à la fin des années soixante-dix, l'*incontournable* du programme des classes de philosophie, trônant en tête du hit-parade des sujets de baccalauréat — ne s'est pratiquement pas soucié de science, ni même d'épistémologie (...)
« Ensuite, symétriquement, il y a eu une “négligence paresseuse” [expression de Michel Cazenave] de la part de beaucoup de physiciens qui se sont consacrés presque exclusivement à l'aspect opératoire de la physique, sans trop s'interroger sur le problème des origines de cette dernière et des conséquences qu'elle entraîne. »

Voilà : les philosophes s'en moquent, mais beaucoup de scientifiques aussi, prouvant ainsi un manque certain d'esprit de conséquence. Pourtant, le « nouveau paradigme » repose sur des idées puissamment étayées qui, depuis trois quarts de siècle, ne font que se confirmer, discipline après discipline, décade après décade, dans tous les domaines, comme nous allons le voir...

Question : quand on a goûté à cette révolution et que l'on a, même vaguement, entraperçu ses enjeux, comment est-il possible de s'en retourner à ses affaires et de tranquillement vaquer à sa (petite ou grande) carrière individuelle ? Jean Staune en a été incapable. À la fois émerveillé par ce qu'il percevait du nouveau paradigme — en matière de physique atomique, mais aussi d'astrophysique, de biologie, d'embryologie, de neurologie, de paléontologie, mais aussi de sémantique, de psychologie, voire de pure logique et, finalement, de métaphysique et de spiritualité — et consterné par l'écartèlement entre l'apparente toute-puissance scientifique et sa mortelle incapacité à procéder à un véritable *aggiornamento,* Jean changea de cap à angle droit. Abandonnant les *golden boys* à leurs fièvres, il se lança dans un doctorat de paléontologie et, devenu entretemps l'un des éditeurs scientifiques les plus pointus de Paris (en tant que collaborateur de la collection « Le temps des sciences », chez Fayard), il entreprit de connecter entre eux — tout simplement ! — les principaux pionniers mondiaux du nouveau paradigme.

Après dix ans d'effort, les premiers résultats sont plutôt probants : le thermodynamicien Prix Nobel Ilya Prigogine, le physicien Bernard d'Espagnat, le neurologue Prix Nobel Sir John Eccles, la paléontologue Anne Dambricourt-Malassé, l'astrophysicien Trinh Xuan Thuan, le botaniste Jean-Marie Pelt, le biologiste Michael Denton, le neurologue Jean-François Lambert, l'épistémologue Ervin Laszlo... sont quelques-uns des dizaines de scientifiques contemporains qui ont accepté de jouer le jeu proposé par notre révolutionnaire et qui participent aux échanges, forums et autres colloques de l'Université interdisciplinaire de Paris (UIP) qu'il a fondée [1].

Certes, la manière d'aborder la nouvelle « possibilité de transcendance », tout au bout de la science du XXe siècle, varie d'un chercheur à l'autre. Si quelques-uns se reconnaissent explicitement dans le dogme d'une religion existante (tels le catholique Jean-Marie Pelt ou le bouddhiste Trinh Xuan Thuan), la plupart des scientifiques membres de l'UIP, qu'ils se disent croyants ou agnostiques, préfèrent vivre cette recherche et cette hypothèse en libres penseurs détachés de toute Église. Mais tous souscrivent à l'approche de Jean Staune, quand il annonce dans les statuts de son « université » que celle-ci se veut « l'observateur — et, dans la mesure de ses moyens, l'un des auteurs — d'une révolution conceptuelle sans précédent depuis celle qui permit le passage du Moyen Age à la Renaissance ».

1. Université interdisciplinaire de Paris, 29 rue Viala, 75015. D'autres entreprises du même type sont régulièrement lancées depuis une vingtaine d'années — par exemple par Michel Cazenave et Yves Jaigu, de France Culture, organisateurs d'une série de colloques inaugurée à Cordoue, en 1980, et dont le dernier s'est tenu à Tokyo en 1995 (cf. *La Mutation du futur*, présenté par Michel Random, coll. Essais-Clés, Albin Michel) ; ou par des chercheurs comme Basarab Nicolescu ou Marcel Locquin, œuvrant à la transdisciplinarité au sein de l'Unesco ; ou encore par Stanislas Grof et ses amis de l'Association internationale de psychologie transpersonnelle.

Conclusion de la thèse : jamais autant qu'aujourd'hui la science ne s'est trouvée si subtilement outillée pour aborder des questions ultradélicates telles que les expériences mystiques ou la NDE.

Antithèse : la nouvelle science s'avoue impuissante à expliquer le réel

« Mécanique quantique ! Mécanique quantique ! » Voilà des années que ce cri résonne dans des milliers de bouches, souvent fort peu expertes, comme le sésame des temps nouveaux, la clé du réenchantement, la preuve par neuf de l'immortalité de l'âme et de l'existence de Dieu. Mais vous est-il déjà arrivé de jeter un petit coup d'œil ne serait-ce qu'à un résumé de ladite mécanique ? Peu de sciences s'avèrent aussi monstrueusement complexes ! Même les érudits s'y perdent. Et, finalement, que peut en tirer l'humanité ? N'y a-t-il pas là, derrière tous ces cris enthousiastes, une formidable nouvelle tentation scientiste, à visée théocentrique cette fois, alors qu'elle fut athée le tour d'avant ? Une nouvelle illusion, pour ne pas dire une nouvelle imposture ?

Certes, le résumé lapidaire des résultats de cette ultime avancée de la physique atomique et subatomique a de quoi faire se retourner plusieurs générations de matérialistes naïfs dans leurs tombes — puisque le réel matériel du monde s'y révèle fondamentalement insaisissable, à la fois onde et particule, ou plutôt soit l'un soit l'autre, soit onde soit particule, selon le regard de l'observateur qui découvre, navré, que jamais il ne pourra observer le monde « du dehors », puisqu'il en fait irrémédiablement partie. Et certes, oui, les conclusions qu'en tirent les spécialistes ont de quoi troubler les esprits les plus sereins, puisqu'ils avancent qu'en fin de compte tout se passe comme si le monde où nous vivons n'était qu'une expression d'« autre chose », d'un « autre ordre » dont les mathématiques les plus sophistiquées s'échinent en vain à épuiser le mystère depuis les années vingt.

Mais quel gouffre entre, d'une part, la subtile et radicale remise en question du scientisme rationaliste naïf par la physique théorique contemporaine, pleine de doutes, de paradoxes, d'interrogations, de non-dits et, d'autre part, les lourdes et plates certitudes de ces autodidactes du Nouvel Age qui brandissent les indéterminations ondulatoires de Heisenberg ou Schrödinger pour prouver, qui la télépathie, qui la réincarnation, qui la communication avec les esprits des défunts !

Oui, un Erwin Schrödinger, père de quelques-unes des plus belles équations de la physique des champs, ne put trouver de solution existentielle aux interrogations que la science avait éveillées en lui qu'en embrassant la foi védique (c'est-à-dire le plus ancien système mystique et métaphysique de l'Inde). Mais non, un David Bohm ou un Bernard d'Espagnat n'ont jamais dit que la mécanique quantique *prouvait* l'existence de la psychokinèse ou de la métempsycose — au mieux ont-ils laissé entendre que, désormais, la théorie autorisait un *champ de possibilités* beaucoup plus large qu'aux temps mécanicistes...

Si bien qu'à la fin des fins le citoyen de base est en droit de se demander en quoi diable tout ce carnaval théorique change quoi que ce soit à sa *vraie* vie et à celle de ses semblables.

Si elles « désenchantèrent le monde » (comme l'ont dit bien des penseurs, de Hume à Monod), les grandes révolutions scientifiques précédentes eurent au moins des effets facilement tangibles — et même très frappants. Après que Copernic eut démontré que la Terre était une planète ronde en orbite autour du Soleil, des milliers de conquistadors se lancèrent à l'assaut des autres mondes, au-delà des océans. Pour résumer un peu violemment, il n'est pas faux de dire que les théories « objectivantes » de Descartes et de Newton ouvrirent la voie, lentement mais sûrement, à toute la technologie moderne... jusqu'aux bombes atomiques et aux ordinateurs. Mais intégrer la mécanique quantique à nos vies quotidiennes, comment imaginer cela ? Comment ne pas nous contenter d'en faire un simple usage métaphorique, ou poétique — en nous imaginant par exemple, nous aussi, à la fois onde et particule, individus séparés et en même temps parties prenantes d'une collectivité, d'un mouvement, d'un flux permanent ? Mais n'est-ce pas un peu court ? Que dire à nos congénères, par exemple, du fameux et vertigineux principe dit de « non-séparabilité » ?

Posez la question à Bernard d'Espagnat, éminence mondiale en la matière : il vous répondra que l'essentiel, humainement parlant, de ce que sa longue et brillante carrière lui a fait subodorer, derrière l'apparence des choses, est radicalement ineffable, ou presque...

Extrait d'un entretien entre d'Espagnat et Jean Staune :

JEAN STAUNE — Peut-on dire que la non-séparabilité soit une caractéristique du réel véritable ?

BERNARD D'ESPAGNAT — Il faut être prudent. Lorsque l'on dit que le réel véritable n'est pas accessible à la physique, on ne peut pas dire que des expériences de physique ont à prouver quelque chose concernant ce réel. On peut faire une démonstration en « creux ». On peut dire que toute tentative de décrire le réel en soi comme quelque chose de séparable est vouée à l'échec.

J.S. — Pourriez-vous nous en dire plus sur la non-séparabilité ?

B. d'E. — J'ai dit ce que j'avais le droit de dire. Maintenant, les développements de la physique moderne nous ouvrent beaucoup de portes... Mais le fait qu'une chose soit possible ne signifie pas qu'elle soit vraie. Néanmoins, on peut faire des conjectures...

J.S. — Dans votre livre *Un atome de sagesse* vous écrivez : « Dans la zone tout à fait supérieure de la pensée, je fais une place à certains discrets intuitifs — et intuitives —, au moins à tels ou tels moments privilégiés qu'ils ont connus. Un nombre infime d'entre eux est parvenu à s'exprimer par le moyen de la grande littérature. Les autres gardent le silence : mais je sais qu'ils sont là, présents. » Cette dernière phrase n'est plus une conjecture mais une affirmation...

B. d'E. — Oui, j'ai connu un certain nombre de personnes — telle cette amie de ma mère, qui écrivait des recueils de poésie — qui avaient une vie intérieure très riche.

J.S. — Vous pouvez me lire une de ces poésies ?

B.d'E. — *Lorsque ton cœur frémit d'une invisible approche,*
Ne tourne pas la tête,
Laisse tes yeux se perdre au lointain de l'espace.
Ne cherche pas à connaître cette présence,
Peut-être n'est-elle qu'un visage du silence et de la solitude...
Ose l'appeler en toi-même
d'un nom que tu croyais peut-être perdu à la terre,
devenu ombre, souvenir,
et qui, arraché par l'amour à ton âme,
soudain ressuscité, jaillit d'entre les morts !

Ce genre de poésie se rapproche de ce que je fais : elle évite d'en dire trop, de tenter de donner des « détails techniques » — des précisions sur cette réalité. Je trouve en cela un sens très profond : l'idée que chaque individu peut avoir une intimité avec quelque chose qui n'est pas simplement de l'ordre du biologique ou du psychologique, quelque chose qui n'est pas une illusion. Pour moi c'est cela, l'essentiel, le centre de tout. Mais on ne peut pas nommer cette chose, il n'y a pas de mots pour la décrire. C'est indicible, un inexprimable qui néanmoins peut être dit... mais sous forme poétique seulement. Alors je parle de « profondeur du réel », je tâche de me débrouiller... mais il n'y a pas de mots.

J.S. — Peut-on résumer cela en disant que les connaissances scientifiques que vous avez acquises vont dans le sens de certaines appréhensions intuitives de la réalité ultime que vous avez ressenties, mais qu'il est impossible de transmettre par des mots ?

B. d'E. — Oui, c'est cela. J'ajouterais que je crois que beaucoup de gens, la majorité des gens, sont comme moi, ou pourraient être comme moi. Mais c'est une chose sur laquelle on fait le silence, un silence total. Les gens n'osent même pas réaliser qu'ils ont ce genre de possibilité en eux, parce que ce n'est pas conforme à ce qu'on nous dit de penser, à ce qu'on voit à la télévision, ce n'est pas à la mode [1] !

1. Article paru dans le n° 5 du journal des *Humains associés* (1994) et repris dans le n° 12 de la nouvelle série de *Nouvelles clés* (hiver 1996/1997).

Je me rappelle avoir tenté une démarche assez similaire, il y a une quinzaine d'années, auprès d'un autre grand physicien théorique, l'Américain David Bohm, alors enseignant à Londres. Il s'agissait de me faire expliquer comment aborder le « vide », l'« ailleurs » ou l'« hors-temps » de la mécanique quantique, que Bohm appelait l'*ordre impliqué* — ordre dont notre monde ne serait qu'une *explicitation.* Ayant vite saisi que mon niveau en mathématiques ne dépassait pas celui des toutes premières années de fac, et qu'il m'était donc impossible de suivre ne fût-ce que la première ligne de la démonstration qu'il s'apprêtait à me faire au tableau, Bohm eut un sourire désarmant et murmura : « De toute façon, consolez-vous : les sommets que nous, spécialistes de la mécanique quantique, atteignons en une vie d'effort mathématique, sont en fait accessibles à n'importe qui : il suffit d'être ouvert à l'émotion musicale. » Et comme je demeurais interrogatif, il expliqua : « À l'instant précis où une musique vous émeut, vous pouvez, si vous êtes attentif, percevoir comment le passé, le présent et l'avenir de sa mélodie se télescopent en un seul point — un point qui est votre conscience. En un sens, à cet instant-là, vous mettez si j'ose dire, un pied dans l'*ordre impliqué.* Une partie de vous se met à participer à ce "réel primaire" qui est l'implicitation de notre espace-temps [1]. »

Quand on persiste à lui demander de quelle façon saisir, humainement, ce que, plus pudique encore que David Bohm, il préfère appeler le « réel voilé », Bernard d'Espagnat, lui, fait plutôt appel à la poésie...

Autrement dit ?

Eh bien, l'honnête homme pense finalement : puisque les plus grands scientifiques n'ont pas de mots pour me dire l'essentiel de leurs si savantes recherches, mais préfèrent pour cela user — au-delà même de leur expertise mathématique — du langage

1. *La Source noire, op. cit.*

des émotions artistiques, à quoi bon exiger sans cesse que tout soit *scientifiquement prouvé?*

De nos jours, les scientifiques se trouvent invités dans les forums, les salons, ils jugent, sanctionnent et prouvent. Leur avis est sacré! Mais l'amour, le plaisir, la souffrance sont-ils « scientifiquement prouvés »? Et la vie? La mort? L'émerveillement et l'enfantement?

Tragique imposture!

Réclamons plutôt que nos états, nos découvertes, nos situations soient « poétiquement prouvés », ou « culinairement fondés », ou « érotiquement démontrés » — ce serait largement aussi légitime, sinon bien davantage que si l'on nous fournissait une preuve mathématique de leur existence ou de leur validité.

Que la science soit, comme le disait Vladimir Nabokov, une école d'« enthousiasme », parfait! Mais cette approche doit demeurer au service des humains, comme un bon serviteur. Aujourd'hui, à l'âge de la mécanique quantique, le serviteur admet lui-même qu'il est parvenu à l'orée d'un *indicible* qui le dépasse radicalement. Pourquoi donc vouloir le forcer à intervenir quand il est justement question de cet indicible?

Conclusion de l'antithèse : jamais autant qu'aujourd'hui, la science de pointe ne s'est si explicitement avouée inapte à comprendre les expériences mystiques. Considérons donc le récit de la NDE comme un mythe, une sauvage irruption de réenchantement dans la modernité — ce qui ne la disqualifie nullement, puisque la science n'est après tout que *le* grand mythe des temps modernes.

Six béances en guise de synthèse

C'est alors que se dressent les index :

1. Dire que la NDE est un mythe — comme la science, elle-même considérée comme une gigantesque fresque mythique — serait participer d'une

mode contemporaine et contribuer à une illusion aujourd'hui répandue chez les intellectuels, les « écologistes profonds » et les « néo-païens ».

2. Déclarer que la science n'a rien à penser des récits des *expérienceurs* de NDE, reviendrait à faire peu de cas des fantastiques avancées de la science contemporaine, et à renoncer à une occasion unique de tester le fameux changement de paradigme sur une frontière risquée mais passionnante !

Avant de reprendre ces deux critiques en détail, tentons d'expliquer pourquoi mon exaspération face à la frénésie de la preuve-scientifique-à-tout-prix va devoir se taire.

En annonçant l'avènement du « paradigme de l'incomplétude », les nouveaux scientifiques poursuivent en fait un radical dépassement de la science et une désaliénation de l'homme moderne qui, s'identifiant corps et âme aux seuls critères de la science, s'est laissé prendre dans une mortelle spirale chosifiante.

Mais, d'abord, qu'est-ce que cet *argument d'incomplétude ?*

À en croire les scientifiques du « nouveau paradigme », qui reprennent, en la reformulant, la fameuse grille historique d'Auguste Comte, l'humanité connaîtrait trois âges.

Au premier âge, règne une vision magique du monde. L'homme pense qu'il lui est intrinsèquement impossible d'expliquer le réel infiniment mystérieux qu'il perçoit autour de lui. Sa puissante intuition l'autorise par contre à élaborer toutes sortes de visions, mais qu'il ne mentalise pas ou très peu. À cet âge correspond une appréhension littérale des récits religieux, qui apportent aux humains une explication satisfaisante des origines et des fins. Ainsi, chaque mot de la Bible — des Védas ou du Coran — est censé dire strictement la vérité. Il est clair qu'en 1999 des centaines de millions d'humains vivent encore, au moins partiellement, à cet âge — dont chacun de nous porte encore l'empreinte au fond de son inconscient.

Au fil des siècles, progressivement, notamment avec la Renaissance en Occident, l'homme se rend compte qu'il peut expliquer ce qui se passe autour de lui. Et cela marche ! Il entre alors dans un âge scientifique, où il imagine pouvoir intégralement expliquer le monde, sans recours à une quelconque transcendance. Une analyse rationnelle des textes religieux de l'âge magique lui montre d'ailleurs qu'il s'agit essentiellement de mythes, c'est-à-dire d'arrangements de symboles, le plus souvent sans rapport avec des événements historiques ou physiques, mais se référant plutôt à des dimensions psychologiques, généralement inconscientes. En 1999, la majorité des institutions — y compris une bonne part des Églises et des théologiens chrétiens — en sont à cet âge scientifique. Les anciennes croyances sont analysées avec *objectivité* et finalement réduites à quelques éléments connus, sur lesquels les sciences humaines travaillent depuis deux siècles.

Mais voilà que, le XXe siècle avançant, toutes les sciences de pointe se trouvent, l'une après l'autre, amenées à faire le constat de leur radicale « incomplétude », c'est-à-dire leur incapacité ontologique à s'autodéterminer jusqu'au bout. Toutes présentent en effet une tache aveugle, un trou noir, un ombilic qui les oblige à se référer à « quelque chose » d'un autre ordre que l'on ne parvient pas à saisir. Les théories scientifiques d'avant-garde sont « incomplètes », non pas en raison d'une ignorance momentanée et d'un savoir encore parcellaire, mais par essence même.

Six grandes incomplétudes s'imposent, béantes, au centre du paysage scientifique et intellectuel du tournant du siècle, ouvrant ainsi un troisième temps de la pensée humaine : après l'« âge magique » et l'« âge scientifique », voici l'« âge de l'incomplétude » :

— *incomplétude de la physique* : selon le principe de Heisenberg, il n'est, en soi, pas possible d'attribuer précisément à une particule à la fois une position et une vitesse — et la force dont cette particule est porteuse se présentera soit sous forme corpusculaire, soit sous forme ondulatoire, selon le mode d'observation choisi par l'observateur (qui se retrouve partie prenante de l'objet observé, qu'il le veuille ou non), mais jamais sous les deux formes en même temps. Tout se passe comme si les aspects ondulatoire et corpusculaire de la matière n'étaient que les aspects manifestés d'un « réel primaire » non physique et quasiment inconnaissable ;

— *incomplétude des sciences de l'évolution :* vieux darwinisme fatigué et fringante jeune théorie du chaos se révèlent incapables d'expliquer l'émergence des espèces nouvelles par le simple jeu du hasard et de la nécessité. Comme le montrent avec brio le biologiste Michael Denton et la paléontologue Anne Dambricourt-Malassé, toutes les dernières découvertes sur les différents « chaînons manquants » laissent penser que les grands passages d'un plan vivant à un autre (par exemple, des poissons aux reptiles, ou des lémuriens aux singes, ou des singes aux hommes...) ne s'inscrivent pas dans une suite chaotique et imprédictible d'événements génétiques et climatiques survenus au hasard, ainsi que l'affirmait jusque-là la théorie darwinienne avec une tranquille assurance, mais dans une dynamique évolutive de mémorisation et de permanente réorganisation... dont on ne sait pas grand-chose. Pourra-t-on rationnellement trouver le fin mot de cette dynamique ? Les chercheurs sus-mentionnés en doutent d'autant plus que la quête du sens elle-même semble faire partie du processus d'évolution. Nous serions en quelque sorte à l'intérieur d'une équation qui cherche à se décrypter elle-même ! La description scientifique du processus évolutif serait donc, en soi, vouée à être incomplète, contrainte — là encore — de se référer à un « autre chose » insaisissable [1] ;

1. Toutes ces idées sur l'après-Darwin dans les sciences de l'évolution sont traitées avec brio dans des livres comme : *La Conscience attendue,* Anne Dambricourt-Malassé, Fayard, 1998 ; *Le Darwinisme en question Science ou métaphysique,* de Philip Johanson (préfacé par Anne Dambricourt-Malassé). La Pierre d'angle ; *Une famille peu ordinaire,* Jean Chaline, Le Seuil ; *L'Ere des plasticiens. De nouveaux hommes de science*

— *incomplétude du modèle de l'« homme neuronal »*, cher au Pr Jean-Pierre Changeux, mais inapte à embrasser la globalité de la vie psychique : les travaux de Sir Eccles et de Benjamin Libet seraient sur le point de provoquer en neurologie une révolution comparable à celle de la mécanique quantique en physique. Dans le nouveau modèle, les neurones ne sont pas la cause de la pensée, mais la condition de son actualisation. Le cerveau façonne la pensée, mais ne la produit pas. Nous y reviendrons longuement dans l'entretien avec le psychophysiologiste Jean-François Lambert;

— *incomplétude de l'approche psychologique,* à propos de laquelle ce même Lambert écrit : « Il est tout à fait remarquable de constater que Lacan se situe dans cette même logique de l'incomplétude. Le sujet, selon Jacques Lacan, est en effet un sujet divisé, un sujet barré. Précédé par le langage, il ne peut se structurer qu'autour d'un manque. On est toujours obligé de présupposer quelque chose dont on n'est pas le maître. Quelque chose échappe — qui est de l'ordre de l'origine — et c'est pourquoi il convient de n'enfermer le sujet dans aucune forme d'objectivité [1] » ;

— *mais l'incomplétude s'étend, en amont de toutes les disciplines, à la logique elle-même :* en effet, selon le célèbre théorème de Gödel, l'autodescription complète d'un système est logiquement impossible, puisque « tout ensemble fini d'axiomes, autrement dit tout système, contient au moins une proposition indémontrable par lui-même » ;

— *enfin, comble de l'incomplétude, tout langage serait, en soi, bâti autour d'une béance.* La prétention à la complétude du discours scientifique, qui va de pair avec la revendication de certitude, suppose

face à la poésie du monde, Marc Williams Debono, Aubin ; ou encore *Le Darwinisme, une théorie en crise,* Michael Denton, Flammarion.

1. In « L'épreuve de force, la force de l'épreuve », revue *Phréatique,* n° 78/79.

l'existence d'un langage susceptible de refléter la totalité du réel. Or, il ressort de l'œuvre du philosophe Wittgenstein que la structure logique du langage ne peut être décrite à l'intérieur du langage lui-même. Autrement dit, ce dans quoi ou grâce à quoi on représente n'est pas représentable (est inexprimable). « Le sens se montre dans la structure même de l'énoncé mais ne se dit pas. Qu'il y ait de l'indicible, c'est finalement la condition pour qu'il y ait du sens. Le langage ne peut pas refléter adéquatement la totalité [1]. »

Voilà donc six grands domaines où se trouve remise en cause l'idée que l'homme pourrait, par sa seule raison, épuiser les questions que la science l'amène à se poser. S'il veut avoir la moindre chance, sinon de trouver des réponses absolues, du moins de poursuivre sa quête, il lui faut, chaque fois, admettre que le monde qu'il décrit fait référence à « autre chose », à un « autre réel », à un « ailleurs », dont la transcendance, au sens étymologique, s'impose en quelque sorte par définition — ce qui rend cet « ailleurs » définitivement impossible à cerner.

Et voilà à quelle synthèse aboutissent les scientifiques du « nouveau paradigme » : arrivée à l'*âge de l'incomplétude,* notre civilisation redécouvrirait à sa manière les grandes intuitions spirituelles que l'humanité a connues depuis ses origines. Derrière le voile des apparences se cacherait « autre chose » que nul ne pourrait nommer... Mais, cette fois, c'est l'avant-garde de la science qui mène la découverte. Et il serait donc curieux, d'un point de vue philosophique, de renoncer à l'approche scientifique, au moment même où celle-ci opérerait cette métamorphose : la reconnaissance de son propre dépassement dans une dimension ineffable dont, par définition, nul ne pourrait prétendre faire le tour...

La perspective est forte. Et grande la curiosité. Si l'on jouait le jeu, « pour voir » ?

Dans cet état d'esprit, reprenons les deux critiques

1. *Ibid.*

formulées par Jean Staune à l'encontre de ma prise de position « antiscientifique » :

— dire qu'avec la NDE un « grand mythe vivant » fait irruption en pleine modernité comporterait un grave risque de régression ;

— renoncer à travailler scientifiquement sur la NDE pourrait nous faire rater une belle occasion de consolider le fameux changement de paradigme dont il est question depuis le début de ce chapitre.

Les dangers du mythe

« Passez me voir à la maison, nous en discuterons tranquillement. » Je connais Jean Staune depuis une dizaine d'années, mais c'est la première fois que je le rencontre chez lui, dans son appartement du septième arrondissement, encombré de milliers d'ouvrages scientifiques, philosophiques, religieux. Là, parmi les tableaux, les statuettes et les tasses à café vides, nous entamons un long après-midi de conversation.

Jean, reprenant un débat vieux comme la philosophie, se livre illico à une attaque virulente contre l'utilisation du mot « mythe ». C'est pour lui l'une des dangereuses tentations intellectuelles de notre époque. Après avoir, au nom de la science, disqualifié le fait religieux — en tant que « mythe », entendu comme fantasme collectif —, certains chercheurs post-modernes renversent aujourd'hui l'argument : le mythe devient une dimension supérieure. « La science elle-même, s'interrogent-ils, n'est-elle pas un vaste mythe ? »

Que le mythe ait joué et joue encore une fonction anthropologique cruciale, assurant le lien entre les membres d'une même communauté, entre les vivants et les morts et, plus largement, entre le visible et l'invisible, les ethnologues et les mythologues, de Lévi-Strauss à Dumézil, en passant par Éliade ou Campbell, l'ont démontré à l'envi et nul n'aurait l'idée de le contester — du moins tant qu'il s'agit d'analyser les âges anciens. Mais pourquoi ne pas étendre la fonction mythique à notre propre fonctionnement, et notamment à notre fonctionnement spirituel ? Après la naïveté « objective » de l'âge scientifique, l'homme post-moderne, citoyen lucide de l'âge d'incomplétude, opérerait un retour partiel à l'âge magique, mais cette fois de manière volontaire et lucide, ce qui change tout : ayant réalisé que ses plus belles sciences sont toujours impuissantes à expliquer l'essentiel — l'origine, la fin, l'ultime réalité —, il s'inclinerait ainsi devant l'Irreprésentable que les iconographies mythiques tentent pourtant (et tenteront toujours) de représenter.

Dans ce contexte, dire que la NDE est un mythe disqualifie-t-il cette expérience comme sans rapport avec l'ineffable réalité ultime ? Spontanément je répondais : non.

Autre exemple : les impasses écologiques où nous ont conduits l'aveuglement et l'arrogance de l'« âge scientifique » n'ont-elles pas comme seule issue le retour à une attitude d'humilité et de vénération vis-à-vis de la Terre-Mère ? Certes, on peut dire de la grande *mama primordiale* qu'elle est un mythe. Mais celui-ci est plus puissant, plus influent — plus vivant ! — et plus nécessaire que toutes les visions scientifiques de la biosphère et du génome.

« Voilà exactement la dérive que je redoute, me coupe Jean Staune, c'est à mon avis l'erreur type à ne pas commettre. Elle vous range, sans que vous vous en rendiez compte, dans le camp des penseurs d'extrême droite.

— Quel rapport ?

— Expliquons-nous. Cela demande un petit détour. Prenons un exemple apparemment anodin. Aujourd'hui cette dérive “mythophile” va si loin que l'on voit des chrétiens supposés croyants et pratiquants parler du “mythe de l'incarnation de Dieu”, ou du “mythe de la multiplication des pains” ou même du “mythe de la résurrection”. Parmi ces nouveaux mythologistes, l'on trouve même de grands théologiens, dont le plus fameux est certainement

Eugen Drewermann, le fameux prêtre contestataire allemand. Tout le système de Drewermann est justement axé sur le besoin du mythe primordial : le retour au culte de la nature, de la Terre-Mère, l'adoration de la vie — au sens nietzschéen du terme.

— En quoi Nietzsche pose-t-il problème ?

— Son credo est que "rien ne transcende la nature", rien n'existe au-delà de l'espace-temps, du corps, de la vie, alors que les "incomplétudes" des sciences d'aujourd'hui nous montrent au contraire qu'il y a toujours "autre chose derrière les choses", toujours un "ailleurs" derrière le monde. Ce culte de la vie naturelle pousse un Eugen Drewermann extrêmement loin... Dans son livre *Le Progrès meurtrier*, (au chapitre "Progrès contre harmonie ou la vérité du cycle mythique"), il va jusqu'à critiquer la pitié, qui "risquerait de nous mettre en colère contre la nature", et il écrit : "Il apparaît que la compassion et le respect ne suffisent pas à établir une relation avec la nature qui ne soit pas uniquement déterminée par l'homme." Il ne serait donc pas forcément bien de promouvoir la vie, ni mal de la détruire, sinon on risquerait de se trouver en contradiction avec la nature... Pour moi, tout ce discours est non seulement faux, mais dangereux. Il est faux — mais c'est une opinion — parce que, pour moi, il y a une transcendance : la nature est une chenille et pas du tout un papillon, et Drewermann est en train d'empêcher les chenilles d'éclore ! C'est-à-dire de supprimer les papillons.

— Et pourquoi ce discours serait-il dangereux ?

— Il faut voir où nous conduisent ces idées : vers un paganisme très dur, c'est-à-dire vers la remise en cause totale des fondements de la culture judéochrétienne — ce que le philosophe matérialiste Luc Ferry analyse très bien dans *L'homme-Dieu* [1]. Drewermann dit par exemple que le christianisme a éradiqué le paganisme en tuant tous les autres peuples qui, eux, "avec leurs chasseurs de têtes et leurs sacrifices

1. Ed. Grasset, 1996.

humains, ne visaient pas la révolution spirituelle du monde, mais au contraire la préservation de l'ordre cosmique". Or, selon lui, les sacrifices et guerres des peuples païens doivent être considérés comme légitimes, car ils témoignent d'une "immense intuition de l'unité du monde, constituée comme une harmonie globale d'antagonismes qui se conditionnent mutuellement". Je suis désolé, mais ce discours fait étonnamment penser à celui d'un Alain de Benoist, principal philosophe de l'extrême droite païenne française, et, derrière lui, à la pensée de nombreux penseurs proches du nazisme.

— Ne nous emballons pas !

— Qu'y puis-je ? On sait très bien que la pensée nazie réclamait une divinisation de la nature, un retour du "Taureau de la fertilité", une réhabilitation des "dures mais nécessaires lois naturelles", qui équilibrent "harmonieusement" la vie et la mort... Hitler disait : "La nature est cruelle, nous avons le droit de l'être aussi."

— On ne peut pas réduire toute l'*écologie profonde,* comme disent les Scandinaves et les Anglo-Saxons, à une pensée d'extrême droite !

— Il faut comprendre une chose : l'homme est certes un être de nature, mais il est aussi (et c'est ce qui le distingue de l'animal) un être qui dépasse la nature et peut éventuellement s'opposer farouchement à elle, et heureusement, car la nature n'est pas toujours bonne, loin de là ! Dans la pratique, dire que toutes les expériences mystiques sont des mythes revient donc souvent à ramener celles-ci à des émanations de la nature. La nature, rien que la nature ! Cela revient à nier la transcendance. Pour les nazis, pour Alain de Benoist, mais aussi pour les adeptes plus ou moins conscients du "retour au mythe", l'ennemi numéro un, c'est la transcendance et le dualisme, c'est-à-dire l'idée qu'il existe un autre monde, un monde essentiel — un "réel primaire", ou "impliqué", ou "voilé" — dont ce monde-ci, où nous nous trouvons en ce moment, n'est qu'une expression relative et temporaire.

— Transcendance et dualisme ne sont pas synonymes...

— C'est en tout cas l'idée que l'on retrouve aussi derrière ces phrases célèbres de l'Évangile : “Mon royaume n'est pas de ce monde”, “Le ciel et la terre passeront, mais mes paroles ne passeront pas”, “Et je vis un nouveau Ciel et une nouvelle Terre, car le premier ciel et la première terre avaient disparu et la mer n'était plus”... Le Christ disait aussi : “Ne craignez pas ceux qui peuvent prendre le corps, mais craignez ceux qui peuvent prendre l'âme.”

— Pourtant, comment ne pas voir que l'homme moderne s'est justement perdu parce qu'il s'est coupé de la nature et a déserté son corps ?

— Je crois qu'il faut oser dire aujourd'hui que la réponse de la science physique est clairement platonicienne : ce monde est le reflet d'un autre monde, qui vit déjà là, en nous, mais n'est en rien réductible à ce que nous appelons la nature, le corps, la matière. Et c'est cette transcendance que les nazis ne supportaient pas. En cela, la guerre de Hitler contre les juifs fut réellement la plus formidable guerre de religion de tous les temps. Pour ces mythologistes fous, il devait y avoir fusion dans l'Un, là, tout de suite, et pour eux, l'Un était la nature. Le nouveau Baal. Rien d'autre. Le monothéisme judaïque ne pouvait donc que les insupporter. »

Mais... je sens mon lecteur gronder : que devient la NDE dans cette histoire ?

Si elle n'est pas « mythique », puisque ce mot nous entraînerait dans d'interminables labyrinthes, ne pourrait-on dire au moins que la NDE est une expérience humaine qui a positivement bouleversé la vie de millions de gens, nous ouvrant ainsi des perspectives pleines de promesse, sans que nous soyons pour autant obligés de « prouver scientifiquement » l'on ne sait quoi ?

« Désolé, rétorque Jean Staune imperturbable, dire que la NDE fait du bien aux gens qui l'ont vécue, qu'elle rééquilibre leur vie intérieure et bouleverse leur échelle des valeurs, qu'elle atténue leur névrose et les éveille à la relation aux autres, à la spiritualité, etc., tout cela ne nous mène nulle part. À ce titre, d'innombrables expériences font l'affaire : retourner à la campagne, se mettre à la peinture, partir en vacances, faire de l'alpinisme, jouer au tennis, tomber amoureux, trouver un métier, méditer, danser... Certains vont même soutenir qu'avoir fait partie d'une secte leur a fait un bien fou ! Et alors ? Cela ne changera rien au modèle sur lequel repose la science actuelle qui, hélas, conduit notre monde vers des impasses mortelles... Laissez-moi vous lire un texte à ce propos... »

De la nécessaire étude scientifique de la NDE

Parmi tous les textes non scientifiques que Jean Staune me lit ce jour-là — de Platon à d'Espagnat, en passant par des mystiques tels d'Eckarthausen ou le maître Philippe de Lyon — le premier est un extrait du fameux *Dieu existe, je l'ai rencontré,* où l'écrivain André Frossard raconte de quelle façon, vers vingt ans, fils de dirigeant communiste farouchement matérialiste, il fut soudain inondé d'une révélation divine qui bouleversa sa vie de fond en comble. Ce jour-là, à la recherche d'un ami, Frossard était entré tout à fait par hasard dans une petite église... Suit le récit d'une saisissante « NDE sans D » :

> Tout d'abord ces mots me sont suggérés : *vie spirituelle.* Ils ne me sont pas dits. Je ne me les forme pas moi-même. Je les entends comme s'ils étaient prononcés près de moi, à voix basse, par une personne qui verrait ce que je ne vois pas encore. La dernière syllabe de ce prélude murmuré atteint à peine en moi la rive du conscient, que commence l'avalanche à rebours. Je ne dis pas que le ciel s'ouvre. Il ne s'ouvre pas, il s'élance. Il s'élève soudain, fulguration silencieuse de cette insoupçonnable chapelle dans laquelle il se trouvait mystérieusement inclus. Comment le décrire avec ces mots démissionnaires, qui me refusent leur service, qui menacent

d'intercepter mes pensées pour les consigner au magasin des chimères ? Le peintre à qui il serait donné d'entrevoir des couleurs inconnues, avec quoi les peindrait-il ? C'est un cristal indestructible, d'une transparence infinie, d'une luminosité presque insoutenable — un degré de plus m'anéantirait — et plutôt bleu. Un monde. Un autre monde, d'un éclat et d'une densité qui renvoient le nôtre aux ombres fragiles des rêves inachevés. Il *est* la réalité. Il *est* la vérité. Je la vois, du rivage obscur où je suis encore retenu. Il y a un ordre dans l'univers. Et à son sommet, par-delà ce voile de brume, resplendissante, l'évidence de Dieu. L'évidence faite présence et l'évidence faite personne de Celui-Là même que j'aurais nié, un instant auparavant, et que les Chrétiens appellent Notre Père. Et de Qui j'apprends qu'Il est doux. D'une douceur à nulle autre pareille, qui n'est pas la qualité passive que l'on désigne parfois sous ce nom, mais une douceur active, brisante, surpassant toute violence, capable de faire éclater la pierre la plus dure, et plus dur que la pierre, le cœur humain [1].

« Tout y était ! s'écrie Jean Staune : la Lumière, la fulgurance de l'ouverture, l'impuissance des mots à décrire l'essentiel, le cristal transparent d'un "autre monde, plus réel que le réel"... tout ! En une seconde, la vie entière d'André Frossard bascula. Quand il ressortit de cette petite église, il n'était plus le même. L'athée était devenu profondément croyant — à jamais ! Et tout ce qu'il allait lire par la suite dans les livres chrétiens, qu'il n'avait jamais ouverts de sa vie, allait lui sembler des évidences. En une seconde, tout lui avait été donné.

— Où voulez-vous en venir ?

— À ceci : s'il suffisait, pour que le monde change, que se produisent de remarquables métamorphoses individuelles et qu'on les raconte, la révélation d'André Frossard aurait dû révolutionner la France. Voilà en effet un homme jeune, sain, intelligent, de gauche, matérialiste, athée, sans angoisse particulière (ce jour-là, il se rendait à un rendez-vous

1. André Frossard, *Dieu existe, je l'ai rencontré,* Grasset, 1975.

amoureux), qui se trouve, contre toute attente, projeté dans une faramineuse vision qui change sa vie de A à Z. En une seule seconde ! Si la logique gouvernait le sens humain, nous aurions dû voir les chercheurs s'interroger sur le cas Frossard, notamment parmi ses anciens camarades intellectuels de gauche. Il n'en a rien été. L'aveu magnifique de *Dieu existe, je l'ai rencontré* a fait le tour du monde. Ce livre s'est vendu à des millions d'exemplaires. Mais cela n'a strictement rien changé aux modèles en place.

« Comment s'étonner dans ces conditions que, même multipliée par cent, par mille ou par un million, l'expérience de la NDE ne trouble pas le système mais glisse dessus ? Dans la plupart des cas, il faut dire que les circonstances de ces NDE sont beaucoup moins pures que dans l'histoire de Frossard : vos *expérienceurs* se trouvent sous anesthésie, gisent sur un champ de bataille ou s'imaginent qu'ils vont mourir dans un accident de voiture, ce qui soulève toutes sortes d'obstacles méthodologiques à un décryptage simple du phénomène. Et puis que des gens confrontés d'une manière ou d'une autre à la perspective terrifiante de la mort se retrouvent transformés par leur expérience, finalement, quoi de plus normal ! L'expérience de Frossard avait, elle, la pureté de l'eau. Ça n'a rien changé et elle a souvent été bassement dénigrée, y compris par des gens d'Église qui trouvaient intelligent de dire : "Nous ne voyons pas la lumière divine, nous !"

« Un témoignage peut nous toucher profondément sans changer notre vision du monde. Seule une démonstration scientifique rigoureuse pourrait faire intégrer la NDE au corpus des connaissances officielles qui, de ce fait, s'en trouverait métamorphosé.

— Pourtant, même si elles furent rares, les révélations de Frossard, de François d'Assise, ou de saint Paul, ont zébré l'histoire d'éclairs décisifs. À mesure que les techniques de réanimation se perfectionnent, les NDE se comptent par millions. Comment se pourrait-il que cela ne change rien à nos façons de voir ?

— L'emprise de nos modèles de représentation est extrêmement profonde. Ceux-ci dictent littéralement ce que nous percevons. Selon le modèle dans lequel vit votre société, vous percevrez ou pas certaines données que vos cinq sens ne cessent pourtant de capter. Or, ne touche pas au modèle central de représentation qui veut.

— Nul ne peut arrêter une idée dont l'heure est venue...

— À condition qu'elle sache s'intégrer à un nouveau modèle. À ce moment-là seulement, une étape irréversible est franchie. Tant que l'on en reste à l'"ineffable", à l'"inconscient collectif"; aux "archétypes", à l'"émotionnel", à l'"éthique", à tout ce qui relève des sciences de l'homme — même si celles-ci sont, au fond, essentielles —, les témoignages les plus bouleversants ne changeront rien au modèle dominant. Alors que nous disposons peut-être, avec la NDE, d'un des rares phénomènes qui, dans le cadre de la rationalité scientifique la plus stricte, pourrait un jour, qui sait, donner un coup de pouce décisif au changement de paradigme. Dans l'actuelle distribution des rôles, on ne fera rien de décisif sans en passer par les sciences dures. »

Lentement mais sûrement, mon interlocuteur avance ses pions. Il est indémontable. Mais ma résistance n'est pour une bonne part qu'un jeu, et je finis par céder :

« Par quelle science "dure" commenceriez-vous, en l'occurrence ?

— Par la neurologie, bien sûr. La seule façon d'être révolutionnaire dans le domaine de la NDE, c'est de démontrer que la conscience n'est pas réductible au neuronal. Même parmi les alliés supposés du nouveau paradigme, tout le travail reste à faire. À ma grande surprise, le premier médecin français à avoir fait sa thèse de doctorat sur la NDE, au milieu des années quatre-vingt, le Dr de Wavrin, ne croyait absolument pas à la réalité de ce que Ring et Moody appellent la "NDE autoscopique" (c'est-à-dire la phase où la personne rapporte s'être vue elle-même de l'extérieur, depuis un lieu qu'elle situe généralement au plafond). Quand je lui ai proposé mon protocole expérimental, il m'a aussitôt dit que ça ne marcherait pas, sans avoir même songé à essayer de vérifier! C'était chez lui une croyance *a priori*. Et finalement, quelqu'un comme vous réagit de la même façon. Quand je vous entends dire, à la télévision, que cela n'a aucun sens de vouloir prouver scientifiquement...

— ... la vie après la mort, l'immortalité de l'âme...

— Bien sûr, on ne *prouvera* jamais l'existence de l'âme, ni l'existence d'une vie après la mort. La seule chose que l'on puisse prouver au moment de la NDE, c'est l'existence d'autres formes de perception...

— À quelle démonstration voulez-vous donc vous livrer concernant la fameuse phase autoscopique, où le sujet dit être "sorti de son corps"?

— C'est l'un des rares épisodes de cette expérience par ailleurs incontrôlable, où un travail de vérification scientifique serait possible. C'est d'ailleurs vous-même qui m'avez appris, dans *La Source noire*, que toute la recherche du cardiologue texan Michael Sabom avait consisté à recueillir des témoignages de cette *phase autoscopique*, pour tenter de les confronter aux rapports cliniques existants. Mais rien n'est fait, dans les hôpitaux, pour faciliter ce genre de travail, considéré comme abracadabrant. Après deux années de recherches étonnantes, mais non reconnues par la revue médicale où il avait l'habitude d'être publié, terriblement amer, Sabom, blessé par le dédain de ses confrères, a finalement dû renoncer...

— On le voit relever la tête depuis quelque temps...

— Tant mieux. Il a le grand mérite d'avoir ouvert la porte à une vérification scientifique du phénomène de la sortie de corps en cours de NDE. Si ce que racontent les témoins de la *phase autoscopique* est vrai, il doit y avoir moyen de prouver quelque chose. J'ai récemment rencontré une jeune fille qui, après avoir été renversée par une voiture, s'est retrouvée, inconsciente, dans deux hôpitaux successifs, dont elle se dit capable de décrire certaines caractéristiques spécifiques.

C'est à cause de ce genre de témoignages que je me suis intéressé à la NDE. Je sais bien que toutes sortes d'expériences de "sortie de corps" ont été menées, certaines fort troublantes pour l'observateur impartial, d'autres s'apparentant visiblement à une forme de rêve. Celle qui se déroule pendant que le sujet traverse un épisode de mort clinique ou de coma profond nous intéresse évidemment beaucoup. S'il s'avérait qu'il existe des moyens de perception n'utilisant pas les canaux sensoriels habituels, nous n'aurions certes pas prouvé l'existence de l'âme, ni sa survie après la mort — puisque les personnes ayant vécu une expérience d'*imminence* de mort n'étaient précisément pas mortes. En revanche, comme le dit Marceau Felden, l'un des plus brillants logiciens rationalistes actuels — auteur, entre autres, de *Et si l'homme était seul dans l'univers* [1]? et qui critique de manière impitoyable l'ensemble du nouveau paradigme scientifique (la mécanique quantique, le principe de non-séparabilité, etc.) : "Si l'on faisait la démonstration que la conscience ne dépend pas uniquement de mécanismes neuronaux, cela porterait un coup mortel à la science matérialiste." Bien sûr, Felden se dit persuadé que cela n'est pas près d'arriver...

— Vous avez donc conçu un protocole expérimental, pour tester l'objectivité de la *phase autoscopique* de la NDE ?

— Il faut mettre au défi des scientifiques sérieux de tenter certaines expériences. Un protocole de contrôle très simple pourrait faire partie de la routine d'un bloc opératoire, ou d'une unité de soins intensifs. Après avoir consulté quelques praticiens, j'ai imaginé un système à deux niveaux. Le premier niveau serait un petit écran d'ordinateur, posé au pied du lit ou de la table d'opération, invisible du

1. Grasset, 1994.

malade. D'un simple geste, le réanimateur, évidemment très peu disponible, pourrait appuyer sur un bouton, déclenchant l'appareil — ou, mieux encore, celui-ci pourrait se mettre en marche automatiquement dès qu'une réanimation démarrerait. Apparaîtraient alors aléatoirement sur l'écran des symboles universels, lisibles dans toutes les cultures (des ronds, des croix, des flèches, des triangles...), dans un choix de couleurs simples. Il s'agirait de rendre très faible la probabilité qu'un sujet puisse décrire par hasard ce qu'il y a sur l'écran. Après la réanimation, une personne n'ayant pas assisté à l'intervention viendrait systématiquement demander au patient s'il peut dire ce qui se trouvait sur l'écran pendant qu'il était inconscient. Qu'une seule personne sur mille affirme alors qu'elle a vu un cercle rouge entouré de deux triangles jaunes sur l'écran au pied du lit suffirait à ouvrir un dossier passionnant ! Pour expliquer le phénomène, on serait alors, au minimum, obligé d'admettre, je ne sais pas... par exemple, que l'on peut lire un écran avec la peau des pieds !

— À supposer que l'on obtienne l'autorisation de monter un tel procédé dans un bloc opératoire, il vaudrait mieux imaginer tout de suite un système plus exigeant, en double aveugle. L'écran pourrait par exemple n'être vu que depuis le plafond (puisque tant de NDE sont censées y connaître un épisode spectaculaire), avec une mémoire informatique qui, une fois consultée, pourrait dire rétrospectivement quelles figures se trouvaient sur l'écran à une certaine heure.

— C'est le second niveau du procédé que j'ai imaginé. Là, les figures défilent sans arrêt (ou changent toutes les demi-heures) sur un écran situé *derrière* un mur. Cela se passe en continu, qu'il y ait opération ou pas, et l'on ne s'en préoccupe que lorsque la personne ranimée dit se rappeler quelque chose d'étonnant.

— Mais comment vous, Jean Staune, si exigeant sur le plan de la rigueur scientifique, pouvez-vous espérer que ces expériences aient la moindre chance de modifier le dogme officiel actuel ?

— Vous n'êtes peut-être pas au courant des toutes dernières expériences sur la conscience et le cerveau. Elles pourraient se révéler aussi révolutionnaires en neurologie que la mécanique quantique l'a été en physique ! Nous vivons des années cruciales... Le règne de l'"homme neuronal" (et des réducteurs de tête !) touche peut-être à sa fin.

— De quelles expériences s'agit-il ?

— Le Prix Nobel de médecine John Eccles en avait posé les prémisses... de façon parfois un peu téméraire. Là-dessus sont arrivés Benjamin Libet et, tout récemment, Jean-François Lambert. Ils ont obtenu des résultats stupéfiants qui, sans pouvoir la définir positivement (incomplétude oblige !), démontrent clairement que la conscience se situe *en amont* du cerveau et qu'elle n'en est donc pas une "sécrétion"... Ce serait même plutôt le contraire. Comme dit Eccles en titre de son dernier ouvrage : "La conscience contrôle le cerveau." Une révolution ! »

Après avoir pris note de l'adresse dudit Jean-François Lambert, je quitte Jean Staune en proie à un sentiment ambivalent.

Son enthousiasme pour le nouveau paradigme est contagieux. J'en suis convaincu depuis longtemps : nous vivons une mutation aussi bouleversante que la Renaissance du XVIe siècle. Ayant, moi aussi, travaillé, ces vingt dernières années, à populariser auprès du grand public certains aspects du « nouveau paradigme », je suis heureux qu'un jeune et brillant agitateur vienne secouer la légère poussière de scepticisme dont l'existence finit toujours par voiler nos regards. Jean nous rappelle la jubilation des ouvreurs de voie.

Mais son discours me semble osciller entre deux pôles contradictoires. D'un côté, il insiste sur le caractère désormais « incomplet par définition » du regard scientifique : toute théorie se trouvant aujourd'hui dans l'obligation d'admettre l'existence, en son centre, d'un *trou* qu'aucun mot, aucune idée, aucun concept ne pourront combler — constat d'impuissance et humilité obligée : la science n'expliquera jamais la mystique, qui est un rapport fusionnel avec le réel ultime ; la NDE, par exemple, échappera toujours aux grilles rationnelles. Mais, d'un autre côté, mon interlocuteur n'a de cesse de chercher « la » démonstration scientifique lui permettant de prouver... quoi ? Quoi donc, puisque la démonstration essentielle est déjà accomplie et qu'elle consiste, pour la science, à s'incliner devant un « réel ultime » qui la dépasse fondamentalement ?

Jean reconnaît certes que l'« on ne *prouvera* jamais l'existence de l'âme ou de l'esprit », mais derrière ces mots, je sens... un tel désir de démonstration tout de même...

On comprend la raison de cette ambivalence. Admettre qu'aujourd'hui, au crépuscule de l'âge scientiste, l'humanité ne puisse mûrir qu'en se reconnaissant enceinte d'un vide central, à jamais indéfinissable (seule possibilité d'allier transcendance et liberté individuelle), est difficile. Et cela ne vous empêche pas, dans le même temps, de piaffer d'impatience à l'idée que les sciences butent aujourd'hui contre un « réel voilé ». Quel esprit curieux ne mourrait d'envie d'aller déchirer ce voile, malgré tous les avertissements ?

Après ma conversation avec Jean Staune, deux rencontres vont venir à point pour illustrer et éclairer ces deux tendances extrêmes et contradictoires : d'un côté, vouloir prouver à tout prix... sans se prendre au sérieux ; de l'autre, douter jusqu'au bout... et y croire quand même.

Le physicien Régis Dutheil est à la fois génial et ingénu. Ce grand théoricien — qui fut d'abord médecin — va m'embarquer dans une science-fiction, mathématiquement parfaite, dont l'un des mérites — et aussi des dangers — sera de nous permettre de contourner l'interdit majeur, en prétendant en quelque sorte visualiser l'invisualisable. Comment dire l'indicible ? Comment concevoir l'inconcevable ? Eh bien, de manière lumineuse, et même superlumineuse : en dépassant la vitesse de trois cent mille kilomètres à la seconde et en crevant la limite formidable du « mur de la lumière » mathématisé par Einstein. Jeu en un sens purement intellectuel, que Régis Dutheil qualifie volontiers lui-même de modèle heuristique, c'est à dire de vision « provisoire » et non scientifique, destinée à nous faire réfléchir.

La seconde rencontre nous fera douter à nouveau. L'homme est le fameux Jean-François Lambert. Il est psychophysiologiste et enseigne à la faculté de Jussieu, à Paris. Jean Staune se réfère souvent à ses travaux, disant qu'avec ceux de Benjamin Libet ils pourraient détrôner l'« homme neuronal » des réductionnistes. Curieusement, alors que l'on s'attendrait à une irrésistible propension au scientisme — de la part d'un chercheur qui pose des électrodes sur la tête de moines en méditation ! —, Jean-François Lambert se révèle le plus philosophe et le plus prudent de nos savants. Le plus attaché à un respect rigoureux de l'idée d'incomplétude et à l'impossibilité de prouver positivement l'essentiel.

De nos scientifiques visionnaires, commençons par le positiviste. Avec lui, approchons-nous de la limite la plus fantastique que l'on puisse imaginer.

Le mur de la lumière...

Ne serait-ce pas cela que les personnes revenant d'une NDE disent avoir traversé ?

ENTRETIEN 2

Oser franchir le mur de la lumière

La science-fiction non fictive du physicien Régis Dutheil

> À la vitesse où je me déplaçais, cette cible s'est allongée. J'ai eu l'impression de la pénétrer par le centre, tandis qu'elle se mettait à vibrer d'une drôle de manière, les ronds colorés de la cible formant maintenant un tunnel en arc-en-ciel. Je suis alors devenue tout cela à la fois : j'étais le son, les couleurs, le tunnel, la vitesse, l'immobilité. Plus je ressentais cet état, plus il prenait de la consistance.
>
> Jacqueline Liénard

Mieux vaut ne pas tenter de nommer l'Innommable... Pourtant — par goût de l'espièglerie plus que de la contradiction — je vous propose d'écouter maintenant un point de vue, sinon inverse, du moins *oblique* par rapport à la sage abstinence de l'incomplétude. Après tout, l'Innommable devrait-IL/ELLE craindre nos assauts lilliputiens ? Ineffable et inaccessible sans doute, mais qui nous interdit de marcher gaillardement dans sa direction ?

Telle était l'attitude d'un grand scientifique français, qui avait entrepris, en toute simplicité, de déchirer le voile qui nous sépare de l'Innommable en usant d'une stratégie scientifique digne d'un roman de science-fiction : franchir, au moins par les calculs, l'enceinte fascinante qui clôt l'univers, le mur de la lumière !

Poursuivons donc notre tournée savante par cette histoire qui peut sembler folle et qui est pourtant, scientifiquement, très classique, très « einsteinienne » — certains n'hésiteraient pas à dire qu'elle date d'« avant l'avènement du nouveau paradigme ».

Autant Jean Staune fonctionne à la manière d'un Galilée, qui sut promouvoir le paradigme héliocentrique découvert par Copernic, autant Régis Dutheil pourrait avoir pour saint patron Johannes Kepler, l'astronome-poète de toutes les audaces, l'homme qui découvrit le caractère elliptique des trajectoires célestes en osant poursuivre la folle idée d'une harmonie musicale des sphères. Régis Dutheil était à la fois médecin et docteur en physique théorique. Ce qu'il nous a rapporté de ses explorations est, au sens propre, une utopie : une histoire d'aucun lieu. Ou plutôt de tous les lieux à la fois. Une histoire éternelle.

Jeune, Régis Dutheil lisait les romans d'Asimov et rêvait d'astronefs plus rapides que la lumière. Il désirait aussi soigner son prochain. Ses études de médecine achevées (dans les années cinquante), il n'exerça jamais ce métier — même s'il me dira un jour : « Médecin, c'est comme curé : quand on l'est, c'est pour la vie ! » D'autres passions le happèrent. Il se lança dans la physique théorique. On lui enseigna un monde où tout n'allait pas à la même vitesse : l'homme se déplace à cinq kilomètres à l'heure, le son à trois cent quarante mètres à la seconde, les avions de chasse à deux ou trois fois la vitesse du son, et la lumière à trois cent mille kilomètres à la seconde. Cette dernière vitesse est une frontière absolue : où que vous soyez et dans quelque direction que vous vous déplaciez, l'univers est ainsi fait, affirme la théorie d'Einstein, qu'à mesure que vous vous rapprochez de cette vitesse, le temps ralentit, ralentit, la masse augmente, augmente... et brusquement, une fois passé le seuil des trois cent mille kilomètres à la seconde, il n'y a plus ni énergie, ni matière, ni espace, ni temps. Rien. L'univers, que certains décrivent comme une bulle d'espace-temps-lumière, en expansion depuis quinze ou seize milliards d'années, a cette limite absolue : le mur de la lumière.

Dutheil devient professeur à l'université. Bientôt, ce surdoué se retrouve chercheur à la prestigieuse Fondation Louis de Broglie. Il enseigne la biophysique. Mais le mur de la lumière l'intrigue toujours. Après quinze années de recherche au tableau noir et dans les laboratoires, parrainé par les plus sévères spécialistes français, il réussit à franchir cette frontière interdite... du moins en théorie, par les mathématiques.

Un autre que lui se serait prudemment arrêté là. Il s'agit déjà d'un exploit. Mais Régis Dutheil est d'une vivacité incontrôlable, d'une curiosité insatiable. Rien ne l'effraie. Il décide d'aller voir *derrière* le mur de la lumière, en un royaume inconnu que la plupart des physiciens n'imaginent pas. En théorie pure, l'au-delà de la lumière est une zone où nos concepts ne fonctionnent plus. Notre savant va découvrir de l'autre côté de cette frontière fantastique un monde dans lequel l'homme retrouverait des sensations des plus familières, comme si une partie de lui-même y vivait déjà en permanence.

De quelles sensations s'agit-il ? Eh bien, quelle est cette capacité qui nous permet de nous promener instantanément à travers le temps et l'espace sans que personne ait jamais pu localiser sa « machinerie » ? Notre mémoire ! Et derrière elle ? Notre conscience, notre esprit !

Bientôt, Régis Dutheil ne peut se départir de cette intuition scientifique devenue conviction métaphysique : l'au-delà matériel de la lumière et la conscience psychologique et spirituelle ne font qu'un. Grave assertion : parti de la physique théorique, et tout en ayant conservé le même appareillage théorique, notre physicien se retrouve en pleine subjectivité. Mais Dutheil se fonde sur des visions si brillantes et des calculs si puissants que ses plus incroyables suppositions vont sonner juste.

Quel rapport avec la vie, la mort et les NDE ? L'étonnant savant vous le dira lui-même. J'ai interviewé Régis Dutheil à plusieurs reprises, notamment pour *Nouvelles clés* en compagnie du journaliste Michel Despratx. Cela se passait en 1994 et 1995. Depuis, l'étonnant savant a quitté ce monde — âgé d'à peine une soixantaine d'années. S'il a vu juste, Régis Dutheil se trouve à l'*heure actuelle* — mais cette expression n'a de sens que pour nous, pas pour lui — bien vivant, de l'autre côté du mur de la lumière.

« Pourquoi et comment avez-vous décidé un jour de "casser le mur de la lumière ?"

— Tout a sérieusement démarré en 1972, quand j'ai lu un matin un article du *Scientific American* dans lequel Gerald Feinberg parlait d'une particule aux vitesses infinies : le tachyon (du grec *takhus* : rapide). Pour moi qui étais relativiste et ne connaissais que des vitesses inférieures à la lumière, une telle particule devait être dotée, si elle existait, de propriétés extrêmement curieuses. Sa vitesse infinie supposait qu'on puisse observer, en laboratoire, l'annihilation d'une paire de tachyons avant sa création ! À cause de cette possibilité de "voir dans le futur", le tachyon dérangeait toutes nos conceptions scientifiques. J'étais fasciné par l'idée que l'on puisse un jour le découvrir.

— Pourtant ce tachyon, on pense aujourd'hui qu'il existe, non ?

— C'est effectivement ce que sembleront indiquer plusieurs expériences, mais vingt ans plus tard. En 1992, par exemple, l'Institut de physique de Cologne est parvenu à observer des tachyons qui allaient trois ou quatre fois plus vite que la lumière sur des ondes radiocentimétrées. L'observation fut reproduite peu de temps après par les Américains. D'autres expériences, menées à la faculté d'Orsay, ainsi qu'au grand cyclotron de Louvain, ont confirmé par la suite l'existence des tachyons. Bref : le tachyon existe peut-être ; mais à l'époque, en 1972, ceux qui le cherchaient en laboratoire ne le rencontraient jamais ! De mon côté, j'avais tendance à me dire que si personne ne débusquait cette particule, c'était peut-être qu'elle se cachait ailleurs...

— Ailleurs ?

— Oui, dans l'*Ailleurs* d'Einstein ! Sur son schéma de l'espace relativiste, Einstein avait inscrit le mot *Ailleurs* de l'autre côté du cône de lumière. Cela signifiait que, selon lui, de l'autre côté des limites de notre univers, se trouvait un vide bien mystérieux : sans substance ni énergie ! L'éternelle absence. Du jour où j'ai fait connaissance avec l'hypothèse du tachyon, je n'ai pu m'empêcher de penser : cette curieuse particule se cache là, dans l'*Ailleurs* qu'Einstein avait refusé de définir. Cette particule de masse nulle semblait parfaitement convenir pour constituer la trame physique de l'*Ailleurs*. Et j'imaginais que cela devait être d'une énorme importance pour l'équilibre global de l'univers. Seulement voilà : l'*Ailleurs* demeurait un vide théorique tant qu'il n'était défini par aucune équation.

— Et cette équation, vous avez fini par la trouver !

— En effet. Malgré leur style inabouti, les résultats de notre recherche, avec le physicien Rachman, sur un *Ailleurs tachyonique,* ont été publiés dans *Nuovo Cimento* [l'une des plus importantes revues de physique théorique du monde], ainsi que par l'Académie des sciences de Liège. Séduit par notre course de fond, l'astrophysicien français Jean-Claude Pecker, un des chefs de file des rationalistes purs et durs de la science officielle, nous a contactés puis nous a mis en relation, en 1977, avec un membre de sa famille de pensée : Jean-Pierre Vigier, de l'Institut Henri-Poincaré.

« Vigier, qui savait tout de ma volonté de découvrir un *Ailleurs tachyonique* et qui mûrissait à l'époque un nouveau modèle d'électron, m'a reçu en dessinant un cercle au tableau : “Dutheil, m'a-t-il dit, voici un électron. Pouvez-vous me faire entrer un tachyon à l'intérieur de cette sphère ?”

« Un an et demi après, nous reprenions ensemble la craie blanche pour dessiner son nouvel électron : une boule. Mais quelle boule ! Sur sa surface extérieure, il y avait, excusez du peu, un micro-trou noir (une zone de vitesses inférieures à la lumière) et à l'intérieur, un espace-temps tachyonique où régnaient des vitesses infinies ! Bref : l'*Ailleurs* pouvait exister, il était théoriquement plein de tachyons, et nous l'avions déniché à l'intérieur de l'électron ! Il se cachait bien, comme prévu, "de l'autre côté de l'univers" mais, tel un double invisible, cet autre côté se trouvait au plus profond de la matière, dans sa doublure, à l'intérieur de chaque particule dont nous étions faits et que nous avions sous les yeux !

« Mais je ne pouvais pas m'arrêter là. La tentation était trop forte. J'imaginais maintenant ce qu'il faudrait conclure si l'on découvrait que tous les micro-*Ailleurs* de toutes les particules de l'univers fonctionnaient en réalité ensemble, comme un champ, un vaste champ de matière tachyonique. Si ce *champ tachyonique* existait, ce serait un monde fort étrange, dans lequel mon corps, à supposer qu'il puisse y trouver accès, se déplacerait à des vitesses infinies et existerait donc simultanément en tous les points de l'espace. Dans cette pièce où nous parlons, nous sommes des escargots du point de vue de la physique : des corps de vitesse nulle. C'est pour cela que notre temps vécu se confond avec la flèche du temps de l'univers. Mais si nous approchions de la vitesse de cette lumière qui constitue l'étoffe même du réel, le temps vécu se dilaterait. Une fois dans l'*Ailleurs*, il s'évanouirait même complètement sous l'effet de vitesses infinies : il ne s'écoulerait plus du tout. Si nous nous promenions dans cet *Ailleurs*, il n'y aurait donc plus pour nous ni passé, ni présent, ni futur : seulement une sorte de présent continu. Le temps se serait intégralement transformé en espace. Le temps se dissoudrait en superlumière.

— C'est un scénario de science-fiction ! Mais pourrions-nous réellement nous promener dans l'*Ailleurs* ?

— À l'époque, quelque chose me disait que oui, mais j'ignorais fichtrement comment ! Dans ma jeunesse, j'étais extrêmement scientifique : j'aimais la science de passion et croyais fermement en ses principes. Mais je demeurais hanté par une impression d'irréalité dans ma propre vie : les gestes et les objets habituels me semblaient souvent se dérouler dans un rêve, comme si nous n'étions pas consistants. J'avais l'impression que ce qu'on appelle la "réalité" était à chaque instant menacée et qu'il suffisait d'une influence très faible pour qu'elle s'évanouisse et produise "autre chose". La suite me prouva que je n'avais pas complètement tort.

« Mais en attendant, je travaillais encore, aux côtés de Vigier, à l'écriture mathématique de cet hypothétique champ tachyonique. Pour m'aider à venir à bout du projet de le faire vivre comme un véritable univers, Vigier me propulsa en 1982 vers l'étage supérieur de la recherche en physique. Je me retrouvai donc chez Lichnerowicz, de l'Académie des Sciences, qui un beau jour m'annonça, après avoir lu mes calculs : "Vous savez, Dutheil, il existe un groupe d'équations de Lorentz qui correspond à un autre espace-temps et qui devrait vous permettre d'achever votre théorie d'une relativité superlumineuse." J'allais enfin boucler ma boucle. Installé pendant six ans dans le salon de Lichnerowicz, je manipulai ce groupe mathématique jusqu'à en extraire l'équation du bel *Ailleurs* dont je rêvais depuis des années. Cette fois, il n'y avait plus de vide de l'autre côté de la lumière, mais un véritable champ de matière tachyonique, doté de ses propres lois et de sa propre existence.

Ainsi, la théorie de la relativité étendue aux particules superlumineuses aboutit-elle à une vision tripartite de l'univers :

— l'univers sous-lumineux où le temps s'écoule, régi par la séparabilité et la causalité ;

— l'univers superlumineux où le temps ne s'écoule plus, régi par l'instantanéité, l'éternité, la non-séparabilité, l'a-causalité ;

— l'univers lumineux ou mur de lumière, frontière séparant les deux univers précédents. Le calcul montre que les photons qui constituent cet univers sont sans doute formés d'une partie souslumineuse et d'une partie superlumineuse. Dans cet univers, le temps vécu par les photons serait toujours nul, ni spatial ni temporel. Cet univers lumineux serait sans doute l'interface des deux autres univers [1].

— L'*Ailleurs,* impossible jusqu'alors, se transforme donc, grâce à vos calculs, en "champ tachyonique". Vous détenez en somme la formule mathématique du *premier univers* que tout le monde cherche depuis Platon ! Et à l'intérieur duquel vous rêviez toujours d'aller vous promener...

— Vous allez rire : je n'allais pas tarder à vérifier que cette promenade est possible ! C'est arrivé il y a dix ans, en 1985. Je me lançais avec ma fille Brigitte (qui enseigne les lettres et la philosophie) dans l'écriture d'un essai décrivant le champ tachyonique. Il se trouve que cette année-là, nous lûmes ensemble le livre du médecin et philosophe américain Raymond Moody, *La Vie après la vie,* dans lequel on pouvait lire des témoignages d'hommes et de femmes qui avaient été tenus pour cliniquement morts, puis réanimés. Ces patients avaient connu, au cours de leur *Near Death Experience,* la sensation de sortir de leur corps pour franchir un "mur de lumière". C'étaient leurs propres mots. Ils avaient, disaient-ils, franchi un mur de lumière à une vitesse infinie, puis pénétré une zone sans douleur où il n'y avait ni passé, ni présent, ni futur, mais le sentiment de se trouver partout à la fois. Vous voyez qu'il ne fallait pas perdre espoir d'aller se promener dans notre univers parallèle ! Il fallait seulement comprendre que l'exercice est impossible pour notre corps, mais pas pour notre conscience.

— N'est-ce pas aller trop loin dans vos déductions ? Peu de vos collègues ont dû vous suivre dans ce grand saut, qui vous faisait passer de la physique théorique à la psychologie des profondeurs !

1. *L'Univers superlumineux,* Sand, 1986.

— Je crois que nous nous retrouvons ici bien au-delà du psychologique.

— Eh bien, suivons votre raisonnement par analogie. *Quid* de la conscience individuelle du sujet dans ce vaste champ purement physique de matière tachyonique ?

— Elle lui appartient ! La découverte des NDE m'a fait comprendre que le champ tachyonique peut tout simplement être considéré comme le territoire propre, l'habitacle géant de toutes les consciences individuelles.

— Vous voulez dire que le territoire superlumineux et la conscience universelle ne font qu'un ?

— Disons plutôt que le monde superlumineux pourrait être le lit naturel dont chaque conscience individuelle s'échapperait un peu, au moment d'une naissance, pour aller vivre l'expérience de s'incarner dans un corps soumis au champ gravitationnel sous-lumineux. Elle y retournerait furtivement à l'occasion d'un accident telle la NDE — ou toute autre expérience dite "mystique" —, pour enfin s'y diluer de nouveau totalement au moment de la véritable mort du corps physique.

— Vous n'hésitez donc pas et vous dites : "Le champ superlumineux que j'étudie, c'est en fait l'univers de la conscience" !

— Vous comprenez, la conscience est, à priori, un univers dont le temps et l'espace sont, comme disent les physiciens, "effondrés" — ce qui correspond tout à fait à l'espace-temps superlumineux du champ de tachyons. En somme, j'ai découvert que mes travaux prolongeaient les modèles de Karl Pribram et de David Bohm [1].

— Oui mais Bohm, quant à lui, était très prudent en matière de raisonnement analogique. Il nous mettait de toute façon en garde contre la tentation de trop lier l'Absolu à la science du moment, forcément contingente...

— Je suis le premier à dire que mon modèle est

1. Voir *La Source noire, op. cit.*

probablement faux et sera de toute façon dépassé un jour. Il ne constitue qu'un schéma provisoire, destiné à nous aider à faire avancer nos idées sur la conscience.

— Cela pose aussi le problème de la responsabilité d'un auteur scientifique, que le public a tendance à prendre au pied de la lettre.

— Vous savez, au fond, même la science est une question de foi. On dit : "C'est scientifique", et le public a l'impression qu'il s'agit d'un temple et de tables de la loi inaltérables, représentant la vérité. Ça n'est évidemment pas le cas. La science ne tient que par la foi des scientifiques. À notre époque, elle a réussi de belles applications technologiques et dans l'esprit des gens, c'est donc la preuve que "c'est vrai". Mais la science ne donne strictement aucune explication globale de l'univers, ni de ce qui est fondamental pour l'être humain.

« Quant au modèle qu'avec ma fille nous avons construit, c'était pour nous comme un jeu, un puzzle, voyez-vous, pour voir jusqu'où l'on pouvait aller, intellectuellement parlant. Il fallait certes que ce jeu soit cohérent, qu'il ait une grande rigueur, en se fondant sur deux postulats : 1) l'existence des tachyons (maìs peut-être n'existent-ils pas), 2) l'identification du champ tachyonique à la conscience (philosophiquement légitime, mais sans doute improuvable mathématiquement).

> La conscience serait formée de matière superlumineuse, d'un champ de matière tachyonique, de particules superlumineuses situées au-delà du mur de la lumière et associées à un espace-temps dont les propriétés spatio-temporelles sont radicalement différentes de celles que nous connaissons. D'après cette hypothèse, chaque être humain porterait, abriterait en son sein, une partie, une parcelle de l'univers superlumineux qui, avec son champ de matière superlumineuse aux propriétés inhérentes, représenteraient la conscience véritable [1].

— Vous émettez donc l'hypothèse que la réalité

1. *L'Univers superlumineux, op. cit.*

fondamentale de l'univers n'est pas le monde moléculaire où nous vivons, mais l'*Ailleurs* qu'évoquait Einstein et que vous identifiez à la conscience, dont le monde gravitationnel ne serait qu'un double, une projection. L'idée nous vient en droit chemin de Platon ! Reprise par le Nobel de neurologie Eccles, elle continue cependant à faire hurler les rationalistes, non ?

— Oui, bien sûr : philosophiquement, beaucoup ne l'entendent pas ainsi. Mais mathématiquement, mon modèle superlumineux n'a jamais été réfuté. D'illustres chercheurs comme Lobchak respectent mes équations. Même ceux qui ne croient pas au monde auquel mon raisonnement me fait aboutir reconnaissent cependant que ma description mathématique en est valable.

— Récapitulons. La nature de l'*Ailleurs* se précise : d'abord, c'était le néant ; ensuite, vous en faites un champ de tachyons ; enfin, vous concluez que ce champ est tout bonnement l'univers de la conscience. S'agit-il d'un univers constitué d'information ou d'énergie ?

— D'information. L'univers de la conscience est même la source de toute information. Le champ tachyonique de notre modèle contient toute l'information universelle.

> On sait que notre univers sous-lumineux est le domaine de l'entropie : le désordre y augmente constamment. Et nous ne pouvons lutter contre ce désordre que par l'injection d'information. Par exemple, dans une maison, la poussière s'installe petit à petit sur les meubles, les murs noircissent, les tuyauteries se bouchent et il faut sans arrêt essuyer, repeindre, réparer. Le corps humain est un exemple à lui seul de désordre croissant : maladies, vieillissement débouchant à la fin sur la mort. L'univers superlumineux est régi par la loi inverse : l'ordre et l'information y augmentent sans cesse [1].

— En ce cas, nous pouvons assigner à l'*Ailleurs* un quatrième nom : après "néant", "champ de tachyons"

1. *Ibid.*

et "univers de la conscience", nous pouvons le nommer, tout simplement, l'*esprit,* non ?

— Si vous voulez.

— Comment fonctionne donc l'échange entre l'esprit et la matière ? Dans votre modèle, est-ce la matière qui crée l'esprit ou l'inverse ?

— Vous connaissez l'holographie, ce procédé qui consiste à photographier un objet sans lentilles, de manière à enregistrer les ondes que produit une lumière laser (un faisceau cohérent et organisé de photons) diffusée par l'objet (plus exactement, de manière à enregistrer les interférences de cette lumière réfléchie par l'objet, avec une lumière vierge, de longueur d'onde identique). On éclaire ensuite ces interférences avec un rayon de cette même lumière et l'on obtient une image de l'objet en trois dimensions. Vous avez vous-même raconté dans *La Source noire* comment ce phénomène avait intrigué un neurochirurgien californien d'origine tchèque, Karl Pribram, qui, procédant lui aussi au départ de manière purement analogique, avait fini par conclure, vers 1968, que la matière qui nous entoure n'était que l'*image en relief* d'une réalité plus fondamentale, faite uniquement de fréquences ondulatoires. Cela voulait dire que l'esprit organise la matière, par l'intermédiaire d'un "décodeur" qui lui sert d'appareil de projection.

— Dans ce modèle, le décodeur/appareil de projection, c'est le neurone, comme chez Pribram ?

— Oui, le cortex cérébral. Le cerveau, dit Pribram, joue le rôle d'une lumière laser qui convertit les informations de l'*esprit* (pour employer le terme que vous avez choisi) en hologrammes à quatre dimensions (trois d'espace, une de temps). C'est ce que les philosophes appellent l'*esprit* (l'univers de la conscience) qui, par l'intermédiaire du cerveau, donne sa forme à la matière dans laquelle nous vivons.

Si nous résumons le modèle proposé, on aboutit à ceci : le corps de l'homme, le corps moléculaire, ne serait donc qu'un hologramme, formé de particules allant moins vite que la lumière. Cet hologramme serait la projection de notre conscience formée de particules superlumineuses. Notre corps serait lié à notre conscience comme un film projeté peut l'être à son projecteur et à l'opérateur qui manipule le projecteur. Le cerveau servirait de filtre à la conscience, dont il reconstruirait les informations selon des coordonnées spatiotemporelles à quatre dimensions.

Mais pourquoi le cerveau sert-il de filtre à la conscience? Vraisemblablement parce qu'il existe entre la conscience superlumineuse et le corps sous-lumineux un corps intermédiaire, ou corps numéro deux, formé de particules allant à la vitesse de la lumière ou photons, et se matérialisant par un champ électromagnétique qui se focaliserait en des points nodaux et particulièrement, semble-t-il, au niveau du cerveau.

Pour prendre l'image d'un film projeté, on peut dire que notre corps sous-lumineux (moléculaire) correspond à l'image perçue sur l'écran par le spectateur, le corps électrique (photonique, champ électromagnétique lumineux) au projecteur, et la conscience superlumineuse à l'opérateur qui manipule le projecteur. La mort du corps moléculaire, sous-lumineux, correspondrait donc à l'interruption de la projection provoquant la disparition de l'image [1].

— Bergson, dans les années vingt, parlait déjà du cerveau comme d'un filtre. Et le mathématicien et épistémologue russe Vassili Nalimov fait de même [2], en insistant particulièrement sur le problème de la transition d'un mode continu, la conscience, à un mode discontinu, le langage...

— Ce problème n'existe que si l'on se situe du côté lent de la barrière lumineuse. En revanche, il n'y a plus de différence entre continu et discontinu dans l'univers superlumineux, puisqu'un tachyon, dont la vitesse peut être infinie, se trouve *partout à la fois*. Il y a donc, de l'autre côté du mur de la lumière, des entités qui sont à la fois continues et discontinues!

1. *Ibid.*
2. Vassili Nalimov, *Les Mathématiques de l'inconscient,* (1982) trad. fr. Éd. du Rocher, 1996.

C'est totalement inconcevable à nos imaginaires terrestres, qui sont obligés de tout séparer, de dire : "C'est ceci ou cela." Dans le monde superlumineux, une chose peut être ceci *et* cela à la fois, ou bien ici *et* là-bas simultanément. Comprenez bien que ce que je vous dis là n'est nullement du délire : à notre époque, l'électron lui-même, décrit par la mécanique quantique, se comporte ainsi. Nous sommes définitivement entrés dans une ère où la logique aristotélicienne doit être remplacée par d'autres systèmes logiques.

« Pour en revenir à l'image du cerveau/filtre, j'y ai pas mal réfléchi et cela a même constitué l'essentiel de mes travaux les plus récents. On sait depuis longtemps que ce filtre est manipulable. L'absorption de drogues, le sommeil et toutes les méthodes capables de modifier les états de conscience permettent d'en écarter plus ou moins l'ouverture, et d'arroser la matière de plus ou moins grandes quantités d'information en provenance de la conscience, c'est-à-dire, concrètement, d'informer ou de réinformer les cellules.

— Connaît-on un moyen non chimique de "réinformer" nos cellules ?

— Oui. La musique. Je travaille depuis quelques années avec une musicienne, qui compose sur ordinateur des fréquences acoustiques capables, d'après les premières mesures biologiques que nous avons effectuées, de déclencher un transfert d'électrons, qui augmente le transport d'oxygène dans le sang.

— Que donne un cerveau/filtre "très ouvert" ?

— Un être en résonance avec la conscience globale et les autres consciences individuelles. Cela peut être une aptitude à la clairvoyance, une capacité à échanger des informations télépathiques avec d'autres sujets conscients. On peut aussi, plus simplement, appeler cela une grande intuition des êtres et des choses, une forte réceptivité à l'inspiration créatrice. Mais sans aller jusqu'à modifier son état de conscience, chacun d'entre nous peut avoir accès à des myriades de minuscules messages du monde superlumineux.

— Comment ?

— En modifiant légèrement sa façon de regarder les choses. En devenant attentif au sens des signes et des synchronicités qui relient les événements entre eux. Qu'est-ce qu'une synchronicité ? C'est la coïncidence dans le temps de deux événements qui ne sont pas du tout liés causalement, mais qui ont un sens identique ou semblable, une affinité formelle, informationnelle. Les collectionneurs de coïncidences (dont Arthur Koestler parle dans *L'Étreinte du crapaud* [1]) vous racontent des synchronicités peu croyables. On cite par exemple l'anecdote de cet homme qui court vers son domicile où un coup de téléphone l'attend. Croisant en chemin une cabine téléphonique qui se met à sonner absurdement, il décroche à tout hasard le combiné, dit : "Allô ?" et entend la voix de la personne qui devait l'appeler chez lui : elle s'était trompée de numéro de téléphone. Jung racontait aussi l'histoire de cet homme qui voulait euthanasier son chien malade d'un coup de fusil : il rate l'animal et tue une pauvre passante. Savez-vous comment cette femme s'appelait ? Mme Lechien...

— Vous voulez dire que la mort de Mme Lechien résulte moins d'un malheureux hasard que d'une logique cachée du sens ?

— Voilà : cette petite apparition fantôme de sens surgit tout droit du monde de la conscience où les événements, reliés par aucune causalité, s'ordonnent sur un principe d'information-signification. Si nous admettons que la conscience est un champ de particules superlumineuses, contenant la totalité de l'information, passée, présente et future, cette conscience existe donc dans un monde où les événements sont "arrangés" suivant une loi d'affinité, dont ce que nous appelons *phénomènes de synchronicité* ne sont en réalité que les manifestations occasionnelles dans le monde infra-lumineux. Les sujets "psi", qui ont des dons de voyance, de télépathie,

1. Calmann-Lévy.

etc., ont sans doute la capacité de vivre cette synchronicité de manière permanente...

> La causalité est un principe d'organisation de l'information suivant un mode temporel lié à l'augmentation du désordre. Dans l'univers superlumineux, un autre principe doit se substituer à la causalité. Il devra présenter l'information dans sa totalité à l'état brut, ne pas dépendre de l'écoulement temporel. Le principe d'information-signification, lié au caractère d'instantanéité et de non-écoulement du temps superlumineux, pourrait être rattaché à un principe mis en évidence et étudié par le psychanalyste Carl Gustav Jung et le physicien Wolfgang Pauli en 1952 : la synchronicité [1].

— Toutes ces questions sentent le soufre. Mais vous n'hésitez pas à parler ouvertement de vos hypothèses les plus audacieuses, dans les deux essais que vous avez cosignés avec votre fille : *L'Homme superlumineux,* publié en 1990, et *La Médecine superlumineuse* [2], publié en 1992. Pouvez-vous nous expliquer comment vous réussissez à passer de l'*Ailleurs* de la conscience aux prolégomènes d'une médecine radicalement nouvelle ?

— Notre premier livre devait d'abord s'intituler *Physique de la conscience.* C'était un essai relativement abstrait, où j'exposais mes hypothèses sur le modèle superlumineux appliqué à l'esprit humain. Là-dessus, pendant l'été 1986, nous avons commencé à sérieusement nous intéresser aux NDE, notamment après avoir lu les travaux de Michael Sabom, et nous nous sommes mis à rédiger un second ouvrage consacré à ces questions. L'éditeur a pensé qu'il valait mieux réunir nos deux manuscrits en un seul, ce qui a finalement donné *L'Homme superlumineux,* avec une première partie exposant mon modèle de conscience, et une seconde qui propose une grille d'explication des NDE.

« Quant à la *Médecine superlumineuse,* c'est une longue histoire. Dans les années trente, un anato-

1. *L'Univers superlumineux, op. cit.*
2. Éditions Sand, 1990 et 1992.

miste de Yale, Harold Saxon Burr, avait découvert qu'un champ électromagnétique entourait le corps de tout être vivant. Dans l'espoir de visualiser ce corps électrique, il avait branché un voltmètre sur le corps de deux mille femmes en consultation à l'hôpital. Certains de ces corps électriques observés par Burr étaient porteurs, à hauteur du pelvis, d'un accident caractéristique. Les femmes en question étaient pourtant toutes en parfaite santé. Mais, six mois après, il les vit revenir avec un cancer...

« Pour résumer, voici l'explication que je propose : le “champ de Burr” révèle la qualité du transit, via le filtre du cerveau, des informations qui vont de l'esprit vers le corps. Supposez que la conscience d'un sujet se trouve un jour obscurcie par un stress, une angoisse, ou une douleur morale, que va-t-il se passer? Son cortex/filtre va laisser passer moins d'informations du champ de conscience et, de ce fait, la qualité de la projection holographique va baisser, déformant le corps électrique. Endommagé, ce dernier enverra, par photons interposés, un signal dégradé ou corrompu aux cellules, qui se mettront à dégénérer et, bientôt, apparaîtra la lésion anatomo-clinique.

— Ce schéma semble bien s'intégrer au modèle holographique de Pribram, mais a-t-il été un tant soit peu démontré?

— En 1985, une expérience de l'Allemand Popp a établi qu'il y avait en permanence production de photons ultraviolets au niveau de l'ADN. Or, souvenez-vous de ce qui précède : le corps électrique envoie un signal aux cellules par l'intermédiaire de photons...

— Et vous n'hésitez pas à immédiatement en tirer des arguments en faveur de votre *médecine superlumineuse...*

— La médecine actuelle soigne seulement l'organe, qui n'est que la phase finale de la maladie. On commence à peine à reconnaître l'importance du corps électrique, que les Chinois ont compris depuis longtemps. Il faudrait pouvoir envisager, bientôt, de rétablir un champ électromagnétique dans sa forme normale, par exemple en bombardant l'organisme d'une fréquence acoustique qui influencerait l'équilibre physicochimique des cellules.

Les microbes, vous savez, ne prolifèrent dangereusement qu'en présence d'un déséquilibre somatique. Sinon, ils se tiennent tranquilles. Alors qu'est-ce qui provoque un tel déséquilibre ? Je pense que la peur, le stress, la culpabilité, le sentiment du péché, etc., sont responsables de beaucoup de maladies, du fait qu'ils troublent le message de la conscience, altèrent le filtre et donc l'hologramme qui en est issu, et finalement désinforment les cellules.

« Je pense que la sensation crée la maladie exactement de la même façon qu'elle crée le monde. N'oubliez pas une chose : la sensation n'est pas une notion mesurable. Voilà qui fait d'elle l'hôte d'un espace différent de celui, sous-lumineux, que nous avons sous les yeux. Depuis l'espace de la conscience, la sensation crée notre être profond, aussi bien que la forme de l'univers.

— Avez-vous ne serait-ce qu'un début de preuve clinique de la chaîne "conscience tachyonique/filtre neuronal/corps holographique" ?

— Sans doute avez-vous déjà entendu parler des expériences de l'Américain Benjamin Libet et, plus récemment, du Français Jean-François Lambert. Je pense que ces neurologues travaillent sur une frontière capitale. Ils montrent que la conscience peut arbitrer des jeux neuronaux, mais ne peut en aucun cas être réduite à ces jeux. Ce sont ces travaux, probablement, qui feront franchir aux recherches sur la conscience — et donc sur la NDE — leur prochain pas décisif. En attendant, nous disposons de données, sans doute assez approximatives, mais déjà fort intéressantes, avec les expériences de Penfield, ce neurochirurgien américain qui a découvert comment provoquer à volonté la fameuse "sortie de corps".

« Dans tout cela, qu'est-ce qui est *prouvé ?* La

notion de *preuve scientifique* a beaucoup évolué avec le temps, vous savez. En mécanique quantique, on en arrive parfois au point critique où elle fait carrément rire ! C'est troublant. Mais je vous l'ai dit : mon modèle ne vise, au fond, pas autre chose qu'une cohérence théorique. Or, de ce point de vue, je ne suis pas mécontent, que cela concerne la cosmogonie...

Un trou noir résulte de l'effondrement sur elle-même d'une étoile dont le rayon est réduit à quelques dizaines de kilomètres. À ce moment, l'espace-temps est tellement creusé par cette masse énorme qu'il se forme une sorte de poche presque fermée sur elle-même d'où rien, même la lumière, ne peut s'échapper. Certains cosmologistes assimilent notre univers à un gigantesque trou noir. R. Dutheil soutient la même idée en avançant l'hypothèse que notre univers entier ne serait qu'un trou noir d'un rayon de quelques dizaines de milliards d'années-lumière, mais qu'à l'extérieur de ce trou noir l'espace-temps serait superlumineux. Cet extérieur ne serait pas autre chose que le monde de la conscience qui se confond avec la matière superlumineuse [1].

« ... la médecine...

Nous avons souligné que la conscience superlumineuse est précisément à la source de toute sensation : la douleur devrait donc en faire partie. Pourquoi n'est-ce pas le cas ? Parce que la conscience superlumineuse est le domaine de l'ordre et de l'information sans cesse croissants. La douleur et l'angoisse sont les réactions de notre organisme sous-lumineux au désordre constant qui règne dans l'univers sous-lumineux et qui ne peut être combattu que par un apport d'information. La mise hors-service des organes sensoriels et du cortex coupe les ponts avec le monde sous-lumineux, donc avec la source du désordre. Le désordre cessant, seules les sensations positives de paix, de bien-être, de chaleur, de sérénité sont conservées [2].

« ... ou la NDE...

Au moment de la mort, la conscience traverserait le

1. *L'Univers superlumineux, op. cit.*
2. *Ibid.*

mur de la lumière pour passer à l'extérieur du trou noir dans l'autre partie de l'univers : le monde superlumineux. En traversant le mur de la lumière, la conscience s'imprègne de particules lumineuses, elle devient lumière elle-même, au contact des photons. Elle ne peut dès lors percevoir l'extérieur que comme obscur puisqu'elle est devenue lumière elle-même. Ce phénomène serait à l'origine de l'impression de traverser une zone d'espace obscur. Certains témoins insistent d'ailleurs sur la vitesse à laquelle ils se sentent emportés : accélération normale car ils sont à la vitesse de la lumière.

Une explication détaillée des différentes phases de la NDE peut être fournie par le modèle de conscience superlumineux. La facilité avec laquelle on peut rendre compte des divers stades de l'expérience suffit à démontrer l'efficacité de ce modèle. On peut, en fait, diviser l'expérience en deux grandes étapes.

Au cours des premières phases de la NDE (phases 1 à 4 dans le profil type de Raymond Moody, appelées phases autoscopiques par K. Ring), les liens qui retiennent la conscience dans le monde sous-lumineux, les interactions cortex cérébral/conscience, cessent les uns après les autres. Il en résulte pour les défunts la très curieuse sensation de sortir de leur corps, associée à une impression de bien-être, très normale puisque, délivrée du corps, la conscience cesse de recevoir les influx douloureux liés à la vie physique sous-lumineuse.

Au cours des phases suivantes (5 à 10 dans le modèle de Moody, ou phases transcendantales), la conscience franchit le mur de la lumière (la zone obscure) et aborde le monde superlumineux où elle est assaillie par des impressions ineffables [1].

« La plupart des chercheurs considèrent qu'il est impossible de traiter de telles questions de manière logique et même rationnelle. J'ai voulu leur montrer qu'ils pouvaient parfois se tromper. C'est à la fois beaucoup plus simple et beaucoup plus compliqué qu'on a tendance à le croire.

— Comment pousser la recherche plus loin ?

— On peut rêver. Imaginez que nos contempo-

1. *Ibid.*

rains n'aient plus cette peur irrationnelle de l'esprit et qu'un grand labo de l'INSERM ou du CNRS soit consacré à l'étude des NDE, avec des chercheurs de pointe ! On mettrait le paquet, ça serait formidable, on ferait des progrès fulgurants !

— Cela risque fort de rester un rêve. Pourquoi faut-il que ce soit toujours de petites structures marginales comme la vôtre qui osent pousser la recherche dans des voies vraiment nouvelles, et jamais les réseaux théoriquement créés pour ça, tel le CNRS en France ? Le champ de Burr, par exemple, ou l'action thérapeutique du son sur les cellules n'ont, semble-t-il, fait l'objet d'aucune recherche sérieuse du côté officiel, pourquoi ?

— Parce que nous sommes dans le siècle de la médecine chimique et que de gros intérêts économiques veillent à ce que nous y restions ! Les laboratoires pharmaceutiques sont puissants dans le monde actuel, et la chimiothérapie du cancer n'est pas celle qui rapporte le moins... La mise au point d'une thérapeutique radicale du cancer, qui serait non chimique, constituerait de leur point de vue une catastrophe. Côté chercheurs, un conformisme lourd empêche également toute évolution. Le fait que les budgets de recherche biologique et médicale soient entièrement axés sur la molécule, donc sur la chimie, a créé des habitudes de pensée tellement pavloviennes qu'il ne vient à personne l'idée d'aborder l'étude de la maladie sous l'angle de la physique !

— Il faut dire que vous poussez la physique très loin, puisqu'avec vous elle nous fait remonter à un monde superlumineux, que l'on pourrait carrément appeler Dieu !

— J'ai envie de vous répondre : oui mais Dieu, c'est nous ! Nous sous forme de conscience possédant l'information. Maintenant, pourquoi la conscience a-t-elle éprouvé le besoin de se projeter dans un univers sous-lumineux et imparfait, ça... Je pense qu'il devait y avoir nécessité d'un équilibre, et qu'un certain degré d'entropie, de chaos, était indispensable au maintien d'une croissance de l'information. Cela ne m'empêche pas, au fond de moi, de me raconter quand même la fable des hommes qui, jadis, étaient des dieux. Un jour, ils ont joué à un jeu et se sont tellement pris à ce jeu qu'ils en ont oublié leur vraie nature divine. Voilà de quoi nous serions tous amnésiques ! Mais peut-être faut-il nous résigner à l'idée que, dans certains domaines essentiels, on ne pourra jamais rien *prouver*. Peut-être, dans ces domaines, faut-il remplacer la notion de *preuve* par celle d'*expérience vécue*... Où l'on rejoindrait alors la grande Tradition.

Assez curieusement, les propriétés superlumineuses évoquent celles que toutes les grandes religions attribuent à leurs dieux : ubiquité et éternité. Ainsi le bouddhisme souligne-t-il que les notions de passé, présent et futur ne sont qu'illusion et que le sage en extase peut appréhender instantanément tous les événements [1].

— Et que se passerait-il, si un jour nous découvrions une méthode pour accéder directement et individuellement à l'univers de la conscience, c'est-à-dire, formulé autrement, de provoquer, par exemple, des NDE à volonté ?

— Eh bien, l'homme disposerait du moyen de vivre, de *vivre réellement*, sans avoir à se plier à une discipline spirituelle qui lui demande une existence entière d'effort. Chacun connaîtrait l'état de conscience des grands éveillés, qui rejoint sans doute l'état d'indifférenciation que connaît le foetus dans le placenta maternel. Vous comprenez que si cela se produisait, si une telle méthode se vulgarisait, l'*Homo sapiens* pourrait passer à autre chose. Et ce serait une véritable subversion pour le monde que nous habitons aujourd'hui.

— Vous dites "si une telle méthode se vulgarisait"... Vous voulez dire qu'elle existe ?

— Nous en parlerons la prochaine fois, d'accord ? »

1. *Ibid.*

Il n'y eut pas de prochaine fois. Peu de temps après cette conversation, Régis Dutheil quitta ce monde, sans que nous sachions à quoi il faisait allusion...

Il avait toutefois évoqué les noms de plusieurs scientifiques, dont les travaux lui semblaient décisifs pour la suite des recherches sur la conscience et sur la NDE. En tête de liste, se trouvait celui de Jean-François Lambert, dont Jean Staune nous avait déjà parlé. Il était temps d'aller enfin à la rencontre de ce fameux psychophysiologiste.

L'interface entre la psyché et l'appareil nerveux nourrit des disciplines où, une génération après que Karl Pribram a conçu son modèle holographique de la mémoire, se trament des révolutions dont je n'avais pas idée, et qui éclairent notre enquête d'un jour soudain étonnamment grave.

ENTRETIEN 3

L'absence qui fait signe

Inquiétudes du psychophysiologiste Jean-François Lambert

> Le vent souffle où il veut,
> tu entends sa voix,
> mais tu ne sais
> ni d'où il vient
> ni où il va,
> ainsi en est-il de quiconque est né de l'esprit.
>
> Évangile selon saint Jean (3, 8)

Tenter de prouver scientifiquement que notre appareil psychique et notre vie intérieure ne sont pas réductibles à des processus neuronaux constitue, aux yeux de beaucoup de fins esprits, une quête donquichottesque. Le neurologue français le plus réputé de notre époque, le Pr Jean-Pierre Changeux, a bâti toute sa réputation sur la thèse inverse, dite « réductionniste », selon laquelle le mental serait réductible au biologique, qui serait lui-même réductible au physique [1]. Ainsi l'humain pourrait-il, dans sa spécificité, se ramener à ses seuls neurones et devenir un « homme neuronal », forme particulièrement sophistiquée de ce qu'une recherche soutenue devrait pouvoir, un jour, réduire à un « homme moléculaire » et, dans un avenir plus lointain encore, à un « homme atomique ». Il y a deux siècles, le Dr Georges Cabanis, de l'école de Condillac, soutenait déjà que ce que

1. *L'Homme neuronal*, Odile Jacob.

nous appelons « conscience », ou « esprit », n'était qu'une sécrétion cérébrale, « au même titre que la bile est une sécrétion de la vésicule ».

Toute une école de pensée, autour du célèbre cybernéticien Marvin Minsky, du MIT de Boston, et de ses élèves Hans Moravec et Ruiz de Gopegui, soutient de nos jours la thèse réductionniste maximale, qui a le mérite d'assumer sa propre logique de façon conséquente : l'homme ne serait qu'un chaînon entre l'animal et la machine. Dans son livre *Une vie après la vie* [1], Moravec annonce que, d'ici quelque temps, on fabriquera des cerveaux artificiels qui penseront plus intelligemment que l'homme : comparés à eux, les humains disposeront de si peu de moyens intellectuels, qu'il faudra leur greffer des organes artificiels pour qu'ils puissent soutenir le dialogue. Minsky, qui est un angoissé très ironique, prédit que les plus malins d'entre nos descendants seront, au mieux, « les garçons de course des robots du futur », ou « leurs animaux de compagnie ». Quant à Ruiz de Gopegui, il dit que, l'homme étant déjà lui-même un automate conscient, rien ne s'oppose logiquement à ce que les machines acquièrent peu à peu toutes les qualités humaines.

Contrairement à ce que l'on pourrait croire, ces gens ne rient pas du tout. Ils sont publiés dans les meilleures maisons d'édition scientifique. Sont-ils dangereux ? Leurs raisonnements conduisent en tout cas les plus explicites d'entre eux à proclamer que la liberté humaine est un leurre et que, demain, toutes les libertés civiles une fois éliminées, nous n'aurons qu'une alternative : être bien ou mal programmés. Gopegui pousse cette logique à son terme : « La liberté, écrit-il, s'est convertie en un nouvel opium du peuple. Changer cette structuration neuronale demandera un effort évolutif de grande importance [2]. »

Débat étonnamment grave. Qui nécessite une

1. Éd. Odile Jacob.
2. D'après J. Searle, in *Du cerveau au savoir,* Hermann.

repartie humaniste d'une rigueur exemplaire. Parmi les rares scientifiques qui comprennent l'enjeu et les innombrables ramifications de ce débat, et qui osent s'attaquer ouvertement à ce que l'on pourrait appeler la « dérive chosifiante » des sciences humaines et médicales de notre temps, un psychophysiologiste français travaille, depuis des années, à démontrer qu'il y a une erreur à la base même du raisonnement réductionniste. Ses outils : la pluralité conceptuelle de sa discipline et la pensée aristotélicienne de saint Thomas d'Aquin. Suivons-le dans sa démarche. Savoir ce qu'il faut penser d'un phénomène comme la NDE constituera, nous le verrons en fin de parcours, un possible corrolaire de l'exploration longue et ardue que nous entamons à présent.

Jean-François Lambert vient d'un milieu que l'on aurait appelé autrefois « catholique de gauche ». Militant proche du PSU en 68, il a nourri un temps une admiration naïve pour le modèle chinois de Mao Zedong, que l'on imaginait autogestionnaire et... favorable aux libertés individuelles — dans une harmonie dialectique avec les intérêts collectifs ! Sur le point d'intégrer une grande école d'ingénieurs, le jeune homme découvrit la philosophie. Il lut Marx, Berl, Freud, Lacan et... Aristote. D'un seul coup ses désirs changèrent. Devenu étudiant en mathématique à la fac, il découvrit Teilhard de Chardin. L'épistémologie et l'histoire des sciences se mirent à le passionner. La psychologie aussi. Finalement, une disciplinc lui sembla suffisamment vaste et synthétique pour lui donner envie d'y faire carrière : la psychophysiologie.

Il s'agit en fait d'un entrelacs de plusieurs disciplines. Travailler à l'*interface psychosomatique,* où conscient et inconscient rejoignent le corps en une mystérieuse confluence, vous oblige à étudier aussi bien la neurologie que l'endocrinologie, les sciences cognitives que la psychologie de la perception, autrement dit toute la psyché, tout le corps et, au-delà, le mystère qui les unit. Vaste affaire. Là, Lambert trouva un maître... Laissons-lui la parole :

« André Soulairac était un grand psychiatre de Sainte-Anne (un pro de la "psychiatrie lourde", comme il disait). Il essayait de retrouver l'unité de l'homme, profondément convaincu que l'être humain formait un tout, que l'on ne pouvait réduire à son cerveau, ou à l'une quelconque de ses parties. Je ne *suis* pas seulement cent milliards de neurones. À sa façon, Soulairac pressentait ce que l'on découvre aujourd'hui, notamment dans cette nouvelle discipline que l'on doit encore se contenter de nommer la *neuro-psycho-endocrino-immunologie.* Jusque récemment, chacune des sous-branches de cet ensemble, la neurologie, l'endocrinologie..., se pensait absolument autonome et travaillait avec *sa* méthodologie, *sa* physiologie, *sa* chimie, ses crédits et *sa* bureaucratie ! Aujourd'hui, les cloisons tombent. La preuve est faite qu'il s'agit en fait d'un seul et même vaste système, depuis les molécules jusqu'à l'identité globale de l'individu. Un système dont les interactions sont à la fois beaucoup plus complexes et beaucoup plus unifiées que prévu. Cette extraordinaire homéostasie est à la mesure de notre complexité psychique, et la psyché se trouve désormais officiellement intégrée à l'ensemble, par des biologistes, des biologistes français ! Il n'est plus besoin en effet de démontrer, pour prendre l'exemple le plus simple, qu'une personne malade n'évolue pas de la même façon selon qu'elle s'effondre et pleure tout le temps, ou qu'elle trouve la force d'affronter son mal sans se laisser abattre.

« Au bout du compte, on s'aperçoit que chacun de nous constitue un ensemble absolument unique, qu'on ne peut en rien réduire à sa seule partie physicochimique. Comment en dire davantage ? La difficulté majeure, pour faire accéder les sciences médicales et humaines au niveau des grands concepts théoriques du XXe siècle (ce qui est loin d'être le cas, alors que ce siècle s'achève), tient au fait que les concepts en question se caractérisent tous par un manque, une absence, une définition par défaut.

— Je vous vois venir ! Vous voulez parler de la

fameuse *incomplétude,* introduite par la mécanique quantique dans les années vingt !

— Le grand tournant se situe incontestablement vers 1930, en effet, mais il touche bien davantage que la seule physique théorique ! Il est impressionnant de faire le bilan de ce qui s'est produit à cette époque. Le théorème de Gödel date de 1931. La rupture introduite par Wittgenstein dans les théories du langage se trame au même moment. Et Lacan construit son modèle du *sujet manquant* durant cette période, lui aussi. Je suis étonné que l'on ne parle pas davantage d'une aussi belle et imprévisible synchronicité dans des domaines aussi variés ! En fait, tout cela converge vers une même idée : il y a *quelque chose* qui résiste. Quelque chose qui échappe...

— À quoi ?

— À la représentation. Nos langages, nos logiques, nos sciences ne parviennent pas à étreindre le réel dans son entier. Ils sont, dans leur être même, incomplets. Alors, on me dit souvent que le mot *incomplétude,* que nous utilisons pour désigner ce manque, sonne comme une formule péjorative. Dire "ça résiste" suscite souvent comme réaction : "C'est parce que tu n'y arrives pas !", ou : "C'est parce que tu es impuissant." Trois quarts de siècle après le grand séisme des années trente, la plupart des esprits contemporains ne parviennent pas encore à comprendre que l'*incomplétude* de nos systèmes de représentation est *ontologique* et que cela constitue paradoxalement notre seule grande porte vers la liberté.

« Il faut dire qu'on revenait de loin ! Il y a un siècle, les scientifiques pensaient en gros avoir tout compris. La physique en particulier se croyait achevée, à deux petits détails près : le problème de l'éther et celui de la *catastrophe ultraviolette.* Deux petits problèmes qui allaient tout flanquer par terre. Le problème de l'éther, en caricaturant un peu, constitue tout simplement le départ du travail d'Einstein. Quant au second "détail", c'est Planck qui s'y attaque et qui, découvrant les quantas, va pousser toute la physique vers la mécanique quantique.

« Cette considérable illusion de nos ancêtres d'il y a cent ans, qui croyaient avoir tout résolu, les aveuglait d'ailleurs sur d'autres plans. Politiquement, les empires coloniaux installaient leurs lourdes certitudes sur le monde entier — et, en face, socialistes et syndicalistes imaginaient que leurs utopies allaient bientôt se réaliser : demain, grâce à la grève générale et à la fée électricité, on raserait gratis et toutes les misères disparaîtraient ! Un siècle après, toutes ces certitudes ont été démontées, déconstruites, destructurées, anéanties. Et nous nous trouvons aujourd'hui devant la nécessité urgente de reconstruire. Mais pas n'importe comment. Si nous voulons faire évoluer la science et le monde, nous devons intégrer les grands bouleversements des années trente et non revenir, comme le font les partisans des écoles réductionnistes, aux naïves certitudes d'antan.

— Comment se pose le problème de l'incomplétude dans votre discipline, c'est-à-dire en neuropsychologie ou en psychophysiologie ?

— Popper nous a avertis : “Si un système contient une représentation de lui-même, cette représentation ne peut être qu'incomplète.” Ainsi en va-t-il du cerveau censé contenir une représentation adéquate de l'organisme au sein de laquelle il n'est pas représenté lui-même — je veux parler du modèle de l'*homoncule*, vous savez, ce schéma très parlant où l'ensemble du corps est projeté dans le cortex, avec un immense visage et une immense main, ce qui permet d'interpréter facilement notre sensibilité consciente et ses capacités d'analyse et d'intégration ; or, ce schéma du corps à l'intérieur du cortex ne contient pas de représentation du cerveau.

— Vous voulez dire qu'en fin de compte, le cerveau ne pourra jamais se comprendre totalement lui-même ? Ce serait une application du théorème de Gödel, selon lequel aucun système logique ne peut s'autodémontrer entièrement et contient forcément une proposition indémontrable...

— De grands biologistes ont parfaitement mesuré les conséquences du théorème de Gödel dans leur propre discipline. Pour François Jacob par exemple, l'impossibilité de décrire en termes de physique et de chimie un mouvement de la conscience, un sentiment, une décision, un souvenir, n'était pas seulement le fait de la complexité du processus à décrire, mais la conséquence directe de ce que (je le cite) "on sait depuis Gödel qu'un système logique ne peut suffire à sa propre description [1]". Jacques Monod lui-même, peu suspect d'idéalisme, reconnaissait non sans humour que les logiciens "devraient avertir les biologistes [2]" de ce que leurs efforts pour comprendre le fonctionnement intégral du cerveau humain étaient voués à l'échec... Cela dit, d'après lui, cet avertissement ne concernait véritablement que les générations futures, tant lui semblait encore éloignée cette "frontière absolue de la connaissance". Au moins reconnaissait-il l'existence de la frontière... C'est là une attitude rare. Un homme comme Jean-Pierre Changeux, qui fait figure de leader de la neurobiologie française actuelle, n'accepte pas, lui, une telle réserve. Il estime que son modèle réductionniste d'*homme neuronal* épuise définitivement la question.

— Que fait-il des différentes incomplétudes ?

— Il les nie. Dans sa propre discipline, il pense pouvoir le faire en limitant le problème posé par Gödel au cas particulier où un neurobiologiste devrait examiner son propre cerveau. "Mais, dit-il, je ne vois pas d'obstacle fondamental à l'étude du fonctionnement cérébral d'un collègue [3]." En effet, explique-t-il, la complexité du "cerveau analysant" n'est pas limitée par celle du "cerveau analysé". En réalité, ce raisonnement ne résiste pas trente secondes à l'étude. D'abord, on n'a jamais vu un cerveau en train d'analyser un autre cerveau, il y a des corps entre les deux ! En réalité, il s'agit non pas de

1. *La Logique du vivant,* Gallimard, 1970.
2. *Le Hasard et la Nécessité,* Seuil, 1970.
3. Il s'agit d'une confrontation entre Changeux et le mathématicien Alain Connes : *Matière à penser,* Odile Jacob, 1989.

savoir si un cerveau peut en analyser un autre (ce qui n'a pas de sens), ni si un *sujet* peut analyser un *cerveau* (ce qui est évidemment possible), mais si un *sujet* humain peut intégralement décrire la *subjectivité d'un autre sujet.* Et là, la logique est formelle : soit vous dites qu'un sujet humain est un système entièrement formalisable — et alors vous tombez sous le coup du théorème de Gödel —, soit cette formalisation vous semble impossible — et alors il y a de l'indicible dans l'homme et celui-ci vous échappe par définition.

— Les grands réductionnistes qui disent vouloir faire régner la “rationalité” sur la pensée contemporaine, c'est-à-dire sur l'université (et sur les crédits à la recherche !), devraient être sensibles à une logique aussi rigoureuse...

— Cela n'est hélas pas souvent le cas. En fait, le défaut logique se niche complètement en amont de la pensée réductionniste. Le scientisme consiste précisément à nier l'existence de ce qui a d'abord été empiriquement mis entre parenthèses. Ainsi, les neurosciences commencent-elles par écarter de leur champ d'investigation toute subjectivité, sous prétexte qu'il est plus simple (c'est vrai) de se concentrer sur l'objectivité des mécanismes cérébraux. Mais quand ensuite quelqu'un tente de rendre compte de cette subjectivité (que l'on a donc arbitrairement et provisoirement mise hors-jeu), les réductionnistes coupent court et, avec un sans-gêne étonnant, postulent qu'elle est identifiable aux seuls mécanismes objectifs ! En gros, on commence par dire : “La subjectivité est trop complexe et inquantifiable pour que l'on puisse l'étudier”, et l'on fonde toute une science sur la seule objectivité ; et quand, au bout du compte, la subjectivité veut faire valoir ses droits, on oublie l'arrangement arbitraire du départ et on dit : “La subjectivité n'a aucun poids.” Ce faisant, les réductionnistes commettent non seulement une erreur métaphysique, mais aussi une erreur scientifique...

« Cela dit, attention, pour être complet, précisons bien : la rigueur nous oblige à critiquer tout aussi sévèrement les chercheurs "spiritualistes" comme Eccles, qui prétendent tirer des travaux de Libet et de Kornhüber — ou de mes propres expériences — la preuve de l'existence de l'esprit [1]. On commettrait en effet une erreur tout aussi fatale que le réductionnisme en prétendant objectiver la subjectivité, c'est-à-dire démontrer la nature non physique de la conscience à partir des neurones.

— Ah bon ? Certains de vos amis vous présentent justement comme quelqu'un dont les expériences permettent de procéder à cette démonstration !

— Je sais. Il faut parfois se garder davantage de ses amis que de ses adversaires. Certains sont pourtant des génies ! Eccles par exemple est un des plus grands Prix Nobel de médecine. Cela ne l'empêche pas de tomber, à mon sens, dans le travers de ces "spiritualistes" qui prétendent *prouver* l'esprit, là où nos travaux ne font en réalité que nous en montrer la trace, "par défaut"...

— En quoi consistent au juste vos travaux ?

— Les expériences les plus intéressantes pour notre propos ont été réalisées grâce à l'ouverture d'esprit du responsable d'EEG infantile de l'hôpital Trousseau, à Paris, le regretté professeur P. Laget. Nous avons réussi à enregistrer les électro-encéphalogrammes de lamas tibétains en train de méditer. Pendant la méditation, on leur présente de manière répétitive, sur un écran vidéo, des bandes alternées noir et blanc, soit verticalement, soit horizontalement — ce qui, en principe, se solde par un tracé particulier dans le cerveau, dit *potentiel évoqué visuel* (PEV). Or, on constate qu'à partir d'un certain seuil de concentration, les méditants ne réagissent pratiquement plus à la présentation des stimulus. Il y a une suppression quasi complète des *potentiels évoqués !*

— Concrètement, cela signifie quoi... ?

1. J. Eccles, *Évolution du cerveau et création de la conscience,* coll. Le temps des sciences, Fayard, 1992 ; *Comment la conscience contrôle le cerveau,* même collection, 1997.

— D'après la loi sur la bioéthique (celle qui fut rédigée d'abord sous la houlette du sénateur Caillavet, et qui continue de poser de graves questions éthiques), l'absence de PEV fait partie de la définition légale de la mort clinique. C'est une question très délicate... J'ai moi-même entamé des recherches à propos du décret d'application de cette loi sur la bioéthique, où se trouve énoncé l'étrange concept de "cadavre présentant les apparences de la vie". En réalité, on entre là dans un domaine où les scientifiques vraiment honnêtes devraient surtout avouer leur grande ignorance. Quel est le statut d'un comateux profond, maintenu en vie artificiellement ? Quelle est la validité des critères de définition du coma "dépassé" ? Un livre passionnant est paru sur ce sujet, *La Mémoire de l'absence* [1], rédigé par une psychanalyste, Hélène Oppenheim-Glückman, qui a travaillé un certain nombre d'années dans un service de réanimation et a étudié les sorties de coma. Elle met bien en évidence ce que Freud pressentait déjà lorsqu'il affirmait que l'inconscient n'est pas affecté par les troubles neurologiques qui accompagnent les troubles de la conscience. Sans aborder l'épineuse question des NDE, toutes sortes d'observations "normales" semblent bien montrer que, durant l'absence que constitue un coma, ou un état de mort clinique "réversible", *quelqu'un* persiste. Qui ? Cela pose évidemment d'énormes questions, entre autres pour définir légalement la mort. Les critères choisis ne peuvent porter que sur l'objectivité des manifestations de la conscience, notamment sur la réactivité critique, mais s'il y a quand même *quelqu'un* qui dure, même en l'absence de tout signe objectif de conscience, que dire ? que faire ?

« En réalité, sans même parler de coma, la simple étude du sommeil comporte déjà suffisamment d'énigmes pour jeter le trouble dans nos schémas. Vous savez bien : si vous devez vous réveiller à

1. Masson, 1996.

quatre heures du matin et que vous mettez trois réveils par peur de rater un avion, il y a toutes les chances pour qu'à quatre heures moins deux, vous vous réveilliez spontanément, juste à temps pour empêcher les sonneries de faire sursauter toute la maison. Et pourtant, vous étiez réellement endormi. Qui veille pendant que “je” dors ? Qui est l'opérateur de garde ? Est-il possible que ce *quelqu'un* qui me réveille à quatre heures moins deux soit la même instance qui veille pendant que je suis dans le coma ?

— La même instance, donc, réussirait à bloquer le processus neuronal du *potentiel évoqué visuel* dans vos expériences avec les moines tibétains ?

— Voilà.

— Mais cela ne prouve pas que ce *quelqu'un* n'appartienne pas lui-même à une partie encore inconnue de nos circuits neuronaux...

— Rien, dans le modèle officiel de l'homme neuronal, ne peut expliquer ce qui se passe. Et cette lacune ne fait que s'agrandir avec les expériences de Kornhüber et de Libet, qui sont des chercheurs internationalement reconnus.

— En quoi cela consiste-t-il ?

— Leurs protocoles expérimentaux sont très rigoureux. La description des expériences elles-mêmes demanderait plusieurs pages. Dans ses premiers travaux, Libet compare le temps que met un sujet pour prendre conscience d'une stimulation cutanée, par exemple quand on lui pique un doigt et quand on stimule directement la zone du cerveau correspondant à ce doigt. L'expérience est difficile à renouveler. Il faut qu'un opéré du cerveau accepte de jouer les cobayes... Il en ressort néanmoins une conclusion étonnante : tout se passe comme si la conscience était capable d'*anté-dater* le moment de la prise de conscience. En effet, la stimulation directe du cortex entraîne une expérience consciente après un délai de cinq cents millisecondes (pour une intensité seuil), alors que ce délai peut être jusqu'à dix fois plus court lorsque l'on procède à une stimulation périphérique cutanée. Ce mécanisme d'antédatage ne s'explique par aucun processus neurophysiologique connu. Si Libet a raison, vous prenez conscience des mots que je vous dis en ce moment avant que leur nécessaire traitement cérébral ne soit arrivé à son terme.

— Évidemment, si la conscience peut avoir ne serait-ce qu'une demi-seconde d'avance sur les processus neuronaux, cela perturbe gravement les théories d'un Marvin Minsky ou d'un Jean-Pierre Changeux : la conscience deviendrait en effet une instance autonome, transcendant les lois de l'espace-temps et de l'énergétique !

— Ne nous emballons pas. Libet lui-même demeure extrêmement prudent. Une autre de ses expériences pose de façon plus nuancée la question de l'existence d'un "opérateur" conscient, susceptible de se manifester aux marges du mécanisme cérébral. Elle concerne l'acte volontaire et touche directement au problème crucial du libre arbitre. Si vous le permettez, j'aimerais vous présenter avec soin cette expérience, qui est souvent invoquée par les réductionnistes pour nier l'existence d'un sujet conscient et responsable de ce qu'il fait — alors qu'en réalité, un examen attentif plaide pour la thèse diamétralement inverse.

— Je vous écoute.

— Dès 1969, Kornhüber avait mis en évidence que trois potentiels différents se succèdent avant la réalisation spontanée d'un mouvement volontaire unilatéral. En gros, on demande à des volontaires d'appuyer sur un bouton quand bon leur semble. Sur leurs tracés électro-encéphalographiques, la première activité électrique du système nerveux enregistrée à l'occasion de ce petit geste est un potentiel bilatéral négatif, qui démarre environ huit cents millisecondes, parfois plus d'une seconde, avant la réalisation effective de l'acte. C'est le *potentiel de préparation motrice*. Ses caractéristiques sont telles que tout se passe comme si c'était le système nerveux qui "décidait" une fraction de seconde avant le sujet. Ce qui tendrait à prouver que ce dernier n'a en fait aucune autonomie par rapport à ses neurones. Au début des années quatre-vingt, Libet et son équipe ont renouvelé l'expérience de Kornhüber, en y ajoutant un dispositif d'horloge permettant au sujet de repérer le moment précis où il a conscience de décider de l'exécution du mouvement requis. De nouveau, les résultats semblent étayer la thèse réductionniste : le début de l'activité cérébrale préparatoire à l'acte moteur volontaire précédait de plusieurs centaines de millisecondes le moment où le sujet avait conscience de décider volontairement de son acte. Autrement dit, l'initiation cérébrale d'un acte moteur supposé "volontaire, spontané et libre" se révélait d'abord inconsciente, ce qui confortait la thèse de l'homme neuronal...

« Mais voilà qu'une donnée allait renverser la situation. Libet tombe en effet sur des tracés tronqués, correspondant à des moments où les sujets ont *failli* agir mais ont soudain décidé de ne pas le faire — la chose est possible dans la mesure où la prise de conscience de l'intention d'agir, même si elle apparaît bien après le début du *potentiel de préparation motrice,* se manifeste encore suffisamment tôt (environ deux cents millisecondes avant le début de la commande motrice proprement dite) pour que le processus en cours puisse être interrompu. Les sujets de Libet ont rapporté de telles interruptions, associées à ce qu'on a alors appelé des *potentiels de préparation avortés.*

« Du coup, le neurologue américain a entamé toute une réflexion sur la nature de l'acte volontaire et il a abouti à la conclusion que la volonté consciente n'apparaît pas nécessairement à l'origine de tous nos actes, mais uniquement dans la capacité de les censurer ou de les assumer. En effet, si le *potentiel de préparation,* purement neuronal, était réellement le déterminant principal de l'acte "volontaire", il devrait être toujours suivi d'une action. Or il n'en est rien, puisque ce *potentiel* peut *avorter.* Dans le détail, ce *potentiel* est d'abord bilatéral (il a lieu dans les deux hémisphères cérébraux), même pour un mouvement unilatéral, et ce n'est qu'environ cent cinquante millisecondes avant le déclenchement du processus neuromusculaire qu'il se latéralise — *après* que le processus conscient est intervenu. Et puisque ce dernier peut interrompre le processus d'élaboration du mouvement, c'est lui qui doit être tenu pour effectivement responsable de son exécution. Vous me suivez ?

— Pas totalement...

— On peut utiliser l'image suivante : la conscience serait aux états neuronaux ce que l'arbitre est aux footballeurs. La plupart du temps, elle laisse faire (la majorité de nos activités neuronales est en effet involontaire et inconsciente), mais de temps en temps, quand elle le juge utile, la conscience intervient. Les réductionnistes ne voient que le ballon et les joueurs ; la présence de l'arbitre leur échappe purement et simplement. Elle est pourtant essentielle.

« Cette série d'expériences nous amène à nous interroger avec Benjamin Libet sur le véritable moment où s'opère la décision souveraine d'un sujet. Il faut en effet distinguer l'acte (ici, accepter librement de participer à un test consistant à exécuter une série de mouvements) et l'exécution de chacun des mouvements. L'acte véritablement volontaire se définit en fonction d'un but et suppose une programmation (le mouvement lui-même n'est que le *moyen* permettant l'exécution de ce programme). Ici, finalement, l'intervention de la conscience s'observe à deux occasions : d'abord au début de l'expérience, au moment où le sujet accepte de jouer le jeu ; puis en cours d'expérience, quand il lui arrive de décider de suspendre son geste. Le reste du temps, l'appareil neuronal se charge de tout, de façon automatique. Car il ne s'agit pas d'actes véritables, au sens où l'entend saint Thomas d'Aquin : les mouvements en question se font "dans le vide", éventuellement "en pensant à autre chose" : lever l'index ou appuyer sur un bouton n'a, ici, aucune finalité propre, ce sont des gestes purement arbitraires, en rien comparables à une action volontaire.

— Où cela nous mène-t-il ?

— Les résultats de Libet "montrent" qu'un "opérateur" irréductible à l'activation reflétée par le *potentiel de préparation motrice* intervient effectivement et de manière causale dans le déterminisme d'un mouvement volontaire. Cet opérateur se manifeste essentiellement par la possibilité de s'opposer à l'action "décidée" par certains ensembles de neurones. La maîtrise volontaire de l'action apparaît ici seulement "en creux" comme la possibilité : soit de suspendre l'élaboration d'un mouvement avant son exécution effective ; soit de valider passivement, en le laissant aller à son terme, un processus initié inconsciemment (mais dans le cadre d'une action entreprise consciemment à son origine). Pour reprendre l'image de la partie de football : sur le terrain, l'arbitre n'a aucun effet causal direct sur les actions menées. Il intervient seulement dans le déroulement du jeu, soit en refusant de valider une action effective, soit en arrêtant une action en cours avant son terme. Son intervention se traduit généralement par une suspension du jeu, qui introduit une discontinuité dans l'enchaînement des actions. L'arbitre maîtrise une partie qu'il ne joue pas (du moins pas à la manière des joueurs) mais dont le sort ne dépend pas moins de lui.

— Si je vous comprends bien, l'*opérateur-arbitre* qu'est la conscience est supposé appartenir à un autre niveau de réalité que les *neurones-footballeurs* qui appartiennent, eux, au monde physique. Mais comment une instance non énergétique pourrait-elle agir sur une matière/énergie et la faire (ou l'empêcher de) se mouvoir ou se transformer ?

— L'interprétation d'Eccles attribue un rôle déterminant à une petite région cérébrale qui prolonge l'aire motrice primaire sur la face interne des hémisphères cérébraux : l'aire motrice supplémentaire (AMS). Eccles considère cette région comme une zone typique de l'interaction entre le mental (ou la conscience) et le cérébral. L'étude du débit sanguin montre en effet que cette AMS est activée bilatéralement lorsqu'on demande au sujet de réaliser un mouvement d'opposition des doigts et de maintenir ce geste en y prêtant attention pendant quarante secondes... Je vous passe les détails. Eccles pense que si un désir, une intention, un sentiment, bref une instance qui est de l'ordre de l'esprit, peut provoquer des changements neuronaux, c'est parce que l'esprit n'agit pas directement sur les aires motrices ou sensorielles, mais indirectement, via des régions moins spécialisées mais plus intégratrices. C'est au niveau des synapses, c'est-à-dire des zones de contact entre les neurones, qu'Eccles pense trouver le mécanisme ultime de l'interaction entre l'esprit et le cerveau.

— Comme Pribram...

— La synapse est un véritable univers. Selon Eccles, l'esprit pourrait intervenir sous la forme d'une subtile modification de la probabilité d'émission du neurotransmetteur. Il propose d'expliquer une telle modification en se fondant sur la notion de *champ de probabilité* en physique quantique, qui ne véhicule ni matière ni énergie...

— Vous semblez dubitatif... Cette explication ne serait pas plausible ?

— En soi, le raisonnement de John Eccles tient. En effet, pour rester strictement scientifique, il faut respecter le principe de conservation de Lavoisier : rien ne se perd, rien ne se crée. Normalement, une instance non énergétique ne devrait donc pas pouvoir "créer" de l'énergie. Eccles s'en sort en faisant appel à ce que l'on a appris au XXe siècle de l'infiniment petit. Vous savez que les informations circulent dans notre système nerveux en franchissant des milliards de synapses, où des millions de milliards de vésicules biochimiques s'ouvrent et se ferment sans arrêt, suivant certaines lois de probabilité. On a calculé que l'énergie nécessaire pour que s'ouvre une de ces vésicules est tellement petite qu'elle est compatible avec le fameux *principe d'incertitude* d'Heisenberg. Il est donc scientifiquement légitime de postuler, sans violer les principes de la thermodynamique, que la conscience ou l'esprit, bien que de nature non énergétique, puisse réorganiser le mouvement des vésicules synaptiques et influencer la probabilité de leurs répartitions.

— Si cette explication tient le coup rationnellement, où est donc le problème?

— Le défi d'Eccles est de prétendre montrer, en s'appuyant sur le modèle des Trois Mondes du grand philosophe Karl Popper, comment ce qui n'est pas de nature physique (on pourrait dire le "sur-naturel", l'esprit) influence le monde. Il utilise pour cela de savants détours (notamment le principe d'incertitude d'Heisenberg). Je vois là une inconséquence logique, non pas au niveau biophysique, mais au niveau métaphysique : s'il y a réellement de l'*autre,* s'il y a réellement un *esprit,* un *principe* qui nous échappe, alors ce principe ne fait pas nombre avec les phénomènes, et donc je ne peux pas le montrer à travers les phénomènes. Comprenez-vous? Je ne peux pas montrer l'*autre* avec le *même!*

— Reprenons point par point. Que sont ces "Trois Mondes" de Karl Popper?

— Dans ce modèle, le Monde 1 correspond aux domaines de la physique, de la chimie et de la biologie; le Monde 2 est celui de la psychologie, c'est-à-dire des sentiments, de l'affectivité, de l'expérience subjective; quant au Monde 3, il désigne toutes les productions de l'esprit humain : l'art, la culture, les théories, l'éthique, les institutions. Personne ne doute de la réalité du *Monde 1.* Qu'en est-il des deux autres? Selon Popper, tout ce qui produit des effets empiriquement vérifiables est réel. Quelle que soit leur nature, les entités qui "peuvent agir causalement ou interagir avec des réalités matérielles ordinaires" sont réelles, même si elles ne sont pas matérielles. Popper prend comme exemple les théories scientifiques : ce sont des entités réelles non corporelles; ainsi la théorie de la physique atomique (Monde 3) a-t-elle profondément modifié la réalité du Monde 1 (Hiroshima). La réalité du Monde 3, poursuit Popper, suppose celle du Monde 2, parce que le Monde 3 est un effet du Monde 2 — or, si l'effet est réel, la cause l'est a fortiori — mais aussi parce que l'interaction Monde 3/Monde 1 implique la médiation des processus mentaux (Monde 2). Finalement, voilà ce que pense Popper : c'est le mental qui possède un cerveau et non le cerveau qui possède un mental. Ou encore, comme disait Platon : “Le mental est le timonier, le Je est l'exécutant dont le cerveau est l'instrument.”

« Cette thèse de Popper a reçu l'adhésion enthousiaste de John Eccles, qui n'est d'ailleurs pas le seul grand neurophysiologiste à admettre l'existence d'une entité distincte du cerveau et qu'il est convenu d'appeler l'esprit. Avant lui, son maître Sherrington, le grand pionnier de la neurophysiologie moderne, également Prix Nobel, ne craignait pas d'affirmer : “Aucune des propriétés de l'énergie ne semble présente dans le processus du cerveau (...). Ainsi, ces deux concepts (la matière-énergie et l'esprit) se trouvent en quelque manière couplés, mais aucune théorie ne peut nous expliquer comment.” D'autres neurologues contemporains partagent sous des formes différentes la conviction d'Eccles. Quant au célèbre neurochirurgien canadien Penfield, il déclarait il y a quelques années : “En ce qui me concerne, après une vie passée à essayer de découvrir comment le cerveau explique l'esprit, cela m'est comme une surprise de découvrir maintenant, à l'occasion de ce dernier examen de la question, que l'hypothèse dualiste (la séparation la plus radicale que l'on puisse imaginer entre l'esprit et le cerveau) semble la plus raisonnable des explications possibles [1].” Pour asseoir leur démonstration, les chercheurs comme Eccles s'appuient sur les expériences de Libet ou sur les miennes...

— Cela devrait vous plaire...

— Essayez de me comprendre. Il est certain que toutes les expériences que je vous ai citées tendent,

1. Cité par Michael Sabom, *Souvenirs de la mort*, Robert Laffont, 1983.

avec force, à disqualifier le discours réductionniste et cela est sain. Il semble certain désormais que l'on pourra montrer que la conscience *n'est pas* réductible à des jeux biochimiques et que l'homme *n'est pas* seulement neuronal. Ce sont là des négations. Maintenant, je voudrais vous faire saisir où je vois, de nouveau, une erreur logique tout à fait en amont du raisonnement, non plus des réductionnistes matérialistes, mais cette fois des spiritualistes comme Eccles. Ce grand savant, que je respecte infiniment par ailleurs, s'avère finalement contre-productif même du point de vue de l'évolution spirituelle de notre monde. Car enfin, s'il existe réellement ce qu'on pourrait appeler un *principe* d'une autre nature que le monde matériel, eh bien ce n'est pas dans les neurones que je vais le voir ! Là je suis d'accord même avec Changeux quand il dit : "J'ai ouvert le cerveau, j'ai bien regardé et je n'ai vu que des neurones !" Moi, c'est pareil : rien que des neurones, des récepteurs, des hormones, des synapses, de la physicochimie. Il n'y a pas d'esprit *dans* le cerveau ! Claude Bernard disait qu'il n'avait "pas vu l'âme à la pointe de son scalpel". Moi non plus !

« Évidemment de tels propos choquent beaucoup certains spiritualistes dont, en principe, je suis proche. Mais c'est précisément parce que je crois à un principe transcendantal que je ne peux pas le montrer sur le mode de la physique. Comprenez-vous ? Tout ce que je peux faire, c'est montrer que cette physique est incomplète. La seule chose que je peux démontrer, c'est qu'il manque quelque chose et que c'est cette absence qui me fait signe ! Je travaille d'ailleurs à un livre qui devrait avoir pour titre : *L'absence qui fait signe* [1].

« Voilà où se situe ma différence avec des spiritualistes tels que Eccles : ils veulent boucher le trou, compléter l'incomplétude, combler le manque, nommer l'innommable. Certes on le nomme tous, qu'on l'appelle "déesse nature", "Gaïa", "Dieu", "hasard" ou

1. Fayard.

"sélection naturelle"... mais du point de vue de la rationalité, une telle totalisation est impossible. Et c'est très nouveau. Certes, il y a toujours eu, à l'extérieur de la rationalité scientifique, des gens, des religieux, des philosophes, pour dire : "La vision scientifique n'est pas complète, vous oubliez Dieu." Mais à l'intérieur du champ de la rationalité scientifique, les scientifiques haussaient les épaules et s'esclaffaient : "Pauvres ringards, c'est vous qui avez du mal à devenir modernes !" La nouveauté, c'est que ce discours sur l'incomplétude, l'incertitude, l'imprédicabilité, appelez cela comme vous voulez, est désormais tenu à *l'intérieur même* de la rationalité scientifique, qui a donc pris la mesure de sa propre limite.

« Or, cette incomplétude n'a rien de dégradant pour l'homme. Elle doit cesser de nous apparaître comme un échec de la raison, mais plutôt comme la raison de la vraie question : que sommes-nous ? Je me constitue comme sujet en accueillant et en développant ce *pourquoi* essentiel qui, objectivement, ne peut se manifester que sur le mode de l'absence. La contingence n'a donc pas ici une signification négative : elle s'offre à l'homme comme un espace de sens.

« Voyez-vous, Michel Foucault a eu raison d'écrire que "l'homme occidental n'a pu se constituer à ses propres yeux comme objet de science (...) qu'en se référant à sa propre destruction [1]". L'erreur du scientisme est d'oublier les conditions dans lesquelles le sujet s'objective et de croire qu'il se réduit à sa propre mesure. Le mérite de la brutalité d'un Gopegui est d'aller jusqu'au bout de la logique identitaire. Si en effet, comme le dit Bernanos, "vos actes, vos sentiments, vos idées mêmes ne sont que de simples déplacements moléculaires, un travail chimique et mécanique comparable à celui de la digestion, au nom de qui, au nom de quoi voulez-vous que je vous respecte [2] ?"

1. M. Foucault, *Naissance de la clinique. Une archéologie du regard médical,* PUF, 1963.

2. Cité par J. Bernard in *Et l'Ame... demande Brigitte,* Buchet-Chastel, 1987.

« Ce que je cherche aujourd'hui dans le champ scientifique est en parfaite continuité avec mes anciennes convictions militantes. Ce qui m'intéresse réellement, ce ne sont pas les neurones : c'est vous, c'est moi, ce sont les gens, c'est l'homme. La seule question intéressante à mon sens est : *y a-t-il quelqu'un ?* Car enfin (même si j'ai été amené à divorcer d'Amnesty International, où j'ai beaucoup milité), au nom de quoi puis-je continuer à affirmer haut et fort que la torture est une saloperie ? Au nom de quoi suis-je persuadé que même si un type a peut-être placé une bombe dans le cinéma où est ma fille, je n'ai pas le droit de lui arracher même un ongle ? Au nom de quoi ? On écrase les moustiques quand ils piquent. On abat les chiens enragés. Au nom de quoi suis-je absolument sûr de moi quand j'affirme que la peine de mort est impensable pour des êtres éclairés ? Au nom de quoi, si nous ne sommes réellement que soixante-dix mille milliards de cellules, c'est-à-dire un tas d'eau et de carbone et rien de plus ? Qu'est-ce que l'homme ? Sur quoi peut-il fonder une éthique, des valeurs, une société ?

— Des réductionnistes comme Changeux tentent pourtant de se référer à une sorte d'éthique minimale... appuyée sur une esthétique empirique et sur des notions comme la sympathie...

— L'éthique moléculaire n'existe pas ! Si je ne suis qu'une machine, même très complexe mais réductible au seul déterminisme physicochimique, il est vain de parler de liberté, de responsabilité, de droits et de devoirs. L'éthique n'a de sens que si la personne humaine ne se réduit pas au sujet empirique. Si le sujet est identique au fonctionnement de ses neurones, alors il est vain de parler d'éthique. En réalité, je suis convaincu comme Wittgenstein que si l'éthique *se montre* dans le monde, elle n'*est* pas du monde.

— Il faut avouer que vos recherches sont clairement fondées sur un à-priori philosophique...

— Voyez-vous, je suis un prof plutôt heureux et généralement apprécié des étudiants, mais je passe aux yeux de beaucoup de mes collègues pour un enseignant trop militant, "pas assez neutre". Je suis frappé de constater quelle immense naïveté peut faire ignorer que, derrière toute théorie, il y a un à-priori philosophique. Pareille candeur eût été impensable autour des années 68 ! Il y a, de ce point de vue, une nette régression. Aujourd'hui, un homme comme Jean-Pierre Changeux réussit à faire croire qu'il n'a pas d'à-priori ! La question n'est pas ici de savoir si mon à-priori est meilleur que le sien ; je réfute seulement (tel un étudiant de philosophie de première année) que l'on puisse dire : "Moi, je ne fais pas de métaphysique", ou : "Moi, je ne fais pas d'idéologie", comme ces gens qui disent : "Moi, je ne fais pas de politique", ce qui est bien sûr une attitude politique en soi. Quand Changeux ose affirmer : "Ma théorie met fin à la métaphysique", il adopte une position éminemment métaphysique, et le fait qu'il le nie le rend tout simplement comique — ce qui serait plutôt sympathique s'il ne s'agissait pas du président du comité français de bioéthique !

— Permettez-moi de revenir à mon enquête : s'intéresser à la NDE, est-ce faire de la science ou de la métaphysique ?

— Tout dépend du regard que vous posez dessus. Mais il s'agit pour l'essentiel d'une expérience mystique, c'est-à-dire qu'elle échappe à tout système de représentation.

— Vous rappeliez la phrase de Wittgenstein : "Ce qu'on ne peut pas dire, il faut le taire." Les gens qui ont vécu cette expérience devraient donc suivre ce conseil ? Se taire ? Mais ils souffrent de devoir se taire et l'on ne peut qu'accepter de les écouter.

— Absolument. Et ça n'est pas que du discours : cette expérience change leur vie de fond en comble ! La seule chose que je rappellerais, en tant que scientifique, c'est que ces gens-là n'ont jamais été morts. Ça ne retire rien, à mon sens, à la valeur ni à la beauté de leur expérience. Mais c'est important de le rappeler du point de vue de la rigueur scientifique de ce que vous avancez.

— Il semble que l'on puisse établir des liens entre certains épisodes de la NDE, notamment la fameuse "sortie de corps", et des processus corticaux. Dans *La Mort transfigurée,* le Dr Jean-Pierre Jourdan nous livre un résumé très complet de ce qu'il appelle la "topographie corticale de l'éveil spirituel". Les explications neurologiques, pharmacologiques ou psychiatriques habituelles ne parvenant pas à rendre compte des spécificités de la NDE, Jourdan fait état d'hypothèses que l'on pourrait dire "transculturelles", en ce sens qu'elles font intervenir aussi bien la neurologie occidentale (par exemple la stimulation de cette partie du cerveau appelée hippocampe), que l'approche psychophysiologique du yoga (avec notamment le fameux éveil de la *kundalini*). De telles recherches ne vous paraissent-elles pas ouvrir des voies prometteuses ?

— Dans les années cinquante, il y avait aux États-Unis ce neurochirurgien brillant et très matérialiste, Penfield, qui croyait que l'esprit était un épiphénomène cybernétique de la matière. Un jour, au cours d'une opération sous anesthésie locale, il stimula, "pour voir", une zone du lobe temporal du cerveau, un peu au-dessous de la zone de projection auditive. Il eut alors la surprise d'apprendre (en direct !) que son patient (qui ne ressentait aucune douleur, bien que tout à fait éveillé) vivait à ce moment précis une sensation de totale décorporation : l'homme se voyait au plafond de la pièce ! Penfield réitéra cette manipulation des dizaines de fois, jusque dans les années soixante, et parvint ainsi à provoquer à volonté des expériences de sortie de corps, c'est-à-dire la première phase de la NDE.

— Eh bien ! Vous ne pensez pas qu'une telle personne, tout comme celle qui vit une NDE, se retrouve alors, tel le soldat Er de *La République* de Platon, à deux doigts d'entrer dans le monde des idées pures ?

— Désolé, mais je ne suis pas du tout platonicien [éclat de rire]. Je ne crois pas qu'il y ait un "monde idéal" distinct du monde dans lequel nous vivons. Je me reconnais par contre derrière saint Thomas d'Aquin, dans la philosophie d'Aristote. Quand saint Thomas analyse le réel concevable, il distingue une hiérarchie en trois niveaux : 1) les phénomènes naturels, qui sont d'ordres extrêmement divers; 2) les phénomènes *préternaturels* parmi lesquels on peut placer les esprits, les fantômes, etc. (le symbole de Nicée affirme la foi en Dieu "créateur du ciel et de la terre, de l'univers visible *et invisible*"); et 3) les phénomènes surnaturels qui ne concernent ni les fantômes ni le paranormal, mais la grâce divine, par définition insaisissable.

« Je crois donc qu'à l'intérieur du monde créé, il existe une quantité de phénomènes qui nous sont encore inconnus et qui, éventuellement, n'obéissent pas à notre physique. Pour moi, l'univers superlumineux de Régis Dutheil appartient, par exemple, à cette catégorie de phénomènes à la fois naturels et complètement extraordinaires. Peut-être certaines hypothèses d'Eccles (ou de Penrose) sur d'éventuelles "turbulences quantiques dans les microtubules des neurones" en font-elles également partie. Mais il s'agit de phénomènes naturels, que nos descendants sauront peut-être scientifiquement décrypter un jour.

« Tout autre chose est de se poser la question de savoir pourquoi le monde a été créé. Pourquoi j'existe? Quelle est mon *origine?* Quelle est ma *cause?* Qu'est-ce qui me maintient dans l'*être?* Ces questions-là échappent, je pense, à tout discours. La seule manière de suggérer qu'elles ne sont pas vaines est de montrer qu'à l'intérieur du créé, il y a un trou. Un ombilic. Une tache aveugle. Un angle mort. On peut multiplier les points de vue, il y aura toujours un angle mort. De cela, la science peut aujourd'hui attester. On ne lui en demande pas plus — mais pas moins.

— Autrement dit, entre les réductionnistes, qui auraient tendance à assimiler l'amour à un jeu de molécules, et les spiritualistes, qui verraient le principe créateur intervenir directement dans nos synapses, vous vous protégez derrière le mystère de l'incomplétude. L'opérateur, qui veille durant votre sommeil, voire pendant votre coma...

— Cet opérateur, c'est moi *en puissance!* Et cette potentialité doit s'incarner, *s'actualiser.* Et donc mon cerveau, mes neurones, ma neurochimie sont la *condition* de cette incarnation, de cette implémentation, de cette expression, de cette mise en acte, de cette actualisation. La condition, mais pas la cause... J'aime beaucoup l'approche qui distingue la *puissance* de l'*acte.* La science peut décrypter l'actualisation. Mais des potentialités, je ne puis en faire le tour. Le drame, c'est qu'en science, on confond tout. Un neurologue vous dira par exemple que "la cause" de ce que je vous dis en ce moment est "l'activation des neurones situés au pied de la troisième frontale de mon hémisphère gauche", c'est-à-dire l'aire de Broca. Pour que je puisse vous parler, il faut certes que les neurones de mon aire de Broca soient suffisamment oxygénés, nourris en glucose, etc. À tel point que si j'ai une hémorragie dans cette zone, je deviens "aphasique de Broca" et je ne peux plus parler. Est-ce à dire que la *cause* de mon propos est cette aire de Broca? Bien sûr que non! L'origine ou la cause de mon propos, c'est bien autre chose : mon éducation, ma tradition familiale, ma culture, ma biographie, les événements de ma dernière journée.... tant de choses. Mon aire de Broca est la *condition* de ma parole, elle n'en est pas la *cause.* La science actuelle ne comprend pas cette différence essentielle, et c'est très dommage.

— Vous vous appuyez entre autres sur Claude Bernard, quand il dit que les causes premières sont à jamais cachées.

— Et, du coup, je me fais taxer de positivisme par les spiritualistes! Au sens opérationnel (et non ontolotique), le positivisme me semble d'ailleurs indispensable. Que dit Claude Bernard? Qu'en science on ne peut parler que des faits et des phénomènes, et non pas de la "chose en soi". Je pense qu'il a raison. La science ne peut que relier les faits entre eux en élaborant des lois. Mais il y a deux conclusions possibles. Soit vous dites : "Puisque la science ne peut s'occuper que des phénomènes, c'est qu'il n'existe rien d'autre que des phénomènes" ; soit vous admettez que la science est un mode de connaissance parmi d'autres, certes crucial, mais qui n'épuise pas le réel. J'opte évidemment pour la seconde conclusion. Quelque chose, que l'on peut dire "de l'ordre de la *cause*", échappe radicalement à la science qui, elle, ne peut que décrire les *conditions*.

— L'idée de vouloir "prouver scientifiquement" telle expérience de conscience ou tel épisode de la NDE vous semble donc parfaitement vaine...

— Les NDE ne *prouvent* rien, mais elles *montrent* quelque chose d'essentiel. Quelle différence ? C'est encore Wittgenstein qui en parle le mieux. Pour lui, le langage *montre* des choses qu'il ne peut pas dire. À l'intérieur du monde, dit-il, il n'y a que des faits, et on peut tenter de les décrire. Par contre, l'éthique, le sens, ce qu'il appelle l'*élément mystique,* qui ne sont pas des faits, ne peuvent être dits, mais ils peuvent être *montrés*. Car, s'ils n'appartiennent pas au monde, ils en affectent les limites. Ainsi, la beauté d'un tableau n'est pas représentable dans le tableau lui-même. Elle s'offre à travers sa représentation. De même, le bien se montre dans la "bonne action", mais n'est pas représentée par elle.

« La notion de *preuve* disparaît pour laisser la place à celle d'*épreuve,* au sens mathématique. Il ne peut y avoir de preuve, du conscient ou de l'inconscient, parce que fournir la preuve de la conscience, c'est d'abord éprouver, dans tous les sens du mot. L'épreuve, c'est à la fois : la sensation, le sentiment que l'on éprouve ; la situation, ou le matériau dont on éprouve la solidité, la viabilité ; l'éprouvette par quoi l'on prouve ; l'obstacle, l'examen à franchir... C'est également et peut-être surtout l'éprouvante passion ! Il y a un très joli mot de Hubert Dreyfus, le philosophe américain qui avait fait scandale, en 1978, en publiant un livre intitulé *L'Intelligence artificielle : mythes et réalités,* qui constituait la première grosse critique philosophique des prétentions de l'intelligence artificielle. Il disait : "Si les ordinateurs ne pensent pas, ce n'est pas parce qu'ils n'ont pas d'âme, mais parce qu'ils n'ont pas de corps." C'est ainsi, les machines n'*éprouvent* pas. L'épreuve, personne ne peut la mettre ni dans une équation, ni dans une boîte, ni dans un neurone, ni dans un ordinateur, ni sur la table. L'épreuve n'existe qu'en acte. Le sujet est une réalité *en acte.* Et cette *actualisation* permanente de notre *potentialité,* nul matérialiste honnête et rigoureux ne peut, à mon sens, en rendre compte. Ceux qui, pour s'en sortir, font appel à ce qu'ils appellent un peu mystérieusement des "propriétés émergentes" — qui autoriseraient l'esprit, pourtant pur produit du cerveau, à acquérir peu à peu une véritable autonomie vis-à-vis de ce dernier — ne font que reculer l'échéance en projetant un rideau de fumée. Déjà la simple notion de "système" a du mal à être vraiment défendue d'un point de vue strictement matérialiste. Alors expliquer d'un point de vue matérialiste la *potentialité,* c'est-à-dire l'existence d'un réel virtuel non encore matériel... n'en parlons pas !

— Mais cette *potentialité* qui vous est chère, n'est-ce pas, finalement, l'idéal platonicien auquel une part de nous-mêmes appartiendrait ?

— C'est une très belle image, je le sais. Mais je ne peux y adhérer... Beaucoup de mes amis me somment de m'expliquer : "Et l'âme, demandent-ils, comment expliques-tu l'âme ?" Je suis gêné. C'est vrai que le modèle platonicien est commode. Je sais aussi que saint Thomas d'Aquin a enduré vingt-cinq ans d'insomnie à tenter de concilier le christianisme et la rigueur aristotélicienne ! C'est pour moi une plaie — mais je préfère la garder ouverte plutôt que de la recoudre à tout prix et de la voir s'infecter ! Pour Aristote, c'était simple : il n'était pas chrétien ! Mais voyez-vous, j'ai un frère qui s'est converti au judaïsme. Par lui, j'ai pu approcher la Bible d'une manière très nouvelle — beaucoup plus vécue, physique, sensuelle, que l'aperçu que m'en avait donné mon éducation catholique. Eh bien, je vous assure : rien n'est plus étranger à la tradition biblique que l'idée dualiste de Platon. Quant au christianisme, c'est uniquement parce qu'il s'est répandu à travers la langue grecque qu'on a pu le croire platonicien.

— C'est tout de même Jésus qui dit : "Mon royaume n'est pas de ce monde"...

— Bien sûr qu'il existe un ordre sur-naturel ! un ordre spirituel ! Mais il n'est pas "ailleurs" ; et pour l'exprimer, je préfère les mots de *principe,* ou d'*origine*. Je suis convaincu que mon *principe* ne m'appartient pas, que mon principe n'est pas exactement là où je suis, et que, même quand le système qui conditionne l'actualisation de ce principe aura disparu, le principe lui-même *sera* toujours là. Parce qu'il est éternel. Et je crois à la *résurrection de la chair :* pour moi, ces mots signifient que je suis appelé à vivre en plénitude. Mais ah je ne sais au juste ce que ces mots veulent dire ! Pour cette raison, certains de mes amis me définissent finalement comme un agnostique. Cela n'est pas entièrement faux. L'agnosticisme me semble finalement la condition indispensable de la foi. Si je *savais* vraiment, il n'y aurait plus de jeu, plus de pari. Plus de foi. »

Quand Jean-François Lambert quitte le bureau où je l'ai reçu, une sorte de tranquillité s'est installée, insaisissable et paradoxale : cet homme ne reflète-t-il pas, en permanence et tout entier, une formidable tension fiévreuse vers « ce qui n'a pas de nom et qui pourtant se trouve à l'origine de tout » ?

Mélange de grande rationalité et d'humilité profonde devant notre incapacité à saisir l'essentiel...

Et voilà qu'à nouveau, malgré tous mes efforts de rationalisation, je me retrouve, comme poussé par un irrésistible courant, contraint de m'incliner devant la sauvagerie indicible du jaillissement central de l'expérience humaine...

Tenons bon ! Ne relâchons pas notre effort de penser. Après nous être confrontés aux frontières du monde tel que tentent de le décrire, en ces temps de radicale « incomplétude », les sciences physiques et neuropsychologiques, osons poursuivre et grimper d'un cran dans la sophistication : abordons les sciences humaines. L'important, dit Jean-François Lambert, c'est l'épreuve. Ce que nous éprouvons, par notre corps et nos sens, cela seulement nous initierait à l'ineffable. Prenons cette suggestion à la lettre et poursuivons sur la lancée.

Qu'est-ce que le corps ? Que sont les sens ? Comment percevons-nous et ressentons-nous ? Pour me répondre, le sort m'a fait croiser la route du psychanalyste Didier Dumas. Cet homme bénéficie d'un double avantage : 1) il est un successeur rigoureux de Françoise Dolto — ce qui n'est pas rien, quand on sait que cette femme si généreuse et libre demeura jusqu'au bout très attachée aux critères scientifiques ; 2) il s'est frotté au taoïsme, en devenant acupuncteur — or, au point où nous en sommes, il se pourrait que seul ce genre de passerelles, jetées à travers le temps et l'espace entre les grandes cultures humaines, parvienne à nous faire faire quelques pas de plus dans notre quête.

ENTRETIEN 4

Quatre corps en partance

Visions d'un psychanalyste acupuncteur

> Pourtant l'éternel en toi est conscient de l'éternité de la vie et sait qu'hier n'est que le souvenir d'aujourd'hui et que demain est le rêve d'aujourd'hui et que ce qui chante et contemple en toi réside encore entre les bornes de ce moment qui dispersa les étoiles dans l'espace.
>
> Khalil Gibran

Cet homme a une figure d'ange. Avec parfois des airs de diable. Sans doute parce que, légèrement surdoué, il excelle à jeter des passerelles inattendues entre des domaines hétérogènes les uns aux autres. Ainsi parle-t-il des fantômes. Ainsi ose-t-il se risquer dans des zones où la plupart de ses confrères psychanalystes s'aventurent difficilement. L'acupuncture, le chamanisme, la NDE.

Grande est son ambition. Il voudrait utiliser un siècle de matériau sur la névrose et la folie pour aider la sexualité occidentale à devenir adulte — et ainsi offrir une suite spirituelle au matérialisme. Une suite ancrée dans la connaissance du langage, du corps et de leurs résonances transgénérationnelles — un domaine dont Freud décida de se dispenser, ignorant jusqu'aux grands-parents, quand les taoïstes chinois mesurent un destin sur neuf générations, et la Bible sur les trois ou quatre auxquelles les fautes des pères sont obligatoirement transmises.

Mais ce qui pourrait parfois faire paraître Didier Dumas mégalomane — il apostrophe sans vergogne Freud, Lacan, Klein et les plus grands noms de la psychanalyse et de la science — s'avère, à l'examen, enraciné dans une expérience peu commune. Le plus grand traumatisme de son enfance fut que l'on remplaça son père par un beau-père — « sans me demander mon avis ! » dit-il aujourd'hui avec un petit rire — et que le second mari de sa mère, qui était un rescapé des camps nazis, entreprit aussitôt de se soulager de son énorme souffrance, en se confiant au jeune Didier, qui n'avait alors que six ans. « À partir de là, raconte-t-il, j'ai passé trois nuits par semaine à écouter mon beau-père me parler de la torture des camps dans son bureau. J'étais la seule personne capable de m'occuper de lui. Ce qui m'a rendu analyste avant même que ne commence ma première cure, à l'âge de onze ans. »

Devenu adulte, il ballotta un temps au bord du suicide, hors du monde social. Il serait mort, s'il n'avait été artiste. Sculpteur, céramiste, peintre, homme de théâtre, horticulteur, Dumas fut sans doute sauvé par ses mains travaillant la matière.

Plus tard, ses dix années de travail avec les enfants psychotiques furent saluées comme exemplaires. Thérapeute et psychanalyste, Didier Dumas se situe dans la lignée de Françoise Dolto, qui préfaça son premier ouvrage, *L'Ange et le Fantôme* [1]. Depuis, il a publié plusieurs livres, dont un best-seller, *La Sexualité masculine* [2]. À l'époque où j'entreprends avec lui la série d'entretiens qui conduira au présent chapitre, il travaille à une relecture psychanalytique du livre de la Genèse, tout en poursuivant une réflexion de longue haleine sur le rôle du père.

Toute ma vision de la zone terminale, du deuil, des états de conscience limites, de la NDE va évoluer à grands pas en écoutant cet homme me parler de

1. Didier Dumas, *L'Ange et le Fantôme*, Éd. de Minuit, 1985. Du même auteur : *Hantise et clinique de l'autre*, Aubier, 1989.
2. *La Sexualité masculine*, Albin Michel, 1993.

deux questions totalement oubliées des temps modernes : le rapport aux ancêtres et les corps subtils. Deux questions dont je n'aurais certes pas su dire à priori en quoi elles consistaient, ni de quelle façon elles s'articulaient l'une à l'autre, ni en quoi elles éclairaient admirablement toute la matière de cette enquête.

« Vous avez été formé par l'École freudienne de Paris, fondée par Jacques Lacan. Votre premier livre est paru aux éditions de Minuit. On pourrait vous considérer comme un intellectuel et un chercheur classique. Pourquoi avoir pris le risque d'aller vous frotter à des pratiques archaïques ?

— Si je me suis intéressé à l'acupuncture, au taoïsme et au chamanisme, c'est en grande partie parce qu'on s'y préoccupe des fantômes, c'est-à-dire de tous nos proches, parents, amis, aïeux qui sont "mal morts" et qui, d'une manière ou d'une autre, continuent à nous hanter. Se préoccuper de ceux de nos morts qui ne peuvent pas tranquillement "continuer leur route" est un travail d'hygiène mentale, qui a été, de tout temps, considéré comme aussi essentiel qu'indispensable. Cela, dans l'intérêt de tous : du défunt comme de ceux qui lui survivent. Et dans toutes les cultures, sauf la nôtre, où le matérialisme tend à limiter le rapport au défunt à la qualité du "sac poubelle" dans lequel on l'emballe. Les conséquences pathogènes que cela implique pour nous tous, aujourd'hui, à notre insu, sont énormes. Nous sommes littéralement perclus d'agonies et de deuils non faits ou mal vécus, hantés par toutes sortes de fantômes qui, si j'en juge par ce que m'a appris la clinique, provoquent des troubles auxquels la médecine ne comprend rien. Heureusement, voilà trente ans maintenant que l'Occident redécouvre l'accompagnement des mourants et vingt ans qu'un travail de fond a recommencé à se faire sur le rapport aux ancêtres et au transgénérationnel. Notamment à partir de ce que le psychanalyste Nicolas Abraham a appelé un *fantôme.*

— Vous voulez dire que nous sommes “hantés” par tous ceux des nôtres qui sont morts sans avoir pu régler leurs plus gros problèmes émotionnels et psychiques ?

— Toutes sortes de troubles peuvent avoir pour cause le fait que les morts de sa famille n'ont pas pu, avant de mourir, se délivrer de leurs traumatismes : de leurs souffrances autant que de leurs illusions. Dans le langage de Nicolas Abraham, le fantôme est “un objet de l'inconscient transmissible d'inconscient à inconscient dans les relations de filiation [1]”. Ce concept modifie considérablement la vision psychanalytique puisque, pour Freud, l'inconscient n'est constitué que des vécus oubliés de notre petite enfance. Chez Abraham aussi, il s'agit de vécus oubliés, mais ceux-ci peuvent concerner nos parents ou des ascendants plus éloignés, même à plusieurs générations de nous.

« Dans la vision chamanique, qui constitue un soubassement anthropologique universel (dont ont hérité toutes les autres religions), les morts qui n'ont pas pu atteindre les portes de la “Grande Lumière”, pour différentes raisons, se retrouvent prisonniers de leur angoisse ou de leurs illusions. Parfois, ils ne savent même pas qu'ils sont morts ! Ils tournent en rond et hantent leurs descendants. Il faut les aider à se détacher, les délivrer. Dans leur intérêt comme dans le nôtre. Il s'agit donc là d'une tâche de salubrité publique qui, de nos jours, nous fait gravement défaut..

— Vous parlez comme quelqu'un qui croirait très fermement à l'existence d'une vie autre que celle que nous connaissons habituellement, à un au-delà...

— Je ne suis pas quelqu'un qui fonctionne dans la croyance. Croire, c'est adopter les idées d'un autre ou d'un groupe. Mes travaux portent sur l'expérience. À partir de quelle expérience pensons-nous ceci ou cela, et cette expérience est-elle la nôtre ou

1. « Notules sur le fantôme », in *L'Écorce et le Noyau*, de Nicolas Abraham et Maria Torok, Aubier-Flammarion, 1978.

celle d'un autre ? Je ne cherche par exemple pas du tout à savoir si la réincarnation existe ou non. Ça n'est pas mon problème. Je suis dans la clinique. Mes recherches portent sur la réalité de nos expériences mentales. La façon dont la mort se présente à nous en est une. De cette place, je constate que toutes les recherches sur l'agonie, sur la mort, sur le deuil et sur les états de conscience rencontrés dans ce vaste champ dévoilent : d'un côté, à quel point nous manquons de mots et de pensées pour exprimer notre rencontre avec la mort (la nôtre ou celle des autres) ; de l'autre, combien nous en savons finalement peu sur le psychisme humain.

« Mon expérience personnelle est d'abord celle d'un thérapeute qui a commencé par travailler pendant dix ans avec des enfants psychotiques [1]. Ces enfants m'ont tout appris. On m'avait présenté les enfants psychotiques comme détraqués, mais personne ne m'avait dit qu'ils avaient aussi des dons tout à fait surprenants, souvent semblables à ceux des grands mystiques. Seule une psychanalyste affirmait à l'époque que tout enfant est naturellement télépathe : Françoise Dolto, qui est, selon moi, la première, avec Winnicott, à avoir posé les bases de la psychanalyse d'enfant. Tous les autres, Freud lui-même, sa fille Anna, Mélanie Klein..., n'ont fait que plaquer des théories d'adulte sur les enfants.

« Pendant les dix années où je me suis occupé d'enfants psychotiques, j'ai rencontré des cas tout à fait inexplicables. Comme celui de ce petit garçon qui venait toujours à nos rendez-vous avec des bouteilles remplies de guêpes : elles lui grimpaient sur les mains sans jamais le piquer. Comment expliquer cela ?

« J'ai mis longtemps à comprendre que les enfants psychotiques, et notamment les autistes, ont la capacité de s'auto-anesthésier. La petite Alice, dont j'ai raconté l'histoire dans *L'Ange et le Fantôme,* pouvait s'arracher de pleins lambeaux de chair sans en souf-

1. Cf. *Nouvelles Clés,* n° 33.

frir outre mesure. Et le jour où une péritonite faillit l'emporter, elle entra à l'hôpital en souriant jusqu'aux oreilles — alors que la péritonite est une infection épouvantablement douloureuse pour la plupart des gens. Alice se cognait la tête contre les murs... Un jour, j'ai découvert que sa mère souffrait de terribles migraines. Une autre fois et alors que plus personne ne savait quoi faire d'elle (elle entrait dans l'adolescence), Alice s'est jetée sous une voiture. J'ai essayé de comprendre pourquoi elle avait voulu se suicider et les choses ont commencé à s'éclairer.

— C'est-à-dire ?

— Elle avait fait cela pour résoudre le problème qu'elle posait à ses parents et aux instances sociales, mais elle l'avait fait sans aucun affect. Vivre ou mourir lui était égal. J'ai commencé à comprendre que les enfants psychotiques vivent dans un fonctionnement foetal, dans lequel la douleur et la mort ne sont pas ce que nous en connaissons. Ils n'ont pas du tout le même rapport à la mort que nous : ils n'ont pas d'affect sur la question du mourir.

— Mourir leur serait égal ?!

— Vous savez, sitôt que l'on parvient à entrer dans leur langue, on s'aperçoit que les enfants psychotiques ne travaillent qu'une seule chose : le passé généalogique de leur famille dont ils explorent inlassablement l'inconscient ou, si vous préférez, l'*impensé*, pour reprendre un terme employé par un autre théoricien du généalogique, Lucien Melèse. Pour moi, ce mal universel que les cultures traditionnelles appellent la "maladie des ancêtres" est devenu palpable grâce à cette jeune Alice, qui m'a montré à travers son corps souffrant ce que devient un enfant lorsqu'il est le produit d'une forclusion [1] de la féminité qui remonte à trois générations. À quatorze ans, Alice, qui vivait ses règles comme une

1. Forclusion : dans le vocabulaire psychanalytique, ce mot désigne une absence de prise en compte d'un secteur du réel par les processus de symbolisation, ce qui représente un mécanisme de défense spécifique des psychoses.

pure blessure, se livrait devant moi à des strip-teases déchaînés, où se mêlaient la morve, le sang et la douleur d'un sexe banni comme celui du diable...

« Pour éclairer ce qu'est un fantôme, il faudrait en fait parler de tous les enfants qui me l'ont fait découvrir. De Jean-Michel, qui avait dix-neuf ans et qui, mutique comme une tombe, avait, dès sa naissance, radicalement refusé de regarder sa mère dans les yeux. J'ai mis deux ans à comprendre que son refus de s'incarner dans la parole (qu'est-ce d'autre que l'autisme ?) s'expliquait par le suicide, au retour de la guerre de 14-18, de ses deux arrière-grands-pères maternels (démobilisés en même temps, les deux hommes avaient, à leur retour, tous deux constaté que leurs femmes s'étant, pendant la guerre, à ce point organisées entre elles, qu'il n'existait plus aucune place pour un homme dans leurs foyers). Il faudrait parler aussi de Claude, une fillette qui sortait à volonté de son corps et qui m'y a confronté, en séance, au moment de la mort de son père. Parler du petit Pierre, qui souffrait d'une grave phobie des fleurs. Bien qu'il s'en soit guéri avec moi, cette phobie serait restée une énigme, si, des années plus tard, je n'avais appris que ses parents ignoraient qu'il existait un quelconque rapport entre faire l'amour et avoir des enfants.

— Quel lien entre une telle ignorance et la pathologie de l'enfant ?

— La construction mentale d'un enfant ne dépend pas du coït qui lui a donné corps. Elle dépend de la façon dont ses parents l'ont mentalement conçu. En rêvant ou en parlant de lui, c'est-à-dire en lui accordant dans le langage et dans l'ordre familial une place qui déterminera son destin et sa vie. N'avez-vous jamais perçu l'anxiété d'un enfant entendant ses parents raconter un événement datant d'avant sa naissance : “Et moi, demande le petit avec force, j'étais où ?” Généralement, les parents répondent : “Tu étais encore au ciel”, ou bien : “Tu étais dans notre cœur.” Ces réponses sont pour lui une sorte de révélation, car il découvre, à cette occasion, que son existence dans le registre mental est antérieure à son existence physique, que l'on peut exister dans le désir de ses parents sans pour autant exister dans un corps, sur le mode où il continue à exister pour eux quand il dort. Cette révélation est tout à fait importante dans la construction de l'enfant.

« Nous avons tendance à considérer que l'utérus de la mère est, non seulement la matrice de notre corps, mais aussi celle de nos structures mentales. D'un point de vue psychanalytique, c'est tout à fait faux : ce qui détermine les troubles psychiques, mais aussi le destin et donc toute la vie mentale d'un individu, est l'ensemble des activités mentales qui, le concernant, ont existé avant qu'il naisse. La matrice de notre corps est effectivement l'utérus de la mère, mais la matrice de nos structures psychiques est l'ensemble des activités mentales, conscientes et inconscientes, prononcées et non prononcées, des paroles, mais aussi des fantasmes, qui ont fait que deux cellules ont pu se rencontrer et donner un embryon. Cela vaut pour la construction oedipienne de l'enfant comme pour tout ce qui concerne son rapport à la vie et à la mort : c'est parce qu'il peut se représenter un temps où il existait déjà potentiellement, *avant sa naissance,* dans le désir de ses parents, dans le langage — et symboliquement, je dirais : dans les testicules de son père —, que l'enfant pourra par la suite penser que l'on peut aussi continuer à exister *après la mort :* dans le langage. Un parent mort, on peut toujours lui parler... Il faut comprendre cela pour saisir dans quel genre de béance errait ce petit Pierre dont les parents ignoraient qu'il existait une relation entre faire l'amour et enfanter. Son père et sa mère lui avaient permis de s'incarner dans son corps physique, mais pas dans son corps mental. Une mortelle atrophie, qui est loin d'être rare dans la conception des enfants psychotiques.

— Vous disiez que la petite Claude pouvait "sortir de son corps à volonté". Qu'entendez-vous par là ?

— Vaste question, qui risque de nous amener à

confronter la théorie freudienne à celle, beaucoup plus ancienne, des quatre corps de la vision taoïste. Ceci faisait partie des questions que je voulais soulever dans un projet de livre sur la mort que nous avions commencé à imaginer, avec Françoise Dolto. Françoise Dolto, que je considérais comme mon arrière-grand-mère (psychanalytiquement parlant), était tombée un jour sur un cas typique d'OBE (*Out of Body Experience,* comme disent les Américains), mais à l'époque, dans les écoles freudiennes, nous en ignorions tout. L'histoire est belle, je lui ai consacré une partie de mon chapitre dans le livre collectif de l'IANDS-France, *La Mort transfigurée* [1].

« Je résume : Françoise Dolto voit débarquer un matin un de ses anciens analysants, un homme totalement à bout, exténué. Après avoir accouché d'une petite fille, sa femme s'est retrouvée dans le coma et il semble qu'elle puisse, au mieux, en ressortir paralysée. L'homme ne supporte pas cette idée et déclare qu'il préférerait la tuer plutôt que de la voir survivre diminuée. À la clinique, les parents de la jeune femme sont arrivés et la mère n'a pas pu entrer dans la chambre de sa fille. Désespéré, le père a alors avoué à son gendre qu'à la naissance de chacune de leurs deux filles (mais pas à la naissance de leurs deux fils), il avait fallu interner quelque temps son épouse, celle-ci devenant folle à la seule vue d'un bébé de sexe féminin.

« À présent, le jeune père rapporte donc à son ex-psychanalyste le récit de son beau-père sur cet événement jusque-là tenu soigneusement secret. Françoise Dolto conseille à son client de commencer par se reposer, puis d'aller tout raconter à sa femme, sans tenir compte de son coma. Ce qu'il fait. À peine a-t-il achevé son récit, assis au chevet de sa jeune épouse inconsciente, que celle-ci se réveille, aussi fraîche que la Belle au bois dormant !

« Quelques jours plus tard, la rescapée va voir Dolto pour la remercier. Elle dit qu'elle a compris

1. *Op. cit.*

pourquoi il lui avait soudain semblé impossible d'accepter cette petite fille à qui elle venait de donner le jour, préférant plutôt disparaître. Elle explique que le récit de son mari est venu tout éclairer, la libérant de la prison mentale qui l'avait précipitée dans le coma. Mais comment a-t-elle entendu son mari, puisqu'elle se trouvait dans le coma (un coma si grave que les médecins la croyaient perdue) ? Eh bien, elle explique qu'elle a vécu toute cette histoire, consciemment, mais depuis un poste d'observation très étrange : elle se trouvait "hors de son corps" et collée dans un coin du plafond ! De là-haut, elle voyait son corps inanimé, autour duquel on s'affairait, et cette pauvre forme humaine lui semblait "aussi plate qu'une feuille de papier". Plus tard, quand son mari l'a délivrée de ce qui la retenait prisonnière — le secret de sa propre naissance —, la jeune femme raconte qu'elle a réintégré son corps par le sommet du crâne, regonflant cette "forme raplapla", comme l'écrit Dolto [1], et se retrouvant dans une obscurité très douloureuse dont "elle est sortie en se réveillant".

— Comment Françoise Dolto interprétait-elle cette histoire ?

— Pour elle, une telle expérience faisait forcément référence à ce qu'elle appelait l'*image inconsciente du corps* [2] — cette sorte d'armature immatérielle, en permanent mouvement, qui coordonne toutes nos fonctions psychiques et nous permet d'entrer en contact avec autrui. L'*image inconsciente du corps* de la jeune femme était parasitée par la présence d'un *fantôme*, ou si vous préférez par un non-dit transgénérationnel, dont avait déjà souffert sa mère et probablement sa grand-mère. Françoise Dolto s'interrogeait sur la perception que cette femme, hors de son corps, avait eue d'elle-même. Elle se

1. Françoise Dolto, *Séminaire de psychanalyse d'enfants*, tome I, 1982, Le Seuil.

2. Françoise Dolto, *L'Image inconsciente du corps*, Le Seuil, 1984.

demandait si la perception de *platitude* du corps observé depuis le *plafond* ne pouvait s'expliquer par le fait que la jeune femme aurait pu entendre, malgré son coma, le médecin prononcer les mots "électro-encéphalogramme plat".

« On a beaucoup parlé de ce cas avec Françoise Dolto. À l'époque où avaient eu lieu ces événements, nul ne connaissait ni la NDE ni l'OBE. Les analystes freudiens ne disposaient d'aucune grille de lecture où faire entrer une telle expérience. On savait que, poussées dans des états de conscience proches de la mort, en particulier pendant la déportation dans les camps nazis, certaines personnes avaient vu défiler toute leur vie en un éclair — comme dans le film *Les Choses de la vie* de Claude Sautet. Mais le reste, les expériences de mort imminente, les voyages hors du corps, tout cela n'existait tout simplement pas. Il s'agissait de sujets scabreux, réservés aux parapsychologues, que les psychanalystes considéraient, injustement, avec le plus grand mépris.

— Les parapsychologues le leur rendaient bien ! De quoi devait traiter le livre que vous projetiez d'écrire avec Françoise Dolto ?

— Je lui avais fait saisir en quoi le concept de *fantôme* élaboré par Nicolas Abraham remettait en cause tous nos énoncés théoriques. Elle connaissait très bien Nicolas Abraham, avec lequel elle était amie, mais, probablement parce qu'ils n'appartenaient pas aux mêmes institutions, ils n'avaient jamais confronté leurs options théoriques. Dans l'entourage de Lacan, le *fantôme* était un concept qui encombrait tout le monde. À l'époque, mes amis lacaniens me disaient : "Tes idées seraient très intéressantes, si seulement tu remplaçais les mots *ange* et *fantôme* par *signifiant* et *signifié !*" [rire]. Alors que, pour moi, c'était justement ces deux concepts qui remettaient en cause les choses apprises. Aux "fantômes" responsables des stagnations provenant des non-dits transgénérationnels — tels qu'on les rencontre dans le taoïsme, mais aussi dans la Bible —, j'opposais les "anges" de la création langagière et de la circulation des mots. Françoise Dolto n'adhérait pas toujours à cette distinction. Elle me demandait : “Mais tes fantômes ne sont-ils pas aussi en quelque sorte des anges ?”, ce qui me faisait bondir. Mais comme nous nous posions les mêmes questions sur la mort dans nos vies et notre travail, finalement, nous étions d'accord sur l'essentiel : il fallait d'urgence travailler et écrire sur la clinique de l'ancestral, de l'enfant et de la mort.

« La façon dont l'enfant intègre la mort n'a quasiment pas été abordée par Freud. Le faire, c'est forcément toucher aux limites de sa théorie. Mais, en fait, qu'est-ce qu'une clinique de la vie et du pulsionnel qui laisse entendre que l'enfant pourrait intégrer la sexualité sans avoir à intégrer la mort ? Peut-on décemment analyser un enfant sans s'intéresser aux processus d'intégration de la mort qui marquent sa construction sexuelle ? Quelque chose d'essentiel avait clairement échappé à Freud et aux freudiens, et Françoise Dolto en convenait volontiers.

« Le travail avec les enfants psychotiques nous apportait des éléments cruciaux. Ce que nous appelons “psychotique” n'est en réalité rien d'autre que le retour de processus mentaux qui, à l'origine, sont ceux du bébé. Je suis donc persuadé que les maîtres et les penseurs de la psychanalyse auraient abouti aux mêmes conclusions que nous, s'ils avaient exploré la psyché du nourrisson. Mais, en fait, Freud et Lacan ne se sont intéressés à l'enfant qu'à partir de dix-huit mois, quand il sait déjà parler et au moins dire “papa”...

— Cela dit, Freud avait tout de même reconnu (dans son étude de la folie du président Schreiber) qu'il fallait deux ou trois générations pour fabriquer un psychotique. Quelque chose du legs transgénérationnel l'avait donc bien frappé...

— Les mots grand-père et grand-mère n'existent pas dans toute l'œuvre théorique de Freud. C'est une question qu'il s'est posée au début de ses recherches — on la retrouve dans les lettres à son ami Fliess. Mais dès qu'il architecture sa théorie, il rejette radicalement cette façon de considérer la maladie mentale. La seule chose qui en tienne lieu dans son œuvre est le concept de sur-moi. Quant à Schreiber, il n'a fait qu'analyser un livre, celui que le président avait lui-même écrit sur sa maladie. Freud n'était pas psychiatre, mais neurologue. Il n'a jamais traité de psychotiques. C'est l'une des choses qui l'opposent à Jung qui, lui, était psychiatre et les prenait en cure. Freud n'ignorait pas que des troubles mentaux puissent se transmettre dans des relations de filiation, mais c'est quelque chose qu'il avait très catégoriquement rejeté. Lou Andréas Salomé l'interrogea sur cette question. Que lui répondit Freud? "J'espère que je n'aurai pas à m'occuper de cela de mon vivant."

« Non, la première analyste à avoir dit que la psychose devait se réfléchir sur trois générations est Françoise Dolto. Elle ne perdait pas son temps à discuter théorie, mais elle n'avait pas peur de parler. Et même lorsque personne ne la comprenait, elle s'obstinait à être le porte-parole des enfants. Quand on lui demandait d'expliquer son fonctionnement — aussi bien sa fabuleuse intuition que sa généreuse et impressionnante force de travail —, elle répondait qu'elle avait une "structure de débile". Elle disait ça sans rire. Cela m'avait terriblement choqué la première fois. »

La mort et l'enfant

« Que pouvez-vous dire vous-même du processus d'intégration de la mort par l'enfant?

— À défaut de parole, ce sont les maladies qui permettent cette intégration. Les autistes, par exemple, ne sont quasiment jamais malades. Mais lorsqu'on les analyse et qu'on parvient à briser leur isolement, ils sortent, d'une certaine façon, de leur "immortalité foetale" et, très souvent, attrapent alors toute la série des maladies infantiles. Ce qui pose une question que la plupart des thérapeutes négligent : celle du rôle que jouent les maladies dans notre construction mentale.

« Essayons de schématiser. Pour le bébé, les parents sont les dieux, qui lui ont donné la vie. Or, un jour, il découvre que ce ne sont que des demi-dieux, puisqu'ils ont dû se mettre à deux pour le fabriquer : découverte de la sexualité, premier choc, première chute. Mais la véritable déprime vient plus tard, quand l'enfant découvre que ses parents ne sont ni des quarts, ni même des huitièmes de dieux, puisqu'ils ne savent pas ce qu'est la mort et ne peuvent rien contre elle : effondrement, somatisation, la maladie s'engouffre, car l'enfant ne peut plus aussi aisément idéaliser ses parents. Mais du coup, ces derniers redoublent de tendresse et de sollicitude pour leur petit malade, ce qui renoue les liens affectifs sur une nouvelle base : nous ne savons pas ce qu'est la mort, mais nous luttons ensemble contre elle (représentée par la maladie) en nous aimant davantage. Résultat : chaque maladie infantile fait faire un bond de maturation psychique à l'enfant qui, de maladie en maladie, opère finalement l'indispensable intégration du système de représentation de la mort dont nous parlions il y a un instant. Bien qu'il n'y voie pas, me semble-t-il, un travail d'intégration de la mort, un médecin anthroposophe comme le Dr Kempenich constate des choses similaires [1].

— Et à quel système de représentation faut-il faire appel pour expliquer la fameuse “sortie de corps” ?

— Restons-en à la clinique. À ce niveau, je peux dire que c'est la jeune Claude qui m'a poussé vers l'étude de la NDE, du rêve lucide, de la narcoanalyse et de tout ce que les ésotéristes appellent le “voyage astral”. Cette enfant était née avec une luxation congénitale de la hanche qui, opérée précocement, l'avait rendue psychotique. C'était une jeune adolescente. Un jour, dans l'une de nos séances de travail, Claude s'*absente* d'elle-même d'une manière si évidente que cela m'inquiète. Brusquement, voilà cette

1. Cf. l'article du Dr Kempenich in *Nouvelles Clés* n° 29.

gamine transformée en morceau de bois, avec un visage de cendre. Constatant qu'elle n'est littéralement *plus là,* je la secoue avec vigueur. Et alors, j'entends un petit rire aigu de sorcière — "Hi hi hi !" — et j'ai vraiment l'impression d'entendre : "Mais t'es vraiment au courant de rien, toi ! Il va falloir t'affranchir !" Là-dessus, elle revient à elle et, en pleurant pour la première fois devant moi (les enfants psychotiques ne versent guère de larmes), elle me fait un dessin étonnant, celui qui est en couverture de *L'Ange et le Fantôme.* Une sorte de foetus, avec des cheveux frisés comme les miens, mais sans jambes ni bras, marqué d'un axe central allant du bas du corps à l'oreille, et pouvant représenter le méridien le plus central en acupuncture : le *Tchong Mo.*

« Je n'ai pu comprendre cet événement que plusieurs jours après, en apprenant que le père de cette enfant — un homme qui menait au sens strict une vie double, avec deux foyers — était alors en train de mourir d'un cancer du poumon dans la ville où il vivait avec son autre femme. En fait, en "sortant de son corps", Claude était allée rendre visite à son père dont personne pourtant ne lui avait dit qu'il était comateux et mourant. Mais possédant des dons médiumniques certains, elle n'avait pas eu besoin qu'on le lui dise.

« Les cas de télépathie au moment de la mort d'un proche sont nombreux et connus. Il n'est pas besoin d'être psychotique pour témoigner d'événements semblables. La mort d'un être cher, généralement lié à nous par une relation affective très forte comme le sont les relations de filiation, est assez souvent révélée par un rêve. Je me rappelle avoir moi-même rêvé d'un ami cher, alors que j'étais en vacances loin de chez lui. Dans le rêve je lui disais : "À tout à l'heure !" Et lui me répondait : "Non, je suis là pour te dire que cela n'est plus possible..." À ce moment-là, je le vis avec des épaules tellement larges, qu'au réveil, elles me firent penser à des ailes... Quinze jours plus tard, en rentrant à Paris, je reçois un coup de fil de sa sœur m'annonçant qu'il était mort dans la nuit où j'avais fait ce rêve.

« Il arrive aussi que la révélation de la mort d'un proche passe par le corps, quand les mots et même les images manquent, comme par exemple dans le cas de cette cliente dont le dos se couvrit soudain de boutons, en pleine nuit, au moment où sa mère venait de mourir. Cette femme n'avait pas pu exprimer par un rêve la façon dont elle percevait que sa mère la quittait. Elle n'avait pu l'exprimer que par le corps.

— Comment peut-on expliquer une telle somatisation ?

— Une somatisation comme celle-ci n'est ni plus ni moins mystérieuse que n'importe quel phénomène hystérique, puisque l'hystérie est justement la façon dont l'être s'exprime avec son corps, lorsque, pour une raison inconsciente, il lui est interdit de le faire avec des mots. La question que posent de tels événements est plutôt de savoir comment les mourants peuvent nous rendre visite dans notre sommeil ou nous adresser des messages qui, d'une façon ou d'une autre, nous forcent à penser à eux. La théorie de l'*image inconsciente du corps* de Françoise Dolto en donne une première explication. L'*image du corps* jouit d'une surprenante autonomie par rapport à la réalité physique du corps. C'est ce qu'en disait Françoise Dolto à propos de l'autisme et de la schizophrénie. Elle disait qu'en séance de psychanalyse, l'*image du corps* de l'autiste ou du schizophrène pouvait ne pas forcément se situer dans son corps physique. C'est aussi la façon dont elle expliquait le cas de la femme qui avait fait une sortie de corps lors de son accouchement. Si donc la maladie mentale et le coma permettent à l'*image du corps* de se séparer du corps physique, il n'est pas absurde de penser que la rencontre de la mort puisse faire de même. Ce qui expliquerait que les mourants puissent ainsi nous visiter à notre insu, sur le mode où les chamans et les yogis affirment pouvoir le faire.

« La télépathie, ou communication à distance, peut, elle, s'expliquer par ce que Piera Aulagnier a appelé le *processus originaire*. Freud avait défini deux processus psychiques : un processus primaire, qui est la langue des fantasmes et de la créativité artistique, qui établit des associations en contournant les connexions logiques ; et un processus secondaire, qui est la faculté de jugement, la logique et la raison. Dans un ouvrage intitulé *La Violence de l'interprétation* [1], Piera Aulagnier a défini un troisième processus, qu'elle nomme "processus originaire". L'originaire est pour elle une activité mentale qui confond les espaces corporels et mentaux, en n'ayant apparemment d'autre but que de se mirer elle-même dans son propre fonctionnement. C'est l'activité qui explique que le bébé puisse considérer le sein comme faisant partie de son propre corps ou qu'un schizophrène puisse dire : "J'ai mal à mon père." En fait, il s'agit là d'une activité mentale autrement plus importante que ce qu'en a perçu Piera Aulagnier, qui l'a surtout vue sous l'angle de la pathologie.

« L'*originaire* est une dynamique mentale qui permet d'être tout à la fois soi-même et l'autre. On la retrouve à l'œuvre dans l'*identification* qui permet à l'enfant de dupliquer les structures mentales de ses parents. Un enfant n'apprend pas à parler. Il duplique la langue de ses parents, et ce faisant, il reproduit leurs fonctionnements mentaux. L'originaire serait ainsi le processus par lequel nous *intégrerions* psychiquement. Ce qui implique un fonctionnement continu, sans fin, dans lequel la psyché se construit comme le corps, en puisant en permanence des matériaux à l'extérieur de soi. Chaque fois, par exemple, que nous lisons un livre nouveau, nous ajoutons quelques matériaux supplémentaires à notre potentiel psychique. Ce travail est la plupart du temps inconscient. La façon dont, en parlant et en pensant, nous réutilisons des mots, des tournures de phrases ou des attitudes mentales qui nous viennent de quelqu'un d'autre, nous échappe le plus souvent. Or cette activité mentale, qui procède en

1. PUF, 1975.

sourdine dans la vie ordinaire, apparaît au contraire dans les OBE ou les NDE, au beau milieu de la conscience. Comme si le processus originaire du bébé s'inversait.

« Alors que, dans sa vie mentale, le bébé est en même temps lui et l'autre (sa mère) sur un mode indifférencié — il n'a pas encore construit de "je" qui puisse lui permettre de se considérer comme mentalement séparé d'elle —, dans les NDE, on a au contraire un "je" construit, qui semble pouvoir assumer consciemment d'être à la fois soi-même et l'autre. Regardons trois des témoignages de *La Mort transfigurée,* c'est tout à fait frappant.

« Le premier cas est celui d'une mère qui, trois semaines après avoir mis au monde une petite fille, fait une grave hémorragie et sombre dans le coma. Au moment où elle découvre qu'elle n'est plus dans son corps, mais au plafond d'une salle d'opération, elle se fait cette réflexion : "Tiens, on voit de tous les côtés à la fois !" Elle précise : "Je voyais partout. J'avais un angle de vision de trois cent soixante degrés. Je me suis regardée, j'étais allongée sur la table d'opération, mon corps du moins, et je me suis dit : 'Oh ! là ma fille, tu n'es pas à ton avantage !' (...) J'avais vingt-six ans. J'étais cadavérique. J'étais verte."

« Pensant soudain à son époux, la femme se retrouve comme par enchantement dans la salle où il attend et, le voyant qui fait les cent pas, elle perçoit sa réalité psychique : "Je n'ai jamais perdu la notion d'être moi. Mais c'était comme si mon moi s'était agrandi, agrandi, agrandi... et j'étais en même temps mon mari, je savais tout ce qu'il pensait." Elle dit encore : "J'étais dans le cœur de mon mari, j'étais ses sentiments, j'étais ses émotions, j'étais ses pensées. C'était une communion totale. J'étais lui et moi en même temps." Et elle ajoute : "J'étais déçue parce qu'il ne se faisait pas de souci pour moi, il ignorait que mon état de santé s'était aggravé durant l'opération." Ce qui prouve bien que le fonctionnement mental *originaire,* qui apparaît ici comme un processus conscient, peut ne pas perturber les autres processus mentaux.

« Le second cas est celui d'une monitrice de ski qui, au cours d'un accident de la route dans lequel sa belle-mère est tuée sur le coup, sombre dans le coma et fait une NDE du troisième degré. Se retrouvant dans les airs, elle a une longue conversation avec sa belle-mère qui l'accueille ainsi : "Je suis heureuse ! C'est au-delà de tout ce que j'aurais pu imaginer !" Elle-même ne comprend pas bien ce qui lui arrive, mais elle ne désire qu'une chose : aller s'installer dans ce "bien-être", cette "sensation d'absolu", ce "bonheur inouï", cette "lumière incroyable" qui émane du lieu d'où lui parle sa belle-mère. Cependant, celle-ci lui déclare soudain que c'est impossible, qu'elle n'a pas fini ce qu'elle a à faire sur terre et qu'elle va devoir retourner d'où elle vient. Furieuse, la jeune femme répond : "Tiens, première nouvelle ! On a donc quelque chose à faire sur terre ?" Le plus intéressant ici est qu'en écoutant sa belle-mère, elle ne "voit pas de mouvements sur ses lèvres". Elle dit : "En fait, c'était comme si elle ne parlait pas vraiment. C'était télépathique. Instantané." Et encore : "J'étais moi et j'étais tout le monde, j'étais dans le présent, dans le passé, dans le futur" et : "J'avais une sensation de changement de scène, de changement de plan. Ce qu'elle me disait, je le vivais en même temps. J'étais complètement dans ce qu'elle m'expliquait, complètement dedans. Elle me disait 'les tulipes sont rouges' : j'étais dans une tulipe rouge, j'étais dans ce qu'elle me disait. Je changeais de plan à chaque fois, mais il n'y avait pas de déplacements. Je vivais ce qu'elle m'expliquait."

« Un troisième cas, où le fonctionnement mental *originaire* est tout aussi étonnamment décrit, est celui d'un jeune infirmier de vingt-deux ans qui fait une très grave tentative de suicide. La dose de poison qu'il avait avalée ne laisse aucun doute sur la radicalité avec laquelle il avait décidé de mettre fin à ses jours, mais il n'avait pas prévu que sa petite fille allait, à l'heure où il se suiciderait, avoir une montée de fièvre inexpliquée. Obligeant sa mère à venir la chercher et à rentrer plus tôt que prévu, l'enfant a ainsi sauvé son papa. Ce jeune homme se retrouve donc lui aussi au plafond d'une salle d'hôpital, d'où il voit son corps inanimé et bardé de tuyaux. À ses côtés, se trouvent ses parents et sa femme. Voyant celle-ci, il perçoit ce qu'elle pense et l'entend se dire : "J'espère qu'il va y passer." Après, ajoute-t-il, "je n'ai pas voulu le croire, mais la vie m'a donné raison. Sur ce que j'avais perçu tout au moins". Cette perception directe des pensées et des sentiments des autres l'a, sur le moment, beaucoup intrigué. Il se trouve que ce jeune homme suivait une formation de psychologue. "En entretien, dit-il, on voit la personne, on imagine, on projette. Là, ce n'était pas ça : je voyais physiquement les personnes telles qu'elles étaient et je les déshabillais [psychiquement], je sentais ce qu'elles pensaient."

« L'étonnante histoire de ce père de vingt-deux ans, sauvé in extremis par la fièvre de sa gamine, ne s'arrête pas là. Au sortir de sa NDE, il est saisi du besoin de construire une maison extraordinaire, toute en bois, avec une habileté qui, des années après, l'étonnera encore. Mais surtout, il n'a plus jamais éprouvé, ni l'envie de mourir, ni le besoin de retourner voir son analyste. Dans ce cas, le mystère que représente l'activité mentale *originaire* est aussi celui à l'œuvre chez sa petite fille qui, percevant inconsciemment ce qui arrive à son père, l'exprime sur un mode hystérique, par une montée de fièvre qui, inexplicable, sauve la vie de ce dernier.

« Il semble donc que la faculté qu'acquiert l'*image inconsciente du corps* de se séparer du corps physique dans les états limites (la folie ou le coma) aille de pair avec l'émergence dans le conscient de facultés que l'on pourrait dire paranormales (dues à l'*originaire*) qui existent aussi dans la vie éveillée normale, mais d'une façon latente ou inconsciente. L'*image du corps* est une mémoire de l'espace et du temps dans laquelle s'empilent toutes nos expériences sentimentales et affectives. Sous cet angle, elle ressemble assez au *tselem*, au “corps astral” de la mystique juive, qui est le “manteau de l’âme”, l’enveloppe que constitue l’expérience terrestre, l’habit avec lequel les mourants quittent leur corps. Si vous le permettez, nous reviendrons là-dessus... Dans la vie incarnée, l’*image du corps* est surtout la mémoire avec laquelle nous faisons l’amour. Dans la mesure où cette “image inconsciente” mémorise toutes nos expériences affectives et sensorielles passées, c’est un concept qui permet de comprendre et de décrire la façon dont l’orgasme met, par exemple, en jeu, une temporalité intérieure qui remonte en droite ligne à notre vie foetale.

— Je ne suis pas sûr de vous suivre...

— Le fait d’éprouver du plaisir en s’embrassant sur la bouche provient d’une mémoire sensitive, corporelle, qui se constitue au stade foetal. La résonance érotique entre la bouche et l’entre-jambe est une résonance énergétique, qui se forme à l’époque où nous étions “poisson”. Elle provient de l’activité orale du foetus qui avale le liquide amniotique et l’expulse librement par les voies urinaires, ses orifices ne servant pas encore de portes ou de serrures entre le dehors et le dedans, entre le soi et le non-soi [1]. Cela dit, pour arriver à clairement saisir cette dimension la plus ancienne de notre construction sexuelle, il m’a fallu commencer par assimiler l’essentiel de la vision taoïste du monde et du corps humain.

— De quelle façon ?

— Par le biais de l’acupuncture, que nous avons été plusieurs thérapeutes, médecins ou psychanalystes à aborder ensemble. Françoise Dolto était d’ailleurs venue à notre *germinaire* (mot que nous préférions à *séminaire*) sur “Acupuncture et psychanalyse”. Mais elle avait du mal à nous suivre.

1. Voir Didier Dumas, « Architecture et construction des souffles de l’orgasme. Esquisse d’une théorie des mécanismes de la jouissance érotique », *Quel corps ?*, n°s 50-51-52, avril 1995 (Ed. Quel corps ?, BP 2142, 34027 Montpellier cedex 1).

L'acupuncture, disait-elle, était un système de représentation qu'elle ne pensait pas pouvoir assimiler. Et comme j'insistais, elle ajouta un jour : "Boris y a échoué ! Tu n'y arriveras pas non plus !" Boris était son mari. Un kinésithérapeute de génie, lui aussi grand clinicien. En réalité, elle n'était pas si éloignée qu'elle le pensait de la vision taoïste du monde et de la vie. À la fin, malade, son taï-chi lui manquait. Je lui conseillais de le pratiquer mentalement — ce qu'elle fit. Quelque temps plus tard, au téléphone et pour m'en remercier, elle me dit : "Je me soigne avec mon image du corps." Très intéressé, je l'écoute longuement, pour finir par dire : "Mais, Françoise, ce que tu me racontes là s'appelle de la méditation." Ça l'a mise en colère. Pour elle, méditation avait forcément une connotation religieuse et elle se voulait radicalement du côté de la science. Du côté de l'analyse.

« Un jour, des amis psychanalystes lui ont présenté des *medecine-women*, des sages-femmes esquimaudes. Me voyant vivement intéressé par le travail de ces femmes, elle me lance : "Comment peux-tu prendre au sérieux ces grosses obsessionnelles ?" Je passais déjà pour un fou auprès de bon nombre de mes collègues ; elle trouvait dangereux pour moi que je m'approche trop de ces archaïsmes. Mais, de notre côté, nous avions constaté (la mère de mes enfants est gynécologue) à quel point ces *medecine-women* pratiquaient un art subtil, sachant faire se retourner le foetus dans le ventre de sa mère pour éviter qu'il ne naisse par le siège ou s'étrangle avec le cordon ombilical, et reconnaissant sans hésitation le sexe du futur enfant. Elles avaient travaillé sur un terrain que les psychanalystes ne connaissent pas, ou très mal : le corps, et comme Françoise Dolto était l'une des seules à nous parler du corps, du bébé et du foetus, nous lui avions présenté ces femmes — mais il nous manquait du temps pour faire cela correctement. »

Les quatre corps

« Connaître son corps pour mieux savoir comment l'habiter et aussi comment le quitter ?

— Toutes les grandes traditions chamaniques et ésotériques (le taoïsme en est une) disent grosso modo la même chose : nous avons plusieurs corps. Un corps est un ensemble de choses de même nature, délimité par une frontière. La peau en est une, mais lorsqu'on parle d'un *corps d'armée,* la frontière d'un tel corps n'est plus matérielle mais symbolique, au sens où son existence est avant tout mentale. Elle réside dans le fait que tous les individus formant le corps d'armée se savent membres du même ensemble. Il en va de même au niveau de nos frontières mentales individuelles qui, dans les traditions anciennes, sont conçues comme celles des corps supérieurs. Les grilles les plus classiques distinguent quatre corps. Le premier est le corps physique, fait de molécules ; nous pourrions l'appeler *corps moléculaire.* C'est le seul dont les frontières soient visibles, et c'est aussi pour l'instant le seul que reconnaît la science. Le second corps est fait de cette "énergie" très particulière qui différencie un corps vivant d'un paquet de viande. On l'a baptisé *corps éthérique* au XIXe siècle, parce qu'à l'époque ce mot sonnait scientifique : on pensait alors que le vide était rempli d'*éther.* Aujourd'hui, nous pensons le vide autrement : comme constitué d'une multitude de particules virtuelles. À mon sens, il faudrait donc simplement l'appeler le *corps de vide,* puisque c'est uniquement parce qu'il y a du vide dans la matière, que les choses peuvent bouger, s'animer, vivre. L'acupuncture, qui agit sur ce corps-là, l'a bien compris : l'idéogramme que les Chinois utilisent pour désigner un point d'acupuncture signifie vide, caverne, grotte.

« *Corps moléculaire* et *corps de vide* sont des enveloppes purement terrestres. Vient ensuite le troisième corps, le *corps astral.* On l'appelle ainsi parce que c'est une enveloppe mentale qui permet, à l'aide de la seule pensée, de se projeter jusqu'à l'autre bout de l'univers, ou dans les astres. Il est constitué de tout ce qui est de l'ordre de la représentation : images visuelles, acoustiques, tactiles... ensemble de tout ce que nous avons élaboré au cours de notre existence pour nous représenter le monde. C'est donc le *tselem,* le "vêtement de l'âme" de la mystique juive. On l'appelle également le *corps émotionnel,* car il est le siège des affects et des émotions qui animent notre rapport aux autres et à l'univers. C'est un corps assez semblable à l'*image inconsciente du corps* de Françoise Dolto, qui est aussi la mémoire spatiotemporelle de nos affects et de nos émotions. Un psychanalyste serait donc tenté de l'appeler *corps de représentation.* C'est à bord de ce corps-là, que nous nous embarquons pour le monde des rêves... ou pour vivre une NDE ou une OBE !

« Le *corps de vide* se perçoit et s'exprime à travers ces vibrations particulières que sont les sensations. Il est en psychanalyse ce que j'appelle la "peau de sensations", nos enveloppes énergétiques et sensitives. Le *corps de représentation* correspond, lui, à ce qu'on appelle le "système de représentation". Mais la représentation n'est pas le plus étrange des mystères mentaux. Le plus étrange est que nous puissions donner un sens aux choses et au monde ! Que notre vie puisse avoir un sens et l'univers aussi. La représentation seule peut être absurde. D'où le quatrième corps qui organise le sens. Ce quatrième corps, ce *corps de sens,* correspond à ce que les psychanalystes appellent la construction du sujet ou du Je. D'autres l'appellent le *corps mental,* tout en reconnaissant qu'il ne s'agit pas à proprement parler d'un corps, mais plutôt de ce qui structure les trois autres. Dans l'œuvre de Rudolf Steiner, c'est ce qu'il appelle le Moi ou le Soi (le Moi devenant le Soi lorsqu'il se réfère à un état de sortie du corps). Pour lui, ce serait une instance que la vie terrestre aurait pour but premier de construire, et cette construction serait celle à bord de laquelle nous pourrions éventuellement nous déplacer après la mort... à condition que ce corps soit suffisamment construit.

« Rudolf Steiner explique ainsi la fonction de la fameuse “revue de vie” rapportée par certaines personnes ayant vécu une NDE : elle servirait à passer en revue tous les endroits où le *corps de sens* n’est pas encore assez construit, ou pas assez solide pour permettre un déplacement autonome — ce défaut de construction servant aux anges à nous proposer une vision prémonitoire de ce que nous aurons à travailler dans notre prochaine incarnation, pour améliorer, éveiller, structurer cette instance qu’il appelle le Moi et que les psychanalystes freudiens appellent le Je (notre *corps de sens,* si vous préférez). La construction de ce *corps de sens* est donc, en fait, tant pour Freud que pour Steiner, le premier objectif de la vie. Et le processus de base de cette construction est en réalité étonnamment simple : il repose sur le couple plaisir-déplaisir. Chez le bébé, en effet, va dans le bon sens, donc *a du sens,* tout ce qui fait plaisir. À l’inverse, ce qui cause du déplaisir signale au bébé qu’il rencontre quelque chose qui va dans un sens inverse à celui de la vie, ce qui le met en danger d’involution. C’est ainsi qu’en luttant avec fureur contre le plaisir, notamment sexuel, et en le qualifiant de péché, les curés et les ayatollahs ont littéralement entravé, pendant des siècles, l’évolution spirituelle des humains.

— Vous pourriez développer cette idée ?

— Un jour, à l’hôpital, j’ai eu envie de faire un peu de sociologie et j’ai demandé à tous les enfants psychotiques dont je m’occupais : “Comment ta maman t’a fait ?”, 90 % des gosses ont répondu : “À l’hôpital”, et 10 % : “À l’église”. Et quand j’ai demandé : “Et papa ?”, ils ont répondu : “Papa gagne de l’argent.” D’habitude, quand on demande à un enfant de décrire sa famille, il dit : “1. papa, 2. maman, 3. moi.” Les enfants psychotiques répondent : “1. maman, 2. moi, 3. papa.” Bref, pour un enfant psychotique, il y a la reine d’Angleterre au centre du monde, toute seule, et puis à côté, une sorte de grand frère/prince consort qui rapporte de l’argent : le père.

« La complicité entre les curés/ayatollahs et les

mères est fondée sur l'argument que l'enfant appartient à Dieu avant d'appartenir à son père. À partir de là, le moyen le plus efficace d'éliminer sournoisement les pères est de dénier tout droit d'existence légale au plaisir que procure leur sexe et, chose plus grave, de dénier qu'une sexualité heureuse soit la meilleure prévention contre toutes les maladies — ce qui est le point de vue taoïste en matière de sexualité. Qu'elles affichent des idéologies politiques ou religieuses, les entreprises totalitaires commencent toutes par réprimer le sexe. À l'adolescence, vivre sa sexualité, c'est quitter sa mère, d'où le fait que ces "mères totalitaires" que peuvent être les Églises ou les États puissent se sentir menacées par la liberté que réclame le sexe. Mais en réprimant ainsi le plaisir sexuel, et surtout en en cachant la vérité aux enfants, on sape très sérieusement tout le potentiel évolutif et spirituel de notre espèce. La Chine ancienne considérait que, sans sexualité, l'esprit ne pouvait pas s'épanouir. En réalité, le point de vue biblique est exactement le même. C'est en effet ce que dit la mythologie de l'Arbre de la Connaissance qui, associant connaissance et sexualité, situe celle-ci au centre de toute notre évolution mentale et spirituelle.

« À notre époque, les médecins ont pris le relais des curés dans ce jeu pervers entre les mères et leurs enfants. Le symbole clé de cette nouvelle complicité étant le bébé-éprouvette. Un article de Joachim Marcus-Steiff publié dans *La Recherche* [1] a très bien analysé en quoi la procréation médicalement assistée ressemblait à une escroquerie : les statistiques officielles ne tiennent, par exemple, tout simplement pas compte des femmes qui, une fois fécondées artificiellement, font tout pour avorter ! Or, si une femme consulte pour réparer son corps et que, se retrouvant enceinte, elle se rend brusquement compte qu'elle porte un enfant qui risque de ne pas avoir de père, on peut comprendre qu'elle puisse alors avoir

1. Octobre 1990.

envie d'avorter. Ces techniques médicales, intéressantes en elles-mêmes, demeurent absurdes tant que les médecins ne comprennent pas qu'un enfant s'accueille tout d'abord dans un nom et que la femme doit prendre sa décision avec un homme. Ces techniques se limitent pour le moment à vouloir appliquer à des femelles humaines des techniques inventées pour les bovins. Or, un être humain, ça se construit d'abord dans le langage.... Même s'il faut bien remarquer que notre langage est truqué, puisque nous passons notre temps à dire que nous faisons ou que nous élevons des enfants, alors que l'on attend de nous que nous fassions et que nous élevions des hommes, je veux dire des adultes ! Alors arrêtons d'infantiliser nos enfants et de hurler à la mort et au hooliganisme parce qu'à l'adolescence, ils "naissent" véritablement à eux-mêmes ou à leur *corps de sens !*

— Justement, revenons à la NDE et à nos différents corps. Est-il possible de dire, concrètement, comment l'on passe d'un corps à l'autre, comment se font les liaisons ?

— Ce n'est pas pour rien que ces différents corps ont été tout d'abord été décrits par des chamans, des yogis ou des mystiques, c'est-à-dire des personnes capables de quitter provisoirement leur *corps moléculaire,* pour pouvoir observer les étages supérieurs de leur être, en y étant dégagés de l'opacité qu'engendre à leurs yeux notre constitution matérielle. Dans la vie ordinaire, ces quatre corps sont très intimement imbriqués les uns aux autres. Les trois corps dépourvus de matérialité (*corps de vide, corps de représentation* et *corps de sens*) sont ceux dont dépend notre vie mentale. Or, comme je ne suis pas chaman, mais "écouteur public", le plus simple est d'essayer de voir comment je conçois dans ma propre pratique ce que sont nos enveloppes mentales ou notre peau psychique.

« Une frontière entre deux espaces est toujours constituée de trois feuillets. Quand vous passez la frontière de votre pays, vous rencontrez d'abord la douane française, puis vous traversez un *no man's land* et vous rencontrez ensuite la douane du pays où vous allez. De même votre peau. Elle est constituée de trois feuillets, l'un gérant les rapports à l'externe, l'autre les rapports à l'interne, tous deux étant séparés par une zone d'échange intermédiaire. C'est l'endoderme, le derme et l'épiderme : trois feuillets matériels, mais néanmoins différents.

« Cela dit, la seule réalité de notre psyché est vibratoire : les images que perçoivent nos yeux sont des vibrations; les mots que nous prononçons et les sensations corporelles aussi; nos enveloppes mentales sont donc constituées de représentations — visuelles, sonores, kinesthésiques... — qui se substituent, dans notre esprit, aux différentes vibrations qui nous servent à communiquer. Ces représentations forment, selon moi, la "peau" de notre esprit, car c'est la seule chose que nous puissions en percevoir. Nous ne savons pas ce qu'est l'esprit. Qu'il s'agisse du nôtre ou de celui d'autrui, nous ne pouvons le percevoir qu'à travers le système de représentations dans lequel il s'exprime. Nous ne voyons pas plus l'intérieur de notre corps que les mécanismes cérébraux d'où surgit la pensée. Nous n'en percevons, dans les deux cas, que la surface la plus extérieure : la peau. Considérant donc l'esprit à travers ce que j'en perçois, sa surface ou sa "peau", je constate que celle-ci est constituée de trois "feuillets vibratoires", qui sont les trois grandes catégories de représentation à travers lesquelles notre esprit s'exprime : les sensations, les images et les mots.

« Constatant cela, je cherche à comprendre comment deux cerveaux se rencontrent ou (pour en rester à l'image de la peau), comment ils se font des "caresses mentales" ou se "serrent la main". Si je vous dis le mot "table", une image apparaît immédiatement dans votre esprit. Votre cerveau associe alors la vibration sonore que produit ma bouche à celles qu'ont précédemment enregistrées vos yeux en voyant une table. De ce fait, nous nous retrouvons mentalement tous deux dans un espace vibratoire commun, celui engendré par le mot “table”. C'est un espace ondulatoire qui, reliant ma bouche à votre oreille, permet à nos esprits de se rencontrer. Il suffit pour qu'ils y parviennent, qu'ils puissent tous deux associer cette vibration sonore à la même représentation visuelle — c'est-à-dire que nous parlions la même langue. Dans la réalité physique, les représentations sont donc des surfaces vibratoires, des interfaces, ou des “espaces frontières” permettant à nos esprits de momentanément se rejoindre, d'accord ?

— Où voulez-vous en venir ?

— La première *enveloppe mentale* qui se structure en naissant est celle des sensations. Si cette première *peau* ne se met pas en place, le bébé meurt — ce qui pourrait expliquer la “mort subite du nourrisson” (si l'on s'en tient à ce qu'en disent les pédiatres, qui constatent que ces morts inexplicables arrivent en général lorsque le bébé est seul dans une pièce vide ; d'où la seule prévention qu'ils y aient trouvée : ne jamais laisser un bébé trop longtemps seul). Cette première enveloppe mentale que constituent les sensations correspond à la couche la plus interne de notre appareil à sentir, à penser, à communiquer. Les sensations gèrent le rapport à l'interne — à la dimension la plus intime de nous-même, d'où la place prépondérante qu'elles occupent dans la sexualité. À l'inverse, notre *enveloppe psychique* la plus extérieure est le langage qui, lui, régit nos rapports à l'externe (à travers lequel se joue la dimension sociale et collective de notre existence). Entre les deux, vous avez la troisième des grandes catégories de représentations dont se sert un cerveau humain : les images, qui établissent des liens entre l'univers des sensations et celui de la parole.

« La construction de cette structure qu'est notre système de représentation implique donc que les représentations sensitives, qui dominent chez le bébé, puissent progressivement s'associer et se connecter au langage — ce qu'elles font par l'intermédiaire des images. À sa naissance, l'enracinement mental de l'enfant est sous la gouverne du *processus originaire.* Le bébé ne différencie pas encore son propre corps de celui de sa mère. Les yeux jouent à cet âge un rôle très important dans la différenciation du Moi et du non-Moi. En connectant les sensations aux images, ils permettent de, peu à peu, se vivre comme un sujet séparé. Car en fait, dans un "espace vibratoire", rien n'est vraiment séparé. Si l'on considère la communication (les caresses, les paroles et les regards) comme une réalité vibratoire, celle-ci se déploie dans un espace où, d'une certaine façon, la séparation n'existe pas. Ce que nous "voyons" sont en fait des vibrations qui relient nos yeux aux objets regardés. Les mots sont des vibrations qui relient les bouches aux oreilles. Et les sensations se déploient aussi dans un espace vibratoire commun qui est le mystère même de la sexualité. Sans la mise à distance qu'opèrent l'œil et l'image dans notre fonctionnement cérébral, nous aurions donc, probablement, le plus grand mal à nous vivre comme séparés les uns des autres.

« Les images que produit le cerveau naissant du bébé sont donc ce qui lui permet de pouvoir peu à peu se considérer comme séparé de sa mère. Or cette structuration du mental — qui implique que les idées s'enracinent tout d'abord dans le musculaire et les sensations, avant de s'associer aux images et aux mots — demeure jusque dans la pensée adulte. C'est ce que laissait entendre Albert Einstein, quand il évoquait les mécanismes mentaux qui lui avaient permis de produire les théories qui ont bouleversé notre conception de l'univers. Permettez-moi de vous lire ce qu'il écrivait à ce sujet (cité par le neurologue américain Antonio Damasio) :

> Les mots ou le langage, sous la forme orale et écrite, ne semblent jouer aucun rôle dans les mécanismes de mes pensées. Les entités psychologiques qui semblent servir d'éléments, dans ce cadre, ont la forme de certains signes et d'images plus ou moins claires, qui peuvent être « volontairement« reproduits et combinés. Il existe, bien sûr, un certain rapport entre ces éléments et les concepts logiques pertinents. Il est également certain que le désir d'arriver finalement à des concepts logique-

ment reliés constitue le ressort émotionnel poussant à jouer avec ces éléments. (...) Les éléments mentionnés ci-dessus sont, en ce qui me concerne, de nature visuelle et musculaire. Ce n'est que dans un second temps, après que le jeu d'association mentionné ci-dessus est suffisamment bien établi et peut être reproduit à volonté, que prend place la recherche laborieuse des mots et autres signes conventionnels [1].

« La façon dont Einstein décrit ses propres mécanismes mentaux serait donc assez semblable à celle par laquelle les voyants ou les chamans réceptionnent des "informations", à cela près qu'Einstein essaye, comme nous, de percevoir la forme que prennent ses processus mentaux, alors que les voyants et les chamans considèrent que leurs sensations et leurs images leur viennent directement d'entités spirituelles totalement autonomes.

« Ce processus, qui fait que le mental s'enracine tout d'abord dans le musculaire, est aussi ce sur quoi se fonde la psychanalyse. Freud considérait ses clientes hystériques comme les véritables inventeurs de sa science. Or, que se passe-t-il dans l'hystérie ? Des sensations brutes, innommables ou indicibles, s'expriment à travers des troubles corporels, des paralysies ou autres symptômes, qui mettent le savoir médical en échec. La cure psychanalytique permet à ces sensations innommables de se transformer en images : en rêves. En racontant ses rêves à son psychanalyste, les images de l'analysé se transforment en mots. Ce qui veut dire que lorsque la peau de sensation devient imperméable, se bloque ou se déconnecte des autres registres mentaux (les images et les mots), cela s'exprime par des symptômes corporels provenant d'un trouble qui, à sa racine, est mental.

— Mais toutes les sensations brutes de notre *corps moléculaire* et de notre *corps de vide* — pour reprendre votre grille de départ —, c'est-à-dire les

1. Antonio R. Damasio, *L'Erreur de Descartes,* Odile Jacob, 1995, pages 145 et 146.

milliards de sensations de chaque instant, ne peuvent quand même pas *toutes* se transformer en images, pour aller nourrir notre *corps de représentation!* Et à leur tour, toutes les images ne deviennent pas non plus des mots, pour constituer, si j'ai bien compris, notre *corps de sens!* Comment se fait le passage, je veux dire comment s'opère le tri?

— Question ardue, car la mémoire est, tant pour les scientifiques que pour les psychanalystes, une énigme dont le mystère reste entier! On ne sait pas où précisément se situe la mémoire avec laquelle fonctionne un cerveau. C'est cette lacune que vise à combler l'*image inconsciente du corps* de Françoise Dolto, qui est la mémoire de nos structures affectives. Ce concept se présente comme une "mémoire du corps". C'est ce à quoi la clinique nous confronte : au fait que la "mémoire du corps" est sans nul doute la plus opaque, mais aussi la plus riche, même lorsque celle-ci se bloque dans un symptôme et que celui qui en souffre n'y a aucun accès directement. Inversement, la mémoire langagière est la plus mobile, mais aussi la plus pauvre, puisque ceux ou celles qui souffrent d'hystérie ne peuvent même pas dire de quoi ils souffrent. Ils ne peuvent que l'exprimer avec leur corps. Lorsqu'il s'agit d'un symptôme hystérique, les choses sont donc relativement simples, puisque nous sommes confrontés à un corps qui fait en quelque sorte "des pieds et des mains" pour arriver à se faire entendre. Mais il existe bien sûr chez nous tous des myriades de souvenirs qui restent enfouis au plus profond de nos cellules, sans même jamais pouvoir atteindre le statut d'image. Les rêves que nous faisons sans les verbaliser (et que nous oublions pour cela aussitôt) sont autant de pensées qui, cherchant à naître, restent bloquées dans cette mémoire du corps et des sensations. Coupée du langage, c'est notre immense mémoire inconsciente.

— En prenant du recul, je me dis qu'un esprit scientifique classique aurait sans doute du mal à admettre votre belle fresque, notamment parce que vous supposez le *corps de représentation* et le *corps de sens* potentiellement autonomes par rapport au *corps de vide* et surtout au *corps moléculaire,* ce qui viole gravement le dogme matérialiste encore au centre du paradigme officiel.

— Cette fresque n'est pas à proprement parler la mienne. Les quatre corps sont quatre niveaux de notre existence que vous ne trouverez nulle part dans la littérature analytique. Si je m'y suis intéressé, c'est uniquement pour pouvoir établir des ponts entre les différents domaines de recherche sur le mental qui ont précédé la mienne. Il manquerait toutefois à cet esprit critique que vous supposez "scientifique et classique" une notion fondamentale, que j'aime appeler le *primat du subjectif*. »

La quatrième dimension

« Sans nous fatiguer à descendre jusqu'au "réel voilé" de la physique quantique (qui me paraît néanmoins être l'une des rares découvertes permettant d'appréhender l'esprit autrement que comme une "propriété émergeante", dont les chercheurs auxquels vous vous référez ne peuvent concevoir ni la cause ni l'origine), considérons simplement de quelle façon nous percevons le monde à notre échelle. Nous découvrons que toute notre imagerie est à 100 % réinterprétée — reconstruite par notre cerveau — et ceci toujours en fonction du passé ou de la mémoire, ce qui revient au même. Lorsque nous regardons une pomme, nous ne voyons pas une pomme en direct : nous voyons quelque chose qui, filtré au travers de notre mémoire, va se révéler correspondre à ce que nous reconnaissons comme une pomme. Mais si le *quelque chose* observé était radicalement nouveau — du jamais vu, jamais entendu, jamais senti —, il est probable que nous ne percevrions tout simplement rien. En tout cas rien qui ait le moindre sens.

« C'est dans un livre du biologiste Jacques Ninio [1]

1. Notamment dans *L'Empreinte des sens. Perception, mémoire, langage,* de Jacques Ninio, Odile Jacob, 1996.

que j'ai clairement compris cela. Ainsi, les couleurs n'existent pas *naturellement*. Elles correspondent à la façon dont notre cerveau interprète les variations de fréquence des ondes lumineuses. Or, le soir, quand le ciel est violet, nous continuons à le voir bleu parce que nous avons l'habitude de le voir ainsi (pour rompre cette habitude et percevoir les véritables fréquences il faut, paraît-il, se mettre la tête en bas). Autre exemple simple : dans la réalité, les lignes droites n'existent pas, c'est notre cerveau qui les construit. Ce que les yeux perçoivent "objectivement" devrait nous apparaître comme une myriade de petits points, une sorte de grouillant tableau impressionniste, en noir et blanc et sans relief. Alors que notre conscience reçoit, elle, l'image de blocs compacts, aux contours nets et distincts, en couleur et en 4D (quatre dimensions). Non seulement le cerveau nous présente la réalité en 3D, en volume, mais il tient compte de l'écoulement du temps. Il reconstruit ce qu'il nous présente en tenant compte du passé (en se servant plus de la mémoire, que de ce qu'ont perçu les yeux), mais aussi du futur. Puisque lorsque quelqu'un nous envoie une balle, le cerveau ne nous la présente pas à l'endroit d'où on nous l'envoie, mais à celui où nous pouvons l'attraper. Il reconstruit donc ce que nos yeux perçoivent, non pas comme un appareil photo, mais comme un récepteur-télé qui devancerait et prévoirait le futur. Un tel constat est pour moi incroyable. Il implique toutes sortes de question sur ce que représente le temps et les différentes dimensions de l'espace dans un cerveau humain. C'est pourquoi parmi toutes les recherches d'IANDS-France, que nous avons présentées dans *La Mort transfigurée,* celle de Pierre Bacelon a été pour moi l'une des plus passionnantes.

— En quoi consiste ce travail ?

— Lorsque je suis arrivé à IANDS, le groupe de recherche vraiment actif était celui des scientifiques et j'ai donc essayé de travailler avec eux. C'est surtout avec Pierre Bacelon que j'ai alors noué des liens concrets. Ses recherches portaient sur la perception et les questions qu'il se posait sur la façon dont nos structures mentales perçoivent l'espace et le temps rejoignaient les miennes d'une façon d'autant plus intéressante, que nous les abordions avec des outillages conceptuels diamétralement différents. Régis Dutheil, qui était un remarquable pédagogue, m'avait fait saisir que la mécanique quantique débouchait sur une sorte d'"au-delà du miroir" qui concerne toute la constitution matérielle de notre univers (comme il avait aussi fait des études de médecine, les échanges avec lui étaient passionnants). Pierre Bacelon, lui, me fit découvrir l'extraordinaire univers mathématique que représentent la topologie et les dimensions de l'espace. Je n'avais jamais soupçonné, en particulier, qu'il puisse exister un *espace à quatre dimensions* dont la quatrième ne soit pas le temps...

« Nous ne pouvons guère plus nous représenter l'*hyperespace,* c'est-à-dire un espace à quatre dimensions, que le réel voilé de la mécanique quantique, mais nous en connaissons les propriétés. Les travaux de Bacelon visent à montrer qu'un cerveau humain fonctionne, en réalité, dans l'hyperespace. Il vous expliquerait mieux que moi comment, dans l'interprétation mentale des volumes (le fait de décider si l'on va percevoir un plein ou un creux quand on regarde par exemple un cône en papier), notre cerveau semble se référer à un espace 4D. L'une des propriétés d'un espace 4D est la possibilité d'être tout à la fois à l'intérieur et à l'extérieur d'un espace 3D. Pour mieux comprendre, rappelez-vous les mésaventures des *planaires* — ces entités de science-fiction qui ne vivent que dans un plan, c'est-à-dire dans un monde en 2D. Pour ces êtres, une simple ligne constitue un mur infranchissable et ils ne peuvent imaginer comment quelqu'un pourrait être ou observer à la fois des deux côtés d'une ligne : notre verticale leur est en effet une inconcevable "troisième dimension spatiale". De la même manière, à nous qui vivons habituellement dans un monde en 3D, il nous semble impossible d'être à la fois dans et hors d'un volume. Or, il semble que ce soit ce qui se passe dans les états de sortie du corps, où tous les témoins disent avoir la sensation d'être, en même temps, dans leur corps et à l'extérieur.

« Les états de conscience que supposent la NDE ou la OBE font disparaître deux choses : le temps tel que nous le percevons dans la vie éveillée, et la gravité. À leur place, surgissent des phénomènes mentaux encore inexplicables, comme la possibilité d'être en même temps à l'intérieur et à l'extérieur de soi, ou comme l'émergence du *processus originaire* dans la conscience (la faculté d'être consciemment tout à la fois dans ses propres structures mentales et dans celles d'un autre). Je conçois donc, pour en revenir à votre question de départ, qu'un "esprit scientifique classique" puisse avoir du mal à admettre ce sur quoi portent toutes nos recherches ! La *quatrième dimension* n'a, à priori, pas plus de réalité matérielle, moléculaire et atomique, que n'en ont l'*univers superlumineux* de Régis Dutheil, le *réel voilé* de Bernard d'Espagnat, ou l'*ordre impliqué* de David Bohm. Mais comme le mental n'en a pas non plus, je conseillerais à votre scientifique de lire les ouvrages de Jacques Ninio — dont on ne peut vraiment pas dire qu'il se démarque du cadre matérialiste actuellement de rigueur ! Il convient de réfléchir sur ce qu'est, en réalité, notre perception, et sur la façon dont le *primat du subjectif* s'y révèle incontournable.

— Autrement dit, nous vivons, comme disent les Védas, dans l'immense illusion de la *Maya* ?

— Les recherches sur la perception prouvent en tout cas que la perception que nous avons du monde est totalement subjective. Je ne dis pas, comme le philosophe Berkeley, que la réalité extérieure n'existe pas, ni que nous ne sommes que des bulles de rêve (encore que l'idée de Dutheil de concevoir la vie matérielle comme l'hologramme d'une autre réalité soit très séduisante). Je dis en revanche que ce que nous appelons "perception objective" n'est qu'un consensus subjectif, propre à notre espèce. Les oiseaux voient les étoiles bouger, et en différentes couleurs, ce qui leur permet vraisemblablement de se guider d'une façon dont nous n'avons nulle idée. Les yeux dont disposent les étoiles de mer aux bouts de leurs branches leur offrent une réalité radicalement autre... Bref, la façon dont nous percevons le monde est une *création* propre à notre espèce, une reconstruction — un "tableau", dans lequel s'entrecroisent trois faisceaux : un réseau sensitif (l'ordre des sensations), un système symbolique (notre langue maternelle) et une mémoire à fabriquer des images (l'imaginaire, la créativité qui détermine toute notre évolution).

« Le vrai mystère que représentent les images mentales est, comme dans le cas de la balle que l'on nous envoie, qu'elles puissent devancer le futur — et en ce sens le créer. Attraper une balle au bond n'est pas un acte de voyance. C'est néanmoins un acte impliquant la création d'une image mentale qui devance le futur. Dès la naissance, nous entreprenons de nous construire un appareil psychique, une identité mentale à laquelle nous tenons plus que tout — beaucoup plus qu'à notre corps, puisque l'homme sacrifie aisément sa vie pour ses idées. Si je devais adopter une théorie mystique, je pencherais donc en faveur des thèses du physicien et philosophe Gustav Fechner [1], ami du mathématicien Moebius, inventeur de la psychophysique et auteur du premier texte sur la quatrième dimension. Quelqu'un qui a grandement influencé Freud dans son approche du rêve, puisque l'idée que le rêve émane d'une "autre scène", celle de la vie mentale inconsciente, est issue de la psychophysique de Gustav Fechner. Comme Pierre Bacelon, Gustav Fechner était quelqu'un qui s'intéressait aux surfaces, c'est-à-dire à ce qui, dans notre univers 3D, réfléchit la lumière sans laquelle nos yeux ne serviraient à rien.

1. Voir à ce sujet : « Les inédits et introuvables de *Patio* n° 8 », « G.T. Fechner », Éd. de l'Éclat, 1987.

« La lumière est ce qui rend l'espace perceptible, accessible à nos yeux. Mais c'est aussi une "nourriture" indispensable aux plantes : la lumière est donc, en fait, à la base même de tout ce que nous mangeons. Et la matière vivante qui nous constitue est à ce point dépendante de la lumière que l'on y a vu, de tout temps, la source de cette mobilité propre à la matière vivante — qui est, chez l'être humain, son activité mentale. Dans toutes les traditions, la lumière est le symbole de l'énergie mentale ou de l'intelligence humaine, c'est-à-dire de l'éclairage que projettent nos structures mentales sur la réalité dans laquelle nous vivons. Comme, de plus, c'est la frontière où l'univers (tel que le présente la théorie de la relativité d'Einstein) s'effondre (n'a plus aucune existence), il est logique que des chercheurs comme Dutheil et Bacelon s'y soient tout particulièrement intéressés.

« Bien sûr, les chercheurs de l'ex-IANDS-France ne sont pas les seuls à s'interroger sur le mystère qu'est la lumière — tant dans l'apparition et la survie de la matière vivante, que dans sa mobilité particulière (l'activité mentale qui préside à ses déplacements). Le médecin et philosophe Hubert Larcher par exemple, directeur de l'Institut de métapsychique international, est aussi quelqu'un qui a consacré toute sa vie à l'étude de ce mystère [1]. Il s'est intéressé à un phénomène sur lequel fort peu de gens se sont posé des questions : les odeurs de sainteté. Vouloir trouver les causes et les raisons qui ont fait que le cadavre de sainte Thérèse d'Avila ait pu, pendant des centaines d'années, continuer à émettre des senteurs de jasmin, de lis et de violette, me paraît tout à fait légitime dans le cadre de recherches sur ce qu'est la mort ! Si la lumière est à la base de ce qui rend possibles l'existence et la survie de la matière vivante dont nous sommes faits, il n'est pas illogique de se demander si l'odeur d'un cadavre dont les chairs

1. Voir Hubert Larcher, *La Mémoire du soleil, aux frontières de la mort*, Éd. désIris, 1990.

refusent de se décomposer ne pourrait pas être l'un des produits de ce mystère que représente la lumière dans nos processus vitaux.

— S'agit-il en fait de découvrir le rapport entre la lumière et la vie ?

— La lumière représente une sorte d'interface entre les recherches spirituelles et les recherches physiques. Une recherche qui prend la lumière pour objet ne peut donc être qu'holistique. Elle implique obligatoirement une réflexion sur l'appareillage perceptif (les yeux, le cerveau et les mécanismes inconscients), qui nous y donne accès. Nos yeux ne perçoivent du monde extérieur que la lumière qui le reflète. Sous cet angle, le monde environnant ne nous apparaît qu'à travers le gigantesque miroir que forment les photons qui l'éclairent. Les photons sont des objets, tout à la fois corpusculaires et vibratoires. De plus ces “vibrations-particules” forment la frontière de l'univers d'Einstein (un univers déjà invraisemblable, puisque l'espace et le temps y sont des valeurs élastiques). Il n'est donc pas absurde de considérer la lumière comme l'interface entre l'univers 3D (notre constitution matérielle) et une autre réalité (qui serait, avant tout autre chose, celle de l'esprit).

« La lumière occupe une place semblable dans l'œuvre de Gustav Fechner qui a, de plus, rencontré cette question d'une façon tout à fait dramatique — dans les méandres de sa “peau de sensation” — à travers une très grave dépression, accompagnée de troubles étranges et à ce point semblables à ceux des hystériques, que Freud ne put y être insensible. Juste après qu'il se fut marié et qu'il eut été nommé à la chaire de physique de l'Université de Leipzig (alors même que tout semblait lui sourire), ce brillant chercheur tomba dans un profond dégoût de la vie, caractérisé par une phobie de la lumière à ce point puissante qu'elle le contraignit à se confiner dans une chambre noire. Cette réclusion forcée s'accompagnait de symptômes obsessionnels qui lui donnaient l'impression de perdre toute maîtrise de sa propre pensée, de troubles digestifs et d'une anorexie qui le conduisit au bord de la mort. Or, comment ce "physicien du spirituel" est-il sorti d'un état aussi lamentable ? Par quelque chose qui n'est pas sans évoquer la façon dont un chaman réceptionne l'information avec laquelle il soigne le client qui le consulte : par un phénomène miraculeux associant la lumière mentale (un rêve) au produit terrestre de la lumière solaire (la nourriture indispensable à notre matière vivante).

— Qu'est-il donc arrivé à Gustav Fechner ?

— Alors qu'il en était à ne plus pouvoir ni manger ni boire, une amie a fait un rêve qui lui était destiné. Il s'agissait d'une recette de cuisine qu'elle s'empressa de confectionner, et — miracle ! — le voilà qui se mit à manger. Il revint doucement à la vie et, à cet état morbide, succéda une véritable boulimie visuelle dans laquelle, ivre de lumière, il se mit à *percevoir* ses yeux en train de dévorer avec avidité les objets qu'il pouvait à nouveau regarder... Une bonne partie de ses idées sur la quatrième dimension lui vinrent à partir de là.

— Comment reliez-vous ces idées à notre conversation de départ sur la vie et la mort ?

— Gustav Fechner a élaboré une conception de la vie que j'aime bien (lorsqu'on soumet différentes théories aux enfants, c'est généralement celle de Fechner qui leur paraît la plus cohérente !). Il considérait la vie comme un processus en trois étapes : 1) le stade foetal, qui consiste à se donner un corps physique, pour pouvoir vivre sur terre ; 2) la vie terrestre, qui consiste à se donner un corps mental pour pouvoir aller vivre ailleurs ; 3) ailleurs.

— Ces trois stades s'articulent-ils dans une sorte de triangle équilatéral ? Où est l'essentiel, finalement ?

— Plus je considère ce que me fait découvrir la science, plus j'ai tendance à penser qu'il n'existe nul autre fondement à ce que nous sommes, que notre vie mentale, notre *corps de sens*. Nous avons l'impression d'exister dans un corps, dans de la matière. Mais cela me paraît faux. Dépossédé des structures mentales qui permettent à cet amas de matière de faire un tout, rien ne tient dans un corps. Un cadavre se désintègre à toute vitesse. Dans sa structure matérielle, le corps est régi par la loi d'entropie, le désordre absolu. Et ce désordre s'exprime dans le fait qu'il faille en permanence renouveler la matière de ce corps. En mangeant et en respirant, ce sont des tonnes d'univers qui nous traversent au cours d'une vie. Tout ce qui compose notre corps n'y était pas quelques années, voire quelques mois plus tôt. Dans notre vie, l'esprit est donc incontestablement la seule chose stable, qui échappe à l'entropie et au désordre obligatoire. Mais la science actuelle, la médecine, la psychiatrie, la psychanalyse ne tirent pas les leçons de cette évidence. Pour les mêmes raisons, notre culture néglige toutes les expériences mystiques. Sauf pour en parler négativement, comme des pathologies et des régressions. C'est vrai qu'il y a des caractéristiques communes essentielles entre la psyché du foetus ou du nourrisson, celle du psychotique et celle du mystique. Qu'est-ce que cela signifie ? Qu'il existe des psychoses négatives, infernales — celles que rencontrent les cliniciens —, et des psychoses positives, célestes, divines — celles que vivent les mystiques. Or, les "psy" poseurs d'étiquettes ne rencontrent jamais les mystiques, car ceux-ci ne les consultent pas. Ils ne s'intéressent pas plus à ces milliers de personnes qui ont traversé une NDE, parce qu'elles ne sont pas malades ! Il n'y a aucun lieu officiel, dans notre société civile, où les expériences célestes aient droit de cité et puissent être étudiées. On n'autorise que l'écoute des expériences infernales.

— Supposons maintenant que mon *corps moléculaire* et mon *corps de vide* se soient dissous. Les humains appellent ça : être mort. Si je me fie à votre schéma, me voilà donc exclusivement *corps d'image* et *corps de sens*... Peut-on s'amuser à imaginer la suite ?

— Oui et non ! Il existe en mécanique quantique

un paradoxe servant à expliquer que, dans le "réel voilé" d'où surgissent les particules formant la matière de l'univers, l'histoire événementielle n'est pas "causale" (les événements ne s'y succèdent pas, comme dans notre réalité ordinaire, dans l'écoulement d'un temps linéaire et irréversible). Ils se superposent les uns aux autres, empilés comme autant d'états pouvant exister en même temps. C'est le fameux *paradoxe du chat de Schrödinger,* cher aux spécialistes de la mécanique quantique. Ce chat est enfermé dans une boîte, en compagnie d'un mécanisme mortel que l'on actionne par un proton de spin indéterminé. Selon que le spin va dans un sens ou dans l'autre, le mécanisme se déclenche ou pas. Or, une fois ce mécanisme en route, il devient impossible de savoir si le chat est mort ou vivant avant d'avoir ouvert la boîte. Car, dans le "réel voilé" que laisse soupçonner la physique de l'infiniment petit, l'ensemble *proton + mécanisme mortel* forme une "fonction d'onde" très complexe, représentant la superposition des états *dispositif ayant fonctionné + dispositif n'ayant pas fonctionné* [1]...

— Cette histoire de chat de Schrödinger m'a toujours perturbé. Vous serait-il possible de faire le lien avec notre sujet principal ?

— Bien sûr. Dans l'univers 3D où nous évoluons, le chat ne peut être que, soit mort, soit vivant. Dans le "réel voilé" de la physique quantique, pas du tout : le chat est à la fois mort et vivant ! Ce paradoxe, qui peut paraître totalement invraisemblable aux yeux même des physiciens, est néanmoins assez semblable à l'expérience à laquelle nous confrontent les personnes qui témoignent d'une NDE. Alors que dans leur "existence 3D", beaucoup d'entre elles étaient cliniquement mortes, d'un autre point de vue (de celui qu'elles ont vécu dans cet état), elles étaient extraordinairement vivantes ! En fait, il n'existe aucun moment précis, aucune frontière définissable

1. Sven Ortoli et Jean-Pierre Pharabod, *Le Cantique des quantiques,* la Découverte, 1984, p. 89.

qui puisse déterminer le passage entre ce que l'on appelle la "vie" et ce que l'on appelle la "mort". Hubert Larcher l'explique remarquablement bien. Ce médecin et thanatologue a longuement étudié ces histoires.

« Scientifiquement, la mort est, tant au niveau de notre biologie que de nos structures mentales, un processus qui s'étale considérablement dans le temps. Cela correspond à ce qu'en disent les traditions chamaniques et ésotériques : le mourant se séparerait tout d'abord de son corps matériel (son *corps moléculaire*) pour, dans un second temps, se séparer de son corps éthérique (son *corps de vide*). Dans le chamanisme, la séparation de ce second corps est expliquée comme la restitution aux animaux d'un corps qui nous vient d'eux (qu'ils nous ont prêté), condition indispensable pour pouvoir passer les frontières de "grande lumière". Le fait que le corps physique se sépare des trois autres corps n'est donc pas, pour les chamans, ce qui signe la mort véritable. Celle-ci n'est pour eux effective (au sens d'une délivrance réelle des attaches terrestres) qu'après la traversée des frontières de la "grande lumière" — ce qui est assez proche de ce que raconte le *Bardo Thödol,* le livre tibétain des morts, qui prévoit la réincarnation de tous ceux qui, une fois morts, ne parviennent pas à rejoindre cette "grande lumière".

« Entre ce que nous avons coutume d'appeler la "vraie vie" (l'existence physique en 3D) et la "vraie mort" (l'au-delà de la grande lumière), il existe, pour les chamans et pour tous ceux qui pratiquent le "voyage astral", un *no man's land,* un espace intermédiaire, où ils évoluent et acquièrent leurs pouvoirs. Or, dans les termes des recherches ayant précédé les nôtres, celles notamment des chercheurs américains, cet espace intermédiaire est apparemment le même que celui où se déroule une OBE. L'OBE est en effet caractérisée par le fait que l'on s'y retrouve (comme la femme du client de Françoise Dolto et comme la plupart de ceux qui témoignent d'une NDE) hors de son corps. Comme les statistiques américaines annonçaient — chiffre proprement époustouflant — qu'un quart de la population des États-Unis témoignait d'un vécu de la sorte, j'ai voulu le vérifier en interrogeant mes clients et mes amis. Très vite, j'ai en effet vérifié que l'on trouve à peu près un humain sur quatre ayant déjà vécu un tel "événement mental" !

« Qu'un événement à ce point fréquent puisse être si peu avoué et exprimé me paraissait stupéfiant. Je voulais en savoir plus. Une amie, à qui il était arrivé une telle sortie de corps — au cours d'une tentative de viol, elle s'était retrouvée au plafond, "amusée", disait-elle, de voir son violeur ne plus savoir quoi faire d'un corps inerte, dans lequel elle se savait ne plus être ! —, m'en présenta une autre qui, sortant de son corps depuis sa plus petite enfance, maîtrisait parfaitement bien ce phénomène. »

L'accompagnement des désincarnés

« Cette femme était physicienne (je préfère taire son nom, comme la plupart des scientifiques qui poursuivent ce genre de recherches, assez mal vues dans les lieux où ils travaillent, elle poursuit les siennes d'une façon secrète). À l'époque, elle menait des expériences avec des arbres d'appartement, qu'elle avait reliés à son ordinateur, avec l'idée d'enregistrer une éventuelle réaction de leur part lorsqu'elle les traversait en état de *sortie du corps*. Sa façon d'étudier et d'observer ce phénomène m'intéressait beaucoup, car c'était, par ailleurs, une scientifique "dure". Elle cherchait surtout à comprendre comment fonctionnait la perception des objets de la réalité quotidienne lorsqu'elle était *hors de son corps*. Elle mit par exemple longtemps à comprendre pourquoi le tableau de sa chambre lui apparaissait couvert d'une sorte de matière blanche, jusqu'au jour où, ayant l'idée de le démonter, elle s'aperçut que cette matière blanche était en fait de la ouate insérée *derrière* le tableau, entre le dessin et le carton du cadre. Sa vision était ainsi souvent perturbée par le fait de pouvoir percevoir les différentes couches de matière du même objet (comme si les objets n'avaient plus de surface).

« Elle n'avait jamais lu les livres de parapsychologie traitant de la question et ne voulait pas le faire, pas plus que je n'ai pu lui faire rencontrer les chercheurs de IANDS. Elle rejetait tout abord mystique et parapsychologique de ces questions. À ses yeux, un chercheur comme Robert Monroe était engagé sur des sentiers beaucoup trop obscurs. J'insistais en lui demandant si, comme Monroe le raconte dans ses livres, il ne lui était jamais arrivé, à elle aussi, de faire des rencontres bizarres, en cours de voyage astral. "Si, me dit-elle, cela m'est arrivé une fois, et heureusement une seule !"

« Elle s'était, sans le vouloir, retrouvée dans un "hôpital fantôme", dont les occupants étaient tous des gens morts, mais des morts qui continuaient à vivre sans savoir qu'ils l'étaient. Comme ces gens lui semblaient être des personnes qui, ayant quitté leur structure moléculaire, n'avaient plus du tout besoin ni de se faire soigner physiquement, ni de continuer à vivre dans un hôpital, elle entreprit de les informer sur leur situation, comme tout bon chaman l'aurait fait. Mais comme elle ne possédait pas le sens de ce qu'elle faisait, l'expérience devint vite effrayante. Ceux à qui elle s'adressait refusant obstinément de la croire, elle attrapa la main du fantôme de médecin qui se trouvait devant elle et, la faisant passer au travers d'une table, lui déclara que, s'il n'était pas bel et bien mort, pareille prouesse eût été impossible. Cet "hôpital fantôme" disparut alors d'un seul coup. Ne comprenant pas ce qui se passait, la jeune femme eut très peur et se promit de ne jamais plus recommencer.

— Vous disiez qu'elle s'était comportée "comme tout bon chaman"...

— S'occuper de ceux qui se retrouvent errants ou perdus dans cet "espace intermédiaire" (allant de la perte du corps physique aux frontières de la "grande lumière" est l'une des tâches du chaman. Le travail d'un chaman est, sous cet angle, assez semblable à celui des psychanalystes qui, ayant opté pour une conception transgénérationnelle de l'inconscient, s'intéressent aux fantômes. Si ce n'est que les psychanalystes ne considèrent pas les fantômes auxquels ils ont affaire, comme des entités autonomes, mais comme des troubles psychologiques provenant de transmissions inconscientes défectueuses (de ce que ses parents ou des ancêtres plus éloignés n'ont pu dire d'eux-mêmes et de leur vie). Les parapsychologues considèrent, eux, qu'il existe en ce domaine deux théories : celle dite du "super-psy" (qui considère les fantômes comme des productions de nos structures mentales) et celle des "entités" (qui leur attribue une existence propre). Que l'on se réfère à l'une ou l'autre de ces deux théories ne change, à mon sens, rien à la nature des phénomènes mentaux observés par les uns ou les autres. Qu'il s'agisse des images avec lesquelles nous percevons la réalité extérieure ou de celles qui n'émanent que de nos fantasmes, le cerveau *crée* ou *recrée* ces deux catégories d'images mentales. Que les chamans considèrent les fantômes comme des entités autonomes et les psychanalystes comme des "objets de l'inconscient" ne renvoie, de ce fait, qu'aux différences subjectives des cultures dans lesquelles officient ces deux professions.

— Votre pratique d'acupuncteur vous a-t-elle éclairé sur ces questions ?

— Oui, en tant que pratique taoïste. Lorsqu'ils effectuent des rituels d'exorcisme, les prêtres taoïstes visent un but semblable, même s'ils y parviennent par des méthodes différentes de celles des chamans. Les taoïstes ne partent pas à la recherche des morts en *voyageant dans l'astral.* Ils cherchent à comprendre ce qui entrave l'*évolution des défunts,* en communiquant avec eux par l'intermédiaire de jeunes enfants ou d'adolescents de la famille qui les consulte. Ils se servent donc de la médiumnité naturelle des plus jeunes (cette télépathie de l'enfant que, dans notre culture, Françoise Dolto à été la première à reconnaître comme normale et universelle) pour entrer en contact avec le "mort malade", l'ancêtre resté bloqué dans une quelconque illusion terrestre et ne pouvant, pour cette raison, parvenir à se défaire du second de ses corps. Les prêtres taoïstes s'occupent donc des morts en dialoguant avec leurs descendants. Ils trouvent les moyens par lesquels leurs familles peuvent les aider à sortir des illusions terrestres dans lesquelles ils se sont enfermés, par des procédés plus proches de ceux des psychanalystes que de ceux des chamans américains ou sibériens. Mais leur visée est la même : pousser l'ancêtre immobilisé dans son évolution vers la "lumière-paradis" de sa culture, la Grande Lumière qui l'en délivrera. Ils font d'une autre façon ce que font les bouddhistes tibétains, qui accompagnent (sur un mode préventif) le "voyage de l'âme" quarante-neuf jours après qu'elle a quitté le corps terrestre.

— Dans les sociétés modernes, ce type de pratique resurgit de manière sauvage, très mal vue de l'establishment...

— Les néochamans, les chamans blancs occidentaux, issus notamment d'une certaine renaissance amérindienne, ont repris à leur compte de telles pratiques. Ainsi ai-je entendu raconter par une femme néochaman (aussi consciencieuse que je le suis dans mon travail d'analyste) comment elle avait eu à prendre en charge l'esprit de son propre père qui, mort d'alcoolisme, s'était enfermé dans une sorte d'"obscurité volontaire". Enfermé entre les quatre murs de cette obscurité "virtuelle" ou "mentale", cet homme désincarné refusait obstinément tout contact avec la *lumière* (comme quelqu'un qui souffrirait, une fois mort, de ce dont Gustav Fechner a souffert de son vivant). Il n'avait eu, dans sa vie terrestre, qu'un seul vrai plaisir, cultiver son potager ; sa fille lui en fabriqua un, purement imaginaire, ou imaginal (je ne sais comment dire, il s'agit d'un domaine où nous manquons de mots), si bien que, peu à peu, l'esprit "enténébré" accepta de sortir de l'obscurité ou du marasme dans lequel il s'était enfermé. Et la néochaman put ainsi convaincre son défunt père d'accepter de "rencontrer les anges", qui prennent en charge les âmes aux frontières de la "grande lumière" (que les chamans considèrent comme une barrière infranchissable par un humain de son vivant).

« Si l'on veut resituer la façon dont les chamans ou les taoïstes s'occupent des morts dans nos catégories religieuses judéo-chrétiennes, nous pourrions dire que cet homme s'était enfermé "en enfer". Dans la plupart des traditions ésotériques, l'enfer se représente comme la faculté ou l'obligation de continuer à satisfaire aux besoins d'un *corps moléculaire* qui n'existe plus. Ce qui veut dire que le mystère que sont déjà, dans la vie de tous les jours, nos images mentales, est pour eux un mystère qui se perpétue dans l'au-delà. Dans la vie éveillée, ce mystère est celui de la folie, de l'hallucination et des mirages qui fleurissent dans les fantasmes sexuels. Ce sont des choses qui, si nous n'y prenons garde ici-bas, risquent de se perpétuer dans la mort.

— À quoi correspond, selon vous, la présence d'un "hôpital astral" dans l'expérience dont vous parliez il y a un instant ?

— Un chaman se demanderait, je pense, s'il ne faudrait pas y voir un trait propre aux sociétés modernes, puisque de nos jours, on meurt plus souvent à l'hôpital que chez soi. Les images correspondent, dans notre appareillage mental, à une capacité à engendrer le futur à partir d'expériences déjà mémorisées. Cette mémoire peut aussi être mise en panne par des images non assimilables, ou se détraquer et produire des hallucinations. C'est ce qui s'appelle un traumatisme psychique. Pour Freud, la névrose traumatique se caractérise par le fait que la personne traumatisée ne peut plus produire, dans ses rêves, d'autres images que celle du traumatisme. Le traumatisme mental est, en ce sens, une mise à l'arrêt de la mémoire, une "panne cérébrale" portant sur la production ou la mobilité des images mentales. Or, mourir, dans une société où la mort est considérée sous le seul angle du matérialisme et où, de ce fait, elle devient indicible, est forcément un événement traumatique — ce qui peut expliquer cette insolite prolifération d'images d'hôpitaux auxquelles se heurtent les "promeneurs de l'astral". Comme si tous ces hôpitaux rendaient compte des dernières images, conservées intactes, d'une existence interrompue par une mort qui, imprononçable, a fonctionné comme un traumatisme (une panne dans la mobilité des images mentales faisant que les morts resteraient ainsi "scotchés" dans les dernières images de leur vie terrestre).

« En fait — et en tenant compte du fait que nous en savons encore extrêmement peu sur tout cela —, le premier problème que pose ce qu'on appelle le voyage astral est le fait que l'esprit s'y retrouve seul maître des déplacements, des changements de décor ou de *plan* ("devenir la tulipe rouge", ou "l'asphalte de la route", ou "la tête de son mari". Comme si l'énergie mentale qui, dans la vie ordinaire, investit en premier les muscles, n'ayant plus à le faire, se retrouvait soudain seule à gouverner la possibilité de se mouvoir. Cela ne semble avoir rien d'évident, puisque tous ceux qui pratiquent ces expériences commencent par dire à ceux qui y postulent : "Si vous vous retrouvez à l'extérieur de votre corps, surtout n'ayez pas peur, il vous suffit de désirer le réintégrer pour que cela s'opère instantanément !" Ils disent tous que, la première fois où l'on "sort de son corps", c'est tout d'abord cette peur qui surgit. De plus, il semble que ces facultés paranormales impliquent aussi très fortement les affects.

— C'est-à-dire ?

— Les affects jouent un rôle si central dans la mémorisation des événements et la mise en place du système de représentation, qu'il est quasiment impossible de les dissocier de ce qu'est la mémoire. Le fait qu'un *sujet psy* (ayant des dons paranormaux) obtienne des résultats remarquables avec le chercheur qui le fait travailler, mais perde subitement tous ses dons devant les journalistes qui lui sont hostiles, est un phénomène, non seulement connu, mais qui a été longuement étudié par les parapsychologues. Robert Monroe l'explique assez simplement dans ses livres. En voyage astral, dit-il, si je désire me retrouver à New York, pour m'amuser à contempler la ville du haut de l'Empire State Building, je risque de rencontrer quelques difficultés à le faire, parce qu'il s'agit d'un lieu matériel. Par contre, si je désire me retrouver chez ma chère amie Julie, qui habite dans la 77e rue de cette même ville, je m'y retrouverai beaucoup plus facilement, car les relations affectives que j'entretiens avec Julie m'aideront énormément. Autrement dit, le déplacement astral ferait entrer l'être dans une dimension où le désir et les affects jouent un rôle encore plus important que dans notre vie terrienne ordinaire, puisqu'ils déterminent l'énergie permettant de s'y déplacer ou d'en modifier les décors. Si nous considérons que les morts se retrouvent dans un espace de cette sorte, mais que, morts traumatisés, ils se retrouvent de l'autre côté, sans le désir ni la moindre idée pouvant leur donner envie de "mentalement se déplacer", on peut imaginer qu'ils risquent alors de se retrouver enfermés dans les seules dernières images qu'ils gardent de leur vie. D'où les pratiques en matière d'accompagnement des mourants qui, sous une forme ou sous une autre, ont de tout temps existé. En suivant l'hypothèse d'une pensée qui deviendrait, dans l'astral et la mort, la seule énergie de déplacement, celles que nous adressons aux morts que nous avons aimés seraient, pour eux, une énergie pouvant réellement les aider à bouger...

— Où l'on retrouve toutes les grandes traditions de la "prière pour les morts", et notamment le propos du *Livre tibétain des morts,* qu'un Sogyal Rinpoché est si magnifiquement parvenu à interpréter en termes occidentaux, dans son *Livre de la vie et de la mort* [1]. Le retour (ou l'avènement !) d'une telle pra-

1. La Table ronde, 1993.

tique dans la culture occidentale constituerait véritablement l'ouverture d'un "acte III" dans la grande réouverture du théâtre de la mort ! Il est vrai que l'on voit fleurir aujourd'hui, dans la Cour des Miracles où le système officiel repousse automatiquement ce genre de pratique, toutes sortes de cabinets de consultation, où voyantes, médiums et autres *channels* reçoivent les endeuillés inquiets du sort de leurs défunts. Y a-t-il la moindre chance pour que cette étape soit intégrée avec rigueur à nos pratiques post-modernes ?

— Peut-être, mais à condition que nous n'en excluions pas les enfants. Sur la question de la mort, si nous voulons dépasser nos idéologies, nos pensées, nos barbaries, nos ignorances ou nos pratiques (dépasser ce que font depuis toujours les religieux et les dames patronnesses), il faut, comme l'explique très bien Élisabeth Kübler-Ross, considérer les enfants comme nos enseignants, surtout lorsqu'ils sont atteints de troubles mentaux contrebalancés par des dons auxquels nous ne comprenons rien, ou des maladies incurables faisant que leurs jours sont comptés. Les enfants qui se savent atteints d'une maladie incurable ont, dit-elle, reçu un "cadeau" : un développement mental de très loin supérieur à la moyenne et une sagesse spirituelle face à la mort, à laquelle sont loin d'accéder la plupart de ceux qui prétendent officier en ce domaine. Tel cet enfant, dont Ginette Raimbault (une psychanalyste qui a travaillé en milieu hospitalier avec ce genre d'enfants) relate l'histoire dans l'un de ses livres : alors que sa fin est imminente, il quitte l'hôpital pour pouvoir mourir chez lui, et prenant un taxi avec sa mère, il est la seule personne de tous les adultes présents qui s'avère capable de la rassurer : "Mais arrête ton cirque, maman ! Je te promets que je ne mourrai pas dans le taxi ! Nous avons tout notre temps !" »

[illegible]

ÉPILOGUE

Vers un acte III

> JOSEPH : Parle-moi de la mort.
> LA VOIX : Tu interroges sur ce qui n'existe pas.
>
> *Dialogues avec l'Ange*

Rien n'est changé au plus beau des paradoxes : c'est parce que nous avons peur de mourir que nous vivons mal, et c'est parce nous avons peur de vivre que nous mourons mal. Dans les deux cas, nous bloquons le flux qui cherche à nous traverser. Nous ne lâchons pas prise. Sans y mettre généralement le vrai prix, nous voudrions contrôler, fesses et poings serrés, tout ce qui nous arrive. Or ce qui nous arrive, ce qui nous est offert, est tellement plus grand que nous-mêmes ! Résultat, nous ne vivons pas, ou trop chichement, nous n'aimons pas, ou trop mal, et nous avons affreusement peur de disparaître.

Ceux qui ont eu la chance de frôler la mort et d'en revenir sereins le disent tout net : depuis leur « presque mort », ayant mesuré à quel point ils avaient gaspillé leur temps, ils osent désormais se risquer plus entièrement dans la rencontre des autres, en se fichant des masques et des rôles sociaux et du qu'en-dira-t-on. Depuis, ils ont enfin le sentiment de vivre. Et du coup, ils n'ont plus peur de mourir.

Bien sûr, cette image est idéalisée. Elle nous montre néanmoins une direction. Un sens. C'est ainsi : dans la dernière décennie du XXe siècle, le grand théâtre final a rouvert ses rideaux jusqu'en nos contrées, redonnant du sens au plus terrifiant non-sens dans lequel l'esprit des hommes se soit ingénié à s'enliser. Le tabou moderne de la mort, jadis décrit par Philippe Ariès ou Edgar Morin, a été brisé — de façon irréversible, me semble-t-il, même s'il faudra encore du temps avant que la société entière n'assimile l'événement.

Ce théâtre comporte donc un certain nombre de phases, d'« actes », dont nul ne peut faire l'économie. Il serait vain de vouloir comprendre ce que les états proches de la mort (NDE entre autres) nous apprennent de la vie et de la conscience, si nous n'avons au préalable ressenti et intégré le caractère essentiellement vital et fondateur de l'accompagnement des mourants. Seule une société ayant su définir son propre *ars moriendi*, et faire sienne la force mystérieuse du deuil accompli jusqu'aux limites de l'humain, est en mesure de se poser de façon pertinente les questions que soulève, par exemple, la NDE.

De même, il nous faut aller jusqu'au bout de notre questionnement sur les états de la conscience, c'est-à-dire jusqu'au bout de notre interrogation sur la vraie nature de celle-ci — que les modernes, ces surdoués malades de présomption, avaient cru pouvoir si facilement réduire à une fumée d'illusions moléculaires —, pour percevoir que le Grand Jeu ne s'arrête pas là, même d'un strict point de vue visible et terrestre.

Après l'acte II commence en effet un acte III, que nous pourrions appeler, selon l'angle d'approche, « Compassion pour les âmes désincarnées », ou « Aide aux endeuillés », ou encore « Culte des ancêtres ».

Évoqué dans le chapitre précédent, à propos de la « psychanalyse transgénérationnelle », cet acte III exigerait, en soi, une longue enquête que je n'ai pas menée — comme si je n'étais pas encore prêt à en assumer moi-même tous les aspects...

Culte des ancêtres ?

Cette expression, fort ancienne, me semble désigner notre capacité à nous situer, à nous mouvoir et à agir à l'intérieur d'un contexte générationnel qui traverse l'espace-temps et nous détermine en grande partie, souvent par défaut. Les chemins de la liberté passent par ce discernement et ce recadrage, dont la pratique confirme une caractéristique étonnante : nos ancêtres ont certainement une forte influence sur nous, mais tout se passe comme si nous pouvions en avoir une sur eux en retour... et éventuellement les aider à se libérer de terribles illusions ! La règle de base de ce *feedback* est, toujours, la compassion... comme nous le dira plus loin Sogyal Rinpoché. Mais avant d'en venir au bouddhisme et au Tibet, arrêtons-nous encore un peu au quotidien occidental.

Force nous est de constater que nous assistons aujourd'hui, hors de toute Église, à une floraison de lieux et de pratiques qui se proposent d'accompagner, non plus les mourants, mais les morts.

La demande vient généralement des proches de la personne décédée, soucieux de savoir si celle-ci n'est pas « retenue prisonnière » par quelque attachement générateur d'illusions. J'ai assisté à de tels accompagnements. Cela ne va pas de soi. Je sens vite monter en moi une méfiance, certes salubre mais parfois aussi, je le reconnais, bornée : il paraît difficile à la fois d'admettre que la conscience et la liberté humaines n'ont pas de limites matérielles, et de s'interdire d'en tirer certaines conséquences pratiques. C'est pourtant ce que je fais. Consultés, des amis d'autres cultures, africaines ou asiatiques, ont parfois bien ri de me voir si décontenancé par ce qu'ils regardaient comme le *B.A.-BA* de l'accompagnement des morts.

Exemple. Une vieille dame vient de mourir. Son fils et sa bru consultent un médium, pour savoir si la défunte a bien « réussi son envol ». Entré dans une transe légère (qui le distingue illico des prophètes et des créateurs, dont la tâche s'effectue au maximum de leur lucidité), le médium ne met pas plus de quelques minutes pour « contacter l'esprit » de la vieille dame qui, aussitôt, est censée s'exprimer par la bouche intermédiaire en proférant ces mots surprenants : « Mon dentier ! »

Croyant avoir mal compris, le fils et la bru demandent à la voix de répéter, ce qu'elle fait, en insistant : « Mon dentier ! Mais où est mon dentier ? » Les jeunes gens n'en reviennent pas. Cela faisait certes des années que ses dents et son dentier étaient devenus une idée fixe chez la vieille dame. De là à penser que son obsession pourrait traverser les rideaux de la mort... Vraiment, ils s'attendaient à autre chose.

La quête du dentier s'éternise.

Le médium, lui, n'a pas l'air surpris. Il ne connaissait ni la dame ni ses enfants ; mais le cas est tellement typique. C'est un travail de routine. Je me demande s'il a inconsciemment capté une information télépathique émanant des enfants. Sans doute. Mais, pour les trois protagonistes, peu importe : l'essentiel est à présent de faire prendre conscience à la défunte qu'elle n'a plus besoin de dentier et de la « réveiller » à son nouvel état — ce qui nécessitera environ une heure de conversation. Échange très simple, rudimentaire même. Dialogue faisant penser à celui que l'on pourrait avoir avec un petit enfant en proie à un cauchemar persistant.

Il s'agit là de l'aspect le plus fruste d'une vaste et très ancienne tradition. La prière pour les morts et le culte des ancêtres peuvent prendre de nombreuses formes, de la simple vénération — qu'elle soit latine, taoïste ou vaudou — au dialogue avec les disparus — dont la littérature s'est amplement nourrie, de Homère à Shakespeare, de Victor Hugo à Boulgakov. Il existe d'ailleurs une littérature spécifique, entièrement consacrée à ce que l'étonnant prêtre chrétien orthodoxe François Brune appelle la « transcommunication[1] ». Textes souvent rédigés en

1. *Les morts nous parlent*, Éd. du Félin, 1993.

état de transe ou en écriture automatique — et aussi, depuis peu, via des moyens technologiques objectifs, comme le magnétophone ou la télévision —, au contenu souvent tragiquement ennuyeux, mais aussi, parfois, pleins de poésie et d'amour, comme les fameux messages reçus par Marcelle de Jouvenel ou Pierre Monnier, ou par Jean Prieur ou Paul Misraki — messages en l'occurrence supposés émis par leurs enfants respectifs, morts à la guerre, ou d'accident, ou de maladie.

La liste des ouvrages traitant de *transcommunication* ne cesse de s'allonger — je prends au hasard sur ma table les deux derniers qui me sont arrivés : *De l'autre côté de la vie* [1], où l'ancien résistant Philippe Ragueneau raconte de manière bon enfant comment sa compagne Catherine Anglade, la fameuse productrice de télévision, n'a jamais cessé de communiquer avec lui après sa mort, et à l'aider de mille manières ; et *Trente ans parmi les morts* [2], qui est une réédition du livre de cet étonnant psychiatre anglais dont Sir Arthur Conan Doyle disait : « Je n'ai jamais rencontré quelqu'un possédant une telle connaissance sur l'invisible. Toute personne intéressée par l'obsession ou le traitement de la folie par des méthodes psychiques devrait lire ce livre. »

Interpénétration des mondes, dont l'aspect pathologique n'est pas forcément celui que l'on croit. Si, comme disait Malraux, l'humanité est une œuvre d'art qui s'édifie de manière non linéaire (les créations authentiques ont beau être fondées sur des supports matériels, elles échappent, quoi qu'on en pense, aux lois de la causalité spatiotemporelle), de la même façon, beaucoup d'humains désincarnés semblent persuadés qu'ils demeurent assujettis aux lois et aux images du monde physique, alors même qu'ils pourraient s'en libérer. Ainsi, « quelque chose » de nos ancêtres pourrait demeurer agrippé à

1. Édition Pocket, 1997.
2. Cf. *Trente ans parmi les morts*, de Carl Wickland, La Pierre d'Angle, 1997.

un dentier (ou à une drogue, à un visage, à un corps, à un comportement, à un lieu, à une action... le livre de Wickland est plein de ces attachements-obsessions), et il serait dans notre intérêt (et dans le leur, mais un tel credo n'est même pas obligatoire pour vérifier les bienfaits de ce travail sur les vivants) de dénouer les liens qui maintiennent les défunts ainsi attachés au monde de leurs descendants.

Entre les Mystères et le music-hall

Ce retour des fantômes dans nos vies prend un tour rigolo au cinéma — où le film *Ghost* pourrait faire figure de tragicomédie idéale, s'il ne commettait le contresens très *wasp (white anglo-saxon protestant)* d'imbiber l'univers désincarné de manichéisme puritain. Cela amuse les écrivains — *La Vie interdite* de Didier Van Cauwelaert repose lui aussi sur les tourments d'un défunt, incapable de communiquer avec ceux qu'il aime depuis qu'il a perdu son corps moléculaire.

En réalité, l'affaire est plus sérieuse qu'on ne pourrait le croire. Une certaine reprise en compte des ancêtres prend actuellement, dans notre société, une forme thérapeutique, notamment par le biais des thérapies familiales et d'une multitude d'approches « transgénérationnelles » actuellement en pleine émergence — Didier Dumas nous en a amplement entretenus dans le dernier chapitre de ce livre.

L'une des formes les plus spectaculaires de transcommunication thérapeutique a été proposée par Raymond Moody. Le psychiatre-philosophe qui forgea l'expression *Near Death Experience* s'était souvent demandé s'il ne serait pas possible de provoquer une NDE... de manière *soft* (et pas comme les carabins fous du film *L'Expérience interdite*, qui se provoquent des arrêts cardiaques à coup de chocs électriques !). En fait, Moody désirait surtout connaître un épisode, propre à certaines NDE : celui où le rescapé dit s'être trouvé en présence d'un parent disparu. Moody aurait tant aimé revoir sa grand-mère maternelle! Pendant des années, il fouilla toute la littérature ésotérique... et finit par tomber sur un rituel de la Grèce antique : le *necromanteïon* (traduit en latin *psychomanteum*), dont un archéologue réputé, Sotiris Dakiris, avait retrouvé des traces du côté de l'Épire, à la fin des années cinquante.

Il s'agissait d'un labyrinthe souterrain, où les postulants à la rencontre avec les esprits des défunts se laissaient enfermer pendant de longs jours, avant d'être autorisés à pénétrer à l'intérieur d'une « salle de l'oracle », au centre de laquelle l'image du défunt avait des chances de leur apparaître, à la surface d'un liquide sombre servant de miroir...

Comme il le raconte dans son livre intitulé *Réunions*, Moody a fini par mettre au point son propre « oracle des ancêtres ». Il affirme qu'un bon tiers des personnes qui l'ont testé parviennent, grâce à son procédé, à faire apparaître, au travers d'un miroir, l'esprit d'un disparu aimé. Moody lui-même assure avoir pu discuter avec sa grand-mère décédée... Pas celle qu'il attendait : il désirait revoir sa *granny* maternelle, c'est la paternelle qui s'échappa du miroir! La méchante, la triste qui lui faisait peur quand il était petit. Or, pour la première fois... cette dame souriait. Du coup, une très vieille crispation se dénoua au fond de Raymond. Une crispation datant de sa petite enfance s'évanouit. Thérapie transgénérationnelle...

En février 1994, lors d'un passage à Paris, nous avons discuté de cette expérience avec Moody et avec le philosophe français Marc Sautet. Voici quelques extraits de notre conversation :

Marc Sautet — Votre premier livre, *La Vie après la vie*, m'avait fait beaucoup de bien. Vous brisiez un incroyable mur de silence, vous obligiez la science médicale à revenir à ses sources, et à travers un grand portail! Avec ce nouveau livre, *Réunions*, j'espérais décoller à la verticale. Or, que nous proposez-vous? Une thérapie familiale. C'est décevant. Bien sûr, ça a l'air de fonctionner. Mais votre bel élan de départ s'est essoufflé.

Raymond Moody — Vous savez, Marc, il y a une illusion dont il faut absolument se détacher, c'est l'idée que l'on pourra « prouver scientifiquement » l'au-delà. Abandonnons cette lubie et travaillons sur ce qui est vraiment intéressant. L'expérience dont nous parlons (et dont je pense qu'elle joua un rôle central, jusqu'ici méconnu, dans la civilisation grecque) est renouvelable à souhait. Elle exclut les intermédiaires, tous les *channels* dont on ne sait jamais s'il s'agit ou non de charlatans — d'ailleurs plusieurs médiums ont furieusement tenté de me dissuader de mener cette dernière recherche à terme. L'essentiel est que ce travail aide les gens à changer. Or, il est urgent de changer, mes amis ! Le monde va très mal. On dit que les armes atomiques sont en train de se répandre, que les groupes terroristes en disposeront bientôt... Je sais que ça a l'air ringard, mais, pour survivre, il nous faut nous éveiller à l'*agapé*, généraliser le fait de s'aimer les uns les autres ; il n'y a pas d'autre issue. Et, pour travailler à cela, je ne vois qu'une solution : trouver des techniques de changement d'état de conscience. Il s'agit de bien plus que d'une simple « thérapie ».

M. S. — Vous maniez un superbe paradoxe. La source sur laquelle vous vous appuyez et qui vous rend confiant est culturellement grecque, mais le moteur de votre thérapie collective, l'amour dont vous parlez, malgré l'expression d'*agapé* dont vous usez, est chrétien, c'est-à-dire opposé à la Grèce dès l'origine, puisque celle-ci en est morte. D'une certaine façon, cela n'en rend votre travail que plus passionnant : sous le christianisme, vous déterrez la culture grecque dans ce qu'elle avait sans doute de plus paradoxalement vivant, puisqu'il s'agissait du rapport avec les morts. Pourtant, le bourbier où je vous vois pris est intenable.

R. M. — Vous avez raison sur un point important : il faut sauver l'amour de l'emprise chrétienne. Ils n'ont pas le monopole ! Selon moi, ce sera d'ailleurs pour appliquer d'autant mieux l'enseignement du Christ. Bien qu'américain, je viens, voyez-vous, d'une famille absolument athée.

M. S. — Une chose m'intrigue. Vous êtes, à votre manière, un grand séducteur. Or, il y a une arme de séduction que je n'aurais pas hésité à utiliser, alors que vous ne faites qu'ironiser dessus, c'est la Caverne de Platon. Vous présentez l'enseignement de la Caverne comme une satire, une parodie de l'oracle des morts.

Alors que l'on pourrait sans problème en faire une NDE ! Il n'y a qu'à la lire : je suis dans l'obscurité du *soma-séma* (corps-prison) et voilà que je m'en libère en m'élevant doucement à travers un tunnel, flottant vers une merveilleuse lumière. Et une fois que je suis là-haut, c'est l'effusion et j'ai envie d'y rester. Mais on me dit que ce n'est pas mon heure, qu'il me faut redescendre... Bref, tout y est, c'est la plus belle des NDE. Pourquoi n'avez-vous pas utilisé cela ?

R. M. — J'y ai évidemment songé, vous pensez bien ! Et j'en parle dans certains de mes livres. Les Grecs avaient d'ailleurs un mot pour dire NDE : ils appelaient cela *deuteropotmos* (deux fois évanoui). Mais vous savez comme Platon était moqueur. À propos de la Caverne, la démonstration de ce que j'avance — à savoir, que ce texte se rit du *necromanteïon* — est un peu longue... *[Ici, Moody ouvre un classeur rempli de textes, qu'il promène avec lui, et entraîne Sautet à lire de longues citations et à échanger des propos incompréhensibles pour le non-initié que je suis.]* Mais bon, en réalité, il est clair que la Caverne offre plusieurs niveaux de lecture et je ne suis pas sûr que le niveau décisif, du point de vue de l'auteur, ait été celui que nous avons appris à l'école.

M. S. — Votre défi me plaît. J'accepte ce débat. J'ai envie de l'ouvrir en grand, pour que renaisse la philosophie dans nos cités. Bien que sceptique moi-même, je crois que la philosophie est précisément née de ce débat sur le voyage de l'âme après la mort. Je crois qu'on va avoir besoin, de nouveau, des philosophes, c'est-à-dire d'une discipline qui a ses lettres de noblesse et que les scientifiques auront du mal à ne pas reconnaître. Sans quoi, je crains fort que vous ne soyez vous-mêmes, accompagnateurs des NDE, doublés par toutes ces techniques « cyber » ou « virtuelles » qui, elles aussi, altèrent la conscience, et qui se présentent comme une aventure tellement plus facile et plus amusante, une forme de drogue, qui rendra de plus en plus difficile le discernement entre le vrai et le faux.

R. M. — Entièrement d'accord. Et savez-vous que la fameuse réalité virtuelle est elle-même déjà en train d'être dépassée ? Des neurologues que je connais m'affirment avoir mis au point des substances intermédiaires entre les circuits électroniques et les neurotransmetteurs chimiques, qui permettront d'injecter toutes les expériences virtuelles que l'on veut directement dans le système nerveux central !

M. S. — Nous sommes au bord du moment où l'esclave mécanique devient le maître. Les ordinateurs vont mettre leur ordre dans notre désordre...
R. M. — C'est pourquoi je pense plus que jamais que la parapsychologie devrait cesser de stupidement se prétendre « scientifique ». Quand j'observe mon propre rôle, je me découvre beaucoup plus proche des artistes, des clowns, de ces gens de la balle qui, jadis, présentaient les Mystères sacrés aux villageois sur des planches posées sur des tréteaux. Le théâtre grec, mes amis, voilà notre modèle [1] !

L'irremplaçable sagesse tibétaine

Au sortir de cette conversation, Moody me raconta comment il était en train de concevoir, chez lui, en Alabama, une sorte de « thanatodrome », où pourraient venir mourir des personnes en fin de vie particulièrement sereines, qu'entoureraient des accompagnateurs très spéciaux, doués pour les OBE (sorties de corps). Ainsi, le mourant quitterait notre monde, escorté, sur un petit bout de son trajet, par des amis qui, parvenus en vue de la « grande lumière », s'en retourneraient gentiment à leur base terrestre.

Je n'en revenais pas et dus faire répéter plusieurs fois son propos à Raymond Moody. Comme si le roman de science-fiction de Bernard Werber, *Les Thanatonautes* [2], était déjà en pleine réalisation ! L'Américain était hilare. Je balbutiai : « Mais, Raymond, puisque nous en sommes là, l'une des règles fondamentales que nous ont laissées les anciens n'est-elle pas qu'il faut laisser les morts en paix ?

— Vous n'avez pas tort, me dit-il, nous ne devons pas abuser de ces techniques. De toute façon, notre culture occidentale a tellement perdu le contact avec ces dimensions, qu'il est difficile de s'y référer sans risque d'erreur. Heureusement, il existe d'autres tra-

1. *Nouvelles Clés* n° 1 et n° 2, nouvelle série, printemps-été 1994.
2. Albin Michel, 1994.

ditions anciennes, restées beaucoup plus vivantes que la nôtre, qui peuvent nous servir de référence plus sûre.

— Lesquelles ?

— Eh bien, la tradition tibétaine par exemple. »

Toutes les grandes traditions spirituelles ont développé des rituels et des prières pour les morts. Certaines ont réussi à pousser très loin cette pratique universelle. Ainsi, pour tous ceux qui accompagnent non seulement les mourants, mais aussi les âmes des défunts, l'enseignement des bouddhistes tibétains se révèle d'un immense secours. Comme si le destin avait voulu que ce petit peuple soit impitoyablement chassé de ses montagnes pour venir nous porter secours avec compassion dans notre débâcle.

En Occident, depuis quelque temps, la parole de Sogyal Rinpoché — fils spirituel de Jamyang Khyentsé Chökyi Lodrö, que beaucoup considèrent comme l'un des plus grands maîtres spirituels de ce siècle — est particulièrement écoutée. Dans *Le Livre tibétain de la vie et de la mort* [1], unanimement salué comme un ouvrage magistral, Sogyal Rinpoché, lama jovial et érudit, concilie l'ancienne sagesse du Tibet et la recherche contemporaine sur la mort, sur les mourants, ainsi que sur la nature de l'esprit et de l'univers. Il y explique notamment les *bardos*, ces « états de la conscience après la mort », qui ont tant fasciné et amené à s'interroger religieux, artistes, psychologues, scientifiques, médecins et philosophes occidentaux depuis la traduction, en 1927, du *Bardo Thödol*, le livre tibétain des morts. Voici quelques extraits d'une conversation entre Sogyal Rinpoché et ses élèves français :

— Lorsque vous êtes au chevet d'une personne mourante, insistez toujours sur ce qu'elle a accompli et réussi. Aidez-la à se sentir aussi positive et aussi satis-

1. La Table ronde, 1992.

faite de sa vie que possible. Mettez l'accent sur ses qualités et non sur ses faiblesses. Une personne qui approche de la mort est souvent extrêmement vulnérable à la culpabilité, au regret et à la dépression. Permettez-lui de les exprimer librement, écoutez-la et faites-lui sentir que vous êtes sensible à ses paroles. En même temps, au moment opportun, ne manquez pas de lui rappeler qu'elle possède la nature de bouddha, et encouragez-la à essayer de demeurer dans la nature de l'esprit par la pratique de la méditation. En particulier, rappelez-lui qu'elle n'est pas uniquement faite de douleur et de souffrance. Trouvez la façon la plus adroite et la plus sensible de l'inspirer et de lui donner de l'espoir. Ainsi, plutôt que de s'appesantir sur ses erreurs, la personne pourra mourir dans un état d'esprit apaisé.

À l'homme qui s'était écrié : « Pensez-vous que Dieu me pardonnera jamais mes péchés ? », je répondrais ceci : « Le pardon existe déjà dans la nature de Dieu ; il est déjà là ; Dieu vous a déjà pardonné car Dieu est pardon. L'erreur est humaine, et le pardon divin. Mais pouvez-vous véritablement vous pardonner à vous-mêmes ? Voilà la vraie question. N'avez-vous pas lu que, dans certaines expériences de mort imminente, apparaît une présence majestueuse, toute de lumière dorée, qui n'est que pardon ? Ainsi qu'il est dit très souvent, nous sommes, en définitive, notre propre juge. Afin de vous défaire de votre culpabilité, demandez la purification du plus profond de votre cœur. Si vous la demandez sincèrement et vous y engagez totalement, le pardon viendra. Dieu vous pardonnera, tout comme le père pardonne au fils prodigue dans la belle parabole de l'Évangile. » Voilà ce que je répondrais à cet homme effrayé.

— En quoi notre attitude vis-à-vis de la mort vous choque-t-elle ?

— On apprend aux Occidentaux à nier la mort, dans la croyance qu'elle ne représente rien de plus qu'un anéantissement et une perte. Ainsi, la majeure partie du monde moderne vit soit dans le refus de la mort, soit dans la crainte qu'elle lui inspire. On considère même qu'il est morbide d'en parler et bien des gens croient que le simple fait de l'évoquer risque de l'attirer sur eux. D'autres envisagent la mort avec une insouciance naïve et enjouée, croyant que — pour une raison ou pour une autre — tout ira bien pour eux et qu'ils n'ont pas de souci à se faire. Lorsque je pense à eux, les paroles d'un maître tibétain me reviennent en mémoire : « Les gens commettent souvent l'erreur de prendre la mort à la légère et de penser : "Bon ! et puis... la mort arrive à tout le monde ; ce n'est pas une grande affaire, c'est naturel ; tout ira bien pour moi." La théorie, certes, est séduisante, jusqu'au moment où, effectivement, on doit mourir. »

— Comment notre vision de la mort est-elle créatrice de pollution et d'autres désastres écologiques ?

— La société moderne, fondamentalement persuadée qu'il n'existe pas d'autre vie que celle-ci, n'a développé aucune vision à long terme. Rien n'empêche donc les individus de piller la planète afin de réaliser leurs objectifs immédiats et de vivre dans un égoïsme qui pourrait s'avérer fatal pour l'avenir.

— Qu'est-ce qui se cache derrière notre peur de la mort ?

— La raison la plus profonde de cette peur tient sans doute au fait que nous ne savons pas qui nous sommes. Nous croyons en l'identité unique et distincte de notre personne ; mais si nous avons le courage de l'examiner de près, nous nous apercevons que cette identité est entièrement dépendante d'une liste interminable de données, telles que notre nom, l'histoire de notre vie, nos compagnons, notre famille, notre foyer, nos amis, nos cartes de crédit... Nous nous reposons sur leur soutien fragile et éphémère pour assurer notre sécurité. Mais lorsque tout ceci nous sera enlevé, aurons-nous alors la moindre idée de qui nous sommes vraiment ?

— Comment faire ?

— En fait, nous n'aurions aucune chance d'apprendre à connaître la mort si elle ne se produisait qu'une seule fois, mais, heureusement, la vie n'est, en fait, qu'une danse ininterrompue de naissances et de morts, une danse du changement. Chaque fois que j'entends un torrent qui dévale, des vagues qui déferlent ou le battement de mon cœur, j'entends le son de l'impermanence. Ces petites morts sont nos liens vivants avec la mort : ils en sont le pouls, le battement de cœur qui nous incite à lâcher tout ce à quoi nous nous accrochons [1].

On sait que, d'après l'enseignement bouddhiste, notamment tibétain, la conscience désincarnée connaît la possibilité de s'éveiller de la vaste illusion

1. Extraits d'un texte de présentation du *Livre tibétain de la mort et de la vie.*

qu'est la *lumière figée* du monde matériel, et de rejoindre l'Ultime Réalité dans une inconcevable illumination. Si l'on en croit les plus sages représentants de cette tradition, fort peu d'âmes, pour utiliser un mot chrétien, auraient le calme et l'expérience nécessaires pour interrompre ainsi le cours tumultueux de leur destin karmique. Pour la plupart, nous nous serions si mal préparés, de notre vivant incarné, à nous connaître nous-mêmes, que nous serions incapables, le moment venu, de comprendre qu'un esprit désincarné se déplace dans un monde qu'il crée à cent pour cent, pour le meilleur et pour le pire. Une fois délivrés des limites de la pesanteur, la projection extérieure de notre propre intériorité nous hypnotiserait jusqu'à la terreur. À supposer même qu'il y ait en nous du meilleur, celui-ci ne manquerait pas de nous enivrer, laissant ensuite libre cours au pire (qui se définit comme du meilleur immature, ou parcellaire, ou ranci), ce qui ne tarderait pas à nous pousser, par peur et par désir, vers une prochaine réincarnation...

D'après ce que je crois comprendre du point de vue bouddhiste, la quasi-totalité des récits de NDE dont il a été question dans ce livre constitueraient des sortes d'entraperçus du second *bardo*, appelé *bardo du devenir* (que l'on pourrait sous-titrer : « En route vers la réincarnation » !). Oui, du second *bardo* ! Le premier — appelé *bardo de la dharmata*, où l'Ultime Réalité apparaît, dit-on, dans sa pureté absolue aux esprits ayant atteint le degré d'éveil bouddhique, ou christique — se serait en effet présenté à la conscience non préparée des *expérienceurs* (de NDE) de manière si fulgurante qu'ils ne s'en seraient même pas aperçus.

Brusque changement de perspective : l'expérience de mort imminente ne se situerait pas dans la première partie de l'expérience de la conscience désincarnée, mais dans la seconde ! Non pas en amont du grand passage, mais en aval. Non pas *avant* la possibilité maximale d'échapper au *cycle des réincarnations*, mais *après* !

Sans commentaire.

Ce qui me frappe, dans l'enseignement des maîtres tibétains, c'est l'impitoyable sévérité dont ils font preuve — leur discours ne laissant quasiment aucune chance à la conscience individuelle d'échapper au flot furieusement émotionnel du karma — et, en même temps, l'imperturbable ténacité dans la compassion, qui fait dire au rinpoché que, jusqu'à l'ultime seconde, même après avoir manqué tous les bouddhas, ignoré toutes les claires lumières, raté toutes les chances d'éveil, fui toutes les divinités, cru à toutes les projections, même déjà à l'intérieur d'une nouvelle matrice de femme, il est encore possible à la conscience individuelle de traverser, en une fraction de seconde, les années-lumière d'ignorance et d'obscurité qui la séparent de la vérité et de s'éveiller enfin à sa vraie nature. Mais aucune illusion ne nous est pourtant laissée : la plupart d'entre nous se réincarneront — puissiez-vous le faire dans une spirale ascendante et non descendante, comme un sage reconnaissant une caverne amicale et non comme un ivrogne retrouvant son maudit bar !

De l'irresponsabilité des voyageurs somnambules

Une ironie suprême fait que l'espoir des uns apparaît comme une malédiction pour les autres. Le cri occidental : « Quoi ! Il y aurait une possibilité de se réincarner, c'est-à-dire de ne pas se dissoudre dans le néant !? Youpi ! Alléluia ! » devient mélancolique murmure chez les Tibétains : « Hélas, fils ou fille très noble, tu t'es efforcé de prolonger les effets du bon karma, mais tu n'as pas su fermer la porte de la renaissance et maintenant tu vas te réincarner. »

Or donc, tout le long de ce processus, nous, humains (plus ou moins) incarnés, nous pourrions quelque chose pour les morts que nous aimons. Nous pourrions même *énormément* pour eux ! En effet, selon le bouddhisme tibétain, si la conscience individuelle désincarnée peut facilement devenir la proie de ses illusions, elle est aussi hypersensible à toutes les pensées, paroles ou actions la concernant. Une simple mauvaise pensée, nous disent les lamas, ou même une simple absence de pensée, voire une simple tiédeur d'émotion de la part d'un proche, peut faire grand tort à quelqu'un qui vient de mourir — et l'entraîner dans une spirale descendante. À l'inverse, les Tibétains assurent que le moindre vrai sourire d'un ami qui pense à elle fait grimper une conscience désincarnée droit vers le firmament !

Immense serait, selon Sogyal Rinpoché, notre responsabilité vis-à-vis de nos défunts aimés : « Bien que, dans cette vie, la prière puisse parfois sembler peu efficace, elle possède dans le bardo un pouvoir sans précédent (...) N'imaginez pas un seul instant que votre invocation de la vérité pour aider un ami disparu est moins efficace que la prière d'un "saint homme" faite à son intention. Parce que vous étiez proche du défunt, l'intention de votre amour et la profondeur de votre lien donneront à cette invocation un pouvoir accru. Les maîtres nous l'ont affirmé : si nous appelons les bouddhas, ils nous répondront [1]. »

Ici surgit un paradoxe, que Sogyal Rinpoché présente d'abord sous la forme suivante : « Dudjom Rinpoché disait souvent que, même si une personne a atteint l'éveil et est devenu bouddha, elle aura encore besoin de tout le soutien que nous pourrons lui apporter dans son œuvre pour le bien des êtres. » On sort de la temporalité et des quarante-neuf jours du *Bardo Thödol* : les esprits désincarnés auraient besoin que les incarnés pensent à eux et les aiment, *même des années après* et même s'ils ont atteint la bouddhéité ! Que dire alors s'ils errent somnambuliquement entre les mondes ?

À écouter les maîtres tibétains, c'est peu dire que nous, modernes, nous comportons, dans ce domaine comme dans d'autres, en parfaits irresponsables. Fondamentalement persuadés que la vie se limite à

1. *Le Livre tibétain de la mort et de la vie, op. cit.*

ce que nos regards objectivent, nous n'avons développé, comme dit Sogyal Rinpoché, aucune « vision à long terme ». Pour qui croit en une transcendance, ou à défaut accepte de faire le pari pascalien de l'existence d'une essence intemporelle au cœur de chaque être, la fameuse rationalité matérialiste de nos contemporains apparaît sous le jour inquiétant d'une folie pure et simple.

Folie de notre vision de l'incarnation présente. Nous nous imaginons que, grâce à nos mondes cybernétiques et à nos manipulations génétiques, nous sommes en passe de « devenir des dieux » — alors que nous ne faisons que traficoter des dimensions qui nous échappent sur le fond, et oublions par ailleurs que nos corps sont des sanctuaires. Certes, le problème est ancien. L'Ecclésiaste disait déjà : « Puisque tu ignores comment l'âme est unie au corps, tu ignores l'œuvre de Dieu. »

Folie et irresponsabilité de notre vision du passage. Pourquoi, par exemple, la peine de mort n'a-t-elle pas de sens ? Le vrai problème serait celui du travail non accompli et de la vraie nature de la compassion. En termes froids : tuer un criminel reviendrait à infecter l'inconscient collectif ! Se suicider parce qu'on est trop névrosé aboutirait au même résultat. La tâche à accomplir demeure à accomplir. Le plus tôt est le mieux. Si l'on ajoute à cela une autre idée ancienne, qui veut que l'humanité entière voyage à bord d'un seul et même bateau, on saisit mieux la force de la notion de *bodhisattva :* terme bouddhique désignant ces êtres qui, ayant atteint l'Éveil et pouvant donc échapper à la loi karmique de la réincarnation et de la souffrance, replongent pourtant volontairement dans le tourbillon humain, dans le seul dessein d'aider les autres à s'éveiller.

Folie et irresponsabilité de notre vision de l'avenir. La majorité des Occidentaux est partagée entre un total scepticisme — finalement générateur de nihilisme mou — et une suprême euphorie à l'idée que l'aventure ne s'arrêterait pas au moment de la mort. Il serait donc possible de faire un tour de plus dans le grand Luna-Park mondial... en se réincarnant ! Certes, l'idée nous effleure parfois qu'il serait sans doute intelligent de travailler à l'amélioration du sort global de cette humanité, dans laquelle nous serions donc appelés à revenir... qui sait dans quel pays, dans quelle classe sociale, dans quelles conditions ? Mais l'oubli revient vite et nous nous comportons, ici comme ailleurs, en somnambules, hypnotisés par nos avidités et nos obsessions.

Arrêtons le tir. Revenons à nous. À nos corps. Ressusciteront-ils, comme le promet le credo chrétien ? Quel rapport avec l'hypothèse de la réincarnation ? Nous en parlons avec mon professeur et ami, Albert Palma, fondateur de la Société des gens de geste. Paradoxalement, ce guerrier et grand « artiste martial[1] » va me ramener à mon point de départ : l'énergie féminine. Sans elle, nous n'aurions jamais trouvé la force de rouvrir les rideaux du *théâtre final.* Et la force du néant nous aurait aspirés !

Y a-t-il une vie avant la mort ?

Question grave.

Dans les turbulences du changement de millénaire, comment nous réveiller ? L'idée de réincarnation peut certes nous responsabiliser, en ce sens que chacun aurait intérêt à améliorer globalement un monde où il risquerait de revenir, sans contrôle sur sa nouvelle... matrice d'atterrissage ! Mais la même idée peut aussi déresponsabiliser, en ce sens que, face aux défis que la vie nous lance, le crétin ou le paresseux en nous peut se dire : « Je trouverai une solution la prochaine fois ! »

J'étais en train de m'interroger sans fin sur ces questions quand, à la sortie de notre *dojo* de Ménilmontant, Albert Palma est soudain intervenu :

« Je souscris à la problématique de la réincarna-

1. Auteur de *La Voie du Shintaïdo* et de *Geïdo, la voie des arts*, Albin Michel, 1992 et 1999.

tion, mais je ne la situe pas dans la catégorie de temps habituelle. Me réincarner demain ne m'intéresse pas. Je suis pour la voie abrupte : la réincarnation nous est donnée dans ce temps-ci, dans cet espace de vie éphémère. Nous n'avons pas à la reporter. Vous êtes-vous incarné avant de mourir ? Voilà la question ! La conscience est immédiate. Que voudrait dire une "conscience de report" ? Reporter l'incarnation à un hypothétique futur, conceptualiser je ne sais quels champs indéfinis... Bah ! J'aime que le temps me soit donné pour immédiat, dans la fulgurance de l'éphémère. Plus nous transcendons l'éphémère, plus nous dilatons notre façon d'y accéder. Une seule seconde d'éphémère intensément vécue vaut mille années d'inconscience dans l'éternel ! Je pense que la vie elle-même est nirvana.

— Mais si je suis seul, isolé, cerné... ?

— Le fait d'être seul, isolé, cerné est ce qui fonde la profondeur. La question centrale, soulevée par le bouddhisme et le christianisme, est la souffrance. En fin de compte, c'est un aveu terrible : avant la mort, il n'y a pas la vie, il y a la souffrance. La plupart des humains fonctionnent hélas par à-coups, par scansions. Sitôt réveillés, les voilà déjà rendormis ; il leur faut donc régulièrement de grands coups de pied aux fesses (la souffrance), pour sortir une nouvelle fois de leur torpeur.

— Pourquoi est-ce à l'heure de mourir que beaucoup d'humains s'ouvrent enfin à la vie ?

— Je me le suis toujours demandé [éclat de rire]. Tout est une question de bordure. D'où l'importance du centre, de l'axe intérieur. Faire émerger un axe au centre du chaos, voilà qui est essentiel.

— Les personnes qui ont vécu le *satori* d'une NDE donnent l'impression d'être mieux centrées, plus axées...

— Ce faisant, elles permettent que se réincarne — c'est-à-dire prenne une nouvelle fois chair — un principe essentiel, aussi ancien que l'humanité : l'axe Terre-Ciel-Homme, que l'on retrouve au cœur de toutes les grandes mythologies.

— Ces mêmes personnes sortent parfois à ce point métamorphosées de leur NDE, que certains experts parlent d'un "éveil de *kundalini*", qui leur serait paradoxalement arrivé alors qu'elles se trouvaient "hors de leur corps".

— Ah, quel manque de chance ! Avoir un "éveil de *kundalini*" au moment même où l'on n'est pas là ! [nouvel éclat de rire] ! Dans les arts martiaux, nous recherchons justement le contraire : avoir un éveil au moment où nous sommes dans notre corps ! Voilà pourquoi mon intérêt se porte sur les philosophies et métaphysiques issues du principe pneumatique et de l'anthropologie du geste. La voie du geste juste, du redressement — organisée autour de ce que Gaston Bachelard appelait le « syndrome d'Atlas » — rend possible, ici et maintenant, la réincarnation, favorisant ainsi l'éveil.

— Le *dojo*, où l'on meurt symboliquement, devrait être une école de préparation à la mort et à l'accompagnement des mourants.

— La première contradiction à avaler, en termes d'arts martiaux, est que des gestes de mort puissent devenir des gestes de vie. Une telle inversion déboussole tout le monde. Il n'y faut pas moins que l'intervention de l'ange ! Beaucoup de samouraïs à travers les siècles ont vécu l'équivalent de la quête du Graal en brandissant leurs sabres.

— Il arrivait aussi que les samouraïs tiennent à connaître la mort en pratiquant *seppuku* — que les Occidentaux connaissent mieux sous le terme de *hara-kiri*. On se situe là dans la perspective d'un désir de contrôle absolu. Il se trouve qu'en Occident, le nouvel art de mourir et d'accompagner les mourants cherche au contraire à lâcher prise, à l'opposé diamétral de toute idée de contrôle.

— Dans l'art martial que j'enseigne, le *shintaïdo*, une notion essentielle est celle de *wakamé* (l'algue), où l'on retrouve le lâcher-prise. Les artistes martiaux des temps nouveaux doivent oublier *seppuku* et pratiquer *wakamé !* Il est vital, urgent, même pour des guerriers, d'aider le *yin*, le principe féminin, à s'affranchir en chaque être. Le contrôle phénoménal du samouraï plongeant les yeux ouverts dans la mort par la pratique du *seppuku* n'est plus d'aucune utilité, ni d'aucun sens ! En réalité, jamais la mort n'a pu être effacée par autre chose que par un amour suprême. Un amour que manifestent précisément le principe féminin, l'enfantement, l'espoir.

— Réapprivoiser la mort eût été impossible, dans les temps modernes, sans la présence et l'action de femmes admirables...

— Dans les temps anciens aussi ! Pour la bonne raison que ce sont elles qui ont donné naissance à la notion de lâcher-prise, ce que les taoïstes chinois appellent *wu weï*. Voilà une immense injustice : nous parlons de Lao Tseu, mais nous ignorons le nom de sa compagne. Et comment s'appelait la femme de Tchouang Tseu ? Ce ne devait pas être n'importe qui ! Certes, on a toujours élevé le principe féminin sur un piédestal, mais très branlant. L'élément *yin* nous a toujours fait peur. Nous avons essayé de le dissoudre par les voies de la domination sous toutes ses formes. Pourtant, il fut l'élément clé de la divination, de la magie, de toutes ces choses qui échappaient aux hommes... »

Ces paroles me font irrésistiblement penser à trois femmes, Hanna, Gitta et Lili, à qui la voix d'une inspiration fulgurante parlait depuis des mois déjà, à Budapest, en pleine guerre mondiale. Mais ce jour-là, le 15 janvier 1944, c'est à l'homme, Joseph, que la voix demanda :

« As-tu des questions ? »

Sans hésiter, Joseph se rua :

« Parle-moi de la mort. »

La voix répondit :

Tu interroges sur ce qui n'existe pas,
mais je te réponds quand même.
CE QUI EST VU D'EN BAS : « MORT »
EST EN HAUT : « VIE ».
TOI AUSSI TU ES MORT

ET TU VIS ÉTERNELLEMENT.
Le reste est temps et apparence.
Déferlement de vagues, milliards de petites morts :
c'est cela la vie.
Des cellules meurent. — Il en naît de nouvelles.

Joseph écoutait de tout son être. Son père, un petit tailleur juif, était en train de mourir, quelque part dans Pest. Et lui-même, pour combien de temps en avait-il encore, avant que les nazis ne l'emportent ? La voix lui dit alors :

CE N'EST PAS LA MORT QUI EST MAUVAISE,
C'EST LA TÂCHE NON ACCOMPLIE.
Le fruit, lorsqu'il est mûr, tombe tout seul.
Le fruit qui tombe est mûr. Donc il est bon [1].

1. D'après les *Dialogues avec l'Ange*, rapportés de Hongrie par Gitta Mallasz, Aubier, 1976, 1990.

Bibliographie

Acte I

Abiven Maurice Dr : *Une éthique pour la mort*, Éd. Desclée de Brouwer, 1995.
Ariès Philippe : *Essais sur l'histoire de la mort en Occident, du Moyen Age à nos jours*, coll. Points Histoire, Le Seuil, 1975.
Denaux Garance : *La Mort accompagnée*, Éd. Presses-Pocket, 1993.
Claudette Combes : *Le Clair Visage de la mort*, Éd. Maisnie/Trédaniel. Sorte de journal d'une femme au grand cœur, entièrement dévouée aux enfants de tous les pays qu'elle adopte et qui, parfois, meurent.
Grof Stanislas : *La Rencontre de l'homme avec la mort*, Éd. du Rocher, 1982.
Hennezel Marie de : *L'Amour ultime* (en collaboration avec Johanne de Montigny), Hatier, 1991 ; et *La Mort intime* (préfacé par François Mitterrand), coll. Aider la vie, Robert Laffont, 1995.
Kessel Joseph : *Alcooliques anonymes*, Gallimard. Ce livre regroupe la série d'articles publiés dans les années 50 par Kessel, où il retrace l'histoire du mouvement aux États-Unis. Ce sont ces reportages qui ont été à l'origine de la création de A. A. en France.
Kübler-Ross Élisabeth : *Les Derniers Instants de la vie* (1969), traduit chez Labor et Fides, Genève, 1975, le grand classique d'Élisabeth Kübler-Ross ; *La Mort et l'Enfant*, Éd. Le Rocher/Le Tricorne, 1984 ; *La Mort, dernière étape de la croissance*, ouvrage collectif, Presses Pocket, 1985 ; *La Mort et l'Enfant*, Éd. Le Rocher/Le Tri-

corne, 1986; *La mort est une question vitale*, Albin Michel, 1996.
Levine Stephen : *Qui meurt ?* Éd. Souffle d'Or, 1982; trad., 1991.
Martino Bernard : *Voyage au bout de la vie*, coll. L'Age d'être, Presses-Pocket, 1987.
M'uzan Michel de : *De l'art à la mort*, Gallimard, 1983.
Olivier Clément Dr : *L'Amour assassin*, Éd. de L'Homme-Stanké, 1995. Neuf itinéraires de patients, victimes du sida.
Poletti Rosette : *Vivre son deuil et croître* (avec Barbara Dobbs), Éd. Jouvence, 1993.
Salamagne Michèle Dr : *Accompagner — Jusqu'au bout de la vie*, livre d'entretiens avec le philosophe Emmanuel Hirsch, Éd. du Cerf, 1992.
Saunders Cicely : *La vie est dans la mort*, traduit par le Dr Michèle Salamagne, en collaboration avec Marie-Christine Hallépée et Marie-Rose Gilles, préface de Patrick Vespieren, MEDSI, 1986.
Schwarzenberg Léon : *Changer la mort*, Albin Michel, 1977; *Requiem pour la vie*, Le Pré aux Clercs, 1985; *Face à la détresse*, Fayard, 1995.
Sebag-Lanoé Renée Dr : *Mourir accompagné*, Desclée de Brouwer, 1986.
Sogyal Rinpoché : *Le Livre tibétain de la vie et de la mort*, La Table Ronde, 1994.
Thouin Lise : *De l'autre côté des choses*, Presses de la Renaissance, 1997.
Vespieren Patrick : *Face à celui qui meurt*, Desclée de Brouwer, 1984.
Winckler Valérie : *La Mort si proche*, Éd. du Centurion, 1988.

Deux revues :
Bulletin de la fédération JALMALV, 4 bis, rue Hector-Berlioz, 38000 Grenoble.
Liaisons, revue de l'ASP, 66, rue Boissière, 75016 Paris.

Une série vidéo :
Voyage au bout de la vie, Bernard Martino, TF1.

Acte II

Eadie Betty J. : *Dans les bras de la lumière*, Éd. Filipacchi, 1994. Le récit d'une NDE par une Américaine toute simple.

IANDS-France : *La Mort transfigurée*, ouvrage collectif dirigé par Evelyne-Sarah Mercier, Belfond, 1992.
Labro Philippe : *La Traversée*, Gallimard, 1996.
Lemaire Catherine : *Rêves éveillés. L'âme sous le scalpel*, coll. Les empêcheurs de tourner en rond, Éd. Synthélabo, 1993.
Mercier Evelyne-Sarah (en collaboration avec Muguette Vivian), *Le Voyage interdit*, Belfond, 1995. Récits de NDE.
Moody Raymond : *La Vie après la vie*, Robert Laffont, 1975. Le grand classique qui a lancé le mot NDE et les recherches sur le sujet.
Ring Kenneth : *En route vers Oméga*, Robert Laffont, 1983. L'une des meilleures introductions scientifiques à ce vaste domaine.
Sogyal Rinpoché : *Le Livre tibétain de la vie et de la mort*, La Table Ronde, 1994.
Van Eersel Patrice : *La Source noire*, Grasset et Livre de Poche, 1986 et 1988.
Zartarian Vahé : *Nos pensées créent le monde*, avec Martine Castello, coll. Nouvelles Énigmes, Robert Laffont, 1994 ; *Le Jeu de la Création*, Éd. des Trois Monts, 1997.

Quatre entretiens

Damasio Antonio R. : *L'Erreur de Descartes*, Odile Jacob, 1995.
Dolto Françoise : *Séminaire de psychanalyse d'enfants*, tome I, Le Seuil, 1982 ; *L'Image inconsciente du corps*, Le Seuil, 1984.
Dumas Didier : *L'Ange et le Fantôme*, 1985, Éd. de Minuit ; *Hantise et clinique de l'autre*, Aubier, 1989 ; *La Sexualité masculine*, Albin Michel, 1993.
Dutheil Régis Dr (en collaboration avec Brigitte Dutheil) *L'Homme superlumineux*, Sand, 1990 ; *La Médecine superlumineuse*, Sand, 1992.
Eccles John Sir : *Évolution du cerveau et création de la conscience*, coll. Le Temps des sciences, Fayard, 1992 ; *Comment la conscience contrôle le cerveau*, Fayard, 1997.
Espagnat Bernard d' (en collaboration avec Étienne Klein) *Regards sur la matière*, coll. Le Temps des sciences, Fayard, 1993.
Larcher Hubert : *La Mémoire du soleil, aux frontières de la mort*, Éd. désIris, 1990.

Vers un acte III

Brune François : *Les morts nous parlent*, Le Félin, 1988 ; *Pour que l'homme devienne Dieu*, Dangles, 1992.

Jouvenel Marcelle de : *Au diapason du Ciel, Comme un secret, comme une flamme* et *La Seconde Vie*, Sorlot-Lanore, 1978-1989.

Monnier Pierre : *Lettres*, Sorlot-Lanore (sept volumes). Racontent le dialogue sublime et vertigineux entre une mère et l'« esprit de son fils », mort durant la Première Guerre mondiale.

Moody Raymond : *Rencontres*, R. Laffont, 1994.

Prieur Jean : *Le Mystère des retours éternels*, Robert Laffont, 1994.

Renard Hélène : *L'Après-Vie*, Éd. Philippe Lebaud, 1985.

Ritchie Georges : *Retour de l'au-delà*, Robert Laffont. Raconte l'histoire du professeur de psychiatrie de Raymond Moody, qu'elle bouleversa. Ferait un excellent scénario de film sur le voyage dans ce que les Tibétains appellent le Bardo, en version américaine.

Sogyal Rinpoché : *Le Livre tibétain de la vie et de la mort*, La Table Ronde, 1994.

Adresses

Acte I : les soins palliatifs

LES ASSOCIATIONS D'ACCOMPAGNEMENT

ASP (Association pour le développement des soins palliatifs)
Formation de volontaires.
44, rue Blanche, 75009 Paris
Tél. 01.45.26.58.58
Ou : 66, rue Boissière, 75016 Paris
Tél. : 01.45.01.27.57/45.01.26.03

JALMALV
Partie de Grenoble et aujourd'hui implantée dans une cinquantaine de villes de France, la Fédération JALMALV (Jusqu'à la mort accompagner la vie) se donne, au plan national, une double tâche : coordination des activités locales et maintien d'une unité à travers échanges et réflexion ; interpellation de la société contemporaine sur nos attitudes vis-à-vis des mourants et de leurs proches.
Secrétariat national : 21, rue Ste-Anne, 45000 Orléans.
Tél. : 02.38.53.15.85/Fax : 02.38.33.16.85

Association Élisabeth Kübler-Ross-France
Fondée en 1994, cherche à transposer chez nous ce qu'Élisabeth Kübler-Ross a réussi en Amérique.
60, rue Michel-Ange, 75016 Paris
Tél. : 01.40.71.65.65

Centre Source
Propose toute une série d'ateliers et de séminaires, notamment avec des lamas tibétains.
95, bd Magenta, 75010 Paris
Tél. : 01.42.46.12.86

Mission Accompagnement
Propose un accompagnement de personnes en fin de vie, mais surtout se distingue par un accompagnement des personnes dépendantes à domicile.
100, rue d'Amsterdam, 75009 Paris
Tél. : 01.45.26.03.34/N° d'urgence 24 h sur 24 : 01.45.22.29.29

Association Bernard Dutant
Créée fin 1992, par fidélité à la mémoire de Bernard Dutant, mort du sida en 1990 et qui, tout au long des derniers mois de sa vie, témoigna de l'importance de la dimension spirituelle, cette association se propose de promouvoir toute activité favorisant le partage des expériences et des interrogations spirituelles, le retour au calme et à la paix intérieure.
26, rue du Bouloi, 75001 Paris
Tél. : 01.42.36.20.78

La Maison
Lieu-dit Saint-Roch, avenue de Nice, 13120 Gardanne
Tél. : 04.42.65.91.20/Fax : 04.42.65.81.38

Association Aurore
15, rue Jean-Mermoz, 93110 Rosny-sous-Bois
Tél. : 01.48.55.02.82/Fax : 01.48.55.02.72

Association pour le droit de mourir dans la dignité
103, rue La Fayette, 75010 Paris
Tél. : 01.42.85.12.22/Fax : 01.45.96.00.50

LES ANONYMES

Alcooliques anonymes
En France : 21, rue Trousseau, 75011 Paris.
Tél. : 01.48.06.43.68
En Belgique : 11, rue du Boulet, 1000 Bruxelles.
Tél. : (02) 511.40.30
En Suisse : case postale 5/1211, Genève 13.
Tél. : (22) 44.33.22

Narcotiques anonymes
Paris : 11, rue de la Nativité, 75012 Paris.
Tél. : 01.40.09.84.94
Nice : 11, rue de la Buffa, 06000 Nice. Tél. : 04.93.92.36.62
Strasbourg : Maison des Associations, 1, place des Orphelins, 67000 Strasbourg.
Tél. : 03.88.45.27.14
Pour l'Europe : 249, avenue Winston-Churchill, B.15, 1180 Bruxelles.

Al-Anon : Conjoints et parents d'alcooliques
4, rue Fléchier, 75009 Paris
Tél. : 01.42.81.97.05

Nar-Anon : Conjoints et parents de drogués
23, rue de la Sourdière, 75001 Paris/BP 5101, 75022 Paris cedex 01

FORMATIONS AUX SOINS PALLIATIFS

Le problème n° 1 que posent les soins palliatifs est celui de la formation. Il s'agit en effet d'un secteur tout neuf dans notre pays — mais heureusement en pleine expansion. Les formations concernent les médecins, les infirmières, les aides-soignantes, mais aussi les volontaires bénévoles.

Enseignement universitaire

Plusieurs universités enseignent désormais l'accompagnement des mourants.

Université de Paris XII, Faculté de médecine Paris-Sud
Responsables d'enseignement : Dr Renée Sebag-Lanoé, Dr Michèle Salamagne, Dr Hervé Mignot. Thèmes abordés physiologie de la douleur, approche de l'agonie, passage des soins curatifs aux soins palliatifs, psychologie du patient en fin de vie, souffrance des familles, souffrance des soignants, deuil, rites de la mort et religion, accompagnements...
Renseignements : Unité de soins palliatifs de l'hôpital Paul-Brousse
Tél. : 01.45.59.38.59

Université Paris-Nord
Diplôme : « Le deuil dans la formation des soignants et des accompagnants ». 120 heures de cours théoriques et pratiques (sur deux ans).
Secrétariat : Mme Dillière, 74, rue Marcel-Cachin, 93012 Bobigny cedex. Tél. 01.48.38.76.15

Université Joseph-Fournier — Grenoble I
Tél. : 04.76.51.80.00

UER des sciences médicales et pharmaceutiques, section médecine — Angers
Rue Haute-de-Reculée, 49045 Angers cedex

Faculté de Nancy
Hôpital de Thionville, 57312 Thionville
Tél. : 03.82.55.89.41
Secrétariat : Département de santé publique — Faculté de médecine, BP 184, 54505 Vandœuvre-lès-Nancy cedex

Université de Lille II — Faculté de médecine de Lille
Rue du Professeur-Laguesse, 59040 Lille cedex
Tél. : 03.20.60.07.17

Université de Bordeaux II
UFR de santé publique, 146, rue Léo-Saignant, 33000 Bordeaux
Tél. : 05.57.57.14.15/05.57.57.10.31
Maison des Dames du calvaire, 30, rue Kléber, 33200 Bordeaux
Tél. : 05.57.57.14.10

Formation dans les hôpitaux

Institut de lutte contre la douleur
Hôpital Lariboisière, 2, rue Ambroise-Paré, 75475 Paris cedex 10
Tél. : 01.49.95.81.77

Institut Jean Godinot
1, rue du Général-Koening, BP 171, 51056 Reims
Tél. : 03.26.36.05.04

Divers

ISA (Institut de soins ambulatoires)
Formation pour le personnel soignant à domicile.
2-6, rue des Alouettes, 92000 Nanterre
Tél. : 01.42.04.00.57

Acte II : recherches sur la nature de la conscience

LES IANDS

IANDS-USA
PO Box 502 East Windsor Hill, CT, 06028-0502, États-Unis

IANDS-France
50, rue Pierre-Curie, 78470 Saint-Rémi-lès-Chevreuse
Tél. : 01.30.47.15.20./Fax : 01.30.47.29.40.
E-mail : iands-france@iands-france.org
Site : www.iands-france.org

CÉÉMI (Centre d'études des expériences de mort imminente) :
18, rue Berthollet, 75005 Paris.
E-mail ceemi@europsy.org
Site : www.europsy.org/ceemi

IANDS-Belgium
Avenue Coloniale n° 72
1170 Bruxelles — Belgique

IANDS-UK
c/o David Lorimer, Garden Cottage, Newhouse Farm, Northington down, Alresford, Hampshire 5024 94B Grande-Bretagne

UN RÉSEAU SCIENTIFIQUE

Université interdisciplinaire de Paris
29, rue Viala, 75015 Paris.
Tél./fax : 01.45.78.85.52

Vers un acte III

LE RETOUR DES ANCÊTRES

Anne Ancelin-Schutzenberger
Cette psychanalyste est la doyenne incontestée de la recherche thérapeutique sur le généalogique.
Frégatte 3, 39, av. Aimé-Martin, 06200 Nice

Y A-T-IL UNE VIE AVANT LA MORT ?

Société des gens de gestes
Se pose la question de la réincarnation au premier degré, sous forme immédiate et gestuelle, sur un dojo.
10, passage Saint-Ambroise, 75011 Paris

Je tiens à remercier spécialement pour l'aide qu'ils et elles m'ont apportée durant la rédaction de ce livre : Marie Haumont, Marie Lippens, Marie de Hennezel, Didier Dumas, Jean-Pierre Moreau, le regretté Régis Dutheil, sa fille Brigitte, le Dr Michèle Salamagne et le Dr Hervé Mignot, Chantal Berthe-loot et toute l'équipe de La Maison, Jean Staune, Philippe Quéau, Louis Chamming's, Pierre Renaud, Michel Despratx, le cheikh Selim ben Tabet, Eve-lyne-Sarah Mercier, Albert Sarralier, Albert Palma, Jean-François Bizot et Marc de Smedt, sans oublier ma femme Michèle, Martine Foucault et Claire Médaisko pour leurs judicieux conseils de correc-tion.

Table

DU MÊME AUTEUR

Au parti des Socialistes (en collaboration avec Jean-François Bizot et Léon Mercadet), Grasset, 1975.

Voyage à l'intérieur de l'Eglise catholique (en collaboration avec Jean Puyo), Stock, 1976.

Sacrés Français !, Stock, 1977.

La Source noire (révélations aux portes de la mort), Grasset, 1986.

Le Cinquième Rêve (le dauphin, l'homme, l'évolution), Grasset, 1993.

Le Livre de l'Essentiel (direction d'un collectif), Albin Michel, 1995.

La Source blanche (l'étonnante histoire des Dialogues avec l'Ange), Grasset, 1996.

Composition réalisée par EURONUMÉRIQUE

IMPRIMÉ EN FRANCE PAR BRODARD ET TAUPIN
La Flèche (Sarthe).
LIBRAIRIE GÉNÉRALE FRANÇAISE - 43, quai de Grenelle - 75015 Paris.
ISBN : 2-253-14714-1 31/4714/7